党小组

刘荣书／著

北京出版集团公司
北京十月文艺出版社

第一章

1

春夜总是半昏半明的，静默中有着些许搅动。像梦的呓语，又像外面的世界被一片大水淹没，浮着鱼儿喋水的声音。江汰清被这莫名的声音搅得睡不踏实，头脑昏沉。儿子衔着奶头，刚刚在她怀里睡去，陈烈的咳嗽声又猝然响起。那咳嗽声空洞而乏味，显然是饥饿与病态造成的。江汰清想动，却被魇在床上，只能下意识嘀咕了一句。意思是让陈烈起来，自己去找些水喝，好遏制一下那令人揪心的声音。但陈烈毫无反应，很快又响起他细微的鼾声，继而被江汰清略显粗鲁的鼾声压制下去了。

这一天早晨，江汰清起床要比往日早些。她悄悄踅到卧室外面，推开窗子，鼻腔里嗅到一股清鲜之气。只见墙外的梧桐竟比昨日鲜嫩了一层，在半明半暗的晓色里，那抹鲜绿让人看了心疼。低头一望，见浑黑的墙体与街道间，蒙了一层湿气，显得更为滞重。这才想到，原来昨夜里听到的那些声音，竟是春雨悄悄降临在了这个城市。

这是黑白的，多年之前的上海。

这是1931年3月的上海。

对于经历了两次搬家的江汰清来说，这样一场无声无息的春雨显然给了她诸多的安慰与欣喜。一想到过会儿便要出门，她便暗自兴奋起来，拢了拢头发，去厨房烧水。待水半开，再去米袋里舀米，又想想今天出去，或许回来得要晚些，便准备多添两勺。竹制的汤匙刮擦着米袋，感觉坚硬而空洞，完全没有米袋充盈时舀起来的那种快感。江汰清索性将整个米袋倒拎起来，抖搂着，却只听见几粒米磕击瓷盆发出的“唰唰”声响，之后全然无声。

江汰清走回卧室，对半卧在床上的陈烈嘀咕了一句：又没米了……

陈烈不答，睁着惺忪的睡眼，似在想着什么心事。

等我回来，再去买米吧……江汰清说，午饭我一块儿做出来了，你和华姿吃完，放在锅里，热不热的都行。但给华川蒸的蛋羹必须要热啊，他刚断奶，不热的话，会拉肚子。

陈烈仍旧不答。

你听到了吗？

陈烈身子动了动，忽然说：早起我做了个梦……

儿子醒来，发出啼哭声。江汰清将他抱在怀里，解开衣襟喂奶，埋怨道：嚼来嚼去，也吃不出半点奶水，哪里有饭吃长身体呀！看了一眼陈烈，问：做的啥梦？

陈烈说：我梦见你走错了路……周围都是人影，你找不到回家的路了。

江汰清不以为意。

陈烈咳嗽一声，欠起身子，凑到妻子身前，嗅着热滚滚的奶香，压低声音问：你去那里的路不会记错吧？

江汰清抖了一下肩膀，咯咯笑了，说：我又不是头一次去。

陈烈说：要不我去，你别去了，心里总觉得不踏实。

江汰清说：你去……你去成吗？上次不说好了嘛，我出了月子，再不让你插手联络工作。

陈烈叹了口气，说：那你可要小心了，别像我做的梦一样……

你别胡思乱想。一个大男人家的！要带的东西都准备好了吗？

陈烈起床，脚步疲沓地从抽屉里拿出一本书。他翻开书页，抽出两张纸，分别折好，交给江汰清，嘱咐道：一张是上级需要调阅的文件；另一张是咱们下月经费开支的预算。

是按我说的那些开支写的吗？

陈烈不解。

江汰清加重语气：你要和组织上申请，多拨些经费！

家里还有一点儿钱啊，陈烈说，再申请多拨不合适吧。

我知道还有些钱，但你要去看病，不能老这么拖着……

陈烈说：等下次吧。我觉得，组织上最近也会面临很多困难。

江汰清幽幽吐了口气。脱下外套，换上一身粗花呢衣服，赌气说：你不写，见到老李，我也要向他汇报，让组织上清楚我们现在的生活状况。

陈烈面露难色。

江汰清对镜梳妆。睡在另一张小床上的女儿华姿醒来，从床上坐起，问：妈，你要出去？

江汰清拢着头发，说：是啊。

华姿有些兴奋：我也跟你去！

江汰清用嘴衔着一枚发卡：你去干吗？！

华姿说：我要去嘛！你们好久都没带我上街了。

你不能去。江汰清压低嗓音说。见华姿有些委屈的样子，又安慰她道，你要在家帮你爸照看小弟。等我回来，给你买果膏糖吃好不好？

江汰清出门之后，陈烈望见搭在椅子上的一条丝巾，想起那是江汰清平日里出门要系的，也是去联络地点时，一个必要的标志。不知是出门太急，还是因天气转暖的缘故，江汰清竟把它忘记了。欲追出门去。想了想，已经追不上了。他只能手托围巾，站在窗前，怅然若失地朝外面看着。

从自家住处到雷米路，大概有十多公里的路程。前两次去，江汰清都是徒步，这次自然也不例外。一路上她都在想着经费的事。每月组织上调拨的经费，除工作所需，维持一家人的正常开支还是足以应对的。但因倒春寒的缘故，陈烈的肺病加重，短不了要抓些药吃，这就让平常的日子变得捉襟见肘起来。昨晚，写下月的经费开支预算时，江汰清就对陈烈抱怨着：我刚出了月子，又不能出去找事做；你身体不好，让组织上多拨些经费是正常的。咱们大人可以应付，但两个小孩总该增加些营养吧。江汰清这样唠叨时，见陈烈黯然一笑。知道他定不会照自己的意思去做。但她这样抱怨两句，心里总归舒服一些。

走到南丁家路口，江汰清身上已微微出了些细汗。此刻天色已然放晴。她抬手撩了撩汗湿的额发，迅速朝周围观察一下。见周围无异，便径直走入弄堂。向右，拐进标有“文安坊”的一条巷子。

站在6号门牌楼下，江汰清抬头向上张望，见二楼的窗帘虚掩，暗红色帷幔坠着均匀的流苏，只右下方掀起一角，露出一盆蕙兰。在阳光照射下，那盆蕙兰生得绿意盎然。

江汰清翘着嘴角，身心放松下来。抬手，以一快二慢的节奏，在朱红门上发出叩击声。她连叩三下。在等待的间歇里，江汰清低眉看了看底楼的那个房间，前两次来，每当她按照约定暗号敲门之后，房间内总会有一条胳膊伸出来，将门帘放下。她只能看到那条着浅灰色棉袍的颀长手臂，想必定是个高个男子。接着，便会有一个头发梳得齐整的中年妇女来为她开门……她想不出其中因由，回去后问陈烈。陈烈告诉她：那是组织上极其严格的工作纪律——单线联系的同志之间，是不能和其他任何人碰面的。

门内没有动静。

那个房间的门帘纹丝不动。没有手臂伸出来。她又抬手，一快二缓地在门上敲了一次，敲得极其耐心。

仍旧没有动静。

拐角的街巷里传来商贩的吆喝声。江汰清退步，离门几步开外，仰头朝二楼的窗口张望。见二楼的窗幔似乎动了动，右下方仍旧掀开着一角。那盆蕙兰在玻璃的反光中，被镀上了一层苍白的光晕。

她趋身走到门前，再度一丝不苟地将门敲了一遍。

仍旧没有动静。

江汰清不由得有些紧张。下意识地拢了拢衣领。这才发现，自己未将那条丝巾系上。每次出门，她都会按照陈烈的授意，换上粗花呢大衣，黑斜纹布棉鞋，将自己打扮成一个做粗活的乡下妇女模样。那条暗红色丝巾，是几年前陈烈从东北回来，送给她的生日礼物，便成了她初次代替陈烈来此地递送文件的一个醒目标志。不会因没有那条丝巾，而认不出我吧？江汰清这样想着，心里有一丝懊恼。但又马上意识到，这已是自己第三次来这儿了，接待她的同志也已相熟，况且约定的敲门暗号未变，他们不会认不出自己的。

她竖着耳朵，隐隐听到楼内传出一丝动静。一种不祥的感觉忽然攫住了她。呼吸瞬间变得急促起来。但本能告诉她：此刻万不能掉身离开，只能继续决绝地将门擂下去。

她完全不顾章法，擂着那门，就像擂着一面残破的鼓。也不知那紊乱的擂门声是要为她验证什么，还是要催她去赴死。

门倏忽打开。

两个男人从门内闪身出来，不由分说，钳住她的双臂，连拖带拽地将她裹进楼内。狭窄的楼梯间里，响着尖厉的皮鞋踢踏楼板的声音，以及江汰清惊慌的呻吟和喘息。江汰清注意到——那个年纪稍轻的男人看清她的相貌之后，竟促狭地笑了一下。

她被人从背后轻轻一搡，跌进二楼的一个房间。房间里的陈设是她所熟悉的。只不过此刻房间内凌乱不堪。几件旧家具东倒西歪，碎纸团狼藉满地。靠墙堆放的皮箱不见了。衣柜敞开，一块柜板几乎脱落。床上堆满衣服帽子。一顶黑色礼帽看上去颇为眼熟，原来是她上两次来时，老李戴过的。几只竹篮滚到床底。墙灰被撬掉几块，露出残破的墙体。

江汰清踉跄着步子，身子顺势撞在墙上。背转身来，她靠墙站着，这才下意识地叫出了声。

别喊！那个年纪稍大些的男子冲江汰清叫道。他迅速走到窗前，用鹰隼般的眼睛朝外望着。

你是这里的住户？

不……俺，俺是从河北来的乡下人，今早刚到的上海。

那你来这里干吗？

俺来找俺表姐……江汰清故作镇定。以前为了应急，早就编排好的话脱口而出。

你表姐姓什么？

姓李。

婆家姓李还是娘家姓李？

娘家姓刘，婆家姓李。

可文安坊内，没有李刘氏啊！两个男人对望一眼，又一起盯住江汰清。

俺不知道，俺听表哥说她住在这里的……大哥，莫非，莫非俺走错路了？江汰清这样说着，忽地想起出门之前，陈烈对她说起的那个梦，眼泪不禁扑簌簌从眼里滚落。这才想起装在大衣内兜的两份文件，心瞬时绷紧，双手下意识地绞着大衣纽扣，可怜巴巴地说，大哥，放俺走吧。俺走错了路，这也有错吗？俺要去找表姐。

你是共产党！年长些的男人盯紧江汰清，这样恐吓了一句。

啥？共产——党，俺不是啥党。俺是来上海托表姐找事做的。江汰清说着，号啕大哭起来。

两个男人对望一眼，耳语几句。年长些的男人走了出去。听到他在楼下打电话的声音。另外一个年轻男人从兜里掏出烟，叼在嘴上，摸遍口袋，却找不到火柴，便在屋子四角翻弄起来。大概是江汰清的哭声让他感到心烦，忽然嚷道：赶紧交代，你就是共产党。若不交代，等会儿把你送进牢房，就有你的苦头吃了。

趁男人不备，江汰清从大衣内兜掏出一纸文件，团在手里，做掩面哭泣状：大哥，你行行好，俺真的不是你说的那种人，俺是从河北乡下来的，俺家里老的老小的小，丈夫有病，一家人都在等俺挣钱养活……

纸团卡住她的喉咙。江汰清干呕着，痛苦地蹲在地上。

男人更加心烦。由于没找到火柴，他把手中的香烟揉碎。然后，一把揪起江汰清，让她贴墙站好，故意打趣说：我看你就是共产党，凭我的眼力判断，你不但是共产党，还应该是共产党的一个大人物。

门外响起脚步声。那个年长些的男人打完电话回来，问：怎么了？

没怎么。年轻男人放开江汰清，转身，再次从兜里掏出烟，问，有火吗？

两个男人点烟之际，江汰清从大衣内兜掏出另一份文件，攥成一团，悄悄丢在脚下。她的脚下是揉皱的各种纸团。据她判断，这间屋子已全面搜查过，想来不会再搜第二遍的。

外面响起汽车喇叭声。俩男人一左一右架起江汰清，向门口走。江汰清再次号啕大哭。她两腿踢蹬着，把脚下的纸团搅乱。有一些滚到床下。

2

接到陈烈寄来的那封信，已是这一年的6月末了。

江韵清读完信，她的母亲当即便哭了，说：你姐得的这是啥病啊？一准是不好的病！要不然，你姐夫不会寄这样一封信回来。想当初……你姐夫遭难，你姐姐一人在东北，头生孩子夭折，这么大的事，也没给家里来过一封信啊……

父亲在一旁叹气，打断母亲的话说：你就别提当初啦！这就赶紧地，看看谁能腾出空来，去上海照顾她大姐吧。

母亲说：我就提！孩子们都是被你惯坏的！想当初，汰清嫁那个姓陈的，我那么样地不乐意，你非但不管，反倒说这姓陈的有远见，有抱负。你看看现在，他混的这是啥日子！先是在东北蹲大狱。本来以为大狱蹲到头，苦尽甘来，带着汰清去上海能过上好日子，没想到……

父亲想申辩，却欲言又止，只有叹气的份儿。

一旁的江韵清打断父母的争吵，安慰母亲道：妈，你别凡事往坏处想，我姐夫来信说，我姐只是得病，也没说多不好的病。孩子小，自然缺人照顾。你想啊，你那小外孙刚刚三个月大吧，再加上你那大外孙女，我姐夫要做生意，他一个人怎能照顾得过来。

母亲这才暂时安下心来。和父亲对望一眼，半嗔半怨道：你说让谁去！你把茂群放出去，一年半载家里也收不到他一封信。韵清刚找了份工作。宜清在北平念书。竺清读高中，学业更是不能耽误……你说让谁去！咱俩这老胳膊老腿的，别说照顾病人，就是赶到上海，那么天高地远的地方，说不定都会散了架，只有要人照顾的份儿。

江韵清轻声说：我去吧。

父亲看她一眼，说：你去？那你的工作咋办？刚去学校一年，好不容易站稳了脚跟。下学期的任课聘书是昨天收到的吧？这份工作丢了多可惜呀……

江韵清说：我去看看，照料一下，说不定临开学，我姐的病就好了呢！

母亲释然。赶紧去自己房内祷告，祈求上帝保佑她的女儿平安。

那年月去往上海的路线，无外乎如下几种：一是坐船，直达上海。虽不劳累，但行程缓慢。二是坐火车，沿平汉铁路或津浦线到南京或汉口，过长江，再转车抵达上海。三是转道北平，乘中国航空公司的飞机到南京，然后再转乘火车，离上海也就很近了。由于时间和消费上的原因，显然第二种出行方式，对江韵清来说再合适不过。

这是江韵清第一次坐火车。在随后多年的颠沛流离中，那种复杂的心情，是她今生唯有的一次体验。火车行速缓慢，犹如一只笨重爬虫。车窗外的景色如卷轴一样缓缓闪现。葱茏田野及凋敝村镇，无不给她一种新鲜感受。但这种感受还未在心头盘桓多久，她便看到被风驱赶的灰黑色乌云，自北方而来，赶到火车前面。随着雨水的降临，她会想到姐姐的病情，心情也会随之黯然下来。但雨水却在瞬间停驻，阳光乍现的那刻，她又想姐姐的病或许不会那么严重呢！她知道姐夫和姐姐的身份。在去年，在她任课的学校，经人介绍，她加入了党组织。但年初，那个介绍人却莫名失踪，至今杳无音信。这让江韵清感到前所未有的渺茫。此次去上海，她最大的心愿，一是姐姐身体无恙；二是通过姐姐姐夫，能和组织取得联系，从而实现自己的抱负。

由南京换乘火车之后，江韵清感到一丝惶然，周围全是讲南方话的乘客。由于旅客众多，江韵清未买到坐票，只能站在车厢过道里。火车启动之后，江韵清明显感到，一只手在自己身上触摸。她首先想到的是自己怀中的包裹。她把包裹挪到胸前，警觉地扭头看了看。身后，一位身材比自己略高些的男子别过头去，假意朝车窗外看着。江韵清朝自己右侧的一位中年妇女身边挤了挤，意图离他远些，一只手扶住座椅靠背，另一只手更紧地挽住了怀中包裹。途经镇江，又涌上大批乘客。江韵清被人群裹挟，再次同那位不怀好意的男性乘客挤在了一起。

车厢里闷热难当，大部分乘客昏昏欲睡。

你干吗？！江韵清终于发出一声忍无可忍的喊叫，顿时令周围乘客打起了精神。

被江韵清呵斥的那位男子面无愧色，用宁波话嘀咕了几句什么，引起周围几位乘客的哂笑。众人把目光投到江韵清身上。江韵清听不懂他们说的是什么，正自窘迫，却见右侧座椅上的一位青年站起身来，拨开挡在江韵清面前的那位中年妇女，说：大嫂，让一让。又对江韵清说：来，姑娘，坐我这里吧。

为了急于摆脱那男人的骚扰，江韵清连客气都未客气一下，便抽身坐下。直到车厢里的气氛归于平静，她这才偷偷打量了一眼站在自己侧面的那位青年。只见他瘦高个子，穿月白色短袖衬衣，领子袖口干净得一尘不染：面颊瘦长，一双细长眼睛正凝视着窗外。江韵清仰脸，对他说了一句：谢谢你啊。

青年收回目光，低眉看了江韵清一眼，淡然一笑，算是对江韵清的回应，问：您天津人吧？江韵清答：是啊。转而江韵清便会心地笑了，因为从那男子的话音里，听出了熟悉的天津口音。老乡的身份是确凿无疑的，这也是他愿意给自己让坐的原因……江韵清这样想着。在江韵清心里，其实更想问一问他叫什么，家住天津哪里，是不是去往上海。但见青年目光沉静，看着车窗外的景色，似乎想着什么心事。她一个姑娘家，也就不好再去搭讪。

一直到火车驰近上海，江韵清再没有同那青年说话的机会。准备下车的乘客向车门处涌，青年男子离开了江韵清的视线，只能看到他的背影，干净衬衣都被汗溻了。她本想下车后再同他道声谢，但等走下火车，却连他瘦高的背影都看不到了。

从外表看去，坐落在英租界小沙渡路合兴坊的这座二层小楼显得颇为气派。从临街的马路拐进弄堂，便少了人马车流的喧杂，显然非市井之地。江韵清从弄堂口下来，付了黄包车的车费，依照信封上所写地址，寻到弄堂深处，抬手叩响标有15号门牌的铁门。

很快便听到门内传出女童稚嫩嗓音的回应。接着，铁门上方拉开一个圆形孔洞，一只眼睛附在上面，和江韵清的目光交会。

你是谁?

江韵清问：这是陈烈家吗？

没有回答。漆黑眼珠定住。

江韵清恍然大悟，柔声问：你是不是华姿？

那眼睛动了一下，依旧问：你是谁？

我是你二姨啊！天津你姥姥家的二姨。小时候我见过你一次，那时你还在吃奶，当然记不得我啊。

我妈叫什么名字？问话声充满了警觉。

江韵清止不住想笑：江汰清啊！

别名呢？

别名？

就是小名啊……

江韵清笑起来。你还知道你妈的小名啊。大青！你妈叫大青，我叫二青，你三姨叫……

话音未落，眼睛从孔洞处消失，接着响起门闩被拨弄的声响。只是那声音响得艰涩，想必是门闩与插孔之间有些走形，又或是小孩的手上缺了力气。

江韵清耐心等着。待铁门闪开，一个头发枯黄的女孩几乎撞在她的腰上。她紧忙抱住，想用手拢住她的脸，好好亲热一下，却不想女孩反身迅速关好铁门，又颇为费力地对付起那滞涩门闩来。在江韵清的帮助下，铁门迅速闩死。女孩这才站定，有些羞涩地看着江韵清，叫了声：二姨。

江韵清半伏身子，和那女孩齐高。忽然看清这女孩眼睛虽然晶亮，却面黄肌瘦，头发过肩，显然好久未曾打理过。想到大姐的病情，心内不禁有些酸楚。

女孩呆呆地看着江韵清，说：姨，你长得真像我妈！

江韵清这才醒悟过来，朝迎面的楼层看去，问：你妈呢？快带我去看你妈。

女孩闪了一下身子，迷惑不解地说：我妈，我妈出远门啦！你不知道？

出远门了？怎么会！信上不是说，你妈病了吗？

没有。出远门了，走了好久了……

江韵清的心里升起一个巨大的问号，皱眉问：你爸呢？

爸爸出去了。刚走。过一会儿就该回来了。

天色近晚。寂静里忽然响起一阵细弱的哭声。女孩一愣，急忙向楼内跑去，边跑边说：弟弟醒了。我要去照看他。

江韵清随在女孩身后，走进这幢灰瓦砖房的小楼。见一楼客厅摆设阔绰，沙发、藤椅、立柜、几案一应俱全，几只崭新的描红色铜包角皮箱很规矩地摆放着。哭声是从楼上传来的。江韵清将行李放下，急忙沿楼梯上去。见外甥女华姿跪在床上，正在徒劳地安抚着躺在床上哭啼的婴儿。

江韵清上前，俯身将婴儿抱在怀里。这才嗅到二楼的居室里有一股浓重的尿臊味。婴儿下身没穿裤子，上身穿一件破烂背心，有些肥大，显然是抽掉棉花的夹衣改做而成。

婴儿在江韵清的怀里安静了一会儿，仍旧啼哭不止，任江韵清怎样安抚，也不见效果。华姿在一旁将手指伸进婴儿嘴里，说：弟弟饿了，以往饿的时候，就是怎么哄都不行的，只好让他吮手指。

那快去给弟弟拿些吃的啊。江韵清说。

可什么吃的都没有啦……华姿黯然说，红薯都吃完啦。

江韵清说：你去把我放在楼下的行李拿上来。

女孩下楼之际，江韵清抱着婴儿在屋内踱步。抬眼见居室的格局虽然宽敞，却显然是少了摆设的缘故。除一张堆满杂物的桌椅，整个房间内空空荡荡，填满了向晚的夕阳。和楼下的客厅比起来，显得异常寒碜。

依照吩咐，女孩打开江韵清带来的包裹。从包裹的夹层拿出路上吃剩下的两块烧饼。江韵清拿过一块，咬一口，在嘴里嚼碎，再吐一点在指尖上，递进男婴嘴里。男婴不哭了，却等不及，雏鸟一样拱到江韵清嘴边，直接从江韵清的嘴里啄食，让江韵清心里起了一阵麻酥酥的寒意。低眉一看，见华姿手拿另一块烧饼，不知如何处置。她抬头看一眼江韵清，低头嗅一嗅烧饼。江韵清问女孩：华姿，你也饿吧？饿了就把那块烧饼吃掉。

女孩笑了，问：我可以吃吗？

江韵清点头，说：有啥不可以的。

女孩埋头吃那块烧饼。她起初吃得小心翼翼，一只手端在下巴处，接着掉落的饼渣，随即狼吞虎咽起来，却又被噎住，翻着眼睛，不住打嗝。江韵清腾出一只手，去拍她的后背。顺手拿来桌子上的一杯水，要她喝下去。

女孩停止了打嗝，很快变得安静下来。江韵清一看，见那半块烧饼同空了的水杯一并放在桌上。江韵清问：你咋不把它吃完呢？

女孩笑笑，舔着嘴唇说：吃不完了。那剩下的半块，留给爸爸吃吧。

安抚好两个孩子。江韵清不顾劳顿，收拾起屋子来。她整理好整个卧室，又清扫了楼道，顺势将卧室左侧的一扇房门推开。

她倏然停步。一股扑面的热气迫使她又朝后倒退一步。狭窄的亭子间内，窗户全都封着，屋子里显得异常昏暗。只能模糊看清靠墙的地方，放着一副窄小桌椅。依稀能看清桌子上的笔墨。让江韵清感到奇怪的是，在紧靠桌子的墙角，竟放了一只火炉。炉火虽熄，却是经常使用的样子，在这夏末秋初的季节，显得极为怪异。待眼睛适应了屋子里的昏暗，又看到火炉旁的砖地上，放有一只灰盆，盆里有燃过的灰烬，在混沌的空气中散发出一股难闻的纸灰味道。

江韵清正自踌躇，不知该迈步进去，还是该抽身出来。身后传来外甥女华姿细声细气的说话声：爸爸说了，这间屋子不能进的。平时，爸爸都不许我们进的。

华姿的语气里暗含一丝责备。江韵清不由得红了脸，急忙退出，转身将木门关死。

姐夫陈烈是天黑之后回家的。自三年前在天津见过一面，这是江韵清同陈烈的第二次晤面。夜色中看不清陈烈的脸，只觉得他穿戴还算体面，一顶夏凉礼帽戴在头上，遮了半张面颊。华姿掩饰不住兴奋，悄声喊道：爸，我二姨来了。陈烈只看了江韵清一眼，并未说话，像个极其冷漠的人。那时推独轮车的贩夫刚刚拐过弄口，寂静街巷里响着车轮辚辚滚动的声音。陈烈脚下，一担红薯被月光照彻，像一堆浑圆的珠宝，引得华姿弯腰，无比怜惜地抚摩着。陈烈试图一人拎起盛红薯的筐子，试了几次，却是徒劳。只能在江韵清的帮助下，二人合力，静默无声地将两筐红薯抬进院子。

直到进了客厅，掩上门，陈烈这才变得热络起来。他拉了一下江韵清的手，说：韵清，你终于来了！说完这句，却再无话。他摘下礼帽，习惯性地嘟嘴吹了吹礼帽上的灰，又下意识用两手掸掸袖口。江韵清这才看清，灯光下的陈烈，面色显得极为苍白。脸颊瘦削眼窝凹陷，一张薄唇呈紫色。他喝了一口水，疲惫地瘫坐在椅子上，舔着嘴唇，显然是话也不想多说。待缓了一会儿，望一眼女儿华姿，他问：

饿了吧？又意识到江韵清的存在，尴尬笑笑，对江韵清说：劳累一路，韵清，你也肯定饿了！我这就去做饭。

陈烈反身去外面的厨房烧饭。江韵清哄着睡醒的婴儿，一时间找不到和陈烈说话的机会。不过先前看到的情形，却让江韵清心里有了一丝怨怼。陈烈端着一只饭盆进来，饭盆上扣一条鱼。那鱼色泽鲜艳，引人口涎。却不想陈烈从容地将鱼倒拎起来，放进一只抽屉。放在饭桌上的，除一盆冒着热气的红薯之外，再无其他饭食。华姿发出一声赞叹，凑上前，去盆里捞了一块红薯，不想被烫了手，嘴里唏嘘着，兴高采烈地吹着手指。

见江韵清眼神疑惑，陈烈仍旧尴尬地笑笑，说：韵清，你大老远过来，实在没有什么好吃的可以款待，你就多担待些吧。

三人围坐桌边吃红薯，吃得静默无声。

江韵清忽然问：我姐呢？

陈烈喉头耸动，看了女儿华姿一眼，悄悄对江韵清摇头，显然有什么难言之隐。

江韵清会意，从此再不发话，心里却有了更深的疑虑。

待孩子们睡去，两个大人在客厅坐下来，陈烈掩了窗门，这才将事情的原委对江韵清道出。

听到姐姐被捕入狱，江韵清更为揪心。

陈烈说：韵清，前些日子你大哥去苏区，从上海路过，专程来看过我和你大姐。从他那里，我了解到你的一些基本情况。你能来上海是最合适不过的……

江韵清打断他的话：我知道你和大姐的身份，实不相瞒，我也加入了组织。

陈烈惊喜地说：是吗？那就太好了！

你知道我大姐被捕后的情况吗？

不知道……陈烈说。那天晚上，我久等她不回，知道一定是交通站遭到了破坏。因为我们先前便有过多种预设，甚至每次出行的路线都经过认真安排，所以说路上肯定不会出事。我坐等一夜。第二天早起，只能另找住处，带孩子们搬家……

江韵清打断他的话：你为啥这么急着搬家？难道担心我大姐叛变，把你招供出来？

陈烈说：哪里会！她是死都不会招供的。即便没有她的丈夫和孩子，她也不会在信念上有丝毫动摇。

江韵清说：那你急着搬家，她若没有被捕，又到哪里去找你们？

陈烈叹了口气，略有保留地说：这你倒不用担心……我们之间，有过约定，任何一个人出了纰漏，另外那个必须要迅速撤离原来住的地方。即使换了她，也会这么做的，这是铁的纪律。

江韵清仍旧不解，只能听陈烈一路沮丧地说下去：我找了好多地方，但人地生疏，又加之我此时的身份，租房实在是难。你要知道，现在上海地面上，是不准将房子出租给单身汉的，所有单身的人，必须要找一份担保……这家房东还算不错，经我好说歹说，免了铺保，却把房租的价格抬得很高，收了我每月三十块大洋……这一下，便把我的日子搞得很惨。

说到这儿，陈烈凄苦一笑：所以说，只能用红薯招待你了。

江韵清低了头，说：你们平常就是这么过的？我倒没什么……只是，看着孩子们可怜，我心里难受。

一席话，让陈烈眼里泛起泪光。他嗓音哽咽着说：孩子们在跟着我受苦哪！华姿大了，倒懂事一些，只是可怜了我那刚满三个月的儿子。没有奶吃，营养也跟不上。我没办法，只能喂他红薯充饥，有时实在没东西可喂，只能喂他些白开水……他整夜哭！只能整夜抱着他。他哭累睡着，又会饿醒，继续哭。我也跟着他哭……

江韵清的情绪有些激动，擂了一下桌子：那你怎么不去找组织，让组织帮你解决！

自从搬了家，我便和组织彻底失去联系。即便不搬家，我也不能擅自去找组织啊。因为我们工作的性质，只能一人出面和组织上单线联系。先前每次去交接任务，都由我去。后来我身体不好，这才派你大姐去。这一变更，组织上也变更了原来的联络人……我在万般无奈之下，偷偷地到原来的联络地点去过。那里完全变了模样。交通站遭到破坏，是确凿无疑的。

那可怎么办？江韵清问，不能总这样下去啊！

只能苦熬！陈烈牵牵嘴角，苦涩地说道。这样说时，他瘦削的脸上倒显出一种坚毅来。我带着两个孩子，真的快撑不下去了。按照组织上的规定，即便没孩子拖累，我也不能出去找事做……其实到现在，我已逾越了工作纪律的规定……

江韵清仍旧不解。

陈烈说：我想以后，组织上得知情况，是会原谅我的……我不能眼睁睁等着自己和孩子们饿死呀……所以每次去曹家渡的山芋市场买红薯，我都是下午出门，等到天黑，雇辆独轮车，才敢把红薯运回来。

江韵清问：为啥要这样？

陈烈吁了口气，显然方才的倾吐舒缓了他胸中的块垒，语气变得轻松起来：是怕引起邻居的怀疑呀！你要知道，我搬来这里的身份，是做木材生意的老板。一个身家还算显赫的老板，总不能天天都啃红薯充饥吧。所以说日子多难熬，我都要死撑面子。为了换钱买红薯，我把二楼的家具全部变卖。但这客厅里的每一件东西，我都不敢动，还有我身上的这身行头……

江韵清牵牵嘴角，不禁哑然失笑：那条鱼？

陈烈一愣，也笑起来，说：以前我有个朋友，老家在湖北荆州，民国之后，那里改为荆春县，生活相当艰苦。乡人每次宴客，拼尽家底，也撑不起一桌席面。每次宴席，便要端上这四道大菜……说到这儿，陈烈显然来了兴趣，冲江韵清招手，来来来，我给你看看那是四道怎样的大菜。

江韵清随他移步过去。陈烈拉开抽屉。抽屉内，放着四块用木牌雕饰的动物，每一样皆颜色鲜艳，食色可观。陈烈逐一将它们摆上桌面，用手点戳着：这一道是糖醋鱼，这一道是红烧猪蹄，这一道，盐水鸭，还有这一道，是华姿最爱吃的——香酥鸡了……说到这儿，陈烈脸上的高兴劲儿荡然无存，华姿这孩子，真是懂事。有时我骗她，把红薯剥皮，切成小块，说是点心。她也会陪我假戏真做，还说，妈妈不在，我们怎么能天天吃这么好的大餐？

江韵清转身去了二楼，将自己带来的包裹拿下来，放在陈烈眼前，默不作声打开。灯光下，只见靛蓝色包裹里，横排放着用草黄纸紧裹的圆柱形物体。江韵清抄起一个，两手掰开，瞬间便听到银圆滚落桌面的脆响。

江韵清说：这是我出门时，父母让我带过来的三百块银圆，说是给大姐看病用的。大姐居然没病，这当然是幸事，但家里遭此大难，也不是什么万幸的事了。这些银圆，你就拿它应个急吧。

陈烈喉头耸动，发出吞咽唾沫的声响。他高高的颧骨在灯光下泛起一层红晕，搓着手说：太好了！真不知该怎么感谢他们二老。

江韵清坐在灯光下默然不语。

陈烈不禁心存疑虑地问道：那你……准备怎么办，是回去，还是留下来？

江韵清翻眼看了他一下，幽幽地说道：你说呢？

陈烈脸上露出为难的样子。

江韵清说：你说我能走吗？先不说你，单看两个孩子，被你养成什么样！那么可怜，我咋忍心一走了之。

陈烈愣了一瞬，激动起来，说：那可太好了！韵清，我现在太需要你了。孩子很重要，需要你的照顾；但还有更为重要的事，需要你帮我去做。来来来，随我到楼上来。

灯光拉亮。密闭屋子里混沌的空气令人窒息。陈烈剧烈咳嗽着，单手拄着桌角，弯着腰，另一只手捂着胸口。那咳嗽声听来异常骇人，让一旁的江韵清手足无措。她欲上去帮着捶背，却被陈烈摆手制止。他踉跄着步子，转到右侧墙角，单膝跪下，探身到桌下摆弄了一番，又摇摇晃晃起身，走到靠东的墙面，单手一推，只见木板墙豁然闪开。靠里二寸，是略显斑驳的原旧砖墙，形成一个狭窄空间。空间内用木板打成隔断，堆满材质不同、大小各异的纸张，层层堆叠，形成一面“纸”的墙壁。

江韵清呆住了。

这是被组织上称为“一号机密”的文件档案，陈烈神情庄重地说道：它包括党中央各届、各种会议记录、决议案；有党中央给各地的指示，也有各地党组织给党中央的报告；里面还有共产国际的指示；有苏区和红军的军事文件，共计两万多份。如果这些文件落入敌手，对我党的损失无法估量……所以中央在设立中央文库之初，就制定了一系列严密的保护措施。保存文件的地址一定要达到独立居住、独立活动的要求；只派一名领导干部与文库负责人进行单线联系，其他领导成员不得过问文库的工作，文库工作人员也不能参加支部大会和集会游行，尽量减少与外界接触，以免暴露身份；文库地址不能固定，每遇险情或更换负责人，都必须立即搬迁……

陈烈喘了口气，用手抚摩着那一摞“纸墙”，继续说：最初中共中央秘书处规定，中央下发的文件和各地上报的文件，均实行“三套制”的管理办法，一份送交共产国际，一份送达中央文库保管，一份由文件阅览处呈请中央领导人批办，由中央特科处理。恰恰是与中央特科的横向联系，引发了中央文库最大的一次历险——前几个月，时任中央特科主要负责人的顾顺章在汉口被捕，随即叛变。由于他对我们在上海的秘密工作方式了如指掌，他的叛变给上海的党组织机关带来了毁灭性的打击。出于无奈，中央特科保管的那批档案已全部销毁。而现在留存的这一份，就显得特别珍贵了……

听着陈烈的讲述，江韵清这才明白，姐姐姐夫为何要过这样一种生活了。

中央机关撤离上海之后，第一位负责保管文件的同志，因身份特殊——他当时是上海临时中央秘书处的负责人，这个职务，务必与更多的地下党组织发生联系，为安全起见，不适合继续保管文件。党组织这才找到我，把文件交到我手中……你要知道，我在东北入狱之后，被营救出来，养病期间与党组织中断了全部联系。中共中央撤出上海后，留下来的地下党组织中，几乎无人认识我。我的身份，也无疑为这些文件增加了一份安全保障。

江韵清屏神静息，神情庄重地问道：留下来，需要我做什么？

陈烈拿起桌边的一条毛巾，擦着额头的汗水。我现在正在做文件的整理工作。按文件形成的时间、地区、作者等分类编号，这样能让文件一目了然，日后能为党的工作发挥更大效用。你看，我编了一份《开箱必读》，详列了查阅须知及全部目录，就快弄好了……你嘛，留下来，帮我照看孩子。以后在家里你是我妻妹，出了家门就是我妻子。务必记住：无论对谁，哪怕是自称我们的同志，不熟悉之前，也不可透露家中藏着的这些文件。我现在化名为张继，公开身份是木材行老板，店铺开在杨树浦……说到这儿，陈烈面露忧戚之色，说，虽然你带来的银圆够我们撑一段时间，但没有生活来源，总会花到山穷水尽。而依靠我们两人之力保护这些文件，也势必存在诸多隐患。当务之急，还是要想办法，尽快找到党组织。

江韵清点头。看着陈烈递过来的小册子，眼露钦佩之色。

看到江韵清满头大汗，陈烈将毛巾递过来，说：擦擦汗吧。

江韵清放下小册子，环顾左右，问：天这么热，为啥还要生炉火？

陈烈一笑：说，之所以生炉火，是为了以防万一。我和你大姐自从领受保管中央文库的任务，便立下誓言：定以性命相护！宁可放火烧楼，与文件俱焚，也不可让它落入敌手！

3

或许是命运使然，这一年，马天目和唐贤平先后来到上海。只不过唐贤平在春天刚刚到来时先期抵达；而马天目的到来却要等到这个夏季临近结束。上海并不是两人命运最终的归属，却是他们命运重新开始交集的地方。

抛开两人的同学关系不说，关于上海这座城市，以前曾在他们的交谈中无数次被提起过。那时唐贤平问马天目：等毕业后，去哪座城市谋求发展？

马天目无从回答。而那时候的马天目也并不叫马天目，而是叫马端方。那时的马端方整天泡在书本中。他主修贸易专业，却对文学及外语充满了极大兴趣。除应对所学专业的考试之外，他把业余时间全部用来自修英语和俄语。他似乎有着充沛精力，甚而对流行一时的鸳鸯蝴蝶派小说也兴趣颇浓。即便他不懂恋爱，却常为小说中男女的爱恨离别伤怀。每见他情绪低落，同学们便知他又在为连载于《世界日报》上的某部小说忧心，比如《金粉世家》。据说，正是凭借这部小说的连载，《世界日报》才攀升为北方报业最畅销的一份报纸。而那个叫作张恨水的作家，自然也是马端方崇拜的偶像。

书呆子！看马端方的迷茫神色，唐贤平会这样半开玩笑地斥责他一句。

马端方仍旧一脸懵懂，自我解嘲说：好，我是书呆子。那你呢？你毕业后要去哪座城市？去实现自己的抱负？

唐贤平脸上虽有隐忧，却胸有成竹地答道：实在无处可去，我就去上海。

关于上海，那个遥远的摩登的城市，年轻的唐贤平与它并无太多瓜葛。之所以对那座城市充满了向往，皆因他的姐姐姐夫，他们就住在上海。而关于他的姐姐姐夫，马端方是经常听他挂在嘴边的……唐贤平的姐姐从湖南湘雅医学院毕业之后，又进入武汉“军分校”深造，北伐战争兴起，做了随军医生。姐姐是唐贤平的骄傲，而在他的口中，姐夫则是一位传奇般的英雄人物。据说，姐夫年轻时曾去法国勤工俭学，后又留学苏联。北伐战争打响之初，便是叶挺“铁团”的团教导员。1927年，“四一二”政变发生，姐夫脱离共产党，加入国民党。那时在上海，他已是复兴社特务处上海特区的区长了。唐贤平说，我要去上海投奔姐夫，投身革命。

而对于“革命”一词，两个年轻的学生并不能充分阐释它的含义。只知它像春雷一样，必定会给死寂的大地带来一些新的气象。

马端方往往听得咂舌，羡慕地对他说：等我无路可走，就去上海投奔你，也跟你去革命。

和唐贤平亲属的革命背景比起来，马端方觉得他的家世略显苍白，不值一提。虽在他祖父那一代，便把钱庄生意做得风生水起，在天津卫赢得了不小的声望，而他的父亲，也曾留学法国，却只是为了使家族生意做得更为壮大，并没有任何投身革命的准备。马端方作为家中的次子（马端方的哥哥脑瓜不太灵光，所以家族的期望自然会落在他的肩上），不负众望地考入北平这所声名显赫的大学，并主修贸易，也全是父亲的授意。他已为马端方铺好了通向未来生活的桥梁——学好外语，见见世面，然后去国外深造。学成归来，将家族生意发扬光大。不说富甲一方，也可保证马家几辈人衣食无忧——如此而已。每当马端方展望自己的前程时，仿佛一眼便望到了尽头——那么枯燥、乏味，甚而庸常的一生。

“命运”这个东西竟是如此奇妙——正是在学校期间，因为接触到唐贤平，以及周围那些进步学生，骨子里或许不甘平庸的马端方，才接触到“革命”这个震撼心灵的字眼，也对自己平铺直叙的未来充满了动摇和怀疑。在最后一个学期刚刚开始时，他所钦佩的同学唐贤平，因参加“学潮”运动，被校方开除。从此中断了联系。

唐贤平被迫返回老家。心理上的压力，以及父亲的咒骂，让他倍感绝望。恰好他此时接到姐姐寄来的一封信。那盖在信封左上角的邮戳，模模糊糊印着“上海”二字。上海——再次燃起他对革命的向往。我要到上海去。他悄悄对母亲说，并且未向暴躁的父亲辞行。在一个早晨，唐贤平告别母亲，随身带了两件简单的换洗衣服，搭上一艘开往上海的客轮。

而那个时候，马端方虽未毕业，但他却不再是那个沉迷于外语和言情小说的学生了。正是唐贤平的被迫退学，以及其他同学遭受的不公正待遇，开启了马端方沉睡的心智，开始被裹挟进学生运动的洪流中。而时常帮他补修俄语的一位教师，更是对他投身革命起到了推波助澜的作用，介绍他加入了地下党组织。只不过这位领路人，在马端方毕业前夕，便遭当局逮捕，至今下落不明。

毕业后的这个夏天，赋闲在家的马端方，仍旧感觉自己是一个无所事事的学生。直到一个天色阴沉的傍晚，一个陌生人找到他，并带来组织上的安排，要他前往上海，他这才意识到自己学生生涯行将结束，并将投身到一场轰轰烈烈的革命中，为此心里竟有着难以抑制的激动。下起了雨，黄昏的雨点虽不密集，却在黑色雨伞的边缘，形成一股股涓细晶莹的雨帘。那位陌生人透露：之所以组织上找到你，一是上海的形势非常紧张，以前留守在沪的地下党人，大部分撤离，需要新的面孔去延续革命工作。二是组织上知道你精通外语，可能会安排你到外国人开办的报社去做记者，从而收集到更多更有价值的情报。具体的安排，还需当地同志依情况而定……年轻人，你的身份和学识，将会在工作中为党发挥更大作用！马端方听到这里，偷偷笑了，笑得有些俏皮。他想起父亲对自己人生的安排，赋闲在家的这段日子，父亲频繁带他去世交亲朋家走动，逢人便讲：犬子不才，只学了两门外语，这就准备去国外留学了。而实际上，父亲确实在为自己的出国留学有条不紊地做着准备。马端方不知道，如果把自己准备前往上海，去外国人开办的报馆工作的消息告诉父亲，他老人家会有怎样的想法？或许他会举双手赞成吧。而将家中唯一一个

“中用”的儿子送到海外闯荡，其实始终是让父亲举棋不定的一件事情。

想到这儿，马端方真的笑起来。这是一种得意的笑。但他的笑瞬息被黄昏的雨幕遮蔽，陌生人看不到——不知被他看到的话，心里会有怎样的想法。自始至终，马端方都觉得这个陌生人极其神秘。他约他在细雨昏蒙的街巷见面。出于礼貌，马端方请他去附近的茶楼坐坐，被他拒绝。他们并肩走完一条短短的街巷，便把所要传达的任务交代得一清二楚。若不是身份的特殊，年轻的马端方是不会对他充满好感的。而正是因这身份的缘由，马端方不由自主地想到：以后他所从事的革命工作，也定会是这般神秘，这般地充满了刺激吧。

他从伞檐下偷偷地打量陌生人。自始至终，这陌生人都将脸埋在雨伞的阴影之下。那种阴暗的效果，是连绵雨水及伞的颜色造成的，更是对黄昏降临的一种呼应。直到分手，马端方都未看清他的长相，只记住了他自我介绍时报出的名字。

我叫吴忠信。我是黄润生的朋友。

前来上海的这一路上，这个叫作马端方的青年是有些忧伤的。旅人的忧伤是他骨子里的气质。而那巨大的伤感，则是和那陌生人分手后的一种延续。他还记得陌生人在街巷尽头对他转身说话时的情形——他嗓音喑哑，冲他“喂”了一声，将伞从额前移开，移开的幅度较大，好似怕雨水消解他所要传达的语意。借助路灯映出的光亮，马端方看清他左眉上方有一颗痣。但他的面容，仍旧在他的意识里模糊不清。

我的朋友黄润生，前几天在狱中死了。

他用低沉的嗓音，将这句话传送过来，好似完成了他全部的使命，迈着大步，消失在街巷拐角。

他那么年轻，怎么会死呢！

马端方一路都在想着这样一个问题。死者那张年轻的面孔不时浮现在他的眼前。而帮他补习俄语时他那拗口的发音，总会倏忽响在他的耳边，冷不丁吓他一跳……而忧伤自会发酵成另外一种情绪。或许是他在骗我呢！马端方开始这样天真地想到。借由这样的想法，他甚而开始怀疑这个叫作吴忠信的人的身份。雨巷里那番短促的交谈，在他的记忆里变得越发恍惚起来。由于漫长旅途的煎熬，缺乏睡眠的马端方，竟开始对自己的出行感到了一丝惶惑。好在他每次用手揉捏衣服内兜的一个信封，那信封上写就的地址，以及信纸上类似秘语般的一封书信，便会清晰地、逐字逐句地浮现在他的脑海。出行之前，马端方对照地图，粗略将出行路线看了一遍。包括火车经过的每一处站点，都清晰地印在他的脑子里。那个地址是确实存在的，或许他并不是一个骗子。如果他真的是一个骗子的话，那就当作一次夏季的长途旅行吧。他这样自嘲地想着。只是颇为遗憾的是，经由南京转车之后，他并未买到头等座，只能挤在臭烘烘的普通车厢。如果这真的是一次旅行，也真的有些煞风景了。

下了火车，马端方先找一家旅店住下。待收拾停当，拎一个皮包，出门叫上一辆黄包车。拉黄包车的是一位初来上海的江北人，当马端方报出他所要去的地址，这位看上去傻乎乎的江北人一脸茫然。坐在黄包车上的马端方挥挥手，说：走吧，我来告诉你路怎么走。

他依据存储在脑子里的地图，指手画脚地指挥着黄包车夫在街巷里穿行。黄包车夫说：先生，听口音，你是北方人啦。一定在上海住很久了吧，要不怎么会对上海这般熟悉。

马端方“哼”了一声，不屑地说：没来过，刚到。

刚到哇！我都来上海快一年了，对很多地方，还是搞不清爽哎。

那是你脑子不清爽。马端方说。

车夫嘿嘿一笑，并不生气。当走到一条岔路时，车夫说：先生，我现在脑子清爽了，我把路全都想起来了。你要去的地方，就在前面这条巷子，只是你要找的那间店铺，我实在搞不清爽。你看前面堵得厉害，这个时间，我要赶着回家，照顾我生病的老娘，我少收你一个铜锭，你走路过去怎样？

马端方下车，把车费悉数给他。

马端方拎了皮包，沿街寻找。一路上只是抬头寻看铺面，却见五颜六色的匾额上大多写着“丽人阁”“醉花楼”“才兴隆烟馆”“大升楼烟馆”这样的铺名。他暗想，自己所要接触的同志，怎么竟把工作地点安排在这样一个貌似花街柳巷的地方？正自疑惑，站街的一个女人叫住了他，一脸媚笑，说：小哥，刚到上海的吧，要不要快活快活？马端方不答，只顾仰头前行。女人从背后一把将他拽住，说：小小年纪，莫非是来寻旧相识的？马端方无奈，只能与她搭讪，问她：这条街上，有没有一家叫作“博古亭”的店面？那女人望着他，眼神里充满挑逗。马端方从兜里掏出一些钱给她。女人将铜板放在手里掂量，问：小哥，你来这里，是来泡女人，还是过烟瘾的？马端方说：我找一家古玩店，想淘些古董。女人说：这条街上，全是活色生香，哪有什么古董？马端方问：这不是北门街？女人笑了，说：这是新北门，你要找的古玩店，是在老北门。出了巷子右拐，要穿两条街才能到。

马端方哑然失笑，知道被那车夫骗了，抽身便走。那女人在他身后喊：小哥，你给我的这些铜锭，再添上些，也就够我陪你一天了。看你细皮嫩肉，我不再多收你的，你就别走了，让我也尝尝你的鲜吧。

位于老北门的博古亭，处于巷子尽头。等马端方找到时，时间已是下午，整条街上不见几位玩客。马端方迈步走进店内，见铺面冷清，竟无人出来迎客。因自家有一位亲戚喜欢古董，马端方对古董倒略知一二。放眼望去，见靠墙的陈列架上，零落摆放的没有几件好货，全都是常见的大路货，多以瓷器为主。

马端方咳嗽一声，喊了一句：有人吗？

一阵窸窣响动。屏风后，踱出一位睡眼惺忪的男人，走路步子不稳，定睛看去却是有些跛脚。他个子不高，却极其壮硕。看上去不像开店之人，倒像个练过功夫的拳师。眯眼看马端方，也不说话。

马端方调侃一句：也不怕店里的宝贝被人拿走啊。

男人看了看他，不苟言笑地答道：正准备搬家，店里也没几件值钱的东西。喜欢古玩的都是斯文之人，没有顺手牵羊的习惯。

马端方一笑，忽然端正表情，俯身到柜台上，悄声问：贵店有没有一种“黑碧玉”的茶具？

男人一愣，认真打量了马端方一眼，说：先生，这是古玩店，不是茶具店。

马端方说：赏古董喝绿茶，更有雅兴。

男人露出不悦的神色：先生是要喝茶还是买古董？

马端方答：喝茶。

男人说：恰好我刚泡了一壶绿茶，先生若是朋友，就请喝一杯；若是来我这里挑刺，那就……

怎样？

还是请你喝茶。

男人答完这句，仍是一副不苟言笑的样子，朝店铺外看一眼，朝马端方一摆手，一瘸一拐地朝屏风后走去。

屏风后的房间不大。窗外是一处闲置的花园，被一堵矮墙截断。男人换上一副热络表情，一番寒暄过后，男人称自己为“邱老板”，又问马端方：口渴了吧？刚好我真的泡了一壶茶，只是不是绿茶。坐下来，先喝杯茶。说话间站起来，一瘸一拐拿来茶杯，替马端方斟茶。

二人顺利接头，很快进入布置任务的程序。邱老板又换上一副不苟言笑的表情，告诉马端方所应注意的事项——首先要从旅馆搬出来，找一个固定地方住。邱老板说：租住的地方我会为你安排。以后我这里你不能来，有情况我会主动派人找你联系。具体的工作，等你安顿好之后再另行通知。你先休整几天，尽快适应这里的环境。另外，你要更换一个名字，彻底改变以前的身份。这样能保证更隐蔽，更安全。

马端方喝一口茶，端详着手中的杯子。忽然发现茶杯竟有些眼熟，想起以前父亲在家里用过的也是这种茶具。这杯子色釉朴拙，黑褐底色上呈现的斑点花纹却不失灵秀。他随口问道：这种杯子我家里也有，只是不知道属于哪一路瓷器。

邱老板说：这是天目杯，产自江西吉安一带……这种是木叶天目釉。

放下茶杯，马端方又看到茶桌一角放有一本折页的书。随手捡起，翻了翻，不禁笑了，问：你也爱看这种小说？

邱老板一愣，说：消遣，打发时间用的。

马端方翻着书页，又反身从自己的皮包里拿出一本书来，大咧咧道：我这里也有一本，刚买的，路上就看完了，剩下的时间也不知怎么打发。咱俩换着看一下，你若不愿意，等我看完再还你。

邱老板沉吟一下，暗自笑笑，有些无奈地说：好吧。

马端方同邱老板握别。走出屏风，转身对送他出来的邱老板说：以后我就叫马天目吧。我挺喜欢那种茶杯颜色的。

等安顿下来，马端方——现在应称马天目了虽打消了被骗的疑虑，但两天过后，邱老板找到他，给他安排到达上海后的第一项任务时，心里却不禁又有了一种被骗的感觉，惊问：让我去路边的电线杆上贴广告?

是的。不但要贴广告，还要留意别人贴过的广告内容。邱老板认真地说。

马天目想说，不去！但一想自己已成了马天目，再不是马家的二少爷，便收住话头，却还是不由自主地嘀咕道：临来时，我听天津方面的同志透露，不是安排我去报社做记者吗?

以前组织上是有这样的打算，但现在形势紧迫。以前的同志全都转移，或完全进入隐蔽状态。考虑到你初来上海，没人认识你，所以安排你去做这份工作，是再合适不过的。

马天目低头，半晌才说：好吧。

邱老板忧心忡忡地看着他，似乎怀疑他是否胜任这份工作，又叮嘱道：你这身行头需要换换，换上一身普通人的装束。一边找工作，一边找亲戚，这样才更合理一些。

马天目不耐烦地说道：我知道啦！

几天之后，当邱老板去马天目的住处同他约见，险些笑出声来。

马天目完全变了一个人。肤色黝黑，胳膊晒暴了皮。再看他的装束，原来穿在身上的那件月白色绸衣不见了，换成一身浅灰色短衣。脚上的皮鞋也不见了，趿拉着一双布鞋。

马天目打开门，话也不说，回身倒在床上，侧脸朝里，显然在同邱老板闹情绪。

邱老板跛脚拉过一把椅子，坐下来，俯身问：怎么样，有没有进展？

马天目身子动了动，看邱老板一眼，闭目不答。

邱老板暗笑，说：是不是很辛苦啊？

马天目翻身坐起，气鼓鼓地把所走过的街巷名称及这些街巷从左至右，第几根电线杆上贴了什么内容，第几根电线杆上又贴了什么内容，倒豆子般说了出来。临了，近乎得意地说：就是没有你要找的那条消息。

邱老板近乎呆住了。他想不到马天目的记忆力和辨识能力如此之好。就连他这个土生土长的上海人，也不可能把这些内容全部记住。每当马天目说出哪条街上的情形，以及电线杆所处的方位时，他还要在脑子里过滤一遍，才会依稀想起他所描述的轮廓，从而确定马天目还是很认真地履行了自己的职责。

那你贴出的广告没有一点回音吗？

邱老板松了口气，不禁有些心疼地问道。他也觉得让马天目去街上干这种工作，确实大材小用。

没有。我都看过。广告刚贴上去，不是被别人贴的广告盖住，就是被人揭下来扔掉。我看这样做没有任何意义。

邱老板沉吟着，眯了眼说：没有意义也要做，这是如今我们唯一的办法。接下来你继续去电线杆上贴广告，还要留意路过的各个厕所，还有垃圾桶上，有没有我们要找的消息。

马天目又气得躺倒在床上，垂头丧气地说：这有意义吗？

邱老板点了一支烟，看着马天目。

你们是不是在考验我……马天目翻着眼睛，有些委屈地问。

这是工作需要。邱老板吐一口烟圈，脸上的表情变得更为严肃。我们要尽快地找到那份暗语，那是与我们失去联系的人发出的联络暗号，他肯定也在找我们。不但我们在找他，敌人肯定也在找他，他手上有一份极其重要的东西。一旦落入敌手，后果不堪设想。寻找暗语贴在电线杆上，是一般的应急措施。如果情况紧急，双方联络人便会把暗语贴在厕所、垃圾桶上。那里不会引起更多注意。组织上与我们要找的人，失去联系已有半年之久，你可以想象一下他现在的处境……

马天目侧耳听着，慢慢地从床上爬起来。

那要不要把寻找的范围再扩大……我觉得，我们要找的人，或许不在我们的掌控范围。上海这么大，如果一个往东，一个往西，永远踩不到一个点上，是永远也找不到的。

我也这么想。邱老板肯定了他的建议。只是要辛苦你了。你走过的范围大都记下了吧？下次，那些走过的地方就没必要去了，还是把寻找的范围扩大吧。上海这么大，找一个人，无异于大海捞针啊。

每次出门之前，陈烈都要对江韵清千叮咛万嘱咐，唯恐她出去后找不到回家的路。因为老婆江汰清初来上海，便曾闹过迷路的笑话。

但江韵清却没有让陈烈失望过，她不但每次都能安全返回，还能如期完成任务。寻亲的广告贴出去，却大多石沉大海。这不免让陈烈感到焦虑。随着这种焦虑的延续，就连江韵清也感到有些茫然起来。

这天江韵清再次徒劳无获地回家，对陈烈说：这样下去总归不是办法，难道除这种联络方式之外，就没有其他办法吗？

陈烈说：有倒是有。在你来之前，出于无奈，我去报上登过消息，但这种登报的办法目标太大，容易带来危险，费用也高。况且我登出的消息，得不到一点回音，说明我们要找的人，也一定处在潜伏状态，不敢轻举妄动。按照以前制订的方案，把广告贴在厕所和垃圾桶上，应该是现在这种环境下最为稳妥的办法。如果他们也在找我们，也会照此办法进行。

江韵清叹了口气，说：都快两个月了。

陈烈咳嗽了一声，忽然灵机一动说：我按照原来的地址，给你大哥江茂群所在的苏区写一封密信，你看怎样？如果能收到，再好不过，他们肯定会派人来找我们。如果收不到，也不会对我们形成多大威胁。

信发出去之后，两人心里才算踏实了一些。多一份念想，总比少一份希望要好。只是随着日子的更迭，生活费用的问题再度让陈烈有了一种无米为炊的紧迫感。在勉力维持的情况下，江韵清带来的钱也快花完了。而随着天气转凉，陈烈的病症日益严重。他自感时日无多，就竭尽全力地加快着整理文件的工作。每当夜深人静，江韵清总能听到从那间密室里传出的沉闷咳嗽声，像是从地底传出的怪兽的咆哮。她把白天从市场上买回的萝卜洗净，切成小块，悄悄给陈烈送去，并问他需不需要她的帮助。萝卜成了陈烈唯一的良药，他舔舔嘴唇，对江韵清说：不用。你插不上手的。还是早点休息，明天还要出门呢！

印制小广告的花费虽不多，对他们来说也是一笔不小的开支。和生活上急需的那些物品比较起来，江韵清竟有些心疼。它的价值，和每天走街串巷一样，虽是无用功，两人心里却明白：那是他们摆脱困局的唯一途径。

那天江韵清去印刷坊，恰好老板不在。江韵清同小伙计讨价还价。小伙计说：找来找去，你的亲戚找不到，你又不去找事做，早晚会饿死的。江韵清凄苦一笑，明白他的好意，说：就是饿死，也要找到亲戚呀！小伙计说：算了，我劝你最好还是别再印这些东西了。喏，他指了指墙角一堆覆了灰尘的广告纸，那些都是以前别人印好的，没来取，就当废品卖给你好了。你又会写字，买些笔墨，回家自己手写，总比花印刷费要便宜得多。

江韵清如获至宝，捡了一些废纸回去，当夜便手写了很多小广告。以后每次出门，将手写的广告贴出去之后，还会顺手牵羊捡些别人的广告回来。依据纸张的成色，将联络密语写在纸张背面。

江韵清的做法，委实让陈烈感到欣慰。短短两个月过去，她竟学说了些上海话，虽说得有些半吊子，却有模有样，出门办事完全够用。有天她还抱了一株花回来，是一株几近枯萎的灌木类植物。江韵清说，这是她在街上捡到的，显然是看养不活，别人丢弃的。找了一只旧瓦盆，将它栽植在里面。每日里一有空闲，便悉心为它浇水、施肥。不几天，植物便活过来，枝叶葱翠生机焕发，转而开出红色的花朵。江韵清喜出望外地对陈烈说：花都开了，我们要寻找的贵人，也该出现了。

4

姐夫从外地出差回来的时候，唐贤平已在上海待了半月之久。怕他觉得没意思，姐姐让他出门逛一逛。在那半月时间里，唐贤平骑自行车，几乎把上海所有地段全都逛遍。但街市的繁华，并不能使他开心起来，反而增添了几许落寞。所以等和姐夫见面，唐贤平便迫不及待地提出自己的要求，他要姐夫给他介绍一份革命工作。

唐贤平作为家中唯一的弟弟，姐姐姐夫向来是很疼他的。姐夫笑了笑，问他：你口口声声要参加革命，那我问你，你懂得什么叫“革命”吗？

唐贤平愣住了，真的没有仔细想过这个问题。略做思考，答道：革命！不就和你们的北伐一样吗？

对！北伐战争是一场伟大的革命，它打垮了认贼作父的旧军阀，结束了军阀割据的局面。不过，不同时期有不同的革命任务。现在虽铲除了军阀，但革命尚未成功。社会上秩序很乱，各党各派彼此斗争激烈，随时有可能再度出现割据的局面。你还年轻，有些问题一时也很难理解清楚，以后会慢慢明白的……

一旁的姐姐说：好了，你就别难为他了，还是想想办法，替他找一份事做吧！

姐夫说：他参加工作的事，我要向上面反映。如果实在待得没意思，那就先当个交通员。我那里正缺人手呢。

唐贤平从沙发上站起来，态度谦恭说道：谢谢姐夫。

不想姐夫按住他的肩头，让他重新坐在沙发上，表情严肃地说道：贤平，这可不是闹着玩的，你要认真考虑。参加任何组织，都意味着你以后将不再是自由身。组织内有铁的纪律——要严守秘密，对任何人，包括自己的亲人，都不可泄露。否则会受到严厉处分。另外，就是要做到绝对服从、忠诚。一经加入，便终生不得退出。不能擅自结婚，结婚也须经组织审查、批准才行。工作中会冒很大风险，甚至有可能丢了性命，你不怕吗？我给你三天时间考虑，想好了再答复我。说到这儿，姐夫看姐姐一眼，说：免得日后怨我这做姐夫的没交代清楚。

唐贤平迫不及待地答道：不怕！我早就考虑好了。

参加工作没多久，唐贤平便受姐夫委派，去杭州送一封信给戴老板。

那是唐贤平第一次见到戴笠。他没有想到传说中的戴老板竟是如此和气。看完信之后，竟和他拉起了家常。当唐贤平说起自己被学校开除的事，戴笠哈哈大笑，说：年轻人做事鲁莽，又有什么关系哪！想当年，我就是被学校赶出来的。只要心有向往，就会有无尽前途。戴笠说得激动起来，叉腰在客厅里走来走去。年轻人，你要知道，我们这个组织，是当前最先进的革命组织，它进可做革命先锋，退则可保卫革命的安全，这是项神圣而光荣的事业，你很幸运啊！这么年轻，就融入我们这个光荣的集体。我可是经过多年的奋斗，才走到了今天！

从杭州回来，唐贤平对姐夫说起戴笠的热情，心里很是激动。不想姐夫一笑，说：复兴社刚刚成立。现在的大多数成员，都有一套自己的想法，思想很复杂。有些人资历比戴笠还要老。所以他急需扶持自己的人手和心腹。你年轻，初出茅庐，可塑性大，或许是想把你培养成他的忠实门徒。这样也好，戴老板喜欢你，也算难得。

接下来，初出茅庐的唐贤平，完成了自己特务生涯的第一项任务。

事情是这样的：法租界情报组组长徐连顺，常常情报不实。戴笠怀疑他和共产党有染，命令上海复兴社派人将徐连顺押送至南京。

接到这个任务，姐夫有些犯难。

当时唐贤平正和另外一名年轻搭档在他的办公室。唐贤平说：姐夫，就由我把他押送过去好了！

你去？姐夫看着唐贤平，觉得自己的这位亲戚有些不自量力，不禁笑了，讥诮问道，你知道徐连顺是怎样一个人吗？

知道！徐连顺，黄埔三期毕业生。懂军事，枪法好，还有一副好身手。

那你又是怎样一个身份？

唐贤平一愣，随口答道：我，唐贤平，刚参加工作一个月……

你平常都做些什么？

平常除了送信跑腿，什么都没做过。

摸过枪吗？

没有。

那你怎么能制伏得了徐连顺呢！

唐贤平松弛了一下脸上的表情，俯身在姐夫耳边说了些什么。

姐夫退身看他，眼里闪着诧异的目光。

火车上，徐连顺很是兴奋。这是一个瘦高个男人，外表精干。他一路上话语滔滔不绝，对唐贤平大讲自己在黄埔上学、北伐战争时的光荣经历。徐连顺说，年轻人，你不要有什么想法，至于跑路，你更是连想都别想，你是跑不出我手心的。还是乖乖听话，咱们相安无事，我把你送到南京，还要去亲戚家吃杯酒呢！

唐贤平装出一副乖顺模样，默然不语。

徐连顺又调侃道：小小年纪，刚出来混，怎么就触犯“团体纪律”了？说说，具体做了什么违背组织的事？

唐贤平一脸沮丧，说：赌博输了钱，我把组织上的经费花了，最后编了假情报欺骗组织。

徐连顺想起自己的所作所为，竟有些不置可否，抬手捅了他一下。

唐贤平说：徐组长，我要去上厕所。

徐连顺不耐烦地说：去吧去吧。

徐连顺跟在唐贤平身后，唯恐他从车厢里溜掉。等把唐贤平送回原来铺位，徐连顺又有些尿急，恐吓了唐贤平一番，急忙跑去方便。从厕所出来，却见唐贤平站在厕所门口，像个忠诚的护卫。徐连顺不禁责怪道：我要你在铺位上好好待着，你怎么乱走乱动！

唐贤平答：报告徐组长，我始终跟着你，不省得你操心，担心我跑掉嘛。

徐连顺瞟了唐贤平一眼，得意地说：你还算识相。等你去南京接受完调查，若是不开除的话，就来上海跟我一起干事吧。

唐贤平说：好。

火车抵达南京站。从车窗里望去，一辆押解犯人的小旅行车正停在站台上等候。

唐贤平被徐连顺押上站台。随如潮的旅客朝汽车方向走。快接近汽车时，徐连顺三步两步，赶在唐贤平前面，去和赶上来的黑衣人握手。不想那人却绕过他，和唐贤平握起手来。徐连顺愣了，想说点什么，后面另外一人示意他上车。徐连顺指了指唐贤平，悄声对那人说：你们怎么搞的，他是我押送过来的犯人。

大家面无表情，坐在车上。徐连顺的寒暄显得很不合时宜。当行驶到离秘密监狱很近的北门桥下，汽车停下。唐贤平掏出揣在身上的另一份押解信，递给戴礼帽的人。戴礼帽的人看了看信，客气地对唐贤平点了点头，放他下车。

坐在车里的徐连顺有些着急，挥舞着手里的另一封押解信，冲车内人喊：你们怎么放他走了，他是犯人，你们怎么把犯人给放走了！

戴礼帽的人冷冷地说：没错，你就是他押解来的犯人。又摇下车窗，冲唐贤平招了招手。汽车朝监狱的大门驰去。

唐贤平接任法租界情报组组长。他对工作更加勤勉，每日里出入街市，专门搜集各种情报。

这天，唐贤平约了一位自称对古董略有研究的同事，去老北门的古董街上闲逛。姐夫的生日快要到了。唐贤平知道姐夫平日里没什么喜好，只是爱收集些便宜的古董赏玩，当作消遣。他想买一件礼物送给姐夫。

在一家叫作“博古亭”的古玩店内，同事和老板对一件瓷器评头论足、砍价时，唐贤平随手抄起放在柜台内的一本书，翻了几页。读了几行，嘴角牵动，不禁会意地笑了。书中内容令他想起一位同学。等准备把书放回原处，他却无意中发现扉页上一个熟悉的签名，顿时愣住了。唐贤平盯着那个签名，看了很久。最后还是不动声色，将书放回原处。

待那两个砍价的人稍有间歇，唐贤平插话问：老板，你认识一个叫马端方的人？

不苟言笑的老板愣了一下，随即说：不认识啊。我认识的朋友里面，没有一个叫马端方的。

唐贤平“哦”了一声，仍旧不动声色，只认真地看了老板一眼，对自己同事说：咱们走吧。去别家看看。

同事说：这件瓷器很不错的，价格也不贵……

唐贤平说：我回去再问问家里，好像我那位亲戚并不喜欢瓷器，等问好再回来买也不迟。

姐夫举办生日宴会的这天晚上，唐贤平把那件礼物奉上。待饭毕，唐贤平单独和姐夫说起了一件蹊跷的事。唐贤平说：那本书上的签名，确凿无疑是我同学马端方的手笔。

姐夫说：叫马端方的人多了去了，我以前有一位同乡，也叫这个名字。

唐贤平说：但我同学的签名我是记得的。况且除了签名外，下面还写有“购于天津通商书馆”的字迹。他有这个习惯，每买一本书，都喜欢签上自己的名字，并标明购于何地。我的那位同学家住天津，况且名字又对，如不是他，怎会这般巧合。

姐夫喝得微醺，笑而不答。

唐贤平说：更为蹊跷的是，转天我去他店里买那件瓷器，又找到那本书，悄悄翻看，发现那张附有签名的扉页被撕掉了。

姐夫的神情这才变得认真起来，说：那倒有些可疑了。把扉页撕掉，说明他想掩盖什么。最近没什么事的话，就把那家店监视起来，别打草惊蛇。说不定，真的会搞到点有价值的线索呢！

5

短短几日，马天目完全成了一副贩夫走卒的打扮。脸晒得黝黑，虽戴一顶旧遮阳帽，却仍抵挡不住夏日阳光的烘晒。身上一件短衫，结了硬硬汗碱。他每日里穿街走巷，专去那些下作地方晃荡。有一次，因去一间厕所的外墙打探，被蹲厕所的女人误当作偷窥的瘪三，大呼小叫，引来一群人追打。幸亏马天目身高腿长，跑得兔子一样快，这才免了被打断腿的麻烦。还有一次，他去一个垃圾池边转悠，被几名乞丐围住，不依不饶问他的来路，为何来争抢他们的地盘？马天目费了不少口舌，并把兜里的铜锭掏出来，人家才放过他。

这天，马天目路遇一位乞丐，见他破衣烂衫，蓬头垢面，脚上却穿一双牌子很硬的皮鞋。只是那双皮鞋已被他穿得面目全非。乞丐边走边啃一块用纸裹着的烧饼。见到那双皮鞋，马天目不禁笑了。这才想起，这位乞丐是同自己打过交道的。初来上海，他走街串巷，脚上打了水泡，从路边摊买了双布鞋，坐在马路牙子上，正发愁怎么处置那双皮鞋时，不想街边窜出一位乞丐，拎起那双皮鞋便跑。

马天目笑意盈盈地看着他，暗想这位乞丐也不知从哪里流落至此，或许在他少年的志向中，拥有一双皮鞋，便是他人生的一个梦想吧。只是拥有了这样一双皮鞋又怎样？还不是照旧流落街头。就像自己怀揣了革命志向，千里迢迢来到这繁华之地，却每天走街串巷一样。想到这里，马天目心里不禁有了更多沮丧。他想今晚自己必须要去见邱老板，再这样徒劳无获地在街上转下去，他真是受够了。没有另外重要的事情安排他去做的话，他便准备做一个逃兵，打道回府，回到天津，照旧能实现自己的革命理想。

这样边走边想，和那乞丐擦身而过。乞丐身上散发出一股酸臭味道，不禁令马天目皱起眉头。那乞丐吃完烧饼，将裹烧饼的纸随手一扔，风一吹，恰好落进马天目随身带的一只竹编藤箱里。藤箱是敞开的，比商贩用的篮子略高级一些，是马天目用来盛小广告用的。马天目没有察觉。只是到了一处地方，去捡藤箱内的广告，准备贴到一处厕所的外墙上时，这才发现了那张纸。纸揉成一团，并沾有油腻。马天目随手捡起，将它丢掉，不经意看了一眼，却又俯身，将它捡起。

马天目几乎不敢相信自己的眼睛。他抖手将那纸展开，端在眼前，见淡粉色纸张上，用毛笔端正写着：天皇皇，地皇皇，我家有个夜哭郎……这是流行于鄂皖一带，为“吵夜”孩子写的一道敕令，但余下的内容却全然不同——夜哭郎好心伤，夜夜哭啼想亲娘。

马天目站直腰身，举目四望。见蓬头垢面的乞丐站在远处的街角，正窥伺路边一家卖米糕的摊位。他趁摊主不备，抄起一块米糕便跑。卖米糕的摊主咒骂一声，起身便追。乞丐跑过街角，转瞬不见。马天目手握那张纸，藤箱也不顾，撒腿朝街角追去。

乞丐边跑边向身后张望，顺势把米糕塞进嘴里。不知是跑得心急，还是米糕堵了喉咙，嘴里呜呜叫着。那身材略胖的摊主追了几步，也就气喘吁吁不再追下去，大声咒骂着。乞丐回头看，速度减慢，却又看到一个瘦高青年从摊主身后冲出，朝这边跑来。乞丐一愣，抻了一下脖颈，将卡在喉咙的米糕强行咽下，再次朝前狂奔。

乞丐跑得精疲力竭，消耗的体力完全不够那块米糕对能量的补充。他被人抓住衣领，从身后扑倒。乞丐被压在身下，夸张地抱头，求饶般叫喊。

却不想那追他的人并不打他，只是把一张纸伸到他眼前，气喘吁吁地问：告诉我，快告诉我，这张纸从哪里来的？

乞丐翻眼看他，神态变得从容起来，半躺在地下，望着马天目无赖般地笑。

马天目灵机一动，指了指路边店，说：带我找到那个地方，我给你买烧饼吃。

乞丐勾了勾手，嘴里咕哝一声，显然是不相信马天目的话。马天目无奈，只得去店里买了一兜烧饼，先送了乞丐一块。乞丐在前面走，马天目拎了烧饼在后紧随。乞丐狼吞虎咽地将一块烧饼吃完，嘴里咕哝着，转身向马天目伸手讨要。马天目摆手，扬了扬手中的纸片。

左拐右拐，大约转了两条街的距离，乞丐在一根电线杆旁站住了，伸手指了指。电线杆下，是一处垃圾池。显然，乞丐是在这里捡到了烧饼，并随手扯下那张粉红色广告纸的。

马天目怦然心动，将那兜烧饼送给乞丐。为了验证自己的猜测，他又沿电线杆的方向，走了很长一段距离。天色昏暗，空气中弥漫着一股焚烧落叶的气味，呛得马天目眼泪汪汪。但他终究没有失望，在隔开不远的电线杆上，很快发现了两张写有同样密语的淡粉色纸张。他凝神望着，想伸手去抚摩一下。在越来越暗的天色里，那淡粉纸张变换颜色，渐渐和夜色混而为一。

马天目本想立即赶到博古亭，将这一消息告诉给邱老板。但天色已晚，想必店铺早已关门。况且邱老板的私人住处自己又不得而知，只好作罢。回到住处，洗漱一番，仍旧难抑心中兴奋。正躺在床上，忽听外面传来敲门声。侧耳静听，那敲门声一短两长，和以前邱老板来与他会面时的敲门声，保持着同样的节奏。他急忙从床上跳起，开门一看，却见门口站着一位少年，戴一顶瓜皮小帽，臂上挽一只竹篮。少年十五六岁的年龄，矮个，长得喜眉喜眼，貌似茶楼的小伙计。

马天目堵在门口，本想轰他出去，却听他高声说：先生，你要买的五香茶蛋，我给您送来了。少年又压低声音说：是邱老板派我来的。不容分说，他便从马天目的腋下钻进屋子，回身递一张纸条给他。

马天目展开纸条来看，见上面寥寥数语，大意是，以后不可随意见面，有什么事情，由中间人代为传送。

看完纸条，耳边听到铜板磕碰的声响。马天目侧头一看，见桌子上码着两摞铜板。那少年张着手指，正在认真数铜板，数得眉飞色舞。待数完，转着黑白分明的眼睛，一瞬间变得忧心忡忡起来。

马天目说：我有重要的事要向邱老板报告。

少年仍旧想着自己的心事，说：你写在纸条上好了。见马天目略有犹豫，随口道：反正我又不识字。今天的茶蛋好像又卖亏了。

马天目找出纸笔，将白天的发现简要写在纸上。他随口问那少年：你叫什么？

叫我小马就行。叫小马的少年叹了口气，将桌子上的铜板扫在手掌上，又揣进兜里。穿在他身上的一件粗布短衫，一侧的口袋瞬间坠了下去。接过马天目递过来的纸条，摘下头上戴的瓜皮小帽，翻开帽檐，见帽瓤内有一道缝隙，将纸条三折两叠，塞了进去。拎起竹篮正准备离去时，又讨好般地问马天目：先生，吃不吃茶蛋？

马天目正有些口淡，不禁说：好啊。

小马眯眼笑起来，掀开盖在竹篮上的棉布，露出茶褐色的蛋来。

茶蛋还很温热，马天目吃得很是尽兴。连日来，也确实劳苦了他，吃相难免有些难看。吃得急，噎着了，抻着脖子，翻着眼白喘气。见小马坐在一侧笑眯眯地看他，便不好意思笑了一下。

小马乖巧地端来一杯水，递给马天目。再次坐下，眯眼看着摆在桌面上的茶蛋皮。

喝下一杯水，马天目抚着胸口说：好了好了，下半夜再不会饿肚子了。见小马仍旧在椅子上端坐，不禁好奇地看他一眼，随口嘱咐说：快回去吧，要马上把东西交给邱老板啊！

小马点头，仍坐着不走，满怀期待地看着马天目。马天目做了一个奇怪的手势，说：那你就走吧。

小马说着：好。站起来，笑眯眯地，他有些不好意思地向马天目伸出手。

马天目不明白什么意思。

小马说：先生，给钱啊。

马天目一愣：给钱？

小马说：是啊，随手指了指桌上的蛋皮，你吃了六个茶蛋。按理应该收你三个铜板才是，反正是卖不完的，就收你……不如这样吧，你付我两个铜板，篮子里还剩两个茶蛋，就都送你好了。

马天目苦笑，勉为其难地从兜里掏出两个铜板来，摆手说：算了算了，我已经吃得够饱了。

小马开心地说：那就谢谢先生了。剩下的那两个茶蛋，我回家带给妹妹吃，就当是你送她的吧。她会感激你的。

改天，小马又送了纸条过来。马天目依据邱老板纸条上的指示，开始了新一轮的任务。

这几天的街面上，忽然变得很是杂乱。游行队伍时有不断，人们脸上挂着亢奋而欣喜的表情。有人冷不丁就会认真盯你几眼，又有人冷不丁撞在你身上。夹杂在这样的人群中，马天目未有如鱼得水的轻松，反倒变得精神紧张起来。

他小心翼翼做事——将写有联络暗语的小广告，贴在对方广告的下方，遮住了那淡粉色纸张的大半。马天目所贴广告是淡绿色的。一纸淡绿一纸淡粉，在这嘈杂街市上看去异常醒目。马天目接下来所要做的，是静观对方的回应，以便将双方碰头的时间地点，再次传达给对方。等将所有认为可能的地方都贴完广告之后，马天目无所事事，每日里在街头游荡，期待对方给出下文。偶然间他会想到，自己会不会同那找寻了许久的人迎面相遇？他会是什么模样？这个时候，每个偶尔停驻在广告下方的路人，都会引起他的注意。每每这时，他的心就会怦怦乱跳，恨不得上前拥抱对方。但他会马上提醒自己，即使偶然遇到，也不该做出什么出格的举动，因为按联络规定，只有在对方再次做出正确的呼应后，才可选择一个安全的地点正式碰面。但那或许是邱老板亲自去做的事。除此之外，双方不能有任何接触。

6

那几日街面上弥漫着一股诡异气氛。在华德路警亭值岗的华捕田阔生，更是注意到了这种变化。

他的右眼皮老是跳个不停。田阔生想，或许只是自己休息不好的缘故？

随着“抵制日货，支持国货”的呼声越来越高，街面上常有游行队伍聚集。田阔生知道，那些打着横幅，高呼口号的人们，肯定就是离此不远的“三友实业毛巾社”的工人。因为情绪被激发起来的人们，往往会头脑发热，跑到毛巾厂门口去争相购买毛巾。在三友实业毛巾厂门口，摆有临时摊位。那些穿着醒目的工人，用毛巾做成白色上衣，上写血红大字：支持国货。男工头上缠毛巾，一面大声疾呼，一面抖着手里的毛巾，同日本人生产的毛巾做着比对。女工在一旁应接不暇地收钱——司空见惯的游行，只是商家的一种促销手段而已。奸商奸商，真是精明透了。

对于这样的举动，田阔生向来是睁一只眼闭一只眼的。因毛巾厂经常有实惠给他们送来。家里用的毛巾自不必提，亲戚朋友都能惠泽得到。夏日里那些解暑的绿豆和西瓜，也能让他们这些警员的家属度过一个安逸的夏天。田阔生所要做的，便是时刻提防那些游手好闲的瘪三，混入游行队伍，给他所管辖的这几条街制造混乱。那是他不能容忍，也是必须要防范的。但从几天前开始，田阔生却惊讶地发现，夹杂在稀落人流里的，不但有几个面目可憎的瘪三，竟然还出现了一些日本浪人。他们梳奇怪发型，短衫拖到膝盖以上，反倒衬得扎了绑腿的小腿越发短了。起初他并未在意，直到昨天，这种打扮的人越发多起来，不由得让他感到格外紧张。

他派手下去街面上打探。手下回来向他呈报说：这种人真的不少，特别是一些穿着打扮和普通市民一样的人，嘴里竟然也会冒出两句“蛮语”，显然是日本浪人乔装改扮而成。他们在街上穿来穿去，面露杀机，显然不是为闲逛而来。

他们要做什么？

田阔生在心里惊问。一面吩咐手下密切监视街面上的动静，一面打电话向上司禀报。本来他下午家里有事，应该离岗休息，也只能作罢。

唐贤平步行走在延庆路上。他准备赶到华亭路去。他也是刚刚得到了这方面的消息。

参加工作刚刚几个月，唐贤平便总结出一条非常重要的经验：情报的搜集，不单要靠自己和手下的勤勉，还要利用市面上各种闲杂人等的提供。有时后者提供上来的情报，甚至比前者更有价值。对社会上的这些闲人施与小恩小惠，往往会得到事半功倍的效果。有人在华亭路一带游行，并且有日本浪人混杂其间，便是一个小混混提供给他的。

那幢坐落于延庆路和华亭路交叉口，通体为柠檬黄的法国花园式住宅，唐贤平初来上海时便曾听说过，只是未有机会来此瞻仰。据说这幢土木混合的建筑，楼的主体为对称设计，底层前座为凸弧形柱廊，二层退为平台，三层退为阳台；拢共三层，却一层一层退得构造纷繁，令人瞠目。当这幢颇有奢华之气的建筑隐隐出现于眼帘之际，唐贤平已无暇顾及，而是被从对面涌来的人流弄得有些紧张和兴奋起来。

人们脸上挂着惊慌神色，嘴里不停聒噪着。唐贤平拉住一位中年男子，想向他打问一番，不想被他甩手挣脱，不管不顾向前跑去。倒是一位中年妇女，脸色虽是慌乱，却顿住脚步，对唐贤平说：快跑！日本浪人在街面上打人——有人被打死了。她出手一指，唐贤平顺她手指的方向看去，见半空中升起浓烟，初以为是骤变的天气，而现在看来，那完全是因为燃烧而升腾起的巨大烟柱。浓烟遮蔽了正在暗淡下来的天光，让人以为一个动荡不安的黄昏提早降临。那妇女喘息着，和唐贤平并肩而立，抬头凝望，嘴里唏嘘道：他们先是掀翻了毛巾厂门前的摊位，又去厂里放了把火，后冲到街上，拿着棍棒刀叉，见人就砍……

唐贤平丢开那胆大的妇人，撒腿往浓烟升起处奔去。一路所见，皆是惊慌失措的路人。他们形成一股人流，阻碍着唐贤平的脚步。当这股人流裹挟退尽之后，眼前的街道倒显得开阔起来。放眼看，见满大街杂物横陈，有一种被放大的效果。不多的几簇人流拥在远处，搅成一团，像被人操纵的木偶，看上去显得极不真实。再定睛细看，唐贤平不由得血往上涌，见一位穿警服的巡捕满脸是血，正向这边跑来。他像一只中弹的猎物，跑得踉跄而徒劳。后面有两个操棍棒的日本浪人，像在享受狩猎结束后的悠闲和快意。待他跑远几步，疾步赶上，顺势在他后背夯上几下，便又放慢速度。其间两人好似闲庭信步，不时用棍棒横扫路边店铺的玻璃，又踹翻一个坐在街边呻吟的男子。但他们的主要目标，显然是要置那受伤的巡捕于死地。

——田阔生坐在警亭时，便听到街上传来的大呼小叫声了。不待他伸头细看，便见一名手下张皇失措跑了进来，嘴里喊着：不，不好了，那些日本浪人开始动手打人了。

田阔生随口训斥他道：那你还不快去处理，待在这里干什么！那位巡捕仍旧愣着，心有余悸的样子。见田阔生满脸怒气，便又无头苍蝇一样飞跑出门。

田阔生起身，走向挂在墙上的电话，摇了一阵，对着话筒连声呼叫。电话里没有丝毫回音。他再次抡圆了胳膊，一通猛摇，觉得电话摇柄都要断掉，话筒中仍旧一片死寂。

田阔生揉了一下眼睛，此前跳得令他心惊的右眼皮忽然不跳了。他虽表面慌乱，心里却异常镇定，知道唯有通知巡捕房，派更多警力过来，方可处理眼前突发的事故。

胆子太大了！他这样嘀咕着，竟敢聚众来租界闹事。但他却完全没有预料到，事态会严重到远远超出他的想象。他以为眼前的骚乱，只不过和以前帮派间的争端大同小异，一有巡捕到场，那些人便会作鸟兽散，没有人敢不给巡捕大人面子。他戴上帽子，正了正腰带，把警棍握在右手，在左手掌里掂了掂，这才不慌不忙出门。当时令他颇为疑惑的是：电话为何出了问题？却全然不知，架在外面的电话线，早被日本浪人剪断了。

出了警亭，眼前奔跑而过的人流让田阔生呆住了。愣怔之际，一名巡捕跑过来，仍旧是此前跑来向他报警的那名巡捕，还未开口说话，便闷哼一声。田阔生只看到他圆睁双眼，眼里满是惊恐和无奈，人便斜斜倒了下去。从他的身后，闪出一张日本浪人的脸来，满目狰狞，挥棍向田阔生扑来。田阔生血往上涌，抡着警棍迎了上去。

但毕竟心怯，又加之场面混乱，田阔生毫无底气，几个回合下来，他的前胸后背挨了几棍，那个张牙舞爪的日本浪人也未占得多大便宜。他捂着左臂，显然被田阔生的警棍击中，骨折了也说不定。在日本浪人杀猪般的号叫声中，另外两名日本浪人朝这边跑来。田阔生不敢恋战，尾随在退潮般的人流之后，朝延庆路这边溃逃。

不知是唐贤平迎上去的缘故，还是田阔生把他当成唯一的救兵，又或是他体力不支，恰好撞在唐贤平身上。唐贤平迎面抱住他，听到从他嘴里喃喃说出一句什么，血沫溅了唐贤平一脸，便昏死过去。

唐贤平将这位华捕放倒街边。瞄见那两名日本浪人正向这边扑来，知道自己赤手空拳，难能抵挡他们手中的棍棒，他便弯腰在街边搜寻，先是找到一把扫帚，抓在手里，轻飘得完全不趁手，握了扫把四处寻找，一时间却再也找不到可手的家伙。那两名日本浪人见此情状，知晓有人赶来应战，这不由得大大刺激了他们的斗志，哇哇叫着，从身前身后将唐贤平围住。

唐贤平先下手为强，挥着扫把迎上前去，对着日本浪人一通乱舞。这促狭的武器一时让对方不明所以，只能闪身躲避，待扫帚扫到脸上，只感觉一阵麻辣辣的疼痛。两名日本浪人明白了这是哪门子武器，对视一眼，说了一声“哟西”，不由得笑了。

再次拉开搏斗的架势，方能看出唐贤平的软弱。他跳着脚，挥舞手中扫帚，边舞边退。一名日本浪人迎面向他逼近，也不躲避，扫帚扫到脸上，只抬臂抵挡一下。这样的阵势看上去显得滑稽可笑。而另外一名日本浪人已迂回到唐贤平身后，正准备进犯，唐贤平并无觉察。

正面应战的那名日本浪人瞅准机会，一个蹦跳，抡起棍棒朝唐贤平额头打来，恰好从斜刺里伸出一根扁担，扁担卸掉了棍棒的力量，却在外力的作用下弹到唐贤平头顶。唐贤平只觉脑袋“嗡”的一声，眼前银星四溅，耳郭里便什么都听不到了。只睁眼看着一个瘦高男人挡在自己身前。看到他纤长的双腿在瑟瑟发抖，端着扁担迎战的架势显得仓皇而被动。他不知道，这个前来相助的人最初并不具备搭救他的勇气，只是躲在街角，等着一场骚乱过去。见唐贤平迎战日本浪人，找不到趁手武器，恰好自己身边有一位商贩丢下的扁担，是来给这位勇气可嘉的人送武器的。

扁担到底比扫帚管用。那名日本浪人又挨了一扁担，捂着手腕，皱眉想着应对的策略。而眼前这位操扁担的人头脑清醒，看到迂回到身后的另外一名日本浪人，便拉着唐贤平向身后退，一直退到墙角，这样便免了腹背受敌的被动。

唐贤平靠在墙上，睁眼看着眼前的架势，两名日本浪人有些恼羞成怒，正朝这边步步紧逼。而那位操扁担的人似乎已被唤起血性，他叉开马步，将扁担斜端在身前，他的背影在唐贤平的眼里岿然不动，似乎储备了抵挡一切的勇气。唐贤平心里一热，忽然发现这个背影竟有些熟悉……耳郭里的噪声正在渐渐隐退，寂静中唐贤平听见粗重的喘息声，以及远处传来的哨子声。他感觉脸上热辣辣的，像有活物从额头爬下来。抬手一摸，将手掌端到眼前，看到满手掌的血，心里轰然一声，感觉五脏六腑翻腾起来，瞬时豆大虚汗从脸上滚落，双腿打战，身体顺着墙根滑落，晕倒在地。

醒来或许只是转瞬间的事。唐贤平先是听到杂沓脚步声，继而听到救护车急促的鸣叫，以及哨子声和人的吆喝声。星星已在城市的上空隐现，却被路灯的光亮衬得若明若暗。唐贤平意识到自己正躺在担架上，身边有狭长影子投在自己身前。他转了转头，见一个瘦高身影在和别人说着什么。他左顾右盼，显然是想急于走掉，却被唐贤平的一名手下和一名巡捕拽住，正在询问缘由。他转头时，唐贤平看到了一张英俊的脸，在路灯照射下显得十分柔和。也就是在眨眼之际，那张脸消失不见了。

唐贤平喊了一声，有人已将担架抬起，旋即他被送进救护车里。唐贤平坐起来，喊了一声：马端方……但他的喊声被嘈杂人声遮蔽。

从敞开的救护车里，放眼望狼藉的街面，到处只见幢幢的人影。

救护车内，唐贤平问自己的那位手下：搭救我的那个人，你问他名字了吗？

他不肯说。

那他的住址呢？

没问。

你想要感谢他的话，以后可登报发个寻人启事……一旁的医生这样说着。

停车停车！唐贤平忽然从担架上坐起来。

在医生的指挥下，几个人手忙脚乱将唐贤平按住，令他动弹不得。待唐贤平恢复了平静，那名手下担心地问医生：他没事吧？不会出现脑震荡吧？

医生瞥了唐贤平一眼，说：据我观察，他脑子一点事没有，只是头皮破了点，针都不用缝的。

那怎么会晕死过去呢？手下懵懂地问。

医生摇头。

此前默不作声的唐贤平忽然搭话，没好气地说：我晕血，看到一点儿血，就会晕死过去。小时候用镰刀割破手，就闹过这等事。

7

因街面上的动荡，陈烈已好多天不允许江韵清出门了。尽快找寻到联络人的愿望经过屡次失败之后，江韵清的心情已不再如当初那样迫切。只是家里的境况，让她日渐煎熬起来。她带来的钱交过房租，已所剩无几，陈烈的病却日益加重，她最看不得的，是孩子们的可怜，那比剜她的心还要难受。

江韵清说：我不能再在家里待下去了，联络人可以不找，但孩子们总要活下去吧。

陈烈沉默着，最后无力地说：等找到组织，一切问题都能解决……

江韵清说：或许他们已把我们忘了。

陈烈说：他们不会忘了我们的，他们肯定也在找我们……我不想让你出去，这几天街面上太乱，真怕你出点啥事，像你大姐一样……说到这儿，陈烈咳嗽起来，眼里泛着泪光。

江韵清也湿了眼睛。说到大姐，也是江韵清心里无法掩饰的痛。她曾试图去找过大姐，但试了几次，却毫无办法，又加之对身份的忌讳，在陈烈的阻止下，只能作罢。江韵清看看陈烈，轻声说：姐夫，还是让我出去吧，我出去做点生意，肯定不会出什么危险的。家里的杂粮快没了，市面上的红薯比杂粮还要贵。我们快没吃的了。我们可以饿肚子，可孩子们……让我去吧……她近乎哀求地说。

那就去吧。陈烈转头掩饰着自己眼里的泪。但出去务必小心，你只专心做你的生意，其他的不要管。

江韵清点头。

那天黄昏，江韵清回来得很早。往日她早上出去贩卖青菜，晚上进一批茶蛋兜售，是一整天都回不了家的。黄昏时分是茶蛋最好的销售时段，等将茶蛋卖完，往往要等到掌灯时分。今天回来这么早，也不知出了什么事。看江韵清急急闩了门，脸上是一副喜形于色的样子。等把罩在竹篮上的小棉被掀开，只见里面还有半篮子茶蛋，陈烈心里不由得沉了沉。

见到茶蛋，华姿欣喜地睁大了眼睛。但她从不声张，眼里只露出渴望的表情。江韵清从篮子内捡了两个茶蛋，放在桌上，让华姿到另外的房间去吃。华姿不拿，只说吃了茶蛋，便没米粥喝了。江韵清安慰她说：吃吧，没事。吃了茶蛋也有米粥喝的。华姿看看陈烈，见陈烈一副木然表情。再看江韵清。江韵清脸上的欣喜最终感染了她，伸手去捡桌上的茶蛋。茶蛋还很热，有些烫手，她便撩起衣服，将茶蛋用衣襟兜走，嘴上说着：我去喂弟弟，让弟弟吃蛋黄，我吃蛋清。

江韵清掩了房门，看着陈烈，兴奋得满面通红，说：我找到了，找到他们发出来的消息了。说着，从随身的衣兜里，拿出一张淡绿色纸片。

陈烈呼吸急促，抖着手，展开那纸片来看，脸上的表情却愈加严肃。只见纸片上写着：白发娘亲盼儿归，儿郎受苦娘心知。只盼儿郎早回音，另择吉日叙旧情。

陈烈看完，难抑脸上兴奋，点头说：没错。就是组织上传给我们的消息。你从哪里看到的？

江韵清说：应该就在延庆路那一带，我把路名都忘记了，只记得路上的标识，走路能走到那里。前些日子，我刚把广告贴到了那里。

陈烈想了想说：你跑了那么远的路啊……

江韵清说：再没消息，我就快把整个上海都逛遍了。

陈烈说：总归有了消息就好。我这就把我们碰面的地点写好，你再贴到原处去。

江韵清兴奋地说：现在吗？

陈烈摇头说：不是现在。等我想一想，想一个稳妥的地方。你再留意一下这几天街面上的动静。

江韵清听着，抄起桌上的篮子，转身准备出门。

陈烈问：你要去哪儿？

江韵清说：出去把茶蛋卖完啊。总不能找到组织，我们就不吃饭了吧。

陈烈笑了，目送江韵清出门，开始苦思冥想起来。

等马天目看到联络人张贴的回应，已是五天之后的事了。那五天里他始终窝在住处，仍旧对华亭路上的遭遇感到心有余悸。他虽毫发未损，但当时的阵势，如果不是大批的巡捕及时赶到，想起来也真是后怕。挨到第五天，他在房内闷得难受，多日来的走街串巷，已略微改变了他的生活习惯，好像不到街上去走一走，整个人都像憋在水里，要被溺死一样。

当看到贴在淡绿和粉红中间的那张广告单时，马天目简直不敢相信自己的眼睛。那白色纸张上除标有一间茶楼的地址外，下面还附有招工的截止日期，并写道：读书识字的人优先考虑。从表面看，这纯属茶楼做的招工广告，但它恰好贴在两张广告纸中间，压住了上下广告的大部分内容。而那招工的截止日期，显然是约定的碰头时间。而"读书识字的人优先考虑"这句话，马天目也能猜出大半个意思——无非是，碰面的时候，要带上一本书，作为接头信物。具体怎么做，也只能等邱老板去领会。马天目又沿路寻看，见到另外几张有关茶楼的广告，张贴的方式如出一辙。

他把那茶楼地址记在心里，身心瞬间轻松起来。暗想自己任务完成，应该可以换一份轻松而体面的工作。回去的路上，拐进一家书店，买了一本书，是张恨水的新作。等他踅出书店，原想拐进路边一家包子铺，好好吃一屉生煎包子，却抬眼看到走在马路对面的小马。

他欢喜得不行。想想今天并不是小马来和他碰面的日子，而此刻他又必须要见他。真是应了那句老话：一顺百顺，事事顺遂。若按平日接头的规定，他是不能随便和小马打招呼的，便站在街边，笑意盈盈地看着他。想若只是偶然间遇到，他便要请这懂事的少年吃一屉生煎包子，顺便把他约到自己的住处。

小马自然看到了他，却不肯近前。再看这少年的神情，眼泡红肿，神情黯然。他放慢脚步，在马路对面冲马天目使着眼色，显然是来找他接头的。马天目自然领会。将生煎包子打包，又多加了一屉，准备将包子送给小马吃。

两人在马路两边交错前行。小马在前，马天目在后。前行的小马不时扭头看一眼落在身后的马天目，唯恐他不明白他的意图。直到快接近住处，小马的脚步这才放慢下来，拐上另一条马路。马天目知道，那是小马故意要兜个圈子，等他回到房间，他便能赶过来了。

马天目进了房门，将门虚掩。过了一会儿，响起敲门声，和以前保持着一致的节奏。不等敲门声响完，马天目在门内答：不用敲了，门开着呢。

小马闪身进来，张口便批评马天目，说必须把门关死，必须要听完敲门的暗语，方可开门。马天目笑着。他今天心情好，不想和小马斗嘴。若换在平日，他必是要调侃小马两句的。他说：来来，我买了生煎包子，算是请你的客。要是你能和我坐在包子铺里吃一顿多好，再要上两碗鸭血汤……马天目一边兴高采烈地说着，一边把生煎包子塞进嘴里，大口吞咽，嘴边汪出一层油脂。扭头看小马，这才发现小马情绪不对。他闷坐在床上，除进门说了那几句话之外，就一语不发，脸上是一副忧心忡忡的模样。马天目料定他家里有什么难事。小马家在苏北，家里闹了水灾，母亲肚子里揣着妹妹，带着他来投奔在上海做苦力的父亲。据说小马的父亲做过苦力，也做过小贩生意。以前是邱老板手下的交通员，但两年前病死，剩下母子三人在上海举目无亲，多亏邱老板暗中接济。小马小小年纪，便担起了养家的重担。一边做生意，一边为邱老板递送情报，也算作对邱老板的一种报答。

马天目揩揩手，想这包子就不要吃了，让小马带回家，说不定会哄小马高兴的。这样想着，便不再理他，找出纸笔，把记在脑子里的地址写好，转身交给小马，说：回去，把这个交给邱老板。

小马不接，仍旧低着头，眼泪吧嗒吧嗒落下来，恰好落在搭住膝盖的手背上，动静都能让马天目听到。马天目一惊，这才想到事情不会如他所想那般简单。他俯下身，双手搭在小马肩上，低声问：咋啦，小马？

小马仍旧不答，抬手抹着眼睛。

马天目伸出双手，兜住小马的一张圆脸，强行把他的脸扳起来，大声说：告诉我小马，到底咋回事！

小马的脸在马天目的手掌中挤压变形，一颗颗泪珠子窝在眼睑下。他哑着嗓子说：邱，邱老板，邱先生，他死啦——

马天目双腿一软，咕咚坐在地上。小马起身抱住他，趴在他肩头，压低声音哭起来。

小马说：就在前天夜里，邱先生正在家里睡觉，忽听楼下有动静。急忙起来，扒着窗帘一看，见家门口的巷子里闪过几条人影，有人翻过院墙，进到他家里。邱先生衣服没顾及穿，赶忙从窗口翻出去，爬上自家屋顶，他是想从自家屋顶翻上邻家的屋顶，蹿房越瓦，逃到附近的巷子里去……你要知道，邱先生虽腿脚不好，却有些身手，要是一个两个，还不是他的对手。但他越上邻居家的屋顶一看，见巷口蹲守着数十个人，显然退路已被切断。无奈，只好隐蔽在屋顶烟囱的后面。

那些人也不是吃干饭的。见邱先生丢下的衣服，一摸被子，还是热的，知道邱先生逃不多远。他们便追到房顶，发现了邱先生。邱先生打倒了两个，你想那屋顶毕竟不是平地，况且又有很多人上了屋顶，围住了邱先生……说到这儿，小马声音打战，顿了一顿说：想必邱先生是抱了必死决心的，他不管不顾，抱住一个人死死不放，两个人压碎屋瓦，一直滚落下房……

就这样摔死了？马天目一脸黯然，揪心地问。

没有……小马说，邱先生只受了些轻伤，那个被他抱住的人，身先落地，脑袋磕在石阶上，当时就死了。

马天目轻舒一口气，仍是眉头紧蹙，静听小马的下文。因为小马已给出“邱先生已死”的答案，他急需了解的是，邱老板怎么死的？小马这中间的停顿，倏忽给了他一种死者业已生还的侥幸。

他们把他抓到警察局，小马说，怎么对待的邱先生，我就不知道了。我只听说邱先生应答自如，不卑不亢。他们没有把邱先生怎样，对邱先生还算客气，还点了一支烟给邱先生……邱先生就是叼着那支烟，趁他们不备，蹿上六楼阳台，翻身栽下去的。他头朝下，脑袋都窝进脖腔里。据说落地时，那支烟还燃着，只是后来被血洇湿了。

马天目沉默着，嗓子眼干得难受。沉默半晌，这才哑声说：这么看来，从被他们抓到的那一刻起，邱先生就是抱定了赴死的决心啊！

小马“嗯”一声。我听我爹说过，邱先生的那条腿，就是以前在江西干革命时被捕，生生打残的。他和我爹喝酒，说起过这件事。他说：空有我一身武艺，想他们三个五个，若公平交手，还难得是我的对手……这份委屈我倒受得，但被他们活活折磨的那份痛苦，我真是受不了。以后若再被他们抓到，死也要想法自己去死。免得挨不过，从嘴里说出不该说的话。

小马的话，让马天目哑口无言。

只听小马轻声问他：若是被他们抓到，被他们打得死不能死，活又不能活，就真的要像邱先生那样，自己想法去死吗？

马天目张着眼睛，看着眼前这被恐惧折磨的少年，他俊美的面容此刻变得扭曲。马天目却只能茫然地摇了摇头，说：我不知道，不至于非要去死吧。邱先生……他沉吟半晌，想到邱老板之所以如此决绝，大概只是出于为了保住心中的秘密。这样说来，他急于要找到的那个人，显然有着举足轻重的位置。但他又不能将这些话说给小马听，知道小马只是单纯负责情报的传递，而对那个秘密一无所知。对他讲起，只会害了他。想到这儿，马天目变得有些烦躁起来。他双手按住小马的肩头，说：邱先生总归不是一个怕死的人，这你应该清楚就是了。

小马点头，看着马天目在屋子里走来走去，忽然问：邱先生死了，你是不是犯难以后要把情报传递给谁啊？

马天目顿住脚步，这才恍然想到这个非常实际的问题。是啊！虽然和需要找的人取得了联系，但下一步该怎么做？他却哪里知道。他看着小马，问：除邱老板之外，你还和别人有联系吗？

小马说：我虽知道一个，却不知他现在住在哪里。那人我在邱老板处见过一面，好像他也认识我爹。等我回去和我妈问问，再慢慢给你找到。

马天目说：那就再好不过。只是你要务必小心。我们下次碰头，就不要到我这里来了。就在前面那家生煎包子铺吧。

8

随着去茶楼约定碰面的时间越来越近，马天目开始变得坐卧不宁。他始终拿不准主意——是自己贸然前去，还是坐视不管？贸然前去的话，想想都觉得是个笑话。那个苦苦寻找组织的人，想必是望眼欲穿，急切盼着找到组织的这天。但邱老板一死，自己显然成了孤家寡人，谈何代表组织？那岂不成了笑话。如若不去——马天目想到这里，断然否决了这个看似合乎情理的想法。那些在街上东奔西走的日子，已让他饱受寻找和等待之苦，想必对方也是受着同样的煎熬。如果这次失约，好不容易取得的联系必将中断。再找起来，定会石沉大海。还是去吧！马天目这样劝着自己。自己就代表一次组织又怎样！况且尚存一线生机——如果小马能够尽快找到那个他所认识的人，到时候联系上，自己妄称"组织"，也就变得名正言顺了。

准备赴约这天，马天目特意精心装扮了一番。换上一身长袍，戴了一顶礼帽，又临时凑了一副圆框墨镜。对于墨镜的配置，完全出于他个人喜好。对于接头时那种神秘的想象，已让他开始兴奋起来。皮包是从家里带来的，显然很符合他的这身装扮。皮包里装了上次从书店新买的书，作为接头信物，也是再合适不过。具体到见面时的种种细节，由于没了邱老板的指示，也就只能见机行事了。

他早早到了约定的茶馆。由于时间尚早，茶馆内鲜见客人。要了一壶茶，坐在一处靠窗的位子上。从这个位子看过去，不但能看到外面街上的情形，坐在茶馆内喝茶的客人，以及走进走出的来客与去客，也尽收眼底。

一个上午的时光慢慢耗尽，马天目显然成了茶馆内最奇怪的一名客人。起先他双目炯炯，茶兴方浓。由于戴着墨镜，别人是无从看到他目光的。只能看着这个戴墨镜的人将头转来转去，大口喝茶。一壶茶很快喝完，便要了第二壶。等第二壶喝完后，马天目便频繁去上茅厕了。到了第三壶茶上来，马天目便显得无所事事起来，偶尔将放在桌面上的书端着，饶有架势地看上两页。又想到书是接头信物，是该端着，还是应放在桌上？实在拿捏不准。有一段时间茶馆内涌进大批客人，看来是茶客登门的高峰期。而马天目所坐位置，是一位熟客常坐的。那位熟客显然在这一带名气很大。茶馆里的伙计不冷不热地来和马天目商量：先生是否还要续茶？马天目说：续茶，当然要续茶！伙计说：如果续茶的话，先生就请换一个位子，这位子是别人预订了的。马天目一愣，装作不高兴的样子。伙计说：看您来得早，以为到了这个点儿，先生的茶也早该喝完了，所以事先没跟您打声招呼。马天目听出伙计话里的刻薄，只能乖乖地换了另外一个位子。这位子处在茶馆比较显眼的地方，也不便东张西望。他只能定下心来，被动等待对方来找自己接头。

几壶茶水下肚，马天目只感到腹胀如鼓。由于坐在这个显眼的位子上，也就不能丢下桌面上的东西，随意去上厕所了。正等得焦躁，小便憋得难受之时，一位客人在他对面悄然落座。

马天目抬头看，见此人虽穿着周正，却骨瘦如柴，面色黑黄，嘴唇呈猩红色，像是一个痨病鬼。马天目神情专注起来，从墨镜后偷偷打量这位茶客。见客人要了一壶最便宜的茶水，看也不看马天目，神色淡然地小口啜饮着。

等了半天，对方竟毫无反应。马天目有些扫兴，却不想那客人对他悄声发话：先生是来这茶馆应聘的吗？他说这话时，头也不抬，嘴唇贴在杯沿上，像是在吹杯口的浮茶。那话听上去不像是在向对方发问，倒像自言自语。

马天目转转眼珠，擎头说：是啊！

那你是从哪里看到的招聘信息？

马天目又转了转眼珠：华亭路和延庆路一带。

哦，客人点点头。放下茶杯，看着马天目，说：那就对了。

马天目摘下墨镜，看着对方，眼神中闪过一丝惊喜神色。却不想客人又低下眼睛，看也不看他，低低咳嗽着。咳了一阵，掏出手帕，抹着嘴，端起茶杯，喝了一大口，像是那茶水是止咳的良药。这才低了眼睛，说：可我记得，这家茶馆没有去那一带张贴什么招聘广告呀！

马天目顿时愣住了。对方的这句问话，显然超出他的应对范围，一时不知如何作答。如果揣摩前面所讲，对方无疑是自己要等的人，却忽然冒出这一句，又显然不合对答的情理。踌躇之际，马天目又无所适从地再次将墨镜戴上，暗想一不做二不休，就按事情的原委回他算了，便答道：我一是来应聘，更主要的，是来找亲戚。

说到这里，加之神情紧张，膀胱胀得实在难受，马天目站起来，故作提示说：先生，我去方便一下，烦请你帮我照看一下桌上的东西。特别是那本书，丢不得的。那是我亲戚特意要我带的。

陈烈已来茶馆待了一段时间，坐在一个更加隐蔽的角落，静心观察所有出入茶馆的客人。但等来等去，都不见符合要求的接头人。直到马天目频繁去上茅厕，陈烈这才发现他。按照时间来推算，这位举止怪异的年轻人显然是在等候着什么。那几个围坐一桌消磨时间的老年茶客除外，他是在茶馆内待得时间最长的一位。况且那几个老头完全不符合接头要求，谈笑风生有余，全然不顾周围的环境。只有这位年轻人，举目四望，坐立不宁。而带在他身边的一本书，确也符合了接头要求，只是除了这本书之外，应该还有另外一件重要信物，那却是马天目未曾想到的，也是陈烈迟迟不来搭话的缘故。

他有太多的顾虑。但迫切需要和组织上取得联系的渴望，最终打消了他的这些顾虑。况且他已对茶馆内外有过仔细的观察，确认没有任何异常，这才上前和马天目搭话。所幸的是，除了缺少那件重要的信物之外，马天目所答，虽磕磕绊绊，却完全正确。

不多会儿马天目回来，见对方已完全换了一副神情。大概是喝了一壶热茶的缘故，陈烈的脸色好看了许多，高高颧骨上泛着一抹潮红。待马天目落座，陈烈隔着桌子，伸手触了一下马天目搭在桌面上的一只手。马天目只感觉他的手指冰凉，身体倏地一颤。

只听陈烈说道：我找你们好久了。话音未落，又迅速将手抽回。

正是那手心与手背的短暂相触，顿然让马天目百感交集起来。他近乎哽咽般说道：我也找得你好苦！

陈烈说：还是长话短说，请你务必记住——回去转告娘家亲戚，就说我有值钱的东西要交给他们，让他们做好收货准备。另外……陈烈低下头，显出为难样子，沉吟半晌说：另外，就说我最近日子很苦，需要他们的接济。我也知道，他们定有难处，但这段时间，我实在撑不下去了……

他的话被一阵痒痛打断。喉咙里轰鸣作响，仿佛隐着一串惊雷。

马天目忧心地看着他，说：好！看他如此难过，便俯身问道：你是不是病了？

陈烈歇了咳嗽，眼里泛着泪光说：老毛病了，也无大碍……说到这儿，陈烈忽然问：这次来，你怎么没按暗语上的要求带全接头信物，险些误了大事！

马天目一愣，却故作镇静，望着对方难堪一笑，指着桌上的书说：这不……

暗语中不是写着嘛——读书识字的优先考虑。你只带了一本书，而没带字帖呀……幸亏来这儿喝茶的读书人少，如果每人都带一本书来，你让我怎么识别？

马天目顿悟，却掩饰地说：都怪我粗心，把字帖忘家里了。

陈烈看着他，一丝疑虑的表情从脸上悄然划过，却很快消失不见。

此时马天目想到自己假扮“组织”的身份，又看对方如此落魄，想来生活一定窘困之极，等找到真正的组织，说不定是猴年马月的事，自己从家里带来的钱还有一些，何不先接济他一下，便说：我们约一下下次见面的时间，我先带些钱过来，你找医生去看看病。

陈烈思忖一番，感激地冲他点头，说了下次见面的时间和地点。又补充说：下次碰面，你就仍带这本书好了，字帖就不用带了。

马天目拈起桌面上的书，调个方向，将书名呈给对方，问：就这本吗？

陈烈点头，额头冒出细汗，手撑腹部，胃又疼起来。他掏出手帕擦擦额头，有些忧心地说：如果我不能来，就让我爱人去和你联系。到时候，她会系一条暗红色丝巾。接着，陈烈又将头凑过去，对马天目说了一些什么。

等准备起身离去，双方要各自付饮茶的费用。马天目见陈烈在衣兜里掏摸，摸了半天只摸出一两个铜板，便抢先付了账，又将自己身上所带银圆全部送他。陈烈自然推托。马天目将钱放在桌上，率先走出去。

那一天天气出奇的好。酷热已消，秋日将近。门前的梧桐和银杏辟出大片阴凉。抬眼看街巷远处，天空在屋宇间切割出参差的蓝色深渊。江韵清感到今天是一个好日子的同时，又莫名有一丝忧伤。她想起遥远的北方家乡的秋色，天空也该是如此碧蓝。除有稀疏云朵点缀，更能看到远处黛青色山影。蓝天下，一条河流澄澈见底。秋风吹来泛起微波静静地流向天际。

犹感一丝伤怀之余，江韵清更多注意着巷口。这已是她第三次从家里出来。之所以这样惦记，一是她期望陈烈此次前去和组织接头，一切顺利；二是担心他的身体，这么久不回，能不能撑得住！她在巷口站了一会儿，听到有邻居开门，正准备转身回去，忽见一瘦弱身影从巷口那边晃进来，被阳光衬着，很虚幻的样子。她皱皱眉头，看他走得摇摇晃晃，没走几步，便在街边台阶上坐下，勾着头，像在歇息。她凝神远眺，直到他再次摇晃着起身，向这边迈开步子，这才确定，那便是陈烈。江韵清快步迎上去，什么也不说，一路搀扶着他回家。

从巷口走回家里的那几步，似乎耗尽陈烈全部的力气。刚一踏进屋门，便轰然跌在椅子里。江韵清猛地揪心起来。看他的脸色，以及袍子上扑满的灰土，料到这次出去碰头，肯定凶多吉少。又见他脸色虽难看，却难抑喜色，喊过在摇篮旁照顾弟弟的华姿，手抖抖颤颤，从兜里掏出几块糖来。

江韵清洗了一块毛巾，弯腰给陈烈擦脸。陈烈说：我来吧。接过毛巾，艰难地抬起胳膊，自己擦着脸和脖颈。

江韵清轻声问：咋样，顺利吗？

陈烈点头，说：一切顺利。他细细给江韵清讲述整个碰头的过程。但令江韵清不解的是，既然顺利，何至于将自己搞得这般狼狈。她用毛巾指着陈烈胸前的污渍，问：这是咋弄的？

听到江韵清如此问，陈烈难堪一笑，说：都怪我，如果我直接回家，就碰不到这倒霉事了。接着便讲起来：我走到半路，给华姿买了两块糖，又想到天气就要凉了，小弟还没有一件御寒的衣服。恰好我对那一带比较熟，知道拐过两条街，便有一间卖旧衣服的市场，便拐过去。刚过第一个街口，迎面遇到一支游行队伍，举着横幅标语，是因前几天日本浪人火烧毛巾厂，打死打伤路人和巡捕，给政府施加压力、讨要说法的。我与他们擦身而过，本来大家相安无事，却不想大批巡捕正好赶来，说刚刚接到上司命令，不准再搞这种扰乱社会秩序的游行集会。双方交涉无果，巡捕便采取武力驱逐。我被人流裹挟着，朝另一条街口跑，却哪里跑得过那些身强力壮的人，跌了几个跟头，身上又被踩踏了几脚。后来又被赶上来的巡捕抓住，好一番盘问。那些巡捕见我身子虚弱，这才好歹放我回来……唉，小弟的衣服没买到，倒遭遇了这么一场风波，真是晦气，也让你担心了。

江韵清埋怨道：家里还有两件大姐穿过的旧棉衣，我抽时间改改，华姿和华川过冬的衣服也就有了，何苦你来操心。见陈烈面色难看，知道他不愿动大姐用过的东西，便岔开话头问：你饿了吧？我这就给你热饭去。

江韵清正在厨房忙碌，忽听华姿凄厉的叫声。那叫声怪异，惊得她毛骨悚然，三步并作两步奔向客厅，不想却和华姿撞了个满怀。华姿满脸惊恐，拽住她的衣襟，指着屋内说：快，快去看看我爸。

陈烈手脚摊开，死人一般仰坐在椅子里，嘴角挂着一抹暗褐色血渍。那血渍呈喷溅状，洒在胸口，在他身前砖地上淤积了好大一摊。人似已窒息过去，却不知是陈烈见了血，加之又饿又怕，急火攻心，只是一瞬间的晕厥。等江韵清用毛巾将他嘴角身上的血渍揩净，陈烈倏忽醒转，听到江韵清和华姿低低地啜泣，便不禁将华姿揽在怀里，说：乖，没事，爸爸没事的，不要吓着了，啊！

将陈烈安置好，江韵清开始翻箱倒柜，将家里不多的几个铜板全部凑在一起。陈烈看着她，虚弱地问：你要出去，去做什么？江韵清不答，扭身穿着外出的衣服。待到江韵清准备出门之际，陈烈凄苦笑着说：我知道你想去做什么……你想去请医生，给我抓药。但你手里的那几个铜板，又能去哪个医生那里抓得药来。江韵清在门口站着，背对他。陈烈说：没用的……江韵清后背一阵抖动，猛地转身，又去屋内翻箱倒柜。出来时，怀里抱一堆衣服，有自己从家里带来的衣服，也有姐姐江汰清留在家里的衣服。她将衣服堆在桌面，又去找一块兜衣服的包裹。陈烈安静地仰躺在沙发上，华姿和坐在摇篮里的小弟张着眼睛，呆呆看着江韵清的举动，不知家里到底发生了什么事。

陈烈叹息一声，说：我这病，本来不想治。但如果不治，恐怕撑不过这个冬天。我要走了，你大姐不在，我又担心你和孩子们，还有那些“东西”……咳，那就死马当活马医吧。那些东西你不用拿出去典当了，我这里有几块银圆，你拿上，一块银圆抓药，一块银圆买些杂粮，也好熬过这段日子……

江韵清松开包裹，停止了动作，背身流泪。等情绪平复，走到陈烈身前，从他手里接过那沉甸甸的银圆，说：姐夫，你瞧你说的这都是什么话。你听我的没错，吃两服药，身体保准能好起来。你的身体垮了，你让我怎么撑下去！

陈烈牵牵嘴角，眼底涌出一汪泪，却假作欢颜地说：我听你的……对了，你去望平街南京路转角，寻一家叫作“济善堂”的诊所，找陈求真医生，他是上海中医专门学校的毕业生。虽然刚出道不久，功底却是深厚。我去年到他那里看过几次。那里收费虽高，但碰到穷苦的病人，是不收任何诊费的。你提“林攀”的名字，他应该记得。就说是老病灶了，他会给你开方抓药，省了我去的麻烦。

那天夜里天气骤变，先是刮着大风，后又下起骤雨。冷雨敲在窗上，不禁令人心生寒意。后又有密集的冰雹落下来，擂着屋顶，远远近近之处，听来的全是那坚硬声响，时而密集，时而疏落。好在屋子里并无多少寒气，那茶红色药汁冒着腾腾热气，给人带来一些安慰和希冀。陈烈喝下一碗药汤，额上发了些细汗。来不及催促江韵清去睡，自己便疲乏地沉入梦里。江韵清在他的床边呆坐良久。停了电，她又找来蜡烛，一直陪坐到烛油耗尽。见陈烈睡得安稳，这才去另一间卧室里和两个孩子挤在一起，草草睡了一会儿。

第二天相安无事。

到了第三天，陈烈的病情看似安稳了些。虽断不了咳嗽，吐血却是止住了。整个人恹恹躺在床上，茶饭不进。用手一探，只觉额头发烫，原来是发了烧。江韵清又跑了诊所一趟，对陈求真医生说了病人的症状。陈医生说发烧是免不了的，但病人总该吃些东西……现在来问诊的病人太多，我抽不开身。要不这样，你告诉我地址，等我明天抽空去一趟，当面诊断，也好对症下药。江韵清自然巴不得陈医生去，但想到陈烈的叮嘱，却不敢将家里的地址擅自讲出来，便嗫嚅退了出来。回家路上，天瞬间晴了，但气温骤降。一阵风吹过，头顶的树叶钱币一样哗哗摇落。江韵清缩着手脚。走得心内不住泛起一阵阵悲凉。

那天夜里，陈烈病情加重，咳血不止。人眼看就不行的样子。江韵清徒劳地用毛巾为他擦拭，那些黑褐色的败血，在灯光下闪着怪异的光泽，犹如湿重棉絮，沾了她一手一脸。甩不脱，擦不净。她跺着脚，神情慌乱地对陈烈说：你挺住，等天亮，我就找陈医生过来。

陈烈喉咙里咯咯有声，瞳孔内的余光虽是越来越暗，却愈加温和。他抬手朝某一个方向指了指，江韵清起初不解，倒是一旁的华姿对江韵清说：爸爸在找什么东西。

江韵清环顾屋子四处，一脸茫然，低头问陈烈：你在找小弟？

陈烈摇头，抬手又指。

还是华姿机灵，转身到衣柜旁，手扶衣柜的把手，侧身看着他的父亲。

陈烈点头。华姿打开衣柜，逐一指着柜子内的衣服。拿起一件，陈烈摇头，再拿起一件，陈烈仍旧摇头，脸上是一副烦躁样子。抬起手指，上举，嘴里吐着微弱气息：丝……丝巾……

柜子上面的隔断华姿够不到。江韵清三步并作两步，抢到衣柜旁，拿起一条暗红色丝巾，举在手里。陈烈点头，抬起的手放下。

待江韵清将那丝巾递到他手里时，他竟回光返照般精神了许多。手捧丝巾，凑在脸上。那丝巾团成一团，蓬松地拥着他失血的面颊。陈烈鼻翼抽动，显然是在嗅丝巾散发出来的味道。那样子说不上贪婪，却让人看了，着实觉得有些残忍。

陈烈动了动，示意江韵清俯身过来。江韵清将耳朵凑过去，听到陈烈用微弱的气息说：七天之后，上午十点，你，你去联合书局……戴，戴上这条丝巾，去和接头人联，联系。记住，要务必小心，不落实好他的身份，不，不要暴露我们的住址……不，不要，轻易把文件交出去……

江韵清脑子里一团糨糊，唯恐遗漏陈烈话中的每一个字，择重要信息再次回想了一下，并一一记在心里。这些话讲完，陈烈已耗尽体内最后一丝气力。他示意江韵清退下，抬手将女儿华姿招过来，也不能说话，只微笑着，抬手擦着华姿腮上的泪，又轻抚着她的发辫，动作越来越缓。他想让江韵清把儿子抱来，看上最后一眼，却再不能张口。他的手指停滞在华姿额头，软沓沓向下滑落，划过华姿的眼睛、脸腮、嘴角，等滑到下巴上时，便再也不动了。

华姿等着，领受着父亲的抚摩。转眼看父亲的情状，不由得扯开嗓子，号啕大哭。

江韵清发出一声悲凄的尖叫，却马上意识到什么，抬手捂住华姿的嘴。

9

与小马约定接头的日子就要到了。马天目虽忙乱，心里却异常踏实。他刚给家里写了一封信，说是自己在上海很好。每日里以记者的身份，除和外国人打交道之外，能和他打上交道的，都是混迹在上海各界的社会名流。但是……马天目笔锋一转，这样在信中写道：只是应酬较多。儿初来乍到，各色人等都要交际，又兼薪水微薄，实在不胜经济上的压力，所以厚颜烦请父母大人，多寄些钱来。

他所在的住处，离那家包子铺只隔了两条马路。一条从黄浦江分流出来的河流自东向西流淌，跨过一座高耸石桥，便属杨树浦地界了。那天出门，马天目也不着急，掐算着时间，挨到中午。中午是小马最清闲的时候，他上午卖完青菜，晚上贩卖的茶蛋要等到下午两三点钟才去批发……马天目边走边想：等家里的钱寄过来，除代表组织，接济一下那接头人之外，也要余出一些照顾一下小马的生活。对于这个懂事的少年，马天目心里着实喜欢。

或许由于是吃中饭的时间，马路上行人稀少。马天目一路过去，走近那座石桥时，停下脚步，假做看风景的样子，一边看堤坝上钓鱼的人，一边留意正对桥头的那家包子铺的动静。他觉得有些异样。包子铺门前生意虽如常，但有两三个举止怪异的人，他们先是站在前面不远的一家店铺门前，后又走进包子铺。出来进去的时间很短，也就一打眼工夫，手上没拎食物，显然也没在店里吃饭。然后又走到那家店铺门前，打量着周围的动静。马天目虽沉得住气，心内却还是不免有些焦虑。他想多观察一段时间，看小马是否会比自己到得晚些，或许就会看到他从石桥那边走过来呢。

又过了一会儿，仍旧不见小马的身影，想必他已等在包子铺里了。马天目放慢脚步，向包子铺走。等快接近店铺门口时，却鬼使神差般转身，迈步走上石桥。冥冥中总觉得有人暗中盯着自己，除站在前面店铺门口的那两个人之外，包子铺内也有些异常。就连门口看笼屉的小伙计，眼神看上去也不如平日里从容。从桥上吹来阵阵河风。马天目走得坦然自若，没有回头朝身后张望一眼。桥对面便是一处喧嚷的闹市，除各色小吃摊档，还有几家批发的店铺。马天目跨下石桥，闪身在一处摊档后面，朝石桥对面的包子铺打量。

不见任何动静。包子铺生意如常。就连站在不远处店铺门前的两个男人，也在马天目眼里变得正常起来。或许他们就是无所事事，站在马路上看风景的人呢！马天目这样想着。按时间估算，小马肯定是等在包子铺里了。他一定等得很着急。说不定见了面，又会埋怨自己。马天目想到这里，不由得笑了笑。从摊档后起身，气定神闲地朝石桥上走。

突变只是一瞬间的事。

按事后推断，当马天目从石桥那面走过包子铺时，待在包子铺里的小马说不定早就看到了他。最初看他朝石桥上走，小马心里会暗自松一口气。但等看到马天目优哉游哉，再次从石桥对面向包子铺走来时，很难想象他焦虑的心情……就在马天目埋头走路，跨上石桥的那一刻，对面包子铺的门前，不多的几位食客忽然炸开，从店铺内窜出一个身材瘦小之人。稍有犹豫，或是看到蹲守在前面店铺门前的那两个人，便弹簧一样弹跳起来。他无从选择，错一错身子，只能拐上石桥，跑得犹如闪电，令人猝不及防。在他身后，几个人随后从包子铺内冲出，跑得迅疾无声。远距离看，包子铺的前后两边，都有人倾巢而动，加入到这追剿队伍。

随着桥上行人的慌乱，马天目愣住了，下意识随人群躲到桥栏一侧。他并不知道发生了什么，抬头的瞬间，之后看到奔跑过来的小马，睁着一双惊恐的眼睛，那眼睛里除了惊恐之外，没有任何内容。他呼吸骤停，不错眼珠地盯着这惊慌失措的少年，期望从他的眼神中读到他传递过来的信息。但小马跑得旁若无人，他或许是忽略了他，一心想跑到桥对面的杨树浦地界。那里商铺林立，人流密集，跑进人群，便像游鱼汇入大海。

枪声响起的那刻，人们惊慌地喊叫都成了一种陪衬。枪声过后，周围一片死寂。却只是短促的瞬间，之后桥上和桥头两侧的人便胡乱奔跑起来，搅成一团混乱的潮水。马天目脚底打战，扶着桥栏，故作镇定地继续朝桥对面走。他看到小马扑倒在桥面上的身子，脸朝下，不想让他看到他俊美面容一般。血正从他扑倒的地方渗洇开来，起初缓慢，很快漫漶成一摊，有着不规则形状。有人将脚踩在那摊血上。他的整个身体都被蜂拥而至的人群罩住了。只看到伸在人群之外的一只手，脏兮兮的，指甲缝里结着污垢。马天目惊心动魄地看到，那手指忽然痉挛般弹动了一下。听到有人在发出抱怨：怎么胡乱开枪！开枪的人嗫嚅着申辩：我只想打他的腿……不开枪，怕他跑到那边，就抓不到了。还有气吗？应该是断了。

马天目仰头走路，看到人们如潮水般涌来。他们的脸上有着同样的表情，虽是惊慌，却难掩莫名的兴奋。他闭了闭眼，暗自里跺了跺有些发麻的双脚，想加快脚步，脚上却像被下了绊子。

正当他走下桥头之际，从众多张惊异且兴奋的脸中浮出一张特殊的脸来。那张脸显得极其冷静，显然躲在背后密切关注着什么。他率先看到从桥上走下来的马天目，蓦然一愣，忽又不易察觉地笑了，叫了一声：端方兄！

马天目没有听到，仍失魂落魄地朝前走，直到那人拍了一下他的肩头，这才站住。他瞪着充满血丝的眼睛，定睛一看，不由得愣住。

这是唐贤平与马天目分别两年之后的再度晤面。唐贤平有太多的话要与旧日同学叙谈，且心里揣着太多疑问。但此刻的马天目，仍未从失魂落魄的状态中醒来，所以寥寥几句寒暄过后，始终不在“叙谈”的点儿上。唐贤平把马天目让到包子铺内，二人落座，唐贤平问：端方兄，何时来的上海？

马天目黯然地看他一眼，说：来了快半年了……

来上海做何事？说到这儿，唐贤平蓦地想起两人在学校提到上海时的情形，不由得高深莫测地一笑，低声问：是来工作，还是来投身革命？

马天目垂头说：是来找工作……又补充说，可四处碰壁，到现在工作也没找到一份。

这就不奇怪了，唐贤平说，前几天我在华亭路碰到过老兄一次，只是你没能认出我……想来在大上海的街头，每天里奔波游走，是在找一份合适的工作？

马天目一愣，看着唐贤平。

唐贤平笑了笑，说：多亏你出手搭救，不然我就命丧那日本浪人手里了。如今我们俩，除同学情谊，你又无形中给了我一份“救命恩人”的负担。

是你吗？马天目难得地露出一丝笑容，当时局面混乱，我还真没认得出你……你来上海，投奔你姐姐姐夫吗？

唐贤平点头，说：端方兄，凭你高才生的文凭，难道在区区上海，就找不到一份体面工作？

马天目反应很快，脸上露出一副沮丧表情：初来上海，行李被盗，文凭证件全在里面。

二人正在谈话，有人过来和唐贤平耳语了些什么，唐贤平听后很快挥手令其退下。马天目看到那人手上沾着未擦净的血迹。

唐贤平吃着一个包子，看定马天目，忽然问：端方兄，前几天我在一家古玩店，见到一本书，上面有你的签名，难道你到那里去过？难道，你和那家老板认识？

听了此话，马天目真的心如刀绞，蓦然明白这一切的灾祸，皆因自己一个疏忽所致，不但害死了邱老板，也害死了小马。他脸色刷白，却挤出一个残忍的笑，故作镇静，想了想说：是啊！来上海之后，因为没事，我去古玩店玩过。当时带了一本书，是张恨水的小说，也不知遗落在哪里。难道，被你捡着了？

唐贤平哈哈一笑，说：书我倒是看到过。只不过那位邱老板，是共党分子，已经死了。他又抬手向外指了指，刚才那个孩子，年纪那么小，也是共产党，死了多可惜……如果你认识他们，端方兄，我劝你还是悬崖勒马，自行保重啊！

马天目摇头，苦笑说：不认识。

唐贤平认真打量着他，说：不认识就好！端方兄，如果你有兴趣，不妨来姐夫这里做事，咱们同学加兄弟，互相帮衬，互相激励，肯定能搞出一番事业来。

马天目摇头，声音嘶哑：不了。你以前在学校里所推崇的“革命”，就是随便打死一个未成年的孩子？！马天目眼睛望向窗外，我对你这劳什子“革命”，不会感任何兴趣……等过几天，我还是回天津，读我的书，做我的学问。

唐贤平随他的目光看向窗外，见有人正抬着尸体从桥上走下来。担架上覆着一块裹尸布。那布宽大，两边垂落，几乎看不出担架上尸体的形状。只有当抬担架的人走过去，才看到血滴滴答答，洒了一路。

唐贤平心里也有些难过，面部不易察觉地抽搐一下，仍是盯住对面的马端方，目光中闪过一丝戾气，问：端方兄，今天是专门来吃包子的？

不！马天目说，闲来无事，就去桥对面逛了一圈。

那个下午马天目一直在街上漫无目的地游走。他走得丧魂失魄，眼前不时闪现小马那双惊恐的眼睛。小马显然是被他们事先抓到的。他想。看到他再次从桥头过来，唯恐他走进去，这才从包子铺冲出来——他是为了向他示警。是他招认了接头的时间和地点？如果招认的话，他为何不带那些人直接去住处抓他？想起小马曾说过的那句话：若是被他们抓到，被他们打得死不能死，活又不能活，就真的要像邱先生这样，自己想法去死吗？马天目这才痛彻心扉地想到：小马所能做的，已是一个少年人所能做到的极限了。

天黑下来。手脚冰凉的马天目回到住处。他用身体将门从里面靠死，身子疲软地顺门板瘫软下去。屋子里黢黑如墨。从窗外照进的月光，影影绰绰勾勒出一尊屈身于地下的黑影。那黑影垂头坐着，将双臂横在膝上，响起低低的啜泣声。他将头垂得更低，牙齿咬住衣袖，死死塞进嘴里。由于堵塞了口腔，哭泣从鼻腔内发出，像是野兽怪异的喘息。

过了很久，马天目终于安静下来，用手擦掉眼泪，坐直身子，两手相握，杵在膝上，望着窗外夜色发愣。忽然挥手扫了一下，拳头擂在左侧的墙壁上，疼得他倏忽醒转，爬起身去开灯。从床脚把皮箱拎出，放在床上。转身从衣柜里，将衣服鞋帽一股脑儿塞了进去。

10

马天目并未临阵脱逃，返回天津。而是依照接头人事先提供的信息，选了一处离联合书局较近的地方安顿下来。与唐贤平的偶遇，马天目已隐隐意识到，自己所做的一切，或许已完全暴露在唐贤平的视线之下。这不是一场游戏，而是一场殊死的斗争！他终于彻悟，比之以前自己想象的神秘和好玩，这场斗争简直太过残酷。

等租下房子，安顿下来，他闭门不出，每天隔窗观察外面街上的动静。等确定无人监视之后，又对周围环境进行了一次彻底的摸察，确定没有任何异常，便在离接头时间还有五天时，来到联合书局。他要做到万无一失。他以一名购书者的身份，每日里在书店消磨，对每一个来书店的人进行一番揣摩，对书店内外进行严密的监测。稍有异常，便能觉察，绝不贸然行动。

据马天目了解，联合书局是上海市不多的几家专门经销外文书的书店，所以来此购书的顾客并不很多。店面不大，却存货很多，书柜里排不下，有些书便砖头样一直码到天花板。之所以这几天顾客盈门，出来进去都是学生打扮的人，是因为老板为了赚钱，特意进了一批华兴书局出版的“左翼”作家刊物。你晓得啵，不单我们书局有卖，北新、江南、群众这几个书局都有得卖。一位扎辫子的店员姑娘这样对马天目解释。马天目问她：那你们老板也是“左翼”喽？店员姑娘听不懂“左翼”为何物，却晓得肯定不会是人们热捧的词语，便媚笑着翻了马天目一眼，说：哪里哟，我们老板只晓得赚铜锭。她对马天目太过热情，总会丢下别的顾客，凑过来与他搭讪。

除这位令人感到不适的店员姑娘之外，书局内外还算安宁。马天目静等那接头日子的到来。有时他早上去，中午随便带些吃食，一整天泡在书店里。对书本的阅读，让他的心神渐渐安定下来。

这天，一位银白头发的外国老太太走进店内，在书店里转了一遭，操着半生不熟的中国话向那姑娘打问。除一般的交际用语，这外国老太太显然对汉语的掌握十分匮乏，而那姑娘对俄语的掌握也是如此。几句对话过后，老太太一口俄语完全让姑娘如坠云雾。有一个买书的学生想帮忙翻译，听来听去，也只能咂舌走开。

她想买一本《普希金诗集》。站在一旁看书的马天目插嘴说。然后他放下书本，径直走过去，操着俄语问了老太太一句什么。

老太太回了一句，看着马天目，眼里露出惊喜神色。

我还想买《叶赛宁诗集》，这里有吗？老太太操着俄语问。

马天目带着她，穿过一排排书架，朝书店纵深走。踩上一张凳子，从堆到天花板的书堆里找出一本书，递给老太太。又从另外的一排书架上找出另外一本。

你是这里的老板吗？老太太问。

不是，我是这里的顾客。马天目一边整理书架，一边回答。

你读过普希金的诗？

马天目点头。

老太太把翻看的书页递过去：能不能给我读一读这首——我忘戴花镜，上面的字迹看不清楚。

马天目笑笑，扫了一眼，将书递还老太太，用俄语自如地朗诵了起来：

我爱过你，
爱情，也许还没有
在我心中熄灭，
但愿它不要打搅你，
我一点也不感到悲切。

老太太脸上一副陶醉神色，眼里泛着晶莹的光泽，说：我已好多年没听人读过这首诗了。先生，你叫什么名字？

马天目回答：我姓马。

马先生，我住在离这里不远的霞飞路。如果方便，以后请到我家做客。

虽对一切所能发生之事，都做过周密预测，但等到接头这天到来时，马天目仍感到有些心神不宁。

说也凑巧，当时间慢慢接近上午10点，那个瘦骨嶙峋的人，或那个系暗红色丝巾的女人还未出现时，联合书局内忽然闯进几位巡捕，瞬时让马天目大惊失色，以为又出了什么纰漏，只能等着束手就擒。好在那些巡捕闯进店来之后，并未捕人，而是将整个书店翻得乱七八糟。

书店经理不多时赶来。为首的巡捕阴阳怪气地对他宣布：有人举报，北新、江南、群众，连同你们联合书局，销售“左翼”作家书刊，我们奉上司之命，特将你们这几家书店查封。

书店老板还想辩解，有巡捕将违禁书刊扔在他面前。老板尴尬笑着，没有任何话说，只能追在巡捕屁股后面，说：这种事我完全不知道，是我那糊涂的儿子受人教唆，还不就是为了多赚几个钱……又问这种事该怎么解决？总归要高抬贵手为好。

巡捕们一边往外轰赶着顾客，一边用封条封门。为首的巡捕接过书店老板递过来的烟，看了看牌子，说：这种事嘛，你自然晓得怎么解决喽。

马天目急忙从书店内挪步出来，一眼便看到一条暗红色丝巾。只是由于门口围观者众，他只注意了那条丝巾，系丝巾的人却一时未在他脑子里形成概念。也就在一瞬，那条丝巾忽然从他眼前消失。放眼望去，虽已秋凉，系这种装饰性丝巾的妇女虽有几个，但丝巾颜色杂七杂八，难能看到一条红色的。依据上次与他会面的接头人的年龄判断，他所要找的女人应在三十多岁，对那几个系丝巾的妇女逐一观察，并故意举起手里的那本《金粉世家》，在她们眼前晃来晃去，却发现未有任何回应，她们脸上的表情也不对路……马天目忽然意识到什么，快速冲出人群。依据他的推断，如果自己是那前来接头的人，意识到危险之后，必定会抽身而走，不会在此做更多逗留。他迈开大步，朝街的西边追去。未有发现。又迈步向街的东面紧追。好在那条马路狭长，整条路上没有一个巷口，料定那接头人也不会瞬间在他眼前隐匿起来。

他逆着人流前行，只留意前面疾行的背影。好在走不多远，一位姑娘的背影便进入他的视线。她穿一身斜纹布长袍，腰肢纤细。两根发辫一根搭在身前，一根垂在肩后，那根蓬松发辫在她肩后跳来跳去，显出她内心的慌乱。姑娘手拢在身前，走得踉踉跄跄。依据她的背影判断，这姑娘也就二十岁左右的年龄，显然和那接头人岁数不太相符。走着走着，姑娘偶尔回头张望一眼。马天目看到，一条丝巾正紧攥在她的手里，垂下暗红色一角。

马天目心神放定。放缓步子，不远不近地跟着她。或许觉得已脱离险境，那姑娘脚步也有所放缓，垂下手臂，脚步却开始变得有些茫然。

走出巷口，姑娘站在一处十字路口，眼睛不时瞄向马天目这边，显然发现了身后跟踪的人。马天目也无心躲避，正在犹豫是不是上前同她搭话，不想那姑娘忽然转身，朝他所在的方向径直走来。

他站在原地不动，将手中书本端在胸前，眼睛瞄着姑娘攥在手中的暗红色丝巾。就在错身那一刻，两人目光交会。马天目看到姑娘眼泡浮肿，发辫蓬松，一副憔悴模样。而姑娘充满敌意的眼神中，忽然有一束亮光乍现。

但她脚步未停，仍径直向前走。

马天目尾随其后，期盼她把那条丝巾系起来。他不想错失这样一个机会，如果这次不能将对方身份弄个水落石出，一切努力都将前功尽弃。他疾走几步，与姑娘并肩而行，故意用一副流氓腔搭讪道：姑娘，天气有点凉了，围巾不系，抓在手里……这是何苦?

按常理说，如果马天目遇到的是一位普通路人，对方肯定会翻脸。即便不翻脸，也不会理睬他。不想那姑娘停住脚步，虽未对马天目做出有效应对，脸上却浮出一抹笑来，望定马天目说：我认识你!

马天目一愣。皱眉问道：你认识我?

嗯。姑娘说，嘴里随即冒出几句天津话，就在几个月前，从南京来上海的火车上，我碰到过您，您还让座给我。

马天目恍然大悟。异乡街头遇到故人，虽是一件乐事，却难能使他开心，只好用天津话回道：那你这条丝巾……

姑娘环顾左右，示意马天目退到身后偏僻街角，这才问：你拿在手里的，是一本叫作《金粉世家》的书吗?

马天目大喜过望，连连点头，说：是啊是啊！一边说，一边把书的封面擎给姑娘看。

姑娘这才展开手中丝巾，端正披在肩头。先是在胸前打一个结，然后将丝巾一角掖进衣领，又挥手一甩，将丝巾的另一角搭在身后。

马天目只觉得她系丝巾的动作舒缓而优雅。而当她将一角丝巾甩向身后时，蓬松额发被从巷口吹来的风扬起。她靠在石库门漆黑斑驳的墙上，红色丝巾衬得她娇小的面容越发甜美。马天目不由得心里一颤，感到一种久违的感动。

11

当问起那个瘦骨嶙峋的接头人时，江韵清并未回答马天目的提问。

他们坐在一家面食店内。这也是他们第一次正式的接头。为慎重起见，第一次在街头的仓促会面，江韵清并未对马天目透露更多。而这一次，江韵清也并未完全认定马天目的身份。她始终因巡捕忽然闯入而对他心存疑虑……但在江韵清心里，所能承受的压力已至极限。她急需找到那个可以信任、可以依赖的——组织。

江韵清详细向马天目询问了他和陈烈接头时的情形，并再次重申陈烈对马天目所保留的态度——如果是一个可靠“同志”，是不该在接头信物这样重要的事情上出任何差错的。马天目有口难辩，却一时难以将自己的境遇讲得清楚，最后只能强词夺理地说道：如果我有什么问题，早就把你抓起来了，而不会和你坐在这儿，扯这些无聊的闲话。

他看着江韵清不开心的样子，又对她正色道：现在情况危急，也很复杂，所以你必须要信任我。

江韵清看着他，无奈地说：我很想信任你。

基于老乡身份，又有最早在火车上的邂逅，江韵清还是决定：信任面前这位显得坐卧不安的瘦高青年。但她还是要考察他一段时间。当马天目向她问起那个他猜测了很久的秘密，有什么重要的东西要交给组织时，江韵清直接搪塞了他，说道：至于东西的事，我要和家里商量商量再说。

她问清马天目的住址，其实心里有自己的打算。当马天目向她问起住址时，她冷冷答道：你不用问我。等有事，我自会去找你。

几天之后，正当马天目暗自为无法找到上线而感到焦虑时，江韵清找上门来。她一脸惊恐，对马天目说，她要搬家，必须搬家。

搬家？马天目诧异地问。

是的。江韵清说。

马天目无奈地笑了笑。觉得为了搬家这种事，来找他这个“组织”，也真是有些荒唐。这种事应该和你爱人商量……马天目不无讥讽地说道。

他死了。江韵清说。泪水无声地从眼角滑落。

待平静讲完陈烈去世的过程，江韵清心里又是一阵绞痛。想起自己一个姑娘家，平生还未经历过亲人的离世，想起怕惊动邻居，悄悄找来贩卖青菜时认识的河北小伙，趁夜深人静，悄悄把陈烈埋葬……自己所受的那份惊恐自不必说，只是可怜了姐夫，一领草席，埋到乱坟岗中。如果再让她去找他的坟，却哪里能够找到……

她无声地哭着。看到坐在对面的这个年轻人，这个“组织”，泪水似乎流得比她还要汹涌，觉得他如此懦弱的样子，以后重要的事是否能够托付？她瞬间收住哀伤，郑重其事向他讲起之所以要搬家的原因。

陈烈久不现身，已引起邻居的注意了。另外一个更为重要的原因是，那天江韵清正待在家里，忽听门外传来一阵喧闹。隔窗一看，见街上站着一个男人，正在自家门口大声喧哗。她不敢出门，直到邻居被那男人惊动，问明缘由后来敲门时，她才敢出去应对。那男人喝醉了酒，说自己以前的一个相好住在这里。他出门几日，那相好便躲着他不见，显然是想甩了他。她花了我那么多钱，想这么轻易甩掉我，真是把老子看扁了！男人这样醉醺醺地说着，边说边向门内闯。大家拉住他，对他解释，指着江韵清说：你那相好，早就搬走了。现在是陈先生陈太太住这里，这是陈先生的亲戚。人家陈先生可是做大生意的，正派人，哪会和你那相好扯上关系。醉汉仍旧不依不饶，直到大家喊来巡捕，这才好歹把他弄走。临走时，仰头大喊：美凤，你不用躲着我，你躲到哪儿，我都能把你找出来。

看马天目一副迷惑不解的神色，江韵清冷静地告诉他：之所以必须搬家，是因为那份大家都知道的“重要东西”已受到了威胁。

说到那份重要的东西，马天目虽一脸庄重，心里却不由得得意地暗笑起来。想对方终于肯向自己妥协，说明已信任了自己。而这种“信任”，显然是在各种压力下的不得已而为之。一是她想搬家，在经济方面受到约束；二是她一个女人，搬家这种力气活，哪里是女人能搞得赢的……

马天目暗自思忖之际，江韵清仿佛读懂他的心思，垂头丧气地说：我出去找过房子，但都不管用……一是房租太贵；二是我一个姑娘家，又带两个孩子，没人愿意租房给我。上海这鬼地方，租房必须要铺保，说是为了什么社会治安，好像我在他们眼里，成了暗娼似的。

马天目心里坏笑，却一脸严肃地说道：别急，有“组织”替你想办法，一切都会好起来的。

要快！江韵清说。

马天目“嗯”一声，不禁锁起了眉头。

马天目被一个“钱”字难住了。他以前过惯衣来伸手饭来张口的生活，还真是没在花钱上犯过心思。如今兜里山穷水尽，就连房租饭费都不保，何谈拿出一大笔租房的费用。虽然前几天给家里写了一封信，家里也肯定会答应他，但远水解不了近渴，眼前的困难，只能他这个“组织”自己想办法解决。他先是无头苍蝇一样在街上乱转，看了无数租房广告，打听了不下十家租户，租费都高得离谱，显然还是在一个“钱”字上打转。

这天马天目正在街头乱走，忽听背后传来一声问候，回头一看，正是前几天遇到的那位俄国老太太。老太太说她刚刚去过联合书局，那里怎么被查封了？马先生，你可知道哪里还有俄文诗集可以买到？

马天目心内烦乱，却不得不做出一副温和的样子，和她用俄语细声交谈，告诉她自己也不太清楚，如果她真的喜欢，以后会留意那样的书店，再想办法转告她。

俄国老太太伸手一指，说自己家离这里不远，邀请马天目去家里坐坐。俄国人的热情让马天目招架不住，只能随她前往。在俄国老太太家里，马天目再次重温了一种久违的高雅生活，他喝了咖啡，听了音乐，并坐在洒满阳光的露台上，听老太太用纯正的俄语，为他背诵了一首叶赛宁著名的诗篇：

我辞别了我出生的屋子，
离开了天蓝色的俄罗斯。
白桦树像三颗星临照水池
温暖着老母亲的愁思。
月亮像一只金色的蛙
扁扁地趴在安静的水面。
恰似那流云般的苹果花……

这首饱含乡愁的诗篇，不由得令马天目愁容满面。其实他心里真正发愁的，还是如何能租到一间房子。

俄国老太舒缓着情绪，将思绪从遥远的俄罗斯草原及广阔森林中，拉回到眼前这间不大的露台。此前她已在诗句的烘托下，再次重温了一遍那条充满了冰雪和血腥的道路，那道路上布满被血洗的恐怖，以及流亡的艰辛。她看着坐在眼前的这位年轻人，他流利的俄语给了她无尽的慰藉。不禁脱口问道：马先生，你也有乡愁吗？

马天目苦笑一下，说：短暂的离家称不上乡愁，只是想念。叶妮亚太太，我遇到了困难，所以才会想家。

你遇到什么困难？

马天目欠欠身子，说：我想租房，但家里的钱还没有寄过来……叶妮亚太太，你如果肯相信我的话，能不能先借我点钱，等家里把钱寄过来，我再还你。

叶妮亚太太笑了，说：你是我的朋友，借钱当然没问题。可是，可是我有一个想法，不知道你愿不愿意？

马天目笑着摊了摊手。

叶妮亚太太抬手指了指自家宽大的屋子，说：马先生，我家的房子很大。平常只有我和儿子两个人住，楼上的房间全都空着。如果你愿意，何不搬到我这里，不收你任何租费。只是你要答应我一个条件，每天给我朗诵一首诗……说到这儿，叶妮亚太太笑了，也不难为你，不是每天都必须的，等你有时间，要把欠下的给我补上。

搬家的情形自不必说。当叶妮亚太太看到江韵清和两个孩子时，偷偷对马天目说：马先生，真想不到，你这么年轻，孩子都这么大了。

马天目一脸尴尬，实在想不出怎么来回答，只好偷偷对叶妮亚太太说：不是我亲生的，是我太太和她前夫生的。

叶妮亚太太幽默地说：那你就更有福气了。

除了不多的一些家当之外，显然江韵清对一盆三角梅以及那些包了铜角的皮箱无比看重。她把正在盛开的三角梅放在卧室最显眼的地方，而把皮箱拖进另外一间储物间。做着这些，她无须马天目插手。箱子拖不动，喊来华姿帮忙，也不肯使唤一下马天目。倒给了马天目一个看似更加艰巨的差事：哄着小弟。在外人看来，马天目就是一个油瓶子倒了都不扶的人，一个懒惰先生。难怪叶妮亚太太过来，不住夸马太太能干。只是她所说的话，江韵清一句也听不懂。

一切收拾停当，准备上床睡觉时，江韵清对马天目说：你，你咋还在这儿？这么晚了，不早点回去休息。

马天目一愣，委屈地撇了撇嘴，问：回哪儿休息？

江韵清也是一愣，觉得马天目的回答着实有些可笑，说：当然你原来的住处啊。

马天目拉下脸说：我回不去了。

怎么回不去了？走路回去啊。离得不算远，你就别搭黄包车了，省几个铜板吧。

马天目苦笑，这才意识到江韵清并未明白这次搬家的意义。他凑近江韵清，压低声音：我真的不能回去啦，因为我和叶妮亚太太说，咱们是一家子。

江韵清吃惊地张大了嘴。

马天目说：咱们以后要夫妻相称。

那可不行！江韵清扭了一下身子。

不行也没办法。你想想，咱们不是夫妻，哪来这俩孩子。

江韵清想了想，觉得是这个道理。她哑口无言，却为难地瞬间羞红了脸。

马天目劝慰她：实在没办法，只能难为你了……其实我也有些为难。我刚满二十二岁，就有了这么大俩孩子，这要被我家里的父母知道，非把我掐死不可。

江韵清快要哭了，只能说：那好吧。你就住在这里吧。可是，可是……我们总不能睡在一个房间吧？

当然不能……可不能，又有什么办法？除那间储藏室，我们只有这么一个房间，马天目边说，边在整个房间内转悠。要不这样，今晚就先凑合一宿，你和两个孩子睡一张床，我睡另外一张小床，等明天，在中间扯一块布帘，大家相安无事。

江韵清仍旧拿不定主意，但华姿却提出反对意见。

华姿反对的理由很简单，她认为马天目是外人。既然是外人，就不能在家中留宿，所以她不允许马天目在这个房间睡。

而此时江韵清已彻底醒悟过来。她劝解华姿的理由更为简单：不管怎样，这个陌生人必须要和我们住在一起。你看吧，是你和我睡一张床，还是让他和我睡一张床。

一旁的马天目听得啼笑皆非。

华姿脸上露出为难表情，嘴里嗫嚅着：二姨，你想和他睡一张床吗？

江韵清拽了一下她的辫子，说：你这个熊孩子。

等大家躺下，关了灯，不想马天目又摸黑站在江韵清床前。

江韵清在黑暗里惊问：你还想干什么？

马天目说：还有一件事，我要和你商量。

江韵清说：躺在那边商量不一样嘛！凑这么近！

马天目向后退了一步，说：你必须叮嘱华姿，以后在外人面前，叫我爸爸。

江韵清说：这事你不必着急，我会叮嘱好她的。

马天目说：这是大事，不是开玩笑……对了，她咋叫你二姨？

正要睡着的华姿懵懵懂懂说：她本来就是我二姨嘛！

她，她不是你们的妈？

华姿睡了，没有回答。

黑暗中江韵清臊得不行，干脆起床说：看你想哪儿去了，他们是我大姐的孩子。

接下来，两人坐在另一张小床上，江韵清把自己如何来天津，以及姐姐和姐夫的遭遇，细细对马天目讲了一遍。

马天目听得愣神，忽地想到死去的邱老板和小马，便问起那份邱老板所说的“重要东西”来。

江韵清见瞒不过——通过几次接触，她已认定马天目就是“组织”，即便是“组织”所派，也是代表了“组织”——遂把马天目带进存放皮箱的储藏间，指着那些堆在墙角的皮箱说：东西都装在里面。

马天目神情肃穆，垂手问道：什么东西？

江韵清不答，搬下一个皮箱，用钥匙将皮箱打开。

马天目低头看去，见一沓沓已经泛黄的纸张码放在箱子里，纸张的味道瞬间在房间内弥散。他不禁惊诧地问：就是这些破纸？

江韵清伸手抚平表面的一页纸，说：这不是普通的纸，是文件，极其重要的文件。我姐姐姐夫，就是为了这些文件，一个下落不明，一个搭上了性命。我姐夫临终还嘱咐我，就是死也要保护好这些文件。说完这些话，江韵清已将皮箱锁好，在马天目的帮助下，再次码放起来。

成垛的皮箱在角落里泛着幽然光亮。马天目蹲伏于地，用手抚着皮箱粗粝的表面，说：为了它，死了那么多人，看来，我们真的是要舍命相陪了。

生活表面上虽安定下来，但马天目仍旧有一种度日如年的感觉。他时刻想着这样一个问题：找不到组织，这些文件便不能脱手；不能脱手，自己便要始终和这个女人、两个孩子绑在一起。每当华姿当着叶妮亚太太的面，亲热地喊他“爸爸”时，马天目心里总有一种说不出来的别扭。而他和江韵清同居一室，每天早晚都要抱个枕头跑来跑去。一天里的大部分时间，除夜里睡觉，他是要和江韵清待在一起的，以在外人面前做好“夫妻”之实。长此以往，简直是“死要面子活受罪”。找到组织之日，便是马天目认定的脱离苦海之时。

而在江韵清的感觉中，觉得找到了马天目，便没有什么不可托付的了。文件交到马天目手上，是天经地义的事，只是她略有不解：马天目为何迟迟不见行动，对那些文件做出相应处置？她催了他几次。

按照江韵清的打算，等这些文件有了一个好的去处，她也就算是自由了，也算对姐姐姐夫有一个交代……她所付出的一切，受了那么多苦，其实都跟这些文件无关——只是为了姐夫的嘱托。她想带两个孩子，快快离开上海，早一点儿回天津去。

接下来的日子，这两个心思明确却想法相悖的人，每当为了这棘手文件相互磋商时，难免会生出一些矛盾。

每天吃完早饭，当叶妮亚那个金发碧眼的儿子谢尔盖去巡捕房上班之后，江韵清也会催促马天目出门。她话不直说，而是用极其婉转的方式告知他。比如马天目赖在家里，教华姿认字，江韵清就会对华姿说：华姿，等你再大一点，每天都会去学校认字的，马老师有更重要的事要做，你别缠着他。比如马天目按照事先约定，每天去露台为叶妮亚太太朗读诗歌，江韵清又会说：我们搬到这里的目的，不是让你去陪那老太太每天闲坐的吧！

总之这种种的阻挠，缘起于江韵清最终的一个目的——督促马天目出门。出门去干什么呢？当然和那些文件有关。后来她开诚布公和他谈过一次，以下属的姿态，语调相当温和。那个时候，她是把马天目当作自己的领导来对待的。她要他尽快将这批文件出手，以尽快结束这荒唐的生活。即便对文件不做出相应处置，也该有一个适当安排。

马天目心怀鬼胎。他不想上街，盲目地寻找无异于大海捞针，只会给自己带来风险。每当他想起在石桥上同唐贤平的相遇，心里总会涌起阵阵隐忧和恐惧。他清楚邱老板和小马的死，皆与自己有关；放开了想，与这批绝密文件有关。

在江韵清的抱怨声中，马天目自感羞愧。江韵清的抱怨无不充满了刻薄的意味，在一个大男人听来，简直颜面扫地。

在这种情况下，马天目只能将自己的境遇对江韵清和盘托出。

你不是“组织”？

江韵清惊讶地看着他，像在看一个骗子。

马天目说：不是，我也是受组织所派。任务只是找到你们。但那些派我来的人都死了。

江韵清沉默了好一会儿，喃喃自语说：这么说，你虽然找到了我，却和组织上失去了联系；和组织上失去了联系，也就等于对那些文件毫无办法……

马天目明白江韵清话里的意思，却还是狡辩般安慰她道：我找到了你，总比你孤苦伶仃一个人守着这些文件好吧？我们两个人在一起，有些事总能商量，总能相互有个照应。

马天目一席话，让江韵清忽地泪流满面。她不敢想象姐夫去世后的这段日子，如果没有马天目，自己怎么熬过来。

那些天每到晚上，两个人便单独待在密室，对着那些盛放文件的箱子发愁。又好似那些沉默喑哑的箱子是第三人，无形中会帮他们拿些主意似的。

总归不能这样等下去，我们还是该做些准备才好。江韵清心有所虑地说。

我也在想……不能老这么等下去。

首先要做好筹钱的准备，搬家的准备。江韵清补充说，我们要吃饭，即便你家里寄来的钱还没有花完，但总有花完的时候；住在这里总归不是长久之计，说不定哪天又要搬家。搬家需要房租，筹钱才是大事。

提到搬家，马天目忽然想到一个至关重要的问题。他抬手拍了一下那些箱子，说：对了，接下来我知道该做的事了。

江韵清不解。

马天目冲江韵清伸手：钥匙呢？

江韵清警觉问：干什么？

打开箱子。马天目不容置疑地说。

箱子打开之后，马天目翻弄着一摞文件，自语说：这些文件都太不规整，你看，这张抄在报纸上，这张，抄在杂志上，这张字迹太多，纸张太厚，喏，这张怎么会没有内容？

随着马天目的自语，江韵清也伸头去看。见无数纸张形形色色，却终是想不清马天目心里在想些什么。

马天目罢了手，对江韵清说：趁这段时间，我们可以把所有文件整理编号登记，这样便于保存和查找。

接下来的日子，便显得按部就班、有条不紊起来。每天江韵清都要出去，重新做她小商小贩的生意，毕竟她有这方面的经验。如果没有其他负担，做起来还算得心应手，也无任何风险。

为了照看孩子，马天目赋闲在家。在外人眼里，一个大男人，整天游手好闲也不是事儿，“赋闲”也总该找个“赋闲”的事由。该找个什么样的事由呢？后来那个看似荒唐，实则体面的事由，是马天目自己想出来的。

叶妮亚太太是个慈悲、优雅却又做事得体的人。她很喜欢这一家人，更喜欢他们的小儿子。每当看到那个粉嫩婴儿时，都会令她想起流亡途中夭折的儿子。但她不愿过多去打搅这一家人的生活。看到马太太每天出门，有时会带着他们非常懂事的女儿，一副讨生活的装扮，她会将尊重的目光投给他们。“身处疾苦的人更需得到尊重”，这是叶妮亚太太做人的一个信条。只是每当听到楼上传来婴儿不住的啼哭声，叶妮亚太太便会忍不住，大呼小叫着她的“上帝”，快步跑上来。

她会见到马先生束手无策，或是任那男婴躺在摇篮里啼哭，或是笨手笨脚抱着他，在房间里踱步。往往这时，叶妮亚太太免不了会抱怨几句，抢过男婴，在他粉嫩脸上亲一口，说：马先生，你这做父亲的，很不够格，孩子被你那样抱着，很不舒服的。喏，要这样抱才对。

男婴果然不哭了。马天目尴尬地笑着。叶妮亚太太看他，一副焦头烂额的模样，指尖沾着墨迹，有时他还算干净的衣服上，还会被尿浸湿一片。

叶妮亚太太抱着婴儿在房间踱步，转到写字桌前，见一沓工整纸张摆在案前，毛笔搭在砚台上，笔端墨汁充盈。而另外的一些纸上，写满密密麻麻的字迹。又有一些废纸，揉成团，丢在案头，丢在桌子底下。

叶妮亚太太问：你在写什么？

写字。马天目神情略有尴尬，脸忽然涨红了一下。

字……是诗吗？

不是，马天目不知如何来解释。是——小说。

托尔斯泰？叶妮亚太太惊奇地问。

不是托尔斯泰，是……马天目实在想不出一个与俄罗斯小说文本相对应的名称。对那种风花雪月、痴男怨女的言情小说，他不知如何来定义。是，爱情小说，他只能这样解释。说的却是中文。让叶妮亚太太更加摸不着头脑。

总之，不管怎样，叶妮亚太太都把马先生当成了一个作家。每有空闲，她便跑上来帮忙照看马先生的儿子，而为了不打搅马先生的写作，她往往会把孩子带到楼下，待在自己房间的露台上，独自享受与那男孩相处时的甜蜜。

写那种言情小说，实在是马天目的无聊之举。但其中也有很多难言之隐。一是他想借写作，赚些稿费，补贴家用，也好减轻一下自己对江韵清的愧疚之情。因他一个大男人家，每天看江韵清外出讨生活，心里总不是个滋味。而赚稿费这种事体，并不是空穴来风，他在学校时就发表过豆腐块文章，拿到过微薄稿酬。更为重要的是，一个与文字毫不沾边的人，老是去买笔墨纸砚，总归让人感觉奇怪。马天目这样做，实则是为晚上整理文件做好了充分准备。

持久做任何一件事都会上瘾，尤其像写小说。起初每到白天，马天目便会全身心投入，进行故事的构思，并在字斟句酌的吟哦中得到无尽乐趣。每当写完一小节，他便有了一种功成名就之感。借放松自己的机会，去楼下看看孩子。毕竟，照看好孩子，才是江韵清交给他的重要任务。有时他还会带上写好的稿子，用俄语给叶妮亚太太朗读一遍。汉字与俄语之间的转化非常奇妙，借助这种变化，马天目能很快找出自己文章中的不足，从而使自己的写作技巧有了飞速提升。而叶妮亚太太，也被马天目故事中的痴男怨女深深吸引，每天督促马天目快快更新，从而放弃了对诗歌的热爱，转而投入到对故事的痴迷。

不长的时间过去，马天目便完成了自己平生以来写就的第一部小说，当然是前半部分，而后半部分已构思成熟在他的脑子里。他以“刘思鸿”的笔名，将稿件工整抄写一遍，托谢尔盖投进了邮筒。

而江韵清的态度，是极力反对马天目写这种无用东西的。即使小说真的以连载的方式在报纸上发表，并拿到由叶妮亚儿子带回来的稿酬时，江韵清仍旧不认可马天目这种荒唐举动。

怎么说呢，马天目是有些怕江韵清的。说清楚一点，也不是“怕”，是“怵”。江韵清在生活方面也算温柔，除“睡觉”之外，无不像妻子一样关照着马天目。但每议工作之事，江韵清便会显出她强势的一面。

每到晚上，两个人便开始了对文件的整理工作。起初，江韵清不想让马天目更多地插手这份工作。因为当马天目对她和盘托出自己的底细之后，江韵清认为马天目并不是自己的上级，他代表不了组织。若按资历来算，自己最先接手这批文件，有着比马天目更为丰富的经验。所以，自己来领导马天目开展工作，才更切合实际。

说起工作，便要有明确分工。江韵清自然要全盘指挥，而马天目呢，也就只能打打下手。而有了分工，便形成了一个组织的形式，哪怕这组织的成员只区区二人。按照江韵清在老家时的工作经验，一个人是独立的个体，两个人就应该结成一个组织——因她和自己的入党介绍人，就曾成立过一个党小组。她和马天目商量，他们两人也应成立一个党小组。按照她的意思，即便工作上的分工已然明确，但“领导”还是必须要有的。但为了照顾一个男人的面子，还是要与马天目有一个公平竞争。她问马天目：你啥时候入的党？马天目掐指一算，说：七个月零九天了。江韵清不禁自负地一笑，说：马天目同志，你还只是个预备党员。所以没办法，你就只能选我当党小组长了。马天目有些不服气，问：那你入党多长时间？江韵清自豪地答道：一年零半个月了。算上今天，应该是一年零一十六天。

若按党龄计算，江韵清做领导，也算天经地义。马天目只能心服口服。

江韵清表情严肃，当即端正坐在一把椅子上，清了清嗓子说：马天目同志，我们的党小组既已成立，那就按照惯例，开一次党小组会吧！

马天目也态度端正，情绪有些激动，说：好！

见马天目身子随意斜搭在桌沿上，显得极不整肃，江韵清说：你坐！

马天目想坐，但房间里唯一一把椅子却被领导坐着。他只能搬了一张小板凳，坐在江韵清对面，像个听话的小学生，仰头听江韵清说话。

只听江韵清先说党小组的规章。说每遇大事，需要决策，必要经党小组开会认真讨论，不能独断专行。即便日常，也要半月一次，以开会的形式过一下党组织的生活。讲完这些规章，江韵清脸上变得越发端正，以一个领导者的姿态，批评了一下马天目最近写言情小说的举动。哪怕马天目对自己写小说给出一个合理解释，江韵清仍旧不依不饶，说：即便能拿到稿费，补贴些家用，这种登报的事也是不可取的。万一有人成为你的仰慕者，慕名找上门来怎么办？岂不是对我们的隐蔽非常不利！文件若因此暴露，岂不因小失大引火烧身？

听江韵清如此说，马天目也感到后怕，嘴里连声道歉，坦诚接受了江韵清的批评，并对她领导工作的经验，心服口服地称赞了几句。江韵清和颜悦色起来，跷了一下二郎腿，问：工作上的事肯听我的，那生活上的事，肯不肯听我的呢？

马天目为博她欢心，竟违心地说：既然你是领导，那无论工作与生活，我都交付你好了。

江韵清名正言顺做了领导之后，开会便成了她脸上的晴雨表，或成了她制约马天目的一种手段——当然工作上除外。若是生活上有了什么成见，她定会立马拉下脸子，对马天目悄声下命令说，晚上开会。开起会来，她讲得有条有理，讲事实摆道理的水平日渐提高。无论工作与生活上，江韵清都想身先士卒，做好表率。

但因先天不足，又或是每天劳碌的缘故，江韵清晚上做起工作来还是显得精力不济。往往整理着文件，便打起瞌睡来。虽有陈烈此前编好的目录作为参考，但她最初的工作却显得杂乱无章，毫无头绪。

更为重要的是，那些文件看起来虽一目了然，里面却藏着无尽的秘密。每当面对一本残破的线装书，或是一首字迹工整的格律诗时，江韵清总会感到束手无策。明知文件的内容就藏在这些纸张上面，却绞尽脑汁，也找不出破解它们的办法。每当这时，她便不得不求助于马天目了。此刻马天目像一个规规矩矩的学生，正在一旁整理江韵清指定给他的文件。

对付这些犹如天书般的文件，马天目总会有着无穷办法。他拿过那本线装书，粗略一翻，便会告诉江韵清：这是用米汤水写成的文件，写在纸页背面。只需涂上酒精在火上一烤，便会显出全部内容。马天目真的这么做了，果然灵验。江韵清惊奇地问：你怎么会知道？马天目告诉她：这本线装书重新装订过，纸页有些“僵”。写这种秘密文件时，米汤水不宜太浓，太浓则会在纸页背面渗出痕迹；写字的笔也不能太粗，太粗的话也能从背面看出来。写这份文件的人，虽是老手，但显然不是在很从容的环境下写就的，露了很多破绽——你看，这本书装订好之后，没有压平压实。

而对于那首格律诗，马天目几乎不用考虑，便指出这是一首藏头诗，整首诗词起头的每一句，便是文件的全部内容。

江韵清虽佩服得五体投地，却仍心有不甘。只有遇到这样玄奥的文件，她才会让马天目事先整理，自己做做打下手的工作。直到那一次她人困马乏，睡着之后，失手将未整理完的文件扫进火盆里。当马天目方便回来，见江韵清正拿着那份烧残的文件，脸上泪水涟涟，看上去想死的心都有了。她对马天目说：这是我重大的失职，我该受到怎样的惩罚？

马天目坏坏一笑，说：惩罚又能解决什么问题？

江韵清失神地说：那怎么办啊！

马天目又笑。

江韵清瞪他一眼，哭着说：出了这么大的事，你还笑。你心眼不好，就巴不得我在工作上犯错误，你来做领导。

马天目不笑了，表情严肃，说：你看你说的这是什么话，我有那么坏吗……好了好了，下次注意。幸亏我刚才已经看过一遍文件，把内容记在脑子里了。你去睡吧，我再把文件默写一遍。

江韵清放心不下，站在马天目身后，果真见他逐字逐句将文件默写出来，方才长出了一口气。

渐渐地，江韵清也就很少去参与文件的整理工作了。马天目自己做起这份工作来倒显得更为得心应手。她一插手，不但提高不了效率，反而会影响工作进度。她每每睡上一会儿，歇过乏来，仍会看到密室里透出的微弱光亮。她便披衣起床，给马天目送些热水过去，顺便催促他早点休息。

那枯燥的整理工作给马天目带不来任何乐趣。有时他会感觉自己变成了一只仓鼠，被丢进巨大的谷仓。每当他打开一只皮箱，一股呛人的气味便会在逼仄的空间内弥散开来，几乎令他窒息……

和那枯燥乏味相比，马天目还是从整理的工作中获得了相当丰厚的回报。整个过程，是他对组织，对无数人向往的这个团体，重新认识的一个过程；他重温了这个红色政党所经历的一切，他举拳宣誓时曾说出的誓言，此刻在他的默念中便再不是一种形式上的背诵了，而成了刻在筋骨里的一种铭志。

而依照他的天性，他从中获得的最大乐趣，则是看着堆在屋角的箱子在慢慢减少。每腾空一只箱子，他就会感到一种难以言说的轻松和快乐。这就像一个充满寓意的游戏，每一个小孩都希望自己通过某种魔力，获得未知的力量，使自己变身，变得更为强大。而作为成年人的马天目，他此时的心境完全相反。他把自己想象成那些浩瀚的纸张，希望自己缩小，再缩小，藏身进一只或两只皮箱。到那个时候，马天目觉得，他就会获得完全的自由。

在这种想象中，有时整理完一箱文件，虽是深夜，马天目仍意犹未尽。他想打开另外一只皮箱，无止无休地工作下去。但问题来了——他没有开箱的钥匙。钥匙掌管在他的领导——江韵清手中。因为钥匙，两人又发生过一次小小争执，开了一次党小组会。

马天目想掌握开箱的每一把钥匙。这当然是基于工作上的考虑，而没有任何对“权力”的觊觎。但江韵清心里所想，实在令人琢磨不透——她就是不肯把钥匙痛痛快快地交出来。或许江韵清觉得，若把那些钥匙交出去，她和这份重要的工作便再也扯不上半点关系，做这个领导也更加勉为其难。很多事情都是看结果而非表面的。她虽未意识到钥匙是一种领导与地位的象征，却出于本能地抗拒着交出去。她要用捍卫的方式，在马天目面前强调自己每日里走街串巷去赚取生活费的工作也相当重要——其实她的心里，是相当自卑的。她本能地觉得贩卖青菜和整理文件比较起来，一个轻如鸿毛另一个却重于泰山。

马天目不想在这种事情上和江韵清做无谓纠缠。他想了一个折中办法——让江韵清掌管文件重新装箱后的钥匙——目前虽只有一把，但马天目说，这一把钥匙才至关重要。那些未经整理的文件体现不出钥匙的价值。等把所有文件整理完毕，找到组织，还是要你亲自将钥匙交到他们手中的。

马天目饶舌的话令人费解。江韵清半推半就，还是乖乖地把所有钥匙交给了他。

文件的整理工作进展顺利，到了这一年的九月初，除有三分之一未整理之外，一切都变得井然有序起来。

破天荒，那天晚上，江韵清买回家里几串葡萄，给在密室里整理文件的马天目送去。但她却做了一个奇怪举动，拉灭屋子里的灯，扯开窗帘，揭开用纸板挡住的窗户，转而又把窗户推开。

清新空气瞬间涌入逼仄斗室，让正对桌上一纸文件发呆的马天目随之一愣。刚想说点什么，却忽然哑了口。月光洞彻窗棂。借助这清澈月光，马天目得以看清江韵清消瘦却不失俏丽的一张脸。他久久呆看着她，心里涌起一种想亲近她的冲动。此时从富人群居的顺昌里那一带，升起一轮明亮的圆月。

江韵清说：知道今天是什么日子吗？

马天目恍然：中秋了吗？

江韵清点头，伏在窗口，伸头看外面的月亮。

月亮真好。马天目坐在椅子上兀自感叹，心里却忽地涌起一阵酸楚。

马天目说：如果在天津，这个时候，该是一大家子人挤在一起，吃月饼，赏月了。

江韵清接话：吃完月饼，还要背诵和月亮有关的诗词。

上海生明月，天涯共此时……马天目吟诵了一句，他故意把“海上”，说成了“上海”。

江韵清说：那时，每临中秋，我们几个姐妹都要找一些和月亮有关的诗词来记，像“海上生明月”这种大家都知道的诗句，后来就不好算在内了。

那就“花间一壶酒，独酌无相亲”，“浩魄当空宝镜升，云间仙籁寂无声”或是“明月皎月光，促织鸣东壁”……马天目搜肠刮肚，背诵着一首又一首关于月亮的诗句。

江韵清莞尔一笑，转过身来，说：一年一年下来，所有和月亮有关的诗词，都被我们找了个遍。我们便自己做有关月亮的诗句，也算作中秋节前的功课。一直到大姐出嫁，也没停下来过。

马天目沉吟半晌，忽然念出这样一句诗：“满月飞明镜，归心折大刀。”

江韵清听他话音有异，隐隐带着一丝哭腔，便凑近前去，伸头看马天目的脸，问：你哭了？

两人贴得如此之近，呼吸都吐在彼此脸上。马天目有些难为情地别过头，掩饰着自己的情绪。但江韵清分明看到马天目脸上，挂着一行清泪，声音喑哑地说：你想家了……

马天目忽然伸手，用胳膊环住江韵清说：我要回天津。

江韵清身体一抖，身子僵硬。愣了一瞬，她便用手去掰扯马天目的胳膊，继而用鄙夷口气说：我也想回天津。但现在回天津，就是临阵脱逃。

马天目站起来，丢开江韵清，悄声将窗户封严，拉亮电灯。见灯光下的江韵清，脸上飞着一团红晕，显得越发娇媚。他转身从桌子上抓起一份文件，说：你看看这个。

看来看去，江韵清发现那只不过是一纸很普通的文件，和经手过的千万张文件没有任何区别——除文件来自于天津，日期和落款也没有太大差异。

马天目伸出一根手指，点住文件中写就的一个名字，让江韵清看。

江韵清念出声来：吴忠信……

对，就是这个人。马天目说，再次身不由己地将胳膊搭在江韵清的肩头，有些喜形于色。就是这个人，他再次重复了一句，就是他派我到上海来的。他派我来上海接洽邱老板，邱老板死了，我也就跟组织失去了联系。我脑子咋那么笨啊！咋就没想到返回天津，找到他，让他指一条明路，再和上海的其他同志取得联系，这样问题不就全解决了嘛！

江韵清显得极为冷静，盯着马天目：你现在就想回天津？说着抬手，扫落马天目搭在她身上的手。

马天目无力地将胳膊垂下，联想到眼前的状况，变得垂头丧气起来。

二人沉默了一会儿。马天目忽然对江韵清说：你放心好了。我不会丢下你和孩子，丢下那些文件不管的。走，也要找一个适当机会，把一切都安顿好，我们一起回天津去。

12

唐贤平的工作起初看似顺利，后来便陷入停滞状态。他借去南京开会之际，专门去拜访戴笠。当说起手下将“目标”失手打死，一条重要线索就此中断时，戴笠不无责备地说道：干我们这种工作，既要狠辣，又要温顺。说完，微笑看着唐贤平，问：你懂我的意思吗？

唐贤平不解。

戴笠问：平常喜欢钓鱼吗？

唐贤平摇头，说：党国事业为重，不敢有半点懈怠，没有时间去钓鱼。

戴笠哈哈大笑，说：抽空你还是去钓一钓，体验一下钓到大鱼时的感觉。若要对付上钩的大鱼，必须付出足够耐心，让它自己在水里耗尽精力。如果操之过急，不但折了鱼竿，搭进去的只能是自己的时间和精力……像你们那样干工作，怎么会取得成效呢？一个小小的交通员，唯恐他跑掉！他跑掉了又怎样？你是猎人，他是猎物，你有的是机会再抓到他。放了那一枪，线索中断不说，他背后更大的猎物，肯定会逃进深山，藏匿起来了。

唐贤平低着头，面无表情，实则陷入深深的自责。

好了，我也没有责怪你的意思。戴笠拍拍他的肩膀，继续说：你回去之后，暂时先将这件事放一放，但也不能彻底放弃。现在蒋委员长出兵，已将共党围困在江西的大山里。共党穷途末路，想来也成不了太大气候……听说最近日本人在上海活动频繁，自九一八事变之后，日本人的野心更加明显，他们侵占东北，已经受到国际社会的舆论谴责。为转移视线，说不定会在内地的几个大城市制造事端。以后我们工作的重点，要多搜集与日本人有关的情报。内忧外患，我们这些为党国效忠的人，该当努力啊。

从南京回来没几天，唐贤平忽然接到一纸调令：除担任法租界情报组组长之外，还要兼任淞沪警备司令部侦察大队少校行动组组长一职。因工作上出现小小的纰漏，不降反升，很令唐贤平疑惑，却也极大地调动了他对工作的热情。按他现在的职务，唐贤平每天都应坐在办公室，听取汇报，调度指挥手下开展工作即可，但唐贤平没有这样做——他大部分时间在自己所辖范围走访，时刻督察着手下的工作进度。

这天，唐贤平路过法租界巡捕房，忽然想起，自己安插在巡捕房的一名手下小李已月余未见，便打了个电话，约他出来，在附近一家茶楼见面。

小李看上去一副疲惫模样，见到唐贤平，不由得连声贺喜，想必已得知唐贤平升迁的事情。唐贤平说：也恭喜你呀！听说你最近回乡下，完婚去了？

小李一笑，说：是啊是啊，只是回来之后，也抽不出时间，等改天有空，兄弟摆一桌酒席，回请几位老同事。

说起工作上的事宜，小李忽然正色，对唐贤平讲了一件他前些日子遇到过的怪事情。

事情是这样的：他所供职的巡捕房内，一位副探长是俄罗斯人。为人和善，对待下属也随和。每个月都会邀请同事，去自己家，享用由他母亲亲手烹制的俄罗斯美食。他这样做，一是出于联络同事朋友间的感情，另外也是出于他俄罗斯人好客的天性。恰好，那天他也在被邀之列。

那天晚上，这位谢尔盖督察的家里高朋满座，除两位高鼻深目的俄罗斯人外，其他在座的，从发际勒出的帽痕来看，应该都是在巡捕房共事的警察。

但有一个人，却引起了他的注意。

那人二十来岁，一副读书人模样，慵怠的神态中自有一副书卷气的散漫。他来得较晚，是谢尔盖和他母亲喊过几次之后，才从楼上下来的，显然是一副盛情难却的样子。

谢尔盖站起来，同他打着招呼，却对在座的人这样介绍道：诸位朋友，这位先生，就是你们当中的几位很想认识的刘思鸿女士。

他本来是一位男士，却被谢尔盖介绍为“女士”，听完令我大惑不解。有几个同样不知底细的人，当即便哄堂大笑起来。而另外几个平日里喜欢看书读报的同事，却用极为崇拜的眼神看着这男人。听完大家的窃窃私语，小李才知道了事情的原委。原来这男人是一位作家，平时发表文章，就是用“刘思鸿”这样一个笔名。也难怪那家报纸的编辑，把他当成了一名女士。据说他投寄稿子留下的地址，是谢尔盖供职的巡捕房，这好像有些奇怪。只听谢尔盖说，那位编辑按照地址，找到巡捕房，口口声声说要见刘思鸿女士。当谢尔盖对他说刘思鸿女士是他的一位亲戚，不方便见时，那位编辑很是激动，对刘思鸿女士的小说大大夸赞了一番，说他是继秦瘦鹃之后，上海文坛涌现出的又一颗新星。还托谢尔盖向刘思鸿女士转达自己的诚意，说如果刘女士有时间，务必约个时间出来见见。编辑部收到了大量的读者来信，让她来取。读者翘首期盼她的大作，希望报纸继续连载她的小说，这也是主编的意思。最后那位尖嘴猴腮的编辑，还色眯眯地问了一句：这位刘思鸿女士，应该长得很漂亮吧？

谢尔盖说，本来他想立即把那位编辑领过来，引荐给“刘思鸿女士”的。只怕他见到之后，会大大地失望，所以就……身边有人打趣说，还是不见面的好，就让这位先生，以女士的名义，把小说继续连载下去好了。

作家不胜酒力的样子，在大家的盛情相劝下，只喝了一点伏特加，便脸颈通红。坐在人群之外，也不说话。神情中虽有一些局促，眼神中却有一种不易察觉的警觉。小李冷眼观察，发现他穿得有些寒酸，手指上沾着洗不净的墨汁，指甲很长，就连指甲缝里也有一层墨垢，看上去真的是一位以写字为生的人。

但小李又很快发现，他越看越脸熟，肯定在哪里见过。在哪里见过呢？因为喝了些酒，却实在想不起来。酒过半酣，大家相互攀谈时，这位巡捕就从餐桌对面站起来，向他敬酒，故意问他：这位先生，我们好像认识……

他抬眼看巡捕，随即摇头说：先生，你每天阅人无数，该是认错人了吧！

他的表情不对，一般人遇到这样的逢迎，总归要思量一番，攀谈几句之后再做推辞，但他很快便不动声色坐了下去。此后再不说话。巡捕私下里看他，他竟有些如坐针毡的样子。后来推托说自己喝醉，早早退席。

唐贤平问：你觉得他会是谁？

小李说：我回去后想啊想，终于想了起来，他就是我们前些日子追捕那个少年嫌犯时，在桥头遇到你的那位同学。

端到嘴边的茶杯一抖，滚烫的茶水洒了唐贤平一身，他顾不得去揩，吸了口凉气，问：你看清楚了？

看得很清楚。

他不是那个什么谢尔盖的亲戚？

不是，我后来听别人讲，他只是谢尔盖家里的一个租户。

事情过去了多久？唐贤平问。

小李翻翻眼睛：总归有半个多月了吧？

唐贤平变得有些愠怒：那你为何不早点向我汇报？

小李露出一副难堪样子，说：我这不是回宁波完婚了嘛！

你这蜜月未免度得太长了一点……

我结完婚，本想早些回上海，可我那八十多岁的老母，见儿子完婚，她一生夙愿已了，兴奋过头，忽然发病，卧床不起。我先是在母亲床边尽孝，却不想母亲病了数十天之后，就撒手西去了。我又要安葬她老人家，未等烧完头七纸，这不就马不停蹄地赶回了上海。

好了好了。唐贤平有些厌烦，又问：知道他具体叫什么名字吗？

听说叫马天目。小李说。

马天目？唐贤平迟疑了一下，你还能找到发表他文章的报纸吗？赶紧找来给我看看。

小李离去，不多会儿便从巡捕房抱回一沓报纸。唐贤平草草浏览一番，不禁笑了，他“哼”了一声，又说：刘思鸿……马天目……没想到，我的这位老同学，如今圆了成名成家的美梦。只是他屡屡更名，不知葫芦里究竟卖的什么药？

放下报纸，唐贤平火速让小李带路，赶往霞飞路上的谢尔盖家。不出所料，那位自称是“马先生”的住户，早就搬家，不见了踪迹。

接下来，唐贤平为了验证自己的猜测，又找到那家报社，翻出小说的原稿来看，发现果然是马端方的笔迹。

他会躲到什么地方去呢？唐贤平想。上海这么大，即便自己是一只鹰隼，俯瞰整个上海市区，也很难找出一只躲在草丛里的兔子。但兔子受了惊吓，总会做出反应。依据他来上海的时间，以及他东躲西藏的表现来看，他的这位老同学手中，必定有急于出手的东西。但时间过去这么久，他必已做好了充分准备。别说他手中的东西，就算能找到他这个人，也已经很难了。

接下来，他会怎么做？

他肯定回天津，回他的老家！唐贤平忽然这样奇怪地想到。

13

这一年雪下得有点早。这是南方初冬的第一场雪，温吞吞落进苏州河里，粉饰了苏州河沿岸从沪西到沪东的大片棚户区；粉饰了这里高低错落的“本地房子”、低矮的草棚屋，以及高不过房顶的榆树和皂角树。从高空俯瞰，因为雪的降临（它们就像上帝的降临一样），这一地区和接壤的徐家汇、虹口、黄浦、静安这些楼宇林立的繁华之地，没有任何实质上的区别。只是雪划过屋檐，屋檐上的茅草加快了它们融化的速度，使其以雨水的姿态在屋檐上滴落。而那些如鸡肠一样狭窄逼仄的街巷，颜色则显得更为深黑一些，满布着泥泞。

马天目从光线幽暗的棚屋里走出来，一时间眼睛难以适应外面的世界。他眯着眼睛，朝落雪的天空看，身形看上去无端有了一些苍老，头发胡子久未打理，面色浮着一层苍白。穿在身上的夹衣，袖口已绽开线，细看是陈烈以前穿过的。

坐在街角水井旁洗衣服的一位苏北女人，抬头同马天目打着招呼：马先生，难得见你出门散心啊！

马天目眯眼看着远处的天色，说：在屋子里坐久了，眼累，心里闷，出来逛逛。

他这样说，其实此刻心里却轻松得不行。那些烦冗的文件，他刚刚整理完最后一份。丢下笔，搓着僵硬的手指，人险些瘫在床上。江韵清和孩子们都出去了。在离开叶妮亚太太的住处之后，只用了短短时间，江韵清便带着华姿，用盛菜的竹篮，老鼠搬家般将未整理完的文件全部转移过来。直到叶妮亚太太悄悄告诉江韵清说，有人曾来过家里，问起他们的行踪。马天目便再不敢让江韵清到那一带去了。他清楚是什么人在找他。而对于那箱封存好的文件，看来也再不能轻易转移。于是他托江韵清给叶妮亚太太捎去一信，约她在黄浦区的一座公园见面。他恳请叶妮亚太太为他保管那几只皮箱，却并未强调那几只皮箱的重要性，只说自己不久要回一趟老家，等回来后，一定去取。从他严肃的表情看，叶妮亚太太似乎心知肚明，她只是开玩笑般对马天目说：箱子里不会装的是你小说的手稿吧？马天目笑了一下。叶妮亚太太抚住马天目的手背，说：你放心好了，我的朋友。

而为了加快文件的整理速度，大多时候，江韵清便会把小弟带在身边，出去做生意了。她看上去已完全没有了当初的柔弱与单薄。

在他们租住的这一带，看似充满市井的嘈杂，却无形中多了一种安全的屏障。这里不属于任何租界，警察也不会到这里来揩什么油水。这里的白天大多时候是安静的，除小孩的嬉闹、鸡鸭偶尔的鸣叫，几乎不闻人声。早期从高邮、盐城一带迁徙而来的苏北难民，大多麇集于此。女人们进了附近的纺织厂做工，男人们有的去了机械厂，更多过惯散漫日子的渔夫后代，则拉洋车、做起跑单帮的小贩生意。而更多穷苦的人，则做着更为下贱的活路赖以糊口。初来乍到的马天目，以潦倒的读书人身份，平日窝在家里替人抄写文件，不但不引起怀疑，反而受到附近穷苦人的拥戴。

据说这个洗衣女人两年前死了丈夫，独自带两个孩子，以替人洗衣服为业。整日只见她坐在水井旁，不停地搓洗，不停地晾晒。洗衣女人叹口气说：做什么行当都有什么行当的苦楚哦。你们识字的人费眼，我这下苦力的费手。这刚刚乍冷的两天，就把我这手给作践得裂了好几道口子，水碱一拿，哎哟，这个痛哦。以后的日子可怎么过……

马天目呆呆地看着棚户区尽头，看见雪片漫卷，遮掩了从街口走来的人影。

洗衣女人仍在说：马先生，听说你这几天病了哦……多亏你家马太太能干，她一个女人家拉扯你们一大家子，还要讨生活，真不容易。

马天目没有回答，而是扔下这饶舌女人，默不作声向前走。他的眼睛睁得很大，由于长时间在阴暗屋子里抄写，眼睛最近模糊得厉害，看什么都有重影。他依稀看清前面街道上出现的那个女人，好像是江韵清。但让他感到奇怪的，是江韵清身边还有另外一个女人。那女人撑一把伞，身子几乎贴在江韵清身上，尽力护着江韵清背上的孩子。两个女人磕磕绊绊，走得十分亲热。虽已离得很近，马天目仍旧看不清那女人是谁，却听到江韵清在喊他。

马天目疾走几步，站住了。

两个女人也站住。江韵清压低声音说：天目，这是大姐。女人挪开伞，看着马天目。马天目看她，见她十分瘦弱，眼白很重，看人时自有一股咄咄逼人的气势。但因难掩脸上的病态，那神情便似乎显得有些冷漠了。

马天目“噢”一声。见大姐虽认真地同他点了点头，心思却显然不在自己身上。听到江韵清问：华姿回来了吗？便低声说：还是回家说话吧。

华姿回来时，天已黑尽，见到母亲，自然难掩孩童的惊喜。这逼仄棚屋内多了平日里难能听到的笑声。更为难得的是，那盆跟着搬了几次家的三角梅，竟在这气温偏低的冬天，开出了几瓣花朵。

大姐在讲她出狱的过程。她说在狱中，多亏一个以前认识的狱友，那是她在学校教书时，比较要好的一位同事。那同事家族显赫，被家人保释出去之后，念及她的可怜，又让家人将她保释了出来……

马天目打断她的话，问：大姐，难为你受了这么多苦，只是你从狱中出来，咋找到我们的？

听了马天目的话，一旁的江韵清和大姐相视一笑。江韵清代大姐回答：这是姐夫早就安排好的，每搬一次家，便去他们最先住的自家老宅子的墙上，留一个记号。新搬的地址只写打头的一个字，顺序还要倒着写，自然引不起别人注意。只是我们搬到这里，只有区的名号，巷子里弄以及门牌号啥都没有。这就苦了大姐，她出狱一个月来，每天来这一带转悠，找到现在，今天才在街上遇到我。

提到陈烈，想起如今与亲人的团聚，无不受了陈烈的惠泽，江汰清止不住泪水涟涟，嘴里却还是表达着她对马天目及妹妹的感激。让她欣慰的是，这因文件而被纠缠在一起的两位年轻男女，看上去竟是如此般配，俨然一对相敬如宾的小夫妻。她私下里问过妹妹，和马天目在一起住了这么长时间，有没有产生一点男女间的好感？江韵清羞红了脸，一脸严肃地说：这种事是不可乱说的。我是他领导！领导怎么能和下属谈这种事情！等文件有了相应处置，我们说不定各自高飞，只会成为同志。

现在，江汰清忽然表情严肃地问起他们接下来的打算。而马天目却把她的问话当成对文件的一种关心，正色回答道：大姐既已出狱，两个孩子再不用担心。我准备马上返回天津，去寻找我原来的接头人，只是那些文件……

江汰清接话说：那些文件你不用担心。我现在住在狱友家里，把文件带过去，放在身边，再安全不过。

那好，马天目说：我准备准备，立即动身。

就你一个人走吗？江汰清瞟了妹妹一眼，嗔怪地说：韵清不用留在上海了，离家这么长时间，父母惦记不说，我是想……

江韵清朝姐姐身边靠了靠，说：姐，你刚刚出狱，身体又不好，留下你一个人在上海能行吗？

江汰清说：我没事儿。毕竟我在上海生活了这么多年，还有一些朋友，困难时，可以找他们帮忙……说到这里，江汰清停顿了一下，看着马天目：你带上韵清，离开上海，放心回天津去吧。

两人对视一眼。没有说话，表示默许。

说到如何离开天津，马天目说：火车站看来不能去。我总觉得唐贤平无时无刻不在盯着我。如何离开，倒是个问题。

江汰清想了想说：那你们就坐船离开上海。这里离码头近，先坐渡轮到扬州，再从扬州转火车回去。以前我和你姐夫就走过这条路线。

第二章

1

有过那一场噩梦般的经历之后，回到天津的马天目，再次陷入无尽的焦虑与烦恼之中。

那份沉没于江底的文件，或许并不重要了——马天目想，只要能找到吴忠信。他们见过一面，彼此认识，应该是一份最好的证明。只是自己这具皮囊，所幸未被江水吞噬。这也是他们二人脱险之后，马天目为了安慰江韵清，说过的一番话。

但怎样找到吴忠信，才是让马天目真正焦虑的原因。

天津的氛围虽让他轻松了许多，起初有一种如鱼得水之感，但要找到吴忠信，却有些一厢情愿。这就像他在上海苦苦寻找的组织。“组织”是一个宽泛而抽象的名词，但“吴忠信”——在马天目的感觉里，终究也只成了一个抽象意义上的名字。当马天目将想象中的寻找一一落到实处，这才知道这个“吴忠信”，同样和上海的“组织”一样宽泛而抽象。除去那次细雨黄昏中短暂的接触，细究起来，他和他再无半点儿关联。随着焦虑的延续，那张隐在雨伞下的脸，也在他的记忆中变得如黑夜一样模糊了。

除去这种焦虑，留给马天目的，还有无尽的烦恼。

首先噩梦魇住了他每晚的睡眠，就连中午片刻的小憩，也和噩梦相缠。自回到天津，他和江韵清只见过两次面。第一次，江韵清便开诚布公地对他说：马天目，我考虑过了，我能嫁给你。

那时的马天目刚刚从病患中缓过劲来，苍白的脸上泛起一丝酡红，就像喝下一杯烈酒。他惊讶于江韵清的勇敢，却清楚地意识到，这种态度上的转变，跟纠缠他多日的那个噩梦有关。她能嫁给他，一个“能”字，便道出江韵清真实的心态——她是想报答他。所以才会说：我能嫁给你。他恳求过她嫁给他吗？他想了想，只能甜蜜地苦笑起来。

那艘开往扬州的客轮是噩梦的载体。每次躺到床上，船舱内污浊的空气便在马天目就寝的屋子里弥散，成为一个噩梦的开端。晕船起初折磨着神经放松下来的马天目，虽有江韵清的尽心照顾——这恰恰符合被周围旅客误认为的，他们是一对新婚夫妻的身份——但他却开始越发厌恶起自己来—— 一个大男人，怎么会这么没出息呢！

船也是“欺生”的，就像一匹烈马。呕吐只是它的一个下马威，让那些陆路来的可怜人几乎将胆汁吐尽，才会放过他们。马天目垂死般躺在船舱里，直到中午，精力才慢慢恢复。舱内污浊的空气，使他头疼欲裂。在别人的提议下，江韵清陪马天目爬上船舷。他坐在甲板上，屁股下垫着行李，是江韵清怕他着凉，特意从船舱拿上来的。

梦境由此开始变得舒缓起来……太阳升到中天，远处的江面泛起一层金箔。江风飒飒，却并不冷得让人缩手缩脚。周围有江轮不停驶过，拖着长长的汽笛声。张着陈旧船帆的木船，随波浪起伏，在梦境中显得沉默而喑哑，能依稀看清船夫黧黑的脸。他们扬手向客轮上的人打着招呼。一位戴眼镜的扬州人很友好地问马天目：你们这一对小夫妻，看来是第一次坐船旅行吧？江韵清不语。倒是脸色苍白的马天目，同那男人搭讪道：是啊是啊！第一次坐。

就是待在甲板上的那一刻，马天目低声对江韵清说：他们把咱俩当成夫妻了，看来我们真的很有夫妻相啊。

江韵清没有回答。江风吹乱她的头发，她的眼睛，都被飘动的发梢给遮住了。

或许真的有……马天目又说。这貌似“求婚”的一句话，也是马天目在江韵清面前，说得最为“露骨”的一句话。事后江韵清找到他，对他说：我能嫁给你——这句话或许就是其中的原因之一吧。

张黄港应是航行中停靠的第一个码头。有时马天目从梦中醒来，依稀记起那个阴冷却喧闹的港埠，想起那些站在码头上兜售食物的本地商贩。他们用一根长长的竹竿，先是收了旅客的钱，再用竹竿将食物送上甲板。远处架起的跳板上，弯腰屈背的挑夫，晃晃悠悠，却身形稳健地将一篓篓新鲜的鳟鱼，运上一艘巨型货轮……渡轮再次鸣响的汽笛声消失，码头上人群的喧闹也随之像光亮一样熄灭。片刻清醒的马天目，想彻底从睡梦中醒来，从而摆脱那噩梦的纠缠。但他却无力自拔，再次被浩荡如江水的梦境淹没，并开始切身感受到江水彻骨的冰冷。

客轮从天生港起航，周围旅客的嘈杂声再度响起。他听到刚刚登船的士兵发出粗鲁的叫嚷。当时他还想，这些士兵从哪里来，又到哪里去？莫非天生港附近，有一个兵营？那些士兵一脸痞相，簇拥着一个貌似长官的人，殷勤地为他递烟、点火，和一个挑夫打扮的人匀兑铺位。他们抽烟的举动很快遭到舱内管事的制止。在周围旅客的沉默中，这些士兵簇拥着他们的长官，从舱内出去，爬上甲板。但甲板上的江风让火柴都不能划燃。他们又从甲板上下来，躲进货舱。

直到事发之后，回到天津的马天目从报上看到这样一则简短消息：

大达轮船公司“大吉”轮由沪开往扬州，行至天生港，有士兵数十人登船，强行进入装有硝磺的货舱，在舱内喧哗吸烟，拒人干涉。该轮行至天生港附近之龙驹沙地方，硝磺货舱起火，全轮被焚，死亡旅客150余人，船员70余人，失踪多人，损失20余万元。23日上海航业公司就“大吉”轮事件致电蒋介石、张学良，请令各军队凡乘商轮，必须遵守乘轮规章，倘酿灾祸，严责该部长官负责赔偿。

马天目这才知道，那艘他所乘坐的客轮，竟是一艘客货混装的客货轮，并装有硝磺这种极其危险的物品。回忆起当时的情形，客舱内的人们确乎听到了人声的喧哗，以及士兵的斥骂声。当马天目嗅到漫进舱内的呛人烟味时，舱外已是烟焰漫天，人声鼎沸了。舱内旅客也随之警醒起来。怎么了怎么了？他们相互望着，吵架般询问。那时江韵清正在熟睡。马天目一把拽起她，爬上通往甲板的舷梯。她这才懵懂地问了一句：出了啥事？

梦中的马天目发出呻吟声，感觉自己正由舷梯朝甲板的过道上拥挤，遭到无情踩踏。从舱口冒出的浓烟让梦境颜色转暗。他抱紧了她，感觉她娇弱的身子在怀中瑟瑟发抖。跳进江里去的人并不是出于主动，渡轮的沉没还需一段时间，但面对冰冷的江水，惊慌的人们还是感到甲板上的安全。况且远处正有一艘路过的木船驰近。更何况大火会不会被马上扑灭？对于安全的种种判断，成为那一刻人们心中最大的煎熬——但那些落水的人却再没有机会可以选择，他们是被从舱口源源冒出的人挤下船去的。掉下去的那一刻，人们或许还在抱怨。但随着客轮缓慢地沉没，在江水中如何求生，才是人们面临的唯一选择。

那些尽责的船员在梦境中被加深着颜色。穿在他们身上的白色制服像一面面旗帜，奋力将红色救生圈抛向江面。它们转瞬成为众人争抢的对象，却仅限于那些会游泳的人。马天目看着身边无数人在挣扎，感到一种毁灭般的恐惧。他们无力发出呼救，胡乱挥舞的手臂，最终像树枝一样被江水吞没。一番眩晕般的窒息之后，冰冷的江水彻底让马天目清醒过来。看到不远处挣扎的江韵清，他捞到一只救生圈，奋力推给她。

激荡的江水将两人越推越远，除波涛的喋喋声之外，隐隐听到凄厉的呼叫。一只救生圈显然承载不了两个人的重量，不时会下沉。马天目松开手，救生圈重又浮起，听到呛水的江韵清剧烈地咳嗽着。他抖着嘴唇，叮嘱她：抓紧……双脚踩水，一只手借助救生圈的浮力，另一只手解开衣扣，将身上的棉衣褪掉，只剩一件汗衫。顿觉身子轻松了许多。如果是夏天就好了。赤身裸体的马天目，能双脚踩水游到河中心，游得累了，放平身体，躺在河面，看头上的蓝天白云。但这并不是夏天家乡的潮白河，而是冬日冰寒刺骨的长江。他的手放开救生圈之后，只在水里划了不长时间，便感觉手脚被寒冷的绳索捆住，身体成了一块冰，垂直往下坠落。他瞪大眼睛，想再次向江韵清发出呼叫，却听到江韵清嘶哑的喊声。他尽力将头仰向水面，那一瞬看见落日西沉，江水被夕阳浸染，闪着冷血一样的光晕。他的一只手摊开，另一只手正在慢慢脱离江韵清的手。身子越来越轻，给他的感觉，不是在下沉，而是在上升。

每次从噩梦中醒来，马天目都会体验到那种上升的感觉——那种被木船上的渔夫用铁钩钩住，拽离水面的感觉。直到被救上船之后，在扬州的医院里，因为发烧，几日里昏迷不醒的马天目，仍在那种感觉中挣扎。是江韵清的哭声唤醒了他。见他醒来，江韵清扑进他的怀里，哭着说：我以为你死了呢，以为再也见不到你了呢！

每当想起这一幕，马天目都会泪湿眼眶。

2

江韵清第二次来，首先问马天目身体状况恢复得如何，又问他看了报纸没有。马天目说看了。江韵清说：日本人轰炸了闸北一带，也不知道大姐他们安不安全？马天目一脸凝重，说：应该没问题。那放在叶妮亚太太家里的那些文件呢，会不会有事？也应该没问题。两人沉默了一会儿。像是没话找话，江韵清又问：怎么找到吴忠信，你想出办法了没有？马天目支支吾吾。江韵清瞪他一眼，旋即问道：我同你说的那个事，你也没考虑吧？

江韵清所说的，马天目自然心知肚明。这次倒答得痛快：我当然考虑过。你能嫁给我，是我求之不得的。

没想到，江韵清的情绪急转直下，刚才挂在脸上的羞怯，似乎只是对他态度的一个验证。江韵清说：可我家里，我妈不同意。

江韵清如此说，当即令马天目心里一紧，继而又感到一阵莫名的轻松，问：怎么不同意了？

江韵清说：也不是那种坚决的不同意。起初就是考虑没有媒妁之言，咱俩在一起，有点儿牵强……也许怪我性子急，见他们不同意，我就对他们说，咱俩早就在一起住了……他们听了，就更不同意了。就连我们家老爷子这个中立派，也和我妈站在一起。他们把你当成了骗子。我妈还说，上帝不会饶恕你的。

我？马天目瞪着眼睛问。

还能有谁！

马天目一副受了委屈的模样，暗自嘀咕说：我又没和你怎样！但心里却想到自己家人的态度——母亲是拗不过他的，盼着他能活着回来便好，父亲也算开明。但马天目刚去上海，家里便有人来登门提亲。女孩名叫苏鸿，现在北平读书。家里算是名门望族，祖上早年间中过进士。如今家道虽然没落，但如果结成姻亲，他们马家不算高攀，也算是人家赏脸。况且对“自由恋爱”之事，马父自有一种发自骨子里的痛恨，当即伏在桌案上，给马天目题了一副对子：宁立平等地，不结自由婚。吩咐下人将对子送到马天目的房间，并贴在墙上。自然被马天目偷偷扯掉了。

为照顾江韵清的情绪，马天目自然不敢把家里的态度对她讲出来，只嘴上劝着：他们不愿意，我们也不能放弃，我们要做他们的工作。如果实在不愿意，我们就想其他办法。

想什么其他办法？江韵清愁容满面。

逃婚……马天目轻率地说。

江韵清白他一眼：你应该清楚我们的身份，再不是社会上那些轻薄男女。如果报上某天登出：马家少爷和江家小姐为情私奔，组织上怎么看我们？我们的脸往哪儿搁？

马天目嘿嘿一笑，对江韵清赔着笑脸。

那你家里到底是个什么态度啊？江韵清有些不耐烦起来。

马天目无奈，只好把父母的态度和盘托出，并说父母已和女方家里换过生辰八字，如命相契合，择日就要相亲会面。

江韵清说：哎哟，那可好。一个北大的高才生，自然比我强百倍。还是祝你们白头到老，洪福齐天吧。说完甩手便走。

马天目急忙将她拽住，好说歹说，就差指天发誓了。江韵清这才稳住阵脚，临走却撂下话，说，咱俩的事，还是各自做好双方父母的工作吧。以七天为限。如果成了，算是缘分。如果不成，咱俩这事以后就不要再提。等把眼下的工作落实好，以后就各走各的路，好自为之。

对于马天目的这桩婚事，马家人各持己见。除父母外，哥嫂也应拿个意见。但哥哥除了吃饱睡好，家中事从不参与。倒是机敏伶俐的嫂子，给马天目出了不少主意。

这天晚饭时，面对一桌丰盛菜肴，马天目只草草吃了几口，便回房去了。见儿子情绪不佳，马母不禁长吁短叹。马父推开酒盏，骂了一句：没出息的东西。马母说：原本好端端的一个儿子，当初若不是你，偏要支持他去什么上海，不但差点儿丢了命回不来，还被那个狐狸精勾得丢了魂。

马父说：这也能怪我？我不是想让他更有出息，才同意他去上海的嘛！

马母说：不怪你怪谁？我们家端方要是有个三长两短，咱这日子就没法过了。

一旁递茶的大嫂插话说：您二老就别吵了。依我说呀，不如就遂了二弟的愿。他哥哥不中用，咱们这一大家子，上上下下，以后都要指望端方呢。他真要憋屈出什么病来，像我妈说的，这日子可咋过？话又说回来了，人这一辈子，嫁汉娶妻，虽都是命，但强扭的瓜不甜，何必苦了自己。大嫂说到这儿，不禁想起自己的苦楚来，有些黯然神伤的样子。

马父瞟她一眼，说：不行，若真要在这件事上由着他的性子，以后就更无法管束了。还谈什么子承父业，光宗耀祖！

马母与大嫂不语。

马父又问：和苏家的姑娘，生辰八字换了吗？

马母答：换了。只是算命先生还未把八字批出来。

大嫂暗自捅了一下马母，说：不如想个法子，让二弟心服口服。

啥法子？

大嫂说：就像我当初嫁人——写两个条子，一个写上那女学生的名字，另一个写上江家二小姐的名字。咱和二弟有言在先，抓到了谁就是谁，必须认命！我当初，不就是这样认了命的吗？

马母连连点头。又有些疑虑：端方他能愿意吗？

大嫂说：我去找他谈。大男人家的，就该拿得起放得下。

一旁的马父说了句：荒唐！抽身离去。

大嫂去找马天目协商，却是偏向于马天目的，悄声说：你怕什么！到时候，我在纸上做个记号，你看我眼色行事，保准你能娶到江家二小姐。

马天目自然开心，嘴上却说：这不开玩笑嘛！

大嫂说：有时候，人的命，天不能注定，只能靠这种玩笑来定。咱爹没反对，就表示默认。这也是唯一能让大家认可的办法。

马天目喜笑颜开，连声称谢。

却不想，方才二人所讲，都被过来打听消息的马母在窗外听到了。

马母是信命的，觉得什么都拗不过命。但大媳妇的好意，自己又不好点破。只能在第二天写字抓阄时，准备多留个心眼。

第二天一早，马母这边焚香祷告，马父那边备好笔墨纸砚，谨慎地写下两个女孩的名字。一纸写的是：苏鸿。写得字迹娟秀，端正无比。另一纸写的是：江韵清。写得笔走龙蛇，略显潦草。

站在一旁的马天目，一副胜券在握的架势，不时和大嫂使着眼色。待字条写好，大嫂当着全家人的面，将纸条揉成团，放在一只瓷碗里。倒扣于桌面，胡乱摇晃了一番。端起瓷碗，送给马母过目，伸手悄悄在一枚纸团上掐了个记号。

这一切都被马母看在眼里。她故意掩饰着，又用手搅和着那两个纸团，悄悄在另一纸团上，掐了一个相同的记号出来。

瓷碗伸在马天目眼前。他低头一看，不由瞠目，不住拿眼瞟大嫂，意思是两个同样记号的纸团，你让我选哪一个？蒙在鼓里的大嫂也冲马天目使眼色，意思是我已给你做了记号，你咋这么笨！

一旁的马母神色惶惑，想不出如果儿子不能遂愿，还会闹出什么事来。但听天由命，也只能如此，不禁端正了身子。一旁的马父正襟危坐，看马天目挤眉弄眼，呵斥一句：赶紧抓！听天由命，这是你自己选的，到时候不能反悔。

马母轻声说：端方，抓吧。就看你的命了。

马天目无奈，闭眼伸手一抓，将纸团递给一旁的大嫂。大嫂将纸团慢慢展开，低眉一看，不禁叫了一声。只见揉皱的纸条上，露出“苏鸿”二字。

马天目颓然跌坐在椅子上。一旁的马父笑逐颜开，说：看吧，这都是上天安排好的。马母忧心忡忡看了一眼马天目，眉头深锁。

七天之后，江韵清又来了，见面便对马天目说：我家里同意了。说此话时江韵清神色平静，完全没有大喜大悲之感。

马天目躺在床上，一副病殃殃的样子，有气无力地问：你是用了什么法子，说服你父母的？

江韵清说：也没用什么法子。我只是把大姐搬出来，说咱俩的婚事，是经大姐许可的。我爸妈信得过大姐，自然就答应了。

说完这番话，江韵清瞟了马天目一眼，用淡淡的语气问：看来，你是在你父母那里碰了钉子？接着又转了语气，劝马天目道：如果实在难办，你也不要为难。

马天目说：我想去死！

江韵清冷笑一声：为了这点事，就要去死，未免也太没出息了吧？

马天目拉着江韵清的手，正色说：如果娶不到你，我真的想去死。

马天目整日闷在家里，大门不出二门不迈，神情抑郁。这让马母看在眼里，急在心上，实在想不出劝解的办法。大嫂出主意，说：咱们劝不了端方，不如找他那几个要好的同学，把端方约出去，一是喝酒解闷；二是劝劝他。岁数一般大的人，能掏心窝子说话。一句顶咱一万句，说不定就能劝好他呢！

马母连声说好，急忙拿出钱来，让大嫂去张罗。

同学到家里来请，马天目去得极不情愿，只拉着同学的手说：我们受了多年的民主教育，到头来，还是要做这封建婚姻的牺牲品，你们要引以为戒，引以为戒呀！

同学劝他，说婚姻是爱情的坟墓，目的只是传宗接代，娶哪个女子还不都是一样。现在天色正好，我们把烦愁放下，还是莫负了春光。他们连说带劝，连拉带拽，硬是把马天目拖出家门。

马母在家里坐卧不宁，唯恐马天目和同学玩不到一块儿，满面愁绪地中途回家。盼着他在外面玩得尽兴，等回家时，又是从前那个满面欣悦、意气风发的儿子。

等到中午，见风平浪静，正要准备吃饭，忽然有同学跑入，进了院子便开口大叫：不好了！端方想不开，爬上潮白河铁桥，要投河自尽哪！

马家人一路跌跌撞撞，跑到潮白河桥头，果真见马天目骑跨着桥栏，身子朝向河面，两条长腿晃晃悠悠，搭在桥栏外侧。桥下是湍急的流水，落差高达数米。人跳下去，不被淹死，也定会被摔个半死。马母见此情景，喊了一声，当即晕倒在地。

若依了平常的脾气，马父肯定会劈头盖脸地将马天目臭骂一顿。但见眼前阵势，也吓得腿脚发软，一步一步向桥栏靠近，嘴里央求着马天目：儿子啊，你快下来。

马天目头也不回，只摆手说：你们谁也不要靠近，再靠近一步，我就马上跳下去。

双方在铁桥上僵持着。大嫂冲马天目喊：端方，你快下来，你这么年轻，有啥想不开的……只要你下来，你提啥要求，咱爸都会答应。说着，又去摇马父的臂膀，哀求说：爹，你快说话啊，你快说话，不然端方真的要跳下去了。

马父身子打战，拉着哭腔说：端方啊，你就下来吧。就算我和你妈求你了。只要你下来，你有什么要求，家里都会答应。

背对大家的马天目，此刻扭过脸，展眼一笑。笑容竟如此明朗，完全不像一个走投无路，准备赴死之人。他露出一口洁白的牙齿，大声说：我只想娶江韵清，你们早就该答应我的。

3

1932年3月，力行社成立于南京。同年4月，组成由戴笠主持的特务处，也就是后来在文件数据中找不到出处的军情六处。同样在这一年的3月，国民政府设立军事委员会。同年9月，在军事委员会麾下，设立“军统局”。此一机构，并不公开，外间很少有人知道。戴笠被任命为该局第二处处长。表面看来，这两个组织虽隶属不同，却开启了由戴笠领导并创始的特务工作，形成一个在中国政坛上超越工作本位，产生了强大政治作用的“强有力”的系统。

就是在这种形势下，曾经的机构重新整合，唐贤平被招往南京，接受戴笠的指派。

如果按照唐贤平最初的意愿，是想留在杭州工作的，那里毕竟离家乡近一些。但分派任务时，唐贤平却要求去北平，指导那里刚刚组建的“北平站”。提到北平，戴笠不由得提示了他两句：北平和上海的环境完全不同。是由地上转入地下的工作，更需胆大心细，危险性也更高一些。不知你做好了充分准备没有？

唐贤平起立回复道：请先生放心，我已做好充分的准备！

临出发之前，收拾行李的唐贤平又拿起手边的一张报纸看了看。见报纸上登载着年前“大吉”轮在长江出事的报道，并配发一张大大的照片。照片虽有些粗糙模糊，依然能看清画面中人物脸型的轮廓。那是记者在扬州医院采访幸存者时拍下的。照片一角，依稀能辨出马天目的侧影。

唐贤平面无表情地看着。最终一扬手，报纸飘忽落地。唐贤平拎起行李，踩踏而过，在报纸上留下一个清晰的脚印。

1932年4月的北平，看上去似乎比唐贤平在此读书时显得更为陈旧。道路的宽阔只代表了昔日帝王对辽阔疆域的自信，以及对土地大而无当的挥霍。但如今有轨电车、人力车以及胡乱穿行的路人，却使这宽阔街市更显杂乱。从戈壁滩上过来的骆驼商队依旧休憩在高大的城墙之下，这里曾是它们旅途的终点。它们却并不知道，战火即将以劫掠的方式，撕裂般朝南方延伸，那是它们永不能涉足的更为富庶的区域。这个略显焦灼的古老都市，此刻仍处在一种缓慢的常态里维系它的生存，阳光斜射下的城墙、牌楼以及稀疏的树木，在这个春日里投下了它们淡淡的影子。

北平站新任站长侯子川，是唐贤平接触到的较为特殊的一个人物。他是以义务的方式加入这一组织的。根据以往的经验来判断，唐贤平清楚地知道，投身特工这一行当的人，无外乎有两种：一种是满怀了对“革命”的热情，这种人有着鲜明立场，身负家仇国恨的重任；而另外一种，也是其中的大多数，则会和普通大众一样，为谋一口饭吃。

随着后来不断接触，唐贤平也曾向侯子川提出过自己的质疑。他知道侯子川是北平协和医大的毕业生，在英租界领有行医执照，是一名正式的西医。况且家境富裕，个人行医的收入亦颇可观，三十多岁仍未成婚，自己单身住在西城卧佛寺一带的个人诊所内。

面对唐贤平善意的提问，侯子川只是睁着他那有些稚气的眼睛，淡淡地笑着说：我很向往你们的工作啊。

他说到了“向往”一词，却无外乎是一种伪装。唐贤平知道，他并不会如此简单。从他们第一次见面，唐贤平便隐隐意识到，这是一个有着怪异癖好的人，并深陷其中无力自拔——而那次初见，侯子川给唐贤平留下一个极其恶劣的印象，他曾一度对他的生活方式产生过怀疑。

那是唐贤平和手下李明抵达北平的第三天，安顿下来之后，便去拜会侯子川。

对于所有的西医诊所，唐贤平都有一个大致印象：医者温文尔雅，或目光犀利，身着白大褂。不变的是诊所内的环境，玻璃器皿与诊疗器械闪着洁净光泽，它们同那些药片和液体一样，给人一种神秘的感觉。

但侯子川的诊所内却显得杂乱无章。门虚掩着。唐贤平和李明推门进去，觉得它更像一个居家的客厅。沙发宽大，衣服鞋帽丢得四处都是。李明先是喊了一声，无人回应。唐贤平见客厅右侧是一个开放的小间，隐隐能看见里面摆放的玻璃柜子，以及柜子内整齐码放的药瓶。

他一眼便见坐在沙发上的那个人，勾着左臂，臂肘撑在沙发扶手上，紧握的拳头刚刚松开。那是为了使血管扩张的一个动作，自然是和西医诊疗中的注射有关。让唐贤平颇感惊讶的是，这个正在自己注射药物的人，将头靠在沙发背上，微闭眼睛，是一种放松、陶醉且略显疲惫的状态，总之让人无法判断。他刚刚将针管抽出，或许他们贸然地闯入，使他加快了注射速度。他裸露的左臂上，针口处汪着一团细小的梅花一样的血。右手边的茶几上，丢着一支针管，还有几只揭着瓶盖的玻璃器皿。

唐贤平吃惊地站在房间门口，甚而感到有些不自在，觉得窥到了别人的隐私。是侯子川医生吧？为了掩饰自己的尴尬，他这样轻声问了一句。

是我。侯子川站起来，回答得极为平淡，显然还未从刚才的状态中解脱出来。他弯下腰，捡起瓶盖，将敞开的瓶口盖好。又背过身，从一只托盘中捏起一只药棉，揩了一下，将挽起的衣袖放下，这才向唐贤平走来。

他面色苍白，神情看上去有一丝倦怠。让唐贤平感到惊讶的，是他的眼睛，镶在一张黧黑肤色的面孔上，闪着一种与他年龄不相称的稚气。是的，是稚气。只可用来形容孩童眼神的稚气，才能描述他的眼睛。当他们握手，相互介绍，隔了一张桌子坐下来之后，唐贤平从他身上嗅到一股奇怪的气味。不是那种市面上的吗啡气味，是一种霸道的死亡气味，以及一种柔韧的清冽气味。有一些腥臭、酸涩，还有一种微苦和甘甜。若干天后，唐贤平从那些摆放在铁皮柜子的药瓶子里，嗅到了这种死亡与生机相互交融的气味。

侯子川并不是一个善于言谈的人。当唐贤平向他问起另一个他急于想见的人——范义亭的情况时，他只是淡淡地说：我知道这个人，但没有接触过。他平时负责北平站的情报收集工作，属于“情报组”的人。我们之间，并没产生过横向联系。我刚接手这份站长的工作，一时还理不清头绪，只是一个头衔而已，其他同志都不在我的掌握之中。只是有人告诉过我，说过几天会派人来指导工作。我很早就盼着你能来呢。

唐贤平说：我也是刚到。首先要把活动在北平的同志召集起来，大家碰碰头，相互熟悉一下。以后情报组和北平站合并。据上级得到的秘密情报，驻扎在天津的关东军副参谋长板垣征四郎，正在执行其自行拟定的机密谋略。板垣的手法，是用大量金钱收买我方残余军阀，意图先行破坏社会秩序，然后再扶植一个听命于日本的傀儡政权。板垣所打的如意算盘即使皆无所获，亦可坐视我们中国人自相残杀，酿成内乱，借以削弱我们中国的国力。上级派我来的基本任务是：除了情报搜集之外，还要想尽办法，派我们的同志进入图谋不轨的叛乱组织，策反那些从事叛乱活动的人，让他们改邪归正，迷途知返。

唐贤平所讲这番话，侯子川似乎并没有太大兴趣，最后只是淡淡地说：何不快刀斩乱麻，杀掉那些想投靠日本人的叛乱分子算了。说完，又认真看了唐贤平一眼。

唐贤平笑了笑，说：我方才所讲，只是工作的最初步骤罢了。至于杀人，上级接下来或许另有安排。

你杀过人吗？他欠身问唐贤平。

唐贤平不置可否地笑笑。忽地想起在上海被手下射杀的那位少年，点点头，说：或许算吧。

一阵吱吱的叫声引起唐贤平注意。循声看去，见李明走近一个用白布罩住的东西。掀开白布，是一只精巧的铁笼，笼子里截成数个隔断，有数只白鼠在里面游窜，吓了李明一跳。他扭头问侯子川：侯医生，这是你养的宠物？

侯子川不答，笑了笑，眼睛里露出一种痴迷神色，说：别人养猫狗为宠物，我养这些老鼠，也不好说成是宠物。

辞别侯子川出来，李明跟在唐贤平身后，嘀咕说：唐先生，这人可靠吗？咱们刚进门的时候，他是不是在扎吗啡？

唐贤平摇头，道：那不是吗啡……

那是什么？

那或许是比吗啡更可怕的一种东西。唐贤平说。

4

春天的第一朵桃花是在画板上开放的。

江宜清从天津的家里回到学校，发现校园里的桃花只刚刚绽出花蕾。她为了安慰彭雅萝，特意将那张桃花的写生带了回来，还夹带一朵桃花的标本，放在折叠的画纸中间。花瓣虽压得有些扁平，却依旧起到一种很好的衬托作用。只是花萼破碎，想把整朵花捏起来时，所有的花瓣都四分五裂，有了一些“桃花零落皆成泥”的意味。看彭雅萝仍旧很难开心的样子，江宜清说：天津离北平这么近，原来节气竟是差了数天啊。

彭雅萝叹口气，说：越往北，节气会差得越多。这时候的东北，还天寒地冻着呢。等到桃花开，总要到4月底5月初吧。

提到东北，江宜清恨不得掌掴自己嘴巴。本想拿桃花取悦彭雅萝，却又被她拐弯抹角转到了东北。但见她精神还算不错，不由得试探着说：明天是礼拜六，我们去北海，看那里的杏花开了没有，好不好？

彭雅萝说：明天我有事，要到秋田街去一趟。

提起秋田街，江宜清知道，那是租界的一个地名，彭雅萝的一个表姐住在那里。刚入学时，表姐差人给彭雅萝送过几次东西，彭雅萝也到表姐家里玩过几次。但因她的表姐夫，据说是一位名头很响的人物，最近和日本人往来密切，彭雅萝便再不到那里去了。那边再送什么东西过来，表现得也不是太愿意接受。自家中发生那一场变故，彭雅萝更有了和表姐一刀两断的决心。但今天又说要到秋田街去看望表姐，她的心思也实在让人难以猜透。所以江宜清偷偷看她一眼，暗想难得她出去散心，也就没有任何话说。

彭雅萝的家在东北，本来有一个很好的家境。刚刚成立的满洲国，让在北平读书的彭雅萝，先是感到亡国的愤怒，只不过短短几天，从东北传来的消息，便让她感到家破人亡的痛楚——她那当沈阳县警察局长的父亲，因接济并放走了几位地下抗日志士，被日本人绑在广场的立柱上，浇油漆活活烧死了。在日本人追杀之前，她的母亲在家中自缢，哥哥弟弟四散逃亡，至今不知下落。

那年春节彭雅萝成了一个无家可归的人。江宜清本想带她回天津过年，但彭雅萝不去，觉得自己的情绪会影响到别人。不如待在宿舍，静静舔舐自己的伤口。伤口这种东西，只能像腌制东西，被盐水泡透，就会慢慢结成硬痂。

江宜清说：你不去，那我也不回。我就留下来陪你好了。

那年春节虽有很多学生未回家过年，但都各成一体。外面时常传来东北流亡学生冻毙街头的消息，但这小小的宿舍，因江宜清和范义亭的加入，还是有了些融融暖意。范义亭也是东北人，在他们就读的这所北平艺专学校，是一个颇受女生崇拜的人物。他高她们一个年级，通晓好几国文字。平常虽不善言谈，一旦开口，嘴上挂着的，却都是和文艺有关的词汇。更让女生感到神秘的是，他过着一种独往独来，神龙见首不见尾的生活，显然经济上有着很强的独立性。他一人租住在艺专附近的一处民宅里，平时不常到学校。除来女生宿舍找江宜清聊天说事之外，课堂上几乎看不到他的身影。又据说，有人经常在北京饭店、德国饭店那种地方见他。虽看不到他和什么人交往，但一个学生，哪怕到那里坐坐，也会让人想到他会有多么优越的生活背景了。

除夕夜，三人吃了自己包的饺子，又喝了范义亭带过来的红酒。说起国恨家仇，又想到前途的渺茫，彭雅萝不禁心碎。那是她一生中度过的印象最为深刻的一个除夕。以往她把江宜清看作自己的亲姐妹，而在那个除夕夜过后，她偷偷爱上了范义亭——这个最先和江宜清做朋友的人。

在新学期开学后不久，江宜清接到亲戚捎来的口信，说父母催她回家看看。过年时你大哥大姐不在，你二姐也没能从上海回来，家里只剩下一个上高中的小妹，年过得冷冷清清，你说能不让他们伤心吗？你还是回去吧。如今你二姐刚从上海回来，一家人都想见见你呢。那个亲戚如是说。

江宜清请了几天假。临走之前，她再次找到范义亭，托他多照顾一下彭雅萝，说：你们是东北老乡，你要多开导她。

但江宜清没想到，就在她回天津老家的这几天，彭雅萝的命运竟悄悄发生了一些不可逆转的改变。

唐贤平和范义亭第一次碰面，是在他的租处。那个仅能容下一桌一几的小小房间里，弥散着一股桃花初绽时魅人的香气。给唐贤平留下深刻印象的，除那枝插在水杯里的桃花之外，便是坐在茶几旁的姑娘了。她体态消瘦，神情郁郁寡欢，正托腮和背靠桌子的范义亭倾诉着什么。是他的到来打断了两人间的谈话。范义亭委婉地和她说了几句什么之后，姑娘起身告辞。那个时候，唐贤平并不知道她叫彭雅萝。

直到又经过一番紧密的筹备，南京方面下达了第一项任务，唐贤平将所有北平站成员召集到一起开会时，他才再次听到了“彭雅萝”这个名字。

唐贤平搞不清上级为何会如此仓促地下达这个任务。南京方面让北平站放下手头的一切工作，将所有人员合并，成立“锄奸队”——这个带有暴力色彩的名称，让唐贤平一度感到十分紧张，或说激动也好。所以在和手下传达上级的指示时，声音都有些颤抖起来。他说：这是关系到整个华北地区安危的一项重大行动。我们所要刺杀的第一个对象，是军阀余孽石有山。说到石有山，不知道你们对他了解多少……唐贤平看一眼众人，见所有人一脸严峻，语气不由得变得更加沉稳：此人生性无常，多疑善变，惯于投机取巧，见风使舵，多少年来，总离不开“拥兵自重”这一手绝活。据天津治安当局接获的情报，年前11月8日，发生在天津海光寺附近，袭击华界警察，攻击河北省政府、天津市政府以及天津公安局等处的暴徒，便是石有山组织的便衣队所为……据上级提供给我们的情报得知，石有山现已秘密潜回北平，和日本人接触频繁，正在召集旧部，密谋下一次叛乱。如何找到他，以及下一步的刺杀行动将如何展开，需要我们自己酌情承办。

听完唐贤平的讲话，侯子川显得有些兴奋，面色微红，说道：搜集情报的事，交给范义亭去办，想来没有什么问题。

范义亭点头，说：好，应该不成问题。

几天过后，范义亭便带来消息，说石有山确实在北平。但那是在日租界一条僻静的街道上，是属于石有山的私宅。如果没有记错，那里应该叫秋田街。

只知道石有山的住处所在，对于刺杀计划的完美执行显然仍是不够。怎样将其住所内部情况搞清楚，才是关键所在。为此大家又费了一番心思。

仍是侯子川说：这种事，还是要让范义亭去想办法。

虽是一句玩笑话，但大家都将期盼的目光投向了范义亭。

范义亭转转眼珠，低下头，躲开大家的注视。

唐贤平充满期待地问：是否可行？

范义亭低着头，显然有些不情愿，却又不愿拂了唐贤平的意，最后才说：我试试看吧。

几天之后，这个神通广大的范义亭，果然带来了重要消息。

石有山的家就在秋田街的东首。石家的左邻右舍，全是深宅大院，彼此不相往来。整条大街，一天到晚都冷冷清清，就连沿街叫卖的小贩，也难能打此经过。临街一道高墙，黑漆大门总是紧紧关着，门上除了门牌，连个标志都没有。进了大门，左右两边都有门房，左边驻有穿便衣的警卫，右边是传达室。隔一层狭长的小院子，还有一道二门。二门以里，则是个长方形的大院子。东房三间，驻有两名日本宪兵；西房三间，共有五名侍从人员。坐北朝南是上下两层楼房，大小有八九个厅房，石有山和他的眷属就住在这里。石有山睡觉、抽大烟，都在二楼。只起坐吃饭或偶尔会客，才到楼下正厅。楼房后面还有后院，男女用人、厨子车夫都住在这一排平房里。后院旁边有一个小角门，却终日上锁，所以用人们出入，都需从大门口经过……

范义亭语速极快，又说得如此详细，好像他自己去那戒备森严的大院里侦察过一般，不由得听得大家有些瞠目。直到他讲完，大家仍未缓过神来。倒是唐贤平充满了疑惑，问道：你是怎么搞到这些情报的?

是呀！难道你去里面侦察过？李明也这样吃惊地问。

对于范义亭所提供情报之来源，唐贤平早有好奇，也曾问过几次。但范义亭总是避重就轻，只说他认识某国驻华大使馆武官处的一名译员，姓黄。唐贤平曾要求同那位黄先生见上一面，范义亭先说那位黄先生不肯。唐贤平又说可以不见，只把他带到某处指给他看，并保证绝不和他接触。范义亭虽答应尽量想办法安排，却总是拿“没有机会”搪塞过去。怎样对待像范义亭这样的情报提供者，唐贤平自然没有经验，也曾向戴笠请示过。戴笠给出的建议是：对待这种人，既然能为我们所用，就既要重用，也要提防。他的隐私也没必要查得一清二楚。逼急了，他是会走人的。假设他有什么政治背景和国际关系的话，也没有太大问题，这正是我们求之不得的工作线索，不妨将计就计，进行一场考验性的“情报战”和“政治斗争”。

关于这一次的情报来源，范义亭却没有任何隐瞒。他先是掏出一张纸，展开给大家来看。见那纸上照葫芦画瓢地画了一张宅院草图。范义亭说：我就是长了翅膀，也飞不进里面去呀……随后又压低声音，小声说：我是让一个同学到那里去看的。

你同学？唐贤平问，又追加了一句，他叫什么名字？可靠吗？

按行动规章，如此重大的刺杀任务，是不可向组织以外的任何人透露的。即便此人可靠，也需向组织汇报，再商量后另行定夺。范义亭这么做，显然是犯了大忌。可见专事做情报的人，平时都是散漫惯了。

她叫彭雅萝。范义亭说，你见过的。就是我们第一次碰面时，在我住处闲聊的那位。

唐贤平眼前浮出一位瘦削女子的身影，并记起那张被桃花映红的落落寡合的脸，不由得更加忧心地摇了摇头。

范义亭说：她很可靠的，你们相信我好了。她和石有山的三姨太是远房亲戚，平常老有走动。春节时三姨太还差人喊彭雅萝去她那里过年，这我都是知道的。你一提石有山，我便想到了她。原想这种对亲戚不利的事，她会不会愿意去做？所以当时我也没把话对你们挑明。没想到，我回去找她一问，她便痛快地答应下来。所以也没来得及向你汇报。她恨日本人，和日本人过从甚密的所有人，她都恨……说到这儿，范义亭缓了口气，将彭雅萝的身世，对大家详细讲了一遍。

唐贤平听完，不由得说：这姑娘好可怜，我看你们俩关系不错，是在谈恋爱吧？以后可要好好待人家。

范义亭一笑，说：哪里，我们只是普通同学关系而已。对她好也是我的本分，毕竟我们是老乡嘛。

获得了第一手宝贵的资料，况且这资料得来竟是这般容易，大家心里都很高兴。但想到下一步的刺杀行动，所有人都感到有些棘手。

按照李明的提议，应该是雷霆出击，采取硬性的武装制裁，明白点说，就是用枪械干掉他。这样做的目的，并不在于仅仅消灭掉一个叛国者，同时还能对那些执迷不悟或误入歧途的人有所震慑，杀一儆百，起到事半功倍的效果。

李明的提议得到几个人的赞同，并摩拳擦掌准备大干一番。唐贤平却并不持赞同意见。他所考虑的是这样的方案会有多少的可行性。按彭雅萝所提供的情报，石有山的住所戒备森严，如果硬闯进去，达不到目的不说，反而会赔了自己人的性命。代价太大，成本太高。成功的概率也极其小。

又有一位刚刚加入的组员陈国治提议说：那就等石有山什么时候出门，我们埋伏在外面干掉他。

唐贤平说：如果选择石有山外出时行动，这也算是一个可行的好办法，只是据我们得知的情报，石有山很少外出，虽偶尔出来走动，却仅限于日租界的范围。就连过一道桥，到意大利租界都很谨慎。况且我们无从掌握他何时出门？在外滞留多久？如果有这方面详细的情报，我们可以预先部署。但像这一类的行动，也必定发生在日租界的范围……

侯子川沉吟说：我们首要的任务，还是要想办法派人打入石有山家里。一方面掌握他的行踪，说不定有机会，也可来个里应外合，在他家里将他干掉。

唐贤平说：这主意不错。但据情报显示，石有山睡觉在二楼，抽大烟在二楼，起坐吃饭或偶尔会客，才会到楼下的正厅。平常不经他传唤，就连老妈子或他的侍从，也很难有机会靠近。纵然我们的人有机会接近，也不可能一枪将他射杀后抽身便走。如果没有极为妥当周密的安排，事后是很难脱身的。甚至连他家的大门都出不来，即便出得来，也很难逃出日租界。所以我说，采取硬性措施除掉石有山，是不得已的下策，而我们的宗旨是——消灭敌人，保全自己。

大家说来说去，还是决定先从行动的第一步入手——派人打入石有山的内部，才是解决一切问题的关键。迈出这第一步，才有可能找到余下行动的机会。

众人将目光一起看向范义亭。

在大家的注视下，范义亭又一次低下头来。

唐贤平望着范义亭，恳请说：还是你再去找找彭小姐吧，让她想一想办法。看看是不是以找工作的名义，介绍我们的一个人，扮作用人或侍从的角色，打入石有山家里。

范义亭望了唐贤平一眼，搓着瘦长的两手，说：让一个无辜的人卷入进来，我总觉得不太好……

唐贤平不语，仍旧望着他。

范义亭只好点头，说：好吧，那我试试看吧……

众人走出三益成杂粮店，店内掌柜刘兆元殷勤地和唐贤平打着招呼。他是这家杂粮店老掌柜的侄子。而这家杂粮店的老掌柜，则是行动组成员陈国治的亲戚。因地处僻静，这里便成了锄奸队议事的秘密地点。

侯子川悄悄拉了一下唐贤平，说：唐先生，能不能去我诊所一趟，我俩单独商量一下事情。

唐贤平点头应允。

坐在诊所内，侯子川东拉西扯，似乎全然忘了他邀唐贤平来这里的初衷，直到唐贤平耐不住性子，问了一句，侯子川这才说：唐先生，说到这次刺杀行动，我倒有个更好的办法，只是不知道你会不会信任我，当了众人的面，我又不好讲出来，所以这才把你邀到这里……

唐贤平说：我们都是出生入死的同志，重任在肩，你说这些话就有些见外了。

侯子川说：那好吧。这样说着，便将唐贤平带到内室，拉上窗帘，掏出钥匙，弯腰将屋角的一只铁皮柜打开，从里面拿出一只方形托盘。托盘上有规则统一的圆孔，排列着同样型号的玻璃瓶子。只是那瓶子的颜色各有不同，有深绿、猩红、淡粉、微黄，还有一种无色，像水一样透明。在随手拉亮的灯光照射下，这些瓶子散发着迷离的色泽。每只瓶子的颈部，都贴有写着编号的标签。看侯子川痴迷的眼神，唐贤平感觉他像一个少年，面对自己爱不释手的玩具，心里有一种说不出来的感觉。

侯子川舔舔嘴唇，对唐贤平说：你猜到了吗？这些颜色好看的液体，都是毒药。

唐贤平不语。

侯子川说：从少年时候起，我不知道怎么会迷上这些颜色鲜艳的毒药。大概是我母亲，也就是我父亲所纳的第三房小妾，被我大娘毒死的缘故吧。我母亲死的时候，嘴角沾着一丝血，后来我偶尔发现，毒死她的毒药，就是那种血的颜色……我后来学医，仍旧对那些色彩艳丽的毒药情有独钟。它们是两种极端，那些西药能让人活命，这些毒药却能让人毙命。

唐贤平听得心惊肉跳，暗想着作为医生的侯子川，也真是有些怪异。想到他会不会在某一天，心生邪念，走火入魔，误将这些毒药施与找他来救治的病人，那真的就会成为一个“恶魔医生”了。

侯子川睁着他那单纯的眼睛，望着唐贤平说：我知道你心里在想什么。作为一个医生，每当我面对垂死的病人时，心里确实生出过邪念。他们活在世上，苟延残喘，其实对他们来说，“死”是一种解脱……但我不会那么做。我研制出一些毒药，也会研制出相应的解药。我能让它们死，也能让它们活……侯子川这样说着，走出去，从外间拎进一只笼子来。笼子里是一只白鼠，正在啃吃一枚坚果。他将笼子放下，戴上白手套，从托盘里拿出一只猩红色的瓶子，晃了晃，对着灯光瞄一眼，又用针管吸了一点药液进去，将药液注入白鼠体内。

他做着这一切，神色痴迷。直到白鼠瞬间倒毙，四肢不停抽搐。侯子川便又换了一副针筒，吸入一些淡粉色液体，给白鼠注射。直到白鼠仍旧抽搐，渐渐僵硬了四肢。侯子川张着眼睛，不由得愣在那里。

唐贤平问：这就是能置人于死地的毒药吗？

侯子川说：这是一种最剧毒的药，或许是药量过重，而解药的配比又有些过轻，才让这只小白鼠枉送了性命。

那你是想用这种药毒杀石有山？

我参加这个组织，便是想让我的才能有用武之地。我向来对政治不感兴趣，我只知道哪些人该死，哪些人该很好地活在这个世上。侯子川说。

唐贤平颓然地坐在一把椅子上，轻声说：或许你想出来的，是最为稳妥的办法吧。

不，侯子川说，这不是最稳妥的办法。这些毒药虽能保证一剂毙命，但它有色、异味，放在汤药茶水里，不易溶解。况且三步之内毙命，会给我们的同志带来危险。我正在研制一种无臭、无色、水溶的毒药，这种毒药只会慢慢侵蚀身体，要了他的性命，也可让我们的同志安全脱身……说着，侯子川拿起那只纯白色的瓶子，揭开瓶盖，凑到唐贤平鼻子下面，说，你闻闻。

唐贤平下意识地躲闪了一下，望了侯子川一眼，这才将鼻子慢慢凑过去，却又迅速躲开，抬手揩了一下鼻翼说：确实像你说的这样。但你有把握吗？让我们的目标服下这种毒药后，3个小时，5 个小时，或10个小时内，安然无事，却又必须最终死掉。

侯子川封好瓶盖，将药瓶放回，神色迷茫地说：我有把握确定他死，但没有把握是不是在我们的同志安全转移之后。这种药，我在自己身上试过，我已经掌握了五分钟、十分钟之内的药效，肯定对服药者没有任何生理上的不适。或许是怕出差错的原因吧，再长的时间我还没有把握。你再给我点时间，我加大药量的配比，让它在一小时之后发挥药效，而不会有任何生理上的不适。一旦我们的同志得手，一个小时之内，也完全可以有机会脱身了。

唐贤平惊讶地看着他，联想到第一次见他时的奇怪举止，这才知道，这个看似单纯、实则疯狂的医生，其实早就在拿自己的性命做赌注了。

5

江宜清对近日彭雅萝与范义亭之间的亲密，起初并没有任何感情上的不适。她本来就对这个外表风流倜傥的学长没有任何感觉。他们是在一次校园内举办的小型画展上认识的。对江宜清深厚的水粉画功底，范义亭大为赞赏，并主动找到江宜清，着实夸赞了一番。一来二去，江宜清也就把他当成了朋友。但看他来找彭雅萝时的神色，总有些不太自然。两人凑在一起，说话神神秘秘。江宜清这才问了彭雅萝几句，彭雅萝支支吾吾，不肯将实情道出。因范义亭事先对她有过交代，他托付她所办之事，不能向任何人透露。就连宜清也不能告诉吗？彭雅萝问。不能！范义亭一脸严肃。那你是不是共产党？彭雅萝脸上有着无比崇敬的神色。范义亭不置可否，说：总之你不要多问，我们对付的，是日本人，以及日本人的走狗。

这天范义亭来宿舍找江宜清。江宜清趁机问起他和彭雅萝之间有什么私密：你们肯定有什么事瞒着我。

范义亭故作轻松，说：我们能有什么事瞒你？我和彭雅萝之间，一清二白，之所以和她亲近，我都是按你的吩咐去做的。

江宜清说：你可记住，不要做出任何对我朋友不利的事来。

让彭雅萝去做那样的事，一旦出了纰漏，岂止是“不利”，有可能会丢了性命。想到这里，范义亭一脸尴尬，忽然有些懊悔起来。

那天彭雅萝又去了秋田街。

虽已去过几次，但门岗还是例行公事，让她到传达室去等。有人去里面传话。等待的间隙里，彭雅萝再将庭院分布的情况看了一遍，觉得和上次画下来的草图没有太大出入，放下心来。但想到此次任务又有不同，也不知道能否办成，便又有些坐立不安。正等得心焦，忽听有人和她搭话，回头一看，见是打过几次交道的史副官。这位史副官因是东北人，便和三姨太走得比较近，自然也和彭雅萝熟络一些。史副官同彭雅萝随便聊了几句学业上的事，有侍从过来，说请彭小姐进去。彭雅萝和史副官道声再见，随侍从进到里面。

据彭雅萝所知，她这个远房表姐，曾在沈阳的烟花巷里待过，别看她一度沦落风尘，却精通多种乐器，歌唱得较好。与石有山邂逅，着实安慰了这个失意军阀落魄的内心。当石有山春风得意之时，不忘旧情，将她赎出来，纳为小妾。但她毕竟身份微贱，洗尽铅华之后，在这个家庭里，仍会受到原配和二房的歧视。

彭雅萝见表姐眼泡浮肿，未施粉黛，显然昨夜哭过，想必是受了什么委屈，不禁忧心问道：表姐，姐夫又给你气受了？

表姐“哼”了一声，说：你姐夫才从来不给我气受。

那就是大太太、二太太……

表姐拉下脸，委屈地说：大太太瞧不起我也就罢了，那个二太太不也就是会乐里出身吗？仗着水蛇腰，说一口吴侬软语的浪话，不敢直接找我的麻烦，却总是让自己的下人来给我添堵。

问及缘由，原来有人送来时令水果，被大房、二房挑了个遍之后，派下人给她送过来。她抱怨了几句，那下人说：太太你是不懂，这南方的水果，个头越小，味道越是不差。我家太太已让我们尝过了，你就放心吃好了。

合着她们把我这北方人，当成土老帽儿，身份甚至不敌一个下人。

彭雅萝听得暗笑，想这些女人真是多事，为了几个水果的大小，也会弄出一场风波。看表姐的样子，又有些可怜，知道她出身微贱，心里却是要强的，自然多了一份敏感，便说：你有什么委屈，不要自己憋着，多跟姐夫诉苦好了。

表姐亲了一下怀里的花猫，叹一声，说：你姐夫也不快活。一天到晚，大半时间躲在屋子里看东西，或是写什么东西。既然那么忙，回家就该好好休息。可是他总是瞅着房顶出神，就是不睡觉。不知道是因为失眠，还是心里藏着什么事。偶尔，三更半夜跑到前面的办公厅里，天亮了才回来睡一会儿，看上去真的好辛苦，又为的是什么啊？他这个样子，我那点破事，哪敢再给他添乱！

那你就多出去走走，别老在家里闷着。彭雅萝说。

唉，我就像关在笼子里的鸟，没有一点自由。难得出去一趟，还要偷偷摸摸，平常这里也没什么好玩的。通州那边虽有戏园子，可糟透了。多亏了你最近常过来，那老乡史副官，也总过来陪我聊几句，听着咱东北话，心里才舒服……妹妹，最近你还好吧。我托人去打听过，但你哥哥和弟弟，还是没有半点儿消息。

彭雅萝说不出话，眼泪在眼眶里打转，沉吟了一下，说：表姐，我有个事想托你办，你看成吗？

表姐说：你讲。

我有个老家的同学，最近来了北平，没有书读，也找不到事做，饭都吃不上了。我真怕他像那些流亡街头的穷学生一样，保不准什么时候就冻死饿死。你能不能在这里给他找个事做，工资不用谈，先吃饱饭，能暂且有个安身之地就行。

表姐说：招人嘛，最近因为风声紧，这院子里养了这么一大帮子人，也够指派的了。但因为是从东北来的，等我瞅机会，看能不能挤出个空缺，把他弄进来。

彭雅萝谢过。从秋田街回来，她先去找范义亭，见他不在自己住处，便回学校，却见他和江宜清两个人待在宿舍。

刚刚办妥的那件事，因不能当着江宜清的面说，彭雅萝便把范义亭喊出去。两人站在校园里，喁喁相谈的情形都被江宜清隔窗看到。等彭雅萝回来，江宜清心里有气，不想理她。板着面孔坐在画板前画一幅素描。那素描画上，流水石桥，桃花盛放，一幅春天的美景。凭栏处已画出一个女孩的样貌，依偎在一个刚刚勾勒出轮廓的人形身旁。彭雅萝凑过去，拿笔蘸了颜料，先自把那有了男子轮廓的人形，涂描成一个女孩的样貌。这样，那个设定为"爱情"的主题，瞬间转换成两个女孩之间的友情。

江宜清端着画笔凝神不动，脸上的表情却有所缓和。

彭雅萝说：不是有事要故意瞒你，是那种事，真的不便让你知道。

江宜清说：那我到底还不如一个男人。

彭雅萝举起拳头，轻轻捶在江宜清肩膀上。她觉得两人之间，确实没什么事非要相瞒，便悄声将范义亭所托付之事，原原本本讲了出来。但她却加重语气，说到事成之后，范义亭所承诺付给的那笔报酬。彭雅萝说：你不总对我说，等有了路费，就到南方苏区，去找你家大哥吗？那笔报酬足够我们俩上路的。

江宜清看着彭雅萝，心里仍旧慌乱地跳个不停，讷讷道：冒险去做这件事，值得吗？

彭雅萝说：值得！

江宜清又问：你做这些事，是为了我吗？

彭雅萝点头，说：不光是为了你，更是为了我的亲人。

考虑整个刺杀行动的步骤，用侯子川提出的办法来毒杀目标，想来应是一个最可靠的计划了。又加之彭雅萝的鼎力相助，整个计划还未实施，便让人觉得堪称完美。几天之后，打入石有山内部的李明单独和唐贤平碰头，说自己已在石有山家里站稳脚跟，并根据事先部署，准备策动一个内应。李明说：我已和一个叫史大川的副官谈过了。这位史副官黄埔五期电讯班毕业，毕业之后，一时找不到合适工作，为了混口饭吃，才投到石有山门下。他空有一腔报国热情，也算是英雄无用武之地。对石有山的所作所为，以及他待人的刻薄寡恩，早就不服气。特别是石有山投靠日本人之后，更是觉得自己也成了民族的罪人。他曾多次和我抱怨，说自己不想干下去了，高高大大一条汉子，做什么养不活自己，何苦要背这卖国贼的名声。有一次史副官当面向石有山请长假，却被臭骂了一顿，强制他不许离开半步。

唐贤平说：你趁着他心情不佳的当口儿，加以诱导，他心理上会很容易发生动摇的……

李明喝了口水，说：我正是这么做的，倒也费了不少口舌。史副官这个人，总归是一条讲义气的汉子，觉得毕竟侍奉过石有山一回，做出这等背义之事，怕遭人耻笑。我用与民除害、为国锄奸的大义来感化他，并答应等事成之后，送他一笔路费，让他远走高飞，另寻报国之路，他这才应允下来。

那准备何时动手？具体的步骤呢？唐贤平问。

李明说：我已策动了一位姓项的厨子，事已谈妥。这老项没有什么家国概念，只是爱财，开口跟我要了一笔不小的报酬，说是事成之后，自己回老家开个小饭馆……眼看就快端午节了，我已和他们二人商议好，等端午节这天，石有山肯定在家，和家里人吃饭过节，这是惯例。到时趁着举家欢宴，将毒药下到汤锅里，肯定能得手。

李明临走前，再次叮嘱了唐贤平几句，一说是准备好付给史副官以及项厨师的报酬，放在三益成杂粮店，事成之后由二人去取，然后各奔东西。另外一件更为重要的事，就是把下手的毒药准备好，两天之后交给他。说到这里，李明笑了一笑，说：没有“东西”，一切都是空谈，我总不能和石有山拔刀相见，为国尽忠吧！

和李明分开，唐贤平给侯子川打了一个电话，电话中他对侯子川讲了此次行动时间上的安排，并对侯子川说：毒药的事，想来不成问题吧？

话筒里传来侯子川的声音，疲惫、沙哑而又冷漠。他没有任何表示，只淡淡说：明天晚上，你过来取好了。

唐贤平能想象到他为了研制药剂所受的辛苦，刚想叮嘱几句，电话却被侯子川挂断了。

第二天傍晚，唐贤平按照李明的吩咐，将筹好的钱款放在三益成杂粮店内，并对掌柜刘兆元说：只要打着你家亲戚的名号，不管是谁，都要将钱如数交给他们。刘兆元接过钱，数了一数，他数钱的神态十分陶醉。数完之后，又犹豫着什么，弯腰在柜子里找东西。按照规矩，应打个收条才对。唐贤平见时候不早，冲他摆手，转身走了出来。

挂在诊所外的牌子在黄昏中已显得模糊不清，由于屋内黑着灯，另外一块写有“告假歇业”的牌子更是无从看到。大门紧闭。唐贤平迈上台阶，先是敲了敲门，侧耳细听，里面毫无动静。心里讶异，便用手推了一下。门原来只是虚掩着，发出“嘎吱”响声。借着模糊暮色，唐贤平走过客厅，径直朝里间走去，边走边咳嗽了一声。屋内静得可怕，只听到墙上的挂钟发出嘀嗒声响，并间有白鼠的“吱吱”嘶叫。待唐贤平的眼睛适应了屋内的黑暗，首先看见一只手臂，搭在沙发背上，那沙发的扶手铺着白色椅垫，却更加衬托了那手臂悬垂的无力感。唐贤平心里不由一热，知道侯子川肯定通宵达旦，为那药剂的试验耗尽了心血，现在熬不过，终于在这夜晚降临之时，疲惫睡去了。他放缓脚步，慢慢走过去，将手搭在那只伸着的手臂上，轻轻唤了一声。

一触之下，不由得令唐贤平大惊，只觉得侯子川的那只手冰凉。侧身去找墙上的开关，却怎么也找不到，情急中像盲人一样摸索，又不时回头看一眼，觉得侯子川马上会动动身子，从沙发上伸着懒腰站起来。待屋内灯光大亮，唐贤平几乎是跪伏在侯子川身前，见他侧身朝里躺着，双目紧闭，脸上没一点血色，像糊了一层白纸。摸他的另外一只手，仍是冰凉。去搭手腕上的脉搏，感觉那里一片死寂，犹如这屋子里的沉寂一样。

唐贤平不由得大恸，抖手抱住侯子川已经僵硬的身体，将他放平在沙发上。自己颓然坐在一旁，捂着脸，好像那灯光深深刺激了他。待缓过劲来，唐贤平扭头看到一旁的茶几上，丢着两瓶开盖的玻璃瓶子并两支针管。针管压在一张白纸上，将纸张捏起来，见上面清楚地写着数字。那代表日期的数字，显然记录着过去两天曾发生过的事情，而日期下面叠加的数字，显然是药剂维持的时间。当从30分钟、40分钟、50分钟，延续到60分钟之后，数字下面一片空白。显然侯子川将药效发作的时间延续到一个小时之后，想有更大突破。他再次将毒药的功效加大，静等一个小时过后，再给自己注入解药，却不想，死神提早眷顾了他……唐贤平泪眼迷离，他能够想到侯子川注射完毒药之后，静坐在沙发上的样子，却想不清当时他会想些什么。死神隐藏在他的体内，会与他开口对谈吗？他们会谈些什么？气氛是冷峻、幽默，还是讥讽？不管怎样，侯子川最终还是败下阵来，死神以不可战胜的姿态，消灭了这个单纯的对手，最后借助黑夜的掩护，悄然遁去。

唐贤平抖着手，捡起茶几上的瓶盖，将白色药瓶封好。拉灭灯，倒退着走出去。

端午节这天，唐贤平是在一种昏然状态中度过的。由于昨晚整夜失眠，此时头疼欲裂。他将那瓶白色药剂交给李明时，李明见他神情颓废，不禁担心地问：怎么了？唐贤平不敢将侯子川出事的情况告诉他，只是将投毒的步骤叮嘱了一遍又一遍，说瓶子里的药万分珍贵，用完下次就再找不到了。用过之后，空瓶子切不可随手丢掉，顶好是打碎了埋在土里或丢进阴沟，免得留下后患……

唐贤平将那刺杀步骤在脑子里想了一遍又一遍，却时时被侯子川蜡白的面容搅乱。按事先约定，如果计划得手，总该传来消息。此时时间已将近正午，就连待在秋田街上通风报信的陈国治，也一个电话没有打来。不由得令他心神更为烦乱。一整个上午在屋子里踱来踱去，脚下像踩着棉花。待虚脱般坐定，转瞬间便睡了过去。

唐贤平是被一阵急促的呼叫声惊醒的。

睁眼一看，见陈国治一张扁平的脸正压在自己额头上方，愣怔了一瞬，脑子里一片空白。只看清陈国治一双白惨惨的眼睛，以及额头上豆大的汗粒。他呻吟一声，晃晃身子，陈国治短促急骤的话语这才涌入他的耳郭。

他厌恶地推开他，站起身，却又一把抓牢他的前胸，红着眼睛问：事情怎样了？

出事了！

陈国治再次重复了一遍方才说过的话。话音中夹带一丝哭腔。

唐贤平这才意识到自己有些失态。他不禁身子发虚，转身拎起茶壶，朝事先喝过的浓茶里倒了一些热水，手不停地抖着，开水一半洒在外面。将茶盏推给陈国治，他哑着嗓子说：别慌，坐下，喝口茶，慢慢说。

陈国治失魂落魄地坐定，端起茶杯喝了一口。不知是嫌茶水太涩，还是太烫，抬手将茶水泼掉，转身舀了一杯凉水，咕咚咕咚喝下去，这才开口说道：李明和那个姓项的厨师，出事了，被解送到日本宪兵队去了。

唐贤平不错眼珠地盯着陈国治，好像不相信他的话。陈国治也呆呆看他，愣了一瞬，开口讲起来——

昨天上午，大概10点钟，李明回到石有山的住处，找到史大川，将从你那里拿走的药剂给他看，并喜滋滋地说：有了这个东西，就不用我们兄弟去冒险了。说完，去了后院。

待午饭过后，李明又转回来，对史大川竖了一下大拇指，说：事都办妥。没想到老项平时看着草包，这件事上还挺有种！老项说：如果趁手，今天晚上就干他一票！

谁又料到，等到了晚上，却出了事……陈国治说到这里，又去外面舀了一碗凉水，咕咚咕咚喝下去，坐下来接着说——

石家每逢吃晚饭，因人多无法同桌，所以便摆流水席。一拨吃完，再轮换下一桌。等到所有人都吃完，才由老项伺候石有山和他的那些姨太太们吃。这时通常会闹腾到晚上9点钟光景了。

而那个时候，也是李明、史大川他们这些人一天事情的终了。大多再不会有事传唤他们。这几个人，可以支起一张桌子，打麻将消遣。可那晚李明和石大川哪有心情打麻将！在同伴的撺掇下，正在推托，忽听前面大厅传来石有山的喊声：霍参谋，他们都在吗？正摆弄麻将的霍参谋连忙应声：都在！石有山又喊：把他们都给我带进来！

其他人自然不知道发生了什么事，只有李明和史大川心里明白。两人对换一下眼色，却不容多想，便随其他人来到厅外。抬眼一看，见大厅里，石有山拿着手枪，手指扣在扳机上，顶住一个人的脑袋。那人打着哆嗦，看上去是跪着，其实身体委在地上，早就成了一摊烂泥。

那人不是别人，正是厨师老项。

石有山嘴里大骂不休，抬脚踢翻身边的椅子，用枪柄敲着项厨师的脑袋，嘴里说：你给我说实话，到底谁让你做的！所有人都在这里，你给我指出来，要是敢说一句谎话，我立马毙了你。

老项额角流血，抬起浑浊的眼珠看了一眼石有山，说：石爷，我，我可真的什么也没做啊！

石有山一声冷笑：还嘴硬。转头对霍参谋说，去，把三姨太养的猫给我抱来。

旋即，一只花猫被抱进大厅。三姨太哭闹着跟在后面，但一看眼前阵势，吓得赶紧闭了嘴。

有人将桌上汤锅里的食物用筷子夹了一些，放在盘子里，递到花猫面前。那花猫嗅了嗅，大概是吃得过饱，竟跳到椅子上，眯着眼睛打起呼噜。石有山无奈，又喊：去大太太房里，把那条哈巴狗牵来。

唐贤平听得揪心，暗想那现场的三人，又该受着何等煎熬。本想打断陈国治的话，见他说得口沫横飞，也不肯住嘴，显然是受了惊吓，不把心里的话倒出来，心中的恐惧便不能缓解。

……狗到底是贪吃的货，全然不顾它的主人——大太太在一旁哭叫，几口便把盘子舔个精光。石有山下令，将狗看护起来，静观它的反应。歇了一会儿，看着跪在眼前的项厨师，又瞟一眼站在厅外的四位随从，气不打一处来，又开始折磨老项。

时间一分一秒过去，想那老项，想必见吃完食物的狗安然无恙，觉得毒药或许是假药，竟假戏真做地叫起了“冤枉”，跪爬着抱住石有山的腿，将血淋淋的脸贴在地上，嘴里连叫饶命。直到那狗忽然哀叫数声，四肢抽搐，倒毙在地。在大太太的哭号声中，厨师老项这才闭了嘴，睁大眼睛惊恐地愣在那里。

石有山再次将手枪架在老项头上。不待他开口，老项已将脸扭向厅外，瞄了一眼，伸出手指。还未等他抬手指认，李明已有了动作，他的胳膊抬向身后，准备去掏别在腰上的手枪。却因片刻的犹豫，被盯在一旁的霍参谋看在眼里，飞起一脚，踢向李明的裆部。

李明闷叫一声，随即倒地。

史大川的脸色非常难看，多亏廊檐下的灯光昏暗，不至将自己心里的惊恐暴露。他正在犹豫，要不要拔枪，与这些人同归于尽时，只听霍参谋冲他吼了一声：还愣着干吗！还不快去拿绳子。

史大川懵懵懂懂找来绳子，见李明被两名侍从反扭手臂，推推搡搡走向大厅。李明真不愧为一条汉子，他破口大骂，两脚乱踢，就连站在身边的史大川，也被他踢了数脚。

石有山指着李明，对厨师老项说：你抬头看看，让你投毒的那个人，是不是他？

老项抬起浮肿的眼睛，不敢和李明圆睁的怒目相对。

这比任何指认都更加奏效。石有山发出一声冷笑，说：噢，我明白了，你不敢看他，是你觉得对不起他，是不是？我再问你一句，除了他，还有谁！

老项瘫倒在地，忽然扯开嗓子哭号起来，一边哭，一边点头。听了石有山的问话，又连连摇头。

在石有山的指令下，霍参谋让史大川三人架起李明，他自己拖着老项，向厅外走。那短短几步路，李明仍旧叫骂不休，用脚胡乱踢在史大川身上，又扭头狠狠啐了几口，好像他与史大川有解不开的冤仇。而正是那几脚，踢醒了史大川，让他明白，那是李明在暗示他——不管厨师老项如何指认，都不会殃及他，因为与老项接触过的，始终只有李明一人。

陈国治讲到这儿，忽然讲不下去了，舔着干裂的嘴唇，睁着泪眼看唐贤平。

唐贤平早就受不了他冗长的讲述，鼻子发酸，不禁抬手捶了一下桌面，说：事已至此，你倒是快说，事情到底坏在哪里呀？

陈国治垂头丧气地“哼”了一声，说：能坏在哪里！当然只会坏在厨师老项身上。这人看着是条汉子，却㞞包一个……那天晚上，石有山先是说吃川菜，后又改吃火锅。或是因为菜品的变更，或是这家伙本身就是一个软蛋，当他把下好毒药的汤锅端上饭桌后，心里紧张，连托盘都端不稳，火锅的汤水洒在外面。石有山又是何等狡猾之人，看情形有异，当即一声大喝，便把老项吓得魂不附体。等石有山搛起一筷子食物，和颜悦色地命令他吃下去时，这家伙当即便瘫倒在地。

唐贤平愣了一瞬，忽然又问陈国治：你讲得如此详细，难道……

陈国治这才恍然大悟道：我方才所讲，都是史大川当面对我说的。

你见过他？

事发之后，他便来找我，说是来拿事先说好的路费，然后远走高飞。

他人在哪儿？

现在三益成杂粮店。但我听刘兆元说，你并没把路费给他。我这才来找你，一是告诉你事情的结果，二是受史大川之托，来向你讨问那笔路费的。

此时夜色沉降。一路疾走的唐贤平，虽对刺杀任务的失败感到极度的沮丧和焦虑，但心里更为迫切地想见到史大川。对于那笔放在三益成杂粮店内的路费，他绞尽脑汁，也猜不透到底发生了什么变故。

步入三益成杂粮店，见刘兆元并不在柜台应酬，两人便朝史大川的房间走去。推开房门，见人去屋空。陈国治翻着眼白看唐贤平，好像自己方才所讲，全是谎话。最后话也不说，头前带路，又返回到柜台上。喊了几声，仍不见刘兆元回应，他们便挨着客房一间间查问起来。

从一间挑起门帘的客房向里看，一眼便看到了刘兆元。屋内烟雾腾腾，几人或蹲或坐，在掷骰子推牌九。陈国治堵在门口，冷着脸不发话，刘兆元二话不说，起身下炕。出门见到唐贤平，他脸上的笑容顿时僵住，埋头朝柜台上走。

我带来的那位客人呢？陈国治追在身后问。

刘兆元头也不回，说：走啦，早走啦。

陈国治说：他咋就走了！

刘兆元钻入柜台内，拿鸡毛掸子掸着一尘不染的柜台，说：不知道，人家说走就走，谁能拦得住。

那笔钱到底咋回事？

刘兆元脸白了一瞬，却矢口否认。

唐贤平说：我亲手交给你的，你数了又数，就放在那个柜子里。唐贤平抬手指向柜台内的柜子，怎么就不承认了呢？

刘兆元没有辩驳，反而转身“哗”一下拉开柜子，质问说：钱在哪里？在哪里？你自己看！

唐贤平气得说不出话。陈国治说：唐先生到底把钱放在这儿没有？如果你不说实话，我把姨夫叫来，当面对质。

说到“姨夫”，刘兆元梗了梗脖子，忽然一拍脑门，开玩笑似的说：对了！你看我这记性，咋就把那些钱忘了？随后摊摊手，说：刚才被你那位朋友拿走了。

唐贤平厉声说：你在撒谎！

刘兆元翻了脸，说话的口气咄咄逼人：你说我收了一笔钱，总该给你打个条子吧？空口无凭，条子呢？边说边向唐贤平伸手讨要。

陈国治刚想发火，被冷静下来的唐贤平拽到门外。唐贤平说：钱我寄存在这儿是没错的，只是没让他打张条子。你这亲戚坏了良心，说什么都是没有用的。

陈国治说：这小子从小就不学好，可怜我姨夫想帮衬他的一片心，让他来做掌柜。他喜好赌博，想必把那些钱输掉了，这才百般抵赖。

唐贤平彻悟，说：史大川肯定是被他诓走的。史大川一走，他说把钱给了史大川，这样便死无对证，落得干净。

陈国治气得跺脚，想再次进店和刘兆元理论，却被唐贤平一把拽住。他攥紧他的手有片刻停顿，眼睛定定望向漆黑夜空，好像想起了什么，声音急迫地叫道：快去，快去找范义亭，让他通知彭小姐，迅速转移，要快！告诉她，她，她有危险！

陈国治离去，唐贤平站在原地愣了很久。他懊悔不已，怎么会将如此危险的形势，忘记通知给彭雅萝呢！耳边忽听到店内传来的电话铃声。铃响数声，无人接听。隔窗看，见刘兆元正待在柜台内，大概听得心烦，站起来，将电话直接挂断。

唐贤平重新走入店内，找了张椅子坐下，也不和刘兆元搭话，低头想着自己的心事。

过了一两分钟，电话铃又响。刘兆元走到电话机旁，拿起听筒，听了几秒，嘴里说了一句：不在。便果断撂下话筒。

刘兆元准备转身，电话铃声再度响起。刘兆元一脸气恼，抓起耳机说：你打错了！再次把电话挂断。

杂粮店内的电话，装在靠柜台的墙壁上。唐贤平和刘兆元二人，分坐柜台两边。刘兆元离电话近，唐贤平要伸长手臂，才能拿到电话的耳机。无意中，唐贤平将坐着的椅子向前挪了挪，心里已做好打算。

果然不出所料，又过了两三分钟的样子，电话铃声依旧响起。这是十分钟内的第四次响铃了。唐贤平欠身而起，一个健步，抢在刘兆元前面，将耳机抓在手里，听到从耳机中传来的声音：喂！我没有打错，请你千万不要再挂断电话。我知道你是谁，既然你好意通知我离开，躲开一桩祸事，为何不肯听我再多说两句呢？

唐贤平已猜到对方身份——必定是出走的史大川无疑，便压低嗓音说：你说，我在听。

对方问：那个陈国治来过没有？他是不是带人来抓我了？

唐贤平亮开嗓门，对着话筒急迫地说：史大川，老弟！陈国治刚走，我姓唐，想必李明同你提起过我。我们怎么会做出对不起你的事呢？这里面一定有误会。你快回来，我们面谈，好不好？

或许因提到李明，电话那头的史大川情绪顿时激动起来：你就是唐贤平吗？好！李明瞎了眼，交上你这种不仁不义的朋友。他因你送命，我冒死来给你们报信。没想到你们恩将仇报，把当初的承诺抛之脑后，反说我是日本人派来的奸细，你们怎么会做出这等猪狗不如的事！

唐贤平有口难辩，只得在电话里苦苦哀求：老弟，老弟，你听我解释，这些话从何说起，你在哪里？如果不方便过来，我去找你，咱们把话说清楚。

你不要再诳我，我不会上你的当了……

话未说完，对方“咔嚓”一声挂断电话。

唐贤平端着听筒，在昏暗的灯光下愣了很久。

6

从被人带上车的那一刻，黑暗便像洇湿的绢布，蒙住彭雅萝的双眼。

她先是被关进一间小黑屋。那间小屋只有一方窄窄窗口，又加之阴雨，给彭雅萝的感觉，仍像身处于黑夜之中。而病痛带来的虚弱，才是那种感觉形成的最直接原因。这样更好，彭雅萝事后想，那种虚弱，似乎是抵御恐惧的最佳方式——它更接近于死亡，病痛的虚弱与死亡之间，应是上帝有意安抚她，为她搭设的一道过渡的跳板。就让我这样死去吧！她在困倦中嘤嘤自语。未必抱了赴死的决心，却已有了赴死的泰然与准备。

另一个黑夜到来，彭雅萝从那间小黑屋里被转移出来。黑夜连接了黑夜，那个处于北平西郊的民居，将让彭雅萝身处一段黑夜般暗无天日的日子。她病痛加重。身处的环境，以及那些问她话的陌生面孔，总让她觉得自己身处梦中。在这个雨水频密的初夏季节里，彭雅萝却舒心地看到覆盖东北荒原的皑皑白雪。她在雪地里跋涉，吸引她涉足的，是雪野尽头的一点火光……阳光从云层斜射下来，她隐隐听到小时候听从父母吩咐，去教堂唱诗班学唱过的《赞美诗》隐约响起。慈祥的英国神父，正站在火光前冲她招手，召唤她接近那团炼狱之火。当她抵近，神父背过身去，和她一同面对。彭雅萝看到，那火光中暗黑的身影，正是面容清癯的父亲。他没有痛苦，只在越来越淡薄的火光中，身体变得几近透明，随着火光的暗淡，之后化为灰烬，依附于茫茫的雪原之上。

被押解到日本宪兵处的第三天，彭雅萝才从昏迷中慢慢恢复了神志。

这个专为抓捕反满抗日分子的特务组织，总部设于天津。随着贪婪本性的不断扩张，日本人又在北平设立了分部，虽人数不多，却大多是挑选出来的精英骨干。他们基本是知识分子出身，上尉以上军衔。除会说流利的英语外，也会说简单的汉语。但那种蹩脚的“协和语”，吐口便会暴露他们的来历——一定是在东北，那个刚刚成立的

"满洲国"待过一段时间的人。

彭雅萝刚被押解到这间北平城郊普通的房舍时，几乎不能在椅子上坐稳。那位长相文弱的主审官，每问她一句话，便要付出极大耐心。得不到彭雅萝的回答，只能看着她半眯眼睛，身子摇摇晃晃，从椅子上慢慢滑下去。陪审的日本人将彭雅萝从地上拎起来，再次将她按坐在椅子上，嘴里发出"八嘎"的叱骂声。主审官用日本话对他的同伴说：她没有故意抵抗我们的审讯，她在生病，并且病得很重。语气似有不满。

彭雅萝醒来。首先看到那张清瘦的脸，静静与她对视着。她不知自己身处何地，竟艰难地对他笑了笑。她虚弱的笑容让上尉皱起眉头，再次认真地看着她，从嘴里轻轻吐出一句：你醒了？

他所说的略带东北口音的"协和语"，顿时让彭雅萝惊觉。虽未收回目光，眼睛却空茫地大睁着，将眼前的这张脸视若无物，最后深深闭上。

正常恢复的审讯，便在这样一种很怪诞的气氛中进行。身材娇小的彭雅萝坐在一张宽大的椅子里，身前勒一条宽约两指粗细的皮带。那是唯恐她再次跌落而中断审讯，临时安置的举措。这样看去，神情倦怠的彭雅萝，不时闭目假寐，颇像一个被捆绑在摇篮里的婴儿。而那位双目炯炯的日本上尉，身子倾在他们中间的一张桌子上，看上去更像这名婴儿的看护者。

但事实并非如此。漫长的疲劳审讯，实则是一种更为残酷的刑罚。

日本上尉起初用"协和语"向彭雅萝问话。但令他颇感不适的是，每当那蹩脚的语音冒出来，他都会看到，坐在对面的彭雅萝，瞬间会睁开眼睛，充满敌意地看着他。继而从嘴角，牵出一丝嘲讽的笑。

她在嘲笑我！上尉这样想。而那莫名的嘲笑，实则抵过万千句诅咒与怒骂。他虽清楚她的心思，却仍旧感到一丝窘迫。

他从嘴里冒出一串日本话。似在自嘲，又似在发泄着抱怨。继而又说了一句英语。

令他未曾想到的是，坐在对面的彭雅萝，竟用英语回了一句：这没什么可莫名其妙的。

上尉惊讶地用英语问：你懂英文？

彭雅萝再次闭上眼睛，不再发话。其实她只能听懂一两句简单的英文，那是在唱诗班时，从英国神父那里学来的。

除“协和语”和简单的英语外，上尉从彭雅萝嘴里，再得不到任何回应。而除了用语言审问这样一种方式，聪明的上尉在无计可施的情况下，发明了另外一种审讯方法：笔谈。这大概是最奇特的一种审讯方式了。而他为什么不用翻译，就连彭雅萝本人，也想不出答案。或许是出于保密的需要？又或许，是出于他那莫名的“自尊心”作怪？

他用汉字在纸上写下第一句审讯的内容：你不想回学校读书吗？你必须回答我的问题。如果用这种方式再不回答我的话，那就真的没办法了。他们会折磨你的。

彭雅萝低眉看了看他伸过来的白纸。顿了顿，拿起笔，写下：我想。当然想。可你们破坏了这一切，你们毁了很多人的生活。

请告诉我是谁派你到石有山那里去联系工作的吧。

没有人派我去。是我自己要去的。

那李明又是你什么人？

是我的一个同学。

你为什么要帮他?

我不能看着同胞活活饿死。

你知道他去那里的目的吗?

知道。他只想填饱肚子。

他去杀人。

不知道。

跟你同宿舍的那位同学去哪里了?

不知道。

这种“笔谈”审讯，无形中给彭雅萝留出了更多思考时间。除那些必须要回答的问题，对所有敏感的提问，她都会答非所问，使坐在对面的上尉极为苦恼。而这位安静的日本人，显然有着足够耐心，他不厌其烦地提问，有时得不到满意答案，会木雕般端坐在彭雅萝对面，任时间慢慢消耗。直到得到他自认为满意的一份答案，才会在纸上端正地写出下一个问题。

一个星期的疲劳审讯过后，彭雅萝的身体被再度摧垮。白天的审讯，常常让她感到体力不支，呕吐让她看上去更像一个憔悴的婴儿，常常晕厥过去。等醒来，以为自己做了一个长长的梦。而到了晚上，她又会被睡眠抛弃，独自一人听着窗外的雨声，以及夜鸟飞过时发出的啼叫。

那是一个明媚夏季的开始。树的影子，以及墙头野草的影子，在阳光地照射下搅成一团柔和的光斑，从审讯室上方的窗口照进来，打在彭雅萝脸上。等她再度从昏迷中醒来，歌声像光一样流泻，那是稚嫩童声唱出的《赞美诗》。是那些声音与光影唤醒了她，让她窥伺到一线生机。

上尉坐在她面前，不无怜惜地用英语说道：再这样下去，你会死在这里的!

让医生给我看病，救救我吧。彭雅萝用汉语，气息微弱地说。

上尉看了看她，结束了那一天里刚刚开始的审讯。他去找自己的上司，商议如何来对待这个生病的犯人。他提出带医生给她看病的要求。虽被上司拒绝，却得到允许犯人吃药的决定。她是被恐惧吓住了。给她些药吃，她或许会安静下来，才会告诉我们想知道的那些秘密。上司这样对上尉说道。

上尉去了彭雅萝的监房，亲眼看彭雅萝服药，并看着她安静睡去。

第二天，彭雅萝神态果然好了许多。上尉亲和而礼貌地看着她说：看来睡眠是能治愈你的最好医生，现在我们开始谈话吧。

接下来的每天晚上，都会有人端一杯水，捏一枚白色药片，给监室内的彭雅萝送来。看着她将药片放进嘴里，起初是小心地喝下一小口水，看守便会抬臂做个仰头的手势。彭雅萝只能按他的吩咐，将整杯水全都喝下，然后用迷茫的眼神看着那一脸审慎的看守。看守这才满意地点点头，转身走开。

待看守走远。彭雅萝木然走回床边，抬起右手，伸进嘴里，拿出藏在舌尖下的药片，迅速塞进床底下的一个纸包。整套动作做得连贯而迅速，然后安静地躺在床上。

每晚上尉都会来监室外窥看，看到安静睡着的彭雅萝。月光和星光照在她的身上，像为她披盖的一袭清凉锦被。

被拘禁的第十八天，彭雅萝终于等到逃生机会。她想不出那天日本上尉何以会出现在监室里。他没有做出审讯的姿态，也未表露任何充满心机的探查，只是坐在她的对面，脸上一副迷茫神色，忧心忡忡又有些迷恋地看着她。

最近好些了吗？

彭雅萝点头。

上尉说：我知道，你并没有犯下触犯天皇的罪行，你是无辜的。只要把你知道的全部讲出来，他们是会放你走的。

彭雅萝无语，脸上闪过一丝冷笑。

上尉低头说：我心里很难过。

彭雅萝无从回答。

你知道吗？我的一个姐姐出嫁了。她是我邻家的一个姐姐，嫁给了北海道的一个男人……

彭雅萝从上尉的脸上读出了一些什么，用英语问：你失恋了？

上尉沉默着，仰头看窗外。

我大学参军时，曾答应过她，等第二年北海道冰消雪融，便会回去的。她也答应等我。没想到我来了中国，两年了都无法回去……现在这个季节，正是北海道冰雪消融的时候，她等不及，嫁给了别人。

但这里并不欢迎你们……彭雅萝说，北海道的气候，或许和东北很相近吧？但那是我的家，却因为你们，很多人都回不去了。很多“姐姐”背井离乡，遭人欺凌。

上尉叹口气，岔开话头，说：北海道，比东北还要冷。雪季时，每天出门，都要从窗子里爬出去……你要不要喝点酒，喝酒更有助于你的睡眠。

彭雅萝看着上尉离去。眼睛忽闪了几下，忽然下床，从床下找出事先藏匿好的药片，又四下转着，想找碾碎药片的东西，却找不到。她脱下鞋子，用鞋跟将药片碾碎，藏进贴身的衣袋。

不多会儿上尉转回来，手上拎两瓶酒。他席地而坐，将两只杯子倒满，端杯冲彭雅萝示意，将满满一杯酒饮尽。彭雅萝先是放不下心中的敌意，但见上尉自斟自饮，眼神空茫，偶尔会专注地对她凝视。他苍白文静的脸渐渐洇出血色，举止却毫不张狂。在他频频相约之下，彭雅萝也端起酒杯，和他对饮了一口。

上尉泪眼迷离地用英语说道：你长得真像我那位姐姐！

彭雅萝一愣，难得地露出怜惜的笑容。

从你那天被带进来，我就发现你长得像我那位姐姐。我审讯你，却不忍看你受这份折磨……但今天，我却收到她寄来的信，她出嫁了，她说她的心都死了。

两瓶酒眼看饮尽，却不想这上尉酒量竟如此之大，除了伤感击溃他的心智，他竟毫无醉意。真难想象，如果他不是收到姐姐出嫁的消息，而是盼他回归的情书，他会有多好的酒量。他频频举杯，面对彭雅萝，口齿略微不清地用日语喊着：姐姐……

到斟最后一杯酒时，彭雅萝偷偷将碾碎的镇静药放进酒杯。她忽然做出一个令自己都感到震惊的举动，凑到上尉身前，探身吻了一下他的额头。

上尉木然定住，瞬间泪流满面。饮尽最后一杯酒，在轻声的啜泣中，他伸出手，想抱住眼前这位穿了和服的姐姐，却忽然仰身，睡倒过去。

外面隐隐传来鸡啼。彭雅萝慢慢将上尉伸开的手臂放平，悄悄迈过他，通过监门。紧邻监门的房间里看守正在熟睡，发出粗重鼾声。彭雅萝侧身而出，爬过院子里的矮墙，悄然隐遁于夜色之中。

7

看到再次返家的江宜清，江家人大感意外。父母问她：咋又回来了？她撒谎说学校放假。咋又放假？她愁眉不展：都在闹“学潮”。父亲摇头，说：现在这些学生，真是过分。四妹江竺清喜笑颜开地说：你是知道二姐要结婚，这才赶回来的吧？母亲这才想起把二女儿江韵清马上要结婚的消息告诉给她，并说：你回来得正好，你二姐出嫁，里里外外，都需要人搭把手。

江宜清却恹恹地提不起精神。

那天江韵清又去了马家。按理说该出嫁的人，总该好好待在家里。像商定婚前的一切筹备，总该有中间人在两家之间斡旋才好。两人的婚事虽无媒人牵线，总不该一个待嫁新娘去婆家听东听西，最不济也该马天目来江家说话。江韵清的主动，被父母看成是大大咧咧、没心眼、二百五。就像一个掉了身价，急于想把自己嫁掉的人。但这孩子以前并不是这样一个没心没肺的人啊！两位老人这样兀自唏嘘感叹着。

等江韵清这天晚上回家，颓废而疲惫地将一件颇为难缠，又必须向父母呈报的事说出来时，父母恨得牙根痒痒，就差从嘴里说出“活该”二字了。

婚前的筹备看似顺利，只因江韵清未把遇到的那些麻烦告诉过父母。江家人拿了两人的生日时辰，去找先生批过八字。命相不差，虽不是天造地设的婚姻，以后也能儿孙满堂，携手终老。但这马家人，却偏要在结婚仪式上固执己见。江韵清的母亲，因是基督徒，主张西式婚礼；马天目的父亲，作为一个有深厚学养的老夫子，当然对所谓的西式婚礼嗤之以鼻，并斥为有伤风化，当然力主中式婚礼。不但要中式婚礼，并且要把以前被改进的所有仪式上的细节全都改正回来。他要马天目骑马，穿中式马褂，用八抬大轿迎娶蒙着盖头的江韵清，并要雇上六十六杆唢呐，敲锣打鼓，在天津卫最繁华的地段走上一圈，以此来捍卫泱泱华夏的礼仪文明。

谈到这项婚礼的最后议程，两家的关系起初并未闹到如此剑拔弩张的地步。江韵清的母亲只是稍稍坚持了一下自己的意见。但稍有嫌隙，便有风言风语在两家之间吹送。江家父母首先听到的，便是马家为了刁难二人的婚事，又是抓阄，又是逼儿子跳河的那些风波。好像她的女儿，真的是一个嫁不出去的滞销品。而马家听到的则是，马天目和江韵清二人，在上海时就已同房，据说那江韵清，已有了两个月的身孕。有了身孕倒无所谓，毕竟是马家的骨血。只是想到那将娶过来的儿媳妇，如此不自重，也确实有伤风化，丢人现眼。

其实话说回来，嫁女娶亲，总该双方相互谦让才是。但事情闹到这份儿上，便各说各的理。马家摆出一副倨傲姿态，江家更是信心满满。双方在这件事上寸步不让，都要为自己那不争气的儿女，努力挽回一些颜面。

两家大人就这样摽上劲儿了。

但马天目和江韵清却顾不上这些。为了找到吴忠信，两人绞尽脑汁，设想过种种可能，却只会有种种否定。最后寻人的设想，只能重回老路。两人各自回忆了在上海时，相互寻找所遭遇的种种艰辛，最后马天目说：老天总归是不负有心人的。我要像在上海时找到你那样，去找到吴忠信。

从那一天起，马天目每天都要出门。江韵清在家里坐不住，也要出来陪他。二人在天津卫的街头游荡，看似一对逛街的情侣，却已然真的要结成一对夫妻。对于婚期的临近，两人并不记挂于心，只专注寻找着那眉间有一颗黑痣的人。

直到这一天，江韵清说起婚礼仪式上的事，马天目这才“哎呀”一声，说父亲昨晚找他谈过话，特意聊到此事，说江家人如此固执，真是不懂礼数。所谓迎亲出嫁，一迎一出，总该由男方做主。他们江家再这样固执，他宁可撕了请柬，也要维护马家人的体面。

马天目说：我父亲那边，看来是说不通的。在这件事上，你父母那边确实有些不讲道理了。

江韵清白他一眼，说：你也不想想，你父母当初是怎么刁难我们的！

马天目软了口气，说：还是回去好好劝劝他们吧。离结婚的时间真的没几天了，赶紧把这件事办下来，也好专心做我们的事。

因婚礼琐事有过数次争论，母亲的口气依旧强硬，说：他马家要维护他的体面，难道我们江家就不要一点面子了！我宁可闺女嫁不出去，也不能让他马家这样瞧不起我们。母亲的态度，就连父亲也表示认同，委婉地对江韵清说道：你一个姑娘家，还是要顾点面子。不要老去他家听他们说话，有什么事，该让男方过来。女孩家，端着点架子才是。

事情商量不出个结果，江家人各自回房歇息。江韵清这些日子没有机会和三妹江宜清亲热，又见她始终勾头坐着，话也不说一句，一副心事很重的样子，便在临睡前，来到江宜清房间。

从北平回来，江宜清始终被恐惧和内疚折磨。江韵清三问两问，便把发生在学校的事问了出来。

江韵清惊问：你接触的这些人，到底什么身份？

江宜清说：我也搞不清，只知道他们是锄奸团，专门对付日本人的。

江韵清暗自思忖：如今同仇敌忾，无论是共产党人还是国民党人，都在为对付日本人做着努力，身份也确实难以搞清。但听到这样一条消息，总归是很重要的。明天必须和马天目商量商量，如何在这件事上有所突破，倒不失为一个千载难逢的机会。她搂住江宜清的肩膀，尽心安抚着她，告诉她不要害怕，有什么事，有家人给她撑着。

说到会不会惹上麻烦，江宜清忽然嘤嘤哭泣起来，说：什么麻烦不麻烦的，我都不在乎。可怜我那同学，正发着烧，也不知道被人抓走，她能不能撑得住。我倒希望陪她一起，有难大家担，死也一块死。我真后悔，当初怎么就没回宿舍告诉她，或许她就有机会跑出来了……自己苟且偷生，活着比死了都难受。

显然话里有话。江韵清再问，江宜清却只顾埋头哭泣，再不作答。后来便哭着睡去了。

一夜无话。很快便到了第二天下午。马天目来到江家，一是为了探问江宜清在北平所遇之事；二是为了婚礼仪式如何进行，来和江家人做最后的商讨。

但江宜清不在。

说起婚礼，江家父母起初还算客气，但马天目要么答非所问，要么一副嬉皮笑脸的模样，江韵清的母亲便再也耐不住性子。她先从那场“抓阄”风波说起，说自己的女儿总归命贱，像个纸团一样被人抓来抓去；又说到那件闹得满城风波的“逼儿子自杀”的事，话里话外倒表露出对女婿的心疼。一切的指责和怨愤，最后都归结到亲家身上。马天目听得耳朵起茧，苦不堪言，只能赔着笑脸，钉子一样钉在凳子上，拔直腰背听岳母大人数落，脸上还要做出一副感激涕零的表情。江韵清怕他难堪，尽力维护马天目的面子，不时和母亲对峙几句，说来说去，母女二人竟争执了起来。

一家人正吵得不可开交，从学校回来的小女儿江竺清，坐在一旁悠闲地喝茶，跷脚看母亲姐姐唇枪舌剑，那未来的姐夫赔着笑，那笑看上去比哭还难受，不禁嘻嘻笑起来，说：你们争来争去，也真烦人。这么简单的事，何不各办其事，井水不犯河水。

母亲板起面孔，说：大人的事，不要你这小丫头片子来掺和。

江竺清认真说：我还小吗？明年就上大学了。再过三五年，就像大姐二姐一样，该嫁人了。

江韵清从妹妹话中听出端倪，认真问：竺清，怎么就井水不犯河水了？

江竺清伸出手指，点在马天目和江韵清身上，说：你们俩，不是一个要娶一个要嫁吗？他们，不是非要一个中式婚礼一个西式婚礼吗？那就各办其事——不就好了嘛！

众人还是听不明白。

江竺清没好气地说：来娶你的时候，先去教堂，你穿婚纱，他穿西装；等出了咱家门，轿子唢呐在半路候着，他换上马褂，你披上盖头，不就顺顺利利入了洞房嘛！怎么这么笨！江竺清一边说，一边将两根拇指竖起来，比对在一起。

大家被她的神态逗笑，继而不禁欣然。暗想这么简单的事，大家吵来吵去，败了兴致，简直就是一群猪脑子。

8

锄奸行动的失败，让唐贤平身心遭受重创。

身为指挥者，他为自己不可推卸的责任感到羞惭，更为这次行动中牺牲或被捕的同志感到寝食难安。就在那个大势已去的当夜，手下各自溃散，离开北平，到各地躲藏起来。他则和范义亭一起，如丧家犬般来到天津，在这里蛰伏观望，以图东山再起。

待安定下来，唐贤平心里是有些恼火的。他常独自呆坐，就像一个陷入沉思的忏悔者。此时恰好戴笠来天津处理事务，喊他来见。对唐贤平的出师不利，戴笠言语上虽无过多埋怨，但话里话外，却还是对唐贤平的能力表露出怀疑态度。他口气平和不无关怀地说：你瘦了。

他招呼唐贤平坐下。

上峰其实对我们是充满期待的，但因这次行动失败，致使那些军、警、宪单位，对我们力行社颇有微词。说到这儿，戴笠叹了口气，我们是秘密工作组织啊，没有公开的合法地位，所以也就容不得出半点儿差错……话锋一转，戴笠又用犀利的目光看定唐贤平，说，但在这一特殊时期，能不能得到上峰认可，还要看我们的能力。不搞出一点真正的动静，我们是无法服众的。

唐贤平挺直腰杆，目光变得坚定起来。

上峰传下来的制裁令接二连三，除石有山外，还有吉鸿昌、张璧等人，此时这二人正在天津。我回去后研究一下，是否要派督察员过来。现在“天津站”的行动组，因遇到一些麻烦，正处于无形解体状态。你应该有能力，把几个旧属重新聚拢，顺便摸清吉鸿昌等人的行踪吧？戴笠说。

唐贤平点头称是。

戴笠又加重语气，说：特别是这个吉鸿昌，你必须要盯紧他。据报，他正在联合所有反政府势力，结成“统一战线”。通过自己掌握的人事关系，千方百计在我军政部门从事游说、蛊惑与煽动。说到这儿，戴笠压低声音，最可怕的，他正和共产党人联系，准备前往豫北冀南一带搞武装暴动。

离去时，戴笠拍了一下唐贤平的肩膀，说：凡事耐心，不仅需要勇气，还需要谋略啊。

那片位于天津卫南马路一带的旧式里弄房子，给了唐贤平一种恍惚的感觉。一户挨着一户，格局近乎相同。就连砖瓦窗户的颜色，也近乎统一。若不是事先有过约定，记住了门牌号码，唐贤平不知道自己该如何找到吕一民的家。

站在36号房门外，他朝里面喊了一声。过了一会儿，走出一位男子。他中等个头，厚嘴唇，一副忠厚模样。剃寸头，额端的发际秃得很深，几乎延伸到头顶。听了唐贤平的自我介绍，他显然知道来人是谁，只一脚门里一脚门外地握了握手，却扭捏着不想请客人进屋坐。唐贤平只好将踏进去的一只脚收回，有些尴尬地问：家里不方便吗？

吕一民也是一脸尴尬，说：哪里哪里，只是有点乱，不好意思请你到家里坐。

唐贤平说：要不我们出去找个地方？

吕一民朝屋里指了指，说：不了不了。家里还有孩子，出去不方便。你若不嫌弃，还是来家里坐吧。

屋子里黑洞洞的。显然这里的住房建得比较紧凑，从低矮窗口便能看见邻家的屋檐，稀薄光线被遮挡，加之摆设陈旧，相衬之下，屋子里就显得越发阴暗了，并散发出一股霉味。吕一民一边给唐贤平让座，一边随手整理着杂物，是一些脱下来的换洗衣服。

略事寒暄，唐贤平道明来意，将上级布置的任务，简要传达给吕一民，并将行动目标，同吕一民做了一番交代。还未等其表态，又将希望吕一民所协助之事，具体讲了出来，显然有些迫不及待——他希望尽快得到有关吉鸿昌在天津从事各种活动的情报，如有所获，无须处理，即刻将情报原件传递给他，以便分析；并全力侦察吉鸿昌的个人行动，包括他的居址、行经路线、停留处所等。要特别留意与吉鸿昌有过任何接触的人，以及关于其他人的一切数据。

讲完这些，吕一民却没有任何反应。

起初唐贤平以为他是慢性子。但等了又等，仍不见他有所回应，便开口问道：吕先生，我所讲的这些，应该没什么问题吧！

吕一民清了清嗓子，抬脸看着唐贤平。昏暗里看不清吕一民面庞上的细微表情，只听他慢腾腾地说道：问题倒是没有，都是以前常做的，能有什么问题呢！只是……

见他欲言又止，唐贤平欠欠身子：你说……

想必前几天报上登过的那桩“箱尸案”，唐先生也看过？吕一民说。

看过倒是看过，只是不太清楚里面的内情。怎么了？

关于那桩闹得沸沸扬扬的“箱尸案”，唐贤平略知一二，此案大体是一位渔夫在潮白河打鱼时，捞起一只装了碎尸的箱子。经天津侦缉队查验，最后查到天津站行动组头上。原来行动组的一位成员，因故误杀了一位无辜市民，将肢解后的尸体装入箱子，投入潮白河。当局只做些手脚，便将一桩即将大白于天下的案子草草掩盖。唐贤平知道，戴笠此行赴津，便是为处理此事专程而来。这也是天津站行动组几近解体的主要原因之一。

吕一民说：那个误杀了人的，是我小舅子……你们，真的能信任我吗？

唐贤平有些不以为然，说：你何必多虑，如果不信任你，我怎么会大老远跑来拜访。

吕一民垂头不语，像生着闷气。

手下惹的祸，即便要处理，也不会处理到你头上。我听说，天津站站长已被召回南京去了，等候上级处理。这你还有什么可顾虑的？

吕一民埋头嘀咕了一句：做这一行，我是最清楚不过的，如果你犯了什么错，当时不找你，总归要记在账上。

一时间唐贤平无言以对，想了想说：你放心好了。我这次来，是受戴先生直接委派。戴先生还特意提到你，他是记着你的，说你忠厚仁义，是个可信赖之人。

吕一民一愣，抬头，不相信似的看着唐贤平，忽然将手掩在脸上，哭了起来。他边哭边说：难得戴先生还记得我。我和他第一次见面，还是好几年前的事了，那时候在杭州……

床里边忽然有了一丝动静，吓了坐在床角的唐贤平一跳。起初以为那里只是放了一堆被窝，却不想一个小男孩在那里睡。他此刻被哭声惊醒，骨碌身爬起，不哭不叫，瞪着大眼睛，痴呆呆看着眼前两个大人。

吕一民擤了一把鼻涕，伸手将小男孩抱过来，说：我心里委屈啊。工作上不得志，在家里也受窝囊气。这不，自从我小舅子出了事，孩子他娘和我闹矛盾，怪我把她弟弟带入这一行。三说两说，扔下我和孩子，跑娘家去了。听人说，一个礼拜之前，随人嫁到山东。我心灰意冷，这一行真的不想做了……吕一民说着，抬起袖子擦擦落在男孩脸上的泪，可不做，又是一个废人，下力气的活儿，真是做不成啊。

唐贤平这才清楚吕一民所处境地，便把组织上准备给予他的待遇，详细交代了一番。吕一民听后，表情放松下来，却有些扭捏作态。

唐贤平抬手摸了一下男孩的头，问：叫什么名字？

男孩不答。

吕一民说：他是个哑巴。去年发烧，就不能说话了，但聪明着呢。

唐贤平不无忧虑地问道：你出去执行任务，带孩子方便吗？

吕一民“吭”了一声，鼻音渐渐清晰起来：方便。我也愿意带他，有时做起事来倒有个遮掩。实在腾不出手，我就把他送我妈那儿去。

几天之后，吕一民很快送来消息。可见这个肠胃被切掉三分之二的废人，仍有着旧日军人雷厉风行的气度。

情报来源是这样的：赋闲在天津的潘恩普与钟秀煌二人，司职军政多年。据说，在河南各处尚有许多旧属，分散于各部队及草莽之中。现时的情况是，这些昔日的军阀将领，往往把掌握在手中的这些旧属，当作自己的本钱，遇有风吹草动，就以此抬高身价。二人自然也不例外，正被各方拉拢，成为炙手可热的人物。这二人中，钟秀煌比较倾向于吉鸿昌的游说，准备集结旧部，联合一切抗日力量和爱国分子，共御外侮。而潘恩普的态度则飘摇不定。吕一民在同二人的接触中，获知一条重要消息：吉鸿昌同钟秀煌私下里有过接触。

作为潘恩普曾经的部下，吕一民递送的情报显然有着不可估量的价值。

在接到这条重要情报的第二天，吕一民又亲自跑来，告诉唐贤平一条更为重要的消息。他从潘恩普处得知，吉鸿昌打发人来，约他和钟秀煌二人，在三天之后，于法租界的交通旅馆见面，说是介绍一位新朋友给他们认识。

吕一民说：事不宜迟，你必须马上做出决断。

唐贤平坐立不安。他的心里，像擂着一面鼓。依据他个人判定，情报中提到的这位新朋友，肯定是共产党调派来的干部，也就是戴笠先前所说的，准备联系吉鸿昌，前往豫北和冀南一带搞武装暴动的人。

情报得来如此容易，却又如此急迫，显然是千载难逢的机会。唐贤平自然不想错过。但如何采取行动，却已没有时间向戴笠请示。唐贤平问：你还能把以前行动组的成员召集上来吗?

吕一民说：有倒是有，但不多，也就三五位。

唐贤平思忖了一下，说：三五位也就够了。你再坐一会儿，我把范义亭叫来，我们三个人，先临时成立一个行动组，把行动计划商定一下。

等范义亭匆匆赶到，两人已在路上商定出整个行动的大致方案。基本如下：

制裁目标：吉鸿昌。

执行地点：法租界交通旅馆及其附近。

预定时间：6月9日下午3时前后。

执行人：唐贤平、吕一民、范义亭及其他同志。

注意事项：要保证潘恩普、钟秀煌二人的安全，以避免造成不必要的麻烦。倘有失误，当报请上级，以违抗命令议处。如因潘钟二人而影响工作之进行，其咎不在诸同志，当由唐贤平一人负全责。

签下这样一份行动计划，可见唐贤平破釜沉舟的决心。

9

婚礼是在北马路附近的天主教堂举行的。整个仪式显得典雅而庄重，只是婚礼结束时间拖得有点晚，匆匆赶往东马路照相馆的一行人，显得手忙脚乱。

东马路上的同生照相馆，是去往马家的必经之地。因是一位同学的父亲开设，便将中途“换装”地点选在了那里。此时，家里雇好的轿子、唢呐以及一帮亲戚下人，由大嫂带着，早在那里候着了。等穿了西式服装的马天目和江韵清匆匆赶到，唢呐便凑趣般吹奏起来。大嫂一劲催着照相馆的伙计，说离中午吃喜面的时间已近，一帮亲戚早就等在家里，这等大事，一刻时辰也不能耽误，你们赶紧给他们换装、拍照，我们要尽早上路。

嫂子和伙计在前，江韵清由两位妹妹搀扶，朝楼梯上走来。

因婚纱过长，江韵清绊了一跤。马天目急忙弯腰，将婚纱托在手里。从楼梯上走下来的三三两两照相的顾客，都不禁好奇地看着他们。就在马天目起身的那刻，一位从楼梯上下来的男子与他擦身而过。走到楼梯顶端的马天目不为所动，仍旧和人谈笑。

走在队伍后面的马天目，被人招呼着，走进更衣间的那刻，忽然停下脚步，愣住了。

他眉头紧锁，努力回想那个在自己脑海中留下印象的身影。回头朝一楼大厅张望，见那位男子已步下楼梯，向大门口走去。他一脸迷惑地走进更衣间，脱下白色西装，换上一件中式马褂。脱下婚纱的江韵清从更衣间出来，换了一件枣红色的龙凤褂，显得光彩照人。众人无不赞叹着她的美貌。但马天目却目中无物，当伙计给他系马褂的扣子时，他张着手臂，错步挪到窗口，探头朝楼下看，伙计只能埋身在他腋下，弯腰系着扣子。从楼下熙攘的人流中，马天目再次看到那个男子的身影。他张了张嘴，险些叫出声来，抽身躲开伙计的纠缠，将抓在手里的马褂袍子丢在伙计脸上，转身跑了出去。

伙计叫了一声，更衣间里的所有人都愣住了。

冲出影楼的马天目，依稀看见前面信步的那位男子，跨上一辆黄包车，向西驶去。他在街上左冲右突，也欲招手喊下一辆。但从身边匆匆驶过的所有黄包车，都处于载客状况。马天目无奈，只能撒腿向前狂奔。

路上行人无不侧目，看着这衣着怪异的男子。他上身穿马褂，下身着白色西裤，足蹬一双黝黑锃亮的皮鞋。由于有人阻挡了他前行的速度，他的嘴里不时发出“喔喔”的叫声，这声音听上去像在驱赶动物，自然引起旁人反感，一边迅速闪身，一边皱紧眉头，厌恶地看他一眼。等看清他奇异的装束，反倒笑了起来。那些迎面而来的路人，险些被他撞倒，下意识地推搡他一下，使他又险些跌倒。他迅速调整好步态，充满歉意地冲对方挥挥手，继续向前跑去。

穷追不舍的马天目，终究感到了脚底的滞涩。他气喘吁吁靠着一根灯柱，一边扒着脚上的皮鞋，一边用目光瞄着远处的目标。皮鞋有些夹脚，是前天从劝业场买的。由于断了尺码，服务员曾劝他另选一双，但因急着去找江韵清议事，马天目便将就下来。现在终于尝到“穿小鞋”的滋味了，等将袜子褪下来，见大脚趾上，挤出一个大大的血泡，已经磨破，血肉模糊。马天目顾不了许多，拎了那单只鞋子，向前跑了几步，足下高低不平，又尝到做“跛子”的苦头，便将另一只鞋子也扒下来，拎在手里，赤脚向前跑。

好在路段狭窄，马天目并未丢失他的目标。等冲出拥堵人流，眼看就要赶上，不想那男子从黄包车上下来，疾步跨上一辆停靠在路边的电车。电车摇着响铃，旋即向前驰去。

马天目追了几步，看着电车越驶越远。正感无望，那曾载过男子的黄包车夫在他面前停下，问：先生，是不是要追前面那辆车？

马天目点头，问：你能追得上吗？

车夫点头：当然能！

马天目错步跨上黄包车。

车夫却抬手将他拦住，笑眯眯地说：只是车费要贵一些。

多少钱？

车夫说：一个大洋。

平日就几个铜板，现在要一个大洋！马天目嘀咕着，在衣兜掏摸。摸来摸去，这才想起自己换了衣服，一块铜板都未带在身上。他便将拎在手中的一双皮鞋伸到车夫眼前，说：没带钱，就用这个抵了吧。

车夫看着皮鞋，摇头说：我们拉洋车的，不稀罕这玩意儿。

马天目惊叫：我这双皮鞋整整花了三块大洋，你还不稀罕！

一听三块大洋，车夫眼前一亮，却仍旧笑眯眯地摇头。马天目气急败坏，将身上的马褂也脱下来，递给他，也不说话。车夫脸上收了笑，这才忙不迭地架起洋车。坐在车上的马天目欠身看着快要消失在街角的电车，有些怀疑地问：你能追得上吗？

车夫喊了一声：您就坐稳了吧。

车夫果然好脚力。坐在黄包车上的马天目，隐隐听到耳边传来风声，稀疏的人流车马，在他眼前瞬间变成拉长流动的影像。而那停在下一站的电车，渐渐在前面露出清晰的轮廓。从车上下来的男子，面色从容地回头张望，露出隐在眉间的一颗黑痣，转身向前走去。

马家宽敞的厅堂内，已稀稀拉拉坐了不少客人。厅堂正面，挂一幅大红“囍”字，两旁有深红帷幔垂下。喧闹的唢呐声在外面响着。

厅堂迎门处一角，戴眼镜的账房和伙计坐在一张桌子后面，每有来贺喜的客人，伙计便打开递上来的红绸包裹，或看一眼摆在眼前的随喜礼物，拉长声音将贺礼的数目唱报出来，由账房一一记在来往簿上。大嫂站在门口，脸上笑意盈盈，迎候络绎前来的客人，却仍旧掩饰不住心内的焦虑，不时朝大门口张望一眼，再扭头看厅内。她暗自叹了口气，朝厅堂内的一间屋子走去。

马母坐在椅子上，正在唉声叹气。马父则倒背着手，在屋子中央焦躁地踱步，嘴里不时抱怨着。

大嫂问公公：爹，前来贺喜的亲戚来得都差不多了，这喜面再等下去，也说不过去啊，咋办？

马父烦闷地摇头，顿住脚步，说：别人家吃喜面，总该新郎新娘出来道个问候，这不省心的东西，又不知跑哪儿去了！这中午的喜面，总不能不言不语就开吃吧！

嫂子压低声音：中午倒好说，来的都是咱亲戚，随便编个借口就能混过去。即便被自家人知道，也不会笑话。我发愁的是等到午后申时，朋友街坊都来，新郎官却跑了，仪式咋举行？等到入洞房，没有新郎官……

一旁的婆婆拍了一下大腿，带了哭腔说：那可不就成了笑话啦！

马父的脸色更加阴沉：旁人笑话倒不怕，我怕的是那些记者！等明儿一早，全天津卫的大报小报，就会登出“马家公子大婚，新郎却逃婚不见”的头条新闻！

马母扯住大嫂的衣襟，连声说：赶紧叫人出去找哇！

大嫂说：人都派出去了。回来了几个，将他以前常去的地方全都找了个遍，可就是不见人啊。

江韵清落寞地坐在婚房内。她绞尽脑汁，也想不清马天目招呼不打一声就莫名离去的原因。四妹江竺清展开她天真的想象力，在一旁嘚啵嘚啵说个没完。说马天目会不会不满意这门婚事，不想娶二姐了？又说马天目私下里会不会和那换过生辰八字的女学生，藕断丝连，逃婚私奔了？江韵清听得心里烦乱，却不好开口责怪她。倒是江宜清，说二姐和马天目感情那么好，怎么会做出私奔这种事！他不打招呼出去，肯定有难言之隐。难道……真的是不想结婚了？这话越说越怕，就连江韵清也半信半疑起来。江竺清说：要真是那样，二姐以后可咋做人啊！他们马家人，也太欺负人了吧！老拿咱江家不当回事。打一开始就瞧不起咱江家。左刁难右刁难。我这就回去，告诉爸妈，不能任他们马家这么欺负咱。

一把没拉住，江竺清跑回家报信去了。

若提起老天津卫的婚礼来，习俗实有特殊。别的地方举办婚礼，都是大早起将新娘迎娶过来，拜过天地，入了洞房，中午大摆筵席，便算促成一桩美事。而天津人却按照老祖宗传下来的规矩，不慌不忙将新娘迎娶过来之后，中午要请亲戚吃一顿喜面，再等日薄西山，才正式开启拜堂成亲的仪式。等仪式结束，一对新人入了洞房，那边便排开酒宴，任亲朋开怀畅饮。至于说为何会有这般习俗，一时还无法考证，大约是为了照顾新婚燕尔的一对新人，让洞房花烛夜的氛围更顺畅自然些吧。

喜面刚刚吃完，派出去寻人的亲友一个个垂头丧气地回来。正当一家人焦头烂额之际，忽听外面传来喧嚷之声。原来是快嘴快舌的江竺清，跑回家一番添油加醋的学舌，将二姐的遭遇，描述成一位出嫁新娘，洞房未入，便横遭“遗弃”的悲惨现状。江家人闻听，这还了得！自然炸了窝。娘家的姑娘受了欺负，小舅子小姨子们必然挺身而出，到男方家里去大闹一场。这就立马纠集起江家年轻的男女，由江竺清带路，江母压阵，气势汹汹地闯上门来。

伶牙俐齿的大嫂出来应对，说尽好话。马父虽未曾受过这等窝囊气，却怕事情闹大，无法收场，只能强装笑脸，和亲家母嘴上道着客套。不想江家母亲并不买账，嘴上不依不饶，将心里的怨气一一道了出来。无非是指责婚前“抓阄、逼儿子自杀”等琐事，说你们既然这么不情愿这门婚事，就早该撒手，何必闹到今天这种地步。放着好好的日子不过，难道只想让我闺女身败名裂！

江韵清也出来劝娘家人，却难以平息。江家人摆出一副据理力争的架势，非要讨一个说法，并虚张声势说，等有了说法，他们就将闺女领回去。如果没有说法，那就……具体怎样，其实他们自己心里也没个谱。

正当家里闹得不可开交时，马天目刚好追上那位被自己认定为“吴忠信”的人。

此刻他已完全失去平日里的耐心，站在那人身后，气喘吁吁喊了一声。所有在前面走着的人都停下脚步，回头看他。唯有那人，仍塌着腰背，充耳不闻地埋头赶路，步调似乎倒加快了一些。

马天目无奈，只能再次撒开步子，光脚追了上去。跑到那人前面，背转身来，堵住他的去路。

没错，就是那位与自己有过一面之缘的吴忠信。从他前行走路的姿势，马天目的判断便八九不离十，如今正面一看，埋在他眉间的那颗黑痣，更是让他一颗心缓缓落定下来。他目不转睛地看着他，就差上前拥抱了，问：你还认识我吗？

对方停住脚步，抬眼看他，目光里有一种镇定，却摇了摇头，错身，准备走开。

我是马天目啊！

他趋前一步，再次堵住他的去路。

不想那人却笑了一笑，笑里暗含着一丝讥讽。他上下打量马天目一眼，说：先生也该是斯文之人，只看你眼前这副情状，不知遇到了什么事……这话说得有些重，那话里的意思，就差没把马天目说成疯子了。

马天目仍旧堵在前面，一副不依不饶的样子。暗想这区区几个月过去，难道吴忠信会一点认不出自己？低头朝自己身上看，不禁豁然开朗——自己刚才说走了嘴不说，现在这副狼狈相，也很难让吴忠信认得出来。于是，马上压低声音，凑近那人说：吴先生，我是马端方。马天目是我到上海之后，临时改的名字……

那人仍不理会，径直往前走，逼迫马天目亦步亦趋地在前面倒退着走路。他最终摆出一副破釜沉舟的架势，边退边说：吴先生，我知道你不肯与我相认，肯定有你的顾虑。但我实在没有办法……我按照你的吩咐，到上海之后，手里有一份"娘家人"留下的东西，无法处置，这才辗转回来找你……我手里曾有一封你写给"娘家人"的亲笔信……只是回天津的路上，那封信弄丢了……马天目将话说得模棱两可，其实也是担心此人不是吴忠信。如果是的话，他话中传递的信息，确信那人能够听懂。

那人将脚步放慢下来，似乎思虑着什么，目光里露出一丝温和。但听马天目说到最后，目光重又变得冷漠起来，不容置疑地说：先生，咱们只是萍水相逢的路人，我都说了不认识，还有什么可纠缠的！说完，伸手推开马天目，快步向前走去。

马天目仍旧不肯罢休，蔫蔫地跟着他走，像是一条无人认领的丧家犬。那人在前面疾走几步，回过头来，高深莫测地笑着，对马天目说：先生，你若再这样纠缠，我就喊警察了。到时候别弄得你我脸上都不好看。警察可是知道你家地址的。

见如此说，马天目自然泄了气，垂头丧气地停下脚步。

他在马路牙子上呆呆坐了足有半个时辰，脑子里回放着方才和貌似吴忠信的人之间的每一句对话。起初心里充满沮丧，甚而又掺杂了一份说不出的委屈与茫然。若此人真的是吴忠信，他为何不肯与自己相认？但若不是吴忠信，看他脸上的变化，或许又不该如此。想到最后，马天目豁然开朗，精神不由得为之一振。他从那人最后说出的那句话，以及他脸上高深莫测的微笑中找到了答案：他就是吴忠信！他不肯相认，只是出于某种顾虑。他做得没错！若换了自己，也会这样遮掩过去——若自己的判断没错，事情肯定会有一个结果，而不会这样不了了之。他知道自家的地址，等考虑周全，定会自己或派人来上门联络。若不是，那就各自相安，好自为之。

想到这里，马天目不由得身心舒朗。他从马路牙子上跳起来，凉风一吹，方从刚才的混乱中清醒。这才想起自己的婚礼，意识到自己闯下大祸。眼看日影偏西，步入洞房的时辰已到，顿时像热锅上的蚂蚁，抓耳挠腮起来。他光脚，站在马路中间，想碰碰运气，拦一辆黄包车，或拦一辆路过的私家汽车。但此地相对僻静，没有一辆黄包车经过。虽有一两辆驰过的汽车，非但不停，反而揿响了喇叭，司机伸头骂着什么，把他当成一个疯子。唯一的办法，只能继续跑路了。

路人纷纷侧目，看着这奇怪的人。马天目边跑，边在心里测算着此处离家的距离，总该有二十里路。照这种速度走过去，婚礼肯定是赶不上的。想到如此一来，自己对不起江韵清以及两家大人不说，以后的麻烦，更是一桩难缠的事。他越跑越气馁，越跑越心虚，脚步不由得慢了下来。

一辆汽车从身边驶过，速度减慢，在前面停下。有人从车窗里冲他招手。马天目大喜过望，以为是老天派来的救兵。等他跳着脚，喜滋滋跑到车旁，刚想跨步上去，忽然愣住了。

车上坐着的，竟然是唐贤平。

他不清楚他怎么会坐在车上，也搞不清他怎么会来天津。他也搞不清楚，怎么会在这样一种尴尬的情境下与他相遇。就那样欠身伏在车门处，上也不是，不上也不是，拧眉与唐贤平对视。直到唐贤平伸出手将马天目抬起的手攥住，高深莫测地笑着说：端方，哦，应该叫马天目才是吧！天目兄，想不到会在这里遇到我吧？

马天目有些尴尬，又有些恼火。他自然不能抽身而退。抬眼看了看车上其他人，除司机之外，那两个人都不认识。但他们脸上似乎没有任何敌意，全然一副面目和善的样子，忍俊不禁地看着他。马天目只能转过脸来，对唐贤平苦笑一下，起身迈进车内，一屁股坐在唐贤平身边。

老同学，怎么会搞得如此狼狈？唐贤平拍了一下他的肩膀说。

马天目想了想，只能将自己的境况如实道来。只不过稍加修饰，将自己的遭遇演绎成某个言情小说的章节。马天目说：今天是自己大婚的日子。只不过今天上午，遭到了绑架。

怎么会遭到绑架？车上的人全都竖起耳朵。

马天目一笑，装出一副做贼心虚的表情：绑架我的人，是另一个女人。我们之前换过帖子，有过接触，今天新娘的角色，差一点就是她了……她绑架我，也没有太大恶意，只不过就是想阻止我的婚礼，这不，把我掳到一个地方，扒了我的衣服，脱了我的鞋子，估摸着时间，再把我放出来，成心不让我好过……

那为何不赶紧报警啊？

报什么警？马天目有苦难言地说道。

前座司机伸出一个指头，点着马天目，嘻嘻笑着说：你准是把那个女人给睡了，心里有愧。

马天目只能拉下脸，赔大家笑。

此时车已启动，司机问马天目要去的住址。但此时马天目嘴里却推托起来，说：只怕你们有其他的事，不用送我了，我想其他办法，赶回去就成。

但车已启动，马天目只能被绑架般坐在车上。

唐贤平问：端方兄，你从上海回来，就是要赶回天津完婚的吗？

马天目答：是啊。上海一别，本想和你再续旧情，却一时找不到你。离开上海，也就无法同你道别了。

唐贤平颇有深意地一笑，说：有缘千里来相会，这不又见面了嘛！

见马天目露出迟疑表情，唐贤平又说：难得我赶上老同学的大喜之日。不想送份贺礼都不成……老同学，你不想让我们送，不会是不想邀我去家里喝杯喜酒吧？

马天目说：哪里哪里……你能去，我还求之不得呢！

婚礼虽有拖延，但能如期举行便好。

先前见马天目迟迟不归，两家人心里已凉透半截。有明事理的人暗中让唢呐停了吹奏，准备打发掉。若婚礼真的举办不成，这吹吹打打的声音，不是对喜庆的烘托，反倒是在扇自己的脸了。如今见马天目不知从哪里冒出来，虽狼狈至极，原因却不便细究。这就又让鼓乐手吹打起来，一场婚庆马上开始。两家人如释重负，所有宾客皆大欢喜。有了先前的风波，喜庆的气氛反倒更添了几分浓烈。

只是有些人仍不免感到遗憾和忐忑。

让马天目的父亲深感遗憾的是，由于马天目半途丢了皮鞋与马褂，没法临时补办，只能穿那身白色西装拜了天地，又拜爹娘。与着龙凤褂披盖头的新娘江韵清站在一起，怎么看怎么别扭。不中不西，不伦不类，惹得台下宾朋憋不住想笑。

而马天目在整个婚礼上的表现，也有些不尽如人意。他显得心不在焉，时刻用目光寻找着唐贤平。但宾朋你来我往，闹闹哄哄，根本看不到他。这就又让他有了一种如坐针毡的感觉。想到在上海的遭际，总忘不掉唐贤平躲在暗处观察自己的一双眼睛。而实际上，唐贤平送了一份贺礼，等婚宴开始之后，便悄悄走掉了。

等家里静下来，待在洞房里的两个人，才算进入各自真正的角色。

马天目涎着脸，朝端坐床头的江韵清身边凑。一下揭了盖头，想把佳人抱在怀里。不想江韵清出手推了他一把，自己欠身凑到门边，侧耳听听门外有无动静。她回头坐下来，虽和马天目挨得很近，几乎脸对脸，却严肃着一张脸，低声说：现在开会！

开会？马天目愣了愣，一副抓耳挠腮的样子，低声说：这新婚之夜的，开什么会！你不怕“闹洞房”的人听到！

江韵清再次往他身边凑凑，几乎坐在他怀里。马天目的手不由自主地搭在她的腰际，却被她反手拨开，嘴巴凑在他的耳边说：这样不会听到的……你必须向我坦诚交代，今天到底做了什么？你的这一番举动，是否合乎一个党员身份的要求？

马天目听到这儿，方才明白江韵清喊他开会的意图。知道这一段时间以来，因没什么重大事情，那例行的党小组会议，已有很长时间没有开过了。今天虽有大事，却是二人的洞房花烛之夜。像这样的良辰美景，人一辈子又有几回！开这种“会议”，也算是荒唐。他却只能压抑着自己暗潮涌动的情绪，将这一天来无故失踪的前前后后同江韵清细细讲过，并分析了吴忠信不肯与之相认的原因，话语中自然有着对能找到组织的把握……等讲完这些，他先前聚集在心里的情绪已然平复，呆呆坐在床头，险些忘记了自己新郎官的职责。

直到江韵清几乎偎在他怀里，他心里的暗潮随即澎湃起来。涎着一张脸，嘴唇贴在江韵清腮上，拿腔拿调地问：娘子，咱们的会议可以结束了吗？

江韵清绷着脸：可以结束了……

马天目抱住她，说：那接下来，是不是该商讨一下洞房花烛的事了？

江韵清推他一把，幽然地说道：你闹了这么一出，除了我能够原谅你，大概全天津卫的女子，没有一个可以接受的……

马天目说：我所娶的，不就是全天津卫那唯一的一个嘛！

10

婚后第二天，一家人正准备吃午饭，江宜清忽然跑到马家，来找马天目。众人约她入席，她却无论如何不肯，只说要找姐姐、姐夫借一步说话。

三人来到马天目房内。不等落座，江宜清便对马天目说：姐夫，昨天你带过来的一位朋友，今天约我出去了……

江宜清一席话，让马天目大吃一惊。此前他听说了江宜清在北平的遭遇，曾找她谈话，为她的安危感到担忧的同时，也曾对那个来历不明的组织充满了兴趣。当时他对江宜清说，如有机会，请她介绍大家认识。昨天婚礼上忙得不可开交，也未同江宜清讲讲这些人的来历。但天又晓得，江宜清竟和他们其中的一位也是同学。他想告诫她不要和这些人来往，又想知道这些人约她出去，目的是什么？他便张了张嘴，将想要说的话咽了回去。

江宜清说，今天一早，她便接到范义亭打来的电话，约她出去见见。两人见了面，说了一些闲话。后来见范义亭心事重重的样子，她便问他来天津做什么。

起初他不肯说。后来在她的追问下，才道出实情：一是在北平待不住脚，另外便是他们在天津又有行动……要刺杀一个人。

什么行动？

去侦察一下交通旅馆内的情况，具体我也说不太清楚。我问他我能不能帮他们做些事。起初他很为难，后来又说，其实，他是奉了领导的命令，来找我谈话的。他有些不情愿，本不想来，但……但还是想见一见我。

江韵清紧张地问：他们怎么会来找你？

江宜清答：找一个女的，做起事来更方便。

那你不能去。江韵清说，你胆子怎么这么大！知道他们都是些什么人？

他们是抗日锄奸团的。

他们要刺杀什么人？马天目问。

总归是和日本人关系密切的人吧。江宜清望着姐姐笑笑，说，没什么危险的。我协助他们完成侦察任务，就会撤下来。

马天目暗自思忖，所谓“刺杀”，也正是唐贤平他们的老本行。但既然目标是日本人，也就没必要对江宜清将他们的身份挑明。听到江韵清还在一旁劝阻妹妹，而江宜清的回答则显得异常坚决。他便对她嘱咐了一番，最后又颇为忧心地问道：你没和他们提起我吧？

江宜清说：没有。时间很紧——况且，你不是和他们其中一个也认识吗？

马天目掩饰着说：认识虽认识，但不清楚他最近在搞什么……那就好，那就好，你不要和他们提起我，就当不清楚这层关系好了。

接到范义亭打来的电话，江宜清的心里是有些忐忑和矛盾的。离开北平前发生的一幕，其实已让她对范义亭有了些看法。那天彭雅萝从秋田街回来，便发起了高烧。等下课，江宜清去外面给她买退烧药，刚进校门，便被人拽进拐角的一处暗影中。她想叫，却被那人捂住嘴巴。扭头一看，是范义亭。刚想发火，范义亭冲她做个手势，示意她小声。范义亭告诉她：你不能回宿舍。日本人来抓彭雅萝。你回去，说不定也会被他们带走的。江宜清自然对彭雅萝做过的事心知肚明，但对自身所处的危险，却没有充分认识，当下便急切地说：那就赶紧去告诉彭雅萝，让她躲起来啊。

范义亭说：不能去。他们正在监视女生宿舍，之所以还迟迟未动手，也许还没打听到彭雅萝的具体位置……

那就更应该去通知彭雅萝了！

不能去，真的不能去！也有可能他们欲擒故纵，想抓走更多的人。

那我必须去，彭雅萝病着，我刚给她买了药。况且我又没掺和你们的事，他们不会抓我的。江宜清说着，抽身想走。

范义亭一把将她抱住，近乎哀求地说：宜清，你千万不能去啊！你不了解日本人，他们宁可抓错百人，也不会放走一个。你若去，等于是自投罗网。

江宜清被他缠得不能动，苦苦挣扎。范义亭死死钳住她的手腕，另一只手掩住她的嘴，向宿舍方向挪了一段距离。两人隐身在一丛低矮灌木中。范义亭将嘴附在她耳边说：别出声，你看！顺他手指的方向，江宜清看到除来来往往的学生之外，有数十个人装作若无其事的样子，在女生宿舍附近转悠。看了一会儿，范义亭忽然紧张起来：他们要动手了。抬眼看，果然见几个人凑在一起，又迅速散开。有人在原地望风，有人迅速闯入宿舍。不一会儿，便见彭雅萝被人架着，从宿舍出来。昏黄路灯下看不清她的脸，只看到她身体松软，像一具被抽掉筋骨的布偶玩具。脚拖在身后，划着地面。江宜清险些叫出声来，被范义亭更紧地捂住了嘴。眼睁睁看着彭雅萝被拖走的身影，她一口咬在范义亭的胳膊上。

直到现在，江宜清都无法原谅范义亭，更无法原谅自己。她想，如果自己当时勇敢一点，跑回宿舍通知彭雅萝，彭雅萝或许就不会被抓走了。她对范义亭的恼恨，除他的劝阻之外，还有另外一层意思——那样一个柔弱单纯的姑娘，如果不是被他拖下水，怎么会无辜卷入这样一桩危险的事端。

每每想起彭雅萝对自己说过的那句话——我做这件事，不光是为你！为了我的家人，我也会去这么做的。江宜清便会心如刀绞。就像现在，她之所以主动要求加入，实际上是想用自己的行动，做一些忏悔。

她更想对彭雅萝说：你就是我的家人。为了你，我也愿意去做你想做的事。

地处劝业场附近的交通旅馆，境况已大不如前。想当年它可是天津卫数一数二的高档旅馆。随着小白楼一带的旅馆业兴起，再加上投资者无心将大把金钱投放到装修维护上，曾名噪一时的交通旅馆如今已变得沉沦。旅馆内的大部分房间，除供给那些常来“打茶围”的顾客之外，三四两层楼面，全部给一些不三不四的人提供服务。那些个搞婚外恋的，吃野食的，都喜欢来此搞些个花哨的事情。真正想歇歇脚，住上一两宿的旅客，倒是少之又少。

就在刺杀方案制定好的那天下午，唐贤平率范义亭、吕一民等人，从汽车行租了一辆汽车，先行对旅馆外的环境做了一番实地勘察。等将各条路线摸排清楚，准备进入旅馆时，吕一民让唐贤平和其他人坐车回去。人多了没用，只会引起别人怀疑。吕一民说。由他带另一名天津行动组的成员扮作外地旅客，在这里住一晚也就够了。他又看了一眼那位随从同志，开玩笑说：要是一个女的就更好了，扮作夫妻，再合适不过。

第二天一早，从交通旅馆内回来的吕一民二人，来到唐贤平住处，向唐贤平和范义亭汇报了他们所侦察到的情况。

交通旅馆的437号房，昨天晚上一点动静没有。屋里的灯也没点亮，像没人住过。这间房，说不定压根就没预订出去，或是有人预订了却没有住进来。

也许还有我们想不到的事，如果不是怕引起猜疑，到柜台一打听就明白了。

我们试过，从楼下搭电梯到五楼，走出电梯到437号房门口，只不过十几步路；再从437号房门口到下楼的阶梯口，也是十几步路，这两个出入口和437号房的距离都差不多。

上上下下轮番有两部电梯，管理电梯的都是身着制服的男服务生。

从五楼沿着楼梯走下来，共有八个阶段，七十四级梯级，每一阶段都是九级，只有最下层的那一阶段，是十一级。快步往下走，一分钟可到达地面。要特别当心光线太暗，一脚踩虚，就有栽下去的危险。

底层楼面的地方不大，每逢下半晌，上下电梯的人总是络绎不绝。下来楼梯，三五步就到了大厅门口。一出大门，下午3点钟的时候，满街都是人，无论朝哪个方向走，或是跨过马路到对面，转眼之间便能迅速转移。

马路上站岗的警察，忙于指挥交通。距离交通旅馆最近的岗位，也在五十尺开外。假如旅馆内的枪声响起，以人声的嘈杂、电车铃响作为掩护，很可能听不见，或辨不出是枪声。

若是岗警发现旅馆内事故，立即奔跑过来的话，顶快也要一分钟以上，因为他要穿过密密麻麻的人群。

至于那些两人一班的巡逻警，什么时间巡逻到这个地方，就很难估计了。

两人一言一语，互为补充，将所侦察到的情况做了一番翔实交代。唐贤平听后，又提了几点意见，请大家多加斟酌———

什么时间采取行动？若是在3点钟之前，趁潘恩普、钟秀煌二人还未到达之际，发动刺杀，固然可保全二人安危，但此刻有很多事都无法确定——比如用什么方法开门？刺杀目标会在房间内吗？这些必须要考虑周到。可否等潘钟二人进去、谈过、出来且下楼之后，再选择一个适当机会动手？当然还会有一种偶然发生的事，当然是可遇不可求的——就是当我们上楼的当口，刚巧和目标搭乘同一部电梯，那就没什么好迟疑的了，自该当机立断。还有事后撤退的问题，原则上是安全至上，我以为乘电梯不如走楼梯。因电梯要等，时间不可掌控，并且在电梯中容易受制于人。走楼梯则可主动，时间上不比电梯慢，万一遇到阻挠，还有招架余地。至于走出交通旅馆，会不会遇到巡逻警，虽然可能性很小，可也不能单凭运气说话，所以要派一位体格健壮的同志，在明天下午2点半至4点半之间，游动于交通旅馆附近，专责监视巡逻警的行动，以防万一。此外，还有许多预想不到的事随时随地都会发生，那只能由执行任务的同志随机应变了……

讲到这里，唐贤平再次重申：吕一民的任务，一定要盯紧潘恩普和钟秀煌二人，因为除考虑到二人的安全之外，所有同目标有关的风吹草动，皆是从二人处所得。情况一旦有变，必须第一时间通知行动组。而范义亭，则要做好进入旅馆内的准备，因为你那位同学虽靠得住，但毕竟是女流之辈，又是第一次执行任务，经验与应变能力有所欠缺，千万不能在她的身上出现任何闪失。

等所有问题交代完毕，时间已是上午11点钟。众人散去，各自进入准备状态，约好下午两点，在紫竹林咖啡馆碰面。

紫竹林咖啡馆和交通旅馆在同一条街上，只相隔十几家店面。坐在靠窗的座位上朝外看，大街上熙攘人流尽收眼底。交通旅馆和隔了几家店面的国民饭店，外部情形也一目了然。

手臂相挽的范义亭和江宜清二人，此刻正走出咖啡馆，穿过熙攘人流，朝交通旅馆走去。旅馆右侧一家商店的橱窗前，站着三位将帽檐拉得极低的人。五十尺开外的交通岗十字路口，一位壮汉站在街口，抽着烟，在马路边徘徊。劝业场后面的夹道里，一辆汽车停在那儿，喷着尾气，司机正坐在驾驶座上……这些人不时抬头，用眼睛瞄一下咖啡馆二楼的窗子。唐贤平坐在窗下，舒缓的音乐声传来，越发使他心神难宁。

时间过了3点，没有传来任何消息。唐贤平喝完一杯咖啡，又冲服务生招手。服务生走过来，唐贤平吩咐他再来一杯，要煮得浓一点。3点10分，一切照旧。唐贤平有些尿急，想欠身离坐，又怕此间发生什么变故，只能把自己钉在座椅内。顺手从口袋掏出一盒火柴，将火柴全部倒上桌面，眼望窗外，心不在焉地用火柴摆着图案。实在憋不住，忽然起身，向拐角的卫生间走去。

当一杯香浓的咖啡端上来时，唐贤平恰好看到街对面，范义亭一人从交通旅馆走出来。径直穿过人流，走到这边的马路上，不见了身影。他急忙起身，想去楼梯口迎候；扫了一眼周围，又迫使自己坐下。

等范义亭走上来时，唐贤平将那杯咖啡推给了他。

房间始终是空的。范义亭说。

江宜清呢？唐贤平问。

我让她先留在那儿了。她不死心，想再等等看。

看来情况有变……范义亭自言自语了一句，又接着说，我们从2点50分起，就一直盯着437号房，却始终不见动静。如果房内没人，潘恩普和钟秀煌二人，也该在3点20分左右到。做主人的不在，被邀请的客人不来，自然有什么蹊跷。我和江宜清一商量，决定去问一下茶房。我们以有亲戚还要来住的理由，想再开一个房间。那间437号房既然没人住，就给我们用好了。茶房说，那一间虽没人住，但柜上收下人家订金了。你们如果要用，我和伙计们商议商议，可以匀兑给一两个钟头，如果是住上一宿，那恐怕是不行的……他既然这么说，我只好回他说先到外面去接一个人，等接到了再说。这就出来向你汇报了。

这事真是琢磨不透。分析吕一民呈递的情报，应该不会出任何问题。作为跟随多年的下属，潘恩普定不会骗他……正这样想着，唐贤平左右扫了一眼，忽然看到吕一民带着儿子，正从楼梯口走上来。

当吕一民坐定，还未讲出事情原委，唐贤平便从他沮丧的神情中，窥察到事态的变化，心里不免有了一丝失落。他故作镇定，要了几样点心，又给孩子要了一杯可可茶。除孩子一副欢喜的表情外，其余三人皆表情凝重，神色慌张。

吕一民说：吃过午饭，他便带儿子去了潘恩普家。不一会儿钟秀煌也来聚齐。他们出去之后，我本想将儿子送回家，自己再来这儿协助你们工作。不想刚走到外面，又碰到二人回来。我也不便多问，只听潘钟二人相互抱怨。听他们说，刚出门口，恰好有人来给他们送信，说是约定会面的时间有变，改在下午5点钟了。钟秀煌嘀咕说：本来约好在“交通”，临时又改到“国民”，真搞不懂玩的什么花样。钟秀煌这人生性多疑，马上就决定不去赴约，说：他若有诚意，定会再另行通知我们。而潘恩普说：不去总归不好吧。若真要不去，也该通知人家一声才好。而钟秀煌这人很少诚意，他说：许他违约，临时变化，我们自然也可以不去。现在风声这么紧，日本人和政府都在盯着我们。我劝你也不去为好！

你确定他们是在国民饭店二楼？唐贤平问。

确定。吕一民答。因为我问过他们。是潘恩普告诉我的，好像是138号房。

唐贤平看了看表。再次问：你确定潘钟二人不去赴约了？

自然确定。两人已被另一个人约着，去外面喝茶了。

现在是4点10分，唐贤平说，离他们约定的时间还有一段时间。这临时转移阵地的伎俩，向来是共产党最擅长的手法。潘钟二人的失约，恰好给我们创造了千载难逢的机会。我们马上通知所有人，赶到国民饭店，各位分工不变。除既定目标之外，能将共产党人一并消灭，那就更好。

众人准备离座，唐贤平忽然喊住吕一民，说：你还是去盯住潘恩普和钟秀煌，要是二人中途有变，忽然去赴约，也是件麻烦事。

吕一民领会，却又有些犯难，说：可孩子……我带过去总归不合适吧。

唐贤平想了想，心生一计，指指范义亭说：让他们带着，去国民饭店摸摸情况，应该更为妥当。说完之后，看着吕一民，似在征求吕一民的意见。

吕一民不答，转身对儿子叮嘱几句，随即离开。

他们逆着大街上熙攘的人流前行，并未直接赶往马路对面的国民饭店。走在前面的范义亭脚步急促，而手牵男孩的江宜清落在身后，并不知道时间的紧迫。范义亭不时停下脚步，焦急地回头等她。在两人短促的目光交接中，江宜清忽然想到一个问题。等范义亭反身，抱起男孩，二人同步前行时，江宜清忽然问：如果我像彭雅萝那样，身处险境，你会丢下我不管吗？

范义亭被她的问题难住，显然心思并不在这上面。他忽然腾出一只手，牵住江宜清的手，死死攥着，说：我不会让你遇到危险……我也不会丢下你不管的。

他们匆匆走进劝业场内，买了一只帆布手提包，又买了半磅毛线塞进里面。从里面出来时，路过一家书店，范义亭又让江宜清和男孩在外面等，自己疾步进去，买了几本厚重的旧书，塞进手提包内。抬眼见男孩停在一处玩具摊前，面对一只五彩斑斓的皮球不肯挪步。范义亭拿起皮球，递给男孩，也不问价，掏出钱，丢给摊主，抱起男孩，拉着江宜清，疾步向前。

国民饭店内，柜上的伙计看着挂在墙上的标牌，问范义亭：一间够吗？

范义亭转头观察着大厅的动静，忙不迭地说：够！一间就够……我们刚从塘沽港下船，铺盖行李都寄存在码头，另外还有很多送给亲戚的礼物，等办妥房间，再想办法搬过来。

伙计拿下一把钥匙，说：那就住二楼，130号房。

登上二楼左转拐角，便是他们所开的130号房。范义亭心内盘算，如果吕一民说得没错，那么那间138号房，应该在楼梯口的右首斜对面。等茶房走后，二人关起门来，先自平复了一下心情。

江宜清问：接下来怎么办？

范义亭说：必须先去138号房间门口，听听里面的动静，然后想办法开门，确定“目标”在没在里面。

二人紧张对视着。寂静中听到男孩将皮球拍在墙上的“嘭嘭”声响。

江宜清说：我去……说着，兀自将门打开。

门闪开之际，男孩手中的皮球从门缝里滚了出去。范义亭想说些什么，忽听门廊内响起人声的喧哗，急忙朝后闪闪身子。看见三五人成群，从他们房间的门口走过。

等声音渐远，范义亭追出门外。见那些人已转入对面走廊。江宜清此刻正在回头看他。在他的暗示下，脚步迟疑地向138号房间挪动。

范义亭烦躁不安地待在房间里。只过了一会儿，江宜清便回来，告诉范义亭说：138号房内没有任何动静。

你听清楚了？

我将耳朵贴在门上，也听不到里面的一点声音。如果有人在的话，怎么会一点声音也没有？

假如没有一点动静，“目标”不是离开，就是换了房间。要真是换了房间，那么刚才经过的那些人，应该最为可疑。范义亭斟酌着说。

我已顺便看过了，那些人去了145号房。里面说话的声音很大，应该还有人在里面。江韵清说。

咱们必须想办法弄清里面的情况……范义亭自言自语。

我想过了，江宜清说，我带孩子直接去敲门，就说记错了房间……但你必须先离开，去楼下大厅等我，如果他们发现了什么，追查到你身上，肯定会有麻烦。

那不行！范义亭断然否决。

应该行！一个外地女人带着孩子，记错房间是很合理的。不然怎么办？

可我说过不能丢下你一个人。

江宜清笑了，说：放心吧。我知道你的心意就成……你等在大厅门口，看我抱孩子下楼，就说明我们的判断没错。你也不必再凑上来问什么，火速按照规定信号，示意停在路边汽车上的司机就好。我带孩子转移。如果我牵着孩子下楼，就说明事情有变，那也就没有什么了。

范义亭仍在迟疑。

江宜清说：快去吧。就按我说的做。

幽深走廊里光线暗淡。江宜清拽住躁动的男孩，从他手里抢过皮球，弯腰，将皮球扔向前方，然后微笑地看着他。这个始终沉默的男孩，先是愣了一下，抬头看着江宜清，继而咧开嘴，发出一记清脆笑声。他把江宜清的举动，当成一个游戏的开始。

五彩斑斓的皮球弹跳着，悄无声息地向前滚动。男孩跑着去追皮球，当将要抓到皮球时，却不想江宜清抢在前面，将皮球捡起来。此时他们正站在138号房的门口。江宜清抬手将皮球朝138号门拍去。然后侧耳细听里面的动静。

屋子里没有一点反应。江宜清侧耳仰头，忽然被正面射进来的阳光晃了一下眼睛。她有了一个发现——所有房间的门上，都有一眼气窗。有的紧闭，有的敞开。从145号房间的方向，飘来一团氤氲烟气。男孩拽着江宜清，想要回他的皮球，并再次开始新一轮的游戏。不想江宜清却似无所察，手里攥着皮球，丢开男孩，径直向145号房间走去。

她停在门口，侧耳细听。里面传出低低的说话声，以及哗啦哗啦的洗牌声。抬头发现从敞口的气窗里，飘出的烟气更浓。

江宜清扭头四顾，见左右无人。调匀呼吸，抬手将皮球向气窗掷去，但明显手头不准，皮球离气窗半寸的距离，落在旁边的墙上，又弹落回来。

皮球落地，男孩抢在手里，不想却被江宜清一把夺过来。江宜清抬起手臂，先是用左手揉搓了一下右手，缓解一下指尖的麻木，复又抬手，将皮球扔了出去。皮球穿过烟雾，准确落入屋内。

男孩彻底愣住了，游戏竟以这样一种方式结束，实在令他伤心。他张开嘴，哭了起来。他的哭声喑哑，从眼里流出的泪水，道出心内的委屈与愤怒。

江宜清靠在墙上，浑身失了力气，却又顾不得紧张，迅速立直身子。她刚想去叩145号房间的门，门却从里面瞬息打开，吓得江宜清身子一颤，缩回手来，险些抬手掩住自己的嘴巴。

一位满面怒容的男子堵在门口，瞪着江宜清。

江宜清说：先生，对不起，孩子淘气，把皮球扔进你们房间了。一面说，一面把泪流满面的男孩牵到身边。

男子低头看了看男孩，神情有所缓和。此时另一位男子拿了那只皮球，拨开挡在门口的男子，将皮球递了过来。错身的一刻，江宜清看清烟雾腾腾的屋内，被炫白灯光照亮，有三人围坐在一张麻将桌旁，正在谈笑洗牌。其中背对门口的空位，显然是这位递皮球过来的男子所坐的位置。除这四人之外，开门的那一个，是所见的第五个人。

麻将桌斜摆着，三人位子坐得都不正，除正对门口的那一位可以看清大半张面孔，其他二人只能看到半边脸。唯独坐在左首的那位，显得特别突出，虽是坐在那里，却比其他人高出半个头。此人单眼细眉，嘴上留两撇胡子，满腮都是冒青的胡楂。单看胡子，江宜清便立马清楚，心里一块石头也随之落了地——他就是那位被她牢记在心，从照片上看过不知多少遍的人。

江宜清接过皮球。男子什么话也不说，面无表情地将门合上。

江宜清又呆站了片刻，醒过神来，忽然转身，抱起男孩，沿走廊朝楼梯拐角疾走，边走边紧抱着男孩，将脸贴住他的胸口。男孩被她抱得喘不过气来，却又理解成这是她歉意的表达，变得很乖，将头依偎在江宜清肩头。

走下楼梯的那刻，等在大厅门口的范义亭与她眼神交会。江宜清有所示意，范义亭自然心领神会。他迅速做出反应，迈步出了大门，站在门前台阶上，冲停在不远处的汽车举起握紧拳头的双臂，像是伸着一个长长的懒腰。

司机会意，迅速下车，拿一块抹布去擦洗车窗前的玻璃。

等在商店橱窗下的两名枪手看到信号，束紧腰身，压低帽檐，疾步向饭店赶来。

走出门口的江宜清，低声和范义亭耳语几句，抱着男孩，拐过酒店门前的铁栅栏，脚步慌乱地向北走去，瞬间消失不见。

两名黑衣打扮的枪手经过酒店门口时，范义亭又向他们说了些什么，然后快步走向汽车停靠位置，拉开车门，坐进车内。司机已打着引擎，车身轻微撼动着。

这一切的行动，都发生在片刻之间，无不进入坐在咖啡厅里的唐贤平视线之内。他暗暗握紧拳头，看了看五十码外的交通岗。执勤的警察在那里疲沓地指挥着交通。十字路口处一名壮汉站在那里，观察着路口的动静。一切如旧，一切秩序井然。他又将目光拉回到国民饭店门口，那里也是一派安宁，路人三三两两经过。他猜不出等枪声响过之后，这一切的宁静又会骤起怎样的波澜……

唐贤平眉头忽然一耸，从位子上站起来。一位瘦高男子忽然闯入他的视线。从他的面影及体形来看，此人如此相熟。等唐贤平凑近窗口，脸抵着窗玻璃，仔细看过之后，神经瞬时绷紧。恰在此刻，那男子也朝咖啡厅瞟了一眼——让唐贤平险些叫出声来。

那人竟真的是马端方。

他怎么会出现在这里？

他看着他扭过头去，倏然加快脚步，几乎小跑着穿过铁栅栏门口，像是去迎候什么，又像去阻止什么，突兀地故意撞在一位中年男子身上。站在咖啡厅窗前的唐贤平，从他的动作中，很快解读出他的意图。

从对面匆匆走来的中年男子脚步踉跄，险些跌倒。但他显然不想和马天目做过多的纠缠，愣了愣，想绕开他，继续朝国民饭店内走。

撞人者的举动变得不可理喻起来，竟伸手揪住被撞者的衣领，动作粗鲁，和他争吵着。

路人纷纷止步。站在酒店门口的门童也已步下台阶，显然是想上去说几句公道话。但从酒店内传出的沉闷枪声，让所有人的动作都静止下来。两个吵架的人也愣了一瞬，似乎说了几句什么，转身各自离开。

两名黑衣杀手从酒店内跑出，并未引发街面上太大的动静。他们鲁莽的举动只引起了行人片刻的骚乱。他们拨开路人，蹿上等在不远处的汽车，绝尘而去。

等熙攘的人流复归平静之后，唐贤平再次去寻找那两个匆匆离去的人，却只看到马天目的背影。他瘦高个子超拔于路人之上，渐行渐远。

唐贤平呆呆地看着，嘴角牵动，酸涩地笑了一下。

第三章

1

多年之后，当年逾古稀的江茂群坐着轮椅，待在自家阳台上，常常会陷入对往事的片段回忆。

他刚刚从断续的昏睡中醒来。时间虽只是早晨的9点多钟，但睡眠对于脑血栓病人来说，总归是个奇怪的东西——黑夜里的辗转反侧，也不会换来黎明前片刻的酣睡。但吃过早饭，例行公事般地出外散步回来，瞌睡总会不请自来——却不能躺在床上，郑重其事地恭迎它的到来。电视机开着，他是坐在轮椅上看电视时酣然入睡的。客厅储物柜里码放着好些电视剧卡带。它们在江茂群打发时间的反复观看中，已然成了他一个人的经典。每当有红色剧情的新的电视剧出现，便会成为江茂群的节日。他会早早等在电视机旁，一集不落地看下去。当整部电视剧一旦播完，他那懂事的女儿，稍后会给他买来全套的卡带。这是视力已不便阅读的江茂群，晚年生活中感到最幸福的一件事。

那个面色红润的红军指挥员，率领部队爬过雪山，又在茫茫草地间跋涉……以前他身体好时，每当和老战友聚会，偶尔也会聊聊这些电视剧的内容。总有人对电视剧里的道具、场景以及演员的状态做出抨击。他们总该是最有发言权的。因为电视剧中所演绎的，正是当年他们所经历的生活。坐在一旁的江茂群微笑倾听，他沉稳的性格使他很少在不具备权威的情况下，发表任何有失偏颇的看法——而事实上，在这个军区大院的干休所里，随着几位年老的将军先后离世，他已成了资格最老的一位。但遗憾的是，那场被后人称为史诗般壮阔的长征，被外国人称为“伟人之于中国，犹如摩西率领以色列民众走出埃及”的长征，他的确未曾经历过。

这对于戎马一生的江茂群来说，不讳是一个天大的遗憾。随着年龄的老迈，随着情绪的越发不能控制，这种遗憾变得尤为强烈，甚而会成为引发江茂群时常哭泣的一个理由。而事实上，哭泣只是他丧失诸多记忆之后情绪低落的一种演化，是很多脑血栓病人的一种生活常态。

电视插播广告的间歇，江茂群将轮椅摇到阳台上。置身在巨大的落地窗前。温煦的共和国的阳光照在他的身上，照在楼下弯腰侍弄花草的老伴身上，照在那些春日里竞放的红色、黄色的花朵上。老伴花白的头发也成了“花朵”的一种——以前他总是这样调侃般赞美着她。往事以猝不及防的形态翩然而至。他倏忽想起1932年所经历的那一段旅程，想起自己的父母，以及家族中的每一位成员。记忆如此清晰，又如此汹涌，犹如一条长长的浩荡河流，将置身于1995年的老迈的江茂群吞噬……他感到了孤独，由衷的孤独。保姆或许出去买菜了。他现在特别想和老伴说话。他想喊她上来，隔着玻璃，他喊了她几声。但她不为所动。即便在屋里，她也会时常听不到他的喊话。她耳聋啦——他时常这样喃喃自语。

老迈的江茂群头抵着窗玻璃，忽然间泪流满面，像个无力的、因无法向人倾诉而伤心欲绝的孩子。

潮水退去之后，江茂群回忆不起他在1932年的上旬，是如何离开宁都驻地的。就连派他去寻找那份秘密文件的任务，他都讲不清来龙去脉。他依稀记得，在那之前，他辗转收到过一封姐夫陈烈寄来的信。他早已将信中透露的信息报告给了自己的上级。随着第四次反“围剿”的开始，他率领着他的营队，每天在赣南的大山里奔波突袭，也就把那件事给忘了个精光。直到有天晚上，一个叫曾希盛的人找到他，他们此前见过几次，却没打过什么交道。这位情报局局长抽着呛人的旱烟，坐在对面，再次向他问询了一遍书信中所显示的信息，刻板脸上的表情显得尤为严肃。他陈述了一遍这些文件对整个党和红军部队的重要性之后，对江茂群说：你马上去上海，必须将它们找到，再想办法送回部队。这些文件，或许对我们红军的命运起着至关重要的作用。

江茂群很痛快地答应了他。他是一个忠诚的革命者，服从组织指挥是他的天职。况且他心里清楚，和这些秘密文件比起来，与敌人的正面交锋，只不过是更痛快的斗争形式而已。

那时他并未感到遗憾，也无从感到遗憾——当漫长的战争结束，遗憾也未曾进驻过他的内心。只当他坐在战后宽敞的办公室里，从报纸以及各种资料中，读到对1932年6月至1934年8月间发生的各种事件的翔实记载，这才知道，在那短短的时间之内，竟发生了如此之多的惊心动魄的事件啊（有些事他曾听亲历者口述过，而有些则闻所未闻）。在当时，他并不知道，1932年10月，也就是他刚刚离开部队不久，那个后来成为开国领袖的人，在一次会议上，被解除了红一方面军总政治委员一职，并被责令离开前方，完全被剥夺了对红军的指挥权；而在其后的几天，红四方面军两万多名将士踏上了西征之路；而湘鄂西苏区红三军的处境更为艰难，叙述者频繁使用“血雨腥风”“教训惨痛”等字眼，来形容他们当时的处境。

每当读着这些资料，江茂群有时会感到一丝由衷的庆幸，有时也会感到几分惋惜。他比对着自己从江西辗转上海，又从上海回到天津的时间，这才清楚地知道：这段时间发生的事，对那场载入史册的革命，有着多么深远的影响啊！

随后，长征开始了。

他与长征渐行渐远的旅途也自此开始。他常把自己其后的那段经历，比作他革命生涯中的“长征”。虽不浩荡，却惊心动魄。那也是他与家人最后一次团聚的机会，就像一次圆满的道别。直到现在，在泪水长流的回忆中，他才清楚地记起，就是那一次的回去，他悉数见到了自己所有的亲人。而在其后的日子里，家庭中的许多成员，都像汇入长河的水流，自此流泻千里，变得杳无踪迹。

江茂群找到大姐江汰清时，已按曾希盛告知给他的联络方式，先行和上海地下党组织取得了联系。

但江汰清提供给他的有关文件的消息，却不容乐观。那些文件始终由江汰清保管。她把它们寄存在狱中结识的那位朋友家里。朋友的姑父算是上海的一位大人物。位于顺昌里的整条弄堂，二十多栋楼房都是他的房产。在顺昌里7号，一座带有花园天井的楼房内，一间单独房间的钥匙由江汰清掌握。她随时可以去那里。那些封存在地板下的文件，像是她的一个秘密情人。但不幸的是，半个月前，出租给电影厂存放胶片的门脸房莫名起火，殃及了楼房一角。当江汰清闻知此信，将几箱文件抢救出来时，其中一箱文件已烧残了大半。

更为重要的是，江茂群带来的所需文件清单中，一份重要文件的原件不在江汰清手中。这份原件早在半年前，便由马天目和江韵清寄存在另外一个地方。江汰清虽然知道此事，但对如何拿到文件，却毫无办法。

但江汰清的神情看上去并不显得多么焦虑。

我刚刚收到家里的来信。他们结婚了。你不知道，他们是多么迫切地想要找到组织啊！你到天津去找他们吧，顺便看看爸妈……如果他们知道你能帮他们联系上组织，会非常开心的。江汰清这样对她的弟弟说。

对于找寻组织的迫切需要，其实并非要等到江茂群归来时才能得以解决。此时待在天津的马天目，已和吴忠信取得了联系。当说起他为何不肯与马天目相认时，吴忠信脸上露出歉疚的表情。我不是记不得你了！吴忠信说，但你身在上海，没有得到组织上的任何通知，忽然出现，我自然不敢轻易相信。更何况我已转做其他工作，不负责情报联络这一块。你还记得吗？说到这儿，吴忠信笑了笑，你自报家门时，说自己是马天目，而我记得的是你“马端方”这个名字，自然更不敢相信。

马天目笑着说：你说得也是。我不怪你。但在国民饭店门口，我怕你再不相认，情况紧急，只能扮作一个痞子，找碴儿和你吵架，想起来真是惭愧。

吴忠信说：多亏你出手搭救，不然，我也身处危险了。

马天目说：还好！大家只是虚惊一场，幸亏老天有眼，吉鸿昌先生只是受了点轻伤。

说起吉鸿昌的受伤，马天目只是从报上看到一些消息。至于未罹难的真正原因，却还需吴忠信娓娓道来。吴忠信说：为掩人耳目，吉鸿昌先生在等我前去时，特意支了那张麻将桌子。也就是那张麻将桌子，才让他逃过一劫。据事后分析，那个带孩子敲门的女人，肯定是刺杀者派去的特务。只是等她离开之后，天作巧合，恰好轮到麻将换庄，又兼酒店内很热，几个人都脱了外套。吉先生和换到他位子上的人穿了一模一样的衬衣。等杀手闯进来，错把那人当成吉先生，一通乱射。吉先生只受了些轻伤，可惜他手下那位副官，年纪轻轻，无辜丧命。吉先生虽说逃过此劫，但现在已由巡捕房引渡到天津警察局，前景也颇为堪忧。

马天目随之叹了口气，岔开话题，说起那些文件的归属问题。

吴忠信说：虽然吉先生身处危险，策划冀南暴动的事也前景渺茫，但组织上还是让我专门做他那些旧属的工作。至于那些文件，我会向上级汇报，由他们派人同你联系，再另寻处置。

辞别吴忠信，马天目忧心忡忡地赶到江家，来找回了娘家的江韵清汇报此事。

他把同吴忠信会面的情况，对江韵清简单讲了讲。末了他压低声音，问江韵清：要不要把宜清卷入刺杀吉鸿昌的事，报告给组织？

江韵清朝屋外看了看，起身掩了门，小声说：宜清也是在不知情的情况下卷入的。她从报上看到消息之后，心里愧疚得要死。躺在床上，已经一天没吃东西了。

马天目说：如果告诉，肯定会给宜清带来危险，咱们的同志暂且不提，单单吉鸿昌那些旧部下，一旦得知，肯定也不会放过她。

江韵清倒吸了口凉气。

马天目摇头，断然下结论说：还是不能告诉，这件事谁也不能知道。说起这件事，其实我也有责任。我在事先知道的情况下，却没有劝阻宜清……

江韵清点头，脸上又露出一副欣喜神色，说：好了，我们还是别说这些烦心事了。告诉你一个好消息吧，大哥马上就要回家了。家里刚刚接到电话，说他已到天津。忙完手头事，明天晚上就能回来。等他回来，宜清的事，还是请他拿个主意。

自1927年离家，参加北伐战争之后，这是江茂群的第一次归来。说长不长，说短不短的五年过去，江茂群感触最深的是，父母老了，妹妹们都长大了。特别是三妹宜清和四妹竺清，以前在家里，她们两个是最缠人的。四妹竺清常会坐到他腿上来。而现在，这个落落大方的高中生，说话时虽把臂肘搭在他的肩上，亲昵中却又多了一份矜持。而三妹宜清，始终有些郁郁寡欢的样子。在当晚举行的家宴中，她始终未发一言，未等饭毕，便推托自己身体不适，回房休息去了。

家宴结束，江茂群陪父母说话。父亲问他：这次回来，是不是过几天又要走？江茂群痛快答道：这次回来，暂时就不走了。母亲惊喜地问：真的？江茂群说：真的！说着，抬手从母亲肩头捏下一根白发。又说了一会儿话，江茂群说要找马天目夫妇有事商量。看着儿子的背影，父亲不知是忧虑还是欣慰地说道：看来，韵清这孩子，也和她哥做着同样的事呢。

江茂群到达天津，先行和河北省委的同志取得了联系。对接下来的工作安排，他虽有抵触，但考虑到实际情况，还是没有提出反对意见。省委同志给他的建议是：考虑到当下情况，又兼路途遥远，江茂群即便赶回江西，也追不上部队，只能暂时留在天津做地方工作。交接文件的任务，仍派马天目同志返回上海。而实际上，也只能这么做。

江韵清问：那我呢？

江茂群微笑着说：考虑到你们新婚不久，你当然要陪他去了。

江韵清羞红了脸。

接下来又说到发生在三妹江宜清身上的事。

江茂群提议说：考虑到三妹的安全，不如让她陪你们一块去上海。既能陪大姐一段时间，也能让她恢复一下情绪，忘掉发生过的这一切。你找机会，和她谈谈。不知她是否愿去？

江宜清当然愿去上海。她急于想离开这个地方，借以摆脱范义亭对自己的纠缠。当她从报上读到有关刺杀的消息，同时也读到社会各界对这种卑劣行径的谴责。震惊的同时，又感到无地自容。她把范义亭认定为一个骗子。他是一个骗子，不但骗了彭雅萝，继而又骗了自己。她主动去找范义亭谈过一次，借以发泄自己心中的愤怒。但面对她的指责，范义亭满嘴狡辩，讷讷道：我当初，劝过你不要去的啊……江宜清挥手抽了他一记耳光，气道：你只说是和日本人有关系的人，而没有说是吉鸿昌……范义亭哑口无言。因为当任务下达时，他只记住吉鸿昌的名字，而对这个人的背景，却没有更多的了解。至于江宜清本人，恐怕对吉鸿昌这个名字，也不会了解得更多。

那之后，江宜清对范义亭避而不见。他打电话找她，被她冷冷告知：从今以后，我们各走各路，互不相扰。

这天是江宜清离家，准备前往上海的日子。昨天晚上她便和姐姐姐夫约好，大家各自从家中动身，到火车站聚合。

江宜清和父母别过，出得门来，搭一辆黄包车，来到天津北站。站前广场横一道栅栏，警察在检查证件，致使广场前滞留了大批等待通行的旅客。江宜清抬头四顾，寻找着江韵清和马天目。忽然从身后闪出一个人来，拉了她一下。她定睛一看，是范义亭。

你要去哪儿？范义亭问。

他面色浮肿，一副颓唐神色。自刺杀行动尘埃落定，最初的欣喜换来最后的失望，唐贤平接到一道秘密调令，被召回南京去了。临走前他对前程充满了忧虑。两次刺杀任务的失败，让这个踌躇满志的人，身心遭受重挫。他对范义亭说：你先待在天津待命，我若还有被重新赏识的机会，定会约你重整旗鼓，继续履行我们的使命。唐贤平走后，范义亭整天无所事事，除睡足懒觉之外，就是每天去江宜清家附近溜达，希望有机会碰到她，和她尽释前嫌。

江宜清不理他，甩开他的手，朝人群中挤。但因人群汹涌，又被挡了回来。

范义亭从后面拽着江宜清手里的箱子，似乎是想帮她一把，嘴里说：你不能走……

你有权控制我吗？江宜清扭头，冷冷说道。

我不想让你离开我。

江宜清冷笑一声：不离开你，难道让你继续害我？更何况，我们二人之间，什么也没有发生过。

范义亭无言以对，再次哀求般说道：告诉我，你要去哪儿？

没有这个必要。江宜清冷冷答道。远远看见广场内左顾右盼的江韵清和马天目，再次抽身向人群中挤去。范义亭紧抓着藤箱的把手不放。江宜清回头说：你再不放开，我就要喊人了。

范义亭只好松手，目送江宜清离去。

发呆了好一会儿，他忽然穿过卡口，朝检票大厅走去。等他打听清楚火车的车次，踌躇满怀地赶到月台上，想再挽留江宜清时，火车已拉响汽笛，缓缓驶出站台。

2

霞飞路39号门前一切如旧，只门上刷了油漆，在秋末纯净的阳光下，泛着耀目的红色。马天目喜滋滋地敲门，敲完退后一步。等待的间歇里，他的眉眼也是喜滋滋的，那是过往回忆让他心生的一种喜色。等了一会儿，不见动静，他便抬腿迈上一级台阶，再敲。敲完，又抬腿迈了一步，身体几乎贴在门上，想透过门缝看看门内的情况。但是，什么都看不到。正当失望之际，听到门内有声音响起。他便侧头，将耳朵贴在门上，眉眼间的喜色再次凝聚起来。

门忽然打开，马天目几乎被从门内探出的身子撞到台阶下。他惊讶地抬头看着，发现那鲁莽之人虽是一名男子，却并非叶妮亚太太的儿子，那个胖胖的，随和而可爱的巡捕，而是一位华人，身上裹着一件睡衣。从他略显尴尬又恼怒的举止看，他并没在屋子里睡觉，或许正干着一件难以启齿的事。

找谁？他不耐烦地问道。

我，我找叶妮亚太太。

叶妮亚，这里哪有什么叶妮亚，你找错地方了！

那男人几乎是恼怒地回答。迅速反身，“砰”一下关死了大门。

马天目跃上台阶，再敲。门内再无人理会，好像原本就不曾有人来开过门一样。

他冒着风险，又去巡捕房打听了一次。打听到的结果，同样没有一个叫谢尔盖的人。回他话的或许是一个新来的巡捕，对以前的人事没有过多了解。他不敢深究，只能怏怏离开。路上，他烦愁地想到：怎么短短的半年多时间过去，叶妮亚以及她的儿子，便像落叶一样，被秋风无情地抹掉了。但他们并不是落叶，他们肯定还在上海。依据他的推测，叶妮亚太太肯定搬了家。至于搬到什么地方，只能接下来慢慢寻找。寄存在她那儿的皮箱呢？是被他们带走，还是早就丢弃了？一想到那些文件，马天目便脚下拌蒜，如坠深渊。

面对这样的麻烦，他沮丧又懊悔。沮丧的是，怎么一到上海，一接触文件，便会遇到这么多倒霉难缠的事！懊悔的是，当初本不该把文件寄存在叶妮亚太太那里。是自己经验上的不足，还是自己工作的失职？但当时，还能想出其他办法，将文件转移到安全的地方吗？他自我发问，给自己寻求着点滴安慰。

江汰清所保管的文件，已移交到上级手里，也算有了一个妥善的安置。但问题是……那位负责和他们接头的老牛忧心忡忡地说，中央红军已被国民党五十万大军围困在鄂豫皖大山里，报纸上每天都有“剿共”胜利的消息登出。虽然是敌人的造谣，但我们和党中央的联系早就中断，现在更没有恢复的可能，这些文件往哪儿送呢？

老牛最后传达给马天目他们的意见是：尽快把存放在叶妮亚太太家的那几箱文件转移出来，移交给他；再由他转交给上级妥善保管。由于现在情况复杂，等交接完这些文件，大家要马上转入潜伏状态，停止一切联络，做好准备，静待时日，等待新的命令——党中央肯定会设法联系我们的。

老牛临走，又问马天目：我七天后过来，那几箱文件是不是能顺利交给我？

马天目信誓旦旦：没问题，我明天就去霞飞路看一看。

能有什么办法找到叶妮亚太太，以及那些文件？“寻找”，已然成了一个令马天目深恶痛绝的词汇。寻找中所受的辛苦自不必说——他初来上海，找江韵清找得那么苦，但毕竟当时还有个目标。即便多么渺茫，最后还有个苦尽甘来的结果等着他——他找到那些文件的同时，还得到那么好的一个爱人。但对叶妮亚太太的寻找，马天目却极为悲观。即便找到，结果也不会让人多么惊喜——生活中遭遇了变故的人，对于那么几只无关紧要的箱子，还会替他精心保存吗？

他暂时不敢把这件事告诉任何人，就连江韵清也不敢告诉。和老牛接头还有七天时间，在这七天之内，能否找到叶妮亚太太，是一个未知数。七天之后怎么办？是如实向老牛说明，还是想办法拖延？

马天目为此而深感焦虑。他的焦虑无人与他分担，因此便显得更为磨人。除他一人之外，重返上海的生活对其他人来说，虽显平淡，却充满欣喜。大姐江汰清刚刚找到一份小学教员的工作，是老牛为她介绍的，就在华姿就读的那所小学；江宜清情绪稳定，似已摆脱往日阴影，正准备出去找一份同自己专业有关的工作。为了生活上的方便，马天目和江韵清另寻租处，更为重要的是，就在此时，江韵清发现自己怀孕了。

是大姐告诉她怀孕的。每有闲暇，江韵清便去大姐家，姐妹三人聚在一起，聊些琐碎的往事，倒也其乐融融。这天江韵清无故呕吐起来。江宜清问她是不是病了，她故作坚强地摇头。大姐在一旁问：像这样的呕吐，有几天了？江韵清说：从天津来的火车上，就感觉恶心，以为是晕车。想不到在上海待了这么多天，还是恶心，吃了饭就吐。

大姐笑起来，说：傻丫头，你这是怀孕了。

这天晚上，江韵清把自己怀孕的消息告诉马天目。马天目自然欣喜，但欣喜的表达却不够充分。

江韵清问他：听说我怀孕，你好像不开心呀！

马天目说：我咋会不开心呢！

今天去霞飞路，见到叶妮亚太太了吗？

马天目犹豫了一下，说：见是没见到，我去巡捕房找了一下谢尔盖。谢尔盖说叶妮亚太太去哈尔滨了。

那咋办？要多长时间回来？

也许要一个礼拜左右……

那就让谢尔盖把箱子拿给你不就行了嘛！

那怎么行，不经叶妮亚太太的手，我怕出问题。

两人关灯睡觉。黑暗中听到江韵清细软的话语。怎么一晓得怀孕，我老觉得肚子里有动静。来，你摸摸，他好像又在踢我。马天目摸了摸江韵清的肚子，说：这孩子也行动得过早了点，别是晚上没吃饭，肚子在咕咕叫吧。江韵清羞恼地说：滚一边去。过了一会儿，江韵清的声音又响起来：等把文件转送出去，我们就能安定下来了。想想怎么过日子吧……马上我们会有一个孩子，开支花销都会吃紧，你要找一份工作，等把孩子生下来，说不定有更多的事等我们去做呢。

马天目不吱声，在黑暗中大睁着眼睛。

很快响起江韵清的鼾声。

马天目去了一家报社，是登载过他小说的那家报社，找到曾编发他小说的那位编辑。自报家门之后，编辑见面前的马天目，并非他想象中的“刘小姐”，虽略感失望，却还是客气地接待了他。编辑问：刘先生，最近是否有大作问世？像您这样的写作状态，不是女作者，不拜码头，不和评论家搞关系，又不埋头写作，是很难在上海文坛混出头的呀！

马天目笑笑，略有羞涩说：我是来登寻人启事的。写作这劳什子活儿，我只是偶尔玩玩。您如果认识刊登广告的版面编辑，还要劳烦您帮我引见引见。

编辑摇头说：写得不错，不写可惜了……问及登广告所寻何人，马天目报出叶妮亚和谢尔盖的名字。编辑记在纸上，说今天晚上排版，明天就能见报，这么点小事，无须找任何人帮忙。马天目又问登报的费用，正准备去办理手续，那位编辑忽然用笔头搔着下巴，问：这个谢尔盖，是不是你投寄地址上的那个巡捕？

马天目说：是呀！

编辑扔了笔，说：这个人，我前几天还见过。应该很好找的，何须花钱，登啥子广告。

马天目惊问：您在什么地方见过他？

编辑抬手一指，说：就在四马路和浙江路一带。那里找不到，你就沿街往上面找找看。上下班的路上，我每隔几天就能看到他。

真是天无绝人之路。马天目急急向劳勃生路走去，一边走一边念叨。像类似“天无绝人之路”这样的箴言，他还能找出很多，但唯有这一句，才最能体现他此刻的心情——日常中竟存在着如此多的偶然，神奇得简直让人不敢相信，就像小说里发生的情节。当马天目站定在四马路大街熙攘的人流中，欣喜若狂地看着站在街边的一位男子时，仿佛重温了一段自己曾写下的小说内容。

那位白俄男子穿一件脏兮兮的灰色西装，里面线衫的领口已绽了线，圆滚滚的肚子说明他以前很胖，但现在正瘦下去。那由胖渐瘦的过程是最明显的。就连他白皮肤的脸上，也不见一丝润红，只有比肤色更为憔悴的苍白。胡子看来好久没有刮过，胡梢上沾着唾沫。他正站在一根木头电线杆下，口沫横飞地叫卖着什么。那根黑颜色的木头杆上，绑着一只木箱，木箱上放一钵清水。清水旁边，堆了一堆颜色可疑的肥皂。白俄男子用生硬的中国话喊着：洗油腻格肥皂，喂！邪气灵来西！他边喊便拿一把牙刷，拽住从身边走过的路人，不待征得人家同意，便抻住衣襟，在身上演示。那路人脾气不好，骂了一句，甩手走开。白俄男子既不怒，也不尴尬，重新站在路边，一边吆喝，一边寻觅下一个主顾。

马天目往前凑了一步。这白俄男子自然不肯放过送上门来的生意，抻住马天目还很干净的衣襟，拿了牙刷，从钵里撩了些脏水，涂上肥皂，嘴里嘀咕着演示起来。马天目任他拉拽，只看着他低垂的头颈，看到他头皮正中已有些谢顶，心里不禁有些难过，轻声叫道：谢尔盖……

白俄男子起初未听清他的叫唤，仍在劝他买肥皂。直到马天目又叫了一声，并抬手在他的背上拍了一下，谢尔盖这才站直腰身，愣愣地看了马天目一眼，有些难堪地嗫嚅道：马，马先生。

谢尔盖收好摊子，一边带马天目朝自家走，一边讲着这半年多来的遭遇。原来就在年初，巡捕房内错办了一桩人命案子，自然影响很大。上司追查下来，主办案子的探长被遣送法办，他这个副探长，虽和案子本身无多大牵连，却还是吞了苦果，被巡捕房辞退。这样一来，家里的经济便出现了困难。找工作暂时无门，只能跟同胞做起这倒卖肥皂的生意。霞飞路上的房子房租太贵，只好搬家，现住在前面的石库门房子里。

半年多不见，叶妮亚太太虽有老态，精神看上去倒不错。也未因生活的窘困，而失却往日的优雅和体面。寒暄过后，马天目心内忐忑，不敢直接问起那几只皮箱的下落，倒是叶妮亚太太主动问他：马先生，你来找我，不是专为我来读诗歌的吧？

马天目苦笑。

叶妮亚太太也不为难他，冲他招手，将他引到阁楼上。她弯腰打开一只木箱，木箱上面覆一些冬衣，待将那些衣服挪开，只见几只铜皮包角的皮箱，珍宝样安然卧在里面。

3

南方的冬天虽不及北方那般寒冷，雪花却不失约，冷凛纷扬中自见一种绵柔，覆盖了大地，一些人的踪迹便被严严包裹起来。

寻找，那个冬天里很多人付诸行动。不管有多么艰难，不管大雪是否私藏了“包庇”之心——找到自己想要找到的人，才是这些人历经坎坷却仍在坚持的目标。或许他们会在这样一场大雪中迷失方向，但困顿焦虑中，他们仍需耐心等待；等待晴天，等待雪化，大地会露出它的筋骨，河流会从僵硬中复苏。那些人的踪迹，依然会唤醒他们的嗅觉……但想不到的是，南方冬天的气温，却有着这样急骤的回升，有时一个白天过去，积雪便会全部融化，化作脏污雪水，遍地横流，致使那些人的足印，变得更加难辨了。

就是在这样一个冬天，从天津赶来的范义亭，不知付出了怎样的耐心，跑来上海找江宜清。

他不是专程而来。当他怀揣一纸调令，奉命从天津启程时，却先转道，秘密潜回了北平。

北平的德国饭店内，范义亭优雅地搅拌着咖啡。不一会儿，一位高大的外国人走过来，坐在他的对面。

两人交谈着什么，音乐声盖过他们的交谈。

外国人先行离去。范义亭等到夜幕初降，这才动身，赶到北平火车站，踏上一辆开往南京的火车。

一路无话。火车缓缓在南京站停靠。范义亭拎着皮箱，走下火车。他没有随客流朝出站口走，而是孤身站在月台上，抽了一支烟，抬眼朝远处的夜空瞅一眼。1933年冬天的南京显得冷漠而生疏，月台上的灯光拉长着他的影子。扔掉烟蒂，他正准备朝出站口走，空旷月台上，忽然涌来大批准备登车的旅客。范义亭被这杂乱人群裹挟，好像身处一股逆流。一个小伙子拉着一位姑娘，从他身边经过，情急中将范义亭手中的皮箱撞落。皮箱里的东西零零碎碎撒了一地。小伙子连声道歉，连同他身边的姑娘，弯腰捡拾着。直到归置好皮箱，小伙子仍旧道着歉，准备朝停靠在不远处的火车上赶。范义亭一把抓住他。小伙子抬起热汗腾腾的脸，惊问：先生，你还要怎样？

你们要去哪儿？

上海……小伙子迟疑答道。见范义亭松手，转身拉着姑娘便跑。

范义亭愣愣站在原地。

直到从身边经过的人流越发疏落，响起火车拉响的汽笛声，范义亭忽然转身，朝停靠在前方的火车走去。临上火车时，范义亭又有一番犹豫，手扶车门把手，扭头朝远处看了一眼，然后迅速转身，消失在车厢深处。

江宜清手拿一张表格，走进位于南京路上的哈同大楼。三层楼的楼道里，坐着二十多位身着旗袍打扮入时的姑娘，显然都是前来应聘的。穿学生装的江宜清混在这样一群人里，倒显得十分抢眼。有人在门口喊着名字，出来进去的姑娘们有的欢颜，有的愁闷。待叫到江宜清的名字时，江宜清忐忑地走了进去。主考官是一位女士，先是让江宜清捡起一本《上海生活》杂志，读一段杂志上的内容。江宜清用字正腔圆的国语读了起来：春光明媚，春景烂漫，春日生活最是愉快！任何人春风满面，沐浴暖和阳光，生机勃发，天趣盎然，绮丽之春，黄金同价。语云：一年之计在于春！更见独占鳌头之春，关系人生呢！

主考人边听边点头，打断江宜清的诵读，说：小姐，请你用上海话再读一遍。

江宜清一愣，勉为其难地用生硬的上海话读着。很快被主考官打断，说：小姐，你没仔细看我们登出的招聘广告吗？

江宜清小声说：看了，你们普通话和上海话的播音员不是分开招的吗？

主考官嘀咕了一句什么，说：我们是合在一起招的。我们还要考核我们的招聘对象是否懂广东话，要不，小姐你讲一段广东话我来听听。

江宜清尴尬地站起来。主考人看着她离开的背影，冲外面喊了一句：下一位。

正像那篇文章中所写，此时正是上海绮丽的春日，堪与黄金同价。但江宜清却丝毫感觉不到这春日的"天趣盎然"，为了找一份工作，这已是她不知第几次的应聘了。前几次她还信心满满，想利用自己的专长，应聘过报刊的美术编辑、学校的美术教师，却都没有一次成功。这次从报上看到招聘播音员的广告，想到自己在学校经常参演学生会举办的话剧演出，有着讲纯正国语的基础，抱着碰运气的心态前来一试，不想又一次吃了闭门羹。

江宜清随人流踏上一辆电车，坐在靠车门位置。从车下上来一位三十岁左右的中年男人，走得不慌不忙，不时用手抿一下溜光的背头。待电车启动，中年人打开皮包，掏出一个纸包，展开，是五颜六色的糖果，先递给江宜清一块。江宜清不接，知道这又是在电车上招徕生意的商贩。中年人随即起身，逐个将糖果分发给全车厢的乘客，口里演说道：诸位先生，诸位小姐，现在请听兄弟报告几声，现在上海喜得乐糖果公司，出品一种椒盐胡桃口香糖，派兄弟出来做广告，并非专门做生意。诸位吃到的这种椒盐胡桃糖，可以生津补血，止咳化痰，送送亲戚朋友，自家吃吃白相，通通便宜。用到上等头号原料，配到十五种香料，吃在嘴里又香又甜又脆。小姐吃了会更加漂亮，明年找个金龟婿……刚才我送她糖果的那位小姐，她不要，你真是亏大了！这位先生，你说这糖好不好吃？被问话的人手上拿着糖果，不好来回答他的提问，只是笑笑。这才发现，此人正是范义亭。那商贩转而又兜售起来：诸位，要买到这种椒盐胡桃糖，各大公司、各烟纸店均有代售。店家卖起来，起码两角大洋一包，现在兄弟出来宣传广告，买一包送一包，机会难得，要买趁早……

电车停靠，也没有多少顾客来买。大家手拿糖果，端着架子。待那商贩有些败兴地跳下电车，拎包朝另一辆电车赶去，车厢里乘客的表情才有所松动，窃窃私语着，有人扭头朝车窗外看。范义亭也朝车窗外看着，忽然就吓了一跳，那个梳短发、穿学生装的女子，不正是自己苦寻多日的江宜清嘛。他急忙从座位上弹起来，挤开站在过道上的乘客，嘴里喊着什么。此时电车已启动，车门关闭，忽又弹开，吐出范义亭。

当范义亭站在江宜清面前时，春日阳光恰好照在江宜清脸上。她闭了闭眼，以为撞上迎面的路人，也不细看，错开身子，准备择路向前。却不想那人再次堵在她的前面，并含情脉脉地注视着她。她这才正眼来看。一看之下，吓了一跳。范义亭轻声说：宜清，你让我找得好苦啊！说着，眼睑竟有些湿润。

江宜清愣了一下，脸上现出惊喜神色，却又很快变得风平浪静。她低下眉眼，闪身，埋头准备继续赶路。

范义亭哪肯放过，亦步亦趋追着她走嘴里说：宜清，你不要躲我了，既然能把你找到，我是再也不会放你走的！

1934年的初春，唐贤平也来到上海。

两次刺杀行动均以失败告终，唐贤平遭遇到前所未有的信任危机。回到南京接受处分，被关了两个月的禁闭。等处分期满，唐贤平是主动请缨来上海的。目的是积极改造，重新从老本行做起。而另外一个目的，唐贤平却难以启齿——他是为追查范义亭的行踪而来。从去年年底发给他一纸调令，范义亭就好像人间蒸发了一样，不由得令唐贤平感到被戏弄般的羞辱——这也是他被处分的另外一个原因。此种情况，在军统局内部以前也有过先例，却无一不遭到追查。但范义亭为何能侥幸逃过追查？其实一直是唐贤平在包庇他。唐贤平说范义亭病了，因故滞留在外地。但对于范义亭真正的行踪，在唐贤平这里也已成谜。他不敢明目张胆地去查问，只能旁敲侧击托人从旁打听，终于得到消息说范义亭去了上海。

上海，愁肠百结的上海，悲喜交集的上海——这种种的因由，促使唐贤平前来。而当他到达上海，确实感到一种如鱼得水的欣悦。姐夫虽已调去杭州，但依靠以前打下的根基，唐贤平还是很轻易地便掌握了范义亭在上海的行踪。

他秘密监控了范义亭几日。除掌握到他在葛罗西路上的一处隐秘居所外，还发现静安寺路一个小型商场内，有他经营的一家旧书店。这家小型商场，经营范围不大，生意看上去颇为萧条。书店位于商场中央位置，像一个临时搭起的亭子间，两面有门可以出入，周围全是窗子。远远看去，店内情况一览无余。除出售一些西版旧书，兼营一些中国碑帖之外，还附带售卖一些技艺还显稚嫩的水彩画和布面油画。

让唐贤平颇感惊异的是，曾在天津有过短暂接触的江宜清，竟然也在上海。她每天都来店里，像是范义亭的一名雇员，又像是他的生意合伙人。有顾客来时，她起身招呼顾客；没有顾客，江宜清不是站在画架前画画，便是安静地坐在椅子上读书。这家奇怪的旧书店，显然很难靠生意支撑。有时一整天也难见一位客人。这里好像是江宜清一个人的画室，又兼她的私人书房。那些挂在墙上、摆在角落里的稚嫩画作，显然全部出自她的手笔。

范义亭每天都不定时来书店转转，但待的时间不会过长。他也很少待在寓所内。他每天去街面上东奔西走，搞不清在忙些什么，也确实很难追查。在秘密监控书店的那几日，唐贤平曾见一位高鼻深目的外国人，常来书店内小坐，同范义亭显然很熟。两人相对而坐，喁喁相谈，举止并无任何异常。待外国人离去，唐贤平跟踪了他，发现他走入外滩一家叫“鹿角洋行”的商号。再往下追索，发现鹿角洋行的经营者，是一位拉脱维亚人。想再往下追查下去，却实在没有能力展开，只能作罢。

不管这位拉脱维亚人是什么国籍，他当然不会是一个纯粹的商人。他的身份与行为，自然同政治有关联——范义亭身后，应该有政治背景的秘密情报组织在掌控着他。这种种迹象表明，范义亭并未在江湖退隐，他依然做着与情报有关的老本行。但他为何想和“军统”彻底脱离关系，而没有前去南京报到？这实在令唐贤平感到费解。

事情总该有个了结的时候。

这天晚上，唐贤平跟踪范义亭，到了葛罗西路和杜美路的斜岔路口。不远处，杜美大戏院的晚场电影刚刚散场，观众全都会集到这条路上来。唐贤平怕将范义亭跟丢，便随了人流，离得他比较近。等熙攘人流从身边散尽之后，走在前面的范义亭显然发现了身后的异常，扭头看了一眼。唐贤平朝灯影处躲了躲，但空旷马路却容不下他藏身，愣了片刻，干脆喊了一声：义亭！然后大步走上去，边走边说：义亭，我打老远看着像你，果然是你啊！

范义亭倒没显得多么惊讶，等在原地，拉住他递过来的手，好半天没有说话。

唐贤平亲热地问：来上海多久了？

范义亭没有正面回答。只说：你应该清楚的吧。说完，伸手指指前面的巷子，说：既然来了，想必也知道我的住处，不妨去里面坐坐？

巷子不长。清白月光拉长两人一前一后的身影。走过五六户人家，范义亭推开半截栅栏，步上石砌台阶，掏出钥匙将房门打开。进门处一条狭窄甬道，完全浸泡在黑暗里。走在后面的唐贤平下意识慢下步子，贴着墙壁慢慢向前移动。直到范义亭又打开第二道门，拉亮房内的电灯，唐贤平这才快步走了进去。

屋子不大，却因摆设的简陋而略显宽敞。除一张行军床外，靠窗子的角落里，放有一只油渍斑斑的打气炉，炉子上有一只烧水用的洋铁壶。屋内可坐的地方，除那张行军床，再无可选择的余地。范义亭让了让，唐贤平坐在那张床上。说过几句闲话，见范义亭仍旧不肯多言，唐贤平便从自己最近的遭遇讲起，讲他在南京关禁闭时的煎熬，讲他如何来到上海。但对范义亭的追究，却不肯多说一字。他希望能用自己的讲述打动范义亭，勾起他的好奇，也好使他开口。

但范义亭没有任何共鸣。看他的神态，完全只想做一个听众。唐贤平说多少，他便听多少；唐贤平不说，他便也不想知道得更多。有时他听得心不在焉，抬起指甲很长的右手，搔一搔头皮，撑住脸颊。

他起先贴墙站着，后来便蹲在他的面前，显然付出了极大耐心。从他的表情上看，他显然知道唐贤平因何而来。

我打听到彭雅萝的一些消息……唐贤平说。他盯着范义亭看，果然见他态度端正起来。

她逃出去了，只是不知道现在在什么地方。

范义亭的表情又松懈下来。显然这个消息对他来说并没有太大的吸引力，或许他早就知道。

唐贤平说：我还知道，共产党和吉鸿昌的手下，正在追查江宜清的下落。

范义亭的表情变得凝固，瞪着唐贤平，措辞有些刻薄：什么共产党，你还是算了吧！如今吉鸿昌已死，他的那些手下作鸟兽散，他们哪有精力来追查一个弱小女子。我担心的，是你，是你们，只要你们别再纠缠她便好！

谎言被识破。唐贤平有些尴尬，又有些恼怒。他干脆同他摊牌，向前欠欠身子，逼视着范义亭说：既然蹚了这趟浑水，就没有办法洗清。告诉我，你为何不去南京报到，一走了之？

范义亭情绪也很激动，想站起来，却不想被唐贤平掏出枪，逼迫在墙角。他颓然坐在地板上。

说，你为何弃调令于不顾，只身跑来上海？

范义亭不答，只不错眼盯着黑洞洞的枪口。

难道你不知道违抗命令，有杀头的罪过吗？唐贤平逼近一步，将枪顶在范义亭额头。

范义亭倒镇静下来，说：知道，但无所谓，为了宜清，我什么都不在乎。

唐贤平听不懂他话里的意思。

范义亭又解释了一句：我是为了找江宜清，才来上海的。

唐贤平嘴角牵出一丝冷笑。他开始有些瞧不起眼前这位曾经的同志。

为一个女人？

范义亭的嘴角同样牵出一丝鄙夷的微笑：你已不是正常人，你不懂人的感情。

两人之间出现冷场。

唐贤平抛出一句狠话：你如此处理不当，会给江宜清带来危险。江宜清也会和彭雅萝一样，身处同样的危险。

范义亭一字一句地说：如果谁想动江宜清一根手指，我也会让他嗅到死亡的味道。

唐贤平收回枪，和缓了语气：我说的不是我，是军统局的人。你现在惹下的麻烦，如果没有一个明确态度，我也很难替你收场。

你们到底想怎样？

是我在替你隐瞒！唐贤平叫了一声，不然的话，他们早就来追查你了。

范义亭不解。

唐贤平说：我对局本部撒谎说，咱俩并未失去联系。我说你因病滞留在外地，病好后，是会归队的。

那我——似乎应该谢谢你了？

不如这样，唐贤平说，你和我之间的工作关系，不能中断。就说这期间你病了，因故滞留上海，我也好替你隐瞒过去……更何况现在我们很希望得到你的协助，不知道能不能像在北平那样，帮忙收集些有关日本人和共产党的情报。假如你不愿恢复工作关系，就算我们之间的一种合作，也未尝不可。你看怎样？

范义亭踌躇了好一会儿，不断用左手磕着右手的手掌，屋子里响着那沉闷的磕击声。他又从地板上蹲起来，和唐贤平讨价还价：至于情报，对我来说应该不成问题。但只能仅限于提供日本人方面的。共产党人的嘛，我没有那个能力……如果可行，顶好是我们两人之间的事，不能往上通报。我也清楚你会非报不可，那就请用一个假名字替代，这一点算是我求你，无论如何要答应。另外，我以后提供的情报，按质估价。先定一个最低的价钱，若你们考量这情报很有价值，要追加奖励。我现在很需要钱。但请你记住，除了提供情报之外，我再不会铤而走险，参加你们的任何行动了。

唐贤平很痛快地答应了他。因为他知道，如果自己在神色上稍有犹豫，范义亭马上会不辞而别。从双方的利益来衡量，还是先稳住他为好。即便有再多疑问，迟早都会得到解答。但范义亭对待共产党人的态度，还是让唐贤平有些不解。他想如果江宜清和他恋爱关系确立，那么他和马天目之间，显而易见便成了亲戚。是因为这个吗？想到这里，他半开玩笑地问道：你那么忌讳共产党，是不是和江宜清有关？她的姐夫应该是共产党，你们成了亲戚，所以就……

范义亭翻了翻眼睛，打断他的话：我对共产党，以及你们国民党，都不感兴趣。我曾对江宜清发过誓，以后再不染指各个政党。等渡过暂时的难关，我们只想开一爿书店，每天写字画画，过我们两人想过的生活。

唐贤平不禁哑然。

沉默了片刻，唐贤平又不由得好奇地问：你和彭雅萝不是谈过恋爱吗？为何现在又和江宜清……

范义亭脸色一黯，说：不要再提她。我伤害过她，这也是江宜清不能原谅我的原因之一。以后，我再不会让江宜清受到那样的伤害了。

见范义亭脸上露出厌烦神色，唐贤平也知该告退了。他再次重复了一遍两人之间的工作规章，问范义亭是否可行。范义亭逐一答应，只是再次重申了一遍自己的要求：我所提供的情报，自然会标明出处，尽量做到真实。至于情报的来源，你们无须多问，问也是枉然。这是我个人必须保留的权利。

范义亭送唐贤平出来，临分手时，唐贤平忽然转身，问了一句：马天目是不是也在上海？

他的提问猝不及防，范义亭显然没有任何防备，下意识地点了点头。

他现在在做什么？

范义亭答：据说在《申报》做记者……说完这句，范义亭自知失言，不禁有些发愣。忽又想到，像这样简单的事，又怎么会瞒得住唐贤平呢？不由得怅然地叹了口气。

唐贤平看懂他的心思，挥挥手，迅速离开。但他被夜色隐没的半张脸，却露出一抹微笑。不知他的心里，是惬意，还是隐忧……

4

早晨起来，打开电台，便会听到女播音员绵软的有关“剿共”的消息。手指揿动收音机旋钮，喇叭里传出咝咝的电波声，又很快被《毛毛雨》的旋律打断：毛毛雨，满天飞，意中人儿久不归。闷闷地守在这空闺，我闷呀闷呀悲呀悲……声音又很快被打断，定格在现实中婴儿的啼哭声里。这也是马天目最喜欢听到的声音。他旋即转到卧室，帮江韵清为婴儿换完尿布，又亲了亲儿子的脚丫，对江韵清说：

我上班去了。

这是1934年的上海——这一年上海市的高温创下了历史新高。据徐家汇气象站报出的消息，高于37℃的天数已达到55天，是1873年建站以来的最高值。这一年，美国魔术大王邓脱灵魔术团正式造访卡尔登戏院，戏院为此新添了冷气设备；装潢一新的金城大戏院正在上映联华公司出品、蔡楚生编导的《渔光曲》；当秋天到来，位于石路三马路口的无福绸缎局打出低价贱卖广告，推销各色粉影绸、安琪皱、胡蝶皱；接下来辣斐花园的跳舞厅、高尔夫球场相继开业；《申报》整版登出中西大药房出品的“龙虎人丹”广告，他的“明星花露水”广告也十分醒目……

时间又倏忽转到1935年期间的上海，这一年沪内消息和沪外消息同样引人关注：汪精卫在《东方杂志》第三十二卷第一号上发表《救亡图存之方针》一文，迅速占领了各报纸与电台的头条。文中宣称要抵御外侮，必先剿除红军。“剿匪即是御侮。要达到御侮的目的，必须同心并力先去肃清匪患。”这一年的3月，英、美、日在华银行恢复发行钞票，吸收现银。汇丰银行率先实行。麦加利、横滨、花旗、正金等银行亦在筹备发行。影星阮玲玉在她的寓所服毒自尽，令她的影迷悲恸欲绝。上海市教育局会同公安局派人搜查新中国书局及现代书局，销毁《羊棚外之奇想》及《新写实主义之论文集》两书，理由是两书鼓吹无产阶级革命，宣传普罗文艺……

这或许是马天目在上海度过的较为轻松的两年。诚如范义亭所言，他确实在《申报》做了一名记者。当全部的文件做过妥善交接之后，同他有过联系的所有地下党人，全都转入“休眠”状态。他全心做着记者的职业，仿佛践行着自己的理想。

儿子吃满月酒时，马天目没想到唐贤平会提着礼物不请自来。

这之后，两人也算重叙旧情，以老同学的身份和平相处。他们虽对彼此的身份心照不宣，却显然各怀心思，各司其用。唐贤平想利用马天目现在的记者身份，捞取一些有价值的情报。马天目则投其所好，将各种消息不断透露给他，却无外乎是那些同娱乐有关的花边新闻。没有了文件缠身，马天目一身轻松，并不忌惮与唐贤平的相处，他洞悉“知己知彼，百战不殆”这句话。当他们谈起范义亭和江宜清的关系时，大家也落得一团和气。在唐贤平的提议下，他们甚至想结成共同的媒人，来促成这段美好姻缘。有时聚在一起，偶尔小酌几杯，唐贤平假借酒劲，询问马天目初来上海和他在天津时的几处疑点。唐贤平话里有话，口称马天目是共产党。但马天目却答得不卑不亢。他说当初在上海，之所以不和唐贤平联系，是因为混得比较落魄，而自己又是一个比较好面子的人。同学之间，“五彻齐肩”才好相处。而对天津发生的情况，马天目却矢口否认，说自己那几天沉浸在蜜月里，哪会有心思去国民饭店附近瞎转悠，显然他是认错人了——既然是老同学，以后就不要疑神疑鬼，看人像鬼，见鬼像人。唐贤平听得“嘿嘿”冷笑，用不阴不阳的话回他道：你既不承认，我也无奈。只是以后要多加小心，不要露了马脚。马天目针锋相对地也回他一句：歧路殊途，各自有道。老同学，还是多多珍重吧。

这样一种生活随着1936年的到来，戛然终止。

从这一年的4月17日开始，日本开始向华北增兵，并不断扩建兵营。报上虽不见明确报道，但在一些神通广大的人口中传得神乎其神。讲述者无不充满了对家国沦丧的担忧和恐惧。而在灯红酒绿的上海，这种压抑气氛并不显得浓烈。而在这一年的6月，杀出重围的中央红军虽得到了喘息机会，却依旧困难重重。“肃反”之风在陕北之地劲吹。去年年初，瓦窑堡会议虽已召开，但“左”倾机会主义仍在大行其道。也就在这时，中共中央恢复了同上海局的联系。

这一天，江汰清匆匆来找马天目，说老牛传下话来，最近将有任务。马天目雀跃地说：那一定和红军有关了！江汰清问：你怎么知道？马天目回答：看报上的消息就能猜出一二。“红军残部已逃至陕北……”就连这样重大的消息也不连篇累牍报道了，只发简短消息，可见他们是想隐瞒什么。江汰清说：对，听老牛说，党中央正在陕北休整，现在需要那批文件，除一两份会议的原件之外，还需要把更多的文件传送给他们……说起那些文件，马天目心中免不了一番感慨。但他却隐隐意识到什么，问道：不会是要派我去办这件事吧？江汰清不禁偷笑，板起脸来：一提文件，你就打怵了？马天目也笑，说：是啊！我侍奉了它那么久，好像与它之间，已有了些感情，但一提到它，还是未免提心吊胆。江汰清正色道：那你不想到陕北去喽？马天目说：当然想去。江汰清收了笑，说：之所以想到你，是因为上海到陕北的交通站，现在还未成形。如果带大批文件过去，肯定是不能完成的任务。你记忆力好，可以把所要传送的文件记在脑子里，只身去陕北。等到了陕北，再把脑子里的文件内容默写下来，这样便能做到万无一失。至于那一两份会议原件，想办法，怎么都是可以带过去的——这也是我向老牛提出的建议。老牛说：如果你有疑虑，他便来找你谈。

我怎么会有疑虑！马天目说。

江汰清说：怕你舍不下韵清和我那小外甥呗！

马天目笑了，接下来问道：那安排我怎么去陕北？

江汰清说：别急。上面正在尽力安排。现在需要你认定的，是否清单上所有文件内容，你都能记得住？

那要看文件内容多少。如果太多，我这脑子也不太灵光。你忘了帮你整理那些烧残的文件时，有一些内容怎么也想不起来了！

隔天，江汰清将文件清单拿来过目。马天目虽有些犯难，却还是一口应承下来。经过一夜的深思熟虑，马天目想出一个万全之策，他向江汰清汇报说：可以拣每一份文件的关键词，抄写在纸上，一份文件只需两三个关键词的连缀，他便能把全部内容记住。而中间的句子，可以找同生活有关的一些内容来镶嵌，这样便不致引起怀疑。如时间更为充分，他便能将大部分内容记在脑子里。这样即便有几段句型怪异的文字写在纸上，因他记者的身份，也没什么可大惊小怪的。

江汰清说：好！所需文件已整理好，马上给你拿过来，明天你就开始工作。

但马天目却提出一个要求。他说这些文件，不能在家中整理。报社那边倒可以请几天假。最好由组织上替他找一个隐秘所在。因为一提到这些文件，他总担心有人会中途冒出来。

江汰清问：你是担心唐贤平吧？

马天目点头，说：对于那些文件，他好像嗅觉特别灵敏。他虽不知是文件，但他认准了我手中握有极重要、极有价值的东西，竭尽全力务必获取。我总怀疑，他老是缠着我不放，就是这个目的。

江汰清说：等我和老牛商量一下，这应该好办。

当晚，在老牛的安排下，马天目乘船离开上海，去了相隔不远的松江，住在一户人家。那家人的房舍紧挨江边。夜晚马天目就着一盏孤灯，将那些文件的内容在心里记了又记，不时拿起笔，在本子上写下一两个字。待记得头脑昏沉，便像做填字游戏，扩充那些句子。有时填着填着，会写出一首诗的模样，而那诗句里镶嵌的，恰有江韵清和儿子的名字。儿子刚刚取名为“静白”。只见那句子组合在一起，便成了这样一句颇有意境的诗句：江韵清水澈，夜半雪静白。“水澈”与“夜半雪”是马天目给文件标注的符号，别人自是难懂，只有他自己知晓。看着这样的句子，马天目颇为得意，自己都不禁笑了。他却并不知道，外面寒夜里的江面上，果真下了雪。黑暗中缓慢流淌的江水，沉淀得委实清澈；而岸边那一蓬蓬枯萎的蒲草上，覆了雪，倒真的应了诗里的意境。

那一晚马天目将所有文件全部整理完毕，倒头便睡。直睡了一个白天又连着一个夜晚。睡眠在落雪中显得越发沉溺。但他不曾想到，去往陕北的机会出现得竟是这般突然，门被敲响。老牛亲自赶来，将熟睡中的马天目叫醒，喘着气说：你快快准备，马上动身。上海报界和电台，组织了一个联合采访团，准备去西安。我们内部的同志替你争取到名额，已办好手续。你正好借此机会，将文件送过去。

对于为何有如此大的动静去西安，马天目自然摸不着头脑。老牛便对他细细讲了一遍。原来，马天目来松江不几天，震惊中外的西安事变爆发。国民政府组织大批记者前去西安报道。这几天党组织正在积极筹划，却想不到消息公布得会这么突然。

他们急急动身，先是坐船，又要赶车。因下雪，通往市内的电车都已停运，就连黄包车也很少见。两人只能踩着积雪，步行赶往市内。路上，马天目对老牛说：我先去跟家里打声招呼，再准备一下行李。老牛说：时间来不及了。飞机下午3点便要起飞。衣服行李都已给你备好，就放在报社里。我们在前面的岔路口分手，你自己赶往报社。记住，等你到了西安，会有我们的同志来找你接洽。你要见机行事，务必完成任务。

跑道上的积雪已经除净，军方提供的飞机停在那里。等待登机的记者们聚在一起，相互间交头接耳，显然都在议论着这起令人震惊的事件。等马天目赶到时，已经开始登机了。

马天目向旋梯上走去，脚步忽然迟疑了一下，见穿了一身皮夹克的唐贤平站在登机口。雪后阳光异常明丽，使他身上的皮衣以及那张被冷风冻得微红的脸，在高高旋梯上显得异常醒目。此时正有一片云彩挪移过来，遮住太阳。他的脸由明转暗，脸上的笑容，也渐次变得古怪起来。

马天目不由得脱口而出：你怎么会在这儿？

唐贤平呵呵一笑，却努力调整着自己的表情，说道：马大记者，你来这里，我都不奇怪。难道，我来你就觉得很奇怪吗？要知道，我可是领了任务，替你们这些记者大人保驾护航的！来吧，西安那地方人地两生，你我老同学同路，也好结伴，相互有个照应呀！

5

西安是一个略显凋敝的城市。除高大城墙和巍峨城楼给人留下深刻印象之外，那些坑洼街道与破败民居，让人有一种步入古旧村庄的感觉。

记者们被安排在距离西京招待所不远的一家旅社里。与马天目同住的，是一位来自《大公报》的记者。这位老兄身材消瘦，面色灰黄。自打从飞机上下来，他便一副萎靡不振的模样，但一进入工作状态，却马上换了一副颇为老到的样子，显然在记者这一行已摸爬滚打多年了。当官方组织者将记者们召集在一块，召开采访前的碰头会时，这位仁兄悄悄对马天目说：像这种采访，基本没有我们记者什么事，走走过场而已。我们的任务，就是在西安城好好逛一逛。听说西安的玉器不错，烟馆和花街柳巷也很有内容。等闲下来，老兄带你去走一走如何？完事后官方会为大家准备一篇“通稿”的，回去就能交差。

马天目的心思自然不在采访上。他只是留意着接近他的每一张陌生面孔包括那些从各地会集而来的记者、军人、穿便衣的有特殊使命的人（从他们的眼神中便能看出他们的身份），以及旅店的跑堂和在记者招待会上穿梭来去的侍者。他注意着他们每一个人的举动，哪怕一个眼神、一个特殊手势，都会让他浮想联翩。想到他们哪一个会是来找自己的接头人？但两天的时间过去，没有一个人来主动找他联络。倒是每次顾盼观望之际，马天目总会看到唐贤平站在远处的身影。作为官方组织者中的一员，唐贤平不离记者团左右，自然无可厚非。但在马天目看来，唐贤平此行，或许就是为了监视自己而来。更为气恼的是，除采访时的特殊关照，晚上大家的自由活动时间，唐贤平借老同学的身份，更是不离他左右，简直让他难以忍受。

这天中午，记者们在吃官方为大家安排的午餐。马天目去上厕所。站在洗漱池前洗手时，一位身材高挑的男人也站过来洗手，他从挂在墙上的镜子里看着马天目，也不说话。马天目从镜子里看他一眼，发现那男子目光沉稳、笃定，却毫无内容。马天目低下头，正欲转身离去，男子将一张纸条递给他，也不说话，转身离去。马天目展开纸条，匆匆看了一眼，见纸条上写着：今晚七点，带好东西，西京酒楼见。

有人从外面走进来，马天目急忙把纸条团在手里。来人是唐贤平，打一声招呼，问马天目道：老同学，明天是待在西安的最后一天，大家可自由活动，逛逛西安城，有什么想办的公事私事，可要抓紧办啊！

马天目回他：公事都已办好，至于私事，西安既没朋友也无故人，只不过想买些当地特产，回去讨老婆孩子欢心。

唐贤平笑着说：好好，只是西安市面上很乱，出去可要当心。

下午5点，马天目做好准备。两份文件的原件临来时便已做过精心处置，缝在大衣内衬里。至于那份写了文件的“密码”本子，他是始终带在身上的。作为附记采访资料的工具，很多记者都有这样的习惯。准备动身时，却不想遇到麻烦。

那位同屋的记者仁兄非要拉他到烟花巷里去逛一逛，不论马天目怎么推托，也不肯罢手。只说若不去，就是瞧不起他。等回了上海，你走你的通天路，我走我的独木桥。抽烟泡马子，花费都由我请……马天目真是搞不懂，这位仁兄怎么会对自己如此热情——其实他只是见不得马天目的洁身自好，想拉他下水，开心解闷而已。大概每位有不良嗜好的男人，都有这样怪异的心态。

马天目正想翻脸，却见唐贤平转进来。问起因由，唐贤平满口赞许。说你们做记者的，平日里洁身自好惯了，难得有机会出来，我也听说西安的花街柳巷和上海的味道完全不同，有一种“羊肉泡馍”的实惠。到那儿去转转，开开心，也可体验体验生活嘛！

马天目急得抓耳挠腮。见越是推托越是难缠，他不由得冷静下来，假装要挟说：去也行，但回到上海，不能对我老婆透露半句。那记者听了哈哈大笑，觉得今天缠住这个单纯的马天目，也真是有趣。马天目又说：既然老兄这么热情，那今天我就在西京酒楼请吃晚饭。吃完饭我们再去逛烟花巷子怎么样？你不答应，我便不去。

记者仁兄连连说好。

一旁的唐贤平见二人说得热络，对马天目讥讽道：难道只请这位仁兄，就不请我这位老同学了？

马天目心里有苦，嘴上却抹了蜜：这还用说！只怕你公务繁忙，脱不开身啊。

唐贤平说：难得你请！我这次的工作目的，一是为你们的安全保驾护航；二就是陪你们玩得尽兴。

列于西安十大名吃之首的“葫芦鸡”和“温拌腰丝”等菜上得桌来，马天目却吃得味同嚼蜡。他实在想不出一个脱身之计，如何来见那位有过约定的人。展眼看一楼大厅，满座皆是国民党军官和穿裘皮大氅的商人。二楼是包厢，他们虽来得早，包厢却早就全部预订出去了。而按照马天目的意愿，坐在一楼的大厅其实更好，对方或许一眼便能望到他。他盼望有转机出现，就像中午在盥洗室的境况一样。如果这次没有机会和接头人详谈，只能盼着明天再有新的机会出现。但问题是，怎么也要有个约定下次见面的机会吧。酒是少不了的，那位报社仁兄也是好酒量，硬劝马天目喝酒。马天目脸上露出厌烦神色，只是一个劲儿地喝茶，话也不多。喝完茶频频去上厕所——他是想假借上厕所的机会，希望接头人看到他，并洞悉他所处的麻烦。但厕所上了数遍，也不见任何动静。等夜色初降，酒已过三巡。心浮气躁的马天目不由得越发心烦，竟拿过桌子上的酒盏，自斟自饮。报社的仁兄来了兴趣，马天目喝一杯，他竟连干三杯。唐贤平在一旁假惺惺说：老同学，你是不是心里有事，竟喝起闷酒来了？马天目不理他。两杯酒下肚，自然面热心跳。此时一餐饭已近尾声。那位报社仁兄兴致更浓，说：我们干了这最后一杯酒，便去花街寻开心，并大声喊来一旁的侍应，问他们要去的一处花柳巷子离此多远？年轻的侍应给他一番指点。一旁的马天目忽然怒气冲冲道：你们去吧，我不去了！

为何不去？唐贤平笑眯眯地问。

我喝多了。

马天目其实是想赖在这里，故意装醉，以拖延时间。

那位报社仁兄说：不去？既然约好，你今天去也要去，不去我们就把你绑架过去。

马天目摇摇晃晃站起来，说：我要吐。

唐贤平扶住他，要陪他到厕所，被马天目推开。先前的那位侍应走上来，轻声细语地说：我来照顾这位先生吧。

侍应搀扶着马天目在前，唐贤平似乎不放心，尾随其后。马天目身子贴住那位侍应，觉到他用手使劲在自己腋下抓了一下，身子不由一凛，却又很快做出一副顺应姿势。此时有另外一名端茶的侍应面朝他们走过来，两个侍应彼此交换一下目光。待到端茶的侍应走过去后，马天目听到唐贤平大叫起来。厅里的食客纷纷侧目，见是侍应不小心，将茶洒在了客人身上。那位闯祸的侍应伏下身子，拎起挂在肩上的毛巾，手忙脚乱地揩着唐贤平身上的皮夹克。柜上的管事也跑过来，一边训斥侍应，一边对唐贤平赔笑，问：烫着了没有，要是烫伤，就赶紧去医院涂点烫伤药。唐贤平踮着脚，目光避开那身高马大的管事，看着马天目被伙计搀扶进拐角的厕所，却又被他们缠得不能脱身，嘴里没好气说：算了算了，没事没事！

等唐贤平赶到厕所门口，见那位谦恭的伙计已经不见。急忙走进卫生间，见卫生间内无人。他把蹲坑的门一扇扇拉开，也不见人影。等要去拉最后一扇挡板时，不想门从里面推开，马天目神色自若地走出来，径直走到洗漱池前，站在那里洗手。唐贤平也凑过去，面色阴沉地从镜子里观察马天目，问：没事吧？马天目擦了把脸，镜子里两人目光相对，马天目脸上忽然露出笑容，说：没事，我们走吧。

马天目确实有一些醉意。前往花街柳巷的那一路，懵懵懂懂辨不清方向。等那位报社记者去纵情寻欢之后，他佯称酒醉，坐在椅子上不动。唐贤平决意陪他，也将身边的窑姐打发掉。时间已过了晚上10点，坐在椅子上的马天目似乎仍未从酒醉中醒来。而那位躲在温柔乡的记者显然不愿出来。唐贤平不禁有些烦躁，捅了捅睡着的马天目，说：时间不早了，不如我们先回旅店吧！

马天目懵懂应着，随唐贤平从妓院出来。走在那条僻静的胡同时，唐贤平心里不由得有些担心。巷子里没有路灯，而半圆的月亮又被乌云遮住，就连从周边宅院里投出的灯光，也被高大院墙遮没了。脚下的路坑坑洼洼，根本看不清路。两人只能扶着墙根一点点向前挪动。等隐隐看到胡同口的一点光亮时，耳边忽然传来脚步声，响得杂沓而急促，像是从身前身后的地底忽然冒出来。待唐贤平看清有三人迎面走来，想扭头看一看身后情形，却几乎同时，前后夹击的两拨人马已迫近身前。未及掏枪出来，他便被人扭住手臂。想叫，嘴里被迅速塞进一团东西。想看清劫持者的长相，一只头套兜头罩下，眼前陷入更加深重的黑暗。

自始至终，唐贤平能感觉到马天目也经历着与自己同样的遭遇，但马天目似乎比自己镇静得多。这不由得令他感到惊诧。从最初的被劫持，两人始终被牵连在一起。他们好像被搡进一辆黄包车。起初还能听到市面上的声音，等周围的市声渐远，又被掳到一辆不知是马车还是驴车上。二人被反绑的手有过几次接触。唐贤平甚至安慰般，用指尖触了触马天目冰凉的手指。但那手指岿然不动，好像进入绵软的沉睡状态。在车轮的颠簸声中，唐贤平慢慢睡去。后又醒来，被人扭着，绑在一根柱子上。头套除去，睁眼来看，见是一间约莫窑洞一样的屋子。屋子里黑着，也不知此时是天黑还是天亮。有两人在他的对面，其中一人坐着抽烟，头上缠一条白羊肚手巾。另一人站着，眼里竟有一丝掩饰不住的笑意，窥视着他，好像搞恶作剧的孩童。就是这个人，迈步上前，除去他口中的东西，又转身到他后面。唐贤平听到有人嘴里发出和他同样的呼吸声，不由得问了一句：是天目吗？

是我。马天目答。声音有一丝慌乱。

别怕，唐贤平开口安慰一句，又转头对那个坐着抽烟的人问，你们是什么人？

那人磕磕烟锅，从屁股底下拿出一只烟荷包，不紧不慢地挖着，又用手将烟锅压实，开口说：老子嘛，老子都不记得自己是谁了——老子只记得俄（我）是穷人，没饭吃了，想借你口袋里的银子花花。

唐贤平转瞬间似有所悟：这些人难道只是想勒索绑票的土匪？未免胆子太大了些，竟敢直接从西安城寻目标下手！像这种无法无天的事，以前还真是闻所未闻。

唐贤平问：我们这是在哪里？

那抽烟的人不答。倒是待在他身后的另一个人答道：在阎王爷的嘴巴里，阎王爷咽一口唾沫，你们就没命了。赶紧想办法，给家里人捎信，拿银子来赎人吧。

唐贤平思虑了一下，说：这倒不难。容我写一封信，就会有人送银子给你们。

好大的口气！你要给谁写信？那人用不信任的目光看着他。

唐贤平说：顾耀祖。

那人转转眼珠，"哦"了一声，说：西安警察局的处长嘛！看来你来头不小，你把顾耀祖搬出来，是想吓唬我们？

唐贤平倒吸了口冷气，暗想这些人真是神通广大，连顾耀祖的名字都知道。他说出这个名字，本是想探探他们的底细。又想这些占山为王，打家劫舍的土匪，自然会对警察多一些了解，便解释道：我不是吓唬你们，顾耀祖是我在西安唯一的朋友，只能给他捎信，让他来赎我。

那人冷笑。你让我们拿一封勒索信去给顾耀祖，让他来送赎金，明显是在耍我们嘛！

唐贤平无奈：随你们怎么想……

两个人悄声耳语几句，丢开唐贤平，又开始恐吓马天目。只听马天目说：我一个穷记者，在西安举目无亲，连个朋友都没有，打死我也没有用的。

你一个穷记者？态度还这么不好！

你们都听到了吧？我那位朋友认识西安警察局的处长，你们最好还是把我们放了，不然知道我们被绑架，警察是不会放过你们的。

哟嗬，老子坐山吃户，在江湖混了这么多年，还真不是吓大的！既然你这个穷记者没啥油水可捞，先把他带走！

话音刚落，便有人从窑洞外闯入，将马天目从另一根柱子上解下来，扭着胳膊朝外走。唐贤平看到他细高的个子弯着，很痛苦的样子，头上罩一个黑色头套，忙喊：不要带他走！有事好商量，给顾耀祖捎个信去，他肯定会拿给你们银子，把我们两个都赎出去。

闭嘴！有人喊了一声，过来给唐贤平也罩上头套。

天瞬间又完全黑了下来。

天空的蓝，以倏然的姿态劈面而来，那么耀眼，像一把凌厉的刀子。马天目一时间尚不习惯这蓝色光亮，闭了闭眼，又慢慢将眼睛睁开。

蓝色依然那么耀眼，一朵闲适的游云倒缓解了他眼中的不适。等目光向下，那黄色的，如波浪般起伏的万千沟壑展现眼底时，马天目简直呆住了。

他不知怎么来形容那绵延起伏的沟沟峁峁。举目的黄，没有一丝杂色，在陕北冬日阳光的照耀下，高处的丘陵浮着一层暗黄，像掩埋的黄金，从蓝色水面裸露出来。低洼处的褐黄，略显呆板，却隐约可见沟底积雪的反光。

一条羊肠似的小路从沟壑那边蜿蜒而来，有人骑了马，踏起一股烟尘，朝这边飞奔。

站在马天目身边的，那位裹白羊肚手巾的老汉笑眯了眼说：同志，你保重啊，部队上派人来接你了。

除了这耀目的湛蓝与土黄，陕北的冬天里还浮荡着点点的红色，像星星一样繁密。那是戴在每一个人帽檐上的标志。当马天目被安排在一座向阳的窑洞里，凭借记忆，专心抄录那些留存在脑海中的文件时，特意提出申请，要了一顶镶嵌着红星的帽子戴着。他身穿一件灰蓝色棉服，头戴一顶红军帽，这样一副奇怪装束，便显得特别醒目。当他抄写文件乏累，站在窑洞口，朝对面洒满阳光的坪场远眺，每一个从坡下经过，身穿军服的人看到他，无不对他露出善意的微笑。马天目感到莫名其妙的同时，又有些感动……那些在坪场上活动的军人们时坐时站。前面有人站着讲话时，听讲的人便坐着，把本子托在膝盖上，认真记着笔记。而大家站起来，排成一队，响亮的歌声便会随即响起。有人在前面挥手打着拍子。

当有一天马天目站在窑洞门口，远远看见一个从坡底经过的女子。她身穿青色军装，怀抱一个硬壳本子。一头短发，头上的红星显得特别醒目。走到马天目身边，她抬头看一眼，或许见马天目装束奇怪，对马天目笑着，招了招手。

马天目愣了一下，随即也笑起来，冲她挥手。

他不认识她。想了半天，最终断定这是位同自己没有过任何交往的女子。他却并不知道，那是命运安排的一次邂逅。这天赐般的邂逅，在每一个人身上都可能发生。如果大家坐下来，平心静气，各自述说发生在自己身前的故事；或在漫漫长路上等待终老，终会发出这样的感叹：原来各自生命中，竟会有这样奇妙的交集啊。

那女子不是别人，正是彭雅萝。

抄写文件期间，有上边来的同志找马天目谈话，征求他对依然被游击队关押的唐贤平的处理意见。是把他解决掉，还是放他走？解决掉的话，对马天目以后的工作展开，自然少了很多隐患。放他走的话，也会起到一些积极因素——能对“绑架”一事，有个自圆其说的解释。正是考虑到这一层利弊关系，当初才会上演那一出“苦肉计”。

马天目不假思索地说：放他走吧。他也并不是多坏的人。以后工作中有这样一个对手，对我也算是一种促进。

几天后，有人带来消息：唐贤平已经逃走。是我们的人假装松懈，故意放他走的。那时马天目已进入坪场上那所临时学校学习，是一副标准的红军干部装扮了。

他穿一身青色军装，戴一顶崭新的镶着五星的八角帽。这是中共中央组织的党员干部短期培训班，意在让更多的革命者对党性有一个新的认识。

培训班结束，马天目将接受新的任务，赶赴南京。

而在那个时候，先他一期毕业的彭雅萝，已抵达南京，展开了她新一轮的秘密革命工作。

第四章

1

那个时候的彭雅萝已更名为冯丹萍；按照南京地下党组织提供的讯息，她很快与一个叫作张松林的人取得了联系。而这个张松林，恰恰是与她在北平有过间接交际的史大川——张松林是他的化名。

命运就是这般奇妙。彭雅萝与史大川有机会坐下来，谈谈自己曾经的过往——这是他们的幸运，也是他们因回忆而感到痛苦的一种不幸。在那样一种交谈中，李明、范义亭、唐贤平……这些死去或不知所踪的人们，这些符号般曾经熟悉的名字，针线一样在二人之间穿起密密经纬，从而使他们的接触一下由陌生变得万般熟稔起来。

1937年3月的南京，正是万物萌动的季节。他们站在南京郊外一所住处的凉台上，感受着四野扑面而来的春夜气息。史大川刚从军统电讯总台的宿舍搬出来，在南京羊角坨附近租了两间房子。初到南京的彭雅萝暂住这里。因此他们有了更多闲聊的机会。而对往事的提及，皆由他们无意间提起的那个叫作“北平”的城市开始。

回忆无疑会给他们带来巨大痛苦。在短暂的沉默之后，史大川问她：你从北平逃出来，怎么会去了陕北？彭雅萝说：我先是去张家口找我哥，后来是他把我带到了陕北。那么你呢？怎么会出现在这里？史大川说：我负气出走北平，先是在老家待了一段时间，老家待不下去，出来找同学。后经他引荐，以我黄埔五期电讯班毕业生的身份，考入军统杭州无线电培训班第八期受训。受训期满，分配到这里的无线电总台担任通讯工作……我的那位同学，便是我们的同志。

说起同学，彭雅萝不由想起与自己情同姐妹的江宜清。想着她不知现在身处何地，生活是否安好？她望着满天繁密的星星，不由叹了口气，说：那些曾与我们有过交集的故人，不知以后能否还有机会见面？

她的这句话就像谶语，充满了宿命的味道。

而彭雅萝并不知道，此刻在同一星空下，她的同学江宜清已来到南京。之所以来南京，是因范义亭特殊的身份，从秘密渠道嗅到战事即将爆发的危险。那时的上海，已是一座阴云密布的城市。而远在几百里之外的南京，这座作为首都的城池，尚算一处安身保命的避居地。当时谁也不会料到短短的几个月之后，它将以更为惨烈的方式破碎。在破碎之前，这些命定中必有交集的人们，仍是要以偶然和必然的方式，在这里聚首；聚集在这艘将要倾覆的船上。在更加仓皇的逃亡之前，在漫长的流放和离别开始之前，他们仍要以悲情的底色，演绎发生在他们身上的故事。他们的故事听来虽然惊心，但在万千生灵涂炭之际，在家国即将遭受灭顶之灾的时刻，他们的不幸与坎坷，只不过像一首雄浑乐章的前奏，只是预示了命运的多舛和沉重罢了。

还是从彭雅萝刚刚抵达南京开始说起吧。

彭雅萝刚到南京的时候，南京方面的地下党组织曾对她的能力一度产生过质疑——她那么弱小，穿着土气，一副北方村姑的打扮。由她来负责与“军统特支”的联络工作，能否胜任？这真是一个不容忽视的问题。但因是上级指派，这位叫刘素英的领导最终还是打消了自己的顾虑，将联络密语告知她，并说：你可以通过密语写信，和“军统特支"的同志取得联系。而那位即将从陕北过来的联络人，不日将抵达南京。今后的工作要听从他的指挥，再不可与南京地下党组织有任何来往——这自然是出于一种安全的考虑，也是一种工作上明确的分工。刘素英说：至于你，还有那位神秘的联络人，将会接受南方局军事组的直接领导。那位联络人不仅会从陕北带一个熟悉电讯业务的同志过来，还会带来和南方局军事组取得联系的办法。刘素英告诉彭雅萝：除了南京方面的地下党组织之外，南方局军事组的秘密组织早就存在，但因为种种原因，它们两者之间，至今没有取得任何有效的联系。至于其间错综复杂的关系，也只能等那位中间人到来之后，才能慢慢梳理清楚……最后刘素英出于女性间的关爱，告诉彭雅萝：在南京，像她即将扮演的这种角色，如何化妆，穿什么衣服，上街的举止等，都要注意，并不厌其烦地对她讲解了一番。彭雅萝只是笑着，一一领会。当几天之后，她们有机会再次见面时，出现在刘素英眼前的彭雅萝，好像脱胎换骨一般，时髦的装扮使她看上去完全成了一个风度翩翩的南京小姐。彭雅萝告诉刘素英，她已和"军统特支"的同志联系上了，他们以兄妹相称，以给哥哥送东西为名，已能自由出入南京电讯总台的会客室和军统人员宿舍了。彭雅萝又迫不及待地问刘素英，与她联络的人何时来南京？如果他能够及早到来的话，有很多非常重要的情报，都可以传送出去了。

刘素英不动声色，并未给她一个明确答复。

也就在彭雅萝同刘素英分手后的第二天，一切都趋于明朗。有人捎信来说，那位她盼望已久的联络人已抵达南京，让彭雅萝即刻按照密信中提供的地址，前去和他联系。

那是一个异常温煦的春日。彭雅萝前去赶赴一场约会，她想不到，命运在这一天竟会给予她如此丰厚的馈赠。当她与那位联络人相见，竟忍不住笑了起来。原来这位身着西装、仪表堂堂的男子，竟是她在陕北窑洞前，见过几次的那位装束奇异的人。马天目也认出了她。他们的见面因此充满了融洽而温馨的气氛。当马天目将随自己同来的欧阳北方同志介绍给她时，彭雅萝从这位复姓男子的身上，感受到一种陕北高原质朴的气息。他更像一名战士，是从红一军团临时抽调上来的通讯连连长。当江韵清过来给他们倒水，彭雅萝的神情忽然间变得有些迷惑。她从江韵清身上，看到一位故人的影子。她想开口问一句，却被马天目的讲话打断。马天目说：刚才进来倒水的，是我爱人。冯丹萍同志，你有什么问题吗？她笑着摇头，又听马天目说道：以后欧阳负责和你联系，你回去之后，召集“军统特支”的那两位同志，也和欧阳见一见。欧阳在电台通讯方面虽有一定经验，但毕竟需要和他们多沟通……南京方面的工作情况很复杂，需要好好梳理。用不了多久，等我们和南方局军事组取得联系，工作便会顺利开展起来了。

临别时，马天目出来送她。从另一间居室里，忽然传出婴儿的啼哭声。彭雅萝错了一下脚步，恰好和从屋子里出来的江宜清遇到。她当时把这个怀抱孩子的女人，当作那个为他们倒茶的女人。她懵懵懂懂地向外走，却又和江韵清迎面相遇。江韵清同她打了声招呼，彭雅萝这才如梦方醒，转过头去。而她身后的江宜清，正看着她的背影发愣，两人的相见，自有一番喜从天降的味道。

南京地下党组织提供的电台，因久置不用而不能正常工作。这让欧阳甚为犯难。想他在江西经历敌人的数次“围剿”，甚至长征途中那么艰苦的环境下，都能保证简易电台的正常工作，而今没有了炮火的逼迫，竟然搞不赢这么一个看起来还算高级的玩意儿，真是让他恼火。但恼火归恼火，即使起了满嘴的燎泡，也起不到任何作用。他汗流浃背地待在一间密闭的阁楼上，鼓捣了两天，最后查出一处疑点，但仍旧不能确定，只能联系彭雅萝，找来史大川和另一位“军统特支”的同志冯传庆，三人聚在一起，又鼓捣了将近一个晚上，也没有修好。最终三人达成共识——电台上的一个普通元件，因为受潮，不能正常工作。而这个看似普通的电子管元件，却找不到任何替代品。冯传庆同史大川商量着，不行就想办法，从电讯总台偷拿一个出来？史大川迅速否决了他的这一提议，说：太危险了。总台电讯部的规定你又不是不知道！冯传庆说：那怎么办？史大川想了想，说：由我来想办法。

回到住处，史大川同彭雅萝商量了一番，说起自己的那位同学，现在杭州军统无线电学校任教官，也是我们的同志。由他写一封信，明天一早，彭雅萝可带信前往杭州，找他求助，或许能想一点办法出来。找到我们需要的电子管元件，也许要费一些周折，但无论如何，你都要一直在杭州等，不拿到元件，就不要回来。

彭雅萝点头，问：要不要和我的上级说一下这事？

史大川说：等明天晚上，由我来和欧阳知会一声就行，你安心去好了。

第二天一早，送走彭雅萝，史大川照常去单位上班。因昨晚一夜没睡，他竟在不知不觉中打起了瞌睡。等从梦中惊醒，倏忽嗅到一股焦煳的味道。史大川急忙起身，手忙脚乱地检查了一番收报机，最后发现，收报机上的一根电子管竟然烧坏了，还在冒着丝丝缕缕的烟气。

史大川颓然坐在椅子上。诚如他昨晚对冯传庆说过的那样，电讯总台的规定是很严苛的。每一位工作中出了差错的部员，无论责任大小，原因何在，都会被关禁闭。少则七天，多则半月。想到这里，史大川从椅子上站起来，由于头晕，他的身体不禁摇晃了一下。他现在想到的是，自己马上会面临被关禁闭的窘境——如果是那样的话，彭雅萝不在，而冯传庆又不负责同欧阳联系，一旦出现什么情况，会不会引出更大纰漏？他抬头看看挂在墙上的钟表，离交接班时间还有两个小时，而在这两个小时里，他必须去通知冯传庆，将所要传达的话告诉给他，再由他转告欧阳。

掩了门，脚步匆匆穿过走廊，转到另一栋大楼里，史大川找到冯传庆工作的办公室，故作轻松地同坐在里面的工作人员打着招呼，问冯传庆在哪儿。那位面带笑容的女工作人员告诉他：今天是冯传庆的夜班。你有事，只能到他家里去找。

他出了大楼，再次抬腕看表。手表的指针摆动得很慢，但他似乎能清晰听到指针转动的声音，心不禁“怦怦”乱跳起来。咬了咬牙，显然顾不了许多，他出了大楼，恰在门口遇到一辆开进来的军车，凑上去说了几句话，司机招手让他上来。他上了车，指挥着那位司机，朝冯传庆家中驶去。

而在史大川走后，他所值班的那间屋子显得如此静谧，隐隐还能嗅到电子管发出的焦煳气味。墙上的挂钟如常摆动，钟鸣声发出一种令人心悸的喧响，像是一个作乱的怪物。直到门被推开，那声音才渐渐隐去。走进来的是三位身着笔挺军服，戴白手套的军官。进门之后，走在身后的那位戴眼镜的军官“咦”了一声，用南京话有些俏皮地说道：怎么屋子里静悄悄的，值班的人跑哪儿去了！这样说着，一股隐隐的焦煳味让他抽了抽鼻子，再次“咦”了一声，脸色马上严肃起来，对两位随从说：赶快搞清楚，味道是从哪里来的？值班的是谁？

一个人走了出去，另一人扑到机子上，见散开的机子并未组装完毕，一眼便发现电子管出了问题。等那出去的人回来时，跟进来一位长相富态的矮个军人，对戴白手套的军人敬个礼，笑嘻嘻地说：陈督察长，你们督察处例行检查，怎么有劳您的大驾？陈督察长不答，而是傲慢地朝收报机指了指。那位矮个军人脸色一变，小声说：怎么搞的！这个张松林，玩忽职守，胆子也太大了。

一行人急匆匆来到史大川的值班住处，推门，见里面无人。陈督察长挥挥手，他的两位随从在屋子里四处检查。

撬开一只锁着的抽屉，一位军人胡乱翻弄，夹在本子里的一个信封吸引了他。他将信封内的信纸抽出，看了几眼，拿给陈督察长看。陈督察长看后，不禁意味深长地笑了，递给矮个军人看，说：朱部长，能看懂这个吗？朱部长看后脸色刷白。陈督察长说：你是搞情报工作出身的，像这种语焉不详的信，想来也该清楚是怎么回事吧……你的这位部下，看来很不简单哦！

过了不长时间，从一扇窗子里看到，那辆载着史大川离开的军车驶回。史大川从车上跳下，抻了抻军装下摆，故作镇静地朝大楼走来。

走在楼梯上的史大川脚步迟缓，虽难掩疲惫，却努力做出一副轻松样子，同在楼道里遇到的同事打着招呼。他虽知道无路可退，却并不清楚自己身处险境。烧坏电子管仅仅是工作上的过失，被关禁闭只意味着一种惩罚；若逃走，则会引起一连串的怀疑和搜捕。他隐隐想起留在值班住处的那封信，那封彭雅萝初来南京，用来同他联络的密信——当初怎么就没有烧掉呢？他后悔不已，准备先去自己的住处，销毁那封信。却被迎面走来的一位军人拦住去路。那人很客气地对他说：朱部长请你到他办公室去一趟。

他跟了对方走，一路上仍心存侥幸。偷偷看一眼腕上手表，离开的时间刚刚到了两个小时。他想，烧坏电子管的事或许刚被发现，这其实也没什么大不了的。进了办公室，就见矮胖的朱部长表情严肃地坐在桌子后面。他们平常关系不错，私下里常常小酌，相互称兄道弟。史大川不由得弯了一下腰，说：部长，我向你请罪来了！

你何罪之有？

值班期间，我因为工作疏忽，电子管烧坏了……主动来向你请罪。

朱部长抬眼看了看他，眼神中有一丝遗憾，低声说：好吧……我救不了你，你还是去跟特务处的人解释吧。说罢挥挥手，过来两位军人，反扭住史大川的胳膊，将他押了出去。

夜色刚刚降临的时候，有些微醺的冯传庆从大门外走进来。他来到值班室，隐隐听到两个人的窃窃私语，竖着耳朵听了一遍，听不真切，便凑上去打听。这才知道史大川被押走的消息。再问，被问话者也说不清楚，只说是工作失误，却又好像不是，闹得动静很大。或许还有别的麻烦。冯传庆大惊。他白天去郊外的亲戚家祝寿，刚刚回来。回家便听家人说史大川来找过他。究竟出了什么岔子？

心慌意乱的冯传庆刚刚在椅子上坐定，忽被从窗外射进来的灯光晃了一下眼睛。他扑到窗前，见一辆辆军车闪着大灯，正从院门口开进来。车未停稳，便跳下无数便衣，迅速散开，对大楼呈包围之势。那些朝楼门口冲来的身影显得特别矫健。

冯传庆倒退着离开窗口，向门外走去。一位同事看他惊慌的神色，诧异地问了一句，却听不到他的回答。他迅速来到楼梯口，伸头朝楼梯下探听，听到咚咚的脚步声，以空洞的回声漫上来，越响越近。冯传庆急忙转身，顺楼梯往上攀爬。攀到楼顶，推开一扇小小的气窗，探身钻到楼外。楼外黑魆魆的，探头朝楼底下看，亮着的车灯显得更加森然。他不敢怠慢，纵身跳下，跌在一片平房屋顶上，一瘸一拐站起来，弯腰向前挪动，跨上后墙的墙脊，再次纵身跳下。

军统特务总队的办公室内，戴笠正在训斥他的手下：电讯部乃党国的心脏要地，竟然混进了共产党，你们每天还优哉游哉，混吃等死，难道非要等到内外交困，眼睁睁看着我们的事业垮掉不成！

每个人脸上都一副垂头丧气的模样。特别是朱部长和特务总队的刘队长，简直如丧考妣。又听戴笠放缓了语气，说：亡羊补牢，为时不晚。此次发现，说明共产党在我们内部活动猖獗。这次机会千万不能错过，务必要肃清内患，同时，想办法把藏在身后的共产党给我挖出来……诸位，看看大家都有什么想法？

众人七嘴八舌地说着。戴笠蹙眉听了一会儿，问刘队长：唐贤平来南京报到了吗？

刘队长点头，说：来了，已经报到有半个多月了。

戴笠说：你马上把他喊来。散会后，你留下，我们三人仔细谈谈。

春天的夜还是很冷。在亲戚家躲了一天的冯传庆半夜出门，已是另一身打扮。他穿一件古铜色皮袍，头戴礼帽，手拿文明棍。他想逃离南京，但明白火车、汽车都不能坐，唯有渡江，去江苏的亲戚家暂避时日，以后再做打算。渡江的小船已由亲戚帮他安排好。冯传庆自认为自己的逃亡计划滴水不漏。他嘱咐亲戚：最近几天千万不要去我家里，等避过这阵风头，再把我逃走的消息转告给家人……一直在江边蹲到下半夜，如钩残月将要在江心沉落，才见一艘小船斜刺里划过来。冯传庆与亲戚道别，坐在船舱里，看着混沌不清的江水，听船桨发出的“哗啦”声响，心内不由得感到一阵阵的悲凉和沮丧。心里虽稍感安稳，却觉身子疲软。等上了岸，付了船夫双倍的价钱，冯传庆却对前路感到茫然。他不熟悉路况，况且拂晓时分的江岸生了淡淡雾气，越往前走，心里越是惶然。见一条小路旁隐约露出一间鱼寮，决定到里面躲一躲，等天亮再走不迟。

鱼寮上简易的木门用绳子闩着。冯传庆将绳子解开，钻了进去，隐约可见堆在鱼寮内的船桨和渔具。地下铺一爿草席，想必是捕鱼人经常歇在这里的。冯传庆躺下来，感觉用稻草编的席子比家里的床还要舒适。他叹息一声，转眼便响起鼾声。

天虽亮，雾气方浓。一位戴斗笠的渔民穿过迷雾，沿江岸走来。来到鱼寮前，见木门被人动过，吃了一惊。推门进去，见一位打扮阔气的人睡在草席上。他蹲下身，看了又看，见他压在身下的布袋鼓鼓囊囊的，伸手触触，感觉里面很硬。渔民想了想，又悄然走出。

雾气渐渐消退。一只白色鹭鸟无声无息划过江心，隐身在江岸边的雾气中消失不见。等那位头戴斗笠的渔民再次出现时，身后跟了几位身穿黑色制服的警察。走到鱼寮门口，渔民再不肯迈步，朝里面指了指，说：坏人就在里面。

几个警察蹲在熟睡的冯传庆面前。一位警察悄声说：看这身打扮，也不像坏人啊。另一个警察说：打扮这么阔气的人，夜里睡这种地方，你说不是坏人还能是好人？

他们的说话声惊醒了冯传庆。他睁开惺忪睡眼，刚想因睡梦被打搅而发火，又倏忽意识到自己的处境，急忙翻身坐起，冲警察赔笑。

当地的警察局内，冯传庆述说着自己睡在鱼寮里的理由。有警察进来，递上一纸刚刚下发的通缉令。审讯的警察看看通缉令上的那张脸，又命人摘下冯传庆戴在头上的帽子，扭脖端详了一番，不由得笑了。

走进审讯室的唐贤平显得英气勃发。他挥手让身旁的人退下，搬一把椅子，和冯传庆相对而坐，一副促膝相谈的样子。下午时分的阳光从窗子里打入，光线起着微妙变化，在冯传庆脸上制造出一些暗影。他脸上的表情比光影变化得还要快，由惊恐、沮丧、木然，迅速转化为痛苦。当黑暗像一块遮羞布，将他那张国字脸裹住，头顶上的灯被揿亮。冯传庆对这突如其来的光亮有些不适应，惊恐地眨着眼，转而抬起手掌，捂在脸上，像一个害羞之人。他忽然喉头耸动，抽抽搭搭哭了起来。

根据冯传庆的交代，唐贤平向刘队长做了一番汇报之后，带人去史大川在羊角坨附近的住处搜查了一遍。虽无收获，却搜出与他同居一处的那个女人的照片。因在北平的刺杀行动中，唐贤平只与彭雅萝有过一次短暂晤面，所以并未认出这不知所终的女人。据冯传庆推测，这女人的消失，肯定与寻找电台所需的电子管元件有关。而冯传庆交代出的另外一个人——那个从陕北来的发报员，刘队长说应该马上把他抓起来，进行审讯，有可能会挖出他们身后更为重要的人物。

唐贤平制止了他，说：如果抓起来，即便他能交代，也只会抓到那个他背后的领导者。但这个领导者的背后，还有一个潜伏在南京的更为秘密的组织——他们正在想办法取得联系，所以那部电台无论如何不能动——找到那个秘密组织，才是我们最终的目的。

刘队长点头，表示赞同。

唐贤平又问：那个事先抓到的张松林，不知你们审问时是怎么问的？是不是把话已经挑明？

刘队长说：已经问了，但什么都问不出，已动过大刑，仍旧撬不开嘴巴。

唐贤平冷笑一声，说：你以为共产党都是冯传庆那样的人物……

又摇头说：可惜了，如果不惊动他，当作工作失误那样对待，事情就好办多了……

你什么意思？刘队长蹙眉问。

不打草惊蛇，才能引蛇出洞。我的想法是，既然冯传庆已归顺了我们，应该好好利用他。如果事先不惊动张松林的话，关完禁闭把他放出去，会有更大用处。

刘队长“噢”一声，似有所悟，说：我们也可以装糊涂，把他放出去呀！

不行。对待一个工作失职的内部人员，总该不会动用大刑。况且审讯他，一定口口声声直接逼问他是不是共产党。把他放走，等于放虎归山，所有鸟雀都会惊飞。

那怎么办？我们总不能错失良机吧？

机会稍纵即逝，我们也只能孤注一掷……唐贤平伏在刘队长耳边，耳语几句，又不无忧虑地说道：如果那个不知去向的女共产党，是去找电台所需的电子管元件，便不能让她回来。一回来，所有计划都会泡汤，宁可掐断这条线索，也要保全我们的全盘计划。

刘队长说：这应该好办。她肯定出了南京城。我们除了在住处蹲守，把她的照片多洗印几张，下发到全队，还要派人去车站、码头蹲守，一发现她，立刻逮捕，要不就直接灭掉她。

2

对于忽然得到的电子管元件，马天目虽有疑惑，却没有引起足够重视。大概也是因为他急于想同南方局军事组取得联系。当欧阳向他转述冯传庆的报告，说得到这一重要的元件也事有凑巧，当电讯总部的一台发报机因故烧坏时，张松林正好值班，便不惜冒着危险地得到了它。自己却因工作上的失误，被关了禁闭，有可能还会受到更为严厉的制裁。马天目不禁问：怎么这么重要的事，冯丹萍没有同我联系，和我说一声？欧阳说：冯丹萍可能出去找电子管元件了，至于去了哪里，冯传庆说他也不知道。或许只有张松林一人知道，可如今张松林被关在禁闭室，谁也见不到他。欧阳又问：既然电台马上修好，我们要不要给南方局军事组发报，同他们取得联系？

马天目说：那是当然。遂把电台的波长和密码告诉了他。

欧阳说：今天晚上，我和冯传庆再把电台调试一下，立即把呼叫信号发出去。

接到南方局军事组的回电，是在第二天的晚上。当欧阳把密电内容交给马天目时，不禁忧心忡忡地问：你若去了浦口，以后我们的联系就很不方便了。

马天目说：其实也很方便。说远不远，只半天的路。我们现在动身，下午也就到了……这或许也是为了工作上的安全考虑吧。马天目说到这儿，看了看欧阳熬得通红的眼睛，说：你也要多保重身体。等冯丹萍回到南京，你要转告她马上去见我。等我到了浦口，会尽快请南方局军事组的同志想办法，看是否能联系到张松林。

因南京的住处只是暂时的落脚点，所以东西收拾起来很是方便。等准备动身时，江韵清说：走这么急，也来不及同宜清打个招呼？

马天目说：招呼不用打了，我们总有机会再来南京的。

要不让房东传个口信吧。

口信可以传，但浦口的住址要等安顿好后才能确定，也没什么用。

那总归会让她放心。她那么喜欢静白，一天不见就想得什么似的……可怎么就三天没来了呢？

一家人赶到浦口，马天目先将江韵清母子安排在旅店落脚，然后按照密报中的约定，马不停蹄地赶往联络地点。接头人早就候在那里。略事寒暄，匆匆有过一番交代之后，两人分手，马天目赶回旅馆。

当房门被轻轻敲响，马天目已和衣卧在床上。他警觉地问了一声：谁呀？门外的回答虽含混不清，却仍让人想起那个面目和善的旅店掌柜来。将门打开。灯光只照彻门口那一小块地方，掌柜脸上的表情显得有些僵硬。马天目正要开口问话，手擎油灯的掌柜缩身退下，几个头戴礼帽的人冒了上来，他们的身影被灯光拉长，逼迫着马天目后退，鬼魅般投进屋子，罩在睡相酣甜的马静白脸上。这个刚满两周岁的婴儿，从早起坐车就这样断断续续睡着，此时他感觉不到父母的惊慌。因为没有脱离母亲的怀抱，在当夜由浦口押解回南京的那一路上，他仍沉浸在梦境中，他的梦境仍有着婴儿的甜美。

面对坐在面前的马天目，唐贤平大吃一惊。这样的面对虽是他早就盼望的，但毕竟来得有点急，有点出人意料。

唐贤平说：老同学，你真是让人操心——刚刚这才几天，在西安被土匪掳走，这就又被军统特务组带到这里！土匪好对付，特务组可就难缠了。

马天目苦笑：你不也是啊！幸好这年头，我们在西安碰到的土匪，也是有良心和理智的土匪。你们军统特务，和土匪比起来，不会比土匪差了太多吧？

唐贤平喝了一声彩：说得好！老同学，可你要拎拎清楚，土匪劫财，没道理好讲。军统可是讲道理的。制裁对党国不利的人——如果拿到证据，良心和理智只能靠边站。况且我现在才明白，西安的那些“土匪”，身份还真是让人捉摸不透。听说最近有陕北派来的共产党人潜入南京，而你刚刚去过那里，会不会，那人就是你吧？

马天目淡然一笑，说：贤平兄，你真是抬举我了。

唐贤平逼近一步：西安的经历不提，你在上海不好好做你的记者，怎么忽然跑来南京？

我在西安被关了几个月，好不容易才放出来，辗转回到上海。可报社又不是自家开的，记者的位子怎么会老给我留着。丢了饭碗，我一家三口，总不能喝西北风吧。这才辗转来到浦口，想靠教书混碗饭吃，这又何错之有？

你最初叫马端方，在上海改名为马天目，如今又改名叫什么马步升！这到底什么意思？

马天目不由得再次笑了，说：贤平兄，你或许不太晓得，我曾经还叫过刘思鸿呢，这很奇怪吧！最近晦气，所以想拈个化名去去霉运。马步升，步步高升的意思，这个名字不好吗？你若不信，可去青田中学调查，看他们是不是有一个要来报到的英文教师。

唐贤平无言以对。因他已到青田中学调查过，确实有一个叫马步升的教师即来报到，再追查其来历背景，谁人引荐，却毫无下文。直到现在，他仍懊悔不已。对于截获的密电，军统的人在行动上还是慢了半拍，他们只破译了浦口以及旅店的名字，而其他的内容却仍待研究。因此被马天目抢了先机。不然的话，肯定能将马天目和接头人一并擒获。而据唐贤平推断，马天目到达浦口之后，肯定已和接头人联系过。他的身上，如今藏有太多秘密。但怎么撬开他的嘴巴，还需动一番脑筋。

想到这里，唐贤平脸色忽然阴沉下来，直接摊牌说：端方兄，我看你是死不改口啊。等我们收了网，将那个从陕北过来的发报员带到你面前时，看你还有何话说。

一丝阴鸷划过马天目的眼角。当他听完这句话，无异于听到一声惊雷。知道事情并非自己想的那般简单。欧阳的身份都已暴露，说明他们在南京的活动，肯定有人出了问题。他逐一思量着每一个人的名字，不禁暗自长叹了一声。

收网看来已是顺理成章的事了。电台联络的波长和密码既已搞到手，留着那个陕北过来的发报员只会成为隐患。

那天晚上，汗流浃背的欧阳正在专心致志地收听电文，忽听头上屋顶传来瓦片被踩碎的声响。他摘下耳机，警觉地抬头，愣了一瞬，以为是夜猫弄出的响动。但静了片刻之后，那声音又响。他丢了耳机，下意识地从桌子的抽屉里拎出一把手枪，熟练地拉动枪栓，将子弹上膛。后又想起什么，急忙俯身到桌前，关了电台，终止了和对方的联络。

阁楼上的门瞬间破开。欧阳抬手一枪，将最先闯入的人撂倒。又有人跳窗而入，欧阳连开数枪，等子弹打尽，稍有犹豫，忽然举枪泰然朝门口走去，面对射来的弹雨，欧阳的这种举动，无异于一种壮烈的自杀。他赤裸的胸膛瞬间被子弹洞穿。血像红色蜂群一样从体内钻出，先是溅泻在墙上，落在他身后的发报机上，后又有大团血流涌出。欧阳前倾的身子被子弹的惯性挫得连连后退，仰倒在发报机旁。他张着的手臂触到那张记录着只接收了一半内容的电文纸。他想把那张电文纸毁掉，但手动了动，却无力地垂下。顺手指流下的血迹慢慢洇湿了白色纸张。

3

对于姐姐一家人的莫名离去，江宜清很是担心。她虽从房东处得了口信，却仍是万般惦记。待安排好手头的事，便只身去浦口找姐姐。但寻找的结果，却出乎江宜清的意料。

她先是去青田中学打听姐夫的下落，学校虽承认有一位叫马步升的老师即将来报到，但现在还不见人影，学校也很着急。同她讲话的老师一脸诚恳，看样子也不像糊弄她。江宜清便到旅店去打听。浦口名气虽大，当年南京的好几所学校都开办在那儿，但毕竟是小地盘，像样的旅馆也没有几家。打听来打听去，因唐贤平派人早就叮嘱过那家旅店的掌柜，自然也得不到任何消息。

江宜清随范义亭搬来南京之后，虽未同居，但恋爱关系已确定。她仍做着老本行，经营一家书店。书店的规模虽不大，生意却较之上海那家红火了许多，雇了一名店员看店。书店内的大小事务交由江宜清打理，范义亭基本不插手。他在军统局下属部门找了一个文职工作。

因同在一个系统内工作，同唐贤平的交往自然多了些。一个多月之前，唐贤平刚调到南京时，约范义亭吃过一次饭。余下时间也偶有相聚，对于这些事，范义亭倒没有对江宜清刻意隐瞒。他对江宜清说：多个朋友多条路，我跳出他们那个部门，少掺和些腥风血雨的事就算立地成佛了。如今，范义亭的话果然灵验，要想找到失去消息的姐姐，求助于当地不作为的警察，怎么也没有军统特务处神通广大。

范义亭带回的消息虽让江宜清知道了姐姐一家的下落，却更加坐卧不宁。在以前的接触中，她早就察觉到姐姐姐夫身份的特殊，只是没有道破。因她最初的心性，其实更愿做姐姐姐夫所做之事，只是有了北平和天津的遭遇，内心的惶惑与恐惧让她心灰意冷，只愿两耳不闻窗外事，只用清闲送时光。如今姐姐一家人遭难，那种切肤的恐惧再次将她困扰，不禁战战兢兢地问：那怎么办？

范义亭说：马天目的身份虽已确定，但找不到有效证据。军统暂时还不会对他下手，只怕……说完这话，范义亭又对江宜清讲了一件事。范义亭说，他去唐贤平办公室的时候，唐贤平不在，在他的办公桌上，他看到了一张女人的照片。

你猜，照片上的女人是谁？

江宜清屏息聆听，不敢说话。

是彭雅萝。

范义亭说出这个名字，好像道出一个惊天秘密，神色也随之变得惶恐起来。

江宜清不禁掩了口，脱口而出：怪不得，我曾在姐姐家见过她……

话说了一半，自知失言，忙收住下面的话头。

你见过她？

范义亭很是吃惊，继而苦笑起来。

原来这样……看来，你还是有很多事瞒着我呀。

江宜清不理他。

沉默了一会儿，范义亭自说自话：原来他们都是共产党……特务处的人正在到处抓她。抓到彭雅萝，你姐夫的身份就会不攻自破。

彭雅萝在哪儿？

连军统都不清楚她去了哪儿，据推测，她有可能出了南京城，去外地办一件重要的事……但她总会回来的。听说现在的车站、码头，安插了大批警力，只等她自投罗网。

江宜清险些哭出声来。她低头思忖着什么，又抬起泪汪汪的眼睛，盯着范义亭问：该怎么办？别说为了我姐姐姐夫，就单单只为了彭雅萝，你也不能坐视不管啊！

范义亭点头，说：是的，不用你说，我也正在想——要想办法救她。不为别的，只为抵消对你们两个人的亏欠。

江宜清眼里，慢慢流下两行泪来。

范义亭说：救彭雅萝的唯一办法，就是要取得关在军统监狱里的张松林的信任。他是彭雅萝的同党，只有他，才清楚彭雅萝的去向。我已打通关系，偷偷带进去一条消息。只是不知道那个张松林，会不会信任我——这就像下一个赌注，我们只好赌一把了。

得到那枚现在看来毫无用处的电子管元件，很费了一番周折。彭雅萝为此在杭州足足待了半月有余。这半个月的时间里，她自然有一种度日如年的感觉，却并不知道，时间每往前递进一步，那枚小小的电子管元件，引爆她命运的危险性就大一分；反之，越往后拖延，幸运和奇迹降临在她身上的可能性就越大。显然，幸运的天平是倾向于彭雅萝这一方的。范义亭所下的赌注，竟神奇般发挥效应。当收到史大川提供的彭雅萝的消息之后，范义亭再次动用关系，联系到杭州的一位朋友，并嘱咐他必须亲自去一趟杭州军统无线电学校，找到那位教官，询问彭雅萝的下落。当那位朋友找到教官之后，教官自然对他持怀疑态度，迟迟疑疑地问：你是什么人？那朋友说：你不要问我的身份。我来，自然都是朋友之间的关系。如不信任我，不但那位女士有危险，包括你，也将会受到牵连。教官的额头冒出豆大汗珠，说话有些结巴：刚，刚走，今天早上的火车。火车应该明天一早，就能到达南京。

接到回话，已是夜里十点。范义亭经过测算，那列从杭州发来的火车，应在子夜时分抵达南京的前一站——江宁站。现在驱车赶往那一个站点，时间还算充裕。而为安全起见，应在江宁站的更前一站——句容站上车最好，时间上也留有余地。按照范义亭的计划，他准备在江宁与句容中间的另一个站点——川口车站上车，去拦截彭雅萝。而他却老想着一个败兴的问题：如果路上出了什么差错，赶不到句容和川口车站怎么办？最保险的计划，还是应在江宁站上车。

果然不出所料，越是担心什么，往往越来什么。当走到江宁站附近的一个小镇时，汽车忽然熄火。司机下车鼓捣了一阵，只说马上便好，却不见任何成效。范义亭心急如焚，哪敢久等，吩咐司机将车修好后自己返回南京，若是修不好，就自己想办法在这小镇住上一夜。他自己迈开大步，向前奔跑而去。

这漆黑的夜半，加之路况不熟，范义亭只感觉自己身上像着了火。他裹挟着一团火焰奔跑，那块悬在腕上的手表，嘀嘀嗒嗒地使他的心跳加速。有时感觉失了方向，便不管不顾，敲开路边人家的屋门问路，言语之仓皇，好似一个走投无路的盗贼。虽遭到一番抢白和教训，方向感却瞬间柳暗花明，他便再次奔跑起来。当远远看到灯火微醺的江宁车站时，范义亭抱住路旁一棵树，翻江倒海般呕吐着。

黑暗的火车梦魇一样驰入站台。此时的范义亭虽缓过劲来，心里却更加惶恐。他忽然意识到一个至关重要的问题——江宁站距离南京终点站很近，行驶时间不超过三十分钟。在这短短的三十分钟时间内，想在多节车厢里找到彭雅萝，岂是一件容易的事。

等他跨上火车，见车厢内挤满旅客，昏昏欲睡的人们更加难缠，好似密密匝匝捆在一起的尸体。想往前挪动一步，便要搅醒人家。鲁莽的举动甚而会招致对方的不满。范义亭先找到一位列车员，问了一下整列车厢的情况。共有六节载人车厢，他现在所处，是第三节车厢，从前后找起，都是一样的。此时的范义亭，不知该把自己变身成什么，一条乱窜的游鱼似乎更为恰当。但游鱼的视力却很有局限性——把注意力集中在女性旅客身上的范义亭，很快又遇到一系列难题——所有女性乘客的脸，看来看去，近乎成了相同的模样：疲惫旅途造就的呆板，睡意丛生而无法掩饰的丑陋。更何况面对那些垂头或埋在臂弯里酣睡的女乘客，都要颇费一番思量。他要依据对方的年龄、衣着、身材迅速做出判断，和记忆中的彭雅萝有些相似的，他便不管不顾，上前弄醒人家。弄不醒的，便强行抓住头发，扳起人家的脸。

好在过了一段时间，火车行驶的速度减缓下来。从瞌睡中醒来的旅客纷纷打起精神，相互感叹，探头朝窗外望。有些人则起身，整理着行李。这样一种形势，虽对寻找有利，却使他更为迫切地意识到：火车就要进站了。

搜索的范围过了大半，余下最后两节车厢还未查看时，范义亭已是汗流浃背，心内的焦灼与车厢内空气的混沌，险些令他窒息。此时他忽然想到：从杭州传来的消息，是否有误？彭雅萝是否还未离开杭州？或此时已抵达了南京？此刻火车行驶的速度显得更慢，万般无奈的范义亭已顾不了许多，他亮开嗓子，呼喊着彭雅萝的名字。朝车门处移动的旅客，聚起更加嘈杂的喧哗，将他的喊声淹没。

标有“南京站”的站牌缓缓从车窗外滑过。站台上的灯虽亮着，却被东方的晓白搁浅。依稀能看见一簇簇人影，或是伫立，或缓慢行走。火车咣当一声，在站台上停住，刺耳的刹车声隐隐从脚下传来。

挤到车门口的范义亭，仍旧一无所获。他无望地朝车厢尽头看一眼，那里已没有多少滞留的旅客。他又朝车厢外看，见站台上乱糟糟的，有接站的人惊喜地叫着，冲人群张着手，做出拥抱的姿势。一个身穿青蓝色旗袍的女人，将披肩搭在肩上，正拎起皮箱，直起腰，向出站口的方向走。她无意间朝火车上张望一眼，目光虽未与范义亭相对，却险些让他叫出声来。这身材小巧的女人，不是彭雅萝，又会是谁！

跳下车厢的范义亭想喊出声来，却很快发现有几个人倚着廊柱，正朝站台上观望。情急之下，只能疾走两步，将她赶上。又想这突然的惊扰，势必会使彭雅萝做出一些反常举动。只能从身后将她一把抱住，顺势将她拥到一根廊柱后面，像恋人一样紧拥着她，将脸贴在她的鬓边说：别出声，是我！

他们身体相拥，四目相对。惊惧从彭雅萝的眼中滑过，一点欣喜的波光又点亮她的眸子。

是你？你怎么会在这儿！

别说话……什么也别说，跟我走。

范义亭顺势挽住她的臂膀。两人相偎，朝站台的另一侧走去。

4

冯传庆摇身一变，成了“特别行动组”的一员。他按照欧阳以前发报的规律和曾使用过的密码波长，定时发出呼叫。或许因欧阳罹难的那晚，无故终止联络，引起对方怀疑，那个神秘组织如星辰陨落于天际，始终得不到他们的回应。而研究那张被血迹浸染了大半的电文纸，除能认出寥寥几字之外，实在拼凑不出任何有效的内容，只会嗅到一股令人作呕的血腥味。

为此整个特别行动组变得沮丧起来，而唐贤平却并不这么认为。他断然让电台停止呼叫，又给冯传庆增加了三名人手，几人轮值，日夜监听那个波长。

对马天目的审问毫无进展，这并未出乎唐贤平的预料。想起在上海时死在自己手里的邱老板、小马和那个饮弹而亡的发报员，以及被拷打得奄奄一息却仍不肯松口的张松林，他知道对付这种甘愿赴死的共产党人，强硬手段只会刺激对方变得更为强硬，甚而以死相拼。为此他曾几次否决了刘队长用刑的提议，反而自作主张，将马天目从军统局的拘禁室提出来，关押进南京郊外的一处集中营，并将江韵清和孩子也接来，把一家人关在一起。他还对看管人员有过吩咐，不可多加刁难，生活上给予一定照顾。他对刘队长说：电台的密码和波长既然掌握在我们手里，我们便有了一半的胜算。如果马天目真的是我们想要抓的人，只要看死他，总能引蛇出洞……况且想动摇共产党人的信念，唯有从亲情方面入手。他们骨头硬，心总不会也像骨头这般硬吧？而刘队长却对此不以为然。

他每天提审马天目一次。有时逼问得实在无趣，便会寻一些旧日话题来谈。他会借机规劝马天目说：老同学，当初我们都对“革命”充满了热情，而现在你误入歧路。共产党被逼到陕北，快被斩尽杀绝了，你又何必这么执迷不悟，自讨苦吃呢？看在我们旧日同学的情分上，我对你手下留情，你还是改弦更张，跟我一起干吧。

马天目的回答很是机敏，说：我无党无派，只想过自己的安生日子……你的情谊，我自当领受，如果你还念及老同学情分的话，不放我走，也该放韵清和孩子回家吧？

唐贤平为难地摇头，说：你真是不识时务。我能做到这份儿上，已是我的极限了。而连累老婆孩子跟你受苦，那是你自己的错。等有一天我把你背后的组织一网打尽，我看你还有何话说。

马天目无语，淡然地看着他。

监牢的窗户显然是后来改制的，依稀可见同墙体规则不同的墙垛，未及用泥皮封住。除镶一块毛糙玻璃，外面还竖着一根根小臂粗细的木桩。要想从窗口看外面，像马天目这样的高个子，需扬手才能摸到窗台下沿。而监室的地面深陷于地表之下，从外观上看，这小小监室犹如一口枯井。监室内置有一床一椅。床不大，仅能容两人并肩而卧。好在孩子还小，将床挪开墙面一点，留一点缝隙，可增加床的宽度。江韵清睡里侧，孩子放置中间，马天目比较瘦，紧拢身体躺在床外侧，也能容得下一家人在床上休息。虽只是四月，但每到下午，西照日光从窗口斜射进来，便使小小监室闷热难当。恰巧日光反射的角度，全都聚拢在床榻上，孩子若午后在床上睡觉，便成了一个问题。所以说每到午后，江韵清总是把孩子抱在怀里，在靠近门口那几尺见方的空地上来回走动。有时累了，便把椅子挪过来，对着监门，静静坐上一会儿。而这几天，因为断奶，监牢内粗糙的饭食吃不下，孩子整日啼哭，江韵清便只能整日抱着他，如困兽般在监牢内走来走去。

按惯例，提审总是在上午进行，有时晚上也会有整夜的审问，几个人轮换陪马天目聊天，目的就是不让他睡觉。白炽汽灯悬在头顶，发出吡吡怪叫。他刚一瞌睡，坐在对面的人便会捅醒他，或是从颈后给他浇一桶凉水。像这样“温柔”的刑罚，对马天目来说自然无济于事。但搞不清什么原因，提审忽然在这一天终止了。马天目死去般在床榻上一直睡到午后。等日光镜子般晃着他的眼，而孩子的哭声使他心神不宁地惊坐起来之后，他却像发了癔症一般，将椅子搬到窗口下方，人站上去，疯了一般抡拳砸着玻璃。胡乱砸了一通，也不奏效。又抬起床榻一角，斜对着窗户。人站上去，端起椅子，用椅子腿磕击过去。玻璃碎裂之后，他迫不及待地跨上椅子，将脸探到窗口上方。

首先感到一阵扑面而来的凉风，外面的天光迫使他闭了闭眼，深深吸了口气。等目光落定，一大团油菜花的黄色扑入眼帘，有农人正牵了黄色的耕牛在田间劳作。油菜花地的这边，是一片河滩，芦苇与菖蒲正在疯长，在河水映衬之下，泛着碧青颜色。而这样一幅画面，被一排木栅切割成不规则的形状。他撼动了一下坚固的木栅，忽然有了一种欲哭的冲动。

你想逃出去？

江韵清站在窗下仰头问他。他疲惫地将头伏在窗台上，没有回答江韵清的提问。捏起一块玻璃碎碴儿，到木栅上比画了几下。暗想用这样一块玻璃，割断木栅，看来比登天还难。

孩子有点发烧。江韵清绝望地对他说。

他从椅子上跳下来，将额头抵在孩子额上，又用手摸摸他的脸。然后将床挪回原地，将椅子放回原来位置，又不声不响弯下腰，将碎玻璃捡拾起来，藏进床底。他从江韵清怀里接过孩子，坐在床上，默默无语。

傍晚时分，有人进来，不由分说地给马天目上了脚镣。或许他想逃走的想法被人识破？但让他想不明白的是，江韵清和孩子却被他们带走了。从带离监室的那一刻，孩子便不住声地啼哭，一直到那些人锁门，离开，哭声一直响彻在马天目耳边。不知是疏忽，还是故意，那扇厚实的监门打开之后，却再没有关闭，只外层那扇栅栏被一把大锁锁死。马天目屏息听着孩子的哭声，好半天才问一句：韵清，你和孩子被关在哪儿？

就关在你隔壁。江韵清说。

他抬起沉重的脚镣，挪到门口，将脸贴住栅栏，探头朝外张望，却只能看到外面的一个死角，便仰面朝天问道：里面还好吧？

和你待的地方一样……他们为什么这么做？江韵清又问。

不知道……他们想搞什么鬼？马天目说着。忽然俯身，跪爬着从床下拿了一块玻璃碎片出来，先凑到脚镣的锁孔处探寻，却无计可施。他忽然想起什么，挪到床脚，手探进墙上一个洞。那洞是故意留出来的，用来盛放东西。他们刚被关进来时，还有以前蹲监的人留下来的物品，旧牙刷、牙膏、肥皂，还有一把断齿的梳子。有这样优厚的待遇，想必是蹲监的人买通看守，由家人送进来的。这些日常生活用品，在外面虽毫不起眼，在里面却成了一种奢侈品。马天目先鼓捣了一番那把梳子，将梳子的齿掰下一根，去脚镣的锁孔处试探。木质的齿虽能触探到锁孔底部，宽度却不够。他又把一管牙膏拿在手里，牙膏剩下的不多，捏在手里硬硬的。他用玻璃将牙膏皮破开，成一张展开的平面，再揣摩着锁孔的形状，做成一把钥匙……做着这些，天已黑尽，他伸腿坐在地下，像一个痴迷于制作手工的少年，一边做，一边有一搭无一搭地和隔壁监室的江韵清说话。孩子的哭声一阵强过一阵，不由得使他意乱神迷，想到做这么一把钥匙，即便成功，又能逃出去吗？能否脱逃成功，他不愿多想，只愿沉溺在这不厌其烦的测试之中。当孩子哭累了，整座独立的监牢止了声息，从窗外飞过的夜鸟发出几记啼鸣，江韵清细细的鼾声也被打断。他听到从锁孔内，传出一记细微的“咔嗒”声，铁质的脚环脱离锁孔，看上去牢不可破的脚镣，竟被他奇迹般打开了。

他近乎一夜未眠，又仔细研究了一番紧锁牢门的那把大锁，仿制出一把钥匙。当伸进锁孔内试探时，经过多次折叠的锡皮已失去韧性，扭断在锁孔里。马天目不由得惊出一身冷汗，借用玻璃和梳齿的帮助，好不容易将断掉的部分弄出锁孔，此时天已大亮。

孩子的哭声听来极其微弱。江韵清的喊声唤醒了他，告诉他孩子发烧了，烧得和火炭一样。怎么办啊？她这样说着，不住抽泣着。

看守来送饭，马天目向他提出要求，说孩子病了，你们必须带孩子去看医生。

看守并不搭话，丢下饭碗，转身便走。等转到隔壁监室，经不住江韵清苦苦哀求，只听那看守说：我们各尽其责，像看病这种事，哪是我这等小卒管得着的。

马天目喊：你们长官在哪儿？唐贤平在哪儿？

听不到看守回应。

马天目扯着嗓子，喊了一上午，也不见有人过来。有时喊累了，便会歇了声音，哑着嗓子问江韵清：孩子怎样？好些了吗？听不到江韵清的回答，只听到她低低的饮泣声。有时孩子又会哭啼起来，却声音微弱，仿佛一只奄奄一息的病猫。马天目便又扯开嗓子喊，只喊得喉咙疼痛，吐出一口唾液，全是黏稠的猩红。

一直到下午，才有两名男看守进来，身后跟着一名女看守。孩子由女看守抱着，说是去外面看医生。江韵清想跟着去，却被阻止。江韵清放心不下，苦苦哀求。只听一位看守说：既然上司应允，只带孩子看病，你就别让我们为难。你若去，孩子便不能去；孩子去，你就不能跟着——你自己掂量着办。

孩子被抱走后，待在各自监牢内的这夫妻俩，始终未发一言。直到天将黑未黑，孩子被抱回来，江韵清发出一声凄厉的呼叫，喊一声：马天目，看着孩子受罪，不如让我去死啊！马天目听完这句话，也是泪水长流，将头狠狠磕在监牢的门上。

而在这之前，他们看不清那抱孩子走进对面监室的看守的脸，只见他动作轻缓地将孩子放在床榻上，轻轻掩了监门，并未上锁。在江韵清质疑的呼喊声中，这位看守别着脸，退走的样子有些仓皇，好似怕被伏在对面监门上的夫妻俩看清他的模样。

孩子被一个人放在对面的监室里。

从他们夫妻的角度，都可清楚地面对他。起先他仰躺在床上哭号，想必得到过适当医治，已有了些体力。当听到江韵清和马天目自对面发出的呼唤之后，他便从床榻上坐起来。寻声而不见人，使他愈加惊恐和焦虑。黑暗将整个监房笼罩，只能听到这婴儿嘶哑的啼叫，和着母亲撕心裂肺的安抚。而那做父亲的，再发不出只言片语。

监听电台的人终于有所斩获。就在这天晚上，当那个熟悉的波长终于出现时，监听者用同样的波长插了进去。按照事先策划，谎称上次之所以中断联络，是因机器损坏。现已修好，要求恢复联系。对方显然在和其他人通电，当时未及理睬。后来才发来一条极其谨慎的电文：上次来浦口晤面的人，为何不辞而别？请你处将最近的情况，做一个详尽报告，解释清楚，方可恢复联系。

这种种指向，无不证明了马天目的重要性。唐贤平真是后悔，为何在浦口做出那样轻率的举动。当他绞尽脑汁，思虑如何编造谎言，骗取对方信任时，范义亭来找他。

范义亭来的目的，唐贤平不问便知。但他没想到范义亭的措辞如此严厉，质问他即便没有老同学的那层关系，怎么会如此对待一个还在吃奶的孩子。难道你们特务处，就没有一点人性吗？

唐贤平有些惊讶。对于这两天发生在监牢内的事，他真的有所不知。母亲来南京看他，他接站，安置母亲的住处，所以便向刘队长请了两天假。没想到，刘队长却在孩子身上打起了主意。唐贤平一边做出惊讶的表情，一边对范义亭解释着，却又不禁想到，如此对待孩子，也算在马天目心上捅了一刀，不知接下来他会有怎样的变化？

范义亭说：江宜清让我来，给她姐姐和孩子说情，无论怎么说，我们这些人，也算是曾经的同事，念在旧情分上，你也该高抬贵手……范义亭说到这儿，忽然小声说：你知道被你们抓起来的张松林是谁吗？

是谁？

就是当年在北平行刺石有山时，帮过我们大忙的史大川！

唐贤平问：真的？

范义亭点头。

唐贤平心里五味杂陈。忽地想起久不出现的彭雅萝，反问范义亭道：你怎么会了解这么多？这件事，你是不是插手了？

范义亭不答，而是讳莫如深地苦笑，说：我们这些人，曾经为一个共同目标出生入死，没想到短短几年过去，相互间却成了敌人。

那天下午，唐贤平再次提审马天目，却发现只短短两天时间不见，马天目的鬓边竟出现几丝白发，整个人憔悴得不成样子。不论他问什么，都是一副视若不见的模样，眼睛空洞地看着某处。

唐贤平说：你只要回答我一个问题，我便让他们给孩子治病。

什么问题？

唐贤平掏出那份截获的电文，问：这电文上所写，上次来晤面的人，指的是不是你？

马天目瞪着通红的眼睛，点头。

唐贤平心里大悦，按捺着自己心中的激动，将自己草拟的一份报告拿给马天目看。

报告上阐释了马天目从浦口擅自撤离的原因，皆因在旅店遇到一些可疑的人。为安全起见，只能不告而别。而对于电台中断的解释，这份报告中可谓解释得非常圆满。其中的漏洞对自己的同志来说也显而易见，因为马天目同浦口那位联系人碰面时，对方已告诉了他同南方局军事组组长刘全福见面的时间地点，以及接头暗语。自己未去赴约，这在情理之中，但如果做出一些异常举动，南方局军事组的同志应有所察觉。想到这里，马天目不禁点了点头，故意做出一副沮丧的样子，对唐贤平说：好吧，老同学，算你赢了。你把这份电文发出去，你的目的自然会达到的。但是……说到这里，马天目忽然打住话头，卖了一个关子。

怎么？唐贤平凝神聆听。

在旅店遇到一些可疑的人这话不假，也符合你们抓住我的逻辑，但你们能保证抓我的事一点风声也不会透露出去吗？

唐贤平说：风声半点儿也不会透露，因为我们已做过相应处置。

那好。马天目说，你在这份报告末尾加上一句——你部未告知我福全处的联络地址，我怎么前去？他们会更加相信的。

唐贤平问："福全处"是什么意思？

马天目答：这是一句联络暗语，我也无从解释。你若信得过我，就按我说的办，如果不信，那就算了。

第二天，马天目一家三口被秘密转移到一栋宅子里。那宅子坐北朝南的布局，围墙灰白，瓦片素黑，用青砖垒砌，一派中式建筑风格。而屋顶直立的烟囱和屋前的门楼样式，又凸显西式建筑的格局。前面是五六间平房，后院还有三间，他们一家人，就被安排住在那三间平房内。

很快便有人带来医生，给孩子检查身体，打针开药。而相对于刚刚结束的监牢生活，住在这样一处宅院里，让人感觉仿佛重获了自由。他们可以在院内的一小块地方自由出入。住在前面房子里的邻居，是位长相富态的老太太，也到这边来探望过一番，并吩咐下人拿来米面油盐等物，告诉江韵清，可以自己做饭。她对那仍未退烧的孩子喜欢得不得了，并说起她儿子就在军统做事，以后大家便是一家人。儿子搬出去和她分开住，她一个老太太，自己住这么一所大院子，有时会觉得瘆得慌。告诉他们有什么需要，别客气，可到前院来取。

从老太太的话里分析，这栋尚算阔气的宅院，应是军统特务处某工作人员的私宅。而唐贤平对他们如此厚待，显然昨天下午的那番谈话，起了作用。马天目借空闲之机，对院子四处观察了一番。就在他们所住的屋子北面，有一堵围墙。虽有后门，显然已弃之不用。况且后门处还有一栋耳房。马天目走近大门，想从门缝里看看外面的情形，从耳房里出来两个男人，客气地摆手阻止了他。他又到前院，以探访的名义，和老太太寒暄一番。发现前门处的一间耳房里，也住了两名男人，显然是军统安排的人手。像现在这种情形，他们应是被软禁起来了。马天目对此不知该感到庆幸还是不安，这毕竟是在自己的主动出击之下换来的结果——孩子的病不仅能得到医治，如果不出差错的话，南方局军事组也会收到预警。这看起来真是两全其美的事情。但接下来将会发生些什么呢？他不愿多想，也只能静观其变了。

马天目这样的想法，其实是有些高估了自己。

那天结束工作，唐贤平回到家，发现范义亭同江宜清，正在家里和母亲聊天。江宜清再次说了一番“高抬贵手”的话，并托他转送给姐姐一些东西。当他们走后，母亲和他聊了一会儿。母亲从不对唐贤平的工作妄加干涉，却从佛教的教义上讲了一番自己的看法，比如“得饶人处且饶人，不可将人逼到绝路”等道理。第二天一上班，唐贤平便和刘队长商议，既然马天目已做出归降的姿态，那我们也应表现出诚意来，于是将马天目一家转移到那栋宅子里。

唐贤平带了江宜清所托付的东西，去看马天目一家人，言语间自然多了一番老友间的亲昵。他还当了江韵清的面，对马天目说：老同学，既然你已迈出同我们合作的第一步，那么依我看，你不如早日写一封“悔过书”，也好让我对上面有个交代。

马天目一笑置之，说：我不清楚自己何过之有，还要写什么“悔过书”！我这么做，只是能让孩子得到一个治疗的机会。

唐贤平也有些不以为然地笑笑，说：你的心情我可以理解，每个人改变自己的信仰，总会别扭那么几天。但你要好自为之，早一天写“悔过书”，也能为老婆孩子早一天赢取自由。

唐贤平走后，江韵清板着面孔，质问马天目：你对他们妥协了？

马天目摇头，抬手去摸孩子的脸。

江韵清一把将他的手拨开，一脸敌意，说：你没有对他们妥协，他们怎么会这么快就转变了态度。他一口一个“合作”，还奉劝你写什么“悔过书”……我真是替你害臊，如果你真成了叛徒，就离我们娘儿俩远些，别用你的脏手，玷污了孩子。

听了江韵清的话，马天目自感事态严重，遂换了一副端正口气，严肃地对江韵清说道：江韵清同志，我们虽是夫妻，但我已经是你的领导。请你相信你的领导，也请你相信——我的信仰！

江韵清抬眼看他，见马天目的脸有些扭曲，不禁“扑哧”一声笑了，说：你是我的领导？你才当了我几天领导！上海工作时是我领导你。等我把孩子养大点，脱了手，能参加工作，还不定谁领导谁呢！——告诉我，到底怎么回事？

马天目向窗外看了看，“嘘”了一声。当晚，马天目将江韵清拥在怀中。他将嘴贴近她的耳边，细细将事情的原委告诉了她。听得江韵清心里不禁一阵舒畅，反身将他抱住，说：如果他们觉察了怎么办？还不是会再次把我们关到监牢里？咱俩的安危我倒不多想，就是死了也不足惜，可孩子，孩子怎么办？

他用嘴唇衔住她的耳垂，似是叮咛，又像是盟誓：我们要想办法逃出去，利用他们放松戒备的这一段时间，总会有机会找到办法逃出去的。

5

时间大约过了一个礼拜左右，唐贤平匆匆赶来，他让江韵清出去一下，自己有事和马天目相谈。

江韵清出来，由于无处可去，天又下着雨，便抱了孩子，去找老太太聊天。老太太戴着花镜，正教下人做针线活。见江韵清过来，她客气地让座，又摘了花镜，从江韵清怀里接过孩子，亲热了一番。说起自己在杭州工作的老儿子，结婚好几年了，也没生个子嗣。又说起自己在南京的大儿子，生来生去，只给她生了两个孙女，看来她想抱孙子的愿望，此生也不会得到满足。老太太连声念着自己那死了多年的老头子，说我们那老头子啊，攒下这么大一份家业，只想着能够有香火往下传续，如今家里的生意不好做，孙子未得，不知他在九泉之下，知道这些事，能不能心安。

江韵清陪她说了几句宽心的话，因惦记家里，便匆匆告退。临走想起妹妹宜清带给孩子的衣服，穿了有些大，有一处需改动，便同老太太借了针线剪刀，回到自己住的北屋。

一进屋，见马天目垂首坐着。江韵清感觉情况不妙，便问：发生了什么事？

马天目压低声音，神情里满是焦虑，说：真是奇怪，我也不知道这个南方局军事组，到底内部出了什么问题！我在电文中已暗示过他们，却不想唐贤平昨晚接到他们发来的电文，说半个月之后，要同他们联系……

那会不会是你这里出了什么问题？

我这里应该不会出任何问题……因为在浦口，我和交通员碰过面，他已告知了我全福处的联络地址和接头暗语。我骗唐贤平发出的电文是——我并未和交通员碰面，没有得到任何指示。并且我故意把“全福处”，说成“福全处”，这么明显的提示，他们怎么会无所察觉？

那这个“全福处”和“福全处”又是什么意思？

是南方局军事组的领导，刘全福同志的名字。

这次的联络地址在哪儿？

我问了，唐贤平没告诉我。

那他来找你做什么？

就是问了问“全福处”和“福全处”的区别，我骗他说，这是联络方式中的一种规定，意思虽一样，但去电和回电，必须按照这个格式；如果有变，便是有情况发生。

那接下来该怎么办？等到半个月之后，南方局军事组岂不落入了他们的圈套！

不管那边发生了什么，我都有责任……马天目这样追悔莫及地说道。如果能把消息传出去就好了，在这半个月之内，我们必须想办法把这消息传出去，不然，我就是跳进黄河也洗不清了。

想办法把消息传出去，这几乎是一句空谈。考量到在这个宅子里他们所能接触的人，除老太太和那下人之外，几乎没有别的选择。但老太太年事已高，这么复杂的事情，想让她复述清楚都不是一件容易事。况且又有一个军统家属的身份，实在是勉为其难。而那位下人，据说是老太太的一个远房亲戚，脑子不太灵光，三十多岁也未曾婚嫁。说是下人，其实就像亲戚一样收养着。像这种人，你又怎么可能把一件人命关天的事托付她去办？

实在没有更好的办法，江韵清说，要不你就写一封“悔过书”吧？盼着能把我们早点儿放出去。

马天目断然否决了这一提议。他说：写这种东西，绝非儿戏，不在党组织有所指示的情况下，这种东西绝不能写。不但会引起我们同志的误会，想说也说不清，而且也会造成极其恶劣的影响。况且即便我们写了“悔过书”，他能轻易放我们走吗？即便放走，他们也会派人监视我们。做了叛徒的人，自由对他来说总会得来不易。

江韵清听得不禁有些后怕，只能瞪着眼说：那怎么办！总不能眼看我们的同志面临危险吧！

想来想去，也想不出一个万全之策——唯有在自己身上想办法。马天目说：虽然前后院都有军统的人把守，初来时看管甚严，但这几天我发现，大概是看我和唐贤平相处融洽，他们也把我当成了自己人，我和他们打招呼，他们也能很随和地回应我了。即便我去后门，也没有引起他们的驱逐。后院的围墙并不算太高，踩一把凳子，便能翻上围墙。围墙外面是一条街，不多的几家住户，平时很安静。过了这条街便是一片苇塘，只要能逃出这个院子，他们就抓不到我们。我就能赶到浦口，按照以前的联络方法，找到刘全福，告诉他们马上停止一切联络。我们组织的内部存在着很大问题，必须要彻底清查。

有了这样的计划，夫妻俩便全身心投入了准备。马天目负责进一步熟悉地形，并和那些看守想办法搞好关系。江韵清则考虑得更为周全一些。她把从邻居那里借来的剪刀故意不还，准备带在身上。马天目问她：藏一把剪刀有什么用？江韵清把剪刀握在手里，用刀尖反手向外突刺了一下，说：这是武器，紧要关头，可以保护自己，也可以置敌人于死地。马天目笑着摇头，有些不以为然。江韵清还把平常喂孩子的饼干藕粉之类减半，储备起来，以做不时之需。除给孩子准备好衣物之外，她又将自己的一件旗袍做了更改，改成一个背篼样式。将孩子捆在背上，这样更便于行动。在这种想法的基础上，夫妻俩还为谁来背孩子有过一番探讨。马天目说自己力气大，带孩子行动起来更合适。而江韵清则说：万一孩子哭了怎么办？你的任务不就是逃出去，到浦口去报警吗？孩子带在你身上，目标太大，更容易被人发现。

这样的说法听起来明智而清醒，但当机会来临，真正实施起来时，江韵清却犯了一个致命错误。她毕竟是做母亲的人。

那天夜里机会来得千载难逢。后院那两名看守中的一位，出外办事未回。剩下的一位，便约了前院的两位来喝酒。有一位不擅饮，又兼有“看守”的职责在身，陪着扯了一会儿咸淡，便返回前院去了。剩下的这两位，看起来非常善饮，又颇为健谈——或许很多的善饮者都有健谈的秉性。只听他们说起工作上的事，又说起平日里的哪一位长官，和办公室的秘书有扯不清的关系。说着说着，两人又为某一件事争吵起来，吵得不亦乐乎，却又很快尽释前嫌，称兄道弟地再次狂饮起来。直到夜色西沉，前院看守过来看过一次，走时嘴里嘀咕着，说喝酒的人真是厚脸皮，吃醉在这里，那你就在这里睡吧。这些话都被从窗前经过的马天目听到。那一晚的月亮很大。月上中天之时，更像一个银盘镶嵌在穹宇上方，将院落里照耀得清晰可辨。马天目踩着自己的影子，蹑手蹑脚地走到耳房窗前。踩断一根草梗的声音让他心惊肉跳，不由得又恼恨起这月夜的清澈来。如果是一个清醒的人，洞察这院落里发生的一切，是没有什么可遁形的。他捅破窗纸，虽看不清屋子里的情形，却能听到错落起伏的鼾声。他瞄一眼高耸在头顶的围墙，在月色映衬下勾勒出一条淡灰虚线，似要消解一般。他的心跳此时显得更加狂乱。

他迫不及待地踅回屋里，一把拽起熟睡的江韵清，怕她发出声来，用手掩住她的嘴，说：起来，机会来了，我们快走。

猝然惊醒的江韵清，一时间不知发生了什么，起身的动作有些鲁莽，扰醒了身边的孩子。马天目正站在窗前向外张望，扭身见一脸懵懂的江韵清，不禁着急地催促道：还愣着干什么，赶紧收拾东西呀！

江韵清这才醒悟，在屋子里团团乱转，越是紧张，越显得手足无措。马天目想帮她，却插不上手。在这仓促的举动中，看来以前的所有准备都不切实际。除早就备好的一个包裹外，等江韵清把孩子缚在背上，黑暗中却怎么也系不好那用来捆绑的带子。就在这时，孩子发出了一声啼哭。

啼哭声由微弱转为激烈，显然发泄着睡梦被打搅的不满，况且他的母亲在手忙脚乱中弄疼了他。

马天目如梦方醒般转身，愣了片刻，忽然健步跨过来。他突兀的举动显得那么不可思议——在江韵清看来，他过来应该是帮她的，帮她把布兜的带子整理好，但却不是，马天目举手将孩子从她的背上卸下。后背一阵轻松，却让江韵清被压垮般踉跄了一下，转头去看，初以为马天目想将孩子带在自己身上——她本想制止他，拽着他的后背，就像以前曾探讨过的那样，但马天目的举动，彻底超出了江韵清的意料，只见他一步步走到床前，将孩子放在床头。

我们走吧！孩子不能带……

他的声音听上去有些迟疑，却又显得那样冷静。他转头看着她。因背对月光。江韵清看不清他的脸，而他被月光勾勒的身影看上去显得有些陌生。

她伸手再次拽住了他的前胸，这拉拽的动作，最终演变为一种粗鲁的推搡。

怎么不能带孩子……她扑到床前，不解地申辩着，声音夹带着一丝哭腔。

不能带！孩子的哭声会惊醒那些看守，我们会被发现的。

马天目从背后抱住她，用下巴紧抵她的后颈：听我说韵清，你要冷静，我们把孩子留下，他们不会伤害他的。如果不走，我们就再没机会了。

江韵清的意念里已听不进任何劝阻。她把阻挠她的马天目当成一个现实中的敌人，像一只癫狂的母兽，尽力挣脱马天目的阻挠，想从床上抱起哭啼的孩子。但她的两手被马天目紧紧攥住，她便动用了牙齿，在马天目的手臂上狠狠咬了一口。

马天目倒吸一口冷气，只犹豫片刻，便再次从背后阻止了江韵清的举动。

此时江韵清已在撕扯中丧失了全部的力气，但她的反应足够敏捷，顺势从枕头下，抽出那把时刻准备着的剪刀，反手刺中马天目的虎口。

马天目愣住了，惊讶地看着江韵清。

见江韵清也好似清醒过来，披头散发瘫在床角，用手拍哄着孩子，异常冷静地说：你走吧，就是死，我也不会离开孩子的。

马天目身子顿了顿，忽然转身，两手交抱着攥在一起，喝醉了酒般冲出门去。

6

掐指算来，已经是马天目赶到上次指定的联络地点并取得接头人信任后的第十四天的傍晚。再晚一天，整个南方局军事组将会落入对方设定的圈套，后果不堪设想。

联络地点是一家中药铺。起初对方并不信任这衣衫褴褛的人——马天目在逃亡途中，已是一副极其落魄的样子，穿在脚上的鞋子沾满泥水，衣服也扯破几道口子。更让人感到害怕的是，他的眼睛通红，看人时好像充满仇恨；嘴唇干裂，讲话声不忍卒听，好似嗓子眼里堆满毛刺玻璃。对方起初把他当成一个图谋不轨之人，直到马天目不管不顾，脱口说出联络暗语：我来打听一味药——红花配生地，当归配甘草，可否治得了我的心病？对方不回他，只说了一句模棱两可的话：这是什么药方？我到后面去问一问掌柜。边说边朝后面走。马天目置旁边两位抓药的顾客于不顾，恶狠狠地说道：你去问吧，告诉他，他若不信任我，你们“全福处”，便会有一块更大的心病！

等待的间歇，马天目嗅着药铺里弥漫的中药味，眼里忽然涌出泪光。他注意到有人隔了帘子，偷偷窥看了他一番。少顷，那个伙计模样的人转出来，忧心忡忡地对他说：先生，看来你病得不轻，要想治愈，还是请你去后院，让先生好好给你把把脉，对症下药，方能药到病除。

听了此话，马天目心里一阵轻松。他随伙计来到后院，在一间光线幽暗的屋子里，一位中医打扮的人接待了他。对方再次问了马天目口中所说的药方，出口纠正他道：你所说的配药，是治疗冠心病的方子，你到底得的是心病，还是冠心病？

马天目回道：不管什么病，总归和“心”有关。

联络暗语没有差错，对方却仍用鹰隼般的眼睛审视着他。见马天目无比憔悴，对方便吩咐人沏了茶，又问他肚子饿不饿。接着压低声音，无比严肃地质问道：你这人，上次定好的时间，为何没来？如果是来赴新的约定，时间上早了一天不说，地点、联络暗语却又用的是旧的。这样鲁莽行事，不出差错才怪！

马天目顾不得解释，他又渴又饿，茶水烫得他发炎的喉咙一阵灼痛。他艰难地咽下一口茶水，扬手打断对方：所有的疑问，容我慢慢给你解释，但现在最为紧要的是——你赶紧通知你的手下，取消明天的约会。

对方被他搞得有些不知所措，又有些犯难，不知那出去联络的人，此时出发了没有。如果已经出发，追过去时间上或许也还来得及——倘若这贸然前来之人便是他们所要寻找的接头人，取消明天的约定，也是自然。目前需要搞清楚的是此人身份，面对存在的诸多疑点，也确实需要好好审核一番此人。

在接下来的秉烛夜谈中，马天目详细讲了事情发生的前后经过。当说起自己诱骗唐贤平，用发报的电文示警时，不禁有些愤懑地问道：难道你们对电文的内容不加以分析，就轻易相信对方吗？

对方听得一愣，不禁问：原来你和我们派出去的接头人曾经取得过联系啊？

马天目也有些惊讶，说：当然联系过啊！我到达浦口当天，就和那人联系上了，联络暗语和地点都是他告诉我的，不然，我怎么会找到这里？

对方愣了很久，半晌才说：我们还以为，你们根本就没见过面呢——后来我们还派人到那家旅馆去打听过，说根本就没见过你这样的人入住过旅店。问题出在哪儿？应该是——那位接头人当晚乘船，船舱漏水，一船的人全部罹难。这件事当时闹得动静挺大，都上了南京的报纸。你当时关在狱中，肯定读不到。

马天目听了，不禁连连感叹。

对方又说：这一连串的变故，也真是发生得蹊跷。先是电台中断，我们电文中所问的"接头人"一事，迟迟得不到答复，曾引起过我们的怀疑。后来再次通话，给我们的解释合情合理，简直天衣无缝。依据你的说法，好像是你亲拟的电文一样，至于"福全处"和"全福处"的差别，我们还真是没有在意。

马天目实话实说：那份电文发出去之前，确实让我看过。我示警心切，谁知道中间出了这么大麻烦。

对方说：等你缓上几天，详细写一份报告吧。我好呈报给上级。情况太复杂了，无论如何也要做一个全面的调查……对了，你看你有什么要求，我也好同组织上一并请示。至于你手下的那些同志，还有谁能够联系得上？

马天目在脑子里快速梳理了一番，想到彭雅萝、史大川、冯传庆、欧阳这些人，中间必有叛徒。依据现在的形势来看，由于中间出了叛徒，其他人必定也凶多吉少。他不由得又想到江韵清和儿子，低下头，黯然说：等过几天，还是由我偷偷潜回南京，利用原来的关系，打听一下这些人的下落吧。

马天目秘密潜回南京之后，并不知道发生在南方局军事组内部的一系列祸患。那个被派出去通知取消约会的人，并未成功将消息送达。他并未找到那个当事人，而是将消息托他的家人转告，而他的家人却四处寻他不着。原来这人提前一晚动身，去了离联络地点很近的一个朋友家。当他按约定时间准时赴约，马上被擒获。信仰在此人身上只是用来混口饭吃的，他很快便招供了他所知道的全部讯息。马天目的示警虽起到关键的补救作用，但仍有不少人遭到逮捕。好在核心机关及下属组织转移迅速，均未受到大的破坏。但由于这一系列的变故发生得太过突然，马天目的身份，还是受到南方局军事组的高度怀疑。

马天目先是偷偷找到江宜清。他知道范义亭的神通广大，自然知晓很多发生在军统内部的事。他本想求江宜清去找范义亭，为他打探一下消息。但话一出口，江宜清便把所知道的事全都对他讲了出来——冯传庆的叛变、史大川的被捕、欧阳的死，接着她又告诉他彭雅萝的下落，说彭雅萝已离开南京，应该是很安全的。说到最后，江宜清忽然用一种奇怪的语气，问马天目：我姐的消息，你就一点也不想知道吗？

马天目身子一抖，颤声问：你姐，她怎么样啦？

她被放出来了。

江宜清说得轻描淡写，脸上却不见一丝欣悦的神色。

马天目听了这消息，自然喜不自禁，忙说：她在哪儿？快带我去见她。

江宜清表情有些萧索，说：你不能见。

为什么？难道你姐还在生我的气？

江宜清神情更加黯然：她现在精神有些不对。

那我更应该见一见。

孩子被他们抱走了……

江宜清忍不住，还是将这一不幸的消息讲了出来。江宜清说：你逃走之后，姐姐没被关押几天，便被放了出来，但孩子却被他们强行抱走。我让范义亭去跟唐贤平打听过，唐贤平说这件事并不是他指使人干的，他说他会想办法把孩子找到的。

马天目听得不禁呆住了，脸上的肌肉不住抽搐，对江宜清说：那你赶紧带我去见一见你姐！

江宜清说：你疯啦！难道你还不明白他们这样做的居心？之所以把孩子抱走，再把姐姐放出来，还不就是为了引你上钩，你去见她，马上会被他们抓住的。

马天目痛苦地捂着脸，蹲在地上。

江宜清说：过几天，等姐姐的情绪稳定，我想带她回上海，离开南京，她或许心里会好受一些。

马天目撕心裂肺地说道：可我们，总该见一面呀！也好让我来安慰安慰她，也好让我来对她解释，不然，她会恨我一辈子的。

江宜清说：你写封信吧。我带过去，她看了，说不定心里会舒服一些。

隔天，江宜清过来。她并未带回江韵清的回信，而是语气忐忑地对马天目说：姐姐见了你的信，连看也不看，当即便把信撕了。她口口声声说你畜生不如，她这辈子再也不想见到你。

马天目缩着身子，两手并拢，在桌前呆呆坐着，少顷低了头说：她说得对，我真就畜生不如。但我能怎么做？我不能去看她，心里的话她又读不到，我能怎么做……

江宜清看着他，初夏阳光从窗口打入，全都投在他的身上。由于逆光的缘故，他脸上的表情看不清楚，只觉得他瘦弱的身子镀了一层光晕，看了甚是叫人心疼。江宜清不由得怅然说道：你能怎么做呢？还是继续写信吧。她不读，等我回去念给她听。她虽精神恍惚，却总该知道你心里想什么的。

自此之后，写字似乎便再次成了马天目的一个职业。就像他当初在上海，埋头整理文件、写那些言情小说一样。但不同的是，与那文件类似的，是他写给组织上的情况汇报；而写给江韵清的家书，字字惨烈，显然比那虚构的小说撕心裂肺了许多。在那样一种书写的想象中，马天目似乎看到江宜清坐在失魂落魄的江韵清面前，耐心而克制地读着信上的内容。江韵清起初有一些抵制，有一些厌烦，但江宜清的声音渐渐让她安静下来。她先是失神地看着某一个地方，噩梦般的记忆牵制了她太多精力，而当江宜清的声音幻化为马天目那低沉而充满愧疚的声音之后，江韵清的神情慢慢变得专注起来。她出神地听着，听着，有一汪泪在眼底慢慢聚集，最终眼珠动了动，泪水顺着消瘦的脸颊，泉水一样滑落。

书写似乎更能消解马天目淤积在内心的压抑。在这样一段日子里，他渐渐爱上了这种以笔墨相谈的生活。他却从未意识到，自此之后，这淋漓、舒缓、幽怨、欣慰与哀伤并置的方式，将成为他与江韵清感情上的唯一联系。自此之后，他们久不能见。在时间浩渺的长河里，也唯有文字，能代替他，触摸她的脸颊、发丝。书写成了仅有的一种抚慰，代替他的手，安抚他从此不可触及的爱人。

马天目对书写的热爱欲罢不能。往往是这封信刚由江宜清带走，便写出下一封。而这一封还在等待时，另外的一封便已在书写中了。他有着极其强烈的倾诉欲望，有那么多的话想对江韵清说。而随着江宜清的再次到来，这种宣泄被打断了。

江宜清告诉他，明天一早，她要带着姐姐，回上海去了。问他能不能一同前往。

马天目的眼里闪着光，很快黯淡下去，说：不能走……我还在接受组织调查，这么不清不楚地走掉，只怕以后更会遭到怀疑。

江宜清叹了口气，说：那好！那你就做好准备，明早5点，赶到愚人码头。我已和姐姐说好，安排你们在那里见上一面。她答应同你见一面，看来已原谅你了。因为你，我们才决定先坐船绕道杭州，再从杭州坐火车去上海的。明天乘坐的小船我已让范义亭安排好。时间不等人，你一定要及早动身，务必赶到。

那天早上出门之际，马天目本想带一份礼物。想来想去，却无任何东西可带，最后只能带上昨晚临时写就的一封信。加上早先写好的一封，总共两封，全都揣在身上。在昨夜的失眠中，他已无数次想过与江韵清见面的情形，除表达一些歉意和安抚的话之外，那些亲昵的话实在无法当别人面讲出来。而对于那个碰面的码头，他当时忘了问，江宜清也忘了解释，是渔人码头，还是愚人码头？但不管叫什么，江宜清告诉他，离登船的大码头不远。那一带虽河道纵横，但码头应该好找。

马天目想着愚人码头或是渔人码头这样的问题时，已走在出门去的路上了。他凌晨3点动身，按时间测算，半个小时便能赶到那里，剩下的一个半小时，对于找寻那个码头，时间上应该足够充裕。他穿过亮着路灯的街道，走过黑暗的窄巷，一路上几乎见不到一个拂晓出行的人。直到走出街市尽头，临近城边的郊外，才零星碰到几个早起讨生活的人。他们或是挑着担子，或是徒步前行，骤起的雾藏匿着他们的身影，除踢踏脚步声外，偶尔会听到他们患了感冒般的咳嗽。

雾越来越大。起初丝丝缕缕，后来迅速发酵，变成一个庞然大物，壅塞了天地。致使刚刚透出亮光的一点天色，又灰蒙蒙暗下去。雾气超出了马天目的想象，直至嗅到河水腥湿的气味，心里方才知晓已靠近河道密布的码头附近。但他却找不准码头的方向——雾不但使他辨不清南北，甚至辨不清所处的环境，方才还能依稀可辨的芦苇、蒲草，以及近处的一棵矮树，全在眨眼间被雾气遮蔽。它们的消失魔法一样诡秘，使他完全丧失了方向感。以为直线的前行，却只是从一条路的这头，挪移到了那头。

头发都被雾打湿了，软塌塌贴在额上。而头发的根部，根根奓立起来，使他头皮发紧，神情变得万分紧张。随着时间盲目的消耗，他已有了一种紧迫感，不由得加快脚步，认为将一条路走到尽头，如果不是自己所要寻找的地方，大可以反身退回。但就是这样一种最为稳妥的设想，行动起来也万般艰难。当一片生了菖蒲的泥塘出现在路的尽头时，岸边并不见一条停泊的船只，更何谈那等待他的人。他受了惊吓般顺原路退回去，却再找不到中途曾发现的那另外一条路了。眼前充斥着一堵堵穿不透的白色幕墙，似乎故意地将道路掩藏，让虚惊不已的马天目，感到一阵阵悲凉。

一只鸥鸟从头顶飞过，发出惊诧的叫声。如果攀上鸥鸟飞升的高度，便会发现，雾气只低低遮蔽了这片河道纵横的滩地。随着雾气的移动，这在雾气中仓皇寻找的人，以及那等在码头上怅然若失的人，都在它俯瞰的视野之内。江韵清孤独地站在码头上，湿冷雾气浸透她羸弱的身体。她怀抱两臂，呆呆朝来路张望。江宜清起初陪她站着，后来跳到等在码头下的小船上，同吸烟的船夫解释着什么。有风吹过，雾气像梦境一样消散，江韵清眼前的道路渐渐显现，路边的蒲草与植物滴着水汁，在雾气中显得愈加翠绿与鲜嫩。雾气像幕布一样闪开之后，使她的目光看得更远。最终，她只能发出一声叹息，在江宜清的催促下，走下码头，跳到船上，再一次朝岸上回望，目光里满含了哀怨。

好在走不多久，随着雾气的消散，马天目遇到一位背鱼篓的打鱼人。询问之下，打鱼人告诉他，就在这条路的侧面，你从这片苇荡穿过去，几步路就到了。

等马天目气喘吁吁地赶到码头时，码头上已空空荡荡，只几条破败的渔船泊在岸边。他举目远眺，见雾霭凄迷的视野尽头，一只小船已行得很远。那站在船头的人，似乎也在朝岸上遥望，只是不知道，她能不能看清这忽然间泪流满面的男人。

第五章

1

上海市望平街南京路转角，一家叫作“济善堂”的诊所内，江韵清正在接受陈求真医生把脉。

把完脉，陈医生问：最近睡眠还好吧？江韵清只笑不答。一旁的江宜清代姐姐回话：最近吃饭多了，脸色也见红润了。陈医生又笑着看了江韵清一眼，一边拿笔开方子，一边说：你这种病，主要是心胸需放开。这服药吃完，我再给你调剂一服药，基本也就痊愈了……我这几天事情多，等下次来，我不在的话，你就找坐堂的李医生看一下……江韵清仍是只笑不答，单手拢着大姐江汰清的儿子华川。这孩子调皮得很，老想拉开贴着标签的中药柜，打探里面的究竟。江宜清却在一旁着了急，说：不是信不过李医生，是我姐姐的病，自始至终都是经您给看的，还是你给我们开方子——放心啊。

因是老相识，陈医生便笑，痛快答应，说：好！如果我不在，你们就去仁济育婴堂找我，我肯定在那儿的。

说起仁济育婴堂，江宜清自然知晓。它附属于上海最大的慈善机构济善堂，不久前陈医生凭借自己在上海中医界的威望和实力，刚被任命为育婴堂的堂长，纯属公益性质……开好方子，等伙计称中药时，江宜清同陈医生闲聊起来，说：不知你们育婴堂需不需要义工，如果需要，等我忙过这一阵，就去那里帮衬几天。

陈医生欣然说道：当然需要。像这种慈善机构，急需各界有爱心的人士鼎力相助……前几天我去闸北，看见无数国军在那里布防。昨天又听说日本军队在虹口登陆，每一个日本兵都戴着防毒面具，整整折腾了一晚上……看来仗总归要打的。仗一打起来，遭殃的是百姓，还有这些孩子……说到这儿，陈医生抬手抚了一下华川的额头，叹息着说：各自保重吧，如果有能力，欢迎来育婴堂帮忙。

从诊所出来，路过一家绸布店，江韵清忽然提议去里面看看。

见姐姐难得好兴致，江宜清乐得前往。抚摸着柜台上一匹红色花纹的丝绸，江韵清撩起一角，贴在江宜清身上，饶有兴致地说：做这一身旗袍当新娘装，好不好看？

柜台内的店员连声附和，说好看好看，不但喜兴，也能衬出姑娘的一表人才。江宜清马上明白姐姐的心思，不由得羞红了脸。

对于自己的婚事，江宜清也不是没有认真考虑过。在南京时，范义亭便曾向她求过婚。心里虽已认可，但不胜其烦的家事，总是让她下不了决心。她虽是读过书的新女性，骨子里却传统得很，觉得婚姻大事，总该要由父母做主。而华北沦陷，与父母的联系只能依靠信件。父母不在，自有哥哥姐姐们做主。陪江韵清来上海之后，范义亭曾赶过来一次，同江汰清与江韵清有过一番长谈。性格直爽的江汰清马上拍板，说：家中父母那里，由她写信告知，我为长姐，你们的婚事也能做得了主。择一个吉日，你们成婚便是。江宜清没有任何表示，算是默许。但考虑到二姐江韵清的情况，还是把婚期尽量朝后拖延，便定了个8月18的吉日。如今随着婚期临近，大部分嫁妆都已备好，范义亭却迟迟不来上海，甚至连一封书信都没有。按照江宜清的想法，在婚礼之前，总该由她和范义亭两个人，亲自筹备婚礼所需才好。比如早先由大姐帮忙看好的一件深红色婚服，江宜清就不太喜欢。而这种带花纹的浅红色布料，做成婚服，又不知配不配范义亭新郎装的颜色。况且，范义亭婚礼上穿的衣服，也还没个谱。婚礼上两人的衣着，总该搭配才对。

回到家，邮差送来一封信，是范义亭从南京寄来的。江宜清看了信，脸色变得有些不好看。江韵清一边照顾华川吃饭，一边问：是义亭来的信吗？信上怎么说？

江宜清苦笑，有些怅然地说：他或许赶不过来了，由于局势紧张，他主动请缨，参加军统临时组织的战地情报组，说不日便会上前线……

江韵清一愣神，端在手里的饭碗被华川拨落在地，摔了个粉碎。江宜清忙过来收拾。江韵清呆坐着，忽然恨恨说道：都怪我，怪我……

江宜清说：二姐，你怎么能说这种话。

要不是我这病拖累了你，上个月把婚结了，多好。

江宜清不由得笑了，说：两个人过日子，是一辈子的事，又不在乎一个结婚仪式。况且义亭在信里说了，如有机会，保不准他就想办法赶过来了，婚礼上用的东西，只是要劳烦我，该准备的准备，该操持的操持。

听了此话，江韵清心里才好过了些，忽然开悟道：这仗看来肯定是要打的。但打仗归打仗，总有个打完的时候，你这结婚的日子，只能往后推迟几天。日子该怎么过，还要怎么过；结婚用的东西，该准备什么，还是要准备什么……

江宜清很是欣慰，一语双关道：二姐，多难的事，没有过不去的坎儿。你这样想，就对了！等过几天，你陪我到大世界去逛逛，看那里有没有好看的衣服料子。

在进入8月的前半个月里，居住在上海的每一个人，都被报纸上的新闻搞得心神不宁。正如进入梅雨季节的天气一样，连篇累牍的报道大有风雨欲来之势，但新闻中微妙的措辞，却每天花样翻新。今天说誓死抗战，明天又主张妥协。究竟是战是和，每个人都摸不着头脑。时间一直延缓到8月13日晚上，枪炮声忽然像从天而降的骤雨，从闸北、虹口一带响过来，一直响到14日凌晨。天刚放亮，早起的报童便给人送来消息，各大报纸上，赫然登出“国军决死一战，胜败不计”的报道。这一天风和日丽，是个难得的晴天。吃早饭的当口，飞机的轰鸣声从天上划过。街上走着的，从屋子里跑出来的，穿着睡衣的，嘴里含着牙膏沫的，端着饭碗的……上海市民们，全都中了法术一般，驻足，仰头对天观望。在阳光照射下，飞机翅膀上的青天白日标志闪闪发亮。有人兴奋地喊着：是国军的飞机！我们的飞机！顷刻，便听到从黄浦江那边传来炸弹爆炸的声响，拖着尾音，像惊雷一样闷响。起初寥落，随后便磅礴恣肆起来。众人听得不禁心惊，却相互拿眼询问着，不敢笑出声，声音抖索地说：是我们的炸弹吧？是我们的炸弹吧？消息的真假，仍需媒体证实。不多时，便见报童扬着手里的报纸，满大街飞奔，嘴里喊：号外号外，抗战打响第一炮——国军飞机轰炸日本主力舰“出云号”！大公报的头条文章：誓要雪耻，清算甲午以来的旧账！都来买啊都来买！人们这才拍手称快，在街上奔走相告，兴奋得像过年。

不料过了午后，人们便再分不清天上飞着的，是国军的飞机还是日本人的飞机了。又看到南市方向燃起大火，火光冲天，浓烟近乎笼罩了上海大半个市区。从闸北一带涌来的难民，犹如蝗虫，从他们惊慌的神色中，那里状况的惨烈自不必问。此时枪炮声愈加猛烈，在租界这边听来便震耳欲聋，不少楼宇的窗户玻璃被震碎。大家的心情也就说不上是惊慌还是高兴了。挨到天黑，枪炮声渐渐疏落，空气中却隐隐飘来一股呛人的焦煳味。从窗子里看去，那烧在南市方向的大火，仍像焦炭，红红炙烤着大半个夜空。

第二天，由于是事先约好的看病抓药时间，江韵清姐妹俩仍旧带外甥华川出门。她们先去了药堂，见药堂关门歇业，便又绕路，向位于大世界附近的育婴堂赶去。

早在13日的晚上，陈医生便接到济善堂的董事打来的电话，告诉他明天一早，所有董事会成员必须赶到济善堂出席会议，研究难民问题。战事一起，从南市、闸北以及周边所在地，逃往租界避难的难民人数成倍增加，让法租界当局很是恐慌，责成巡捕房协助济善堂，共同商讨一个周全的应对措施。

陈医生驱车行至济善堂附近，见成千上万的难民迎面赶来，瞬间阻塞了道路。他只能下车步行，与擦肩而过的难民逆向而行。那一张张难民的脸，无不让陈医生感到阵阵悲凉。他嘴里吆喝着什么，不时伸出粗短的胳膊，挡开迎面撞来的难民。他略显肥胖的身体被难民的洪流淹没，眼睛却时时投注到那些依附在难民怀中的孩子身上。他默默同他们对视，不知怎么的，忽地想起小时候老家发过的那一场洪水。当时的陈医生被父母放在一只木盆里，随波逐流，起伏沉落……此刻，他好像看到了幼年的自己……他气喘吁吁往前走，实在迈不开步子，便笨拙地爬上一辆汽车顶部。车里有司机坐着，伸出头来，责问他踩坏了车顶怎么办！陈医生不理他，摇摇晃晃地向前迈开几步，又艰难从车头跳到街角，抄近路，折身朝一条僻静的弄堂拐去。

坐在济善堂的董事们，都是六十岁以上高龄的绅士。他们大多留修剪齐整的山羊胡子，拄文明棍，德高望重的身份一目了然。这些人平常做起事来很有城府，说话也斯文，很难见他们为某事争得面红耳赤。陈医生走进厅内会议室，却见大家争得面红耳赤，和着外面难民的喧嚷之声，整个济善堂大厅像一个蛙鸣阵阵的池塘。

直到新调任的捕头鲍里斯先生落座，大家这才收了争论，正襟危坐，认真听鲍里斯先生讲话。

鲍里斯先生耸肩，用夸张的表情说：各位先生，我们面临的问题很糟糕。你们都看到了，大批的难民，像秋天的蝗虫一样飞到了法租界，他们需要吃喝，需要便溺，若不马上想办法收容救济他们，你们可以想象一下，蝗虫经过的田地里会留下什么。他们，是可怜的蝗虫，我并没有贬低他们。他们很可怜。他们要吃饭，他们要活命；没有吃的，他们会去抢，去偷。换了你我，也会这样做！等抢米的风潮出现，那些大小米店，便会关门歇业。我们租界内的市民，便再也无法正常生活。这种形势发展下去，会多么的可怕。现在最紧要的，是要想出一个好办法——怎么安顿他们，拯救他们，也拯救我们每一个人。上帝在西方，那么你们就应该求你们的菩萨，想出一个办法来。不管有什么困难，我们巡捕房都愿鼎力相助，与你们共渡难关。

鲍里斯一番话，让大家的心情很是低落。但情况摆在眼前，大家也很是着急。借着先前的争论，大厅里重又变得一片喧嚣。大家仍是各抒己见，各执一词，但争来争去，也争不出一个结果。

董事长清了清嗓子，发话制止了大家的争论。他把目光望向陈求真医生，说：求真哪，我们都老了，你是董事会最年轻的董事，有什么想法，不妨说来听听？

陈求真用手绢斯斯文文擦着额头的汗，沉吟片刻，推推搭在鼻梁上的眼镜，语气不紧不慢：眼下，确实没有其他路可走，只有办收容所一条路可行……话音未落，厅内又响起一片低语，因为大家争来争去，争论的焦点就是在收容所的选址问题上——陈求真医生的话，说了也等于没说。

陈医生收起手帕，再次推了推眼镜，目光笃定地扫视着厅内众人。等大家发完牢骚，他不动声色地说道：至于收容所的选址问题，想来也不是难事。我们可化整为零，把难民的数量分配好——租界内的庙宇、学校、教堂、戏院，这些公共场所，完全可以容得下难民栖身。只要我们做好善前善后工作，让他们有秩序地进入，别造成混乱，在这危难时刻，我想，所有房屋的持有者，都不会将他们拒之门外的。

一席话讲完，大厅内鸦雀无声。

又听陈医生振振有词地说道：等安置好这些难民，便需我们在座的诸位尽心出力，济善堂按日给所有收容所提供白米，那么我们担心的抢米风潮便不会出现。相应的，租界内的居民，也就不会出现任何闪失。

有人不禁连声叫好，当下表示愿捐钱捐粮。鲍里斯先生率先拍一下巴掌，大厅里瞬间响起热烈的掌声。

等参加完会议，陈求真医生赶到育婴堂之后，江韵清姐妹带孩子刚刚离开。她们见陈医生不在，又见育婴堂内如此混乱，暗想即便陈医生在，又怎好麻烦他开一张无足轻重的药方，便暂时相约去了不远处的大世界闲逛。江宜清的打算，是想等过一阵再来，看看育婴堂需不需要人手，从明天开始，她便要来此做义工。

陈医生大汗淋漓地坐在堂长室，一副愁眉不展的模样。他想喘口气，借以梳理一下纷乱如麻的思绪。桌上的电话响了。拿起话筒，听到的是捕头鲍里斯那唱歌一般的说话声：陈先生，我要谢谢你啦！刚才我将你设计救助难民的方案，呈报给上级。上级很满意，答应给我记一大功，这功劳，也有你的一份啊。所以，我要打电话向你表示感谢……

陈医生说：感谢就不用了，我现在需要你的帮助，不知道你能不能满足我？

你需要什么帮助？开会时我就表示过，不管什么要求，我都会无条件满足。

陈医生语调严肃起来：那你赶快过来，育婴堂出了大问题！如得不到解决，后果将不堪设想。

鲍里斯先生即刻赶到。

陈医生带他走入育婴堂大厅。只见堂内几百个嗷嗷待哺的婴儿，排满几十张床位，一张床上并排放置着不下五个婴儿。床上排不下，厅内可用的空地上，铺了毡子，毡子上也都排满。此刻育婴堂内哭声震天。无数童子军掺杂其间，做着安抚工作。一个年龄约莫十四五岁的童子军女孩，怀抱一个婴儿，又摇又哄，好不容易将止住哭声的婴儿放下，抱起另一个。不想那放下的又哭啼起来。童子军女孩脸憋得通红，手忙脚乱，也跟着哭。

这种阵势哪里是鲍里斯见过的，一时不知如何是好。呆呆地看着陈医生。

陈医生说：这些弃婴，就是昨天晚上和今天上午收容进来的。照这种形势发展下去，育婴堂根本容不下，会瘫痪的……

又是场地，又是场地的问题！鲍里斯在一旁顿足捶胸。显然他心中思虑，仍是那可以征用的场地——用来安置难民还略显紧张，又到哪里，再去征用比收容所要求还高的收留婴儿的场地呢？

陈医生拉了他一把，说：场地的问题，不用你来操心，只需你帮我出头，协助一下就能解决。

鲍里斯问：你有什么高见？快快说出来。

陈医生说：育婴堂旁边，有六幢房子，本就属于育婴堂的房产，在政府注册过的。只因早先经费紧张，被原来的堂主租赁了出去。现在我想收回，可人家不买账，自然不理我这个新堂长，说手里有以前签好的租赁文书，要想反悔，怎么也要有个说法。即便我做出让步，说出钱另行替他们租一处新居，他们仍旧不答应。

鲍里斯听到这儿，挥手将陈医生的话打断，跑到堂长办公室，声音很大地打了个电话。

十分钟过后，几名全副武装的巡捕赶到，一字排开，站在堂口听令。鲍里斯简短吩咐一番，又让陈医生派育婴堂所有的女童子军，每人怀抱两名婴儿，巡捕在前，怀抱婴儿的童子军在后，拉开架势朝那六栋房屋出发。进门之后，不由分说，将婴儿放在住户床上，回身便去抱其他的婴儿。就这样蚂蚁搬家一般，很快将大半的婴儿全都输送过来。那些原本刁钻的住户们，面对婴儿也自感无奈，又有巡捕的恐吓，只得连连说：我们马上搬家，马上就搬！只是我们的床，我们的被褥，怎么也要带走啊！鲍里斯不客气地说：非常时期，你们的床和被褥，统统都被征用。有何异议，请到巡捕房谈话。

大世界商场内，江韵清姐妹正在柜台前流连。外面甚嚣尘上，商场内仍旧一派祥和。江韵清给外甥华川买了一只不倒翁玩具。姐妹俩看柜台上摆放的绸布，华川则蹲在一旁，用手拨弄着色彩鲜艳的不倒翁。

临近中午，江韵清等三人手里分别拎着东西，从商场走出来。头顶忽然传来飞机的轰鸣声。两位大人对战时环境已然熟悉，只是脚步略显慌乱，匆匆穿过人流，朝街对面赶去。跟在身后的华川却顿住脚步，仰起头，饶有兴致地朝天空看着。

此时陈医生正坐在堂内处理日常事务，忽听外面传来一记尖锐的嘘声，好像隐在天上的一位巨人，漫不经心地吹出一记口哨，由弱渐强。他愣了片刻，未及侧耳细听，那嘘声便拖着长长尾音，戛然中止。随着猛烈的爆炸声响起，陈医生的大脑一片空白。他身子弹起，像是条件反射，又像是楼宇的震动将他抛离地面。心跳的加剧与血压的升高，险些让他支撑不住。等慢慢睁开眼来，又见一团黑雾破门而入，同屋梁上倾泻的灰沙搅在一起，迅速遮蔽了正午明亮的光线。他掩着口鼻，摇摇晃晃走到门口，将身子倚在门框，抬头朝外面看了一眼。

育婴堂地处跑马厅路，相隔大世界商场三四百步的距离。只见排山倒海的人群朝这边涌来，身后的浓烟像驱赶他们的怪兽。人群中能依稀看见江韵清惊慌失措的身影，转瞬间被浓烟裹挟的人群吞噬。

烟雾慢慢消散。耳朵里什么都听不到，只有隐隐的耳鸣。无数张惊悸的脸从眼前闪过，他们满身满脸是血，破碎的窗门铁皮不断从空中落下，间杂有人的断臂残肢。它们发不出一点声音，具有雪片飘落般的轻盈。江韵清失魂落魄地在人群中游走。她的听觉渐渐恢复。先是听到铁皮落地的尖锐声响，接着，人的呻吟声、哭喊声，救护车、警备车、救火车发出的尖厉啸叫，搅和在一起，听来惊心动魄。

江韵清也发出了声音，她喊：宜清！又喊：华川……喊出华川的名字时，她彻底警醒，开始发了疯般乱窜，注意着每一位经过的或是匍匐在地的女人和儿童。当然，最先跨过这两种身份的尸体时，她并未具备充分的勇气，先是不敢上前去看，后来又不管不顾，上前挪正尸体的姿势，查看他们每一张脏污或洁净的面庞。到后来，她便几乎不在意那些直立行走的生者了，而是专注于每一位倒地的死者。此时，救护队已经赶到，救治伤者成了他们的首要任务。先弃那些尸体于不顾，尽力给伤者包扎，转送医院。江韵清跟在这些人身后，好像做着他们不愿做的工作，将那些女人小孩的尸体，重新检验一番。

有工作队员上前来搀扶她，把她当成需要救助的对象，却被江韵清蛮横地推开。她晃着身子，忽然拨开众人，疯子一样朝一副担架上扑去。担架刚被两位救护队员抬起来，在她的阻挠下，又不得不放下。江宜清的伤势不重，只胳膊被一块水泥砸成骨折，头部受了一点轻伤，但额头上的血和轻微的脑震荡却使她看上去人事不省。在江韵清的呼唤下，她睁开眼睛，什么话也说不出。江韵清见她没有大碍，险些喜极而泣，却连连摇晃着她，问：华川呢？看到华川了吗？

江宜清摇头，转瞬被救护队员抬走。

那边的伤员抢救过了大半，但幸存者极少；这边便有人开始清理死尸。他们把尸体一排排摆放在马路上，一排一排之间，留有足够空隙，以方便家人来认领。

两个男人抬起一具尸体，又放到一边，他们发现了一个被尸体压住的男孩。此刻男孩醒来，想挣扎着站起来，却又晕头转向地跌坐在地。有人喊来救护队员，为男孩检查伤情。另一位救护者蹲在地上，向男孩问话。男孩不回答任何的提问，只睁着惊恐的眼睛，不知望向何处。他捡起身边的不倒翁玩具，抱在怀里。他不需救治，没有任何外伤，大概是被震蒙了。要不就是受了惊吓，变成这样……一位救护队员说。怎么处置？他又问。那就送到育婴堂去吧。说不定，他的亲人都被炸死了。旁边的救护队员说着，起身抱起男孩。不倒翁玩具从男孩手里脱落，掉在地上。男孩伸着手，像是要挣脱，却由人抱迅速走远。

那个色彩喜兴的不倒翁玩具立在街头。从它的角度看去，恰与一张死者的脸相对。那死者是一位老者，像是不满于它不合时宜的喜兴，扭曲的面庞中更见一种厌弃。有匆匆走过的人碰了那不倒翁一下，它便有些疯癫地摇晃起来，像是故意要气那死去的人。这种对死者的“不敬”，很快便得到惩罚，有匆匆跑过的人一脚将它踢飞。它的头被一块水泥卡住，只露着一个圆滚滚的屁股。但又很快，有人拨开水泥，将它捡拾起来。

江韵清将这只不倒翁抱在怀里，再次发出急促的呼叫。她左顾右盼，除了绵延过来的、成排的尸体之外，整个爆炸现场已硝烟散尽，一切变得秩序井然。她双膝一软，咕咚一声跌坐在地。

尸体像一支沉默匍匐的队伍，正一排排朝育婴堂方向延展过来。站在门口的陈求真医生变得头脑清醒。他急忙喊来育婴堂的邓主任，命他把前门锁起，窗口用牛皮纸封住。他又挥了一下手，冲几个抱孩子的保育员喊：这几个刚刚送进来的孩子，受伤的留下，没受伤的送到那六间房子里去。所有的人，都从后门老街进出。

陈求真医生这样做，是怕外面恐怖的场面，惊吓了育婴堂内的人员，从而影响到他们的工作情绪。而他的这一举动，却让江韵清错失一个找到外甥华川的机会。

2

当天下午，有五位奶妈来求见陈求真医生。

她们是来辞职的。她们是育婴堂资格最老、工作最尽心，也是对育婴堂充满了很深感情的奶妈，但在这紧要关头，却提出辞职的要求，很令陈医生不解。

其中一个梳发髻的奶妈说：陈堂长，所有育婴堂的奶妈都走了，只剩下我们五个。我们也得走啊。

陈医生问：你们为什么要走？

那奶妈撇撇嘴，一脸惊恐地说：外面净是尸体，别说被飞机炸死，吓也被吓死了……我们虽想走，眼下却回不去乡下。在上海我们又举目无亲，只想求你写封信，介绍我们到附近的难民收容所去工作，也好有口饭吃。

陈医生听了此话，倒松了口气，说：你们不要走。尸体有什么可怕！我今晚就不走，陪大家在这里住。如果你们实在怕，就看我被褥都不用，直接睡到街上的死人堆里去。

那几个奶妈吐吐舌头，连连摆手，说：陈堂长，你别逞能，那可怎么行！

陈医生端正了语气，说：各位姐姐，如今正是育婴堂缺人手的时候，你们要走，就是拆我的台啊。只要你们不走，我保证留你们长期在此任职，日后定有加薪。若口头承诺你们不信，我可以写一份书面保证，交到你们手里，做日后的凭据。

打发走五位奶妈，陈医生又喊来邓主任，问起走失人员的情况。邓主任说：出了这么大的事，家在上海的工作人员，即便不想回家，也都被家人喊回去了。这倒不必担心，我担心的是明天，那些穆尔堂学堂的女童子军们大都家境优裕，年龄不过十四五岁，平常在家里都是娇生惯养的，明天肯不肯来，还真是个大问题。若她们不来，明天的事就不好说，那可要乱套啊！

这些难缠的事，想来想去也理不出个头绪。陈医生干脆不想，勾手问邓主任：有没有酒？邓主任说：事情这么乱，你还有心情喝酒！

陈医生说：今朝有酒今朝醉，生死皆是身外事。我越是心乱，越要喝酒，明天的事，明天自能找到解决的办法。

那一夜外面的街道上，整夜都亮着细微的火光。那是死者的家人们，焚烧纸钱和燃起的香烛。明明灭灭，形似鬼火。而那嘤嘤咽咽的哭声，则此起彼伏，像被风裹挟的雨声，一直惊扰着噩梦丛生的浅睡。即便喝了些酒，陈医生也睡不踏实，好几次被惊醒。

天黑之后，江韵清好不容易找到收治江宜清的医院，见妹妹伤势并不严重，胳膊打了绷带，心里才稍稍安定了些。

华川找到了吗？

面对江宜清的问话，江韵清除了愣怔，毫无反应。

最后还是江宜清醒悟过来，怕二姐受刺激，转口安抚她道：姐，你别着急。着急也没用，你要急出什么事来，可就更不好办了。

安抚完江韵清，江宜清却被另外一个问题难住了。因实在找不到可解惑的答案，便自言自语说：华川的事，要不要告诉大姐呢？

把华川带在身边，其实是江宜清的主意。因为她发现病中的江韵清，每次看到外甥华川，眼里总会露出欣喜的神色，她身上那些疑似精神方面的病症，全都不治自愈。华川是治疗她精神隐疾的良药。她将这一发现告诉大姐江汰清。江汰清自然答应，并郑重其事地说：等过段日子，你二姐病好些，和你二姐夫商量商量，他们若是愿意，把华川过继过去我也舍得。

但现在，出了这样的事，怎么来和大姐交代？

这样的问话，自然在江韵清那里得不到答案。

江宜清只好自己做主说：就先别告诉大姐了……二姐，明天你自己先找找看。若找不到……我在医院待上一晚，明天回家，由我去转告大姐，我们大家再一起找。

寻找对江韵清来说几乎是徒劳的。记忆被切成块状，存放在她的脑子里；又像一张张纸牌，被一只无形的手操纵。有时她把一段事想起来，当记忆的链条露出罅隙，那只无形的手却会对她翻开另一张纸牌，向她提供毫不相干的内容。

她懵懵懂懂来到育婴堂，其实是从门口看到陈医生的身影，倏忽想起抓药的事。等走进育婴堂内，见到无数啼哭的孩子，便又想起下落不明的华川。她扭身准备出去，被陈医生叫住。

此时忙得焦头烂额的陈医生，脑子里也是多忘事，只是记住了江宜清说过想来做义工的话。他冲江韵清招了一下手，吩咐道：你来得正好，现在育婴堂缺人手，你就留在这儿搭一把手吧！

江韵清迟疑着说：可我要去找我外甥呀！

你外甥？

是啊，昨天，飞机扔炸弹，他找不到了。

陈医生有些吃惊，暗想，或许孩子早被炸死了。不炸死，也会被人踩死，又到哪里去找？只能到死人堆里去找！想点醒她，这种话却实在说不出口。他便挥挥手，示意她自便。江韵清刚转身，又被陈医生喊住：外面这么乱，你自己找来找去，又怎能找到？不如这样，我给巡捕房打个电话，让警察帮忙，另外通知各收容所管事，在各个难民营找找。是死是活，这不就找得快一些！

江韵清听了，自然掂得清话里的分量，说：太好啦！那我就留在这儿，一边帮忙做事，一边等消息。说完这句话，想问自己能干些什么时，陈医生早不见了踪影。

和昨晚预料的一样，那些穆尔堂学堂的童子军，果然稀稀拉拉没来几个。陈医生瞬时急火攻心，喉咙肿胀。他给三江师范学院的校长陆礼华打电话，因是老同学，讲话便不客气，扯开喉咙像是吵架。但越是放大声音，对方越听不清。陆礼华说：你别嚷，省点唾沫。我这就赶过去，见了面详谈。

陆礼华赶到，听了陈医生的讲述，先损了他几句，说：没见你求别人做事还这么不客气的，一大早吵得我耳朵嗡嗡叫。

陈医生说：都是自家人，你莫见怪。这些婴儿无人照顾，就跟天塌了一样，所以我才有那么大的火气。

陆礼华说：好了好了。听你嗓子都哑了，还是心疼一下自己吧。你所处的难事，有我在，那都不叫难。我们学校一千多童子军，我一个电话，马上把人派过来。一天分三班对调，每班派四十人绝无问题。这些学生来了以后，就由我来亲自坐镇指挥，照料婴儿的这一摊事，你管都不用管。否则，你除了跟我吵架，在外人面前总是文绉绉的，怎能撑得下去。

护工的问题刚刚处理完，其他问题又接踵而至。邓主任拿一张条子，来到堂长室，可见问题之多，用心记都记不住。他照本宣科，逐一念给陈医生听：一是没有钱，雇不到奶妈和长工。二是婴儿床不够用。大多数孩子睡在地板上。没有被子衣服，也没有尿布。三是病孩子越来越多，医疗设备不够用。四是育婴堂以前收养的弃婴，养到能走路之后，便送到上海龙华孤儿院去。现在龙华成了双方交战的战场，这些适龄的孩子如何安置，成了困扰育婴堂的一个大问题。

听完汇报，陈医生闭了一会儿眼睛。像这些能有时间容他思考的问题，处理起来倒游刃有余。他当下用手拍了拍桌子，倒豆子般把处理意见讲了出来：

明天一早，你在育婴堂大天井间，排四张桌子。第一张收捐款。

第二张收小铁床、被子、衣服尿布。第三张热情接待前来的义务医生。第四张接待来领养婴孩的人。记住，要请陆礼华协助，每一张桌子上多派几名女童子军，搞好接待服务工作。

邓主任听得不禁愕然，觉得陈医生解决问题的方法如此简单，也真是好笑。你又不是神仙，吹一口仙气，想要什么有什么。如此安排，倒像骗人的江湖术士，拉开架势，专等被骗者上钩。

陈医生也看出邓主任心里的疑惑，只是挥挥手，吩咐他说：赶紧去吧，就照我说的去准备。

邓主任走后，陈医生伏案，奋笔疾书，草拟了一篇向社会呼吁的新闻稿，又写了一段电台用的广播文稿。写好之后，他打了一通电话，来到大堂，看到插不上手的江韵清，便把出外送稿子的任务交给了她。

忙碌倒像是治愈恍惚的良药。通过半天认真做事，江韵清的脑子倒清醒起来，又恢复了她以前的精明干练。她按照陈医生的吩咐，先去了《申报》，找到赵主编。赵主编看过文稿，有点不信服地问：现在只有难民问题，何以还有弃婴这等离奇怪事？江韵清说：穷苦人家乱生滥养，现在大家只想逃难，所以便把襁褓中的婴儿送到育婴堂。还有那些轰炸和逃难中与家人走散的孩子……说到这儿，江韵清不禁想起外甥华川，眼睛都湿了，说话的语气也不禁义愤填膺起来：陈医生让我捎话给您，希望这段新闻登在显著位置，以便让更多民众看到。今晚就要见报，如果等到明天，说不定育婴堂会出大乱子，民众指摘起来，你们报纸自然也脱不了干系。

赵主编看着江韵清的表情，似有所悟，连连点头。

出了报社，江韵清又接连去了三家无线电台。电台主任们倒颇为热心，立刻宣布游艺节目暂停，插播了这条消息，并亲自跑到播音室，抓过麦克风来主播。有一家电台竟要江韵清以当事人的身份，亲自讲上几句。江韵清的情绪也颇为激动，除了照稿子念一遍之外，又动情地讲了外甥华川失踪的消息，最后恳请所有的上海民众，一定要尽心出力，帮育婴堂渡过难关，并帮她找到外甥华川，以及留意更多与家人失散的孩子。

江韵清慷慨的讲述经电波传送，引无数人凝神倾听。大姐江汰清听到了；从医院出来，正走在回家路上的江宜清也听到了；电波甚至传送得更远，远在上海郊外的范义亭也听到了。此刻，他因左臂中弹，正躺在战地医院的病床上——他是主动请缨，随军统派往淞沪的特务侦察组赶来前线的。之所以主动请战，是因为他想更靠近江宜清。现在，江韵清的声音响在他的耳边，离得他这么近。让他更加深切地想念起江宜清来。就在今晚，他将偷偷潜回上海市内，去赶赴他那已迟到的婚约。

回去的路上，街上的大喇叭仍在重复播放着江韵清的声音。街上还有很多人在驻足倾听，江韵清脸上不禁露出欣悦之色。天色已晚。由于大爆炸，全城很多地方戒严。江韵清回不到家里，只能赶往育婴堂，准备在那里住一晚。

月光照着残破的街道，一片狼藉。这画面正像江韵清梦中的一个场景……一位衣衫褴褛的难民从废墟中穿过，怀抱包裹，朝育婴堂方向走来，一边走，一边朝怀中探看。先前育婴堂的门前，本来有一个砌在墙上的大抽屉，是专为接受弃婴而设的。现在战事一起，那抽屉几乎成了摆设，根本就不敷使用，很多人便把自己的骨肉放在门前的人行道上。那送婴儿的男子慢慢走过人行道，低头看见脚下铺了大红毡子。清白月光下，泛着冷火一样的微光。那是育婴堂的人，怕婴儿夜里着凉，专门铺设在那里的。毡子上，已有数十个婴儿包裹并排放着。男人跪地，将婴儿放好。跪了一会儿，站起来。临走，他再次弯下腰身，匍匐着，在熟睡的婴儿脸上亲了亲。

一阵嘈杂的声音将江韵清惊醒。

睁眼来看，见天光大亮。她急忙起身，赶到天井间。

宽敞的天井间里，按陈医生的吩咐，已有四张桌子按顺序排列。桌子上摆着用毛笔写就的标签。有人正埋头记录，几个意气风发的女童子军，正在迎接前来捐赠的市民。几十套小铁床、被子、衣服、尿布等物，已有序堆放在天井间的角落。陈医生、陆礼华二人，在现场指挥。江韵清也加入他们的队伍。

随着时间的推移，天井间渐渐变得拥挤不堪。捐款捐物的人仍旧络绎不绝。几位叽叽喳喳的中年妇女围着陈医生，说她们愿意将大一些的孩子领到家里，暂时抚养几天。我都好久没带小囡了，好想再尝尝带孩子的滋味。一位胖胖的中年妇女，有些矫揉造作地这样说着。

邓主任见大家辛苦，中午特意吩咐厨房多加了两个菜，也为投陈医生所好，又自己掏钱买了酒，算是犒劳大家。陆礼华校长虽为女性，却颇有几分酒量。一桌子人，唯江韵清吃得郁郁寡欢。大家劝她。陈医生心怀愧疚地叹了口气，对江韵清说：巡捕房和收容所的管事，至今也没传来消息，看来孩子，凶多吉少啊……

陆礼华瞪了陈医生一眼，说：正吃饭，别说败兴话。说不定柳暗花明，孩子下午就能找到呢！

陈医生叹口气，自知失言，独自喝起闷酒来。大家纷纷劝江韵清吃菜，并说着宽心的话。

正吃着，从外面进来一对衣饰华贵的夫妇。男人端着架子，昂然而入，开口便问：谁是堂长？

陈医生摇摇晃晃站起来，脸上堆笑，说：在下便是。

问话的先生看一眼微醺的陈医生，满脸不屑，开口便是苛责之词：我以为育婴堂总该有相当的规模，料不到竟如此破败。孩子们被安排在地板上，挤做一堆，想来比跟着父母还要受罪。我更想不到，在这非常时期，鼎鼎大名的堂长先生您，竟还有心情坐在这里吃喝。

陈医生听了此话，知道来者不善，也不生气。如果因为这几句妄言生气，也不符合陈医生的性格。而一旁的陆礼华却坐不住，撂下碗筷，一脸怒容，想同此人分辩几句。陈医生摆手制止，干了杯中酒，慢悠悠说道：这位先生，仁济育婴堂是五十年前创办的，破烂寒酸之相，就连鄙人接手时也看不惯。本来我们只具备接收一百个婴儿的能力，平常也不足此数，但现在，一天便要上百。我从前任堂长手中接办时，也曾信誓旦旦，想改变育婴堂的现状，可心有不逮。如今正逢乱世，所以更为窘迫，是既缺人，又缺钱，一切都成了空谈……至于这吃喝嘛，我们这一桌子人，从早起就没喝上一口水。这桌子上的菜，是食堂供应，至于这酒，鄙人有这一点小小嗜好，自己掏腰包喝上两口，也不至于被千夫所指吧……

说到这儿，有育婴堂内的工役、童子军、主管先后进来，排成队，找陈医生解决问题。陈医生换了一副平和严谨的神色，逐一为他们解决。

那对夫妇听完陈先生的委婉辩词，都面有愧色。夫人悄声责备了做丈夫的几句，那先生便越发有些坐不住了。但他虽然屁股扭来扭去，却始终坐在椅子上不走。

午饭吃得寡兴，众人早早撂了筷子。陈医生碗里盛的半碗饭，再没有端起来的机会。打发走那些人，又有一位自称邵万生南货铺的少东家，拿了四种奶糕样品来让陈医生过目。

陈医生选了一种红色奶糕。

少东家问：陈堂长，何以选这一种？

陈医生答：这是我设计的，在奶糕中掺入赤豆汁，婴儿吃了有诸多益处。至于奶糕的价钱，我和你父亲争执了很久，我们是老朋友，我当时说过“积财不积德”的狠话，不知你父亲介不介意？

少东家一笑，说：陈堂长，你说的正是呢！自和你有过一番争执，我父亲已转变了态度。临来时他已吩咐过我了，只要你选定一种，他可以无限制供应，一个钱也不收的。我们是全上海做奶糕最大的一家，也要积最大的“德”。

陈医生笑着连连点头，说：好啊！好！

送走少东家，一位绅士打扮的胖老头走进来，进门便亲热地和陈医生寒暄。

陈医生问：耿老伯，前两天咱们在董事会的会议上刚刚见到，今天来找我，又有何事？

那位老伯眏一下眼皮，压低声音，显然不想让其他人听到。

讲了几句，陈医生向后闪着身子，说：耿老伯，你这样小声，我听不见呀！你还是把你想说的话，大声说出来好了。这里又没有外人，你有什么不好意思的……哦，你是来讨债的呀？你怎么也知道育婴堂收了一笔捐款？真是消息灵通啊。

那耿老伯被陈医生说得更加不好意思，拉着他的衣袖，示意他小声。

陈医生却放大着声音：催债可以，我可以让育婴堂成百上千婴儿挨饿，还以前欠下你的米账。可最近，你们米店送来的米，品质恶劣，掺了无数细沙白米粉。明明是四号杂米，而你开的价钱，却是二号白米的价格，这就有点说不过去了吧！

耿老伯听了此话，脸色大变，说：小世兄，你可不要乱讲！我也是个行善事的人，绝对不会做出这等丧尽天良的事来。

陈医生凛然一笑，说：您要说我乱讲话，那就不妨叫邓主任，把淘米淘出来的沙粒杂质和黑小米拿来，请老伯过过目。

陈医生言毕，邓主任已拿了一只米桶过来，伸到耿老伯面前。只见米桶内满是沙石杂质和黑小米。

陈医生说：老伯，今天恰巧有新闻记者过来，要不要请他们过过目？

耿老伯两手抖颤，像越剧舞台上表达惊诧的老生，讷讷说不出话。好半天，他才换了一副和颜悦色的神态，说：好啦，小世兄，以前积欠的全部米账，一笔勾销，就算我捐给你育婴堂的，这总行了吧！

陈医生不动声色：只怕你耿老伯，心疼得几晚上睡不好觉，熬坏了身子，我可担待不起。

耿老伯伸手在他肩上拍了一下，说：去！熬坏了身子，不是还有你这鼎鼎大名的医生嘛！你见人下方子，我可真是服了你！

陈医生按捺着笑，连连向耿老伯拱手致谢。

送走耿老伯，陈医生疲惫地瘫坐在椅子里。

那对在一旁坐了半天的夫妇耳语一番，由先生站起来，近前对陈医生说了一番道歉的话，并说：陈堂长，你育婴堂虽然暂时“缺人缺钱”，但凭你的口才，这“缺人”的一面，你应付有余，这“钱”的一面，由我来为你出一份力如何？

话说完，他当场便开出一张麦加利银行一万元的支票来。

陈医生大为惊诧，又备受感动，拉住夫妇俩的手，问他们姓名。二人却无论如何不肯道出。那位面相和善的太太说：陈堂长，不要问我们的姓名，我们只想求你答应一件事。

见陈医生犹豫，那位太太笑了一下：也不是让你特别为难的事。你们不是发出了领养弃婴的告示嘛，我们想多领养几个，你可否答应？

陈医生心里有了底，说：照堂里的规矩，领养婴孩以一名为限，多则恐人拿去买卖。但看你们夫妇，地位不同，又对堂里做了这么大贡献，自然不会做出这等事来。只要补办一份店铺保证书，你们的身份可不必暴露。

夫妇俩欣然而去，不一会儿便把保证书拿来。

接下来，陈医生偕江韵清，陪夫妇俩到育婴堂各处，去挑选五官端正，面目清秀，能被夫妇俩认可的孩子。

江韵清第一次走遍这规模不大的育婴堂，包括那六间新开辟出的育婴堂室。看着夫妇俩因挑选婴孩而引发的争执，她不禁再次有些走神。她把这夫妇俩，想象成马天目和自己。那个喜欢女孩的先生，活脱脱便是一个马天目的替身。他喜欢大眼睛圆脸蛋的女孩，而马天目也曾对她表示过，他不但喜欢女孩，而且更加喜欢圆脸蛋大眼睛的女孩。当江韵清怀孕时，他一遍遍描述着那肚子里的胎儿，用他欢喜的方式。而当儿子降生，江韵清曾开玩笑问过他：生了个儿子，你是不是失望了？马天目一边摇头掩饰，一边狡黠地说：这次生了儿子，下次，你还可以再给我生个女孩嘛！江韵清说：你想得美，下次再生，我还会生个男孩的。

而那位喜欢男孩的夫人，审美标准和江韵清相似。她喜欢胖一点的，看上去憨头憨脑的男孩。而江韵清也这么认为，憨头憨脑的男孩，看上去总归好玩一点。

这因婴孩性别争执不休的夫妇俩，看上去那位先生平日里显然是有些强势的。最后在陈医生的调解下，夫妇俩达成和解，决定收养四名弃婴，两男两女，各执一半。当达成妥协之后，夫妇俩便各行其是，分头去找自己中意的目标。等把目标大体选中，夫妇俩会合，让陈医生和江韵清参谋，对所选目标再次评定一番，好做最后裁断。

每当评定丈夫选定的女孩时，那即将做母亲的夫人总会大肆挑剔一番：你看这女婴长这么胖，长大后说不定会成个胖子。胖女孩你喜欢啊？眼睛大有什么用？又不是养金鱼！而评定夫人选定的男孩时，做丈夫的虽不至多么刻薄，却仍是持否定态度，说：小眼睛，长得又黑又憨，男孩子嘛，还是清秀一点比较好。

在最后一间育婴室内，夫妇俩仍对选中的几位婴孩举棋不定。陈医生和江韵清也懒得掺和，同保育员聊着什么。那个走到角落里去的夫人，忽然伏在一张床前，仔细端详着一名睡熟的男童。她眉眼舒展，对她的丈夫招手，又好像要寻求江韵清的帮助一样，也冲她招招手。

陈医生仍在和保育员聊着，忽听江韵清发出一声惊叫。他不知道发生了什么事，扭头去看。见那伏在床前的夫人被江韵清拨开，因动作粗鲁，夫人一个趔趄，险些跌在地上，正不满地看着江韵清。而江韵清正俯身在那熟睡的男童床前，嘴里喊着什么，试图将他抱起来。

保育员急忙跑过去，想拉开江韵清，说：这孩子前两天送进来，一直在发烧，情绪也不好，什么话也不说，你不要打扰他。

江韵清甩开保育员的纠缠，扭过脸，喜极而泣地说：他是我外甥！我都找了他两天啦！

众人都有些发愣。倒是陈医生显得喜出望外，连声说：是吗？是吗？那可太好了。这真是踏破铁鞋无觅处，得来全不费工夫。说着又拍了拍自己的额头，追悔莫及地说：我怎么就这么笨，想不起孩子会被送到这里，偏要让人去收容站打探什么消息。

男孩醒来，看着江韵清，忽然启开嘴唇，笑了笑，叫了声：姨姨……

这一家人的聚散离别，在这8月下旬被炮火围困的上海，显得极其幸运。

在将华川领回家里之后，范义亭也奇迹般地回来了。大家见其伤情并无大碍，不由得唏嘘感叹。又听范义亭说起前线发生的事，说在孙元良、罗卓英将军的指挥下，国军正在浏河一带同日军决一死战。相持了有数十天光景，而就在今天上午，前线传来捷报，国军已将吴淞前线的日军全部歼灭。这真是一件振奋人心的大喜事啊！

江汰清也说：国军胜利的消息，她也是刚刚听到。现在上海的市民们，都在积极做着后援工作，组成了无数个“抗敌后援会”。他们学校组织的后援会，刚刚去前线慰劳将士，要不是听说华川出了事，她现在还在那里忙着呢！

江汰清说到这里，忽然眨了眨眼，看着江宜清和范义亭，眉梢带笑地说：前线捷报频传，我们家里也该添点喜庆，趁着义亭能从前线回来，我看哪，你们俩的婚事，赶紧办了。

众人皆拍手称快。

对结婚的提议，范义亭当然巴不得，甚而有些感激大姐的善解人意。但江宜清却持反对意见，说大家都在为抗日尽力，这个节骨眼上，两个人结婚，会不会遭人指摘。

江汰清当即否定了她的这一想法，说结婚也是对抗战的一种支持。等你们完婚，办妥了终身大事，全身心投入到抗战中去。说不定，明年这时候，再生个大胖小子，更为抗战贡献了一份力量。

经过一天筹备，婚礼还是在江汰清的主持下，如期举行。

范义亭和江宜清二人，穿了素朴衣服，去就近的照相馆照了一张结婚照。摄影师听说是从前线负伤下来的将士，热情得有点过头，将头埋在照相机的黑布罩里，来来回回摆弄着两人的姿势，却怎么看怎么别扭。后来才想明白，那姿势的别扭，皆因二人胳膊都负了伤，缠着石膏，打着绷带。但略有喜感的是，江宜清伤在左胳膊上，范义亭伤在右胳膊上。两人身体靠在一起，左右端着的两只伤胳膊，像两张弓，端得很有气势。

第六章

1

韵清：

见信晤面。

不知前两封寄出的信，你是否一并收到？

那是我在南京写就的两封。本想在南京分别时，亲手交予你的。就像我满腹的话，当面说给你听。但天不遂愿，老天也像是站在你的一边，善意地苛责着我，也一并考验着我，提醒着我的过错，也让我清醒地认识到，我对你和静白，有着多大的亏欠啊。

我已于半月前抵津，日前住在蓟县的一座山上。之所以信写得迟，只因琐事繁多。来到这荒山古寺，还在等候“家人”发落。但在津的家人，你是无论如何不用挂念的。岳父母大人身体安好！竺清四妹陪在他们身边。刚来津时，大兄茂群我也见着了，他刚完婚，在生活与工作上，也给了我诸多指点。

我最放心不下的是你啊，是你的身体和你的心情。现在蓟县的山上秋色正浓，有深红的果和金黄的叶，却每每被大雾笼罩。我心里虽怕这迷雾，却又知道它的另一别称——我们所学的知识中，不是说它是接近地面的云吗？就让我相信这一“浪漫”的说法好了。当雾气消散，这低低的云，应该是带着我的思念，飘到你那里去了。

即祝

你的健康和愉快

天目　　1967年9月26日

时间是一座迷宫。有时，现实与记忆总会给人一种似曾相识之感，就像摆在面前的这封信。在这样一封奇怪的信中，苍老的马天目深陷于时间的迷宫中无法自拔。写好这样一封信时，他记得的日子，同样是9月26日，秋天——却未曾意识到，时间已在记忆的标尺上刻下深深印痕，此端是1967年的秋天；而彼端，则是褪色的1938年的秋天。他记得多清楚啊——1938年的秋天，他寄居在蓟县的一座山上，每天写着为自己洗脱罪责的报告，陈述着自己在南京所经历的一切，包括他和南方局军事组忽然中断联系，从而不得不独自返回天津，意图通过江茂群的关系，重新取得组织上的信任……当初怎么未追随江韵清去上海？意识到这个常识性的问题时，他想来想去，最终想了起来——后来在历史上被称作“淞沪会战”的那场战事，给了他一个清醒的提示。在当时，他是无论如何也不可能走入那被炮火围困的城市的。

现实与记忆的相似之处，往往除了时间节点相同之外，道具与场景的相似，也一度迷惑了马天目日渐蜕化的大脑。他以“右派”的身份被发落的地点，恰巧也在蓟县。同样也是在一座山上，和寺庙同样破败的一座牛棚接纳了他。在他的面前，同样放着纸笔。他每天所要面对的，仍是要写无休无止的材料。一个是撇清，一个是交代。他所要撇清的，是南京那段在外人看来谜一般的遭遇；而现在他所要交代的，则是他一生中已被定性的污点。

焦灼的马天目就是在写材料写累时，才提笔给江韵清写这些信的。1938年秋天的马天目，如饥似渴地思念着他的妻子；而1967年秋天的马天目，已在时间的风蚀中过早地显出老迈。他在恍惚中无意识地给爱人写信，认真的样子就像一位匠人，端庄地握着刻刀，任时间的碎屑扑簌落下。他将记忆中发生的事，刻在纸上，落款却定格在现实的时间维度上——却并未意识到，他的妻子，能否收到这样一封错综复杂的信函。

亲爱的韵清：

收到你的来信。就如我现在的感受一样，我是如何地感觉到了我的幸福啊！就在茂群大兄将你的信转交我时，他也一并给我带来了一个极好的消息。“家人”终于认可我了，并派我去滦州工作。能得到家人的信任，以及能收到你的来信，这双倍的幸福，已让我感到久违的陶醉了。

信中得知你身心安好，我真的不知该说些怎样感激的话。但又说给谁听呢？想来想去，还是说给你吧！

我已身在滦州。这块地处燕山南麓，由河流改道而成的冲积平原，民风彪悍。你所知的，1933年发生的“长城抗战”地址，就离此不远。而我们正在商讨的这一件大事，注定会和1933年的那场战事一样，对抗战有着举足轻重的意义。我的搭档刘志远兄，是个勇敢、果断而又忠义的人。他刚刚做了一件惊天动地的事。你在当地的报纸上，或许能读到这样一条消息——在滦州火车站射杀汉奸刘佐周的，便是此人。

好了，现在已是深夜。你身处的夜，也该是到了休息的时间。志远兄在外面喊我开会。等忙过这一阵，我会及时给你写信的。而同样，也期盼着能收到你的信。读信，就如听你说话，就和看到你的面容一样。

祝福！

想你的天目　　10月15日

亲爱的韵清：

一切都好！

不知什么原因，你的来信竟迟迟未能收到。

但我仍是要给你写信，因为有欢喜的事要与你一同分享。我们的“起事”取得了胜利。这是预料中的，也是出乎意料的顺利。这由七万人掀起的革命风暴，已将日本人逼退到铁路线以南和县城里去了。冀东广大的农村，成了抗日武装的地盘，但也存在着一些问题亟待解决。我随抗联到了遵化。听说，茂群大兄过几天也会来这里会合。不知他离开天津之后，还能否如期收到你的来信。但无论收到与否，我给你的信，总是要写的。

如果地址一时不能确定，你也不会中断这唯一的同我互诉衷肠的机会吧。不要停下来，信不能收到，你的心声我却总会感觉得到。就像现在，从远处传来的胡琴声，始终萦绕在我的耳畔。你可将写好的信打包，一块邮寄给我。这样的要求虽有些孩子气，但还是能安抚我疲惫身心的愿望吧！

一想起你，我总会感觉到喜悦的。

昨夜梦到你了。

时刻想你的人天目　　11月2日

1967年的马天目写着这样的家信，往往会沿袭了旧日的习惯。他会接连写下数封，等待时机再一并投递出去。直到后来，他甚至会漏掉落款，书信俨然成了日记的一种形式。而在开赴平西的往昔岁月里，他确是有着写日记的习惯的——那些断续的记录，实则成了他对爱人的倾吐——但后来，他却犯下一个错误，一个因老迈昏聩而犯下的错误，他常把交代材料与家信混为一谈。写着交代材料时，他会用抒情的方式给他思念中的爱人写一点熨帖文字；而在写着家信时，一段痛心疾首、反思自己革命历程的悔过之词便会跃然纸上。当“文革”临近尾声，沉疴日重的马天目猝死狱中，他的外甥女陈华姿来替他收拢遗物，发现了这些语义不明的信件。读着这些信，曾参加过抗美援朝的陈华姿一头雾水，她搞不清当初在上海，曾与自己有过亲密接触的姨夫，在后来的革命历程中到底经历了什么。他的这些属于遗物的私人信件，读来有一种令人啼笑皆非的效果。

而被关在牛棚里的那些日子，马天目早已被当作一个笑料存在了。他递交上去的交代材料里面，会掺杂着一两封绚美柔婉的情信；而在那些经过审查方可投寄出去的家信中，会有一页语调昂扬的悔过书。况且所有寄出的信，都会原封不动退回来，堆在办公室的角落，慢慢积了灰尘。直到后来，所有马天目拿过来的家信，看守也懒得审查，寄也不寄，直接堆在那个角落。直到陈华姿来监狱拜祭他，一位好心的看守说：喏，那里还有不少他以前积压的信件，也一并带走吧。

2

时间拉回到1938年的10月。

在抗战全面爆发的大背景下，鲜能见到有史料记载，或经文人大书特书的，震撼整个华北的“滦州暴动”，以及随后极其悲壮而惨烈的“平西大撤退”。这段历史似乎掺杂了太多的隐情，以及难以言说的秘密。

当时在河北省委任职的江茂群，接到晋察冀军区发来的指示后，马上动身，经唐山、过开滦，在交通员护送下，找到八路军第四纵队的驻地。他在一场集结了四纵党委、冀热边特委，以及抗联首领召开的会议上，见到了马天目。

关于第四纵队，或许应简略提上一笔。早在1938年春天，八路军邓华支队和宋时轮支队，便已先后挺进平西，为策应筹划已久的“冀东大暴动”，筹建了这支队伍，并于1938年8月，挺进冀东。目的是准备在冀热边区，开创一个以深山区为主要依托的抗日根据地，以供冀东暴动的抗联部队集结、隐蔽和休整，坚持长期、持久的游击战争。而江茂群所在的河北省委撤销，所有成员赶赴冀东，也主要为了辅助第四纵队开展工作。

为了让新来的河北省委同志了解详细情况，纵队司令邓华在会议正式开始前，首先谈了谈部队所面临的处境——

铁厂会议召开之后，为贯彻会议精神，在何地创建根据地，便已提上了议事日程。晋察冀军区提出的建议是，以兴隆县的雾灵山为中心区。但经考证，雾灵山人烟稀少，不便于工作的开展，很快被否决。依据第四纵队领导成员的临时拟议，准备将青龙山北部的都山作为开拓目标。9月初，由政委宋时轮率第四纵队和“抗联”主力去攻打都山。不想受挫，遭到顽强抵抗，部队受损严重。日本关东军以及伪满军的装备实力超出他们的想象。而在那场战事中牺牲的，大多是连以上干部和有经验的战士。第四纵队的实力因此大打折扣。虽有刚从“抗联”补充进来的兵源，却大多是当地的农民。如何提高他们的作战素养以及政治素质，成了目前亟须解决的问题。而更亟待解决的，则是选定哪一处作为根据地，来容纳部队休整生息，以备度过这个即将到来的冬天。

平西——这片位于北平西面，平绥铁路以南，平汉铁路以西，囊括宛平、房山、昌平、延庆、良乡、涿鹿、宣化等县的广大山区，根据地已初具规模。撤退到那里，当然是第四纵队党委与冀热边特委的首选。但也有很多人持反对意见，以冀东“抗联”高层居多。当然他们的意见，也代表了大多数“抗联”战士的想法。

邓华说：现在我们很多的“抗联”同志，都极力主张把冀东当作根据地。这个提议虽不错，冀东有大片青纱帐，也有牢固的群众基础，但青纱帐倒下了怎么办？况且冀东是连接华北和东北的咽喉要地，日本人岂能错失这块地盘？虽暂时没有部署多少兵力，但这是因为他们正在攻打武汉，无暇顾及。一旦他们腾出手来，纠集兵力过来围剿，以我们的实力，很难与之抗衡。守不住地盘，那我们所说的根据地，就等于纸上谈兵。

邓华讲到这儿，政委宋时轮接过话头。他的神情看上去忧心忡忡，大概都山战事的失败，仍困扰着他的心情——

根据地建立不起来，我们的部队将面临无后方、无后勤保障的困境。七万人的队伍，这么庞大的数字，可不能掉以轻心哪……冀东地区的三百多名党员，虽然都被我们安排下去，当了团长、连长、指导员，但这些人大多是小学教员和地方干部出身，又不会带兵，所以很难改变部队目前战斗素质差、政治面貌差的现状。你看现在，有些部队伙食问题尚未解决，吃饭就在镇上的饭铺吃，或向老乡籴些米自己煮，这哪像一个战斗部队的样子嘛。

马天目插话说：还有另外一个更为严重的问题——大家的抗日情

绪虽然高涨，但农民习气一时难以改变。舍不得枪，更舍不得家里的老婆孩子。在部队待不上两天，就要跑回家看看。有时早上做父亲的拿着枪来顶岗，家里有人找，招呼不打一声，扛起枪就走。晚上再由儿子拿枪，来顶替他父亲的位置。

马天目话音未落，又有其他人七嘴八舌，反映了一些稀奇古怪的问题。

邓华忽然点名说：志远同志，你是“抗联”部队的总指挥，就这个问题你说说自己的看法。

江茂群看过去，见一魁梧大汉从圆桌边站起来。早在马天目发言时，这大汉脸上便有一副尴尬表情。此刻他羞红了脸，抬手比画了一下，说：我也替他们害臊。但一时管不过来。这些哥们爷们，过苦日子过怕了，家里好不容易攒钱买下一条枪，自然宝贝似的护着。刚刚加入部队，又离家近，老婆孩子也离不了。等回去，我要告诉他们，给我长点出息……说到这儿，自知失言，拿眼瞟了瞟马天目，改口说：我要向马政委请教，咋做好他们的思想工作。

那你对我们准备撤离冀东，到平西开创根据地怎么看？有人问。

我有意见，刘志远口气很冲，当初我们组织暴动，弟兄们舍命打鬼子，就是要保家护院。如果带他们去平西，连家都保不住，大家打鬼子的心气肯定就散了。

刘志远一番话，让马天目哭笑不得。他虽对部队西撤持反对意见，但完全不是这种理由，不禁从桌子底下踢了刘志远一脚，悄声说：你怎么这样讲话？喝酒时我给你讲的那些道理，算是白讲了？

没白讲，刘志远旁若无人地高声说，可绕来绕去，我就是说不明白。你是政委，你比我能说，还是你来说好了。

众人皆忍不住偷笑。

马天目被点名发言，只能收起脸上的懊恼，口气与表情皆严肃起来。

我不同意部队西撤。冀东的抗日形势，现在还未到万不得已之时。如果把“抗联”部队拉出去整训，近十万人的队伍集中起来，浩浩荡荡向平西进发，无疑非常危险。敌人行动迅速，会调集军队来打我们……我主张部队暂时留在冀东，边战斗边整训，也可利用战斗间隙，或到敌人暂时不能到达的地区进行短期整训。利用多个短期整训，完成一次重点而全面的整训任务。通过这次滦州起义，我们已打垮了大部分村镇以下的敌伪政权，可相应的抗日政权在多数地方还未建立起来。如果我们抓住这次机遇，建立起充分的县以下地方抗日政权机构，充分发挥基层的抗日力量，我们部队到了哪里，都会得到基层政权和群众的支持。有了广大农村做掩护，在很大程度上可以弥补青纱帐消失造成的不利因素。如果这些工作做得扎实，我们便有了物质保障。敌人进攻时，第四纵队和我们“抗联”，可化整为零，与敌人周旋。等敌人撤退，我们可再集中力量打击敌人的薄弱之处。假以时日，在冀东建立起抗日根据地，是完全有把握的。

马天目的话听上去不无道理，但邓华和宋时轮对望一眼，只听邓华说：可据我们刚刚得到的军事情报，日军小林部队的一个旅团，正从武汉一带调拨过来，准备和部署在长城沿线的关东军、伪满军共计十几万人的兵力，对我们展开围剿。你所说的还未到万不得已的时候，看来已经到了——再不做出决定，我们想走，都走不及了。

邓华的一番话，让会场上的气氛陡然变得凝重起来。

刘志远站起来，撸胳膊挽袖子说：好啊！那就让小鬼子来吧，我们可有得仗打了。

宋时轮苦笑，说：刘司令，以后的仗由着你打！但部队不赶快找到根据地，进行必要的整训，打仗也是白白送命。回去告诉你的弟兄们，等我们整训完，明年开春，还是要打回冀东的。

刘志远双腿并拢，表情严肃地说：司令员如果能给我打包票，明年春天能杀回冀东的话——我刘志远一定听从第四纵队党委的安排。

秋雨下得有些恼人。散会之后，江茂群喊马天目坐在一间草寮里，单独待了一会儿。草寮外面，不时有“抗联”战士冒雨经过，他们似乎又恢复到以前农民的身份，找地方过阴天去了。传来一阵唢呐的呜咽，秋雨中听来让人颇感烦愁。两人聊过一些家事，又不约而同说到部队现在面临的困境。马天目告诉他：像今天会议上的这种争执，已发生过很多次了。但他仍旧不同意部队西撤的观点——那样会给刚组建的“抗联”队伍带来毁灭性的打击。

江茂群也不禁发出一声感叹：现在这种形势，我们又没有任何经验，谁也不敢预测啊！

聊到最后，两人谁也不再说话，看着檐下的雨水发呆。

对面的葫芦架下，一位赤膊少年俯身在磨刀石前，正在打磨一把黑漆漆的大刀。暗绿的葫芦藤遮蔽了雨水。雨水顺着藤蔓，凝聚在悬吊着的，青白的葫芦上，又大滴大滴落在少年黝黑的背上。他的背精瘦，随着磨刀动作，肋骨像琴键一样耸动。从那专注的、略有戾气的神态里，几乎辨不出这是个十五六岁的少年。他磨刀的动作十分老练，有时会伸手从身边接一掬雨水，洒在磨石上面，以做润滑。又时而停下，将刀抱在怀里，用拇指肚去蹚刀的锋刃。不满意，便再次将身子低俯下去。那“唰啦唰啦”的磨刀声，听了让人心寒。磨到最后，少年起身，挥刀一扫，劈开一串葫芦。看着那不停晃动着的、露着白色碴口的半截葫芦，他得意地笑了起来。望望对面两个人，露出一排洁白的牙齿。

少年正在笑着，却被一个从屋子里走出来的中年男人从脑后拍了一下。那男人指着地上的葫芦，训斥着他。少年勾着头，一副尴尬又懊恼的模样。马天目走过去，捡起葫芦，递交给中年男人说：交到灶上，中午还能熬一顿葫芦汤喝。那男人接过葫芦，抬起一张寡瘦的脸，诺诺说道：这孩子，老惹事。这要让老乡看见，又要惹出麻烦来了。

马天目望着少年，和蔼地说：刀磨得这么快，是准备杀鬼子的啊？削几个葫芦试试身手，这也没什么大错嘛。

少年不答。

中年男人代他发话：孩子的爹妈都被日本人祸害了，家里就剩下一个妹妹，跟着奶奶过。我是他叔，孩子要为爹妈报仇，参加了“抗联”。我这当叔叔的，放心不下，每天都要为他操心。

马天目说：好了好了，若是老乡来问，就交几个伙食费。又摸一下少年的肩膀，打趣说，鬼子的脑袋，可要比这葫芦硬得多啊！

少年有些愤愤地说：那也说不定！我想弄一条枪，可总没机会。

马天目说：机会总有的。等杀了更多的鬼子，我们“抗联”战士，每人都能配一把枪。

随着秋雨的延续，那种争论不休的会议又开过两次，最后大家达成一致意见：给晋察冀军区发报，等待上级指示。

但新的问题又来了。怎么发报？这成了一个难以解决的问题。不需要电讯组的人在会议上做出解释，第四纵队的大多数领导都知道，由平西带过来的那部简易电台，只能接收电报，而不能发出电文。发报需AB电；这里只有A电，B电电压不足。恰在此时，江茂群提供了一条重要线索——他在天津领导“天津各界武装自卫会”的工作时，曾找一名学无线电专业的大学同学，组装了一部电台。此刻，仍安排在英租界的一处秘密地点，用他亲自编写的电台密码和电台呼号，同晋察冀军区保持着联系。

若由江茂群带上电文，亲自赶赴天津应该是再合适不过的。但考虑到他初来部队，又有很多实际工作需要去做。经最后商议，决定把这项任务交给马天目来完成。

3

韵清：

我回了一趟天津，又一次回到生养我们的城市。办妥该办的事，已是黎明破晓时分。天亮后我便踏上了返程的路途。我在天津逗留的时间，只不过半天零一个整夜，脚步匆匆就像一位过客。我们双方的父母，自然没有机会去探望了。

我急着回到队伍上去，不光是放不下那里的工作，更担心如果接到西撤命令，部队将会面临怎样的处境。我要和我的同志们在一起，迎接各种困难和挑战。但令我感到奇怪的是，从踏上返程路途的那刻，我便感到了时间的急迫——没有人知道，这种急迫也来自于你——我觉得是在追随着你的步调，若迟了半步，便会错失与你重逢的机会。

我在唐山下了火车，坐一辆马车赶到玉田，恰遇第四纵队政治部副主任苏林。苏林告诉我，“抗联”大部队已往北开拔。他们接到上级发来的电报，电报上说，如实在不能坚持，可退回平西。同时部队也接到有关方面传来的情报，说敌人已分成七路，对冀东开始了大范围“围剿”……他之所以留下来，是因为第四纵队从每个大队临时抽调一个连队，组成三个支队，由他负责领导，以后将坚持战斗在冀东山地。他问我：你是留在我这儿，还是准备回到抗联部队去？我自然要回到原来的部队。那你这样走路，怎么会赶得上他们？他这样笑着问我。接下来又说：我送你匹马算了。再给你派两名战士，他们带你抄近路走。你们现在出发，天黑之前，或许能追得上他们。

韵清，那是我第一次骑马。初始虽有“马作的卢飞快，弓如霹雳弦惊”的快感，却渐渐感到那鞍鞯犹如刀背，一下一下削着我的屁股。我被前后两名骑马的战士夹在中间，屁股疼得实在难受，也无法让坐骑停下来休息。当马匹载我进入山地，骑行速度虽有减缓，我却失去下马的能力，感觉身体被固定在马背上。夹紧马肚的两腿，以及紧攥马缰的两只手，都如镶了铁条，完全不能伸张。但庆幸的是，我们终于渡过了滦河，据迎面碰到的士兵说，“抗联”部队就在河的对岸……

暮色低垂之时，依稀能看到从河流浅滩处涉水过来的士兵。混沌河水泛着铁器淬烧后幽暗的冷光，将他们的身影镀成赭红，像一块块在河流中浮动的石头。马天目下得马来，瘫坐在河坡上。他不解地看着自河滩上弓腰爬上来的人们。从他们的衣着判断，这些人的身份虽和当地农民无异，但在这住户散落的山区地带，这样一大批人纠集在一起，有人手里攥着枪，显然是“抗联”士兵。他想开口问问，但那些人显然在躲避着他，看他一眼，便将目光仓皇避开。而另有一些人，根本不把他放在眼里，一边拧着湿衣服，一边光着屁股大摇大摆地从他身边走过。

直到一个身背大刀的少年经过，马天目这才见到一张熟识的面孔。少年也认出了他，站住了。不待马天目发话，那少年便开口问：马政委，真要跟我叔叔他们回家，还能杀得了鬼子吗？

马天目瞬间明白这些人的去路，不禁心有戚戚，毅然说道：不能！

那他们说，鬼子杀过来，我奶和我妹妹没人保护，我们去平西杀鬼子，又有什么用！

暮色沉降，少年焦虑而茫然的面孔变得模糊不清，只看得清系在刀环上的红绸，在他背后飒飒飘动。马天目表情严肃地说道：孩子，你不能回去。你离开部队，只能看着奶奶和妹妹被鬼子欺负，你非但杀不了他们，反而会被鬼子杀掉。说到这里，马天目挣着身子，站起来，冲走上河坡的人群高喊：老乡们，如果你们有保家的心愿，就不要离开部队。即便你们回去，待在家人身边，以你们个人的力量，也是保护不了他们的。只有我们大家在一起，才有力量消灭鬼子。我们去平西，是为了积蓄力量，等来年春天，我们还是会杀回冀东的。

有人站住了。有人停顿了一下脚步，仍旧朝河坡上走，身影很快消失在河坡后面。那背刀少年和马天目站在一起，每从他面前经过一个熟识的人，他便按辈分招呼他们，近乎哀求般让他们别走。从河坡下走上来的人越聚越多，渐渐在他们周围聚起一支队伍。

马天目问少年：刘司令的队伍现在哪里？

少年指一指河的对岸，说：他们走不多远，天快黑了，他们会停下来宿营的。我们涉过河去，便能追上他们。

下半夜，夜露凝重，篝火像山区夜色里隐秘的花朵。正是这些篝火，引领了他们的道路。战士们横七竖八围篝火而睡，依稀能看清他们睡相各异的脸。等找到刘志远时，刘志远还坐在篝火边没有休息，将一只水壶递给他。马天目饥渴难耐，仰脖喝了一口，不想却咳一声，全都吐了出来，吐在旁边的篝火上，使那火苗忽地蹿了几蹿。马天目说：都这个时候了，你还有心思喝酒！刘志远收住促狭的笑，说：那么好的东西，都被你糟蹋了……接着叹口气，说：夜里冷，心里烦，喝两口酒，解乏啊。

他们简单聊了聊队伍上的情况。说到战士们对撤往平西是否有意见时，刘志远说：意见肯定是有的，但大家都憋着一股劲，盼着来年春天，再打回冀东呢！马天目朝夜色里张望，暗自叹了口气。他仍旧对部队西撤充满疑虑，但事已至此，也毫无办法。有第四纵队的消息吗？他问。第四纵队已渡过白河了。刘志远说：上午有人送信过来，说通往白河的这一路上，已出现小股敌人来骚扰我们，让我们务必小心，加快行军速度。马天目听了一惊，说：如果真是这样的话，还会有大批的敌人出现，在路上拦截我们。从明天开始，我们应改在夜里行军，白天找地方隐蔽起来休息。刘志远说：今天很晚了，看明天的情况再定吧。

黎明时分起了淡淡的雾。从山上望下去，见队伍犹如排开的长龙，在雾中若隐若现。这是一支穿了杂色衣服的队伍，愣眼瞅去，给人一种奇怪的感觉。他们不像打仗的士兵，倒像出来赶街的农民。三五成群，边走边聊。数量之众，实在令人惊讶。有人肩上扛着土枪，有人手里拎着大刀片和红缨枪，只有三分之一的人，穿着土灰色军装，腰里斜挎子弹袋，装备和姿态才像正规的战士。他们或许经历过战斗的残酷，所以不苟言笑，沉默前行，却像水滴一样，被淹没在这驳杂队伍的洪流中。

马天目站在一处石崖上，满目忧戚地朝这支队伍望着。他的行装看上去十分简单，身穿一件土灰色军装，腿扎绑腿，腰里挎一把驳壳枪。当初去天津之前，留在队伍里的衣服毛毯都被大家分掉了，就连刘志远都以为他会赶不上队伍。除身上这套装备，他仅剩了一套衬衣衬裤，披在肩上的这件暗绿色雨衣，是刘志远送他的，是以前暴动时缴获的日本人的战利品。除此之外，再无长物。那匹别人赠送的栗色战马也算他的物品，但它那么瘦，应该是一匹老马了。牵马少年是应了刘志远的吩咐，做了他的警卫员。此刻，马牵在少年手中，静静站在他的身后。马天目跳下石崖，朝山下的队伍里汇集。他看一眼走在身边的少年，忽然对他有了一种莫名的亲近。

你有枪了？他问。

少年高兴地掂了掂手里的步枪，说：嗯。是刘司令员送我的，说要保护你的安全。

你打过枪？

没打过，但我很快会学会的。

那把大刀还留着啊？

舍不得丢。少年有些羞涩。其实这是我家里的一把铡刀，让铁匠改制的。

你叫什么名字？

我叫铁蛋，姓李，他们都叫我小李。

哦，小李……他呻吟一声。走路的姿势有些奇怪。

马政委，你怎么不骑马呢？

他发出一声苦笑。昨天半日的颠簸已散了他的骨架，此刻他宁愿走，也不愿骑马。他说：如果你累，就把枪和行李都放在马背上吧。

马是让你来骑的，况且我不累。你身上的那把驳壳枪如果嫌重，我可以帮你拿一下。

他摆手制止了他，全然不顾少年对枪的兴趣，晃悠悠地在前面走。有人不时赶到他们前面，又有人不时停下来，和他打着招呼。

山区的气候有些莫测。时令虽已至10月，但走到中午时分，还是有些酷热难耐。部队在走出遵化山界时，遭到小股敌人袭击。枪声从身后响起，虽不密集，却在空寂山谷间发出异样回声。很多人蹲在一条溪边饮水，听到枪声，不禁慌乱起来。刘志远派人赶到队伍后面去查问情况，回来时禀报说：敌人埋伏在一座山头，人数应该不多，要不要派人去消灭他们？马天目问道：被截在后面的部队人数还有多少？有人禀报说：应该不多。所幸伤亡也不算严重，只有几个人负伤。他阻止了刘志远的冲动，而是劝他下命令说：应该让队伍加快行军速度。那赶不过来的弟兄怎么办？刘志远这样问。他无从回答，却清楚地意识道，枪声会引来更多的敌人。这样一支在狭长地带缓慢行军的队伍，无异于一只笨重爬虫，从后面追上来的，以及在前面堵截躲在暗处的敌人，谁都会抽冷子咬上你一口，将这支庞大队伍撕咬得七零八落。那些被阻截下来的士兵，犹如爬虫的手臂和腿脚，手臂腿脚断了也要跑啊！如果顾忌太多，整支队伍只会面临被蚕食的危险。

一切都如马天目所预料的那样。随着行军队伍的逐渐深入，沿路所受的袭击几乎令人无暇顾及。他不敢想象在潮河，以及平绥铁路这些重要的关隘，敌人若设下埋伏，这支笨重的队伍将会面临怎样的灭顶之灾。

第二天的行程还算平静，只不过很多人脚底都打了血泡。翻越蓟县狗背岭长城时，零星枪声再度响起，陡峭山路几乎让平原上过来的士兵们难以应对，更何况还有围追堵截的敌人。有人失足从山崖下跌落，莫名丢了性命。那匹栗色战马也受到惊吓，险些冲下悬崖。所幸的是马天目当时并未骑在马上，他正拽着马尾巴向山上攀爬，眼睁睁看着鞍鞯掉落马背，垂直向山崖下滚落，后背惊出一身冷汗。

自冀东山地通往兴隆县界的那一路上，部队不得不改在夜晚行军。黑漆漆的山路上，依稀可见枪刺青白的反光。杂沓脚步声常常将栖在树顶的鸟雀惊飞起来，于孤寂山林间发出凄绝的啼叫。此时的夜行者们饥肠辘辘，有时便会忘记白天所经历的恐惧，为一口吃食也不惜丢了性命。行至午夜，方能接到进村休息的命令。在冀东所属的那一带山区里，山民们说话的口音还保持着与平原的近似，有时还会认出一个远房亲戚来。一整个村子的烟囱总会在夜半冒起炊烟，招待这些行路者们填饱肚子。再找避风的地方囫囵睡上一觉。只是睡得正酣，便会被粗暴地喊醒。队伍要在天将亮前离开村子，躲进山林隐蔽。

这样一路下来，虽安全了许多，但行军速度却变得异常缓慢。上万人的队伍已被切割得零零散散，有时几天也联络不上。传令兵冒着危险，在陌生山地间来回穿梭。有时他们身边会出现几张陌生面孔，那是与前方失散的士兵，或是从后方单独突围出来的士兵。他们衣衫褴褛，惊惶的眼神像遭到追杀的麋鹿。更多坏消息从他们的嘴里说出来，无不给人一种不祥的预感——“抗联”三路副司令陈宇寰阵亡，他率领的三个纵队瓦解溃散；洪麟阁率领的“抗联”队伍在马伸桥北遭到敌人截击，副司令员洪麟阁身中数弹，余部由李楚离、杨效昭带队继续西撤，但大部分士兵或突围时遭到剿杀，或在走投无路的情况下，于回家的路途中被俘虏；昌黎支队在西撤途中，行至遵化宫里村一带宿营，日伪军步骑兵将村子包围，一个营的人全部殉难……这算是打仗吗？就像挨宰的兔子。我的那些弟兄们死得好惨！这些人说到最后，往往会痛哭失声。怎么办？现在有家回不去，往前走又不知道会不会白白送死！他们睁着通红的眼睛，将痉挛的手抱在怀里，发出这样的诘问。被问话者往往不知怎么回答，只能徒劳地安慰他们几句。

行至兴隆山地，敌人伏击的次数虽有减弱，部队却陷入另一种困境。每当进入一个山村，但见满村空寂，牲畜全都不见，石砌的墙壁上生着衰败的茅草。每当打开一户人家的门扉，见院落里布满尘埃，印着人和鼠类的脚印。有家在附近的士兵说：兴隆归热河省管辖，热河是满洲国的属地，日本人清剿甚严。有些老乡，为了躲避日本人的骚扰，早就逃到临县的山区里去了。或是投奔亲戚，或像野人一样在山林中生活。但看村外梯形田地，又没有半点荒芜的样子。士兵说：那些老乡肯定经常回来。山区的人，惜命一样怜惜着田地，春天悄悄播下种子，中间再偷偷回来，呵护庄稼。舍不得自己的家，有时夜里也会跑回来，将那破烂房舍打理一番。如今秋收已过，打下来的粮食肯定埋在某个地方。

依据这士兵的提议，每当部队进入一座山村，士兵们便像田鼠一样，去附近的山林中搜寻。有时在一座隐蔽的山洞内，或是有人为痕迹的土层下，猜谜一样找到一些未经处理的粮食，一些玉米棒子、谷物或是土豆……他们欣喜若狂地将它们挖出来，过了秤，或是估算着斤两，写清这些粮食的出处，留下钱票，放在村公所内。但这种幸运并未持续多久，在途经兴隆山地的那一带，越往纵深里走，越少见人烟，挨饿是常有的事。只能饥寒交迫地挨过黑夜，天亮后进山，找些野果充饥。

即将走出兴隆山地，潮河渡口遥遥在望，部队却遭到一次惨痛伏击。刘志远派三大队大队长曹致福率三百人去应敌。敌人异常狡猾，他们不与迎面而来的“抗联”部队做正面交锋，却蚂蟥一样，死守住出山的关隘，咬住主力部队不放。整支队伍都处在慌乱与被动中。半个时辰不到，部队被切割得支离破碎。所有人不得不放弃逃生念头，拿起枪和躲在暗处的敌人作战。有一人负伤倒下，便有众多的族亲去拯救他，即便一具尸体，他们也舍不得丢弃。这不可取的宗族观念，瘟疫一样传染了大多数人，使得整支队伍毫无战斗与防御能力。直到夜色降临，周围出山的垭口才恢复了平静。通往潮河渡口的开阔地带涌满了士气低沉的人们。他们围着身负重伤的亲人一筹莫展，甚而发出难以抑制的哭声。

马天目一瘸一拐在滩地上跋涉，茅草漫过膝盖，使他的步履更为艰难。他崴伤了脚踝，暂时与刘志远失散。他急需找到他，以便商量部队尽快渡过潮河的方案。夜色凄迷中虽看不清周围士兵脸上的表情，但他们的哭泣与咒骂声却深深感染着他。一路的所见使他心情越发沉重。等找到刘志远，见他正在为一件恼火的事情大发雷霆。

有人要逃走吗？

是的。那个追随在刘志远左右的参谋长伏在他耳边说。想逃走的都是你带出来的人。

做逃兵，真丢我的脸！把人给我带过来。

有数人五花大绑，被推到刘志远面前。他们身后簇拥着更多的人。有人齐刷刷跪下，茅草高过他们头顶，他们像是要隐伏于茅草之中，借以掩饰自己的羞愧，但不屈的声音却高过众多人的沉默。

大哥，我想回家，并不是贪生怕死！这不是在打仗，这是在白白送命！我想带兄弟们回到老家去，照样打鬼子，照样闹革命！

当初我们是怎样歃血为盟的？

不求同生，但愿同死！大哥啊，可我们不能就这样白白死掉啊！

刘志远在暗黑中沉默着。他没有更多的道理可讲，但张口说话时，语气间仍旧有掩饰不住的苍凉：我们虽是兄弟，但既然跟了队伍，便要有队伍的规矩。做了逃兵，一是丢我冀东子弟的脸，我刘志远绝不答应！二是队伍有队伍的纪律，在这关键时刻，逃兵必须要受到严惩！

大哥，我不想给你丢脸，杀了我也不足惜，可带弟兄们这样走下去，我们从家里带出来的人，最后又能剩下多少！大哥，你要给家里人留个种啊！你要给等在家里的父老，有所交代呀！

刘志远无言以对，有些羞恼地挥挥手，传令士兵：将临阵脱逃的人，全部给我枪毙！

众声喧哗，皆在他面前齐刷刷跪下。青白月光照彻之下，那些跪伏的身影好像河滩上的石头。站着的士兵兀自不动，他们一时难以接受这样的命令。

马天目喊了一声，从跪伏的士兵中间走过，他走得磕磕绊绊，不时伸手杵一下跪倒的士兵的肩膀。走到刘志远身边，低声对他耳语几句，又转过身，放大声音说：同志们，父老乡亲们，当初我们一同从冀东这块热土走出来，抱定打鬼子护家园的信念。走到这一步，实属不易，辛苦你们了，也难为你们了。现在我们面临进退维谷的处境——渡过潮河，跨过平绥铁路，便是我们的再生。有愿意一同和我们走下去的，我们欢迎，等到达平西，我们休养生息，重新壮大，来年再杀回冀东。如果有愿意回家的，我们也不阻拦，愿意发给路费。看现在的形势，回家的路也千难万险，只愿你们好自为之。顺利抵家之后，不要做那日伪的帮凶，安分耕田，等我们部队打回去，到时候我们再一起闹革命。

跪倒的人群站起来。有人除掉身上的枪械，默不作声地放在马天目脚下，想了想，又解下身上多余的物品，和枪械放在一起。那些紧抱枪械的人站成一排，默不作声，沉默中自有一种坚定。有家族中的长辈走到晚辈面前，低声呵斥着什么，却遭到拒绝。一个瘦弱的中年人走到小李面前，压低声音说：放下枪，跟叔回家！

不回！小李说。

叔叔哑了嗓子，喝问：你不回，我咋跟你奶交代？咋跟你死去的爹妈交代？你要有个三长两短，我咋有脸回去，我咋有脸见你奶？

小李声音嘶哑，压抑着哭腔，大叫：我不回，就不回！

叔叔愣了片刻，忽然蹲在地上，左右开弓扇着自己的嘴巴。

小李蹲下，抱着叔叔，说：叔，你想回家，就回好了。告诉我奶，别惦记我……

一旁的队伍里有些混乱。一位年轻人推开自己的长辈，哑着嗓子喊：想当初，咱们村里十几个老少爷们，一起出来闹革命。别人不怕死，我也不怕死！我不想做孬种！

那个做长辈的人无地自容，踌躇片刻，反身将枪捡起来，回到队伍中。

想回家的人自动站成一个散乱的阵营，有那自尊心强的人，先自迈开脚步，走出人群，却对来路充满惶惑，站在远处，想约了伴儿走。

小李的叔叔蹲了片刻，还是站起来，恓恓惶惶朝人群外走，他的身后，尾随了几个同样恓惶的身影。

小李忽然追出去，尾在叔叔身后，一边发出少年喑哑的哭泣，一边嘴里发出嘶吼：胆小鬼，怕死的胆小鬼！你当初是咋说的，不丢下我，帮我给爹妈报仇！

叔叔忽然停下，哭号一声，抱住小李。叔侄俩相扶着，重新回到队伍中。

沉默的队伍发出和小李同样的嘶吼，伴着难以抑制的哭声：胆小鬼，胆小鬼！声音低沉，虽不连贯，却在间歇处裹挟了从远处传来的潮河迅猛的涛声。更多的人返回，捡起枪，站进队伍。始终默不作声的刘志远不由得高叫了一声：好样的！你们不愧是我冀东的子弟！

队伍重新集结，连夜泅渡潮河。有先头部队已涉到对岸去了。延后的人虽有焦虑，但他们不肯丢下那些负伤的亲人。夜风将河水的浪涌声清晰传送，在那样一种低沉而恣肆的咆哮声中，不时会响起几声沉闷的枪响——那是不愿拖累自己亲人的伤兵，将枪管探进嘴里，用脚趾扣动扳机，开枪自杀了。

4

韵清：

我们还算幸运，顺利渡过潮河。当行进到密云顺义一带时，终于在村子里能见到百姓了。有时想想，这乱世人间的烟火，才是最让人感到温暖和踏实的。我无暇再想念你，只感到对你脚步的追随，已被这凄凉悲壮的“西撤”羁绊了步伐。我只想和我的士兵们逃出去，逃出这危机四伏的山野，跨过平绥铁路，遁入平西更为雄浑的山脉。我已有些累了，就让我和我的士兵们，在这叫作“天堂凹”的山村里，暂时休整一下吧。

我身上还有仅剩的三元钱，去村中小铺买了块肥皂，连同我的那匹马，去村外的小河洗了个冷水澡。我牵了我的马，一路悠闲地在村子里走。路过老乡家，买了两只鸡，两斤秋白梨。回来的时候，让小李把鸡杀掉。他小小年纪，做这些倒得心应手。我又把志远兄喊来。他心情不佳，我想犒劳犒劳他。现在，鸡在灶火上炖着，小李跟我抱怨说，我买的是两只抱窝的老母鸡，炖到天亮，能炖熟就不错了。那我们就等着吧！志远兄就着秋白梨，已将酒喝尽，此刻他就在我的身边睡着。小李照看灶上的炉火，也抱头睡去了……我在这难得的静夜里给你写信，那么样地思念起你了。不知你是否有信寄来，我想这个时候，茂群大兄已到了平西，如有信来的话，天津方面会托人将信转交给他吗？

我闻到了鸡汤浓浓的香味，外面似乎还有一些奇怪的动静……

下起了雨。秋雨淅沥，隐隐有枪声从村外传来。马天目从遐思中惊醒，急忙收起纸笔。不待招呼，士兵跑步进来的声响已惊醒了刘志远，一行人急忙整装，冒雨转移。

不知是洗冷水澡的缘故，还是挨了一整夜雨淋，马天目忽然感到身体极度困乏。黎明时分他骑在马上，疲惫睡去。头上罩着那件深绿色雨衣。雨水淋湿马鬃，从雨衣上汇集起来的雨水顺裤管浇下，全都积存在鞋壳里，将裸露的脚踝泡得发白肿胀。他在持续的行军中做着连续的梦。梦到漫天大雾，一直到从马上跌落下来，都弄不清在梦中寻找着什么。他最先感到了被噩梦压抑的痛苦，睁开眼，平躺在泥泞中，见雨水从暗黑天际纷纷扬扬兜头浇下。直到小李惊呼一声，扶他坐起，这才知道是在行军途中。

身前身后，全是困顿行走的士兵。他们排成一线，挤挤挨挨，很多人闭着眼睛，在睡梦中机械地迈着步子。被雨淋湿的马背抹了油般湿滑，他爬了几次，都从马上滚落。小李抱着他，触到他烧烫的额头，不由得叫出声来：政委，你病了！他再不敢上马，只能跟在马后，手抻马尾，借助老马的脚力，慢慢向前行进，却又一次在赶路中睡着了。

直到天光放亮，他的身上才聚起一些力气。此刻一位年长的士兵站在路旁，冲他招手。马天目走过去。士兵说：首长，你这匹马不骑，牵着也是牵着，能不能载上这孩子一程？马天目低头一看，见路旁坐着一位和小李年纪相仿的战士，脸色苍白，正在昏睡。怎么了？马天目问。年长的士兵眼里噙泪，说：孩子患了伤寒，我不能丢下他不管啊！马天目俯身，怜惜地摸了摸士兵稚嫩的脸，低声说：把他扶到马上吧。只是没有鞍鞯，你要照顾好他，别让他从马上摔下来。士兵忙不迭地去抱坐在路边的战士，嘴里说：首长，你是我的大恩人，等我缓过劲来，马会还给你，我背他行军就行了。他将病中的战士拖上马背，却怎么也没有力气将他扶正。马天目喊来小李，让他帮忙。不想小李却帮了倒忙，他将那虚弱的士兵从马背上拉下来，说：这是政委的马，政委还在发烧，你怎么有脸骑政委的马！

马天目劝阻不住，只能看三人在一起纠缠。这时刘志远从队伍后面赶上，喝止了小李，问明原因，牵过自己骑的那匹白马。

病中的士兵醒来，怎么也不肯坐，对那年长的士兵喊：爹，这是刘司令的马，我怎么能骑司令的马。

他的父亲抱着他，将脸贴着他的额头，说：你不肯坐，爹又背不动你，我们爷儿俩不能眼睁睁死在这儿啊！

刘志远吆喝着自己的卫兵将病人扶上马背，抬手捏了捏他的脸，说：你病了，就应该骑马。现在我不是你的司令。我认识你，按庄户辈分，我该叫你叔。我的小叔叔，你就安分在马上坐着吧。等你养好病，去给我杀敌打鬼子，我再做你的司令。

午后，秋雨虽停，但天气依旧异常湿冷。前方负责侦察的士兵传回消息，横亘在眼前的平缓铁路看似平静，只有一两辆装甲车来回巡逻，不知敌人是否设下了埋伏。队伍集结之后，原地待命，只等天黑突围。隐蔽的坑凹里，生起一簇簇篝火，光裸脊背的士兵们围火取暖，烘烤衣服。刘志远找到马天目，对他说：马政委，等天一黑，你身体不好，带先头部队先摸过铁路去，由我断后。如果敌人真有埋伏，我再组织兵力阻击掩护你们……这次仗真要打起来，可就谁也顾不了谁了，你只管向前，跨过铁路，找到第四纵队。我若有个三长两短，这冀东“抗联”第一大队，你可要给我好好经管下去啊。说完这些话，又拍了一下身旁的小李，说：小子，你要把政委照顾好。若有个什么闪失，看我不拿你是问。

他说得伤感而决绝，犹如遗言一般。马天目想驳斥他两句，却见刘志远已走远。他斜靠在一块石头上，冲他的背影喊：你要保重！

随着夜幕降临，寂静笼罩了荒野。马天目似能听到自己的心跳。他将胸口贴在雨后冰冷的土地上，通过地皮的传递，仿佛听到几千颗心脏一齐“怦怦”跳动的声音。周围都是匍匐的战士。从身后山口吹来的北风消解了他们急促的呼吸声。这么静，静得有些怪异。那匹瘦弱战马似乎也懂得这寂静的压抑，伫立中不发出一声鼻息。从身处的低洼地带看去，那条隐在夜色中的铁路线，犹如一匹沉睡的怪兽。

时间接近夜里10点。虽无明月，但璀璨星光却将上方的关隘勾勒出一线青白光亮，能依稀看见士兵跃动的身影，无比矫健。先是一个，数个，接着变成数不清。无数人越上横亘在前方的铁路线，消失在对面广袤的夜色中。他起身俯冲时头有些晕眩，但随着呼吸的急促，沸腾血液已让他适应了奔跑的节奏。周围士兵的脚步声杂沓，无数身影从他的身边跃过，枪托相互磕碰，发出坚硬声响。他们奋不顾身向对面飞奔，决绝的动作就像纵身汪洋的鱼儿。他被高出地面的铁轨绊了一跤，爬起来又跑。只觉得嘴角辛辣，疼得舒服。在这将近两个月时间的突围转移中，方知自己已成一匹困兽，被囚禁在逼仄山林，这坚硬钢轨犹如一根针刺，让他意识苏醒——跑吧，冲出去！前面是更广阔的世界。

枪声是瞬间响起来的。那么爆裂的枪声。一颗子弹擦着他的耳边飞过，射中跑在身前的一位战士。他奔跑的动作瞬间停止，直直栽倒下去，发出沉闷的叹息声。马天目下意识地停住脚步，蹲伏在一块石头后面。寂静瞬间被打破，原来这爆豆子般的枪声前面，寂静竟是如此脆弱，如此深不可测。他清醒地意识到：先前的风平浪静，原来都是一种假象，敌人显然设了埋伏。他们故意放过先头队伍，只待整个部队全体出动，这才拉开了歼灭的序幕。

回头看，见朝这边射过来的火力，只是很小的一股，而封锁住铁路线对面的火力，却在夜色中交织成一张红色的密密的网。信号弹随即升起，红色绿色的信号弹，将夜幕映照得无比绚烂。诡异的光影明明灭灭，让他看清无数身体，以无比惨烈的姿势倒地，一个叠压着一个，迅速在路肩上垒起一道尸墙。铁路下方，是一条人工挖掘的小河。河上一座木桥被火力压制。一匹白马在桥中央挣扎，它显然并未中弹，只是一只马蹄卡在桥面的缝隙里。白马庞大的身躯堵塞了狭窄的通道，有无数士兵纷纷落水。在被信号弹映亮的视线范围内，不宽的河面上有无数人在泅渡。爆炸掀起的水柱腾空数米，又急雨般落下。

他被人拉了一把，又懵懂向前。直到跑过一道土坡，又向前跑了一段，猛然意识到什么，想到身后的部队会遭到怎样的重击！如果能组织队伍重新杀回去，哪怕给后续部队做些力所能及的接应也好啊！急火攻心之下，他只觉嗓眼热辣，头一阵晕眩，便什么都不知道了。

他在鸟鸣声中醒来。睁眼见金黄茅草在眼前摇曳，一只色彩斑斓的鸟停在头顶上方的一根芦苇上，抖动一下翅膀，飞走了。只留下荻花飘摇，在湛蓝中划动。他挣着身子，没想到竟轻易站了起来。望向来路，见远处仍有狼烟弥散。环顾四周，发现自己置身于一片金黄的草滩。此时艳阳初绽，半人高的茅草一直铺排到视野尽头。无数被人踩倒的茅草颜色显得更加深重一些，形成无数条小径。他辨明方向，那正是部队所要去的北方。这才想起检查一下身体。身体完好，只脸上有一些擦伤，嘴唇磕破，对行路并无大碍。

草滩一直朝北铺展，随着坡地的起伏，出现低矮灌木丛和蓊郁的松树林带。天色几近透明，纯蓝中衬出远处绵延的山影，是青黛的颜色。那或许是他一生中见过的最为绮丽的美景，他至今都想不清自己何以没有半点焦虑，半点恐惧，亦没有平日里总是挥之不去的惆怅。对部队的寻找和追赶仿佛一个可有可无的任务，对方向以及路径的把握，只是出于一个漫游者的本能。

好在走到下午，当他攀上一座坡度平缓的山包时，看见下面便是通向巍峨山峰的入口。在山脚下的开阔地带，那些突围出来的士兵麇集在那里。在周围山色的衬托下，他们是一群穿了黑衣服的人，只竖起的旌旗有一点奇异的颜色，却近乎褴褛，在微风中低垂着。

有人从队伍里迟疑着走出来，迈步向他这边跑，身后跟着一匹没有驮负的栗色马，连鞍鞯都没有。他认出那是他的警卫员小李，不由得笑了。阳光在山影之外没有任何遮挡，炫目得让人眯起眼睛。他看清小李那张黑漆漆的脸，走到离他十步开外处站定，不认识似的看着他，忽然喜极而泣，哭着说：马政委，我以为你死了呢！

他走近前，有些陌生地抱了抱他的肩，轻声说：好孩子，我怎么会那么轻易就死了！

小李仍收不住他的哭泣。有更多人从队伍中走过来，一些上了年纪的士兵也在哭泣。他不解地看着他们，懵懂地说：好好的，都哭什么呢?

一个年老的士兵抓住他的臂膀，号啕大哭着说：马政委，刘司令员他……昨晚，牺牲了。部队没了主心骨，我们正不知道该咋办呢!

韵清：

我们已到达平西，部队总算过上了好日子。我们的驻地在高碑店上清水一带，这里是丘陵，虽有日本人的飞机常来轰炸，却并无大碍。难得的是能吃饱肚子，棒子面窝窝头、棒子面糊糊、棒子米焖饭就咸萝卜，每顿都吃得美极。虽然穿的还显单薄，但因地处京西矿区，煤产丰富，一个驴垛子背来上百斤煤，才花费两角多。每天躺在热乎乎的土炕上，都能睡上一个安稳觉。据说后勤已派人去平原上买棉花和土布了，春节之前，我们可望能穿上过冬的棉衣。

昨晚我做了一个梦，梦到志远兄，这让我心里非常难过。梦中我见他身披白雪，像素朴的征衣。他泪流满面地对我说：兄弟，好惨啊！当初我们从冀东带出来的几万人队伍，到达平西只剩下几千人。这值吗？你曾经答应过我，可要好好替我经管这支队伍，我也好回冀东，对父老有个交代。

我无言以对。醒来时发现外面落了雪，想必志远兄的魂魄真的来过。我怎么给他一个交代呢？那剩下的几千“抗联”士兵，已分散到各部队去了。唯一能告慰他的是，我已就平西大撤退的失败，写了一份详细报告，呈给了上级。想必能给我们今后的工作，提供一些宝贵的经验和教训。

还是不说这些的好！

你的来信茂群兄已转交给了我。他随机关在宛平附近的大山里。信中得知你和汰清姐姐已抵达重庆。有宜清的照顾，想来你们的生活也过得去。你信中所述路途的艰难，我亦深有体会。如今阻隔在我们之间的，远非万水千山所能形容。抗战烽火已全面燃起，我们只有尽我们各自的努力，把倭寇赶出家门，才会迎来团聚的一天。

韵清，如今我已不太适应这困踞一地的日子。我渴望战斗，渴望走在路上，我不想停下来。就像你所说的那样，“一约既定，万山无阻”，你可要等着我啊！

保重！

天目　　1938年11月24日

5

韵清：

我们在平西刚刚度过的这个春节，还算不错，大家都吃到了饺子。我在上清水微醉后，夜走山岗，去村外迎候茂群兄。他从机关过来，特意来看我。你知道吗？我走在山上，天上下着雪，只感觉身子轻飘飘的，心情异常舒畅。那是酒醉带给我的感觉吗？不是！那是我得知茂群兄过来，必定会带来你的信。我举目向夜空凝望，让沁凉雪花冰敷我灼热的脸，觉得你正由茂群兄陪伴，从山的那边向我走来了。

果然有你的信。知道岳父母大人已去了重庆，知道你通过“娘家”的安排，在慰劳总会工作。得知这些消息，我真的非常开心。只望你努力工作，冷暖自知。

我和茂群兄和衣而卧，聊了几近通宵。他同我谈到工作上的种种，以及部队今后的打算，他说部队将发展平西、平北根据地。等春暖雪化，部队便向平北进发，过承德公路再返冀东。以平西为依托，平北为跳板，开入冀东平原——那不正是志远兄所愿吗？

茂群兄还转告我说，我就平西大撤退的失败所写的那份报告，得到了上级认可——平西大撤退虽以失败告终，却也为我们今后开展敌后游击战争提供了宝贵的经验和教训。正是基于我有这样的认识，上级对我的工作有了新的安排。让我过完春节，便去平西根据地党校，负责组织干部培训班的工作。年后，将有来自平津地区的大批学生赶赴平西。他们经过培训，将成为开拓根据地的骨干。

现在根据地条件有限，笔墨纸张都有限制。以后，我写给你的信，数量会减少，也不会拉拉杂杂说这么多了。但我会把想说的话都记在心里，等见面时，再字字倾吐给你。

想你的天目

1939年旧历正月初二

春天到来时，平西山地的气候还有些阴冷。山沟背阴处的积雪开始融化，夜里仍会有雪花悄悄降下来，但杏花却不偏不倚地开放了。早晚含苞，只在中午阳光温煦时分，开得茭白而恣肆。放眼望去，见高低错落的山梁之上，好似倾倒了白色或略带红晕的脂粉，正应了“春色方盈野，枝枝绽翠英”的诗句。来党校报到的第一批学生，就是在这时节赶过来的。

教室、学生宿舍、教案课程，大体上都有了相应准备，等学生来的那几天，所有人反倒显得轻松。那天中午时分，马天目出门，借赏杏花之际，走到山脚下的一处杏园，仰头赏了一会儿杏花，只觉湛蓝天色被白色杏花洗劫一空，刺得眼睛有些酸涩，便坐在杏园外一块石头上，眯眼晒起了太阳。

他仍穿着过冬的棉服，裁剪肥大，袖管和裤管却有些短。冬天正冷时，自己找来布料，絮上棉花，将袖管裤管接长。军服是土黄的颜色，拼出来的部分却是杂色，针脚也粗拙。看他的装束，不像军队的干部，倒像个隐居山野的异人。只是刚理了发，留了三七开的分头，又兼手中拿一本书，依稀还能辨出些读书人的模样。

时令真是由不得人。早起春寒料峭，此刻日光却将他的额头晒出了细汗。骨节麻酥酥地好受起来，背上也痒。一个冬天都未洗澡，大多数人身上都生了虱子。马天目就势解开棉衣，将贴身的一件粗布衬衣褪下，披了光棍棉袄，坐在日光里抓虱子。

虱子藏在衣服褶皱处，抓一个，用指甲盖碾碎，肥硕肚皮破开，汁液涂满指甲，总会发出一记令人感到畅快的脆响。想起有的战士抓虱子，每抓一个，竟会放进嘴里，用牙齿“咯嘣”一声咬碎，也不见他们吐掉，想必像吃野味一样，全都吞进了肚里。马天目抓得兴起，不由得尝试了一次，将一只肥硕虱子小心翼翼地放进嘴里，用牙尖咬碎，却愣住了——只觉满嘴腥臭，不禁苦着脸，朝地下连连吐着口水。

附近传来一阵叽叽喳喳的说话声。他有所警觉，却见从杏园拐角处的一条山路上，走来几个边走边谈笑的男女。

走在前面的是一位女生，穿一件暗格子棉袍，个子不高，一头乌发齐肩，发梢有些微卷，更衬出皮肤的白皙。脸上似有雀斑，一双眼睛潭深水静。因见到这坐在石头上抓虱子的人，很是诧异，先前的笑容一下凝在脸上，使她的表情看上去有些俏皮，正盯了马天目看。

马天目被她系在颈子里一条丝巾吸引，那丝巾石榴红色，倏忽让他感到眼热。在周遭漫天杏花的映衬下，这一袭红色让周遭的景色旋即变得绚烂起来。

老乡，党校是在前面的山上吗？女子细声细气问。话未说完，又低头抿嘴偷笑。

马天目这才意识到自己的失态，穿在他身上的棉袄只系了两个扣子，敞着胸。他想把拿在手里的衬衣重新穿起来，却似乎再没机会。更何况，那白粗布的衬衣好久未曾洗过，领子袖口结了油腻，发散着一股浓浓的味道。他只能忙手忙脚将棉衣扣子扣好，把衬衣夹在腋下，问：你们是来党校报到的学生吧？

身后一位拎行李的男生说：是啊是啊。路远不远？

不远，马天目说，我带你们过去吧。

他帮两名女生拎着箱子，跟在他们身后走，听他们说话，不发一言。有时就他们的提问，答上一两句。他们的提问都与这附近的山野有关，显然他们真的把他当成一个住在附近的山民。等到了学校驻地，有人前来迎接，将学生带去宿舍。他略作休整，便去做学生登记。那洗漱一新的女生一迈进办公室，一眼便认出了他，开口问：你不是老乡？

他有些羞涩地点头。一旁有人替他回答：这哪是老乡，这是咱们学校的校长！马校长——

女生吐一吐舌头，一张脸瞬间绯红起来。

马天目伸手做自我介绍：马天目，不好意思，方才在山下，让大家见笑了。

苏鸿……

那女子说一口纯正普通话，也报上自己的名字。

马天目在纸上记，一字一句重复：苏——鸿——天津人啊！

女子也倏地一愣，眨眨眼睛，忽然问道：您也是天津人吧？

马天目有些不解。他在山地生活日久，口音中已掺杂了多地方言，又兼队伍上口音驳杂，同他对话者说哪里话，他便能陪人家说上两句。他奇怪的发音中掺杂了天津、冀东，以及平西一带饶舌的发音。他大大咧咧地问那女生：您咋知道我是天津人？说话间天津口音瞬息流露。

那叫苏鸿的女子想说什么，却收住话头，只笑不答，笑得有些奇怪。

自此他便更多留意了她，因了这老乡的身份。知道她家在天津，于北平读书，读书时便入了党。毕业后在天津家中赋闲一段时间。随着北平与天津的沦陷，迫不及待地奔赴平西而来。随着接触日久，发现她性情虽柔婉，在学生中表现尚算活泼。只是让马天目不解的是，每当见了他，这女子总会显得有些不自在，像是有些敌意，又像是有些成见。有时两人在路上遇见，见她低一低头，朝另一个方向走去。培训班里的学生，和马天目年龄都差不多大，有几位甚至比他要大了几岁。他们嘴上叫他“老师”，却把他当成朋友。更有几位思想开放的女学生，把马天目当作日后择偶的标准，私下里短不了议论他。随着接触的日渐深入，马天目身上表现出来的气质越发令这些女生着迷，有人大胆向他表白，这才知道马天目已经结婚。虽有懊恼，却也释然。马天目很懂得掌握分寸，和培训班上的每一位学员关系都处得恰到好处。只是搞不懂这个叫苏鸿的女生，为啥要躲着他，为啥要刻意与他疏远呢？

这种疏远随着日子的更迭，显得更加冷漠，更加不可思议起来。有时在课堂上讲课，他站在台上，发现苏鸿在偷偷打量他，那种神情与专注的倾听完全不同。他若把目光迎上去，又见她低下头，做笔记的样子，却显然是心不在焉的。

培训时间说长不长，说短不短，四个月的时间，总会让人产生一些莫名的情感。但随着战事的需要，在培训班行将结束之际，便有学生被临时调走，派往平北或阜平一带。消息来得急，人也走得快。那些即将离去的男女，虽意识不到这战事中的“分别”意味着什么，却有胆量将自己的心思大胆袒露。有几对要好的男女，只顾了相互间道白，却忘了和大家辞行。马天目他们这些做老师的，更能理解同学的这种心情。所以每当有学生要走时，他们便故意躲开，一是免了离别的愁绪；二是为了给学生提供更多方便。

这天晚上，马天目正伏在灯下整理材料，忽听一阵敲门声。他嘴里含混应一声，却不见有人推门进来。

愣了一瞬，竖起耳朵，敲门声却不再响起。他以为自己听错了，起身去开门。

清澈月光在门口堆砌，不见一个人影。举目望去，见有人脚步仓皇，正向院门口走。

他认出了她，喊了一声：苏鸿……

苏鸿站住，背对他，犹豫着。

苏鸿，进来坐坐吧！

他站在门口等她，见她慢慢转身，埋头走过来。苏鸿走过他的身边，对他看也不看，径直走进屋内。

不用他让座，苏鸿便坐了他整理文件的位置。勾着头，油灯照着她的脸，漆黑鬓发用发卡别在耳后，闪出一段光滑的颈子。

他在屋里转一圈，找不出可招待的东西，只能略显尴尬地将身子搭住炕沿，前倾着，故作关切地问：苏鸿，明天就走了啊？

她抬眼看他，也不答话。

他没话找话，说：阜平离这里不远，沿路群众基础好，路上不会遇到敌情。苏鸿，你到了军区，领导肯定会派给你很重要的工作做的。

是吗？苏鸿的话音有些冰冷。她落寞坐着，拿起放在桌上的一支钢笔，捏在手心里捻动。

他搞不清她来这里的目的，是来同他道别，还是有什么成见需要清算？忽地想起平日里两人的相处，心不由得沉了沉，斟酌着词句说：苏鸿，我们虽是老乡，但平日接触得不多，私下里也没什么交流，如果我工作中有什么地方处理不当，还望你多多包涵。并且，念及老乡情分，给我指出来，我也好及时改正啊！

她瞟他一眼，不屑的样子吓了他一跳。随即从她嘴里说出的一句话，更令他摸不着头脑。

你真不知道我是谁吗？

他愣着，笑容僵在脸上，却被她脸上的羞恼弄得更加莫名其妙，只能张着嘴，摇头说：真不知道。你是谁呀？

我是天津西马路苏家的女儿。想当初，你们马家去我家换过婚帖……

马天目顿悟，想起当年和江韵清结婚时，闹过的那一出笑话。却想不到，坐在眼前的苏鸿，竟是给他提过亲的女子，不禁哑然失笑。

你还笑！苏鸿耸着身子，一脸羞恼。

他赶忙收住笑。不知当年由父母包办的那一桩没有眉目的婚事，苏鸿何以会放在心上。毕竟两人之间，未曾生出过任何勾连。

苏鸿似读懂他的心思，柳眉倒竖地说：马大才子，你别以为自己高不可攀。当时我在北平读书，对这桩婚事也根本没放在心上。父母喊我回天津相亲，我都没回……

马天目仍收不住笑，说：那不刚好嘛！我们两人都不愿意，也就算没伤了和气。

可谁知道能在这里碰到你，让人家老是自卑！

你自卑啥呀？马天目惊讶地问。

你别揣着明白装糊涂。你当初说过的话，你自己应该心里清楚。

马天目一脸严肃，问：我说过什么？

你说……你说我貌不惊人，才疏学浅，把我贬斥得像一个嫁不出去的泼妇。

马天目真的有些吃惊了，压低声音辩解道：这么难听的话，我哪里说过？

你肯定说过！要不然，怎么会传到我耳朵里？

马天目连连说：误会了误会了，苏鸿同志，肯定是讹传。你长这么漂亮，我怎么会说那样的话呢！

在你眼里，我还算漂亮吗？

苏鸿声音放低，在油灯下坐得端正起来。

他不由得愣住了，看她一眼，又将视线错开，看着投在墙上的她的影子。油灯的灯芯“突突”跳动，使她的影子像一匹小兽，不安地隐伏在墙上。他不知说什么才好，半晌，嘴里才缓缓吐出一句：漂，漂亮……

苏鸿嘴唇翕动，似有什么话想说，自己倒先怯懦起来，站起身，嗫嚅着说：我本是来向你道别的，可就是觉得委屈，一想起你说的那些话，就气得不行……那么好吧，现在我不怪你了。明早我就走了，你还是自己多保重吧！

以前你对我那么疏远，就是因为这个吗？马天目期期艾艾地问。

算是吧！也不完全是……我有点怕你，老怕被你瞧不起，所以才躲着你……你不怪我吧？说到这儿，苏鸿忽然笑起来，满脸羞红地看着马天目。

他苦笑着摇头，想不清这外表温顺的女子，何以会有这样古怪的想法。送她出门时，顺手抄起桌上的钢笔，递给她，说：没什么送的，就把这支笔送你，留做纪念吧。

她接了笔，什么话也不说，闪身走了出去。两手相握，端在胸前，不见她摆臂行走，她走得端庄而安静。他料定她会转身同他示意一下的，便积攒了足够的热情，想等她转身时，回她一个热络的笑。却不想她一直走，一直走到夜色里看不见的地方，头也不回。他只能呆呆地看着，脸上的笑渐渐消失了。

6

1939年夏天，京津冀多地下了暴雨，雨水成了那一年的奇观。持续半个月的降雨，以及引发的大小洪灾，后被修入各地方县志，成为很多人记忆中一个无法抹去的符号。

马天目应是全程经历了那场降雨的人。从他接到调令，离开平西党校，踏上去往阜平的那一刻起，暴雨便拉开序幕。起初舒缓，后又急骤，继而便像盲人手中的三弦，不紧不慢地弹拨着。他牵了他的栗色老马，身披那件深绿色雨衣，本想几天内赶到目的地，却不想竟梦游般地走了二十多天。

阻碍他前行脚步的，并非那从天而降的雨水，也非路途中所担心的敌情。他所经过的那一路，因地处根据地腹地，很少会遇到人为困难。他一直沿着大路走。周围是无边无际的庄稼地，雨雾使庄稼地变得深不可测。有时望望前路，再朝来路凝望，发现空寂大路上只自己一人独行，凄苦一下便从心底漫溢出来。他起先骑在马上，会和老马说几句话，全然不顾老马能否听懂。路倒并不难为他，走到一条路的尽头，便会有另一条路出现。只是走着走着，不禁毛骨悚然起来。发现经过的路有着相同的样貌，同样的泥泞，同样的路畔上生了野草。车辙里积起的水泊像细小汪洋。他辨不清路旁的庄稼地里，哪一片是玉米，哪一片是高粱，只觉得它们都在雨水里和他同样苦挨。他渐渐心疼起胯下的老马来，从早晨上路，他们还未曾停下来歇过脚。况且他坐得腰背酸疼，便下马步行。起初走的是一片沙土路，感觉不到路的难行。后来随着土质变化，泥泞让他举步维艰。他拣了长着青草的路畔走，鞋子不时会陷进泥里。脱了鞋子走路，虽感觉轻快，但双脚因长时间浸泡，皮肤变得异常脆弱。一根坚硬的草梗，也会将脚上割开一道口子。好不容易见到一处村庄，找到人家落脚。这才知道，距早晨离开的村子，只几里地远。赶了将近一天的路，难道只走了几里地吗？他不无疑惑地这样问道。你肯定迷路，遇到“鬼打墙”了。老乡安慰着他。可这大白天的，哪里会有鬼！没有鬼，但这大雨泡天的，对你们外乡人来说，哪里能辨得清东南西北啊。

就这样，他不得不改变了赶路的策略，雨大时借宿在老乡家，雨小时方敢上路。但雨水无止无休，全然不顾赶路人心中的焦虑。那种焦虑慢慢变为无奈，再次化为心中的凄苦。老天这是怎么了？下起来就不扯断，跟号丧似的。所有遇到的人，都在和他说着同样的话。他无语应对。在这漫长雨路中几乎丧失了说话的能力。不赶路时整天窝在老乡家里昏睡，赶路时一言不发。而实际上，他又把话说给谁听？世界仿佛成了水的世界，道路消失，低洼庄稼地里只露着庄稼的头颈，潮水般的蛙鸣时刻响在耳边，犹如咒语。他时常在齐腰深的水里前行，感到世界荒寂，唯有身边的那匹老马，它椭圆形的臀部露出水面，像一匹怪异的水栖动物。

一直走到唐县，雨才稍停。乍然初晴的天色仿佛揭开压在头顶的一方巨石，水流纵横的世界却使他晕眩起来。他将露出水面的树木和庄稼当作路标，专拣那水流湍急处走。越是波平浪静之处，越深不可测。好几次他掉进路旁的河沟，好在攥紧了马的缰绳，由那栗色老马，救他出了险境。直到踏上唐县城外的一块高地，这才放下心来。瘫坐在由石头堆砌的高台上。站在城外观水景的人问他：你从哪里来？听说海河都决了口子？你没被淹死，也真是命大。

这座处在平原与山地之间的城池，因了地势的高耸，颇像一艘救世的方舟。城中青石板路被雨水冲刷，清水洗街般干净。他光脚牵了马走，听马蹄敲打石板，不由得开心起来。找到当地分局卫生部，开了一些药，又同他们借了十元钱。带在身上的盘缠早就花光，他借钱走了一路，打下的借条不下十张。那位戴眼镜的卫生局干部告诉他：可到位于城西的阜平县政府借宿一夜，我看你身体这么虚弱，应该找医生仔细检查一下。

他拒绝了他的好意，断然出城，牵马继续西行。直到过了城西的沙河，晋察冀分区的驻地便遥遥在望。城西通往沙河的那一路，全是裸露的石子路，雨水将路旁的沙砾冲出深深沟痕。路虽难走，却并未被洪水围困。他心里彻底放松下来，却感到四肢乏困，伏在马上，睡了过去。

马的嘶鸣将他唤醒。河风吹在身上，有些浸骨的凉。老马踢踏脚步，止步不前，显然受了惊吓。放眼望，见一条大河横亘眼前，河水犹如万千野马，发出呜咽般嘶鸣。看不到对岸，在远处山峰的挤压下，河的对岸像一条细线，隐在遥不可及之处。他滚鞍下马，踌躇许久，方才挽起裤管，牵了老马，试探着朝水流中走。马止步不前。他刚刚下到水里，双腿便被冲撞得颤抖起来。撞击他的并不是流水，而是隐在水流中的大小石头。如此看来，面前翻腾着的，不是一河流水，倒像是危险重重的石头河了。

他懊恼地险些骂出声来，只能跨上马背，天黑之前返回县城。找到阜平县县政府所在地，借用他们的电话，和对岸的晋察冀分局通了话。

电话中传来的是一个女声。他略有抱怨，沮丧地陈述着自己耽搁了报到时间的种种原因。对方告诉他：因大雨的缘故，分局这边的工作也几近瘫痪。被截在对岸的不止你一人，还有从其他地方赶来的另外两名同志。你赶了那么远的路，还是好好歇歇吧，我马上联系阜平县县委的同志，明天想办法帮你们渡河。

那柔美声音听来有几分相熟，况且她的安抚更让他感到意外，不由得问：同志，你是谁呀？谢谢你的关心。

我是苏鸿！对方笑起来，说，马老师，我现在负责分局办公室的工作，早知道你要来的消息，每天都在等你呢。

他一时激动得说不出话来，愣着。苏鸿的声音，仿佛瞬间将他从凄苦中解救。听到她的声音再次响起，仿佛贴着耳畔——

你别急。明天我去河边接你。

第二天清晨，由阜平县县委组织的一支过河队伍，浩浩荡荡开赴河边，拢共数十个人的样子。除马天目外，果然有一男一女两位等待过河的同志，男的是山西人，女的是河南人。他们早他几天待在城里，看上去更为焦虑。打头的是一位不苟言笑的汉子，他沉默着将一天的伙食分发给大家。雪白的馒头装在笸箩里，用屉布遮着，还在冒着腾腾热气。每人四斤的分量，看来足够奢侈。不想经那些汉子一番饕餮，馒头所剩无几。他们或蹲或站，嘴里吃着一个，手上捏着一个。还有的把两个馒头叠在一起，用巴掌压实，中间夹了咸菜，几口下去，巴掌大的馒头便吞下了肚。

本以为渡河的工具会用船或羊皮筏什么的。但等来等去，等这些汉子把饭吃完，也不见有人将这些工具运过来。只见这数十人迅速扒光衣服，跳进河里。黝黑皮肤经水一涮，即刻泛起鱼鳞样的斑纹。那打头的见准备渡河的三人愣着，伸手朝他们身上指了指，说：脱吧，都脱喽。

马天目和另一位男同志脱了上衣裤子，肥大的裤头舍不得脱掉，愣愣站着。打头的说：脱，都脱喽。

当了女同志的面，咋有脸脱得一丝不挂。二人迟疑着下水，在水里将裤头脱掉，交由别人保管。一群脱得精光的男人蹲伏在水里，看站在岸上的女同志和那打头的讨价还价。女同志是背朝他们站着的。从他们开始脱衣服，她便羞得满面通红，嘴里嘀咕着奇奇怪怪的河南话。本可商榷的一件事，却被她说得义正词严。她坚持不脱衣服。打头的见说不过她，便沉下脸，说：那你就搁这儿待着吧，等水退喽，自个儿蹚过去，连鞋都不用脱……女同志确有急事，这才慌了手脚，涎着脸和那打头的说好话：兄弟呀，我这么大年纪了，可以做你们的姐姐，怎好意思当你们的面脱光，那不是羞煞我呀。打头的回应：我的姐，你若想渡河，就得把衣服脱喽，就是我娘来，也得这么做。这衣服穿在你身上，就能增加百十斤的分量，我的那些兄弟们命贱，可您是共产党的干部，淹了个好歹的，我担待不起呀。

女同志无奈，转而把恼怒转嫁到那些待在河里幸灾乐祸的男人们身上，小题大做地让他们背过身去。男人们照做。转头望向河的对岸。耳听到那女同志还在和打头的讨价还价：就脱到这里吧，再不能脱了。众人皆掩饰不住地笑。马天目自恃有一些水性，和身边的汉子探讨着将如何渡过河去。却见那人朝对岸指了指，抬头看，见苍茫混浊的大水尽头，一个纤瘦身影站在对岸，看不清模样，只一缕鲜艳的红色飘荡在她的指间。马天目心里一热，知道苏鸿跑来对岸接他。那条红色丝巾，就是苏鸿初来平西根据地时，系在她颈子上的。他身上不由得生出更多力气。渡河开始时，坚持自己先泅渡一段。见另外的一男一女，木偶样被汉子们架起来，一人托头，二人托肩，三人托屁股和大腿。那女同志再也顾不了羞臊，吓得面色发白，不时因为惊叫，呛一口水。越是呛水越是惊叫，只折腾到最后没了力气，穿在身上的胸衣和裤头，也被水流褪得掩不住私处，无暇顾及了。

游在水里的马天目，最终发觉自己在平荡水流里练就的本事，在这湍急河流中毫无用处。他手脚划水的动作还未舒展，便被一股粗暴的力量束缚。身子犹如一段湿木，只能顺水漂流，虽不至被浪涛吞没，却不能有丝毫横向的挪移。但见那些汉子们，双脚踩水，肩膀露出水面，一行人成一队斜线，像迎风的雁阵，又像激流中结队的木筏，缓慢朝对岸泅渡。

7

从这一年的9月份开始，马天目便中断了给江韵清写信，也不见有江韵清的信来。撇开那被烽火阻断的邮路不说，即便有一两封宛如惊鸿一般的信函寄来，也只能抵达天津，而无法托人带出敌占区，带进这阜平的大山里。

信的中断，在马天目这里只是一种形式上的中断——虽未将话语落在纸上，但他的心里，实则从未中断过对爱人的倾诉。

他患了一场大病，即医生所说的“伤寒”。究其原因，除身体的虚弱外——他从唐县地界渡过河来，全身经一路的蚊咬石击，已溃烂了一二百处伤口——他想可能是在城南庄吃了不卫生的牛肉包子所致，感染了伤寒菌。或是经平西撤退，一路下来，身心俱疲，那劳苦像堆积的石头，终于将他压垮。

他高烧不退，每天长时间处于昏睡状态。恍惚中见江韵清伏在身边，专心给他涂药。那药是龙胆紫药水，涂在伤口上，使肿胀的伤口越发惨不忍睹。她还会不停用冷水淘洗毛巾，为他冷敷额头。难得闲下来时，他能感知到她坐在身旁，看着他，或呆呆想着什么心事。他搞不清她怎么就会忽然地出现。百感交集中，有那么多的话想对她说，却难过得说不出口来。抬手触到她近在咫尺的脸，便想将整个身子依偎过去，孩子一样被她抱在怀里。不想他谵妄的动作却被拒绝，一双软软的手将他挡开。那拒绝与推托虽是坚定，却显然不愿拂了这病中人的意，遂将他的手捏住，想安放于身侧。却不想被他反手握着，再不肯松开。她便只能任他握着。那两手的相握，如能让病中人感到舒服一些的话，她也愿意这样做了。

这种昏迷的状态一直持续了将近一个礼拜。期间医生来过数次，已对他的病情不抱任何希望。没有药，没有任何救助措施，只能任他自生自灭。嘱咐多喂他些水，以维持身体最基本的需求。是死是活，便要看他自己的造化了。

没想到，他的生命力竟如此顽强，正像他醒来后所说：我走在大雾弥漫的路上，总感觉自己快要走不动了，想停下来，但一个声音总在前面引导我说：你不能停，不能停………他真的是在这样的幻境中撑了下来。睁眼的那刻，只觉世界一片澄明，阳光从窗口打入，是冀南山区清澈的阳光。烟岚般的光晕弥散过后，却发现坐在身边的并非自己的爱人，而是苏鸿那张略显憔悴的脸。他呆呆望着她，艰难地冲她一笑。

你醒了！她轻声说，眼里似有泪光。

她照顾他喝水，扶他起身，问他想不想吃东西，又抱怨般说起他病中的表现。你把我吓死了！她细声说，微卷的头发显得有些蓬乱。马天目这才意识到自己产生了幻觉，不禁问：是你在一直照顾我？

她看了看他，脸颊不由得羞红起来，明白他显然把她当成了自己的妻子，却还是郑重地问道：能不能回答我一个严肃的问题？

他点头，不知道她想问些什么。

她迟疑片刻，权衡着，觉得那病中的照顾，是她开口提问的筹码。或者说只能趁他身体虚弱，她才敢这样大胆地问。如果等他再次英武地站在她面前，那话她是断然说不出口的。苏鸿便咬一咬嘴唇，不管不顾地说：如果当初，你在天津见过我，肯答应娶我吗？

他愣住，肠胃的疼痛忽然让他蜷起身子。在苏鸿看来那是他的故意，好对她的提问蒙混过关。正自懊恼，却发现他并非搪塞，额头渗出豆大汗珠，脸色变得比死人还要难看。

他再次发起了高烧，虽不至昏迷，但因胃黏膜出血，每天屙血不止。不敢吃任何一点食物，哪怕是流食，唯恐导致胃穿孔。这就像一个恶性循环，让医生都感到手足无措——他费解地同苏鸿以及常过来探望的江茂群讲述着病情，把病人日渐消瘦的身体比成一座双方攻守的城池。伤寒病是来攻城的敌人，如果想将城池守住，必须靠肠胃补充身体的营养。他唯恐他们听不懂，有些气急败坏地说：肠胃举了白旗，怎么能将城守住！

那可怎么办？

江茂群忧心忡忡。他刚刚得了个儿子，本是兴冲冲跑来报喜的，却不想喜事未报，忧事先得。

医生归拢着简单的医疗器械，搪塞说：容我想一想。只能找些偏方来对付了，但中药这一块我又不懂。等回去找本医书看看，看能不能想出点办法。话刚说完，便逃也似的走掉了。

两人送医生出来，其实是借故躲开病人，私下里谈谈对病情的看法。山区小院处在半山之上，放眼望去，可见走下山道，消失在石崖对面的医生的身影。对面的山谷间，阳光穿过重峦叠嶂的空缺处，将大片低矮针叶林映照得蓊郁苍翠。江茂群刚想开口说话，忽听苏鸿茅塞顿开地说道：我想起来了，我听老乡说过，山对面的村子野鸡坨，有一个老中医，我去那里打听打听，看能不能想出点办法。我这就去！

那天黑前你能不能赶回来？不如我喊一名战士，让他去好了。

还是我去吧。我熟悉病情，若换了别人去，说不清道不明的，我怕误了事。苏鸿说着，迈步跨出小院。她穿着单薄的衣服，全然不顾山区的昼夜温差极大。回来得晚，冻坏了身子可怎么办！江茂群有些担心，想将她喊住，却见她头也不回，只冲他摆了摆手，便消失在石崖对面。

江茂群一直待在马天目这里，坐等到下半夜。其间扶持着马天目喝了些水，又扶他屙了几次。把马天目调来晋察冀分局工作，是江茂群的提议，这里确实缺少一位像他这样的得力人手。经局党委研究决定，准备派任马天目做秘书长一职，全面负责秘书处、管理科、交通科和警卫营等工作。不想人虽来报到，却未能到任。现在马天目强打精神，几次同江茂群表达着他不能承担工作的遗憾，话语中包含着对江茂群的愧疚。江茂群则紧锁眉头，虽有些后悔将他调过来——若不调他过来，便免了那一路上暴雨的肆虐，身体也不至搞坏，但人都成了这样，说这些话还有什么意义呢！他在心里暗自说着。他又想到，妹妹不在身边，照顾这样一个濒死的病人，也真是难为了苏鸿。当初苏鸿主动提出照顾马天目，自然顾及着老乡及师长的情分。但为了情义，一个姑娘家，做出这样大的牺牲，也真是让人肃然起敬。

正当江茂群瞌睡之际，苏鸿挟一身寒气回来。她双臂交抱在胸前，额发被夜露打湿，牙齿止不住地“咯咯”打战。进到屋里，顾不得同江茂群说话，先自把攥在手心的两枚鸡蛋放好。又找来一只瓷碗，借着油灯的亮光，从鸡蛋椭圆处下方，小心翼翼磕开一个洞，拿筷子阻止着蛋黄的流出，将两枚鸡蛋的蛋清全都泄到碗里，摇醒熟睡着的马天目，说：趁蛋还热着，赶紧喝下去。

江茂群插不上手，忽感到鼻子一阵酸涩。想着苏鸿所说“蛋还热着”这句话，知道她走过来的那一路上，定是把两枚鸡蛋捂在怀里，想着赶到住处，便能让马天目喝上用她体温焐热的鸡蛋，心里不禁一阵感慨。只听苏鸿兴高采烈地对他说，她很顺利地便找到了那位老中医。老人家尚在病中，睡得早，听说她是八路军，特意从山对面赶来，不但留她吃饭，告诉给方子，还送了家里母鸡生的鸡蛋。是什么方子呢？苏鸿说，就是每天只吃两个蛋清，一定要生喝，不得加热，然后用温水冲服。我也觉得简单，有些不太相信，但老先生给我打包票说：姑娘，回去就照我说的做吧，一个月之后，保你……说到这儿，苏鸿迟钝了一下，改口说，老先生说了，如果底子好，用不了一个月，病人的身体肯定能好，因为他以前治过这样的病人。

江茂群低头看看病人，又看着苏鸿说：若真那样的话，敢情好！这么些日子下来，你肯定也累了，要不要派别人来替换替换你？

苏鸿身子暖过来，脸上也见了些红润，俏皮地说：我身体没问题。还是别换了吧，谁叫咱们是老乡呢！换了谁，也免不了嫌弃……只是想求你帮我个忙，能不能利用你的职权，每天给我送两个鸡蛋来。这里离老乡的住处远，鸡蛋不太好找。

江茂群打包票说：那没问题。不只要送两个，明天我派警卫员，给你送一篮子来，顺便你也补补身子。

苏鸿连连摆手，说：不用不用，除了伺候病人，我啥也不干，哪用得着补身子。

江茂群说：放心，也不用搞特权。是我家里那口子坐月子，别人送的。你只管吃就是了。

果然如老中医所说，一个月时间不到，马天目的身体便缓过来。那天他屙出半盆子污血，烧竟奇迹般退了，开始能吃一点点东西。人虽然还虚弱，却能扶东西站起来。走不了路，竹竿一样颤巍巍地站着，看上去也足够让人开心了。更为奇妙的是，他身上那一二百处溃烂的伤口全都结痂，长出新鲜皮肉。医生复查后惊叹道：细菌终究是细菌，到底打不过人的抗体。这一招制胜的关键是，抗体虽然也缺乏营养，但因缺乏营养死亡的，恰恰是那些细菌。那些日本人，会不会也像这些细菌一样死掉呢？

但11月之后，日本人却没有半点“死掉”的迹象。他们像处于旺盛期的细菌，纠集近十万大军，对晋察冀山区进行了更大规模的“扫荡”。日军分路进兵，采取“梳篦战术”，对根据地形成合围之势。

此次“扫荡”，来前虽有迹象，却未料到有如此之大的规模。我军一切能带走的全都带走，不能带走的东西全部就地掩埋。据说晋察冀日报社的印刷机器分开拆卸，便动用了八匹骡子的脚力。脚力与兵员成了最为稀缺的资源。除那些老弱病残者需驮负之外，还要动用骡子驮负行李、毯子、换洗衣服；而有限的兵员除了侦察敌情、负责联络转移，就连收发消息的分局电台，也缺少必要的保护。

当马天目由苏鸿搀扶，来江茂群处会合时，见江茂群正在对他的妻子发火。

他的妻子头缠一条毛巾，怀抱未满月的婴儿，躺在床上，正和江茂群对峙。她或许知道自己理亏，但出于母亲的本性，却还是显得蛮横无理。虚弱与气恼使她变得不可理喻。当江茂群去床上拉扯她时，她发出母狼一般的嗥叫：放开我，放开！

苏鸿把马天目扶坐到一张板凳上，想来劝说江茂群两口子，不知平时从不拌嘴的夫妻俩，何以会在这样的危急关口，还要吵架拌嘴。外面已响起零星枪声，两名带枪的战士簇拥着一位当地村妇小跑着过来。战士等在门口。村妇走进屋来，她酡红的脸上虽带有焦虑，却还是漾着笑意，见到屋里情景，不禁敛了笑容，怯生生待在一旁。

只听江茂群半是对苏鸿解释，半是对妻子责怪道：你身体这么弱，无法跟大部队转移，分局为了照顾你，特意从警卫连抽调两名战士，带你去深山隐蔽。你想带孩子怎么行啊？抱都抱不动他。再说了，你不为自己着想，也该为其他同志的安危考虑——转移途中，孩子哭了叫了，被敌人发现怎么办？

说到这儿，江茂群缓了口气，趋近床边，抚慰妻子道：你看，桂香嫂子都过来了，你又不是不认识她，把孩子交给她代养一段时间，有啥不放心的。等局势安稳下来，我们再把孩子接回来，你看这样好不好？

那叫桂香的村妇也趋前一步，操着当地土话，俯身对江茂群的妻子说：妹子，把孩子交给我，你就放心好了。我身子骨壮，奶水多得吃不完。要是奶不够吃，我就断了我家那小子的奶，只给你家孩子吃。等你回来，保准把他养得白白胖胖……

江茂群的妻子坐着，不发一言，只是将头抵在孩子额上，淌落满脸的泪水全都流到孩子脸上。

此时又有一名战士跑步过来，站在门口喊：首长，大部队已开始转移了，分局领导让我通知你，马上出发。

江茂群趁妻子不备，想趁机夺过孩子。却被妻子惊觉，张嘴在他胳膊上咬了一口。

江茂群倒吸一口凉气，退后一步，抖着手，忽然做出拔枪的动作。不想扬起的手臂却被人从后面抱住，回头一看，竟是半跪在地上的马天目。他显然是从座位上挣扎起来，由于动作迅疾，虚弱地跌在地上。屋子里的所有人都惊讶地看着这一幕，但让大家感到更为惊讶的则是马天目泪流满面。他颤抖着嘴唇，说不出话，只是从嗓子眼里发出莫可名状的哭声。

江茂群甩脱了他，用枪指住自己的妻儿，声色俱厉地说：把孩子放下！不放下，我就一枪打死他！

村妇健壮的身子闪到江茂群枪口下，猝不及防地将孩子抢到自己怀中，转身朝门外跑，边跑边扯着哭腔喊：妹子，把孩子交给我，你就放心好了……

怒气冲冲的江茂群冲门口挥手，两名先前等在那里的战士冲进屋里，连拖带架，背起江茂群的妻子，迅速跑出屋外。

江茂群冲到门口，向外张望一会儿，忽然像被抽去筋骨，身子轰然歪倒在低矮的门框上。他闭了闭眼，回头见发呆的苏鸿，以及仍在流泪的马天目，没好气地说：你们怎么走？他又不能骑马，这样转移怎么能跟得上队伍！

苏鸿说：你先走！不用管我们！

江茂群扭头喊过自己的警卫员，吩咐说：你赶紧去找一副担架，再雇几名老乡，抬上他，跟上大部队。

警卫员稍有迟疑，开口问：那你怎么办？

不用管我，你协助苏鸿同志，想办法把病人照顾好就行了。

枪声时缓时急，在山谷间追随着他们，忽远忽近。远的时候，像在山的对面；近的时候，仿佛就咬在身后。马天目虽然身材枯瘦，但两位身材矮小的山民抬着他还是有些吃力，便又雇了另外两位山民。四个人，两名山民分别抬在前后，中间由另外两人架着，以减轻担架的负载。到累得实在走不动，四人便两两轮换。江茂群留下的警卫员端着枪，在前探路。苏鸿迈着碎步，颠前跑后只想把马天目照顾好。由于担架短小，马天目的两条长腿几乎有一半悬在担架外。走上山的路时，脚不时磕碰到凸起的山石上。让苏鸿更为担心的是，马天目始终在流泪。他大睁着眼睛，面对晃动不止的天空。天空竟是这般湛蓝，近乎不合时宜地呼应了他心里的感伤。转移的队伍和逃难的老乡从身边经过，他们粗重的喘息声混合着远处传来的枪声，无不给人一种压迫之感。但他却意识不到。他的脑子里时刻回放着江茂群掏枪的那一刻，竟想不起自己在南京独自出逃的夜里，是否会像江茂群那样，显得那样极端和残忍。他真的一点也想不起来。而江茂群妻子的叫喊与哭泣，则在他的潜意识里全部化为江韵清对他的指责。

马天目为何流泪？除想到他身体不适，或病弱之人情绪容易激动外，苏鸿实在想不出任何的缘由。

虽没有半刻迟缓，他们这一行七人的队伍，还是和大部队走散了。

夜幕降临之后，方向感并不是问题，那几位山民对地形了如指掌。他们只是累得再也走不动路，对警卫员说：咱们歇一会儿吧，明天肯定能赶上队伍的。

如果事先指定的撤退地点也不安全，部队再朝别处转移怎么办？

年轻的警卫员这样忧心忡忡地说道。他征询着苏鸿的意见。

还是歇一会吧。我也实在走不动了。苏鸿疲惫地说。扭头看一眼躺在担架上的马天目。夜色将他掩盖。一路上他都未发一言，此刻更像一个沉默睡去的人。

入夜时苏鸿倏然惊醒，不知是山区寒潮骤起的缘故，还是担架上的马天目弄醒了她。身边的警卫员睡得正酣，打着呼噜。四位山民躺在不远处背风的窝凹里，横七竖八地睡着。苏鸿刚想说点什么，见马天目仰着脖颈，做出侧耳倾听的样子。他将食指竖起，贴在嘴边，示意苏鸿不要说话，自己挣扎着站起来，脚步踉跄地朝不远处的石崖走去。夹在低沉夜风中的声音听起来确实有些古怪。从这个角度看过去，依稀能见石崖下透过来的一点光亮。苏鸿三步并作两步，赶在马天目前面。北风从背后吹来，将她瘦弱的身子吹得有些摇晃。还未走到崖畔，便见沟谷下方生着一簇簇篝火。起初苏鸿以为是自己的队伍，不禁惊喜地叫出声来。她还未定睛细看，便被赶上来的马天目从后面扑倒。他将她压在身下，呼吸瞬间变得急促起来。

从石崖到沟谷下方，直线距离不超过几百米。天黑前那里还是一片静谧，却想不到此刻竟驻扎了这么一拨队伍。想必是刮着北风的缘故，嘈杂声音吹送不到这里。借着篝火的光亮，虽一时辨不清这些人的身份，但停在周遭夜色里的马队，说明他们并不是自己人。他们虽辨不清骡马，但分局里除了不多的几匹骡子之外，更多的是矮小的驴子，多用来负载。从这些人的肢体动作上来判断，有人在篝火旁饮酒，肆无忌惮地喊着什么。篝火清晰地映亮一棵树的轮廓。有人将一头黄牛牵过来，拴在树上。一人挥起战刀，从牛屁股上直接砍下一坨肉来，拿去篝火上烧烤。黄牛疼得四蹄乱颤，却无奈身子被捆缚在树上，最后訇然倒地。黄牛肉质肥厚的地方，任人割宰。在另一处篝火旁，一只羊也遭到同样的屠宰，有人直接用战刀砍下羊头。无头的羊竟在原地站了片刻，让周围的人手舞足蹈。最后它向前跌撞几步，直接栽在熊熊燃烧的篝火中，搅起细碎火星，升腾到半空。

是日本人！马天目伏在苏鸿耳边，语气低沉地说道。把他们叫醒，我们赶紧离开这个地方。

转移途中大家不由得感到庆幸起来。警卫员说若是睡到天亮，想脱身都来不及了。几位山民更是惊魂未定，凑在一起低声说着什么。躺在担架上的马天目虽听不懂他们当地的土话，但大致能明白话里的意思。他们后悔不该接了这份抬担架的活儿，这要被日本人抓到，岂不掉了脑袋。等天亮赶上他们的部队，拿了报酬，赶紧回家，找个安全的地方躲起来……

听了这样的话，他不由得更加自责。觉得因自己拖累，不但让老乡担惊受怕，还要连累了苏鸿和那位年轻的警卫员。依据自己现在的身体状况，想一路突围，也确实困难。倒不如自己拿条枪，躲在一处地方。能躲得过去便罢；躲不过去，就和日本人轰轰烈烈地干一场，最后死掉也不足惜。

天亮时他们赶到一个叫“吴王口”的地方。据山民们说，过了吴王口，便属冀西山地；翻过前面这座山，便是部队事先指定的突围后集合的地点。他们在两山交界之处找到一个小村。村内一片荒寂，显然山民都逃进大山里去了。一行人略作休整，准备在太阳升高之前向西北方向转移。

刚一上路，便见一群惊慌失措的山民从正西方向跑来。有人冲他们高喊：你们朝哪儿去！鬼子围过来了……话未说完，便跑得不见踪影。苏鸿尾随在他们身后，追了几步，嘴里喊着：老乡们，那个方向也有鬼子，不如跟上我们……但这些逃命的人哪里听得进去，头也不回，只朝认定的方向逃窜。等苏鸿回来，一下便傻了眼，见马天目从担架上滚落下来，正和警卫员说着什么，那几个抬担架的山民全都不见了。警卫员说：那几位山民可能害怕了，招呼也不打，丢下他们就跑了。

枪声越来越近。警卫员顾不得多想，迅速做出判断：我们只能按照预定的方向突围。敌人从正西方向过来，我们朝西北方向走，虽有同敌人遭遇的可能，但只有追上大部队，我们才能获得安全的保障。至于病人，警卫员说，我可以背上他。

苏鸿断然拒绝了他的提议。一个人再怎么有力气，也不如两个人来分担，还是让马天目躺在担架上，两个人抬上更合理一些。

你能行吗？

年轻的警卫员血往上涌，瞪着通红的眼睛，看着这位比自己矮了一头的女同志。

怎么就不行了！苏鸿仰着头颈，毅然说。

时间刻不容缓，却不想被马天目无故拖延。他死活不肯挪上担架，身子仰靠在一棵矮树旁，单臂紧抱树干，另一只手撒泼似的胡乱挥舞，嘴里喊着：你们走，你们走，不要管我！

本是虚弱的病人，却不想有那么大的力气。他抱住树干，两个人也拖不动。年轻的警卫员攥起拳头，懊恼地擂着树干，不时用软塌塌的军帽擦着脸上的汗。苏鸿实在无奈，忽然扑在马天目身上，挥拳撕打着他：你不走！我们也不走！大家活一块活，死一块死！你这么固执，是想害死我们啊。

担架用两根手臂粗细的木棍，横向绑三根横梁，架空的地方，再用绳子密密连缀。抬着担架行走起来，虽看似简单，却需要足够的力量。迈开的步子不仅要稳，保持步调一致；手臂还要有相应的支撑，方能保证担架不左右倾斜。有了上述诸多条件保障，仍需躺在担架上的人好好配合，如他晃动身体，松软的担架会即刻倾覆，瞬间人仰马翻。为了减轻重量，动身转移之前，三人做过相应调整——将被子撤下来，身上所带的物品，除警卫员身上的一把驳壳枪外，其他一概丢弃。起初警卫员在前，苏鸿殿后，但考虑到一路都是上坡，重量后移，两人便做了位置上的调换。而躺在担架上的马天目，也变得听话了许多，任由他们二人指挥，转为头朝向苏鸿这边，身子后移，两条长腿几乎跨出担架外——这样徒劳的调换，其实是想将身体的重量尽量后移，以减轻前面的负载，但实际上没有半点效果。

走过通向山口的那一片平展沙地，苏鸿还能勉力支撑；等朝山腰上攀爬，马天目便感觉到担架的剧烈摇晃了。他虽是躺着，却早已浑身酸疼地受够了这种待遇。此刻周遭倒安静下来，除几声零碎枪声之外，他分明听到苏鸿粗重的喘息声。他看不到她，只知道她的脊背就抵在自己头颅前方，有时费力地翻翻眼睛，便能看到她蓬乱的头发。汗水将发梢濡湿，贴着她细瘦的颈子。他近乎哀求般嘀咕着：苏鸿，放我下来吧，放我下来……

听不到苏鸿的回答。或许她什么也听不见，大脑充血，只有朝上攀爬的意识。天空有些灰暗，使周围的群山越发显得萧索。马天目近乎绝望地睁着眼睛，看着悬在头顶上方的天空不停地抖动、倾斜，随时都有坍塌下来的危险。

他忽然放缓了声音，轻声唤着：苏鸿……

苏鸿没有理他。前面他频繁的哀求已让她心烦，干脆假意听不见。

马天目不以为意，脸上漾起笑意，喃喃说道：苏鸿，你还记得刚来分局时，你问过我的那句话吗？

没有回答。

你问我，如果当初，我在天津见过你，肯答应娶你吗？

…………

我会的，如果当初见过你，如果……我肯定愿意娶你的。

当枪声再度变得密集时，他们刚在一处断崖上停下来。苏鸿脚底踉跄，双腿一软，跪了下去。马天目从担架上滚落，幸好有身后警卫员相助，身子倒不至跌伤。只是苏鸿的膝盖磕在一块凸起的石头上，想必流了血。她不顾疼痛，半跪半爬地伏到马天目身上，嘴里说着"对不起"，察看他有无伤情。警卫员冲到崖顶，匍匐身子朝四下张望，见从侧翼方向，有鬼子正朝这边移动。他急忙冲到苏鸿面前，压低声音问：苏鸿同志，你还能坚持得住吗？

苏鸿点头。她热汗淋漓的脸已褪尽酡红，变得毫无血色。

马天目冷眼观察着一切，心里倒泰然自若起来。如果从他卧身的地方冲到断崖处，他没有力气支撑，无疑会遭到两个人的阻拦。于是，他变得很听话，乖乖躺到担架上，半仰着身子。

两人抬起担架，艰难地朝崖顶攀登。

崖顶的风吹得猛烈。苏鸿一下撑不住，脚步慌乱，而担架的晃动更让她难以掌握平衡。在身后警卫员的惊呼声中，她心往下坠，不住地开始自责。明知自己体力不支，说不定又要抬翻担架。随着担架更为激烈的晃动，她先是感到一阵轻松，但马上感到担架的一只扶手脱离了她的手掌，侧翻下去。等她回身去看时，只看到马天目扑向悬崖的一个背影。

几天之后的黄昏，苏鸿坐在一处山包上。江茂群起初站着，随后陪她坐下来。

两人呆呆地朝远处看，见落日的余晖在山尖上撒了一层金箔，随着夜幕的降临，山影在开阔之处投下巨大暗影，旋即又被刺穿乌云的夕阳涂成血红。

江茂群安慰着苏鸿：你不要太自责，我听警卫员说，他的坠崖，并不是你将担架抬翻的缘故。他落地的地方，离悬崖还有几米的距离——他是怕连累你们，自己跳下去的。

苏鸿不语，后来才喃喃说道：本来好好的，他为什么要这样做！

江茂群沉默着。

苏鸿将脸埋在膝间，忽然问：孩子找到了吗？

江茂群说：找到了……随即声音哽咽起来，我的儿子虽然找到了，但房东大嫂的孩子却没了。有人说她收养了八路的孩子，鬼子逼她交出来，她把自己的孩子交了出去……

第七章

1

彭定邦从云阳调来重庆后不久，便给妻子谭正蓝写了一封家书。按惯例，他在信中称谭正蓝为“幺姐”，报了平安，又一再恳请谭正蓝说：幺姐，你还是放下家中生意，带上咱们的云儿，搬来重庆与我同住吧。

那些天，彭定邦每晚都会做梦，梦到一种叫作“兰草”的植物。却梦不到自己的幺姐。在谭正蓝居住的那个村子，四野种植的都是兰草，家家户户，做着制靛的生意。

对于制靛的过程，彭定邦是熟悉的。因为他老家的那个村子，开了数家染坊，以他家的染坊规模最大。每年秋季，年幼的彭定邦都会随了父亲，去那个叫作“兰草乡”的村子里收购蓝靛，并由此认识了谭正蓝。他比谭正蓝要小几岁，嘴里抹蜜般叫她幺姐。她虽是家里唯一的女娃，却因她的上面曾有过一个夭折的姐姐，大家都叫她幺姐，他也便跟着这样叫了。两家大人是世交，便给他们定下“娃娃亲”。但幺姐的称谓，一直延续到婚后。

从感情上说，彭定邦是有些依赖谭正蓝的，叫她姐姐自不为过。

那时他上初小，父母相继离世。亏得谭正蓝父亲相助，把他接到谭家生活。后来他又上了大学，直至毕业。他上大学时所穿的衣服、鞋袜，无一不是谭正蓝缝制。穿在身上，却从不觉得土气。每当想起谭正蓝在油灯下做针线的情景，彭定邦都会热泪盈眶。他没有姐姐，为他深夜里赶制衣服的人，除母亲之外，就只有幺姐了。谭正蓝手中的针线，密密缝缀了两人之间的亲情与恋情……到了谈婚论嫁的年龄，谭正蓝的父亲顺其自然，为二人操办了婚事。来贺喜的人说：你是先得儿子，后得女婿呀！谭正蓝的父亲笑得合不拢嘴，连连称是。或许因太过高兴，老人家在酒桌上患了中风，半月后去世。

彭定邦在家里的身份，算是儿子又算女婿，却未曾为这个家庭效过半点力。大学毕业之后，他工作虽在云阳，但县城离兰草乡有近百里山路，偶尔回家一趟，也是匆匆忙忙。自父亲去世之后，谭正蓝便接管了家中的生意，不但要抚养儿子，还要照顾未成年的弟弟。

那蓝靛用兰草做原料，在靛池中浸泡一天一夜，加适量石灰水，以加快水溶液产生化学反应。再将液体注入靛缸。靛缸外侧站四人，手持木把，两两相对，朝缸中不同方位有节奏地连环击打，是为“打靛”。半个时辰过后，观察缸内靛液反应——如底部沉淀明显，上边水已变清，则需开启放水孔，把上面无用的清水陆续放出。放水要视缸内水位高低，从上至下依次开孔，以既能尽量放出废水，又不放跑靛浆为准。放完废水后，取缸内成品靛少许，抹到干净瓦块上，观色验质，俗称“抄码”。颜色为灰白者属下品，发蓝发红者为上中等品相，紫茄皮色者为上等极品，最得染坊青睐。

而蓝靛的最终归宿，则必归于染坊。就像彭定邦时常思量起的，他和姐姐谭正蓝的生活最终要在重庆相守一样。

他在信中之所以用恳请的语气，是因为在他离开云阳之前，谭正蓝正筹备着，如何将家中生意进一步扩大。战祸频仍，近几年制靛的生意近乎惨淡。以前行销各地的蓝靛，运不出外省，致使本地染坊压价，倒大赚了一笔。谭正蓝便有了自己开一家染坊的打算。成本不需考虑，至于那“扎染”手艺，想来也不会成什么问题。从彭定邦亲戚家里，便能请来师傅。师傅打包票说：我耐心教，你认真学，不出仨月，保你把手艺全部学到手。

对于开染坊一事，彭定邦起初是支持谭正蓝的，并亲自回老家给她请了师傅。没想到组织上的调令这样令人措手不及，况且出发去重庆之前，他对那里的生活毫无了解，想让谭正蓝放弃生意，随他前往，显然并不现实。他现在心里最为烦恼的，是怕染坊已开张营业，骑虎难下。谭正蓝自然不能前来。那样的话，他们分居两地的生活，不知何时才会结束。

云阳的“蓝印花布”很有名气。对于那种别致的色彩，彭定邦心有体会。从他刚出生时，每天便浸泡在那蓝色里。他家人的衣服、被褥，以及父母终日操劳的手上，无不涂染了这种颜色。随着父母离世和夫妻间的离别，那蓝色，会给彭定邦带来一些感伤的情愫。

那蓝色出于蓝，却近乎于青，有一种更为优雅的称谓——靛蓝。他从古籍中读到过这样一段文字：蓝印花布，乃中华传统印染工艺之一种。最早见于汉代，从明朝中叶进入鼎盛时期。它从制版、印花乃至染色，全部采用手工操作。以皮纸积背如板，以其布幅阔狭为度，花样其上。每印时以板覆布，用豆面等药物如糊刷之，候干入蓝缸浸染成色，出缸再曝，晒干拂去原药而斑斓，布碧花白。

当彭定邦的家信几经辗转，寄达兰草乡时，他家的院落里，飘扬着在阳光里晾晒的蓝印花布。那狭长布匹挑在数米高的晾杆上，缠绕姿态犹如挥毫泼墨，在云阳蓝色天空的衬托下，令人目眩神迷。谭正蓝绾着发髻，露出饱满光洁的额头。她身穿一件浅灰色对襟长褂，正在院子里由蓝色布匹形成的迷宫里穿梭。不时会停下来，抬起胳膊，那裸露的小臂上蘸了星星点点的靛蓝。她葱管似的手指捏住花布一角，抬起手掌，用掌心摩挲着布匹上白色的花纹，在脸上贴一贴，不禁露出欣慰的笑容。

当谭正林用他变声期的嗓音，读出“幺姐”二字时，谭正蓝光洁的脸上不禁露出害羞的笑意。斑驳的光影映在她脸上，水波一样荡漾。那是微风掀动布匹，阳光折射出的效果。她的眉头渐渐微蹙，却不由得暗自里叹了口气，转身去收拢晾晒好的花布。背着书包的谭正林跟在姐姐身后，将信折叠好，塞进姐姐衣兜。他知道姐姐虽不识字，但定邦哥以前的每封来信，都会被她收藏起来。

你会去重庆找定邦哥吗？谭正林问。

我要去了重庆，谁来照顾你？

谭正蓝怀抱浆好的蓝布，几乎遮没她的脸。她将蓝布放在宽大平台上，由谭正林搭手，将蓝布抻展，四四方方折叠起来。

那就不去了？谭正林喜形于色地说。

不去……谭正蓝的话听起来有些负气，说完转身回屋。

谭正林不禁又忧心忡忡起来，追在姐姐身后，说：幺姐，你还是去吧。我还有半年就毕业了，我准备报考的学校就是重庆。到时候，我去那里找你们。这剩下的半年时间，我在学校里怎么都能凑合。

谭正蓝没有理他。不能前往重庆的原因，也实在和少不更事的弟弟难以说清。

入夜时分，谭正林坐在油灯下，依照姐姐口述，给彭定邦写回信。以前他代姐姐写信时，总是用他少年心思，将姐姐的意思简单复述出来。而今，他在学校里已有了心仪的女同学，晓得了男女间的情事，便再不会写那样一种简单的家书了。虽用的是谭正蓝的语气，却演化成自己的情感。那家书读起来，便有了一种情深意切的效果。

定邦：

分别日久，甚是想念。恨不能长出一双翅膀，飞临到你的身边。但云儿生病，出了疹子，况且染坊刚刚开张，欠下不少借债。正林上学，又多破费……

当他读到这里，正给儿子喂水的谭正蓝忽然将他打断，有些嗔怪地说：家里借债，你咋晓得？

谭正林没有回答，而是将信继续读下去。

家中事不用你挂牵，你只要照顾好自己。等过段时间，我再去重庆，一家人团聚……

谭正蓝似乎想安慰弟弟，说：家里没借多少债，有个一年半载，本钱也就收回来了。你操的什么心，好好读书就是了，还写什么“正林上学，又多破费”。

当家信寄达彭定邦手中，一切皆不是原来的样子。

重庆，这座楔入嘉陵江和长江的悬崖峭壁间的城市，这座不分季节，常年鲜花盛开，又常年被迷雾笼罩的城市，这座据守天险，对外报道中称为“国民党人指挥抗战长达六年之久”的内陆城市，已开始遭到日本人的轮番轰炸。

日子被割裂，千疮百孔中似乎再无宁日。人们在苦挨中感觉时间过得非常缓慢，却倏忽间很快又是一年。当进入到这一年的7月时，身为中共重庆市委第一委员的彭定邦，刚刚从位于化龙桥附近的红岩嘴回到局里，结束了“整风学习班”的学习。

抗战进入到相持阶段之后，党中央决定利用局势比较稳定的有利条件，在各地开展“整风运动”。彭定邦带回了一份极其重要的学习文件。依据南方局的部署，他将组织与自己有直接联系的所有地下党员，贯彻“整风”精神，认真阅读文件，联系实际，写出思想、工作、生活上的三方面总结。

当时彭定邦的公开身份，是中央信托局的中级职员，但因身边没有家眷，只能同十几个人住在集体宿舍。这对他工作的开展，显得极为不利。

此时恰逢轰炸进入尾声，中央信托局刚刚修好了职工宿舍。因此组织上决定，要彭定邦以家属要来的理由，向局里申请住房。作为信托局内部的业务骨干，又兼给领导送了些礼，彭定邦的申请，很快便批复下来——他如愿地分到了一套新的住房。

正当彭定邦准备给谭正蓝写信，再次催促她来重庆团聚时，组织上却否决了他的这一看上去极其正当的做法。

否决的原因，正是以前他所收到的那些由谭正蓝寄给他的家书。

组织上的担心和警惕，看上去虽显得不近人情，却非空穴来风——因彭定邦公开场合下的身份，自称中央大学的毕业生，又在北平银行做过职员。如果他与云阳老家的通信被当局邮检发现，顺藤摸瓜，追查到云阳，他的身份定会暴露。而在当时，由于地下报刊《挺进报》被发现，当局正加强邮检，守候邮筒，搜查红色书刊。甚至每一份报刊，每一家书店，都成了监视对象——而现在，这秘密的工作，虽需家庭做掩护，但考虑到他的工作性质，所做的每一件事，无不涉及组织的核心机密。特别是“整风”期间，有大量文字工作和联络工作需要处理。一名普通村妇，显然起不到辅助作用。尽管彭定邦在云阳从事地下工作期间，谭正蓝也曾为他做过掩护，但她既不是党员，又不识字，更不具备从事秘密工作的经验。因此组织上指出：能够掩护彭定邦工作的，应是一位稳健而有学识，既能应对各种复杂环境，又兼备丰富斗争经验的党内女同志。

重庆市委随即做出以下提议——

彭定邦必须立即中断与老家的一切联络，包括与他妻子的通信。组织上迅速选调一名得力女助手，以“假夫妻”的身份，和彭定邦在一起“生活”。

2

虽身处同一座城市，江韵清却很少有时间和机会，同自己的父母及姐妹们见面。1939年年末，当她偕同大姐江汰清，带两个孩子，从杭州乘船，暗夜偷渡长江，经江西上饶，至广东韶关转道广西桂林，又从桂林转至贵阳，历经艰险，最终抵达重庆时，她们的父母以及小妹，投奔三妹江宜清，已先期抵达了重庆。

一家人并未聚在一起生活。父母以及小妹由江宜清照顾，而经组织安排，大姐江汰清带两个孩子搬出去另住，从事着地下交通员的秘密工作。而江韵清则被安排到重庆妇女慰劳总会，担任会计一职。

皖南事变发生之后，中央南方局曾对重庆地下党组织做出过调整，准备疏散一部分党员，前往延安。江韵清向组织递交了一份申请。那个时候，她已久未收到马天目的信了。之所以提出这样的要求，除对延安心向往之，她更盼望，在那遥远的北方，总该有和马天目重逢的机会吧。

但她的申请并未得到批准。重庆地下党组织考虑，她虽参加了一些进步活动，却并未突出个人，继续潜伏下来，能在今后的工作中发挥更大的效用。反倒是未曾提交申请的大姐江汰清，最终经组织安排，随同老牛去了延安。江汰清在一次接送任务中与老牛邂逅，此前他们在上海时，虽未订下终身，但中年丧妻的老牛，总是竭尽全力照顾江汰清的生活。上海的离散，已让老牛追悔莫及。如今在重庆相逢，他再不愿错失和江汰清结婚的机会。征得江汰清的同意后，老牛向组织上递交申请，二人很快结婚。此次老牛必须去延安，江汰清由于外地人的身份，在此地做联络员工作也勉为其难，便随他一同前往。

大姐离开重庆之后，江韵清感到了孤独。由于身份的不同，她极少回家。也就是在这个时候，她接到了组织上下达的，要她去完成一项特殊任务的通知。

是一项怎样特殊的任务呢？当她的上线段成芳讲完事情的大概，江韵清愣住了，她陷入了长久的沉默。

段成芳凭借曾做过报社记者的敏感，察觉到江韵清情绪上的波动，笑眯眯地问她：有什么困难吗？

对于“假扮夫妻”这样一种方式，她自然不会陌生。当年在上海，她便同马天目这样做过。但当时的形势由不得她做出选择。况且那时她尚年轻，并不懂男女间的情事。自结婚之后，她便再不敢想象自己会同一个陌生男子同居一室了，她已没有了那样的初心和定力。

面对段成芳的提问，她有些为难地说道：难道再找不出其他合适的人选了吗？

段成芳将身子向她倾过来，低声说：组织上已考虑了很久，觉得只有你，才最适合这份工作。

可我已经结婚了呀！

段成芳笑了，搂住她的肩膀，伏在她耳边说：正是因为你已经结婚，丈夫不在身边，组织上才会考虑派你去的嘛。彭定邦同志家里也有妻子，这“夫妻”的角色，由你们二人扮演，应该最会拿捏分寸的。如果派一个没有结婚的女同志去，经验上肯定有所欠缺呀！

对于那个即将成为自己“丈夫”的男人，江韵清虽未曾与他谋面，却对他的名字已极为熟悉。两人在以往工作中有过数次间接的交叉。当那个事先已安排好的日子到来时，她仍旧无法从一种恍惚的状态中自拔。

她带上简单的行李，从自己的住处步行到车站，完成了一段臆想中远隔山水的旅途。

她待在车站，等候着她的“丈夫”。而对于“丈夫”的概念，她自然会把那个即将出现的陌生男人，定义为马天目的形象。

她穿一件阴丹士林旗袍，携一只藤编旅行箱，手拿一把红色油伞，注意着每一位冲自己走来的男人。而那些瘦高身影，自然会成为她瞩目的对象。在某一段时间里，她忽然陷入了一种幻觉，真的看到马天目穿过人群，行色匆匆地向她走来，然后笑容可掬地站在她的面前……

当一个男人站在身后，用浓重的川东口音问候她道：你早到了？等急了吧……她并未回过神来，只是转身，呆呆看着他。

这是一位中等个子的男人，微胖，国字脸上挂着敦厚笑容。是坐船还是坐汽车来的？接下来他问，说出了事先设计好的联络暗语。

她仍处在恍惚状态。直到他不停擦拭着额头的汗水，再次将暗语重复一遍，这才蓦然惊醒，脸上露出歉意的笑容，连忙说：先坐汽车，中间走了一段山路，又坐船，才赶到这里的。

他弯腰接过她手中的行李，忽然出乎意料地说：走了那么远的路，你一定累了！饿不饿？

这并不是规定情境中该说的话。作为丈夫的彭定邦，在那一瞬，忽然把自己的表演发挥到了极致。在他的想象里，如果自己的妻子如约来重庆，他必是要这样问的。而在他的想象中，谭正蓝定会摆出一副做姐姐的姿态，说：我在车上，一天都没吃东西，你说我饿不饿？

江韵清并未回应他的问候。而在走出车站那一刻，她对彭定邦做出的姿态略感惊讶。他走在她的前面，一只手始终向后张着，好似要牵引她，自然流露着一种想要照顾她的殷切。横过马路时，这种殷切体现得尤为强烈，他几乎和她并肩而行了。手臂虽没有任何与她身体的接触，但有时挡在她的前面，有时护在她的身后。

她从恍惚中彻底清醒过来，脸上漾起自信的微笑，向他身边靠了靠。确如旁人所说，她有过结婚经验，对付这样的场面，表演起来自然游刃有余。她也超出规定的情境之外，问了一句体己话：身体还好吧？

他看了看她，没有回答，只是冲她憨然一笑。

等走出人流熙攘的车站，拐进一条小巷，两人却再次变得生分起来。小巷狭窄。散发着一股食品、鲜花以及垃圾、便溺混合在一起的味道。卖杂货的人迎面走来，挑一根竹竿，竹竿上挂着铃铛、小刀、牙签、耳勺、挠背的竹手。与他们擦肩而过时，把竹竿竖放在肩上，身子贴紧湿漉漉的墙壁。等他们依次通过，再往前行。每与对面的人相遇，双方都要这样错开身子走路——这或许是他们不再亲昵的理由，直到走出那条小巷，穿过一条处在山脊上的宽敞马路。路的两侧布满商铺，它虽算作这城市里最为繁华的地段之一，大轰炸时却未遭到毁灭性破坏。直到现在，虽偶有日本人的飞机来袭，却仍旧影响不了这里人们的生活。

彭定邦伸手朝前一指，说：从这里拐过去，便到家了。

顺他手指的方向看，她却辨不清哪一座新修的建筑里，有那个所谓的“家”。只依稀看到码头下的江水，在雾气中显得越发苍茫。有木船停在江面，赤裸脊背的挑夫正弯腰从石阶下攀爬上来，斗笠几乎遮没他大半个身子。彭定邦又做出一副亲昵样子。路过一家店铺，他顿住脚步，愣了一瞬，轻声对江韵清说：等我一会儿。便迈步走了进去。

她仰头看着挂在店铺外的商品，是一块块在微风中轻拂的花布。蓝底白花，古拙中愈显娇艳。少顷，彭定邦手捧一块花布出来，有些扭捏地对她说道：第一次见面，没什么送的，就送你这块花布做个见面礼吧。

客人一拨拨来。一来恭贺乔迁之喜；二来看望彭太太。男人们议论着新近单位里发生的事，女人们除了和彭太太亲热，也免不了好奇，七嘴八舌地问这问那。有人酸溜溜地说：你们这俩夫妻，怎么看上去有点不般配！彭定邦忽地涨红了脸，尴尬地问：怎么就不般配了？说话者是个打扮入时的女眷，长了彭定邦几岁，被唤作嫂子。因丈夫经常出差，免不了和单位里的男人勾勾搭搭。她斜吊眉眼，说：一是年龄看上去不像……彭定邦颇为机敏，抢过话头说，我比我家太太大了十多岁，也算是老牛啃了嫩草……众人哈哈大笑。那女人却说：你们夫妻俩，该有一年多没见了吧？久不沾腥的猫哪有不急的，你看你们俩，客客气气，没有一点夫妻的样子嘛。

这样的质疑倒不用彭定邦来解释，有人站出来，调侃那女人道：你以为别人都像你和你家老窦啊，出去没几天，回来就馋得要死。大白天亲热，窗帘都从不拉的。

女人一点不知羞臊，咄咄逼人地说：我们大白天亲热，难道你看见了？

被问话的男人臊红了脸，说：我没看见，倒是听见了。

女人媚笑一声：馋死你！又转头对彭定邦说，老彭啊，今晚可要悠着点，久别胜新婚，可别被这些馋猫听了声去。

众人散去，留下一地狼藉。两人都感到了别扭。彭定邦弯腰打扫屋子。江韵清愣了一瞬，面对掩紧的窗帘，以及并排放在床榻上的一对枕头，心里忽地慌乱得不知如何是好。她弯腰去抢彭定邦手中的笤帚。彭定邦竖起食指，伸到嘴边，示意她去床上睡。她只好站在床边，面朝墙壁，仍旧不知接下来该做什么。

由于是仓促建起的住房，隔音效果很差。静了一瞬之后，从隔壁房间传来清晰的说话声，板凳脚盆移动的磕碰声。当这些声音消失，周围陷入死一般的沉寂。

彭定邦将一床被子抱到沙发上，将油灯挪近茶几，从床底的箱子里拿出一沓纸张，准备就着油灯看上一会儿。他望着江韵清微笑，伏在她耳边轻声说：睡吧。

江韵清确实有些累，和衣而卧。不想睡意刚刚袭来，却又被彭定邦弄醒。她有些敌意地看着他，听到彭定邦压低声音说：今天将就一晚，你去沙发上睡吧。

她搞不清他想要做什么，气嘟嘟地爬上沙发，面朝里躺着，却听到对面床榻发出吱吱声响。扭头去看，见彭定邦席地而坐，膝上摊一摞纸，一边专心致志地看，不时抬袖口擦一把脸上的汗，一边一只胳膊抓着床栏，不停地、有节奏地撼动着。

看到这里，她什么都明白了，顿时臊红了脸，将胳膊搭在额上，闭着眼睛。她忽然又在黑暗中偷笑起来，是被彭定邦那憨态可掬的样子逗笑的。

最初几天，她并未完全进入“妻子”的角色。当男女间的陌生感消失，她便更多地责怪起自己来，不得不调动以往经验，在生活中给予他更多照顾。

她知道他有严重肺病，这让她想起自己的姐夫。因此，不但积极为他调整饮食，每当他工作到深夜，还会把一碗煮好的莲米汤端给他。她做的这些，显然还远远不够。问题的关键是，不仅要在外人面前，扮演好“彭太太”的角色，更要全身心地投入——成为他身边最最亲密的人。她已经意识到，每当自己出门，或在公共厨房做菜，有人叫她“彭太太”，她竟对此毫无反应。她对“彭太太”这个称谓，还没有在心里形成任何概念，却难免让外人觉得她端架子，不爱同人说话，幸好还没有怀疑到他们的身份上去。直到彭定邦对外人解释，自己太太从小地方来，那里的人都直呼其名，而很少叫“太太”，别人这才对她尽释前嫌。

这种解释，是她亲耳听到的。彭定邦却没有半点指责她。他尽力扮演着自己作为“丈夫”的角色，虽在局里也算个受人尊敬的头目，但除开必要应酬，每天下班都会准时回家，抢着做家务，恪尽职守地尊重和关爱她——他还能怎么做呢？对于一个男人来说，已算竭尽全力了。他已在规定情境中成功地完成了自己的任务。如果工作上出现什么纰漏，责任只能归咎于自己——江韵清心里清楚，一旦出了纰漏，对两个人，不，对很多人，那将意味着什么。

她在这种自责的心境中无时不提醒着自己，短时间内却没有任何实质性的改观。她曾想出一个办法：把彭定邦假设成马天目。但两人的身高长相，却又有着如此悬殊的落差，没有半点可溶性。若论性情以及对她的态度，更是有着天壤之别——马天目是俏皮而机敏的，他们两人之间，更多了些恋人般的针锋相对，以及如家常便饭般的甜言蜜语；而彭定邦对她总是兄长般的体贴与呵护，她心中无法把他想象成马天目。

她否定了这种想象，进而对他更多了一些亲昵。傍晚时她会主动约他出外散步，挽着他的臂膀，做出一副端庄而亲昵的样子。可一旦回到室内，置身于二人世界，她便像刺猬一样张开身上的毛刺，先将自己武装起来。她也曾尝试让自己变得更从容些，比如她会长时间盘踞在那张简陋沙发上，假装睡着，期待彭定邦捅醒她。但彭定邦却显得更为谨慎，一到晚间，便尽量减少两人之间肢体上的接触。摆出一副领导兼兄长的样子。那张空置的床榻，仍会被他时时摇动，却掌握着更加精确的次数与间隔。起初每隔两天一次，为此遭到同事们白天的打趣，说：老兄，虽然久别胜新婚，也要注意身体呀！他会勉力笑笑，打趣说：久饿成疾，想一口吃个胖子！随着时间的延续，那床榻摇动的间隔，从五天到十天，又渐渐延迟到半个月，甚而会在工作和环境的压力下，将这样一桩至关重要的娱乐节目全然忽略。这个时候，江韵清便会适时提醒他：你忘记摇床了吧？说完这句话，两人对望一眼，不约而同都羞红了脸。

两人各自表演的区域，虽在舞台上有着明确划分，并逐渐掌握得驾轻就熟，但江韵清却时常感到一种危机。每当有必须出席的聚会时，那种场合让她感到危机四伏，从而难以更好地发挥。她忽然做出了这样一个重大决定：把彭定邦带到父母身边，公开二人之间的关系。从而帮助自己，完成一次对身份转化的彻底认知。

那么马天目呢？那个她曾经的丈夫呢？又该对家人做出怎样的

解释？

她只能拿出这样一个理由：她已很久没和他在一起了，一年多没有他的半点音信（这自然是事实）。他说不定早就在外另觅新欢了，在这山河破碎、众生忧患的当下，很多人不都在及时行乐吗？——江韵清有些负气地强制自己如此认为。

而在她的心里，确实想把他暂时搁置起来，留出最隐秘、最柔软的空间，将他深埋其间。她要将记忆清空，以应对这逼仄而严酷的现实。

江家人的态度，起初对彭定邦是有一些抵触的。但随着接触日深，随着江韵清故意编造的种种对马天目不利的流言，首先是父母，认可了这位年龄偏大但看上去却较为可靠的新女婿——他们毕竟心疼自己的女儿。江宜清与范义亭对这种关系习焉不察，表现得较为随和。四妹江竺清也很快认可了这位姐夫。令江韵清感到奇怪的，倒是刚娶了江竺清、成了自己妹夫的唐贤平，对彭定邦表现出一种出乎她意料的敌意。他高高在上的姿态虽有克制，情绪中流露的审视和厌弃，却最终逃不过她的眼睛。

她仍对他怀有仇恨，自然不会在意他——却只是深感好奇。

3

自“八一三”战事爆发以来，早在唐贤平随军统局撤来重庆之前，大批特务、军警就蜂拥而至，涌入这座雾都山城。

这里聚集着无数身份不明的人。有不愿做亡国奴的仁人志士，有浑水摸鱼，想大发国难财的投机商人，还有共产党人，以及多重身份的外籍人，甚至奸细……这些人麇集于这样一个弹丸之地，借助迷雾的掩护，一时间让人难辨首尾。这也正是戴笠最为得意之时。军统局由原来的两千多人，迅速扩充到五万余人，像庞大蛛网，密布于全国各地。而在这座危如累卵的战时陪都城，便有两万余名特务。在这里，水上、陆路、天空甚至地下，无不设置了森严哨卡，甚至在医院、商行、旅店、学校，以及狭窄或宽敞的街巷，随时都能看到一双双阴鸷而审慎的眼睛。

唐贤平迅速得到戴笠重用，出任重庆警察局侦缉队队长一职。上任之初，由于手下无能，只能搞些社会情报，或惩治一些小偷扒手。他一直未敢忘却戴笠对他的训导。戴笠说：真正能和我们争夺国家政权的，不是日本人，而是共产党和那些反对委员长的异己分子。身居军统要职，抓再多的土匪流氓，对党国也无实际的用途！他向戴笠递交了一份报告，认为应在侦缉队的基础上，再增设另外一个部门，专门来搞党政情报工作。报告很快得到批复，工作开展得风生水起。但随着军统部门的扩张，作为戴笠的心腹，他又被调到总务处任了处长一职。这是一个较安逸的职务，很多人趋之若鹜。但在这个位置上，唐贤平却一度变得意志消沉起来。

这天，姐夫安子文打来电话，告诉他因公来重庆出差，母亲对他很是想念，也随同前来，要他马上派辆汽车，去车站迎候。

自上海分离，母亲始终在贵阳同姐姐一起生活，已有近三年未见。唐贤平放下电话，急匆匆朝门外赶，想去汽车大队叫上一辆汽车。但刚一出门，却又转回来，抓笔写了一张公务条子，交由秘书去办理。因为他知道，汽车大队的那位张队长，因他年轻资历浅，始终不把他放在眼里。每次下达借用汽车的调令，不管事情有多么紧急，这位张队长都敢公然顶撞他。更何况这次是私家用车。如果写上这样一张条子，按局本部规定，处级官员誊写的手令，必须要登记回执。

谁若看到手令拒不执行，将会受到纪律处分。有了这一招，那位张队长便不敢刁难他了。

紧赶慢赶，来到汽车站，唐贤平还是远远见母亲和保姆等在那里。

保姆焦虑地站在一旁，母亲和周遭难民一样，坐在一堆行李包上。或许因旅途劳累，她竟垂头打着瞌睡。唐贤平眼里瞬间涌满泪水，用手绢偷偷擦了擦眼睛，向母亲走去。

保姆挪动着肥胖的身子迎上来，不停地抱怨着。因是自家的一门远亲，虽是下人，他们却始终像亲戚一样相处。保姆说姐夫早就被同学接走，说你一会儿就到，怎么竟等了这么半天！

唐贤平连声道歉，说：汽车不好借，所以才来得晚。

保姆撇嘴：不是说你官越做越大了吗？怎么调辆汽车都这么难。

他无心回答，心里很不是滋味，三步并作两步跨到母亲身前，蹲下身，摇醒母亲。

妈，怎么事先不来封电报，我也好提前来车站接您呀！

母亲睁开眼，看着他说：我儿瘦了……

当夜，唐贤平安排母亲暂住在一家招待所。从母亲带来的行李数量判断，母亲此行，看来并非只想住几天便走，而是有长期住下来的打算，但他不好开口来问。母亲看出他的心思，对他说：我这次来，暂时就不想走了。在你姐那儿住腻了。你一个人独身在外，妈不放心。你也老大不小的，该督促你成个家了。

陪母亲吃过晚饭，聊天到很晚。唐贤平先是说了些离愁别绪，又对母亲道出自己工作上的烦愁，还有眼下的困难，也让他一筹莫展——母亲准备长期住下，如不挪用公房，便要去外面租几间像样的私房。而轰炸刚刚结束，住房在整个重庆市面都比较稀缺。随便找间简易房子来住，又不想委屈了母亲，自己面子上也过不去。当他将这烦恼事对母亲和盘托出时，母亲倒笑着安慰他：战乱之际，还讲什么排场！只要能遮风避雨就行。再说你掌管财务，如果一味讲排场，摆阔气，难免会引起别人猜疑，还是简朴些好。以前我们在乡下，住草房不是照样心安！

房子问题的解决，还得益于范义亭的点拨。

范义亭说：很多同事都因亲属到来，在局本部菜园旁的那块空地上，盖了茅草房子。看上去简陋，若手头宽松，里面的装修大可讲究一些。我不就盖了这样几间房，同岳父母住在一起，也舒服得很。至于盖房的砖石木料，让临训班的学生抽时间，去轰炸过的废墟上搜集一些。现在重庆别的没有，破砖烂瓦到处都是。

唐贤平便也盖了这样几间茅草房。从外观看，和远处农民的住房无异。墙壁用旧砖垒砌，房顶铺一层油毡，再覆一层稻草。房内装修极为讲究。墙壁刷得雪白，地面铺了地板。房前一块空地，墁了青砖，可纳凉喝茶；屋后开了一块不大的菜园，满足了一家人吃蔬菜的需求。房屋四周用半人高的竹篱圈起来，颇有一番田园风味。

母亲很是欢喜。让老人家更为开心的是，由于和范义亭做了邻居，每日里能和江宜清的父母坐在一起，聊些家常，也不至太过寂寞。就在这样频密的接触中，唐贤平的母亲看中江家的四女儿江竺清。先是两家老人坐在一起，道破心事，觉得这战乱之际，促成一对姻缘，才是天道正理。两家老人一拍即合，便分别同自家年轻人亮了底牌。江竺清刚参加工作不久，自然对唐贤平极其仰慕。唐贤平本无娶妻成家之意，但经不住母亲施压，只好遂了母亲心愿，和江竺清仓促成婚。

婚后生活令唐贤平在心情上没有任何改观。前方战败的消息虽在公开报道中遮遮掩掩，却瘟疫一样在内部传播得很快，一度使人在迷茫中看不到前路。但这却似乎更加剧了那些要员们的纵情享乐。最初的那种群情激愤，共御外侮的情绪，虽像表面文章一样如常上演，但很多人却早已丧失了斗志。

早在1938年年底，随着国民政府先遣人员的到来，鸦片便在重庆市面遭禁。澡堂也被禁止。商人们过去经常在那里饮酒作乐，席间可以出入蒸汽弥漫的浴室，享受女招待给他们提供的色情服务。严厉的法令是战时的准则，因此，烈性酒也立即遭禁。奢华的传统婚礼被列为非法。人力车和滑竿都编了号，发给执照，甚至还发动了一场禁止随地吐痰的运动……可是，在这座频遭轰炸，以及被外来者搅乱了生活秩序的城市，除禁烟之外，其他的法令都很难有效地得以实施。在新的外表掩盖之下，这座古城甚而兴起了一种奢靡的颓废之风。全城戒严之后，在某些角落，会有一些缠绵的声音响起。在隐秘状态下，人们饮酒作乐，似乎成了唯一的解脱。他们会把肆意纵情的夜晚，当成弥留于人世的最后一个良夜。

唐贤平清醒地看破了这一切。在数次戴笠安排的宴请中，他在这物资极度匮乏的大后方简直大开了眼界。不但看到了本地的各种特产，就连新疆的哈密瓜、广东的香菇、福建的荔枝甚至沦陷区最为名贵的阳澄湖大闸蟹，以及扬子江的鳗鱼都能见到。从各地逃难而来的厨子云集于此，施展着他们的烹饪绝技，却只是满足了极少数人的胃口。

各种权贵与女人有染的小道消息不胫而走。起初唐贤平并不相信，直到眼见戴笠利用城市重建的机会，在杨家山盖了一幢极为豪华的别墅。据说，这是他送给一位女明星的生日礼物。那位女明星虽早已过气，但戴笠却沉浸在当年对她的膜拜中。从她业已衰老的肉体上，寻回了当年的欲望与激情。他让工匠把别墅的道路按照“喜”“寿”两字修筑。准备在字的空隙处，点缀上名贵的树木以及奇花异草，象征着他们“美好的爱情”，能有一个完美而永恒的结果。

他把收集奇花异草的任务交给了唐贤平。

唐贤平领命办理，却没想到，他的一位愚蠢的部下，竟将四川军阀王陵基母亲坟上的一株柏树给挖了过来。王陵基当下正率领三十集团军，在江西一带殊死抗战。得知家人传来的消息，亲自给戴笠拍了封电报，电文如是：家母坟上之柏树，务请归还。生死同感。

当那栋豪华别墅前栽满名贵的含香梅、五色梅、月季桂等名贵树种，唐贤平算是勉力完成了任务。同时，他却向戴笠递交了一份调动工作的申请。

戴笠颇有意味地看着他，说：所谓后勤，也就是伺候人的工作，看来，你是不想干呀。

唐贤平打了个立正，目视前方说：后勤工作，也是对抗战的一份保障，在下从未有过一丝一毫的懈怠。只是自己正当年轻，还望先生多多考虑，将我安排到为党国尽忠的工作第一线去。

戴笠叹了口气，说：好吧，难得你有这样的雄心，我也不想再埋没你。本来，将你调到后勤，是想让你多帮帮我。现在城内局势复杂，你还是先做一些其他的事吧……说到这儿，戴笠拉开抽屉，取出一份电话记录，扔在桌上，说：梅乐斯先生打来电话，他们想把香山别墅当作第四招待所。你就先处理好这件事，看怎么办吧。

那里不是改作监狱了吗？难道要撤销？

戴笠冷笑一声：撤销？没有监狱，要我们这些人有什么用！

那先生的意思是……

既然美国人看中它，我们只能另设监狱。美国人得罪不得，但犯人也不能不关。我的意思是，你重新选址，并尽快把它办好。

唐贤平连连称是，说：这好办！我另想办法。

戴笠点头，叮嘱道：你亲自去看一下，地点不要超出中美所范围，这样更便于我们管理。

中美所的范围很大，从磁器口一直到歌乐山，方圆近十几里范围，想找一处合适的监狱地址，应该不是件难事。

经过几天马不停蹄的考察，唐贤平迅速选中一处地址。

这是一座私人开采的煤窑，因所产煤炭中矸石过多，故当地人称它作“渣滓洞”。这里三面环山，一面临谷，山峰险峻处云雾缭绕，远看清淡素雅，近看青翠欲滴。唐贤平看中的，除这里的地势险峻，还有山坳里被矸石堆起的一块很大平地，以及平地旁已有的一排住房。若将附近的几户居民迁走，改成管理人员的住所，简直再合适不过了。

当下唐贤平便带人去找矿主商谈，没想到那位五十多岁，长相富态的矿主却死不应允。他哭丧着脸说：为了开采这个矿坑，我花了十多年的心血，把家底全都投进去了。如果你们占用它，长官，我可要倾家荡产啦！人心都是肉长的……长官，你们高抬贵手，就可怜可怜我这始终走霉运的人吧。

一旁的随从满脸严肃地教训他道：现在国难当头，是你的家产重要，还是党国的事业重要！我们征用你的煤矿，会付你补偿款的，又不是白要你的。

矿主凄苦一笑，低声唠叨：你们给的那些补偿款，都不够我投资的一个零头。

唐贤平心内鄙夷，却也不禁动了恻隐之心，劝告那矿主说：每个人都在为抗战竭尽全力，你老兄应以大局为重，不要为自己的得失如此斤斤计较。

我也知道大家都在抗战。可我们老百姓，只想好好过日子，过不成日子，天晓得什么“大局”！

随从在一旁发出恐吓：你不要胡搅蛮缠，别以前是煤矿的主人，反倒成了这新监狱的第一位客人。

矿主脸色苍白起来，不理那副官，赔着笑，看定唐贤平说：长官，那就没得一点商量的余地了？

唐贤平看看他，低了低眼睛，笃定地点了点头。

看上去脾气随和的矿主，忽地就变了脸色，怒目圆睁，指头胡乱指戳，将愤怒发泄到身旁的随从身上：我胡搅蛮缠？我做了一辈子老实人，从没欺负过谁，可也没被谁欺负过……我这煤矿，数年间一度安稳，土匪都不来骚扰，如今你们一来，便让人走投无路，反倒说我胡搅蛮缠！

随从跨前一步，出手扇了矿主一记耳光，抬腿将其踹倒，招手喊来部下，准备以扰乱公务的罪名，将矿主带走。

唐贤平咳嗽一声，摆手制止了他，拿起雪白手套，向门外走去。躺倒在地的矿主挣扎着坐起，嘴角流血，稀疏头发根根奓立，露着绛红头皮，对唐贤平说：如果你们不讲道理，硬要霸占，那我就死给你们看！

唐贤平瞥他一眼，被他眼里的杀气与决绝骇住，“哼”一声，故作镇静地走了出去。

紧邻煤矿的小村正在拆迁。所谓小村，也不过几户人家。沿途可见三两山民，用背篓装着高出头顶的被褥，脚步蹒跚地往山下走。

不长的一条街上灰土飞扬。有人在追一只鸡，有人弯腰在废墟里捡拾瓦片，有人坐在扒掉屋顶的房前，守着一堆锅碗瓢盆，愁眉不展地等待着什么。路过一处尚完好的民房时，只见一名长官模样的人站在门前，指手画脚地冲屋内喊着什么。五六个人站在屋顶，正揭着屋瓦。破败的青瓦被他们抛到地上，顷刻间摔得粉碎。噼啪的碎裂声中，隐隐听到从屋内传出的女人尖叫和婴儿啼哭的声音。

唐贤平示意司机停车，走了过去，问那站在房前的人：怎么回事？

那人打个敬礼，说：屋内有一个刚生完孩子的女人，不肯搬出来。

唐贤平不由得大怒，骂道你们简直胡闹！里面有人，还这样搞。出了差错怎么办？不等那人解释，他凑近窗前去看。从残破窗洞里，见屋子里尘土飞扬。阳光从拆漏的屋顶泻下，照着屋角的一张床榻。隐约可见一位披头散发的女人，坐在一顶灰旧的蚊帐里。

唐贤平走进去，凑近那女人问：你为何还不搬家呀？

女人头上裹一块帕子，脸上是一副虚胖模样。婴儿被她抱在怀里，或是担心蚊帐会被尘土压塌，又用一床补丁摞补丁的被子，遮着婴儿的头。见他这样问，抬起浮肿的眼睛，说：长官，再宽容几天吧。我刚生娃三天，娃儿他爹出去找房子，现在还没回来，你让我往哪儿搬呀！

唐贤平朝屋内巡视一眼，快步走出，对跟在身后的人说：先别拆这间房子了吧，最后再拆！

长官，今天可是最后期限。这一带还有几家没搬，若不强拆，可要延误工期啦！

唐贤平忽然转身，有些怒不可遏：强拆可以，但你就眼睁睁看着母子俩砸死在里面？你是不是人？

当夜回家，母亲告诉唐贤平说：你太太怀孕了。

保姆在一旁喜形于色地说：太太先是不想吃饭，可把我难为坏了，以为我做的饭不好吃。后又吃什么吐什么，以为病了，去医院看，这才知道不是病，是怀孕！老太太早就盼着这一天，明年这时候，可就抱上孙子喽。

母亲欢眉喜眼地说：竺清躺下休息了，你快去看看她。

江竺清侧身躺在床上，薄薄的纱被勾勒出她身体的轮廓。他站在床前静静看着她。从结婚的那一天起，唐贤平始终说不清自己是不是爱这单纯的女人。与她的结合，在他想来只是为了博取母亲的欢心。如今她怀了孕，她的身体除与自己有性爱的接触之外，竟这么快，便有了血肉的牵扯。对于这样一种联系，他还尚难适应，从未认真思量过……窗外吹进一阵凉风，他笨拙地俯身，想替江竺清掖掖被子。一记猝然的炸雷，将江竺清从浅睡中惊醒。

她惊叫一声，侧身偎进他怀里，将他拽倒在床榻上。过了好一会儿，才嘤嘤说道：你咋想起回家了？

想你了。唐贤平抚摸着她，将手探在她的肚皮上。

江竺清咯咯笑起来，却又在炸雷声中发出惊慌的呻吟。她蜷紧身子，缩在唐贤平怀里，说：幸亏你回家了，不然会吓死我的。

夜半，风雨声大作。从睡梦中惊醒的唐贤平走到窗前，忧心忡忡地朝外面看着。随着闪电的划过，可见山下破败的山城，在暴雨浇注中，更让人感觉恓惶。

隔了一天，唐贤平再次赶往歌乐山中，竟听到那位矿主悬梁自尽的消息。

当手下用讲笑话的语气，讲述那位可怜滑稽的矿主上吊的过程时，他忽然感到一种怪诞。实在想象不出一群人，怎么竟会看着一个人上吊死去。他是当着你们的面上吊的？他问。是啊！起初我们以为他只是开开玩笑，吓唬我们，谁也没理他。没想到他嘴里嘟嘟哝哝骂着什么，拿了一根绳子。一群人在填矿坑，他就近找了根支撑矿坑的柱子，不慌不忙地拴绳套，又搬了几块矸石垫在脚下。试了一次，把脖子伸进绳套里，先是绳套系得松，脱落了。后又因矸石码放得太结实，怎么也蹬不掉，无法把身子腾空。他便又重新系了绳子，重新码了脚下的矸石，底层垫了一块大的，上面垫了两块小的。临了他还对干活的人说：等我死了，就把我埋在矿坑里吧。有人劝他，说：你还是乖乖回家吧，你就是上吊一百次，也没有用的。只是一眨眼的工夫，他便蹬掉了脚下的矸石，身子像上钩的鱼一样扭摆。等大家上前去看，舌头都伸出来了。

过了几天，因事情太过烦乱，唐贤平便渐渐地将那位可怜的矿主忘记了。当新的监狱拔地而起，周围筑起高墙，设了岗哨，扯了铁丝网，即将迎来第一批囚犯时，唐贤平偶遇到先前那位负责拆迁的小头目。他不由得想起那位待在屋里，不愿搬家的产妇，向他询问。那人苦着脸告诉他，因延误工期，他被科长狠狠训了一顿。因连日暴雨，那躲在屋子里的母子俩还是死在了里面。这可没我们啥子责任，她是被雨淋死在里面的。据说她丈夫出外找房子，遇到轰炸，当场就炸死了。真是可怜的一家人。

4

雨水并未让人感到悠闲，只会感到无穷尽的烦愁。云阳地界也在下雨，满布泥泞的小路上，谭正林身背挎包，撑一把黑色油伞走在前面。姐姐谭正蓝顶一件蓑衣，脚底打滑地跟在他的身后。姐弟俩一语不发，耳畔只听见细雨敲打竹林，发出淅沥声响。有风吹过，茂密的竹林顶梢旋涡一样涌动，犹似一种缠绵与不舍，发出相互摩擦的喧响。

雨雾笼罩着通向远方的道路，那种不舍别绪，忽然让年轻的谭正林眼里涌满泪水。他加快脚步，故意将姐姐丢在身后。当看到那条通向码头的沙石路时，才回身站定，等姐姐慢慢走上来。

幺姐，你回吧。

不急，我把你送上船再回。

你还是回吧。等一会儿雨大起来，身子会淋湿的。我经常走这条路，船上的艄公也认识，不用你送啊……

谭正蓝站住脚，忧心地看着弟弟。

等到了县城，我先在同学家住一晚，明天一早，就能搭上去重庆的船，后天就到学校了。你不用担心的。

到了学校，人生地不熟，姐姐担心你吃不好饭，睡不好觉。

谭正林笑了，说：我都这么大了，又不是小孩子。

那你想家了咋办？

写信啊！想家……我就给你写信。幺姐，收到我的信，你就让云儿给我回信好了。云儿认识的字，完全能写一封回信了，不用去求别人。

谭正林正正行李，转身朝大路上走。走了几步，回头看，见姐姐依旧站在那里，呆呆朝他凝望。他回身再走，走远些再回头，仍见谭正蓝站在雨雾中，身子不动。他忽然反身，往回跑了几步，站在离姐姐十步开外的地方，声音低沉地说道：幺姐，你放心好了，等我到了重庆，想办法，肯定能打听到定邦哥的消息。

谭正蓝喉头耸动，声音忽然哽咽起来，点头说：好，好！你要好好的。等找到你定邦哥，你们俩一块回来，姐在家等你们。

雨雾笼罩了宽阔的江面，使谭正林感觉不到一丝踏上旅途的激动与欣喜，他的心情完全被一种忧伤笼罩。除开离别家乡的愁绪，姐姐的遭遇最使他感到伤心。将近两年的时间，家中写给彭定邦的数封信，犹如石沉大海，得不到一丝回音。彭定邦好像人间蒸发，给了他们无尽的犹如噩梦般的想象和担心。

或许为了找到彭定邦，填报志愿时，谭正林毫不犹豫地报考了中央工艺学院，选择去重庆读书。他已抱定一个心愿，一定要替姐姐将彭定邦找回来——活要见人，死要见尸。即便他已变成一堆丧生于战乱的白骨，也要将他的魂魄召回，来安慰家中凄苦度日的姐姐。

谭正林到达重庆之后，除开读书，所有的时间似乎都用来找人了。他几乎跑遍了重庆的每一条大街小巷，甚至省吃俭用，将积攒下来的钱，交到报社，用来登载寻人启事。但在众多见诸报端的寻人启事中，他发出的消息，犹如一滴水，被汪洋的大海吞噬。

那么长的时间，按理说应该有找到彭定邦的机会，但命运总会让他们擦肩而过。当某个周日，彭定邦同江韵清一同走过某一个巷口，谭正林会从那个巷口满头大汗地拐出来，却朝他们相反的方向走去。而那张登载寻人启事的报纸，也会放在彭定邦的办公桌上。他刚刚打开，只粗略浏览一下正版新闻，视线尚未落在报缝中间的寻人启事上，便被同事喊出去。而那张报纸，又会被别的同事顺手拿走，被当作如厕用纸。

谭正林毕业，考入一家报社，做了资料登记员，他直接的领导，便是同彭定邦与江韵清都有接触的共产党人段成芳。当段成芳与他因工作上的事偶有交流，或暗中指派他去做一些秘密工作时，说不定段成芳刚刚同彭定邦接触过。她的身上，还留有彭定邦吸过的香烟余味。

命运就是如此奇妙，很多理应发生的事情，却故意做出一副“促狭”嘴脸。直到抗战胜利后的第二年，一个偶然机会，谭正林才与彭定邦相遇。这却给隐姓埋名的彭定邦带来难以想象的危险。

而在此间，在彭定邦与江韵清身上，发生了诸多让人感到出乎意料的事情。

那天江韵清出门很早，却回来得很晚。由于大雾，重庆的天黑下来得很快。等江韵清进门时，彭定邦已出外张望过数次。他开玩笑说：你可回来了。我以为雾大，你迷路了哪！

江韵清神色略显慌张，靠在门上，解开系在颈间的围巾，喘口气说：幸亏大雾，我才把“麻烦”甩掉。

彭定邦吃惊地问起缘由。

原来，这天江韵清出门，办完该办的事，顺路走进《新华日报》营业部，买了一本闲书。而那本闲书，正是1944年，由重庆礼华书店出版的张恨水新著《天河配》。或许是以前受马天目影响，江韵清偶有闲暇，总喜欢读一些言情小说来打发时间。而当她拿着那本闲书走出书店后不久，发现身后有两个形迹可疑的人，始终尾随着自己。直到借助大雾掩护，她左拐右拐，这才甩掉了跟踪。

这不是件小事。彭定邦当即便将这一情况向组织做了汇报。为保障市委机关的安全，经过商量，组织上决定让江韵清离开重庆，去成都暂避一时。

她待在成都一家私人会馆里。

那家会馆，实际上是一处秘密交通站，迎来送往着从各地过来的同志。他们在这里休整几天，再被秘密转送下一个交通站。在这里，江韵清得以听到更多来自前方的消息。每日除了帮会馆处理一些杂事外，她忽然有了大把时间，借以梳理此前经历的有些纷乱的生活。

直到这时，她才惊讶地发现，被她埋藏在心底的那个男人，忽然变得有些模糊，甚至遥不可及了。她努力去想他，经过百般努力，才在眼前聚起一个模糊的影像。而那男人的影像，却又迅速被一个身材不高的，说话柔声细语，国字脸上带着温和笑容的男人所侵占——在来成都的三个多月时间里，她只收到了彭定邦寄来的一封信。信中寥寥数语，说的都是家常，却有着如此之大的影响力，让她在寂寞闲暇时，倏忽念起这个曾与自己有过交往的男人来。

她曾想把那封信销毁，最终还是留了下来，压在箱底，不想再去触碰它。她觉得他们之间的联系，到此可以终止——虽结束得有些遗憾，让人牵肠挂肚，但她必须忘掉他，重拾以前的想念，重拾以前的梦境。除记忆之外，她的身边如今没有一件马天目留下来的信物，好像他在她的生活中已被彻底清除。她虽能清楚地记起与马天目生活过的种种片段，记起他们的儿子，但记忆和梦境却又是如此不堪。记忆总是喜新厌旧的，即便那封被压在箱底的信，也会珠宝一样闪现魅惑的光泽。而梦境，更是急功近利——她很少梦到马天目，即便梦到，梦的底色也会被一片大雾笼罩，最终和彭定邦衔接起来。彭定邦成了梦境的主宰，游刃有余地扮演着他被设定的角色。不但面相清晰，而且会散发出他身体的气味，犹如他们同居一室时，她嗅到过的那些烟味、汗味……她甚至会梦到和彭定邦缠绵的情景。那么真切，似曾是她担心过，却又是她时常想象的样子。

她在梦里感到了羞耻，醒来后更是感到一种负罪般的孽障，认为自己已是一个罪人。哪怕是对彭定邦一个念头的想念，都是有罪的。

她真不知道，如果这种生活不能尽早结束，如果马天目不及时出现在自己身边——来拯救她，她将如何应对这巨大的压力和魅惑。

但掐指算来，自和马天目中断联系，已是近五年的时光。这五年的时光，如匆匆逝水——直至结束方显其漫长。他在哪里？他是否也在这漫长时光的流水中，如此这般地想念着她？

所以说待在会馆的这段日子，每接触到一位来自北方的人，江韵清无不对他们充满了好感，拐弯抹角地搜罗着一切北方战事的消息，期望从中得到一点同马天目有关的细枝末节。但遗憾的是，却没有丝毫收获。

直到一个纤弱女子的到来，这种僵局才被打破。事后回想，江韵清不知该感激她，还是该痛恨她。她那么轻易地便解开了她心底的困惑与忏悔；却又那么轻易地，将她推向另一重困惑和忏悔的深渊。

不知她从哪里来，又到哪里去，只记得她入住时是一个傍晚，非常安静地待在房间里，像一个飘忽的影子。按惯例，她敲开她的房门，询问她需不需要照顾，告诉她去哪里洗漱，明天的早饭几点。她正在灯下写着什么。她们随意搭讪了几句，从彼此相近的口音中，忽地辨出那久违的乡音，这才知道她们同属那个叫作“天津”的城市，说话间自然多了一层亲昵，却并未持续很长时间。那女子站在桌案前，身子遮住放在桌上的笔和本子。她的脸上是一副极其倦怠的模样，看了让人心疼。江韵清不便过多打搅，便告辞出来。

直到第二天中午，江韵清喊她去吃午饭，推开房门，发现女子不在房间。床榻上的被褥叠放得整整齐齐。阳光从窗口打入，折射在床边的写字台上，使那摆放在桌上的本子，以及压在本子上的一支钢笔，像被阳光描画的静物，发散着一种毛茸茸的光泽。她从门口走到窗前，探头朝窗外看，看那女子是否在院子里，却见院子里空无一人。南方的植物与花草，在盛夏阳光中一派葳蕤。她准备退出去，无意中朝桌上看了一眼，钢笔的笔帽晃了一下她的眼睛。直至走到门口，江韵清忽地顿住脚步，愣住了，觉得那支钢笔有些眼熟。她忽然转身，快步扑到桌前，伸手抓起那支钢笔，拿在眼前仔细端详。

那是一支通体黑色的钢笔，笔帽上镶嵌着黄色铜套，卡口也是黄铜的颜色，却在磨损中变得有些灰白。笔尖颀长，在它光滑的表面，镶嵌着和笔帽口同样的商标牌号以及型号。让江韵清心里狂跳不止的，是那“华孚”的牌子，以及笔帽上被咬过的牙痕。她再次把那牙痕看了一遍，她清楚地记得，那是淘气的华姿练习写字时，用牙咬出来的。

她疯了一样冲出屋门，手中紧攥着那支钢笔，向每一个遇到的人打听那女子的去向。所有的人都被她的追问弄得莫名其妙。只见她额上沁着细汗，面色通红，身子却不住发抖。大家以为她不是中暑，便是发了寒热，嘱咐她去看一看医生。她不予理会，将整个会馆找遍，却不见那女子的踪影，便越发绝望地想到：她会不会已离开这里？直到会馆的负责人告诉她，那女子并没走，只是出去办些事。她行李都没带，怎么会走呢！她口齿含混地表达着自己迫切的心情，说那女子如果回来，务必转告她一声。她要见她！

午后她真的发起寒热来，身子绵软，靠在床榻上睡了过去，直到有人将她唤醒。睁眼，见那女子站在面前，穿了素雅的旗袍，微卷的头发像是刚刚打理过，手中拎一只小巧的皮箱，急于要出门的样子。而在她沉静的表情里，却对江韵清有着无比的关注，显然那支钢笔的事，已有人事先告知了她。

你认识那支钢笔吗？她开口便这样问。

由于刚刚从昏睡中醒来，江韵清的表情有些错愕，却不容置疑地说道：那是他的钢笔，他的钢笔！

她望定她，有些疑惑的样子。

是马天目的钢笔……

她冲她点头，目光中瞬间倾注了巨大的哀伤。

他在哪里？你在哪里见过他？这支钢笔怎么会在你手里？

她发出连连的追问，却没有力气趋近她的身旁，同她有任何身体间的接触，只在床榻上蜷缩着，像抵触着什么，又像厌弃着什么。

那女子放下皮箱，走近她的身旁，轻声吐了口气，说：他牺牲了……这样说着，将一只手臂搭在她的肩头。

她抬头仰望着她，瞪着一双因溽热而变得猩红的眼睛，有些可怜，又有些可怖。她多想听到一些从那女子嘴里说出来的，有关马天目的消息啊，却被这突如其来的第一句击中，大脑瞬间变得一片空白。接下来，只看到她薄薄的嘴唇翕动，却听不清说的是什么。直到有人在外面发出急切的呼唤，这才意识到女子的即将离去，马天目的“牺牲”，将成为一个巨大谜团。江韵清追出来，像是相送，又像是挽留，默默地跟在女子身后走，却并不说什么。而那女子一个安慰性的搂抱，终让她止步，只能呆呆地站在门口，目送女子上了一辆汽车，绝尘而去。

那个下午，江韵清始终在门口坐着，像一个待在那里乘凉的人。从大堂望出去，院子里绿色的植物像在燃烧。有阵阵凉风袭来，她头顶的乱发在瑟瑟抖动。随着傍晚的降临，凉风止息，天气变得越发溽热。聚在地表的热气全都挥发，变成蒸腾的热浪，将她裹挟。江韵清并未意识到发生了什么，只看见会馆内的人全都涌出门来，惊喜的表情像是戴着面具。他们手舞足蹈，行为乖张，全然没有了平常的谨慎与稳重。几个人走过她的身边，并不为她的哀伤所动，而是架起她，向迎门处的街上走。这才发现，人们好像得了号令，纷纷从家里出来，带着同样欣喜的犹如面具般的表情。不长时间，街上便涌满了人，汇成一条喧闹的河流。挤挤挨挨拐过几条街，人流来到一处宽阔的广场。广场上站着更多的人，人们举着火把，彼此交流着什么，脸上是抑制不住的惊喜。有人甚至抵近她的脸，善意地对她笑着。直到夜空中升起焰火，江韵清才渐渐恢复了听觉。人们的呼喊声甚至压制了远处此起彼伏的鞭炮声。随着人声的渐渐安息，一个人的声音在广场上空回荡，宣布了日本人投降的消息。那大声的宣讲还在回荡着余音，便被人们异口同声地喊出的“胜利”二字吞没。人群再次变得沸腾起来。江韵清的神经，就是那一刻被激活的。她泪水长流，发出和周围人同样的呼喊。看到别人脸上也流着长长的泪水，这才意识到自己不是喜极而泣，而是哀伤至极，说得更准确一些，是悲喜交集。

一直到很晚，江韵清才随大家回到住处。停电了，她点起一根蜡烛，关起门来。先是在烛光里静静坐着，而后拿出那支钢笔，拧开笔帽，在手背上画了一下。隐隐地，一阵麻酥酥的痛感，让她神情顿时变得专注起来。她一笔一画写着字。她写下的是“牺牲”二字。之所以写下这两个字，是因为她竟有着如此鲜明而强烈的感受。她虽对这词语并不陌生，常在书本中读到它，并深解其义，但现实中，她却是第一次感受到它真正的含义。第一次，被这熟悉又陌生的词语搅扰了心中的思念，并感到切肤的疼痛。它比“死”这样的俗语，显得更为庄重，更具一种仪式感。写完之后，她抬臂呆呆看着。那字体像蓝色血迹，印在她白皙的手腕上。她喉头耸动，为了止住那泉涌一般的呜咽，忽然张开嘴，咬住了那两个字。

5

本想尽快终止的关系，却不想有了更进一步的发展。

在江韵清被重新召回重庆之前，由于她的离去，竟给彭定邦的潜伏工作带来不大不小的负面影响。

江韵清离开之后，彭定邦如释重负。一时间虽难以习惯回到家里没了女人的生活，但一个人的日子，却也变得轻松和逍遥起来。他恢复了单身时的习惯，回家后关起门来，大可脱得只剩一件裤头，摇个蒲扇，想吃便吃，想睡便睡。有时熬夜，醒来得迟，也可放心地赖在床上。只要赶在上班之前动身，在街上买一碗小面，便能填饱肚子。

只是这样一种生活渐渐引起了人们的关注。有同事公然开他的玩笑，说：老彭啊，最近怎么老听不到你家的床“叫”啊？

彭定邦一时闹不明白那话里的意思，糊涂问道：床好好的，“叫”什么“叫”？

那问话的人憋不住笑，说：嫂子走了这么久，咋还不回来？你年纪大了，能憋得住，我们这些小年轻，老听不到你家床“叫”，觉得日子没滋没味的。

彭定邦明白了那话里的意思，臊得羞红了脸。他拿起一张报纸看，借以掩饰自己的尴尬，嘴里小声骂着。

每天上班下班，总免不了和邻居碰面。那些无所事事的女人好像吃饱撑的，开口闭口便跟他问起彭太太。越不想听到，耳朵里便越是灌满了这样的询问。有时他被问得心烦，只能随意搪塞几句，却不想引起旁人更大的好奇。每当彭定邦从那些女人面前走过时，便听不到她们对彭太太的打问了，而是三两人凑在一起，说着悄悄话。叽叽咕咕的声音，传进彭定邦的耳朵，原来是在议论他的家长里短，说他和彭太太肯定是感情上出了问题。而那问题的起因，应该是他们结婚这么多年，竟没有生个一儿半女。是两个人其中的一个不能生育，还是彭先生在外面又有了女人？

那个丈夫经常出差的女邻居晚上又来串门。看屋子里冷冷清清，女人不怀好意地问：彭太太不回来了吗？这次来，是不是专门来跟你借种的？

他无言以对，只好找话搪塞，却不想那女人纠缠不休，竟公然挑逗他，让彭定邦险些蒙羞。

更为麻烦的是，上司竟找他谈心，问他在外面是否真的有了其他女人。说有人反映，前几日出现的彭太太，就是他不知从哪里找来的野女人。他这样做，只是为了套取单位的公房。作为一个中层部门的领导，这样做，显然难以服众。上司还语重心长地对他说：老彭啊，我们是老同事啦，平日里看你老实巴交，可不要在生活作风上犯什么错误啊！年纪也不小啦，虽然男人四十一枝花，都有很大胃口，可还是守着家里的那口子，踏踏实实过日子吧。我听说，你家彭太太也算年轻貌美，即便生不了孩子，也算对得起你啦。

彭定邦面红耳赤，极力辩驳。直到他指天发誓，领导这才相信。

这样的局面，若放在一般人身上，大可不必理会。但作为党组织的领导，引起这样的关注，并有可能成为议论的焦点，无形中将会带来诸多潜在的威胁，并最终演化为不可预测的凶险。

彭定邦虽不以为意，却引起了组织上的高度重视。如何将这一危机化解？只能剑走偏锋，不但要调江韵清回到他身边，而且要做成夫妻之实，才可封住人们的嘴巴。

面对这样的决定，彭定邦闹起了意见。他向来以好脾气著称，对组织上的安排言听计从，但现在他却有话要说。并且当真说了，说得振振有词，义正词严。他说：

我是一个共产党人，是一个有妻子的人！怎能背叛家庭，做这样不忠不义的事！

一席话，说得大家哑口无言。仔细分析吧，彭定邦说得的确有道理。你想啊，一个真正的共产党人，怎能背着妻子，和另外一个女人“结婚”呢？而结婚，还不能只是一个幌子，还得做成男女之实，最好能生个孩子出来，才能封住别人的嘴……这样想起来，这样的工作确实让人难堪。像这样的事，虽然社会上比比皆是，却怎么可能发生在共产党人身上！怎么想怎么别扭，也难怪老彭闹意见。如果两个人都是单身就好了，就能假戏真做，就没有了这道德上的困惑与烦恼。可革命不允许假设，革命就是奉献和牺牲。不这样做，不背负这沉重的道德的十字架，还能想出其他的解决办法吗？

彭定邦嘀咕着说：我得把家里的妻子接过来。

大家啼笑皆非，说：老彭啊，你这不是开玩笑嘛。如果不考虑工作的危险性，不早就让你把老婆接过来了吗？何至于闹出现在的麻烦。

彭定邦情绪虽稳定了些，却还是负气地说：要么换别人！谁想去谁去，反正我是不去。

听了彭定邦的话，大家哑口无言。

倒是段成芳，虽为女人，却显得异常冷静，用平和的语气对彭定邦说：老彭啊，你这样做，虽然背着不忠不义的罪名，但比起我们同志的牺牲，孰轻孰重？革命就是献身。你的不忠不义，能够挽救更多同志的生命，你想想，你该怎么做？

彭定邦不再言声，却最终没有个明确表态。

领导说：今天就先商量到这儿。老彭，你先回去，冷静冷静，等考虑清楚了，再做决定。

几天之后，彭定邦终于垂头丧气地给了组织上一个答复——他愿意为革命牺牲一切。但他又羞惭问道：这样做，不知人家江韵清同志可否答应。

领导放下心来，告诉他说：你有家室的事，我们始终未和江韵清同志谈过。最近才听说江韵清同志的爱人已经牺牲，她那里应该没有什么顾虑。问题在你这儿，你先把家里有妻子的事对她隐瞒一阵，等找个机会再做解释。至于你家里的妻子嘛，你也不要有太多的压力。现在是特殊时期，组织上派你去完成这样一个特殊使命，自然是了解你的苦楚的。那就这样吧——如果家里的妻子心里实在舍不下，等过了这一阵，等到革命胜利，你可以对她们两个女人，都可以倾注一点革命感情嘛。

接到组织发来的调令，江韵清并不知晓其中内情。当她搭乘一艘木船，从成都赶回重庆，迎着瑟瑟秋风，从码头走上来时，一时间却不知该去往哪里。望着脚下的万家灯火，听着身后浪潮拍岸，江韵清心里不由得涌起阵阵凄凉，忽地就感到自己有家难回，真是可怜。回父母那里去吧，她很怕面对父母以及姐妹。特别是得知马天目牺牲的消息之后，自己仍未从悲伤中解脱出来。唯恐自己的情绪收不住，真要放声大哭起来，还真没办法解释。可她此刻又特别想有一个小窝，想有人陪着自己，好好痛哭一场。最终她脚步迟疑，又形色匆匆，朝彭定邦的住处赶来。

你回来了？

灯光下的彭定邦看上去表情虽有些古怪，脸上的微笑却依旧让她感到温暖。

她向他简略说了一下组织上调她回来的事，又略有尴尬地解释道：刚回来，也不知去哪里投宿一晚，你不会嫌弃我吧？

彭定邦没有答话，而是像往常一样，给她打来水。天气虽未完全转凉，但他却拿起暖壶，掺了一些热水，并伸出手，去盆里试探，说：先洗把脸吧。饿不饿？饿了我去外面买些吃的。

往昔的生活场景再度出现在江韵清眼前，使她很快变得从容起来。脱下外套，她先是不自觉地归拢着有些脏乱的小屋，嘴里说：不饿。说着挽起衣袖，去水盆里洗脸。

温热的清水瞬间将她融化，洗去一身疲惫的同时，也将她压在心底的悲伤全部释放出来。泪水和着清水，流到嘴角，却全然尝不出那水的咸涩。她尽力压抑着涌到嘴边的呜咽，却发出一种十分奇怪的声音，微弯的肩背也不住耸动，最终引起彭定邦的注意。

他拿着毛巾，走到她身后，将手搭上她的肩，感到那瘦弱肩背抖得更加厉害。彭定邦两手环住她的肩膀，慢慢扳转她的身体。只见一张被水浸湿的脸，漆黑额发溻湿在苍白的脸颊上，微闭着眼。他轻轻摇晃她，却见她睁开眼来，冲他难为情地一笑，却瞬间控制不住，栽倒在他的怀里，号啕大哭起来。

哭声刚刚响起，便被彭定邦用手捂住了嘴巴。哭泣得不到释放，险些让江韵清背过气去。她的胸腔剧烈起伏着，只能用鼻孔吸气。直到彭定邦慢慢松开手掌，她竟全身痉挛，身子瘫软下去。

他抱着她，拍着她的肩背，试图安抚她。然后把她放平在床上，又扯过一条毛巾，细心擦拭她的脸，将她濡湿的额发擦干，撩开光洁的额头，感到她额头发烫。待到她情绪平复，彭定邦想起床离去时，却被江韵清一把从身下抱住，身子坍塌在床上。

彼此的抚慰让两人都得到了释放，还有什么能让这身处险境的人们得到解脱呢？当身体与身体相互摩擦时，他们辨不清流在脸上的是汗水还是泪水。窗外下起秋雨。雨声淅沥，像是一种祭祀般的凭吊。

如果允许时间倒流，1941年冀南的山区里，也同样下着淅沥的秋雨。

从崖顶坠落的马天目慢慢苏醒过来，感觉自己的灵魂在雨水中飘荡，却觉不出那安放灵魂的躯体所在。等身体稍有复苏，一动却牵扯了全身的疼。那疼实在难以形容，最初鲜活，而后便令他难以忍受，再次昏死过去。等再度醒来，发现自己伏在一个人的背上。那人驮负着他，由于个子矮小，使他的两腿几乎拖到地面。脚趾与地面的每一下接触，都让他疼得发出呻吟。他把感知到的疼痛，归结为这陌生人不恰当的驮负，试图从他背上挣脱下来。不想，动动胳膊，右臂却一点不听使唤。折腾了几次，竟让驮负他的人也跌倒在地。最终当暮色沉降之时，便只能看清马天目被那人拖拽着，像一段枯木一样缓慢在山路上移动了。

秋雨整整下了一夜。

等再次醒来，马天目觉得自己好像躺在一户人家里。仰头看，原来屋顶竟是一处光滑的岩壁。目力所及之处，长着暗绿青苔。有一些细小水珠在青苔周围凝聚。好半天，才会滴落硕大一滴，落在脚下的一只瓦盆里，发出叮咚声响。扭头看，见岩洞靠里的石壁上，摆放着一些盆盆罐罐。有些已晒干的花草植物，堆在一旁，散发出一股异香，中和了一股烟熏火燎的味道。外面传来一阵响动。悬吊在岩洞口的一块土布，在风中拂荡，阳光从破洞处打入，将微弱的光线分散在狭小的空间。等土布掀开，强烈光线射进来，令他眼睛一时难以适应。盯着那个趋近身旁的佝偻身影，直到那人憋着咳嗽，喉咙里发出“咯咯”的声响，这才知道是位六十岁上下的老头。老头悠然问道：你醒啦？

这是哪里？他呻吟着问。

山上……你是凉风垭那边的八路吧？

他点头。想动一下手指，却发现右臂被硬物固定。动动下肢，觉得左腿也同样被硬物固定。

别乱动哦！得好好躺着……右胳膊折了三截，左腿的小腿骨也折啦。真是命大！幸亏遇到我，不然的话，你这辈子就得这样躺下去了……

马天目苦笑，肿胀的脸颊痛苦地扭曲着。

真是福大命大……老头摇头感叹。去年有一头牛，从崖顶掉下来，活活摔成了肉酱。唉，你肯定是被树枝接了一下，崖底的那几棵松树，也是你的救命恩人哪！不然的话，你哪能活到现在？

是你救了我，也应该感谢你……马天目呻吟着说。

老头嘿嘿一笑，算是接受了马天目的感激。他起身从旁边的火灶上，端来一只药罐，用一块细布遮了罐口，将药液倒入一只粗瓷碗中，端到马天目身前，说：来，把这碗药喝了。

喝完药，马天目问那老头：你怎么会在岩洞里住啊？

老头不答，摔摔打打归拢着药罐和瓷碗，忽然问马天目：你是八路？打没打死过鬼子？

马天目看不清老人脸上的表情，一时不知道该如何作答，踌躇着说：我是一名政工干部，以前在滦州时，和鬼子面对面干过。到了这阜平，一直生病……

你是干部啊！那我更该快点治好你的伤。等伤养好，带着士兵打鬼子去。

一直到三个月过后，马天目仍旧不能起床走动。那时鬼子的“围剿”虽已结束，但老头却没有办法将他挪到山脚下的村子里。那个叫作“野鸡坨”的小山村，在敌人的“围剿”中遭到了屠村，没有留下一个活口。幸亏那天老头上山采药，才逃过一劫。但老头的老伴和唯一的女儿，却遭到鬼子凌辱，最后被刺刀活活捅死。老头掩埋了全村几十口人，自己逃到山上的岩洞中活命……当讲起这些事时，老头总会哭起来。泪水滚下眼角，蓄积在眼睑下方横向的皱纹里。等到蓄满，才从脸颊的侧面汩汩流下：我那时候真不想活了，幸亏漫山遍野的草药打消了我轻生的念头。我这样想啊，能多活一天，说不定还能帮别人治病呢，唉，这不，就真的把你给救回来啦！

直到大雪封山，老头遇到一位进山打猎的外乡人，在他的帮助下，两人合力，将马天目移进村子，平安无事地一直待到第二年春天。当桃花杏花开放，像硕大花棚，将整个小村遮盖时，马天目已能拄着枣木拐杖，移到屋外看风景了。他坐在落英缤纷的门口，用树枝在泥地上给江韵清写信，诉说自己的幸运，以及渴望找到部队的心情。写完一行，便抬脚拂去，接着再写。那写下的字歪歪扭扭，粗拙不堪，只因他在用左手写字，右胳膊还端在胸前。

老头从外面回来，却带不回任何关于部队的消息，只能劝慰他：好好养伤，等胳膊腿养利索了，自己出山找部队去。我走不了远路，这方圆几十里的大山里，没有一个人知道你们部队去哪儿了。

直到第二年秋天，马天目才有能力辞别老头，自己出山。先是找到山外的游击队，后几经辗转，来到太行山腹地的西柏坡。在那里休整养息，一直到接受新的任务，已是1947年的秋天了。

整装出发的那一天晚上，千峰万仞的太行山上，也同样下着淅沥的秋雨。

6

戴笠的坠机身亡，使军统局宣告结束，改组为保密局。郑介民任局长，毛人凤任副局长。在改组的过程中，几位上司都想安插自己的亲信，排挤其他派系的人。争来争去，军统局原来的八位处长撤换了七位，唯独唐贤平没被撤换，却鬼使神差地又回到他原来的工作岗位上。

军统局改组完，毛人凤便带一部分人，先自迁回南京，唐贤平接受了将物资运出重庆的任务。

他先调用原中美所近一千辆十轮卡车，用来运送物资。但需转运的珍宝文物、物资器材实在太多，卡车运输花销太大。唐贤平便去找郑介民商议，提议说：既然卡车运输花费如此巨大，何不改为水路运输？西南木材便宜，我们收购大批木船，而南京上海两地都缺少船只，我们用几十条木船将物资运送过去，再转手将木船倒卖，不但省了运费，单单那批木船，便可以让局里赚上一笔。

郑介民听得心花怒放，连连竖起大拇指，说：唐处长，难怪戴局长活着时那么重用你！以后，你就跟着我干好了，我不会亏待你的。

就连过来递茶的郑太太听了，也不由得将唐贤平上下打量，眼里露出赞美神色，对她的丈夫说：这下好了，我母亲的灵柩，正愁没办法运回南京去呢。有了木船，还请唐处长多多帮忙，遂了我母亲想将尸骨安放家乡的遗愿吧！

一旁喝茶的郑介民拧眉问道：老太太的灵柩……

话未说完，便被郑太太抬腿踩了一下脚尖，手中的茶水险些洒落。他急忙收住话头，嘴里支支吾吾，重又在一旁喝起闲茶来。

唐贤平看在眼里，不以为意，而是放下茶杯，郑重说道：太太放心，愿意为您效劳，别说一口棺材，就是十口，我也能为你运到。

郑太太嘴里“哎哟”一声，瞟了唐贤平一眼，嘴里嗔怪道：唐处长啊，你这嘴巴可要积点口德呀！我家里人口加起来，拢共也不过十口，你这……

唐贤平自知失言，脸上一副尴尬表情，心里却不由得暗笑起来。

这天，唐贤平正在办公室忙碌，忽有郑介民的电话打来，语气慌乱，说去往南京运送物资的一艘木船，在嘉陵江面触礁沉没，那艘船上恰好装了他岳母的灵柩……话未说完，话筒便被郑太太夺了过去。郑太太亮开她的公鸭嗓，在电话里又哭又闹，替她丈夫发话，责令唐贤平必须把那艘船找回来。

唐贤平意识到任务的困难，不禁在电话里安慰她道：郑太太，你不要过于焦虑！这是天意。你家老太太命该水葬。以后你家的钱财，定会像嘉陵江水滔滔而来。

郑太太在电话里“呸”了一声，说：我母亲生于平原，那里不兴水葬，只能土葬。不管怎样，你必须要把老太太的灵柩给我找到。不然，我，我和你没完……

最末一句话，显然是说给她身边的郑介民听的。话筒又移交到郑介民手上。郑介民说话的口气虽有无奈，却不容辩驳：赶紧去吧，还是想办法把棺材找回来吧！

放下电话，唐贤平立即传令，让沿岸警察全体出动，专门督办此事，并贴出悬赏五百块大洋的告示。所谓重赏之下必有勇夫，第二天便传回消息——棺材在距触礁处十几里开外的地方找到了。他当即打电话，将这一消息告知郑介民。正想动身亲自去沉船处察看，不想郑太太的电话又打过来。电话中郑太太的语气未见多少惊喜，反倒多了几分担心，说：唐处长啊，辛苦你啦。只要找到棺材就好，你要告诉你的手下，不管进没进水，可千万不要将棺材打开呀！

唐贤平不解。不待询问，郑太太又在电话里解释道：你也不要多想，我是怕别人不知道我老家的风俗。钉死的棺材，打开是不吉利的，会坏了后人的运势。你可千万不要打开！她再次叮嘱了一句。说话竟有些结巴。

本来，唐贤平对打不打开那口棺材，从未动过念头。只想去打捞沉船的地方，察看一下棺材有无受损，顺便核实一下物资损失的情况。但郑太太如此不厌其烦地强调，倒让他对那口楠木棺材产生了兴趣。

天下着雨，江水被雨雾笼罩，依稀能见有人赤膊在江水中打捞。岸上摆满物资，那口黑褐色的楠木棺材显得异常醒目。打伞的唐贤平身后跟着几位身穿雨衣的部下。他借故将他们支走，只剩两位当地船夫。当船夫用撬棍将棺材揭开之后，唐贤平压抑着心头的厌弃，近前探头一看，不由得倒吸了口冷气。

那两位船夫也探头看着稀奇。一位年轻船夫笑嘻嘻地问道：没有尸骨呀？这黑乎乎的，是啥子东西？

另一位年长的船夫两眼放光，不禁惊讶地叫起来：烟土！这么多烟土，要值好多钱哦！

唐贤平低声将他们喝退，又不得不喊回来，命他们将棺木原样封好。他从兜里抽出几张钱票，让他们不要将看到的事宜扬出去。

烟土虽在当时是明令禁止贩卖的东西，但从四川买上一百元的烟土，运到南京、上海等地，便可卖到两三千元，如此高额的差价，自然会吸引一些人铤而走险。但郑太太利用自己丈夫的职务之便，做着这样一本万利的买卖，应该算是高枕无忧，却也大出唐贤平的意料。

他想就此事向上级告发，可转念一想，此时郑介民是政界高层的红人，万一告不倒他，自己又没了戴笠做靠山，以后显然无法在保密局立足。他只能将此事埋在心里，只是工作起来越发郁闷。

然而，事情并非像他想象的那般简单。他虽彻底放下此事，但郑太太却总是担心他窥破了棺材内的秘密，表面上对他客气，背地里却对他多了些猜忌。这让唐贤平更加恼火。

这天，唐贤平在办公大楼的走廊内碰到郑介民的副官。副官手拿一沓发票，要他签字报销，口气颇有些颐指气使的味道。

唐贤平接过发票翻了翻，见除了郑介民家里的日常开支之外，竟连给小孩买玩具，以及郑太太所用的化妆品、营养品都包括在内。

这也要报销啊？他笑着看那位副官一眼，这些发票，都是郑局长给你的吗？

副官满脸堆笑，说：是郑太太给我的。唐处长，我们是吃长官饭的，还希望你多多关照呀！

唐贤平笑了笑，很痛快地在发票上签了字。

当晚，因事去毛人凤家，唐贤平随口说起郑太太的所作所为。虽用的是开玩笑的口吻，但毛人凤却已觉察到他的情绪。在当时保密局的高层中，郑介民与毛人凤二人，已有了很深积怨。作为副局长的毛人凤，一直想独揽大权，常在郑介民背后，搞些小动作。而郑介民对他早有防备，提拔自己的两位同乡，一位任了局长办公室主任，一位任了办公室专员。他还设立规定，各处室的公文，必须先送到局长办公室，等待处置后才可下发。即便他偶尔出差，局长不在，副局长毛人凤的权力也等于被架空。对此毛人凤早就怀恨在心，只是表面上不动声色。

此刻毛人凤像亲人般和唐贤平促膝谈心，就连他那位平时高高在上的太太，也从卧室出来，亲自给唐贤平端茶倒水。

毛人凤对唐贤平说：唐处长，你在保密局，可是我们中间最年轻的一位。我们做到头，最先提拔的便应该是你。你的前途，不可估量……只是你也别得意得太早，在咱们局里，你的对头，也不少呀！特别是卡在你头上的人，更要加倍小心。

卡在我头上的人？那应该就是毛局长您了……唐贤平开了一句玩笑。

毛人凤哈哈大笑，说：要是我，又怎么会对你说这番话。

那就是郑介民……唐贤平笑笑，说话一针见血。

毛人凤端正了脸色，说：你看你这人，到底年轻，就是直脾气。有些话，心里明白，还是不说出来得好……说到这儿，毛人凤叹了口气，继续说道，现在保密局内部的形势，你我都应该清楚。有些人占着茅坑不拉屎，只干些自己升官发财的事。现在抗战虽已胜利，但内乱又起。如此下去，党国的事业岌岌可危。你我都是心怀抱负之人，无奈奸佞当道，我们不能这样委曲求全下去呀！

毛人凤的太太忽然在一旁说：我看郑介民这个人，平时就讨厌得很！特别是他那位太太……你们两个大男人，私底下抱怨这些，也让人讨厌！何不就联起手来，将他扳倒，也做些男人该做的正经事。

一语道破天机，让二人瞬间愣住，互相看了一眼，脸上露出会心的笑来。

自此，按照毛人凤的授意，唐贤平开始暗中搜集郑介民的贪污材料，把他占用公家财物，支持老婆贩卖鸦片，将枪支转送称霸一方的胞弟，以及包庇亲信、贪污接收财产等不法行为，一一记录在案，呈给毛人凤过目。

毛人凤自是高兴，点头夸赞道：老弟，搞得不错。可是，单单靠这点材料，显然是扳不倒郑介民的。

唐贤平想了想，说：过几天就是郑介民的五十大寿，可不可以在这上面做些文章?

毛人凤连声叫好，压低嗓音说：党部刚刚下达了清查腐败，严禁官员利用婚丧嫁娶之便收受贺礼的六项规定。如果你在这上面做些文章，到时候我再……

毛人凤附在唐贤平耳边，如此面授机宜了一番。

自国民党当局出台“惩治腐败，官员问责”的六项规定之后，以前那些明目张胆的买官卖官、贪污腐化等问题，明显减少。就连司空见惯的收受礼品、请吃请喝也收敛了许多。据说很多名人字画、高档烟酒，一夜间成了滞销品。曾经门庭若市的高档酒店、私人会所、酒吧茶楼，也悄悄关门歇业……早在自己的五十大寿之前，郑介民便放出口风，说生日宴会不准备办了。他虽是个喜欢热闹的人，但还是相当谨慎，不想因为这样一件无关紧要的事，给自己带来不好的影响。但他却忽略了自己的一个致命弱点——惧内。他那位爱出风头，贪财而不识大体的太太，注定要给他惹更多的麻烦。

她曾在枕边和他闹过多次，历数他以前仕途不得志时，送出去的那些礼物，花出去的那些银子——她都一笔一笔记着呢。说你若不趁着这次五十大寿，把以前花掉的那些钱捞回来，你便永远没有机会了。你这局长还能当一辈子呀！别人当局长风风光光，而你，过个生日还像龟孙，躲躲闪闪，让我跟你丢脸。

郑介民惧内是有原因的。他生在一个寒苦之家，参加了一支队伍才算有了出头之日，得到他那位军阀岳父的赏识。参加国民党后，仍不断得到岳父的恩泽。同自己的夫人风风雨雨过了这么多年，郑介民也算一个有良心的人，从未出过任何花边新闻，凡事都让着他的太太。此次祝寿，他也知道肯定明着拗不过她，干脆不闻不问，反正抱定不过这个生日的打算，暗想我这树根不动，你那树梢也是白摇。他借出差机会，去了一趟上海，甚至想生日那天也不回来，这祝寿的事，也就会不了了之。

可树欲静而风不止，郑介民这次算是打错了算盘。在他生日到来的数十天前，唐贤平派人到郑介民家中去送贺礼。自己第二天又赶过去，聊天中问起寿宴的筹备情况。不想这一问，反倒勾起郑太太的满腹委屈。

都没个人搭理，这寿宴还怎么办！郑太太哭丧着脸说。

怎么会没人搭理！只是郑局长事先有话，大家闹不清到底办还是不办，尽在观望，谁也不敢出来张罗！

郑太太朝唐贤平身边凑了凑：要不唐处长你就给张罗张罗？

唐贤平会心一笑，淡淡说道：其实用不着我来张罗。大家在局长手下工作这么多年，平时受了局长那么多的恩泽，这次难得局长过寿，谁都愿意表现一下。你找局长办公室的姚主任，在局本部吹吹风不就可以了？

找姚主任？那让我家的死老头子知道，不又要被压下来嘛。

局长不是去了上海嘛，姚主任还能不听你的！唉……局长就是太忠厚了。辛辛苦苦为党国效忠这么多年，大家理应自发地为他庆贺一下嘛！常言道“五十不办，六十不发”。这五十大寿不办的话，升官发财的机会也就到头了，说啥也应该办！郑太太，我支持你办！有什么需要，你尽管吩咐，我能做到的，一定会尽力。

郑太太如逢知己般拍了一下唐贤平的肩膀，说：办！他不办，我也要办！

唐贤平回去之后，找来自己的同乡和属下，暗示他们郑介民准备大办寿宴。出于人情来往，要他们将此消息在朋友间宣传宣传，并暗示各机关以及特务组织，都要备一份厚礼，好为郑局长的五十大寿烘托一下气氛。

生日宴会这天，唐贤平早早赶到郑介民家中。

郑太太身穿一件紫红色天鹅绒旗袍，扭着多褶的腰肢，春风满面地迎上来，同他寒暄：唐处长，多亏你指点，才把今天这寿堂搞得如此气派。你的功劳，我可记下了。

唐贤平环顾四周，见整个大厅果然布置得气度非凡。一幅硕大的“寿”字挂在客厅中央，据说是请市内的书法家题写的墨宝。屋顶上悬挂无数彩灯，是夜总会的灯光师亲手布置的。宴请的席面一直排到门口，数也数不过来。与军统局有交往的数家酒店，各派一名厨师，准备施展自己的烹饪绝技。

哪里哪里，我哪儿有什么功劳？都是局长平日待人的恩惠啊……说到这儿，唐贤平小声问，各处的寿礼都送到了吗？

送到了，郑太太眉飞色舞地说，来，我带你去看看。

她把他领到寿堂旁的一间客厅，只见客厅的桌子上、茶几上、沙发上，摆着各色礼品。就连地上，也堆得满满当当，几乎无插脚的地方。在正中位置的一张八仙桌上，摆有一只暗红色印有大红“寿”字的脱漆方盘，一颗饭碗大小的金制寿桃显得特别醒目，使得周围五颜六色的礼品黯然失色。从寿桃摆放的位置来看，可见主人的良苦用心。这礼物让那些送普通贺礼的人，感到颜面无光。

唐贤平不由得连连赞叹，俯身在八仙桌旁，说：郑太太，我虽然也算见过些世面，但这么大的金寿桃，可是第一次看到，真是大开眼界呀！

郑太太笑得花枝乱颤，说：昨晚上，市里那位最有来头的老板送的。除了这只寿桃，还送了不少贺礼。

唐贤平不由得略有责备地看了郑太太一眼：这么贵重的礼物，您怎么能藏起来呢？应该摆到寿堂上，一是让大家开开眼；二是让那些堂上送贺礼的人，不好意思随便送些现金就打发了。

郑太太连连称是。

又听唐贤平问道：局长回来了吗？

回来了，回来了……郑太太嘻嘻笑着，昨天给他拍了封电报，说我得了急病，他若不回来，这辈子就看不到我了。今天早上匆匆忙忙下了飞机，还在屋里休息呢。

一切都按照唐贤平事先的布置，有条不紊地进行下去。当中午的寿宴即将进行时，祝寿的客人都已到了，谈笑声响成一片，几乎掀翻屋顶。郑介民由太太挽着，走进寿堂，脸上是一副极不情愿的样子。但见寿堂内情绪爆棚，也不好拂了大家的意。当司仪宣读完祝寿词后，寿堂内响起热烈的掌声。郑太太代表寿星说了几句感谢的话。酒宴开始，郑介民仍旧像被太太绑架，端着盛有红酒的高脚酒杯，串桌敬酒，聊表谢意，总还是一副笑眯眯的样子。

唐贤平悄悄离开席位，走到外面，悄声对自己的一名部下耳语了几句。那部下离开寿堂，径直朝离此不远的鸡鹅巷跑去。

所谓“鸡鹅巷”，曾是军统局内部的公用住房，如今住的都是历年来因公死亡的特务遗属。戴笠活着时，每月按时发放足额的生活费，不仅保障了他们基本的生活用度，也把“不忘英烈，抚慰后人”的遗志发扬光大。可戴笠死后，军统局经费出现严重问题。在郑介民的极力主张下，一次性发了一笔抚恤金，便做了终身了断。抚恤金花完，这些遗属生活没有着落，自然跑出来上访，赖着不走，严重影响了局里的日常工作。毛人凤无奈，只能吩咐唐贤平将这些人安排在鸡鹅巷的招待所，久而久之，这些上访的人便把招待所当成了临时住家。一面上访，一面在此过着穷困潦倒的日子。如今听说郑介民正在庆贺五十大寿，让大家跟着沾光，前去祝寿，并有酒席可吃，这些平日里心存积怨的遗属们，不仅没有半点感激，心里反倒充满了怨气。当下一百多号人纠集起来，拖儿带女，朝寿堂浩浩荡荡赶来。

不多会儿，便见花团锦簇的寿堂内，混杂进大批奇怪的客人。这些衣着寒酸的遗属们，一边毫无顾忌地大吃大喝，一边将刚端上来的鸡鸭鱼肉倒进随身带来的篮子里。闹得那些举止斯文的客人，全然没了食欲，只干瞪眼看着。一时间寿堂内沸反盈天，充满滑稽气氛。

正闹得不可开交，整个寿堂忽然肃静下来。众人扭头朝门口看，见一行衣装笔挺的军人步入，一脸肃穆。众人自动闪开一条通道，看他们朝寿堂前的主宾席走去。

郑介民正被人劝酒，喝得面红耳赤，濒临大醉。那敬酒的人忽然目光僵直，朝他身后看着。酒杯一抖，大半杯酒洒落。郑介民刚想调侃，只听那敬酒的人小声说：怎么潘督察也来了？

郑介民回身一看，见正是自己曾经的同事，如今调到考核纪律委员会做了督察的潘某。他放下酒杯，摇晃着身子迎上去，醉醺醺地说道：潘督察，怎么你也来了？赶紧赶紧，来陪老兄喝几杯。

潘督察一脸严肃，对郑介民说：我来是执行公务，你这酒，可是喝不得呀。

郑介民嘴里“咳”了一声，说：难得有这样的机会，喝完再去执行公务不迟。

潘督察冷冷一笑，闪身站在一旁。从他身后站出一名年轻军官，拿出一纸公文，面无表情地说道：郑介民同志，我们接到举报，说你贪污腐化，置“六项规定”于不顾，顶风作案，利用职务之便，大肆收受贺礼。从即日起，停止党内外一切职务，接受考核纪律委员会的全面调查。

在郑太太的哭叫声中，郑介民身子摇晃，险些瘫倒在地。他扶住一把椅子，强撑着站起来，脸上挂着一副难以表述的笑容。

潘督察将手摊开，客气地对郑介民说道：郑局长，请跟我们走一趟吧。

两位年轻军人跨步上前，左右架住郑介民的胳膊，朝寿堂外走去。

7

坐落于江北区观音桥附近的这家酒店，在整个重庆市的餐饮界并不算出名，却因环境幽雅，适宜家庭聚会而深得食客青睐。唐贤平选择在这里举办一场家宴，既是为了给自己刚刚出生的儿子庆生，也是为了自己工作上的称心如意，想要好好庆祝一番——他刚刚调任保密局西南特区区长一职，并兼任重庆行辕第二处处长。

这是身在重庆的亲属们难得的一次聚会。母亲和岳父母三位老人，被安排在上首位置。余下江韵清三姐妹齐肩而坐；而彭定邦、范义亭、唐贤平这三位连襟，也不再分地位高低，而是按妻子的排行坐得很有章法。江家父母展眼一看，这简直是江家多年来难得的一次聚首，不禁感慨道：只是缺了你大姐和大哥。这几年来，也没他们的音信。不知道在我们闭眼前，咱们这一大家子，还有没有个能聚齐的时候。

老人的话有些伤感，很快被唐贤平的祝酒词打断，气氛随之变得热烈起来。唐贤平端起酒杯，首先敬三位老人家。一饮而尽之后，又将酒杯倒满，按照年龄长幼，先后敬自己的两位姐姐姐夫。早先，他虽然和彭定邦在岳父家见过几次面，却始终难以接受这位比自己年长十多岁的连襟——就连自己，也搞不明白出于何种心态。他第一次诚恳地叫了彭定邦一声“姐夫”，并看一眼已经怀孕的江韵清，祝他们生活美满的同时，也祝他们两个月之后，能顺利生下一个外甥或外甥女。接着他又敬范义亭夫妇。此时的范义亭已离开军统，在军政部做一个要职。由于经常打交道，客气话倒显得少了些，只眼神中有着更多的会意。

彭定邦在这样的家宴中变得十分谨慎。他对唐贤平的身份很敏感，清楚地知道，此时做了第二处处长的唐贤平，比以前更加危险。这个臭名昭彰的“第二处”，是专门为对付重庆市地下党而专门设立的。唐贤平上任以后，倾注了巨大热情，工作上雷厉风行，已让处于危机中的重庆中共地下党组织倍感压力。

唐贤平平日里虽不喜交际，却是一个善饮之人。今天难得开心，便极尽地主之谊。轮番劝酒下来，幸亏彭定邦有着极好的酒量，不至被灌得烂醉，觥筹交错间依然能保持清醒的头脑，只是要频频上厕所以求缓解。

当他在厕所内方便完之后，正在水龙头前洗手，有人从外面走进来，不经意间朝镜子里看了一眼。当彭定邦转身离去，那站在便池旁的人始终愣着，经过一番思量，嘴里不禁发出一声讶异的惊叫。他匆忙系好裤子，出得门来，却只在幽深走廊的尽头，看到彭定邦的一个背影。

这人快步追了出去，逐一推开包间的房门，搜寻着那个曾十分熟悉却又稍纵即逝的身影，他怀疑那是一个梦。

彭定邦刚一落座，便见有人推开包间门，探进一张热汗腾腾的脸来，朝整个酒桌上睃眼寻看。待看到他时，那人眉眼瞬间舒展开来，悲欣交集地喊了一声：姐夫！

此人正是寻他多日的谭正林。

谭正林今天因报社聚会，和段成芳等人也恰好在这间酒店聚餐。彭定邦去上厕所时，曾碰到过段成芳，两人假作不认识，只相互递递眼色，彼此间知道相邻的包间并不远，分手时淡然一笑。彭定邦却没想到，会在这里碰到谭正林。

此时彭定邦认出了谭正林，身子一震，瞬间酒醒大半。谭正林奇怪的称呼，让一桌人先是感到好奇，后又感到惊讶。大家先是呆呆看着这闯进来的陌生小伙，接着又一同将目光投到彭定邦身上。彭定邦脸上的慌乱已无法掩饰——如果他能再镇定一些，坦然将身份的尴尬化解过去，便不会引来唐贤平的更多注意。但似乎没有任何一个人，能在这突如其来的情况下，做到镇定自若，泰然处之。豆大汗滴顺着彭定邦的额头滚落。更为致命的是，他竟装出一副醉态，将目光看向别处，尽力躲避着谭正林殷切的目光。

谭正林略有踌躇，还是走了进来，脸上仍是一副喜出望外的神色，亲切喊道：姐夫，是我啊！我都找了你好久了！

无奈的彭定邦只好将眼睛对着他，目光显得迟钝而迷乱。他最终保持了沉默，决绝地摇摇头，问道：你是谁呀？

彭定邦的摇头与回话，让谭正林甚感震惊。他愣愣地看着彭定邦，脚步顿住，脸上的欣喜化为惊愕，几乎不敢相信自己的耳朵，颤抖着伸出一根指头，指指彭定邦，又指指自己，说：你，你不认识我？！

彭定邦仍旧摇头，目光怯懦地望向别处。

谭正林失控地笑了一下，点头说：好，就算你不认识我，应该认识谭正蓝吧？应该认识云伢子吧？他们都在家中等你哪，苦苦等了你五年……

彭定邦的情绪变得更加激动起来，忽然嘶声喊道：不认识！你是哪来的一个疯子，在这里胡说八道！

谭正林木呆呆地再次环顾了一下包间内的人，好像明白了什么似的，连声说：好，好……原来，原来是这样，难怪你认不出我。

彭定邦再也不能控制自己的情绪，发了疯般从座位上站起来，冲了过去。他架住谭正林的一只胳膊，一脸羞恼，怒气冲冲地说道：你是从哪儿钻出来的冒失鬼，打搅别人吃饭，不讲一点道理？！你肯定是认错人了…… 走，赶紧走，赶紧离开这里！

谭正林涨红了脸，虽闭紧嘴巴，却已然将彭定邦视为仇人。他喘息着，甩开彭定邦的纠缠，甚至将彭定邦推搡了一下。两人纠缠在一起。

混乱很快惊动了整条走廊上的客人。相隔几个包间的段成芳闻听消息，很快明白了事情的因由。她火速赶来，伙同其他几位同事，架走了谭正林，并不住向彭定邦道歉说：我们这位小同事喝多了，肯定是认错人了，还望先生多多包涵。

始终不动声色的唐贤平，颇有耐心地观望着这突发的一幕，此刻意味深长地笑了。他朝江韵清脸上看去，却见身怀六甲的江韵清，也一副茫然无措的样子。他不禁皱了皱眉，再次将狐疑的目光，投到刚刚做过一番蹩脚解释，表情却仍十分僵硬的彭定邦脸上。

这一个夜晚，对彭定邦与江韵清二人来说，注定无眠。江韵清小心翼翼，却又异常愤懑地问彭定邦：

谭正蓝是谁?

彭定邦先是落落寡合地低着头，继而抬起酸涩的眼睛，看定江韵清。他用沉缓而忧伤的语调，向她坦陈了在自己的家乡，还有一个他日思夜想的“姐姐”。为了这假戏真做的“夫妻”，他已多年未同她联系。他能清楚地感知到她的担心、焦虑以及绝望。那样一种无所依傍的思念，甚至比未亡人还要可怜——为此他的心里背负着巨大压力。

在彭定邦几欲凝噎的讲述中，江韵清仿佛看到那个叫作“兰草乡”的小村，在蓝色天空衬托下，飘动着无数块绚烂的印染花布。一位梳着发髻的女子，背对她，朝坡冈下遥望。绿得发暗的作物衬着她的背影。在她神思恍惚的假想里，那女子慢慢转过身来，并不见她脸上的忧戚，而是淡淡笑着，笑得端庄而素雅……这才恍然想起，当初她和彭定邦初次见面，他为何会买一块印染花布送她。而实际上，那是彭定邦对自己的一个提醒，也好让他在长达一年之久的与陌生女人同居的生活里，把持住他作为一个男人的旺盛情欲。

如果我死了，让幺姐死了那份惦记我的心，她的日子也许能好过些。可现在，我生亦同死，并且活得这么不明不白。

说到这儿，彭定邦忽然捂住脸，低声哽咽起来，泪水顺指缝悄然渗出。

江韵清的泪水也不禁夺眶而出。她抬手，挪动一下笨重的身子，用手掰着彭定邦捂在脸上的手指。

彭定邦最终叹息一声，看了江韵清一眼，说：事到如今，我也对不起你呀!

她像个母亲一样揽他入怀，抚摩着他粗糙的面颊，说：彭哥，我了解你的心情。我和你一样，也该对那位姐姐心怀愧疚。对我，你没什么可对不起的。你对姐姐的感情越执着，越说明你是一个负责任、有担当的男人。我和你做了这半路夫妻，一点也不后悔。姐姐的存在，丝毫不影响我对你的感情，反而更加深了我对你的认识。我并不是一个自私的人，在必要时候，我愿意把你还给她。你放心跟家里联系吧。这么多年，也不知姐姐怎么熬过来的。

彭定邦最终没有任何话说，只是抚摩着江韵清的肚子。而后，半跪着，将脸贴在她的腹部。

一个月之后，江韵清早产，剖腹生下一名男婴。手术前，她温声细语向医生请求，顺便做一个绝育手术。面对这样的提议，医生大吃一惊，问她：同你丈夫商量过吗？江韵清摇头，却异常决绝地说道：我丈夫管不住我的。手术的过程，江韵清心里没有丝毫压力，她已在痛苦中挣扎多日。之所以提出这样一个荒唐的要求，是她再次想到多年前的那个夜晚，那个噩梦般挥之不去的夜晚。她清楚地预感到今后斗争的残酷，而不想让从自己身上掉下来的“肉”，重蹈那残酷的覆辙。

经过组织上的解释，谭正林也已慢慢放下心中积怨，却不想同彭定邦碰面。一想到在家中苦等的姐姐，谭正林便觉得什么都不能原谅。他流着泪给姐姐写了一封家信，信中满是欢喜的话语。同彭定邦的邂逅，却只字不提。他觉得这一辈子，都不该再有提起的必要。他甚至有了一个朦胧的想法，等有时间回家，该劝告姐姐忘掉那个负心人。或为了让她死心，就说他死了。她这一辈子，都没必要再等他了。

但逃避终究不是办法。就在那次酒宴相逢之后，彭定邦和党组织，已感到某种潜在的威胁。据江韵清说，唐贤平已同她深谈过几次，谈话内容虽未明指彭定邦的身份问题，但话里话外，还是暗示她彭定邦是一个骗子，他家里肯定还有妻室。彭定邦是以不可告人的目的，骗取了她的感情，骗取了她的信任。最后，唐贤平竟对江韵清这样说：姐，看在亲戚的分上，也看在我老同学的分上，你应该离开他。如果你不信我的话，我可以顺便让我的手下，查一查这人的来历。江韵清做出一副“嫁鸡随鸡，嫁狗随狗”的样子，说：孩子都有了，他骗子也好，流氓也罢，我只能跟他过下去了，不然怎么办哪！

危险像点着的引信，一步步向彭定邦迫近。组织上迅速做出一个决定，将彭定邦调离重庆，前往川东地区组织武装斗争。为彻底摆脱唐贤平的纠缠，江韵清自然也随同前往。但是，新的困境又摆在江韵清与彭定邦面前——孩子刚刚出生一个多月，又该如何处置？

彭定邦再次想起他身在云阳的姐姐。他如此深情地对江韵清说道：不行的话，就把幺姐叫过来吧！把咱们的孩子交给她，是比放在谁身边都让我放心的。

江韵清说：这合适吗？

彭定邦笑了，侧头看看熟睡的孩子，对江韵清说：韵清，你是不了解幺姐的为人。她是那么好，好得就和你一样，好得会像这孩子的亲生母亲一样。

商量后，两人请组织沟通，决定去求谭正林写一封家信，把远在云阳的谭正蓝叫过来。当三人见面，彭定邦和谭正林二人，仍感到有些尴尬。彭定邦叫了一声“弟弟”，谭正林翻翻眼睛，没有理他。

江韵清拉住谭正林的手，说：小弟，我和彭哥，是来给你和幺姐道歉的。我们两个，对不住你们。

谭正林虽已在组织的解释下明白了事情的原委，但他仍旧没有任何表示。

江韵清说：以后，我们就是一家人。家里的幺姐是你的姐姐，我，也是你的姐姐呀！

谭正林这才抬头，叫了一声：姐……

江韵清答应一声，鼻翼抽动，将谭正林揽在怀里。

谭正林有些委屈地说：姐，不是我不愿写信，只怕一写信，把这些事告诉了幺姐，她在家里，受不了这样的打击呀！

江韵清也哭了，说：小弟，我们知道你的心情。可你的外甥，还那么小，我们不能带他去行军打仗啊。只能把他留在重庆，把他交给幺姐，我们也好放心。这样也能把云伢子带过来，在重庆读书。幺姐是个通情达理的人，你在信中把事情解释清楚，她肯定会原谅的。求你了，小弟。

谭正林总算答应下来，却沉着脸，向彭定邦提出一个要求：如果你去川东打游击，必须带上我。

彭定邦哑然失笑，和江韵清对视一眼，敷衍着点了点头。

8

谭正蓝坐在染棚下的凉台上，正在听儿子给她读信。

她的身边是怠工状态的染坊。制作蓝靛的沉淀池、蒸煮的大锅、黑釉的染缸、晾晒棚，无不显出一种萧索模样。布面涂满大团蓝色和白色，仿佛有人用大笔胡乱涂抹过一般。此时正是染坊生意的淡季。谭正蓝起初站着，整理凉台上的杂物，信读到一半，双膝一软，不由得坐了下去。

读完信的儿子问她：妈，爸爸要咱们去重庆，你不高兴吗？

谭正蓝面色如水，喉头耸动，点头说：高兴……

舅舅在信里说，要你去照顾娃娃，是你和爸爸的孩子吗？

谭正蓝沉吟一声，说：是，是你弟弟。

谭正蓝随即变卖了染坊，带上儿子，匆匆赶赴重庆。她心里没有半点怨怼，只想尽快见到自己的丈夫。只是行程中出了一点差错，她因不识字，坐错车。等她赶到重庆时，比预定时间晚了三天。码头上，只有弟弟谭正林来接他。在组织安排下，早已为他们母子租好了房子。在那间房子里，谭正蓝见到了一个襁褓中的婴儿，却并未见到丈夫彭定邦的身影。她把婴儿抱在怀里，将脸贴在他粉嫩的额上，闭着眼，嗅闻从他身上发散出来的奶香。

谭正林在一旁说：幺姐，你来晚了。三天前，定邦哥已经走了。他说过些天，会回来看你的。

三个月过后，谭正蓝并未迎来她的丈夫，却等来一位她不想见到的女人。她追悔不已。那在旅途中被耽搁掉的三天时间，本来是她与彭定邦今生能够晤面的唯一一次机会。

彭定邦与江韵清二人，坐船抵达万县之后，顺利地同当地工委机关取得联系。经商定，彭定邦将被派往奉节，负责筹备那里的武装起义事宜。革命的形势令人感到振奋。会议上决定将云阳、巫山、巫溪在内的各县，定为武装起义的第一战场。由涂孝文同志负责开县、万县的筹备工作，那里也将成为武装起义的第二战场。接下来彭定邦与江韵清马不停蹄地赶赴奉节县的青莲乡。作为武装起义的大本营，这里将成为他们新的生活的开始。彭定邦以教师的身份作为掩护，二人住进青莲中学。

经过紧张而缜密的筹备，起义时间很快敲定，但还是面临着诸多亟待解决的问题。这时候，彭定邦决定让江韵清回一趟重庆，一是向临委汇报川东的情况；二是请求尽快派一批知识分子干部作为骨干，来扩充队伍，并为游击队筹备一些给养。

彭定邦交代完任务，一副欲言又止的样子。

江韵清猜到他的心思，问：没有别的事可嘱咐了？

彭定邦呆呆地看了看她，没有说话，掩饰地拿起手边一沓文件。

江韵清一边整理行囊，一边问：你就不想儿子？

彭定邦吸着烟，止不住咳嗽起来，边咳边说：想啊！我怎么会不想？

江韵清走过去，为他捶背，又替他整理了一下衣领，颇为担心地说：我走了以后，你要少吸烟，按时吃药，注意增加营养。记住了吗？

彭定邦埋头看着文件，漫不经心地点头。

江韵清将文件夺过来，放在一旁的桌子上，说：我这就走了，多跟我说说话。

彭定邦表情变得专注起来。两人相对而坐，却不知该说些什么。少顷，江韵清看定彭定邦说：除了儿子，你就不想让我去看看幺姐？

彭定邦还是不语，只看着她。他猜不透江韵清的心思。

江韵清轻声说：我回到重庆，一定去看幺姐的。你就放心好了。

彭定邦再次剧烈地咳嗽起来。他抬起头，面色苍白，却又舒心地望着江韵清笑了。

抵达重庆后，江韵清先找到川东临委，向领导汇报了川东地区武装起义的准备情况，以及自己此行的任务。领导告诉她：扩充队伍的知识分子骨干可以马上安排。但经费问题，还要想办法筹措一段时间，所以你不要着急，在重庆多待几天。等有了结果，会马上通知你的。

离开临委，江韵清思子心切，立即去找谭正林，要他带她去看孩子。但谭正林因事不能脱身，便将地址告诉了她，让她一人前往。

门被敲响。

那个时间只谭正蓝一人在家，婴儿在床上熟睡，云儿上学去了。若按弟弟谭正林的嘱咐，谭正蓝是不应轻易就将门打开的。她该先问一问来人是谁，确定一下对方的身份。但谭正蓝已在老家养成开门迎客的习惯，况且在这陌生城市，待得确实有些憋闷，很想同人拉拉家常。

门开了，她先自展开她豁朗的笑容。见一个陌生女子站在门前，脸上的表情有些拘谨。她穿一身阴丹士林布旗袍，外罩一件红色毛衣，梳齐耳短发。虽然肤色经风吹日晒，略显黝黑，却掩不住眉目的清秀。谭正蓝正准备开口问时，听到那女子迟迟疑疑地叫了一声“幺姐”，是好听的北方口音，嗓音清脆。

她蓦然愣住，心里明白这女子是谁了，心理上虽早有准备，却还是显得尴尬起来。

江韵清同样感到了尴尬，眼巴巴地看着谭正蓝。见她头梳发髻，露着光洁额头，细长眉眼在白皙肤色的映衬下，生得慈眉善目的样子。江韵清再次叫了谭正蓝一声，见她仿佛不经意地向自己的身后望了一眼，望得长长久久。她知道她期盼着什么，心里不禁有些难过。谭正蓝扶着门框的手黯然垂下，眼里有一丝掩饰不住的失望，错开身子，让出一条通道来。

江韵清暗自长出一口气，庆幸着“闭门谢客”的一幕并未发生。她迈上台阶，伸手向前做了一个手势，顺势在谭正蓝的腰际揽了一下。谭正蓝在前，江韵清随后，两个女人先后走进客厅。客厅狭小，却归置得井然有序。江韵清猛然嗅到一股浓烈奶香，以及淡淡的尿臊味，胸口不禁感到有些肿胀。她离开重庆时，孩子还未断奶，奶汁常会濡湿她的衣襟，让她感到乳房胀痛。而在其后的两个月时间，由于没有了婴儿的吮吸，奶水自然憋回去了。那种生理上的胀痛，全都化作对孩子的惦念，淤积在她的心里。

孩子睡了……

谭正蓝淡淡地说，目光望向卧室。从她那个角度，能够看到床上熟睡的婴儿。

江韵清步入卧室，将身子抵在床前，俯身看着，情不自禁地将脸贴到婴儿脸上。

谭正蓝感到有些无所适从。她想重新坐下来，拿起绣花绷子，但又感觉那样的话有些刻意，怕怠慢了江韵清，心里毕竟过意不去。她不知如何是好，只能在客厅呆站着，侧耳倾听卧室里的动静。直到婴儿被江韵清弄醒，发出啼哭声，江韵清怎么哄抱，也不能将其安抚，谭正蓝这才快步走入卧室，从江韵清怀里接过婴儿，抱在臂弯里摇晃着，嘴里发出“喔喔”的声音。婴儿很快安静下来。江韵清笑了，欣慰地看着眼前这母子俩，毫无嫉妒地说：幺姐，这孩子，离开这么几天，就不认我了。他只认你呀！

谭正蓝笑了一下，说：别急，他很快就会让你抱的。

借由孩子这根纽带，两个女人迅速热络起来。谭正蓝滔滔不绝地讲着婴儿的点滴事情，比如他喜欢喝热一点的奶；除了奶之外，他还喜欢吃用粳米调成的糊糊。高兴时嘴里咿呀有声，不高兴时便大哭大叫。夜里尿床，会用哭声叫醒你。鬼精着哪！湿一点屁股也不行。换上干尿布，便会踏实睡去。他已经对人分了生疏，他舅舅来，他不认识，看一眼便会哭，就像看你一样。喜欢他的小哥哥，说话逗他，他会咿咿呀呀，哥儿俩说得热闹着呢！

江韵清听得陶醉，不时会笑出声来。此时孩子已抱在她的怀里，她不时亲上一口。

入夜，待孩子们睡去，两个女人躺在一张床上。说够了家常，江韵清忽然搂住谭正蓝说：幺姐，以后，我就把你当成我的亲姐姐。等老彭回来，我们就在一起过。不知道你能否认下我这个妹妹？

谭正蓝并无表示。月光浸润着她的脸，江韵清能清晰辨出她脸上的泪痕，不由得马上改口道：幺姐，你要不开心，我就把彭哥还给你。你不知道，你在彭哥心里，有多重要。他是始终惦记着你的。

谭正蓝蜷缩着身子，忽然变得脆弱起来，将头埋在江韵清怀里，说：只是在这儿，我过不惯。如果你们真的需要我，我就留下，给你们做饭，带孩子……等老了，我们一起回云阳，再把染坊赎回来，踏踏实实过日子。

江韵清不知怎么来安抚她，只能将她抱着，闭上眼，听到窗外的夜色中，传来鸟儿的啼叫。想到它们在漆黑夜空中划过的样子，一定是从遥远北方迁徙过来的候鸟。她的眼前，忽然出现幻象，似乎看到一个熟悉的身影，步履匆忙，正从被黑暗围裹的道路上走来，依稀能辨出马天目的轮廓。她吃了一惊，再想定神去辨时，眼前的幻象消失了，听到谭正蓝低声问她：

你几时回去？

她定定神，从迷糊中醒来，告诉谭正蓝，自己要在重庆多待几天，等筹够老彭那里需要的钱，她便马上赶回去。

谭正蓝窸窣起身，下床，划亮火柴，点燃一盏油灯，翻箱倒柜鼓捣着什么。

江韵清起身去看，见谭正蓝抱着一个蓝布印花包裹，以手托底，走近床前，裸着脚踝，骗腿儿上床，将沉甸甸的包裹放在江韵清面前。解开打得紧紧的活结，将包裹一角掀开，里面是一堆银圆，在灯光下闪着光亮，不禁晃花了江韵清的眼睛。

这是我把家里的染坊变卖带过来的钱，本来是要给定邦补贴家用的。如今定邦不在，你们又急需用钱，就把它拿去吧。早点回去，替我照顾好定邦。等完了事，就早点回来，我在家里等你们。

9

正如江韵清所看到的幻象一样，马天目真的正穿越重重迷雾，走在赶赴重庆的路上。

他因大学时主修贸易，此次接受了一项极为特殊的任务，抹掉以前所有经历，来到战时贸易相对活跃的重庆，以一个信托投资人的身份，帮助我党的地下企业，在内地与香港之间，架起一座通商贸易的桥梁。此次任务，他只与南方局的重要高层单线联系，而不与其他任何人有实质性接触。换言之，在重庆的地下党内，将无人知晓他的身份。而他最先要仰仗的，竟然是他的那位老同学，如今已在重庆声名显赫的唐贤平——需要他为自己铺平生意上的道路。

对于马天目的忽然出现，唐贤平惊讶之下，更感好奇。让唐贤平感到好奇的，倒不是马天目的身份问题——如果他仍旧为共产党效力，是不敢如此坦然地出现在自己面前的，而是这么多年，马天目到底去了哪儿？看他额上一道清晰的伤疤，以及走路时略微的跛脚，显然遭了不少罪。而今怎么摇身一变，竟成了一位西装笔挺，头发梳得溜光，举手投足间尽显阔绰的商人了呢？

说起这些年来的经历，马天目倒毫不避讳。他说自从离开南京，自己竟被共产党怀疑……我当初那么死心塌地，他们竟然怀疑我，孤立我，将我打入冷宫，足足写了半年检讨。说到这儿，马天目的情绪显得十分激动，留在唇上的一撇小胡子也翘了起来。

唐贤平嘿嘿一笑，说不出是幸灾乐祸，还是嗤之以鼻，插话道：当初我那样劝你，尽早弃暗投明，跟着我干，可你就是一条道走到黑，不撞南墙不回头……那后来呢？

后来……马天目在沙发上放平身子，跷起二郎腿，说：从那以后，我算把一切看透了。什么主义不主义的，都没用，有钱才是正经主义。我回到天津，托家人的洪福，算是改邪归正，专心做起了生意。这些年下来，我的世界观只有两个字——赚钱。

那你脸上的疤，还有腿上的伤……

马天目苦笑一声，掸了掸雪茄上的烟灰，叹口气说：唉，这战火连天的，做生意也是冒死啊。那年我去东北收购人参，在山里遇到日本人，脚下打滑，跌进山沟，幸亏福大命大，脸上留了疤，跛了一只脚，算是捡回一条命。要不是现在捞钱容易，我早就不想干了，去外面找个清静地方，舒舒服服过完这辈子，也就算啦。

唐贤平颇有意味地看着眼前的这位老同学，忽然意味深长地问道：成家了吗？

成家？

马天目身子一震，竟没有明白唐贤平话锋里潜藏的意味。

还在等江韵清？

说到江韵清，马天目神色变得庄重起来，坐直身子说：江韵清和我是结发夫妻，我当然要等她。我这次来重庆，一是为了做生意；二是来寻她。老同学，不会像当年那样，你还在刁难她吧？

唐贤平一脸严肃：我怎么会刁难！只是你不知道，如今我们已做了亲戚。三年前，你那小姨子江竺清，成了我太太，我们两个，现在应该算是连襟吧。

马天目愣住了。他憋不住，忽然笑起来，抬手点着唐贤平：真是人生无常，世事难料啊！这么说，我俩以后就是亲戚了？从辈分上算，你该叫我姐夫！

唐贤平忍俊不禁，用奇怪的眼神看着马天目。

马天目问：妹夫，你那姐姐可好？不如现在马上动身，带我去见见你那大姨子。几年不见，我可想死她了。

唐贤平动了恻隐之心。他忽然明白，在他与彭定邦不多不少的交际中，为何始终不肯认可彭定邦的身份，甚至有些鄙夷和瞧不起他，原来始终是马天目在自己心里作祟。他虽把马天目当作自己的对手，但同学之间的情谊，却在对立与交锋中，产生了一种奇妙的化学反应。他认可他，甚而敬重他。哪怕他是自己最危险的敌人，与这样的敌人对峙，也让他感到由衷的欣慰。他忽然迅速做出一个决断——不能把江韵清改嫁的消息告诉给马天目，以免使他伤心，让他受到伤害。他甚至在接下来的由自己亲自指挥的“清除行动”中，由衷感到一种“为朋友除害”的快感——他已掌握了彭定邦确切的行踪，在远隔百里的奉节，从重庆派出去的特务，已与当地军警联手，布下了天罗地网。只等他一声令下，便会将那些正在筹划暴乱的共产党人一网打尽。当想到将来如何处置彭定邦的问题时，亲戚关系一度使他感到为难。虽然他不会对江韵清有任何同情，只把她当作一个傻乎乎的，被彭定邦洗脑并誓死要跟随丈夫的女人，但他的太太江竺清，以及岳父母的感受，却不得不让他考虑。

现在好了，出于对马天目的爱护，或者说同情也罢，他大可以痛下杀手，毫不客气地处置掉彭定邦，以维护老同学的利益，也好让这一对历经磨难的夫妻重归旧好，一家人也算能过上遂心如意的日子。想到这里，他压住话头，随意敷衍道：

你刚到重庆，还是先不要着急。二姐现在并不在重庆，据说去了成都，也不经常回家，家里很少知道她的消息。

从唐贤平的表情中，马天目已窥探到他心里的波动，忽然有些担心起来，一时间显得坐立不安，问：她还好吧？不会有什么事吧？

还好还好！你不要多虑。绝对没有任何事情发生。

那就好！马天目忧心忡忡地说。

唐贤平岔开话头，用轻松的语气问马天目：你这次来重庆，怎么会想起找我？难道，不怕我和你翻从前的老账吗？

马天目看他一眼，用有些阴郁的语气说道：以前的恩怨，在我心里早已一笔勾销。至于说翻旧账，翻来翻去，又有什么意思。早就知道你在这里混得如鱼得水，而我两眼一抹黑，那些做大生意的老板一个也不认识，还望借你之力，帮我拉拉关系，好处自然少不了你的。

说到“好处”，唐贤平立刻伸出手掌，做盾牌状，义正词严地说：关系我可以帮你拉，但不会染指你任何生意上的事。

马天目眼里露出敬佩之色，说：好，好！你在这大染缸里泡了这么多年，依旧不改初心，值得敬佩！改天我找最好的酒店，还需劳烦你把重庆生意场上的大老板都请过来，给我搭个桥，以后再不会烦你。

唐贤平特意将江宜清夫妇和江竺清招到自己家中，告知他们马天目来到重庆的消息，并郑重告诫他们：如果马天目来找你们，万万不可将江韵清改嫁的事透露给他。至于为什么要这么做，他并没有做出更多解释。而在其他人眼里，江韵清与彭定邦的结合并不被看好，觉得江韵清有些一意孤行，或是由于以往的不幸经历自暴自弃。同马天目比较，老实本分的彭定邦虽不至于被他们当作感情的骗子，但马天目的才华与最初和大家建立起来的情感，最终还是占了上风。

即便不告诉，二姐和老彭都有了孩子，又能怎么样呢？江宜清忧心忡忡地说。

是啊！总不能硬把两人拆散，再让马天目回到二姐身边吧？况且二姐会不会愿意？江竺清也说。

对于这样浅显的问题，唐贤平给不出任何答案。他只是再次叮嘱大家道：别告诉马天目就是了。封住嘴巴万无一失，封不住嘴巴患得患失。走一步看一步，慢慢就会有一个好结果的。

两天之后，唐贤平利用自己的职务之便，把他所认识或通过间接关系认识的大老板，全都请到重庆一家最好的酒店。他只是在酒会开始前，露了露面。酒会开始后，便先行离开。据他观察，马天目确实有着商人的精明能干，和那些最牛气的老板寒暄起来，也能做到泰然自若，游刃有余，嘴里说的全是得体的生意上的话。但他却不会被这表象所迷惑，派出几位精干特务，穿插在酒会中间，借以观察马天目的言行有无值得怀疑的动向，并对与他接触过的所有人，进行一番全面的调查。

据特务呈报上来的消息说，马天目在那一晚的酒会上，没有任何异常表现。接下来除了和酒会上结交的朋友晤面之外，更无其他动向。而那些和他打交道的老板，我们也实在没有调查的必要，这些人除了和蒋家，就是和那些有头脸的大人物来往密切，岂是我们敢碰的！但唐贤平并未因此放松警惕，仍旧派人盯紧马天目。他不想重蹈覆辙，在与马天目的交锋中再次处于下风，那会让他感到一种难以接受的羞辱。

对于所有商人来说，利益的驱动，往往会让他们放下对“阶级”的成见，而只会专注于贸易间的公平，以及那种由公平所带来的平等与尊重。对于局势的变化，也能让他们迅速做出反应，人人都是战局的风向标。随着解放战争的深入，一些精明的商人已感到国民党当局的速朽，在保证既得利益又寻找退路的心理驱使下，和马天目谈起生意来，即便对他的身份心如明镜，也只是“你知我知”。商人天生胆小的心理作祟，退一步讲，宁肯生意不谈，也不想给自己惹来任何麻烦。

那位靠猪鬃生意发家的古老板便是一个典型例子。

在外行人看来，猪鬃不过是猪身上最轻贱的东西，岂不知猪鬃有着天大价值。和平时期倒无关紧要，但在战争频仍的二三十年代，从清洁油漆卡车、飞机、军舰，到清刷大炮小炮的炮管，由猪鬃制成的刷子使用起来耐高温，挥洒自如，需求量极大。猪鬃出口的利润也大得惊人。又兼重庆猪鬃在国内质量最好，经加工之后，有着色泽光洁，毛身挺直，尺码准确的优势。成箱的猪鬃按规定长短搭配成套，箱子上印着的一行醒目英文商标——CHUNGKING BRISTLES（重庆猪鬃），成为出口商品目录中的专用名词。在欧洲，贸易商们只认可这一品牌。

古老板的父辈，就是靠猪鬃生意在商界确立了自己的地位。而早在1939年的春天，国民党当局命令西南运输处收购上万箱猪鬃，运往美国换取军用物资。孔家人接手了这单生意。他们先是找古老板谈判，定下苛刻条件，意在将古老板经营的四川畜产公司，从对外贸易的阵营中排挤出去。被婉拒之后，孔家马上指使当局颁布了一条《全国猪鬃统销办法》。根据该条令批示，全国所有各色猪鬃的收购、运销，均由中央信托局统一管理。各商号不得自行报运出口，囤积期亦不得超过三个月，否则由官方强制收购。

此一规定的出台，显然是针对古老板而来。幸亏古老板翻云覆雨，应对起来还不至焦头烂额。他首先要求贸易委员会履行前约。接着，又密令他的香港分公司关门停业。此一举措，等于关闭了中国猪鬃出口的大门。因为只有他持有的“虎”牌商标，才会被美国商人接受。

马天目来接洽古老板的时间，正处于双方僵持阶段。

这天上午，马天目如约来到古老板的公寓。由于是唐贤平的关系，古老板并不是对他太过接受，只是碍于情面与压力，才肯和这个从外表看起来尚算诚恳的马老板谈一谈，但只是抱了敷衍的态度。

等用人退下之后，马天目开门见山，直截了当地说：古老板，我心里清楚你对我的看法，但咱们不谈时事，不做任何猜忌，坦诚相见，只谈生意。假如我手上有一大批期货从贵公司过手，不要在账面上留下任何痕迹，无声无息销到国外，利润分成当然你来做主，不知道您有没有兴趣？

马天目一席话，即刻引起古老板的兴趣，知道此人来头不小，马上回应道：有多少？

五千箱，全是上等猪鬃。以后还会有大批供应。

马天目伸出手指，比画了一下，又拿过随身带的皮包，将猪鬃样品拿出来，递给古老板。

样品无须仔细验看，只需用手拿捏一番，古老板便知其成色。他正愁来年的货源，想不到有人竟送上门来，当即眉梢带笑地说：好东西！马老板，你就开个价吧。

这样说着，一丝疑虑却从古老板的脑子里冒出来。如今国统区有限的货源，他知道得清清楚楚，而这个初次打交道的人手里，又从哪里冒出这样一大批猪鬃？不禁偷偷打量马天目一眼，悄声问：马老板，您莫非是……说着，用手比画了个“八”字。

马天目淡然一笑，说：古老板，我事先说过，咱们不谈时事，不做任何猜忌，坦诚相见，只谈生意。

古老板发出爽朗笑声，连声说：好吧好吧！那我们就不谈时事，只谈生意。

从古老板家出来，马天目很快察觉到身后有人跟踪。他不禁笑了笑，放慢脚步，转到一家电话亭，给唐贤平打了个电话。在电话里，他半开玩笑地说道：妹夫，我对重庆已了解得差不多了，就不用你那么关照啦，每天派人暗中保护我。也不知你心里打的什么算盘，你那么关心我的话，还是赶紧安排我跟江韵清见面吧！顺便也和其他的家人见一见。我生意缠身，说不定哪天就从这里离开，你是想让我抱憾终生，故意要拆散我的家庭吗？

面对唐贤平的闪烁其词，马天目心中充满焦虑。他忽然有了一种不祥的预感，断定江韵清肯定出了什么难以预测的事。

通过唐贤平的安排，马天目先和江宜清见了一面。但从江宜清这里，却依旧得不到江韵清的任何消息。及至见到江竺清，他们事先商量好一样，同样说着闪烁其词的话，脸上的表情模棱两可。当他提出去见岳父母时，江家二姐妹立马表现出一副如临大敌的样子，推托说母亲重病，父亲三个月前忽然患了痴呆症。她们一致说：你去见了，只会惹他们伤感，自己心里也不会好受，还是算了，别去见了。

马天目窥破她们的心思，声嘶力竭地说道：我就是要去见一见！你们这是想干什么？遮遮掩掩的！就算这些年我不在大家身边，没为这个家出过丁点力，可也不该把我当成外人啊！即便你二姐不愿见我，可两位老人家总该让我见一见吧！他们都是七十多岁的人了，说句不好听的话，是活过今天也许没有明天的人，错过这个机会……你们一个个的，这都安的什么心哪！

江老爷子的痴呆病很让人烦恼。他的脑子坏了，也就是说，有点半傻了。记忆对他来说成了一块残缺的线路板，时常短路，又有时运转正常。他常把记忆中发生的事，和现实中正在发生的事叠加起来，重叠之后又常把一些常识性的东西漏掉，而抓住一些关键性的东西紧咬不放。

就拿马天目刚进门时他的反应来说吧，不用别人介绍——其实大家都不想介绍，私底下商量好，尽量让老爷子和马天目少接触，以免话多，纸里包不住火，还叮嘱马天目少搭理他，说老爷子最近犯了痴呆，保不准会说出一些让人寒心的话来——老爷子便眯着眼问：这是谁呀？马天目摘下礼帽，冲老爷子一鞠躬，刚想说话，便被江竺清拽着，向客厅里走。走过客厅，又径直奔向卧室，去问候卧床的江老太太。想不到老爷子挪着碎步，在后面紧追不舍，嘴里说：这不是马天目吗？江宜清搀着父亲，想把他引开，说：爸，今天日头好，咱还是去外面晒晒太阳吧！老爷子推开江宜清，眯着眼说：告诉我，他是不是马天目？江宜清只好回道：是，是我二姐夫。你二姐夫，这么多年都见不到他，他啥时来重庆的？也不过来看看我。江宜清说：他来了没几天，早想来看您哪。

江老太太自从患了脑血栓，已丧失语言表达的能力，却犯下爱哭的毛病，见了谁都免不了哭天抹泪，但脑子尚算清楚。当马天目俯身到床前向她问候时，她又免不了一通哭天抹泪，看着江竺清，用手指点着外面，嘴里含混地说着什么。江竺清知道母亲的心思，她是想把二姐叫回来。好在母亲的反应不会被马天目识破，便借题发挥说：

您是想留我二姐夫在家吃饭呀？让我去买菜？哦，我让吴妈出去买菜了，您就不用操心啦！

一旁的江老爷子随声附和，说：吃饭吃饭，让你二姐夫陪我喝酒。我好久没跟你二姐夫喝一盅了。

离午饭时间尚早，江宜清、江竺清姐妹俩也确实没有留马天目吃饭的心思。等坐在客厅喝茶时，江老爷子仍旧念叨着中午吃饭喝酒。江竺清便没好气地回他道：喝啥酒啊，我二姐夫又不会喝酒！

你二姐夫不会喝酒？彭定邦，你不会喝酒？江老爷子瞪大眼睛，冲马天目说，显然是期待马天目的响应。

他这一喊，瞬时让所有人紧张起来。

彭定邦，你会不会喝酒？江老爷子笑眯眯地又问了一句。

马天目有些丈二和尚摸不着头脑，莫名其妙地笑着，看着江宜清，小声问：谁是彭定邦？

江宜清说：你别在意，他把你当成别人了……要不你回吧，待下去，不定老爷子又会说些啥胡话。

马天目感到老爷子话头不对，走到他身前，握住他的手，俯身说：爸，你真不记得我是谁了吗？

你不就是彭定邦吗？我家的二姑爷，酒量挺好，咋就说不会喝酒呢？

马天目表情肃然，说：爸，我是你的二姑爷不假，可我是马天目啊！韵清——你二闺女，去哪儿了？她到底出啥事了？你们到底有啥事在瞒着我呀？

江老爷子不说话，大脑又进入短路状态，眼睛木呆呆地看着摆在桌子上的马天目带来的礼物。

马天目转身，看着江宜清，有些恼怒地问：宜清，告诉我，你姐到底出了啥事？

江宜清低头。

马天目又转身看向江竺清。

江竺清默然转过身去。

马天目喊了一声：告诉我，她是死是活？到底在哪里？

江宜清再不忍将事情隐瞒下去，抬起头，黯然对马天目说：你离开太久，回来也没用了……你走吧，还是离开这儿吧。我二姐她，已经改嫁了……

马天目似乎不敢相信自己的耳朵，愣愣地看着江宜清。联想起自己来重庆后所有人的异常表现，他不由得泪湿眼角，却又很快平静下来。他看了看屋子里的人，对江宜清说：好吧，我走。宜清，只是麻烦你，碰到你二姐，替我转告她，这么多年，我可从没忘记她过。

马天目穿好衣服，转身走了出去。

江老爷子大脑又恢复了正常，冲马天目背影喊：把东西拿走！你发了财，在外面寻花问柳，甩了我二闺女。我闺女照样嫁得出去！如今我那二姑爷彭定邦，工作也不赖，一个月挣好些银子，还能陪我喝酒，你以为你是谁呀？忘恩负义的东西！

10

那天正当马天目在电话亭打电话时，江韵清跟在一名挑夫身后，从电话亭外匆匆走过。她虽不经意地朝电话亭瞟了一眼，却对一个男人的背影并不在意。

她的心情虽然急切，但很坦然。由于有了谭正蓝无私的捐助，又加上组织的积极运作，游击队急需的那笔经费终于凑够了数目。她于

1948年11月16日的下午动身，准备乘船赶往奉节，到达奉节的东门码头之后再行一段山路，直接赶到青莲乡的秘密交通站。按时间测算，事先预定好的武装起义，应在两天前便已发生。她只能由青莲乡的交通员护送，方能找到已转移至万县大山里的游击队，见到彭定邦……早在数天之前，由组织上选定的党员骨干，已赶赴那里。谭正林经过数次申请，也在随行之列。他会早一些时间到彭定邦身边，两兄弟之间自然会多些照应。所以说待在重庆的江韵清，并不显得太过焦虑。当她向谭正蓝辞行时，谭正蓝又再次叮嘱她，除定邦需要照顾，你还要多费心，也照顾好正林呀。他是谭家的独苗，也是你的弟弟。两个女人之间似乎订立了某种亲情的盟约，分手时虽显平淡，心里却都充满感激和责任。

夜色降临之前，江韵清登上一艘木船。那一夜的航行波澜不惊，满天星云在峡谷间忽隐忽现。她听到山林深处传来猿猴的啼叫，流水摩擦船舷，拍击两岸石壁，在幽深峡谷间，声音被无限放大，心里竟有一种说不出来的空旷。她在夜航船舒缓的摇摆中睡了整整一夜。那一夜没有梦境。有时倏忽醒来，看见艄公披着蓑衣，遮挡着夜半降临的寒露。烟锅明明灭灭，帮他们祛除深夜里的困乏。由于一路都是顺流，他们只消盯紧两岸石壁，当船头偏离航向时，便伸出竹篙，拨正船头，船身在舒缓的溪流中有一个令人晕眩的摆动，继续成全着她的睡眠。随着凌晨时分夜雾的降临，江韵清几乎看不清两岸周遭的环境，觉得船好像漂移在梦中，令她生出一种孩提般的幻想。她用不甚准确的重庆方言问那船上的艄公：老板，奉节几时到啊？艄公用浓重的奉节口音回答她：立马就到啰。幺妹，你还是坐到船舱里去吧，小心溅湿了衣裳，身子凉哦。一问一答间，无不充满了轻松的惬意。

奉节码头的石阶上生了厚厚青苔，一级一级扶摇直上，级数虽不及朝天门码头数量之众，但其陡峻程度，却令朝天门码头的石阶望尘莫及。码头空寂，只有三两个挑夫等行船到来时，才会从石阶上下来。他们大多沉默寡言，黧黑的脸上是一副萧索模样。他们不会同你砍价，当觉得雇主报出的价位不满意时，便摆摆手，默不作声地走开。头缠帕子的挑夫走在前面。由于到青莲乡还有数十里山路要走，江韵清便给先前谈好价钱的挑夫付了双倍的价钱。没想到那位挑夫却将她的行李转手，让给了现在这名挑夫。江韵清担心，与那位挑夫打问，对方告诉他，接手她行李的人，是他的亲哥哥。他们两兄弟合伙来做这单生意，显然也不违背常理。而接手的这位身材高大的挑夫更显憨厚，走上一段石阶，便会停下来，回头等一下气喘吁吁的江韵清。他木讷地笑着，露出焦黄牙齿，好像担心她走丢，而拿不到自己应得的工钱。

他们要经奉节东门巍峨的城墙，穿过整个奉节县城，从西门出去，才能拐上通往青莲乡的山路。江韵清从这里走过一次，群山环抱间的小城给她留下过深刻印象。城中全是青石铺路，街道两厢是挤挤挨挨的吊脚楼。红色灯笼随处可见，显得异常鲜亮。身穿青色短衫的当地人光着脚板走路，头上缠着黑色或白色帕子……那一路本该也是轻松惬意的，就像她登上码头的石阶之后，看到雾气全部消散，阳光穿透高大樟树的遮蔽斜射下来，能依稀看到不远处城楼的门垛。但江韵清却感到有些奇怪，那一路所见，竟充斥着一种肃杀气氛。街道两边，全然不见平日里贩卖土产的商贩，所有店门全都紧闭，偶尔会从一两扇窗子里，看见有人探头向外张望。有孩子打开房门，嬉笑着跑到街上，却被尾随其后的大人恐吓着拽了回去。屋门被仓促关上，发出杂乱声响。偶尔会遇到一两个路人，也是缩头缩脑的样子，全然不见平日里的淡定和悠闲。路人脚步匆忙，不知是出城还是进城，却全都没有朝城门方向走，而是拐向另外一条狭窄的小路。

挑夫在前引路，也拐到那条小路上去了。

江韵清紧赶几步，随在他身后，向他打听到底发生了什么情况。挑夫低头看她，脸上是一副惊恐神色，却无从作答。江韵清干脆停下，担心挑夫骗她。想等有人经过时，再详细打问一番。不想那挑夫转回头，嘴里呜啦叫着，冲她做着手势，却原来是一个哑巴。江韵清感到晦气，更不想走这条小路了。但哑巴做出的手势，却令她感到震惊，甚而毛骨悚然起来。哑巴先是朝城门方向指了指，而后瞪大眼睛，竖起宽大的手掌，朝自己的脖腔做出砍伐的姿势，嘴里发出夸张的叫声，而后闭上眼，抬起左手，揪住自己的头发，挥手向天空一扬，又朝城门洞指。他掰着手指，一共数了十下，脸上露出痛苦的表情，摇摇头，对江韵清再也不管不顾，转身向前，无形中加快了行进的节奏。

江韵清自然不敢怠慢，亦步亦趋地随他前行，心里却完全乱了方寸。从哑巴的手势中，她能读解出砍头的意思，却完全解释不了那夸张表情中的要义。明白砍头定是在城门处发生，也难怪行人要绕开那里。直到走完那条小路，走上通往青莲乡的山路时，哑巴的脚步才放慢下来。江韵清虽明白哑巴并未骗她，却在这惊慌失措的奔突间，走得精疲力竭，丧魂失魄。

青莲乡的联络站并不在镇子上，而在离镇子一公里处的一个小村。江韵清随同彭定邦初到奉节时，便在此处落过脚。负责联络的青年名叫木生，无父无母，和奶奶同住。他们的家安在村子西侧，简陋的木板房修筑在山腰。远远的，便见木生奶奶坐在门口。听到脚步声，她端正腰背，侧耳聆听，稀疏的白发被微风弄乱。江韵清叫了一声：奶奶。老太太愣了愣，很快辨出江韵清的声音，喜出望外地说：

我以为是哪一个呢！原来是江姐姐呀。说着，拄着拐杖，颤巍巍地想站起来。江韵清一把扶住她，握住老人青筋暴突的手，蹲在她身前问：奶奶，你还好吧？

好啊好啊。前几天害了一场病，听说你来，心里高兴，病就好啦。

木生呢？

一早就出去了，说是去接你。他还告诉我，怕你走错路，让我在家里等你。

江韵清付过运费，又帮那挑夫舀了水喝。挑夫喝得脖子上青筋暴突，喝完一肚子冷水，算是解了一路劳困，不声不响地朝来路走去。江韵清同奶奶一阵寒暄，却从她嘴里得不到任何自己想要得到的消息。江韵清将奶奶扶到屋里，自己脚步迟缓地移到路畔，朝山下呆呆望着。

远处依稀能看到挑夫远去的背影，他弓腰驼背，走路的姿势随意而疲沓。当挑夫转过山脚，将从她的视线尽头消失之际，又看到另一个身影从山脚冒出来。两人像是进行了一次交接，只是朝这边走过来的人，身材高挑，脚步轻快，显然是急着赶路的样子。

她很快认出那是木生，不禁脸上漾出笑意，嘴唇翕动，看着他一步步走近。只是走到能互相看清对方的模样时，木生的脚步却慢下来，步伐变得迟缓。先是远远将她打量，待认定她的面容之后，低下头，全然没有了往日的亲切与俏皮。

她叫了他一声，向前迈步迎上去，发现木生对她似有防备，眼神躲闪。木生嘴里嘀咕道：我一大早去接你，没想到，你自己过来了。

她笑一下，看着木生汗涔涔的脸，却从他惊慌失措的眼神中，有了一种不祥的预感。她扳住他的肩头，不容辩驳地问道：木生，快告诉我，城门那里到底发生了什么事？

木生眼神闪烁，看她一眼，为难地抖着肩膀，想甩脱她的手，却不想被她另外一只手揽在肩上，几乎是拽在怀里了。

他像个犯错孩子似的摆脱着她的纠缠，又像松口气似的问道：你没从城门那儿过啊？

江韵清含糊答道：没有……

我就是担心你从那儿过，天不亮就跑到码头，等你等不到，就到城门那儿等，后来又转回家里看了一次……木生这样说着，竟委屈地哭起来。他莫名的哭声撩拨着江韵清的神经，抱住他，想把他揽在怀里，却不想被木生一把推开。他突然横下心泪流满面地说：他们都死啦！头颅被他们砍下来，就挂在城门洞那儿！

她踉跄着退了几步，瞪大眼睛。木生的粗鲁好似惊吓到她，眼珠转转，眼白忽然上翻，身子软塌塌倒了下去。

醒来时她显得异常平静，脸上感到一只粗粝的手的抚摩。她叹息一声，将那只手握住，长长久久地在脸上贴着。她知道奶奶的眼睛几近失明，只能通过手的触碰方能表达情绪。她暗自庆幸自己没有流泪，伤痛和软弱不会被老人察觉。等她坐起来时，把那只手慢慢放到一边，甚至不好意思地冲老人笑笑。老人睁着无神的眼睛，目光定定看着别处。木生双臂抱膝，坐在床边一张矮矮的板凳上，眼巴巴看着她。

她的平静让他感到害怕。木生始终跟在她身后，看她洗脸，看她换了一身素色衣服。直到梳洗完毕，她冷静地对木生说：走，带我去城门洞看看。木生感知到一种轰然的喧响，几乎不敢相信自己的耳朵。

她心意已决，根本不听劝阻，最后竟说：你不带我去，我自己去。说着，已转身走到门外去了。

奶奶始终坐在床上，直到此刻，才对木生发话：去吧，带你姐姐去看看吧。不然，她一辈子也不会安心的。

那一路她依旧走得异常平静，全然不顾木生在她身后低低地啜泣。时间在短短的路途中消逝得极快，恰似夕阳在远处山头的滚落。当他们走到县城西门时，木生变得警觉起来，拽了江韵清绕过城区，辗转来到东门城墙之下。巨大的城墙阴影将他们遮蔽。她被木生拽到一片树林里，委身隐藏起来，仰头看着灰白色的城墙。砖石因风雨的剥蚀而尽显沧桑，垛口有的已经坍塌，在暮色中显出犬牙交错的形状。坚固的城墙上空无一物，此时夕阳正在变换颜色，收敛起刺目的光芒。她见城墙半腰处的一株野生灌木，枝茎都被折断，光秃秃地悬在那里，与从城楼顶部斜伸出的旗杆遥相对峙。微风拂过，依稀看到半截麻绳在旗杆上晃动的影子。江韵清死死盯着城墙上的一摊摊污渍，它们成滴沥状，显然都是从头颅中流出的血印上去的。一道一道，有数十挂之多，显得异常醒目。她想再看，此刻夕阳褪尽，善解人意地将夜幕沉降下来。

他们把头颅移走了……

她听到木生这样悄声说，沉痛中却有着一丝难以掩饰的松心。

第八章

1

1947年末至1949年初的这一段时间，对江韵清来说是一段空白。她丧失了所有记忆，每日如行尸走肉，活在一个没有悲伤与欢愉、没有恐惧与无畏、没有焦灼与安宁的个人世界里。她患了暂时性失忆症，又伴有间歇性精神病（这当然是医生所言）。当间歇性精神病发作时，她不躁狂，整个病态的反应应算作抑郁的一种。只愿一个人待在房间，不哭不笑，甚至拒绝进食。直到“生”的迹象在她身上即将消失，“死”的阴影还未翩然而至，她才会从那个临界点上慢慢醒转过来，重新如影子一样游荡在周围人身边。

大部分时间里，她都像一个安静少妇，保持了苗条的身材，苍白的肤色。只是鬓边过早添了几缕白发，以及额上不合时宜的皱纹，总让人很快辨析出她的年龄。每日里她会在家人和用人的帮助下，把自己收拾得干净而妥帖。同江竺清五岁的儿子比较起来，她显得更为乖巧，只是少了些孩童的初心和烂漫。她被吩咐着吃饭、睡觉，从未有过挑剔和顶撞。有时家人上街，也会带她出去散心。她会顺从地跟在身后，你走多久，她便跟多久；你停下来，她便乖乖地停下来。偶尔她也会独自出门，不打招呼便从家里消失。家人也不会显得多么慌张，派人去找，拐过一条街，走进那家叫作“四季香”的花店，便总能找到她。只见她坐在花店的一张板凳上，不是买花人，也不是赏花人，只是安安静静地在那里坐着。别人同她搭话，她也不理，一坐就是半天。如果家人不找，她坐上一天也说不定。她是那家花店唯一一名“长”客——时间停留最长的一位客人，倒无形中给老板撑了门面。去得多了，老板也不撵她。大概看她穿得体面，又知道她亲戚是个有背景的人，只把她当作一个“花痴”，渴了送她水喝，有时到了饭点，还会邀她一同吃饭。

直到这一年冬天，这个城市下了三年来唯一的一场雪，江韵清被某种东西唤醒，忽然恢复了神志。

雪是夜里下起来的，天明时戛然而止。随性、神秘，好似老天不经意的安排。雪下得不大，却恰到好处地装点了这一方的万物。湖水在周围白雪的镶嵌下，成了一块魔幻的镜子。鸥鸟点缀其间，在暗绿色湖水映衬下，如游人抛出的一把把白色珠粉。而当它们飞临岸边，便会被白雪吸纳。此刻凸显出来的，便是白雪掩映下的绿色植物，以及红色和黄色的花朵了。它们像一枚枚符号，发出清脆玄妙之音，瞬间破解江韵清大脑昏聩的密码。

这是哪里？

她警觉地问了一句。

江竺清正在看孩子们喂鸟。那些停在手指间的鸥鸟，让她的儿子发出一连串夸张的叫声。她也被感染，舒心笑着。扭头看一眼身边的江韵清，她随口答道：大观公园。

江韵清俯身看着一簇茶花。那硕大花朵的空隙处，填满白雪，使其花瓣的尖梢更显娇艳。这奇异现象，在她的认知里绝无仅有。在北方，雪总是与枯萎相伴，却哪能有这样一种凛冽与娇柔的掺杂？白雪掩盖下的花朵虽不动声色，却无形中发出一声令人颇感震惊的尖叫，吓了她一跳，感觉附着在脑子里的一层硬茧纷纷剥落。她一阵晕眩，晃晃身子，又俯身去看旁边一朵黄色的菊科类花朵。她叫不出它的名字，却见这单薄花瓣正中，裹了一团蓬松白雪，毛茸茸的，更衬出花朵的孤傲。它发出了一种近似呢喃般的低语，安慰了江韵清，使她再次梦呓般发问：

为什么会这样？

她的疑问被江竺清听到了。

起先她不以为意，即刻便神情专注起来。她伸手挽住江韵清的臂膀，低低叫了一声：二姐！随后又审慎地看着她，说：这是在昆明……南方的树绿着，花也开着。

我怎么会在昆明？

江韵清问，神情看上去很是无助。

江竺清无从对她解释，伸手指向自己，问：认识我吗？

竺清……江韵清轻轻唤了一声，眉眼间露出久违的温情。

惊喜随即浮上江竺清的脸。她将跑过来的儿子拽到身边，满怀期待地问了一句：他呢？认识他吗？

江韵清呆呆地看着眼前这位面色红润的男孩，一时间脑子里轰鸣作响，前尘往事如一张张画在薄铁上的图画，于疾风中发出“扑棱”声响。黑白混杂的画面，劈头盖脸地直戳进她的脑子里来。

她首先想起那堵巍峨高耸的城墙。对于那头颅的想象，是那段时间侵扰她的噩梦造成的。彭定邦被切割的头颅显得异常干净，且有一种栩栩如生之感。那灰黑城墙近乎成了他肢体的化身，只是他眼睑低垂，仿佛入定一般。给她更直观的感受是，那头颅更像一个怪异的稻草人，或一盏不知有着什么寓意的黑色灯盏。而悬挂在一旁的谭正林的头颅，则有些惨不忍睹。他年轻的面庞起了一层皮皱，惨白得令人不敢直视，并且涂染了点滴血迹，像寒冬初绽的梅花。他大睁眼睛，眼里的惊恐鸟雀一样惊飞。漆黑繁茂的头发紧束，显得滑稽而粗暴。不知被什么东西缚住，又和一段麻绳缀在一起。麻绳的末端贴紧他的耳后，断茬处蓬松，似要堵住他的嘴，使他发不出绝望而悲壮的呼喊。

从奉节回重庆的那一路上，江韵清还能控制住自己的情绪，并未崩溃，一路上都在想着一个近乎幼稚的问题：见到谭正蓝，如何开口，才能把那令人绝望的消息传达给她呢？

她先找到临委领导，将奉节的情况向他们做了简要汇报。她的表述混乱，脸上不时闪过一丝近乎失常的凄惨笑容。起义失败的消息已经早她一步传递到这里，除了说一些安慰的话语之外，领导实在找不出其他方式安抚她。还未等把另一件事讲完，江韵清便失魂落魄地走了出去。

她梦游般赶到谭正蓝的住处，见人去屋空，屋子里没有一丝出走后的迹象，仍打理得井井有条。但那些与谭正蓝和孩子们有关的物件，像被擦掉的灰尘，不见一丝遗落。谭正蓝曾经的出现，就像一个梦。但这怪诞的梦，却毫不含糊地给了她一个证明：刚满五个月的孩子，不见了。

起初她仍十分镇定，想着谭正蓝或许带孩子离开重庆，回云阳老家去了（那也正是领导所要告诉她的）。但这个“孩子不见”的意象，却像一把不怀好意的钩子，勾起她沉落在心底的往事——孩子不见了！她有些沮丧地这样想着，甚至感到焦虑和惊恐起来。走在街上的江韵清，急火攻心，头脑开始变得混乱。她本是奔父母家而去，走到半路，却完全丧失了对路径的把握，在家的周围兜起了圈子。好在被邻居碰到。邻居是山东烟台人，卷着舌头冲她喊：你咋还在这儿闲逛，不赶紧回家看看？

江韵清再次邂逅了死亡。死亡让逝者如归，却成为压垮江韵清的最后一根稻草。她在为父母设立的灵堂里当即晕厥过去，醒来后便什么都不记得了。

直到这个雪晴之日，她的意识才逐渐恢复。在与江竺清其后的对谈中，她知道了父母双双离世的情形。

江竺清告诉她，母亲咽气的那一刻，父亲坐在床边，没事人似的看她们给母亲擦身子，穿寿衣。或许中午喝了些酒，父亲眯着眼，坐在那里打起了瞌睡。起初大家并未在意，直到将母亲安置好，家人要他去看一眼。喊他不醒，伸手一触，他软塌塌地倒下去。家人抬手去他鼻翼下触探，这才发现，老人早断气了。

邻居都说咱爸妈是修来的福。江竺清这样不无欣慰地念叨。

你三姐呢？

我三姐，他们去台湾了。

江竺清的回答，让江韵清把自己现时的处境完全理顺过来。宜清去了台湾，自己在一种疯癫病态下，只能被唐贤平一家收留。至于怎么会来昆明？她不想知道得更多。记忆就像错位的编码，重新在她的大脑恢复秩序之后，使她重又陷入一种沉默寡言的状态。意识的恢复，让她有了一种更为清醒的认知：埋藏在记忆深处的东西，还是不要去轻易触碰的好。它们牢牢根植于身体的隐秘部位，一旦连根拔起，便会撕开皮肉，生出巨大罅隙，从而将她再度吞噬。

接下来的日子，她出于本能地抗拒着那种吞噬，甚而过滤着自己的记忆，只留些许微光打发惨淡的生活。她时刻想着儿子，想着那个生满兰草的乡村，它们以一种浓烈的色调在她的记忆里凸显，成为她抵御痛苦的一种方式。而想象与憧憬，则让她更生出了活下去的勇气。

接下来的某一天，江竺清挽住她的手臂，贴近她耳边说：姐，贤平准备出差了，要去重庆和上海，他说要帮你找到马天目，把他带过来，把你，交到他的手上……

马天目？江韵清惊诧地问。

是呀！我二姐夫呀！你不记得了？

他，他……不是牺牲了吗？

她说出的这一句“牺牲”，让江竺清感到可笑。

没有，真的没有。他到重庆来过，找过你。只是当时你不在。

江韵清感叹一声，身子疲软，好似再次被痛苦击中。心里，却忽地被一束光照亮了。

2

早在来昆明之前，唐贤平便感到一种信任上的危机。这种危机，不是自己工作与处事上的失误造成的，而是有着一种始乱终弃的味道。

郑介民被挤掉之后，毛人凤顺利坐上保密局的第一把交椅。为他升迁立下汗马功劳的唐贤平，却很快遭到弃用。他并未像事先暗示的那样，将唐贤平提拔为副局长，而是将唐贤平当作威胁自己权位的潜在竞争者。他找唐贤平谈话，要他解散“滨湖同学会”，说在保密局内部，准备组织一个“统一同学会”。最近不少人跟我反映，说你偏向滨湖同学会的人，很多人对此很有意见啊。

滨湖同学会乃唐贤平一手创立。除大多数同乡之外，还有以前工作上结交的旧友。从最初的数十人，如今滚雪球一样发展到上百人。唐贤平为此付出了相当的心血。他把这些同乡旧友当作亲人看待，为此给自己赢得了不少的人气。唐贤平心里十分清楚，毛人凤之所以要他解散同学会，是要瓦解他在保密局的势力。这是孤立他的开始。

这次谈话之后，借唐贤平出差之际，毛人凤又派人清查了他任职总务处时的全部账目。这令唐贤平感到有些措手不及，甚至有了一种危机感。综观毛人凤以前在保密局的所作所为，唐贤平这才明白——此人虽不善张扬，却心狠手辣。当初选择与他结盟，显然是一个天大的错误。

他想去拜会一下毛人凤，以汇报工作的名义，顺便探探口风。他先给毛人凤打电话，是副官接的。副官说：您稍等，我去禀告毛局长一声。少顷，副官回话说：局长有事，他让我问问你，有什么要紧事吗？

以往每次打电话，毛人凤无论做着什么，都会亲自来接听。此次竟如此傲慢，可见心态之变化。唐贤平不由得怒上心头，却用一种平和的口气问道：局长现在很忙吗？

局长正在打牌，副官小声说，如果唐处长你有什么要紧事，我可再去向他禀告。

不用了……唐贤平轻轻地把电话放下。

隔天在单位，毛人凤照例同几位处长在局本部吃午饭。席间，他不住叹气。有人关切地问：局长，你遇到什么麻烦了吗？

毛人凤未及说话，身旁一位人事处处长便开口讲道：现在外省的一些站长，大都是临训班毕业的学生，资历浅，指挥不动一些公开单位的老干部。过去“秘密领导公开”的传统，已不顶用啦。

另一位刚被提拔的副局长则接口说：要保持“秘密领导公开”这

个原则，必须把一些资历深的老同志派出去，负责地方秘密单位的工作。否则，光靠命令是不顶事的……毛局长为此茶饭不思，又犯了偏头痛，作为局里的老同志，大家应该积极分担长官忧患，工作上多做一些表率。话说完，似乎不经意地看了唐贤平一眼。

唐贤平埋头吃饭，也不搭言。知道他们所说的内容，必定是私下早就商量过的。而现在，只是借助“双簧”的形式，在大家面前表演出来罢了。

果然不出所料，只听毛人凤叹了口气，扔掉刚刚啃完的一根排骨，用餐巾擦着油汪汪的嘴说，现在啊，资历老的同志在重庆、上海、杭州这些地方住久了，谁愿去外省工作啊！

唐贤平仍旧埋头吃饭。

饭局行将结束，他看也不看毛人凤一眼，对那位副局长说：我愿去外省工作。

副局长的表情甚为惊讶，看看毛人凤，拉住唐贤平的手，说：唐处长，你这个表率做得好！如果局本部的处长们，都愿意下基层去当站长，就不愁找不出一批老同志到各省区领导工作了。你这是在为长官分担忧患啊！

毛人凤如释重负，脸上的表情松弛下来，却仍旧垂着眼皮说：好！唐处长，你做得好！下面的几个省，看你愿去哪里？由你挑选。转头又对那位副局长说：有了唐处长的表率，我们的工作就好安排了。接下来我要亲自去拜访一些老同志，请他们出任各省站站长。这一工作必将挽救大局，是振兴局里工作的一项重大举措。

毛人凤的态度深深刺激了唐贤平。想不到在自己的去留问题上，毛人凤竟连一点挽留的意思都没有。毛人凤排挤自己的意图，简直太过露骨。

回到自己的办公室，唐贤平接到姐夫安子文从上海打来的一个电话。也不知自己受毛人凤排挤的事情，怎会传得如此之快。姐夫极力安慰着唐贤平，并说实在无处可去，可来上海投奔他。

因有亲人的安慰，唐贤平的情绪变得有些失控，气急败坏地说道：我帮他挤走了郑介民，没想到他竟这样对我……我真想一枪毙了他！

姐夫在电话那头急忙劝他：快别说这种话！若传出去，势必惹来杀身之祸。你冷静下来，仔细考虑考虑，在保密局，咱们的亲戚就有四十多人，你要出了事，他们定会跟着遭殃。你呀，总之就是过惯了一帆风顺的日子，没受过大的挫折。不像我，这些年来一直受他们排挤，可你听我抱怨过吗？心里明白就是了。

我就是搞不明白，对我的态度，毛人凤怎么会转变得这么快。

难道你还不明白？姐夫说，在保密局，你亲戚多，学生多，朋友也多。何况你到处安插你的同乡和朋友，当了科长、股长。这是最让上司忌讳的。毛人凤肯定以为你在搞小集团，扩大自己的势力，他怎么会对你不生防备之心？

姐夫一席话，让唐贤平顿悟。

回到家，他同母亲说起此事。母亲淡然一笑，说：“飞鸟尽，良弓藏；狡兔死，走狗烹”，自古皆然。如今他当了局长，你也就没有了可用之处。如果你继续居功自傲，只会招来祸端。你能急流勇退，才是明智之举。下放到地方工作，总比待在老虎身边安全多喽。

经过权衡，唐贤平最终选择来到云南。

云南虽是一处风景秀美之地，政局却相当复杂。

早在1945年初，滇越边区总司令部所属军队改编为第一方面军，卢汉为总司令。卢汉名义上管辖第一、第九两个集团军，实际上却只有第一集团军受他掌控。那个不受卢汉控制的第九集团军，为蒋介石的嫡系关麟征部所属。它最大的作用在于监视整个滇军的动向。1946年10月3日，防守司令部杜聿明奉蒋介石之命，在昆明发动了一起军事政变，撤销龙云在云南的本兼各职，任命卢汉为云南省政府主席。此时卢汉已受到监视，昆明也遭到中央军包围。在他被派往越南接受日本人投降的那几天里，第一方面军所属各部，被命令立即从不同地区开赴东北内战前线。滇军北去，卢汉却留了下来。

被架空兵权的卢汉接任省政府，成了名副其实的一位光杆司令。为此他苦心经营，尽力恢复被地方实力派掌握的权力。他首先争取对60军、93军（已调东北）的指挥权和人事权，迫使蒋介石同意孙渡代替他指挥滇军。他还要求蒋介石，撤销由国民党中央直接指挥的设在昆明的警备司令部。这虽未取得蒋介石的同意，却被允许另行成立云南保安司令部。卢汉兼任保安司令长官，取得了对省内部队的控制权。卢汉即以入越受降的原第一方面军司令部，改组为云南省保安司令部，并在此基础上不断扩充，建立起新型的以保安队为番号的新的滇军，并由最初的四个总队，一个独立大队，逐渐扩编为十七个保安团，人数共五万余人，成为重新控制云南的基本武装力量。

初到云南的唐贤平，便是在这样一种复杂的形势下走马上任的。他不但要努力调整保密局与云南各方的关系；另一方面，仍不时要为重庆保密局方面付出鞍马之劳。

毛人凤在一次长途通话中曾对他表露过愧疚之意，说自打他离开保密局，接任行辕处处长的徐远举和督察室主任周养浩二人，便经常闹矛盾，严重影响了内部工作。若处分他们吧，他们显然并未跨越规章；若不处分，保密局的工作又严重受阻。他只能像对待小孩一样哄着劝着，根本无法调解。有时，对待这样的内部矛盾，还真不是“军纪”所能行得通的。

徐远举是滨湖同学会的成员，早在南京工作时，便是唐贤平的手下。此人虽性情鲁莽，却自有他忠义的一面。对待曾经的上司，他极为信服，私下里同唐贤平以“兄弟”相称。周养浩在军统资历较老，是戴笠的亲戚，而唐贤平是戴笠一手提拔起来的人，也被周养浩视作自己人。每次两人一闹矛盾，毛人凤解决不了，便会喊唐贤平飞赴重庆。久而久之，除开会之外，调解两人矛盾几乎成了唐贤平频频飞往重庆的一个重要原因。

唐贤平心里清楚，这两人之间的矛盾，都是毛人凤玩弄权术造成的。工作上，督察室要接受行辕处领导，却又有监督行辕处的权力。两个部门看上去彼此配合，却互相牵制。这也是他们之间频生龃龉的主要根源。

唐贤平虽对毛人凤充满嫉恨，却极力维护着保密局的整体利益。这个令他感到无上荣光的组织，是戴笠一手创办起来的。戴笠死后，国民党内部很多人，想借机挤垮这个组织。面对外部的强大压力，组织内部的矛盾纯属私人恩怨，大可不计。他所想的，是在这种局势下，组织内部务必要做到精诚团结……而从切身考虑，到保密局分崩离析的时候，他这个没有任何军校学历的老军统，也将无立足之地——所以毛人凤每次一来电话，他都会丢下手头工作，欣然前往。他很享受在他个人影响下，保密局内部其乐融融的样子。而这次飞赴重庆，他还有一项更为迫切的私人心愿，他想找到马天目，将他带到昆明，把江韵清交给他，也算完成一桩“善举”。而在此之前，他已托徐远举打听过马天目的行踪。徐远举告诉他，马天目最近始终未在重庆露面。据那些同他打交道的老板们说，他或许去了上海，也有可能去了天津。

调解这样的矛盾，并不需大费周章，只消安排一场酒宴便罢。那矛盾双方，表面上虽尽释前嫌，却显然是为了给足唐贤平一个面子。聚会结束，周养浩先行离开。走在去往住宿酒店的路上，唐贤平问陪同前往的徐远举：我的那位亲戚，最近有没有消息？

徐远举没有表示什么，却将头凑过来，单掌竖在嘴边，贴近他耳边说：大哥，据我调查，你的那位亲戚，来头好像不小啊！

唐贤平看他一眼，心有诧异，问：怎么了？

徐远举说：我调查过他，虽查不出大的问题，但也不容小觑。这么做，不是我不够意思，是上面的指派——前两年，孔家人不是想插手重庆的猪鬃生意嘛，和重庆的“猪鬃大王”古庆祥的关系闹得很僵，还特意颁布了《全国猪鬃统销办法》，意在切断古老板的货源，使其乖乖就范。但这古老板偏偏是个硬骨头，不惜将香港的分公司关门停业。他这一弄，等于挥刀断臂，关闭了中国猪鬃出口的大门。因为只有他所属的“虎”牌商标，美国商人才肯接受。孔家人拿他毫无办法……可自从你那位亲戚和古老板接洽之后，生意又变得红火起来了。

那又怎么了？

徐远举的声音压得更低：现在这猪鬃生意，可不比从前。孔家人一插手，国统区的货源，都被他们抓在手里。你那位亲戚提供给古老板的货源，孔家人仔细调查过，查来查去，也查不到出处。最大的可能，是从那边调运过来的……

唐贤平没有吭声。

徐远举说：你这位亲戚不是太过神通广大，便是共党方面做通商的大人物……

住宿酒店到了，是军统局专为唐贤平安排的长期下榻之地。唐贤平推托了徐远举请他去外面消遣的邀请，而是要他来自己房间喝茶，显然有话要说。

唐贤平亲手沏了一盏从云南带过来的普洱。他技法娴熟，将煮沸的水注入滤杯，盖末茶叶。少顷，拿出滤杯，弃去第一道茶水。然后再次注入沸水，盖末茶叶。盖上杯盖，静置了十秒钟左右。在这静置的时间里，略有微醺的徐远举呆呆看着。直到唐贤平再次打开杯盖，取出滤杯，稍稍滴去茶汁，置于杯盖内，将一杯香浓醇和的普洱茶端给他，徐远举这才嘿嘿笑着说：大哥，几日不见，想不到你成了一名饮茶高手。

唐贤平苦笑，说：远举，不瞒你说，自从被“发配”云南，我心灰意冷啊。结交了几位茶友，用来打发时间。这沏茶手艺，都是跟他们学的。

徐远举不语，埋头喝茶。

唐贤平忽然压低声音，说：远举，刚才咱俩在车上谈的事，你就不用过多插手了，也不要报告给毛人凤。接下来的事，由我自己来处理，你看怎样？

徐远举放下茶杯，说：大哥，不用你吩咐，我也知道此事该怎么做。现在局势这么复杂，人人都在寻求退路，你有这么一个来头不小的亲戚，想必以后小弟也能跟你沾光……

唐贤平断喝一声，打断他的话：你怎么会有这样的想法！国军虽在前线节节失利，但党国事业未必岌岌可危。即便如此，我们也不能产生丝毫动摇。你这种情绪，对我说说可以，但也只允许说这一次。

徐远举面红耳赤，低下头，最终尴尬地笑了，忽然问：大哥，那你想怎么来处置这件事？

唐贤平本不想将自己的打算说出来，因顾忌徐远举的情绪，也为了缓解自己心头的郁闷，还是不吐不快：我这个亲戚，从最初在上海，我们二人之间便开始“斗法”。这么多年下来，我始终看不透他的真面目。如果他真的是共产党，说明我在同他多年的交手中，败得很惨啊……

那他要不是共产党呢？

不是共产党就算万幸，也不至于让我颜面扫地。

如果他来重庆，需要我派人将他控制起来吗？

即便控制了他，你也拿他毫无办法。

徐远举无奈地看着唐贤平。唐贤平高深莫测地一笑，说：等我明天去找古老板谈谈，托他捎给马天目一封信。接到那封信，他自会去昆明找我。

会吗？徐远举问。

会的。他妻子现在在我那儿。我原本想促成他们夫妻团聚，这么多年来，他们夫妻俩也真是不容易。现在看来，更有必要促成他们团聚了。

徐远举忽然想起一事，对唐贤平说：大哥，前几天，我碰到以前特务总队的刘队长了……

哪个刘队长？

就是咱们在南京工作时的刘队长嘛，他经手过马天目在南京时的案子，你不记得了？

哦，唐贤平点点头，说，记得记得。

你当初吩咐过我的那件事，你还记得吗？

唐贤平眉头微蹙，连连点头：记得，当然记得。

现在那孩子有下落了，徐远举说，刘队长调到福建之后，便同他失去联系。这次在重庆邂逅，我亲自招待的他，随口向他问起那孩子的事。他倒并不隐瞒，直接把孩子的情况告诉了我，并说：孩子在福建生活得很好，你们就不要插手了。

唐贤平先是一愣，接着意味深长地笑了。想当初，刘队长强行把孩子送人，他曾出于道义上的考虑，私下安排徐远举追查过此事。但刘队长为了邀功，也为了排挤他，将消息封锁得很严。这么多年过去，他险些忘掉那苦命的孩子，而今忽然出现，简直是上天的安排。

你马上派人，把那孩子给我找回来，送到昆明。谁若中途阻拦，就以妨碍公务论处……

3

马天目此刻身在天津。这段时间，他正在做一桩倒卖法币和黄金的生意。

早在1945年9月27日，财政部便公布了《伪中央储蓄银行收换办法》，将法币和伪中储券的兑换率定为1∶200。实际上，这一政策的制定，严重动摇了正常的国家经济秩序。当新的货币投放市场，中储券的购买力被严重高估，而法币的购买力无形中增加数倍。最初，有人从重庆飞往上海，无意间发现，手中的法币竟成了硬通货。在重庆理一次发的费用，在上海高级理发店能理上一年；在重庆只能购买两根油条的法币，竟可以在上海的高档酒楼摆上两桌酒席。

资金自然会向最有利可图的地方流动。重庆的法币纷纷流往上海、南京等地，不少政府要员与商人勾结，做起了专门兑换法币的买卖。大量法币充盈市场，物价随之飞涨，法币信用开始丧失。国统区发生了急剧的通货膨胀。不到八个月，以南京城为例，最基本的生活物资，比如稻米，竟暴涨五百倍之多。

法币贬值后，黄金、银圆、美钞竞相登场，成了人们赚取利润的最可靠商品。仍旧是那一批人，仍旧按照相同的方式，做着倒买倒卖的生意。

1948年8月19日，国民政府通过币改方案，开始在市场上发行金圆券。

金圆券的发行，对于遏制通货膨胀虽然起的作用微不足道，其后通货膨胀的反弹却令人发指。其时金圆券的贬值速度已不能按市价的早晚时间来衡量了，而是要按钟点来计算。比如机关职员领取工资拿到金圆券后，要马上兑换成银圆、美钞或黄金，稍有延迟，即要蒙受巨大损失。普通百姓很难兑换到金银，便以抢购东西作弥补。为此抢购风一浪高过一浪。许多商店的店主，甚而逆天般借口自己的商品质量不好，来阻止顾客的购买。赔红了眼的顾客却不管那么多，见什么买什么。据说抢购风最盛时，有一苦力从货架上抓起几盒青霉素。店主惊问：是否知道青霉素的用途？那苦力答：管他娘的，反正比钞票值钱就行。还有另外一个笑话：食客去饭店吃饭，先问了面条的价格，等吃完后付费，老板却告诉他，这碗面条已涨到三碗的价格了。食客自然生气。那店主说：谁叫你早不付钱，偏要慢吞吞等吃完再付？

这些笑话，都是在飞机上或行乐时，马天目听“黄金团”成员所讲。这些人由最初零散的个体，到最后组成了这样一支互通有无的团队，大家一同购买机票，相互分享各自掌握的信息，又自己冠名为“黄金团”。他们从倒卖法币开始，先后倒卖过黄金、银圆和美钞。从上海、南京、武汉，渐至转移到北方的各大城市。每一次转移，便说明他们先前去过的那个城市，物价已不再平稳，历经了通货膨胀的洗劫。有人打趣说：咱们这个“黄金团”，简直就是“蝗军团”，所过之处，无不哀鸿遍野，赤地千里。也有人聊以自慰地说：即便没咱们这些蝗虫，也经不住有政府这只大蝗虫啊！随着生意阵地的转移，“黄金团”最后莅临天津。这个时候，这些身体劳困，却数钱数到手软的“黄金团”成员们，已经能听到从前线传来的枪炮声了。

在天津，马天目与苏鸿偶然相遇。

他们是在一场舞会上相遇的。二人借故出来，找一个僻静处说话。提起平西的分离，自然唏嘘不已。当听说马天目从重庆过来，苏鸿问马天目：你和你爱人现在在一起吗？

马天目起初不答，后来问：你见过她？

苏鸿便把自己在成都同江韵清偶遇的事讲了一遍，最后不无遗憾地说道：你送我的那支钢笔，也算物归原主了。只是无形中给她带来了伤害，讹传了你“牺牲”的消息。说到这儿苏鸿不禁俏皮地笑了，大家都以为你死了，谁能想到你还活着……活着便好，即便误传一百次，我想她都会庆幸这最后一个结果的。

马天目苦笑起来，淡淡说：我们已不在一起了……

你开什么玩笑！

真的，她嫁了人，就是听说我“牺牲”之后，她嫁给了别人。

苏鸿瞪大眼睛，不由得顿足捶胸道：都怪我，怪我多嘴多舌。

马天目说：怎能怪你……

对于马天目此时的身份，苏鸿自然有些疑惑。当问起马天目现在做何工作时，马天目简要介绍了一下“黄金团”的由来，并说：这些人，每做成一笔生意，都要花天酒地挥霍一番。战争给了他们一个大发横财的机会，有人竟祈愿战争不要尽早结束，真应了那副对子——宰相合肥天下瘦，司农常熟世间荒……我只愿我赚到的每一分钱，能变成我们战士枪管里的子弹，尽早结束战争……

苏鸿接话说：快了，离我们胜利的日子已经不远了……我也是刚刚调来天津，组织上让我利用家在天津的便利，团结一切可以团结的力量，迎接解放军攻城……要不，你不要走了吧。留下来，我们一起来迎接天津的解放。

看着苏鸿殷切的目光，马天目审慎地思虑着什么。

苏鸿问：你忘了当初在平西，你同我说过的话了？

马天目一愣：什么话？

苏鸿已没有了当初的羞涩，看定马天目说：你不是说过，如果当初我们见过面，如果……你是愿意娶我的嘛。

苏鸿的心意一目了然。而此时两人的身份，也有着结合在一起的基础。一切似乎水到渠成。想起在平西根据地时，苏鸿为自己所付出的一切，马天目望着她，点了点头，说：我做期货生意这一工作，看来也行将结束。但应该向组织上请示一下，看有没有任务另行指派给我。我们两人的事，是不是也应该征询组织的意见，然后再结婚？

苏鸿说：我等你。

还未等马天目离开天津，那封由唐贤平托古老板捎来的信便转交到他的手中。

他去向苏鸿辞行。而他的辞行，只被苏鸿理解为恋人间普通的道别，却不想马天目迟迟疑疑地对她说：苏鸿，我不能同你结婚了，真是对不起。

苏鸿以为马天目像当初互换婚帖一样，在故意羞辱他，柳眉倒竖地问：为什么？

马天目把信中的内容对苏鸿复述了一遍，最后不无感慨地说道：一切都是误会，江韵清听到你传给她的消息，这才嫁了人。可现在她所嫁的丈夫已经死了。更为重要的是，江韵清经受不住这轮番的打击，如今精神失常，寄居在亲戚家中，无人照料。我不能丢下她。无论从道义和情义上讲，我都要把她接回我身边。

苏鸿听得目瞪口呆，她强掩内心的失落感，暗自感叹命运的阴差阳错。苏鸿强撑着微笑道：那你快去吧，我没什么。以前的话，就当我没说过。祝福你们！

马天目迟疑着走出门来，觉得实在对不起苏鸿。扭头回望时，见苏鸿倚在门口，还在望着他，一张略施粉黛的脸，已被滂沱泪雨冲得稀里哗啦。

此时的昆明，正是鲜花竞放的季节，位于三节桥靖园新村附近的樱花开得正盛。这是一条相对僻静的马路，街道两旁的二层小楼遥相对应，几乎被绿色爬山虎覆盖。每幢楼前有一块宽敞的草坪，漆成白色的半人高栅栏只是作为装饰之用。这条街上的住户，大多是昆明军政界的高官，被樱花掩映的街道上几乎看不到行色匆匆的路人，只在早晚上班时间，可见窗口遮着布帘的小汽车缓缓驶过。街上走着的，大多是出门买菜的用人和弯腰驼背的花匠。逢到家眷们准备上街闲逛时，必定是前呼后拥的样子——有穿便衣的侍卫跟在身后，有抱孩子或提东西的女佣簇拥。而女眷们则会打了阳伞，将自己的脸遮在阴影里。这个季节的昆明虽气候宜人，却早晚温差大。接近中午的光照强烈，而雨说下就下。出门带一把伞，既防晒又防雨，是每次出门前夫人们都必备的。

这天吃早饭时，江竺清还没有上街的打算。儿子被邻居家的小孩招呼着，撂下饭碗便踢球去了。楼下的草坪上，不时传来他们的欢叫声。唐贤平虽已出差几日，但家里仍旧显得有些烦乱。楼下的某一个房间里，又传出“嘀嗒嘀嗒”的接发电报的声音，并伴有桌椅被挪动的声响。江竺清感到心烦，但这种心烦她却无处可说。

随着云南警备司令部的撤销，保密局云南站等中央机关自然也跟着一并撤销了。唐贤平本想离开云南，但毛人凤却指定他继续留在这里，只是要求他把站部组织缩小，把已暴露身份的特务撤走，而暗中，仍要加强对卢汉的监视……为此唐贤平恼恨不已。但又一想，如今时局动荡，即便离开云南，哪里又是稳妥的安身之处？他便抱了一种随遇而安的心态，把缩编后的特务机关搬到自己家里。二楼除一间自己的办公室外，余下的房间留出来让家人居住。他挑选出的几位精干人员住在一楼，当作办公场所。一台小型发报机安置于一间密室，日夜保持同台湾的联系。他此时的公开身份，是国防部驻云南区的特派专员。自从那几个还算懂事的年轻人住进来之后，家里显然再没有消停过。有时半夜，还能听到发报机的“嘀嗒”声响。为了不扰乱家人休息，大部分时间，唐贤平一人睡在那间办公室。有时半夜三更会被喊起来，签署命令、开会、布置任务，搅得别人无法安宁。

江竺清一边整理房间，一边向门口张望，见婆婆正坐在走廊里的一把藤椅上，戴着花镜，手拿一本线装书。她的身边站着江韵清，手扶藤椅背，和婆婆靠得很近。外人常把婆婆和江韵清的关系搞混，以为江韵清是婆婆的亲闺女，甚而比江竺清这个做儿媳的，关系还要亲近一层。说起这层关系，江竺清心里竟是有些“嫉妒”的。但嫉妒归嫉妒，江竺清却无时不感激着婆婆。当初在重庆，三姐江宜清要随姐夫撤往台湾，临行前，来找她商量姐姐的事，说着说着便哭了。江竺清也想不出办法，随三姐一起哭。婆婆从门外进来，断然做主说：你二姐就跟咱们过。这合适吗？江竺清泪涟涟。这有啥不合适的！她是你亲姐，不能看着她没人照顾，流落街头吧……我和你娘虽接触时间不长，但情同姐妹。如果你担心贤平有什么想法，就由我来做主，把韵清收作干女儿。一家人生活在一起，也就自在多了……

楼下，三五个男孩玩得肆意。白色皮球在脚下滚动，不期然飞出草坪，滚到栅栏外的马路上。男孩们的目光追逐着皮球，发现它被踩在一只脚下。

是一只穿了布鞋的脚。布鞋做工精致，鞋口有一道考究的镶边，显然不是贩夫走卒脚上的“敝屣”。穿鞋者未穿袜子，裸着脚踝。顺那只脚往上看，见此人下身穿一条黑色裤子，裤管挽起一道；上身穿肥大对襟袄，腋下夹一只黑色公文包。右手捏半块面包。头上戴一顶白色礼帽，帽檐下一副圆框眼镜，使他浓黑的眉毛显得修长。眼泡肿胀。嘴里不停嚼着东西。他侧头，目光从帽檐下闪出来，促狭搞怪地看着孩子们。

孩子们一愣，随即开心地大叫起来：杨伯伯！

被称作杨伯伯的人把面包塞进嘴里，拍拍手上的面包屑，嬉笑问道：嘴巴这么甜，是想让我把皮球还给你们吗？

是啊，杨伯伯，快把皮球还给我们吧。

可我听不到啊，你们喊什么？

杨伯伯……孩子们齐声高喊起来。

被称作杨伯伯的人这才开心地笑了，收了右脚，身子后挫，将皮球踢出去。因身子肥胖，动作笨拙，险些跌倒在地，惹得孩子们哄堂大笑。就连坐在阳台上的唐母也笑了，打招呼说：杨先生，您这是上班啊？

杨先生摘下礼帽，冲老太太弯腰：伯母早啊。我上班。

那时间可不早喽。老太太打趣说。

昨晚应酬，睡得晚，起来得也晚，让伯母您笑话。杨先生戴好礼帽，冲阳台上招了招手，挪动着短粗的两腿，匆匆朝前面走去。

江竺清被婆婆的说话声吸引，来到走廊，朝楼下探头看看，问：妈，刚才跟谁说话？

婆婆答：街对过的杨先生。

江竺清“哦”了一声，说：杨杰呀！这个半老头子，最喜欢和小孩子们打趣了。

江竺清看看天色，忽然很想出去转转！转头对江韵清说：姐，我带你出去散散心，愿不愿去？

江韵清看她一眼，没有任何表示。

婆婆在一旁说：去吧去吧，天气这么好，带你姐姐出去转转吧。

江竺清回屋收拾之际，并未看到由街口走来的一名男子，但江韵清却看到了。

她看着他迟迟疑疑地走过来，边走边抬头探看，似在寻找门牌号码。街道两旁盛放的樱花瞬间消解了周遭的绿色，使江韵清的视野里弥漫起一团红色迷雾。那迷雾空隙处，镶嵌了一尘不染的蓝天，使一朵朵樱花的边缘，烧灼般变得炫白起来，一时间晃花她的眼睛。她屏息看着，一泓死寂的湖水，慢慢在心底开始荡漾。

声音瞬间消失。草坪上奔跑的孩子们只是张着嘴巴，听不到他们的喊叫声。白色皮球滚到男子脚边，就连孩子们扒着栅栏，冲男人大喊的叫声她也听不到。

男子对那皮球视而不见，冲孩子们笑笑，开口问：小朋友，这里是靖园新村51号吗？

孩子们显得颇为顽皮，伸手向他指指皮球，意思是让他把皮球踢给他们。男人显得有些迟钝，仍在转头寻看着什么。直到一个男孩要挟他说：喂，先生，把皮球扔过来，我就告诉你这是哪里。

男人脸上一道疤痕牵动，笑容显得有些古怪。他跛着脚走过去，弯腰捡起皮球，又跛脚走近栅栏，将皮球递到男孩手中。男孩接过皮球，语速极快：你不是找51号吗？还在前面……说完，怪叫一声跑走。

江竺清拿一把伞从屋里出来，恰好听到男人的问话，而男孩奇怪的回答也被她听到了。她有些不解，并未明白男孩是在故意捉弄问路的人。更让她感到奇怪的是，站在眼前的江韵清——她背对着她，穿一件藏青色旗袍，是在重庆时便经常穿的，几经漂洗，肩背处布质疏松，已绽了线。她曾给她添置过几件衣服，但她似乎沉湎于往事，或是她的心境无法接受衣服任何的花哨，而总是喜欢穿这一件——她发现她在发抖，从后背传达出来的抖动，竟有着如此之大的感染力，一下便被江竺清看在眼里。那瘦削肩头先是紧缩着，随着呼吸的急促，而后有一个适度的放松，然后再紧缩。微风吹过，她拢在颈后的头发全被弄乱了。

江竺清快步走过去，身子探出栏杆，一只手顺势搭在江韵清手上。这才发现，姐姐的手也在抖。她顾不得看她脸上的表情，而是被楼下背转身子的男人吸引住了，冲他喊了一声。

男人转身，眯眼朝阳台上打量。他最先看到了江竺清，不待露出笑容，便看到站在一旁的江韵清，笑容立马收住，目光变得痴迷起来。乍然闪现的惊喜与错愕间，他自己也说不清此刻心里的滋味。

江竺清快步下楼，一惊一乍地招呼着，让草坪里玩耍的孩子们也有些错愕，驻足观望。坐在藤椅里看书的婆婆放下书本，拄着拐杖站起来。从楼下传来的寒暄声中，她已猜出来者是谁，不禁将欣慰的目光投到江韵清脸上。她发现江韵清神色古怪，却显然掩饰不住心内的慌乱。她起初脸颊通红，而后随着说话声从楼下迫近，脸色又变得苍白难看起来。

马天目的一张脸从楼梯口探出。

在江竺清的介绍下，他先是问候了一声老人，目光却始终未离江韵清左右。等大家都将目光投到江韵清身上时，看见马天目慢慢走过去，拉住江韵清一只手，轻轻叫了一声：韵清……

江韵清面朝栏杆，看向楼外。她一只手被马天目牵着，这才心有所动，慢慢转身，看马天目一眼，身子又抖了一下。那被牵住的一只手，触上去很凉，轻微抖动着，能被马天目感知得到。他捕捉到她看他时的那一眼，百感交集中却又极力掩饰着什么，稍纵即逝，完全不是他所期盼的样子。

两夫妻的重逢，竟以这样一种尴尬的方式开场，不禁令江竺清有些着急。她安排马天目和江韵清单独会面，自己去客厅沏茶，一边忙活一边同婆婆嘀咕：我二姐这是怎么了！前几天多好啊，眼瞅着病就好了。怎么这两天，又和以前一样了！

婆婆摇头，不置可否地叹了口气。

江竺清送茶到房间，出来时眼泪汪汪。屋内看到的一幕，委实让她难过。那久别重逢的夫妻俩，生分得竟和陌生人别无二致。姐姐缩着身子，坐在床角，眼里流露着惶恐和不安。马天目则坐在床边的一张凳子上，勾着身子，用手揉搓着一张脸，显得很是无奈。出来时她打趣了一句：两口子老不见，是不是有些生分了？马天目苦笑着抬头看她，眼圈微红。

江竺清伏在门口，并未走开，侧耳听屋内的动静，期盼相见的场面有所转机，却很快听到江韵清惊慌的叫喊声。她迅速进门，见江韵清两手挥舞，似在抗拒什么。马天目束手无策地站在一旁。

江竺清拢住姐姐的身体，使她的情绪慢慢平复下来。江韵清伸出一个手指，点住马天目，探头探脑地问：这人是谁？

我姐夫呀！难道你不认识了？

江韵清愣了一下，却很快撒泼说：他是坏人！他说要把我带走。竺清，你快救救我。

他不是坏人，是我姐夫。他是专程来接你的，接你回家……

江韵清发出连声尖叫，两手死死钳住江竺清的胳膊，惊惧的目光不时看向马天目，嘴里胡乱说：他是坏人，你赶紧把他赶走，把他赶走……

江竺清把马天目拉到屋外。

屋内安静下来。江韵清似乎清醒得很快。她凝神坐在床边，侧耳倾听走廊上马天目和江竺清的对话。

江竺清的语气听起来有些懊丧：姐夫，我姐前几天还好好的，没想到这两天，又犯起了糊涂！

是不是我……我刺激了她？

也许吧……江竺清叹气。

本来，我是想接她走的，先在重庆待一段时间，再想办法回老家……

唉，姐夫，你就别急着走了。你看她这样子，能走吗？不行就让她先在我这里住着吧，等脑子清醒了再说。

可我，心里实在放不下呀！她受了那么多苦，也该在我身边，让我好好照顾她了。

江韵清呆呆地听着，眼里忽然涌出泪来。听到走廊上有了响动，她迅速调整情绪，恢复到先前那种呆滞的状态。

马天目俯身蹲在她的面前，仰头说：韵清，那我就先告辞了，你要好好养病，等过几天，我再来看你。

江韵清身子摇晃，害怕似的躲闪。她看了看站在身后的江竺清，又把目光投向别处。马天目抬起宽大手掌，抬手抹去她眼角的一滴泪，她的情绪这才变得安定下来。

马天目回头望着江竺清，泪眼凄迷，说：她流泪了，或许心里还是记得我的。

4

唐贤平这次出差，在外面待了足有四个月，中间只回过一次昆明，是因保密局云南站忽然撤销，必须回去。等处理完一切事务，又要马不停蹄飞往上海。

而那个时候，马天目还未来到昆明，也没有得到他的任何消息。每当想起这件事，唐贤平都有一种等鱼上钩的笃定与泰然。这次的上海之行，他有更为紧要的事情去办，而这件事，与他的姐夫安子文有关。

他是去重庆调解徐远举和周养浩的矛盾时，接到那纸前往南京的调令的。

1948年底的南京，已远非半年前他去时的样子。那时“民国大会”刚刚召开，蒋介石和李宗仁分别当上了正、副总统。借总统宣誓之际，蒋介石曾信誓旦旦地表示：借助美国的援助，必将扭转战局，一举击败共产党军队的进攻。而今，几个月过去，战局不但没有扭转，反而露出一溃千里的颓势。辽沈战役已经结束，淮海战役正在打响，平津战役亦在酝酿之中，此时的南京，也有朝不保夕之感。这种局势下，蒋介石把全部精锐部队调往徐州、蚌埠一带，准备同共产党军队做殊死决战。然而在这一关键时刻，李宗仁却把他统率的桂系部队，从安徽一带调集出来，向南京集结，意图对蒋介石进行“逼宫”。为此蒋介石恨之入骨，命毛人凤派人把李宗仁“干掉”。最初，毛人凤准备派叶翔之（时任保密局行动处少将处长）去执行此一任务。但蒋介石认为这种关系到“党国存亡”，以及他个人前途的大事，派一个文人出身又无任何暗杀经验的人去指挥，难有胜算。毛人凤遂举荐了唐贤平。但这一任务刚一落实，便传来淮海战役落败的消息，加之惧于桂系力量等诸多原因，暗杀李宗仁的行动胎死腹中……

这项工作虽告一段落，但毛人凤接到蒋介石的指令，又给唐贤平委派了另一项任务——准备在上海、南京等地，招募一支“特别行动队”，意在对那些反对国民党的民主人士、地方势力以及内部动摇分子，进行逮捕、暗杀。唐贤平虽恼恨毛人凤，但因是蒋介石的钦点，又在这党国存亡时刻，他认为自己应放下私人恩怨，像戴笠在世时那样，对一切异己分子进行坚决的制裁，所以欣然受命。

准备前往上海的那天晚上，唐贤平去与母亲话别。提起在上海的姐夫安子文，又或是听到楼下传来的发报机声，等江竺清带孩子睡下之后，母亲让他单独留下来，小声对他说：我在你姐姐家里住时，每隔几天，便有一个年轻人去他家，说是你姐夫的同事，住下来不走。可每到深夜，我分明听到你姐夫的洗澡间里，传出的就是这种声音……

唐贤平一听，顿然失色。

母亲的话听似无意，实则有心，随即叮嘱他道：这件事，我只跟你一个人说……如果你姐夫和你走的不是同一条路，你也不要难为他。

唐贤平默然不语。

母亲的声音随即变得严厉起来：贤平，我对你说的话，听到没有？你要是敢出卖你姐夫，我可不答应……

唐贤平慌忙答：妈，我怎么会做那种事。不过，要是被别人知道，我也救不了他！等我到了上海，先去找姐夫谈谈，劝他不要走这条路。

母亲叹了口气，说：即便你姐夫走这条路，肯定也有他的苦衷。你想那么稳重一个人，怎么会轻易背弃当初的选择……他资格很老，可又受到什么待遇？我记得，他在上海给你介绍工作时，便是上校职务了吧？可这十多年过去，你升为少将，他也只是区区一员少将，长年得不到重用。那年还被人以贪污罪诬陷，关了半年多监狱，落了一身病……

母亲越说越气，最后愤愤不平地说道：像你姐夫这样的好人，另寻出路，肯定有他的道理……你今天当着我的面，给我发个誓——不去告发他，还要尽力保护他！

唐贤平虽违心地在母亲面前发誓，心里却对姐夫安子文相当不满。

抵达上海之后，毛人凤率先召见了他。

唐贤平心里清楚，如果不是蒋介石的钦点，此次任务，毛人凤绝不会任命他来执行，所以才会前来上海督察。他们先谈了谈组建“特别行动队”的事，然后毛人凤似乎漫不经心地问道：我听说，你姐夫把家眷都迁到香港去了，他怎么还不动身去台湾啊？现在共产党正在搞“归队运动”那一套，对过去脱党的人，一概表示欢迎，他不会对“归队”也有兴趣吧？

唐贤平故作镇静，若无其事地说：我姐夫这人，不可能再“归队”。他脱离共产党多年，一直为党国效力，为军统培训了无数人才，人又老实，一向忠心耿耿，怎么可能会叛变投敌！

毛人凤抽着烟，冷冷说道：如今的形势，已完全变啦！我们不得不防。你有机会，还是要详细了解一下。对那些内心动摇的异己分子，要做到先发制人……说到这儿，他抬眼看着唐贤平，我相信，你在团体和个人之间，在忠诚与背叛的问题上，应该会有一个明智的选择吧。

愚园路姐姐家中，唐贤平已几年未来过了。他将车停在门口，正要敲门，恰好遇见出门买菜的厨师。那厨师竟还认得他，热情打声招呼，问：老太太身体可好？

唐贤平顾不得回答，问姐夫起床了没有？厨师转身一指，说：安先生正在餐厅吃饭呢。

他疾步走过正厅，见厅内冷清，往日的喧闹已然不在。虽知姐姐和外甥已去了香港，心里仍不免感到有些凄凉。他快步走到餐厅门口，门也未敲，直接闯了进去。

安子文正站在电炉旁专心烤着面包。有人忽然闯入，使他脸色骤变，身子一抖，拿在手里的面包滚落在地，抬头见是唐贤平，长长出了口气。

唐贤平意识到自己的鲁莽，笑着脱掉外衣，搭在椅背上，弯腰捡起面包，随手掰了一块，边咀嚼边说：姐夫，姐姐他们这一走，只剩你一个人，早餐都要自己动手，很辛苦呀。

安子文扯下胸前的围裙，笑着摇头，问：吃早点了吗？

唐贤平说：没有。姐夫，要不我们去外面喝早茶？

安子文随手拖过一把椅子，示意唐贤平坐，自己转到餐桌对面，为唐贤平倒了一杯牛奶，说：不必，还是在家里吃饭舒服。这是我亲手烤的面包，你不妨尝尝。

二人相对而坐，开始就餐。

安子文淡然问道：你来上海，又有什么动作？

唐贤平粗略将此前去南京准备刺杀李宗仁的经过讲了一遍。

安子文喝了一口牛奶，叹口气说：大厦将倾，还在为权力这样争来争去，从不顾忌民众的死活，简直太过荒唐……贤平，我看你，也该考虑一下自己今后的去向了。

唐贤平明白姐夫话里所指，却又把组织“特别行动队”的事对他讲了出来，并加重语气，重申了一遍行动队的主要任务。他说此话的目的，一是想探听安子文的口气；二是借以旁侧敲击，警告安子文，不要做出任何出格的事来。

安子文久久望着他，唇边沾了白色奶汁。他用舌头舔了舔，反问道：你认为这样做，那些不满于政府的社会知名人士，以及国民党内的高级军政官员，他们就满意了？就会拥护这个行将腐烂的政府了？

唐贤平当即针锋相对地说道：那是当然！即便改变不了他们的看法，对这些反对我们的人，也要实行逮捕、囚禁、铲除，让他们有所畏惧，不敢公开作乱。

安子文忽然发出一阵爽朗的笑声。

那笑声除了不屑，也有深深的讽刺意味。唐贤平有些恼羞，不禁怒冲冲地说道：这是关系到党国存亡的大问题。对这些人，我决不会心慈手软！即便大义灭亲，也在所不惜。

安子文脸色大变，叫了一声：好一个大义灭亲！说完这句话，自己反倒冷静下来，点了一根烟，又将餐巾递给饭只吃了一半，却显然再没兴趣吃下去的唐贤平，诚恳地说道：贤平，你要知道，一个政府不得人心，才会遭到百姓和党内自己同志的反对。咱们不说高层那些事，就说发生在你身上的这些事吧——你那样替毛人凤卖命，把他推上局长宝座，到头来，你又得到了什么？重庆让你待不下去……跟我说句心里话，你拉家带口，待在昆明那个兔子不拉屎的地方，心里舒服吗？现在需要你去替他们卖命，这才恳请你出山，有些事，你仔细想过没有？

唐贤平虽被点到痛处，嘴里仍旧不肯服软：工作是工作，个人矛盾是个人之间的事，不该影响到党国的利益……我过去在戴笠手下，同样也是拼命工作，他一直那么关照我……我相信，毛人凤迟早会像戴笠那样，转变对我的态度——即便他始终对我有成见，但我要做到问心无愧才好！

安子文苦笑着摇头：不！戴笠和毛人凤不同。戴笠爱护你，提拔你，那是因为你对他不会构成任何威胁——你不可能去与他争高低、夺权力。毛人凤能一样吗？你对他了解得一清二楚。论资历才干，你都在他之上。你的同乡朋友众多，人气与工作经验远胜于他。况且，你不会对掌握在他手中的权力，未曾产生过觊觎之心吧……他怎能容你！若说今后，他或许表面上会重用你，但永远只会利用。你想想，如果这次暗杀李宗仁得手，桂系必会兴师问罪。蒋介石为了平息桂系之愤，会把谁丢出去当替罪羊？会是毛人凤吗？还是我安子文？

一席话，说得唐贤平额头冒出豆大汗珠。

依我看，你就不要组织什么行动队了！回云南，安安静静去过自己的日子吧。即便杀再多的人，也挽回不了这失败的局面——国民党，大势已去呀！

唐贤平低头不语。

安子文长叹一声，摇摇头：十多年前，你来上海，我实在不该带你入这一行。如今看你越陷越深，觉得对不起你，也对不起母亲她老人家！

唐贤平忽然起身，不声不响穿着衣服。

看唐贤平阴沉的脸色，安子文知道话再不可深谈，也站起来，送唐贤平出门。

走到门口，唐贤平忽然转身，红了眼眶说：姐夫，毛人凤对你已产生怀疑，你出门行事，务必小心。

安子文一愣，拍拍他的肩，说：放心，这事我早就知道……你自己保重就是。

唐贤平低一低腰背，转身上了汽车。车驶出一段距离，回头，见安子文仍站在门口，冲他招手。

唐贤平不可能就此罢手。即便曾对母亲发过誓，他也不可能将“特别行动队”的任务弃之不顾。只是自从和姐夫有过那一番交谈之后，工作起来，第一次有了一种马虎应对的心态。

由于整个局势的紧迫，行动队任务草草收尾。这一天晚上，各路汇总的执行名单呈报给毛人凤之前，唐贤平最先浏览了一遍，果然在名单中发现了“安子文”三个字。

唐贤平手拿名单，眉头紧锁。副官在一旁催促：唐队长，看清楚了吗？有什么问题没有？楼上毛局长正等着审阅呢！

楼上传来令人不安的脚步声、桌椅挪动的声响，随即响起毛人凤和客人的寒暄声。他刚送两位客人下楼，如果不是两位客人的延误，这份名单或许会直接交到他的手中。

唐贤平不敢怠慢，把文件交给副官。手拿文件的副官朝楼上走去。

他想快些出去，通知姐夫离开，又怕毛人凤随时传唤他。想让刚才的副官去替自己报信，又唯恐和他仅接触过短短数十天时间，虽然平时相处还算融洽，像这种人命关天的事，哪能轻易托付？他不敢擅自离开，还有一个更为重要的原因——因他清楚，毛人凤签署完命令，说不定抓捕行动会当夜开始。此时出去，既不了解整个行动的计划，说不定又不能顺利找到姐夫。那样一来，岂不两头耽误？最稳妥的办法，还是先盯紧这里，见机行事。

他口渴难耐，去桌上端一杯水，眼前忽地一黑，水杯碰落桌下。随即从楼上传来毛人凤的叫喊声。随着一阵响动过后，唐贤平这才意识到：停电了。他迅速从抽屉里找出一把手电，三步并作两步跨上二楼。

刺目光照下，见毛人凤端坐于办公桌后面，一脸愠怒。桌子上一瓶墨水打翻，黑色墨汁正悄然在文件上漫漶。想必是刚才停电，毛人凤无意间碰翻的。电筒的光照令毛人凤皱了皱眉，极不舒服地闭上眼睛，嘴里发出“咻咻”的喘气声。一旁的副官手忙脚乱，正在翻找蜡烛。由于这一段时间经常停电，蜡烛应是办公必备之物。但毛人凤很少在晚上办公，即便备有蜡烛，也是在其他办公室。副官这样找来找去，显然是昏了头。

唐贤平将手电筒的光照定在办公桌上，照定被墨水浸染的文件。毛人凤睁眼看了一下，不由得大怒，拍了一下桌子，大骂副官：浑蛋，你怎么搞的，为什么不事先准备蜡烛？你不知道我要批阅重要文件吗？

毛人凤拍桌子的手，恰好杵在桌面的墨水上，将一只手弄得一抹黑。

副官几乎吓破了胆，放下蜡烛不找，捡一条毛巾来擦毛人凤的手，被毛人凤抬手推开。

唐贤平凑到副官身前，低声交代几句，吩咐他去楼下找蜡烛，顺便打些水上来。副官诺诺退下。唐贤平凑近办公桌说：毛局长，你看这份文件，都弄脏了，要不要我拿下去，重新誊写一份，你好签署命令。

毛人凤没好气地说：搞成这样，你看这文件还能用吗？

唐贤平弯腰将文件捡拾起来，小心翼翼拿在手上，嘴里说：几分钟就能誊好，马上给您送上来。他一面说，一面深一脚浅一脚地朝楼梯口走。

毛人凤忽然喊了一声：站住！

唐贤平一惊，身子僵硬，站在那里。只听毛人凤说：手电筒拿走。这东西照着，怪刺眼的。

楼下办公室里，唐贤平找出印有姐夫名字的那张名单，迅速做了处理。等副官端着蜡烛进来时，他已神态安然地开始誊写文件了。

副官说：唐队长，我来吧。

唐贤平说：好！又叮嘱了几句。

副官抽抽鼻子，一副很委屈的样子。

屋子里忽然灯火通明。电又来了。

5

江韵清的病情远远超出了马天目的想象，他完全没有料到她会变成现在这种样子。看着她憔悴、木讷、略显呆滞的脸，马天目痛彻心扉。这还是那个与自己共过生死的江韵清吗？还是那个倔强、温柔，同他有过肌肤之亲的妻子吗？离散经年，他虽能接受她是一位病人，但不能让他接受的是，江韵清对他的那种陌生感，完全把他当作陌生人的表现——每次去靖园新村，她都会露出一副惶恐不安的样子，唯恐被他带走。

即便和陌生人接触，二姐也从来没有这么排斥过，怎么单独对你，会表现得这么强烈？江竺清说。而带江韵清去看医生时，她也向医生提出了这样的疑问。

那个时候，马天目自然在场。医生的解释让马天目听来极为震惊。医生是这样说的：她之所以成为病人，是因抵挡不了来自亲人的刺激，所以会在意识尚未完全清醒的状态下，有一种抵触心理。以前越是亲近，这种反应便会越发强烈。

他刺激过她。是的，在武汉，她便在精神方面有过这种种异常的表现，只是没有如此严重。他虽知她其后的一些经历，却并不十分了解。直到从江竺清嘴里断断续续听到这些年来，她所历经的坎坷，特别是那个现在不知所终，同别人生下来的孩子时，他变得沉默下来。

他曾想象过那个同他有着相同身份的男人，虽不嫉恨，却在此刻同他有了一次荒唐的比对。他想：如果那个男人没有被“杀头”，此刻来昆明，江韵清会认得他吗？会像对待自己这样，心怀恐惧如临大敌吗？为此他的心情变得极为消沉，感叹着这些年来，命运竟是如此将人捉弄，使两个最为亲近的人，转瞬间成为了陌生人。

他将这种情绪向张秉昌抱怨过。

张秉昌是他向组织汇报江韵清的情况，于天津滞留等待消息期间认识的。他曾是第六十军一八四师的师长，后来起义。或因身份的转变，他干练的军人仪态略有退减，最初看上去，完全给人一个儒雅读书人的印象。因是云南籍身份，他在参加完长春起义之后，递交了一份辞呈。经组织接洽，他们二人结伴而行。或因旅途的寂寞，在来云南的一路上，张秉昌向他讲述了自己申请回乡的理由——他厌倦了战事，无数人的丧命，使他越发强烈感到，老家曲靖那上百亩烟田的安逸和可贵。我本不想再做同战事有关的任何事情了，你不知道，待在烟田里那种惬意的感受，特别是清晨和黄昏，吸一口气，那种烟叶的味道会把你醉死……张秉昌如此迷醉地讲着，并眯起他细长的眼睛，又用略带戏谑的云南口音说下去，但天不遂愿哪，他们虽将我的申请批下来，却让我路过天津找相关领导谈了一次话。领导让我回到云南之后，利用以前的身份，找卢汉好好谈谈，把六十军起义后受到优待的情况，现身说法讲给他听。

这很简单，马天目说，做完这件事，你大可回你的曲靖老家，去耕种你的烟田啊。

会那么简单吗？张秉昌眨眨眼睛，调侃一笑，但愿吧……那么你呢？找到妻子，你会很快离开云南吗？

现在，马天目回想起自己当初的回答，显得多么简单和轻松。他对张秉昌说：昆明我虽没有来过，但知道它四季如春，不过和我们内地比起来，实在没什么可留恋的。就像你非要从东北回云南一样，我会带上我的妻子，尽快回老家去的。

真是天不遂愿。在云南举目无亲的马天目，只能再次去找张秉昌。他料想张秉昌即便有回曲靖老家的打算，也不会这么快离开昆明。他按以前留下的地址去找，却被张秉昌派一辆车，接到昆明保安团团部。此时张秉昌，已成了保安团的一名副团长，再次成为了一名军人。

关于身份的变更，两人之间有过一番调侃般的对谈。张秉昌苦笑着告诉马天目，他见到卢汉主席，叙旧言谈间便完成了从北方领受的任务。卢主席很欣慰，问起他以后的打算，极力挽留他在保安团做事……看着马天目狡黠的目光，张秉昌压低声音，异常严肃地说：你别笑我，之所以留下来，是因为云南局势现在非常复杂。卢汉虽早有起义之心，却摇摆不定。这是常年统霸一方的积习在作怪。他虽能认清形势，知道国民党大势已去，却对共产党的政策不甚了解，一直举棋不定。这种关键时候，就看哪一方把工作做足。我之所以决定留下来，是不想看炮火撕破城池。如果能顺利起义，便能使这一方水土免遭生灵涂炭。昆明城里，毕竟有我好几家亲戚啊。

马天目听了，神情变得肃穆起来。

张秉昌问他：你呢，你怎么样？看你这样子，显然很不顺利啊！

马天目的神情又变得沮丧起来，将郁结在心里的情绪对张秉昌道出。

你想放弃她吗？张秉昌惊讶地问。

怎么会！马天目说，我只是接受不了，她竟然认不得我。

这也不奇怪，张秉昌说，我曾遇到过一个同样的病人，对外人还好，对自己的亲人却一概不认。这种病必是有心结的，只有打开她的心结，病说好便会好的……说到这儿，张秉昌去外面接一个电话。

后来呢，后来那病人好了吗？还未等张秉昌接完电话回来坐定，马天目便迫不及待地问。

自然好了。有他家人悉心照顾，有天就跟梦醒一样，睁眼便谁都认识了……我劝你呀，就别急着离开云南了，好好陪她一段时间，你可以把她接到我这儿来。她若不愿意，你就让她暂时住在亲戚家，多跑几趟，好好陪她。

经张秉昌一番劝说，马天目便有了在昆明小住一段时间的打算。在张秉昌的帮助下，他在离靖园新村很近的地方租了一间房子，每天早晚回去休息，其他时间如无特殊事情，便上下班一样，按时跑到江竺清家里，照顾江韵清。

唐贤平从上海回来了。

虽然很疲惫，还有很多重要的事等他去办，但他还是要尽地主之谊，设家宴款待一番这位远道而来的亲戚。他暂无心思对马天目的身份做进一步的调查，但知晓他和保安团一位副团长关系颇为亲密之后，还是有些惊讶，自此更不会产生轻易“动”他的打算。马天目在重庆的生意关系，虽暴露出多重疑点，因抓不到任何把柄，唐贤平也就暂时失去了“讨伐”他的动力。

这天的家宴上，两杯酒下肚，唐贤平的情绪竟全然倾注于马天目一方。他提出让马天目带走江韵清的设想。说这样一番话，除有自己的打算，实际上他也在设身处地为马天目着想。他说如果江韵清愿意，大可一辈子住在自己家里，他是绝不会嫌弃的，但是——他说到了但是，既然江竺清这么百般照顾，也不能使江韵清的病情有所好转，真不如让马天目接走。别人照顾得再周到，也不如夫妻间晚上贴心贴肺说一席话。

话说得在理。从妻子和母亲的神情上，唐贤平也能看出她们对这一提议的认可。

你看不出二姐不愿意吗？强行把她接走，只会让她的病越发厉害！江竺清白他一眼，又看了看马天目。

马天目有些惶惑的样子。他当然愿意接走江韵清，即便回不了老家，就暂住在他临时租来的房子里也好。夫妻二人安安稳稳过上一段，说不定江韵清的病就会慢慢好起来呢。可看她这些日子以来的表现，见了他的面，便像受了惊吓的孩子，寸步不离地跟在江竺清身后，唯恐他对她做出什么“出格”的举动，强行带走，若刺激到她，会不会让她病情加重？这真是不得不考虑的大问题。

对于这种夫妻间不能团聚的窘境，母亲也有些着急。此刻她侧着头，看着江韵清，眉眼间显得更为和善，问：韵清啊，你跟马天目去住，那里离家也不远，想我们了就过来看看，不想走的话，就在这儿住上一晚，你看成不成啊？

江韵清安静地吃着东西。她坐在江竺清右侧，左手是唐贤平的儿子。直到老太太问完话，被她六岁的外甥捅了一下，这才有所反应。见一桌子人都在看她，忽地放下筷子，犯了错似的，不知该如何回答。

江竺清隔着碗碟，将自己的手握在江韵清的手背上，试图给予她些安慰，再次重复了一番婆婆刚才的话，问：跟我二姐夫走，你愿不愿意呀？

江韵清朝餐桌对面看了一眼，厌恶的目光不知投给了马天目，还是唐贤平。她忽然一挥手，想摆脱江竺清的纠缠，却将一只盘子扫落桌下。

随着瓷盘清脆的碎裂声，江韵清的身体抖了一下，随即弯下腰身，用手胡乱抓着脚下的碎瓷片，仿佛纠错般掩饰着自己的错误。江竺清想帮她，未及弯腰，便见江韵清站起身，悬空举着右手。右手中指的指尖处，挂着一丝布缕样的殷红。她的手指被割破了。随着中指的竖起，鲜血藤蔓一样在指间缠绕，又像一条摇头摆尾的蛇，一直朝袖口爬去。

江韵清发出一声凄厉的尖叫。

她用延续下来的哭泣表达着她的愤怒与恐惧。老太太抱着她，哄孩子般说：喔，好了好了，我们韵清哪儿也不去，一辈子就待在干娘身边。看谁敢把我们接走。

一场其乐融融的家宴，就这样不欢而散。当用人在一旁收拾碗碟时，唐贤平隔着餐桌，对垂头丧气的马天目说：看来，你想安安稳稳过自己的日子，也难遂人愿哪。最近，没做点别的生意？这么消停地待着，也不是老同学你的性格呀！

马天目听出他话里有话，不想同他纠缠，懒散答道：这昆明城里，我没有人脉，有什么生意好做！还望你搭桥铺路，多做引荐……只是，马天目摊摊手，只是这个样子，赚再多的钱，有用吗？

江韵清的病情有了明显变化，当然是往不好的方向发展。

第二天马天目再来。一见到他，江韵清的情绪便显得尤为激动，发出了尖厉的叫声。她的叫声甚而引起住在楼下的工作人员的警觉，以为发生了什么不测，三步并作两步奔上楼来，险些做出拔枪的动作。见尖叫因马天目引起，不屑地瞟他一眼，又疲沓地走下楼去。

江韵清异常的举动，让马天目自己都开始觉得无趣。在江竺清有些厌烦的劝说下，马天目再不敢去靖园新村了。不去靖园新村，整天待在只有一个人的房间，又有什么意思？这也与他来昆明的初衷完全背道而驰。因无聊，他专程去张秉昌的团部消愁解闷。张秉昌留他吃午饭。席间劝酒，马天目见是米酒，借酒浇愁，也斗胆喝了一碗。不想云南米酒后劲很足，回到住处，足足睡了一个下午。等江竺清上门，他仍昏头昏脑未曾醒转过来。

江竺清坐在一把椅子上，好半天没有说话，脸上是一副忧心忡忡的神色。见马天目昏头呆脑，再难于启齿的话，也只能径直道出来。

江竺清说，她和婆婆以及孩子，过几天便要乘飞机去香港了。之所以走得这么急，是因唐贤平催得紧。江竺清嘀咕道：我要贤平同我们一块走，可因工作需要，他却暂时不能离开……说到这儿，江竺清把唐贤平的嘱咐全然忘记，连夫妻间的私房话也倒豆子般讲了出来：毛人凤早就有令，让贤平死守云南。即便共产党打过来，也不准擅自离开。他说已向国防部替贤平申请了一份云南游击司令的委任状，只要云南失守，贤平便要拉上队伍，去深山老林里打游击……江竺清讲到这里，幡然醒悟，叫了一声：姐夫，我刚才所讲，你可千万不要和任何人说呀……

马天目郑重点头，并不说话。

江竺清忽闪着眼睛，侧头窥视马天目一眼，问：姐夫，我听贤平说，你以前是共产党，让我防备着你点……我刚才所讲的这番话，你真的保证不讲出去吗？

马天目说：随他怎么说好了，我们是亲戚，有损亲戚的事，你觉得我会同外人讲吗？

江竺清说：那就好！我们这一去香港，也不知道还能不能回来。二姐有病，我们再怎样惦记，也不能带她走。我和婆婆商量，还是要你把二姐接过来……

马天目叹口气，说：这些日子，多亏你们费心。

江竺清说：费心是应该的。只是担心我们走了，二姐是不是跟你住得惯。她的病情会不会加重？不管怎样，也只能暂时委屈着她。我想叮嘱你的是，以后带二姐好好过日子，别再搞些打打杀杀的事了。昨天晚上，我也对贤平这么说过。

江竺清的一番话，让马天目沉默半晌，开口问道：我现在就把你二姐接过来好吗？如果她实在不适应，就带她去医院，在医院住一段时间。

江竺清一笑，说：你着什么急呀！先缓两天，最近飞机票紧张。等搞到机票，日子定下来再说。

接下来，马天目几乎天天去靖园新村，发现江韵清对他的态度，无形中有了很大改变。听过江竺清的一番解释，方才明白——原来江竺清已将他们准备去香港的事，对江韵清讲过几次。婆婆也私下里对她讲，算是事先提个醒。她虽脑子糊涂，心里还是明白得很，所以这几天安分了许多。

我现在就把她接走算了，马天目说。

江竺清瞪他一眼：你着什么急！你想和她亲近，我们还没亲热够！反正你们两口子以后的时间多的是。

她怎么没在，去哪儿了？

一准又去四季香花店了，有事没事，她都爱去那里坐坐。

我去找她。马天目说着，转身准备下楼。

江竺清劝他：你还是别去。这几天她情绪刚刚稳定，在外面见了你，说不定又控制不住。她一个人出去，你也不必担心。她对那家花店熟着呢！过会儿不回来，我就让用人去接她。

马天目嘴里应着，却仍是顺脚拐到那家花店。

他站在马路对面，隔着玻璃，见江韵清果然坐在花店内。让他感到奇怪的是，江韵清此时的神态，显得无比正常，正在和人交谈着什么。只是从他所处的角度，看不到与她对话者的模样。

第二天，马天目又去靖园新村，见江竺清正在收拾东西，知道启程日子已定。不等他开口，江竺清便告诉他：机票已拿到手，准备明天早上登机。你不来，还想派人去找你呢！看来，不是今天晚上，就是明天一早，二姐就归你所属了。

对于离别，马天目无从表示，心里却有些感伤，顾盼左右，问：你二姐呢？

江竺清说：刚才还见她了呀，会不会在我婆婆房间？

马天目楼上楼下找个遍，不见江韵清的影踪。他再去向江竺清打问，江竺清随口答道：准是又去了四季香花店，你去那里找她吧。

江韵清爱花，马天目是知道的。对于往日事物的沉溺，想不清是因记忆的指引，还是冥冥中有什么东西在暗示。或许只有“花”这样一种东西，才会在江韵清混乱的思维里，点起一只灯盏，投下恬淡静谧的影子？这样想着，马天目已移步至四季香花店门前。他没有片刻犹豫，脚步急迫地走了进去。

迎门处是隔开的一个小间。狭小空间被各色鲜花填满，门口留出一张茶几的位置，却连四面墙上也吊着几盆绿色的藤萝植物。一个老头坐在茶几后，正埋头打瞌睡。茶几上放一壶茶，一本线装书，还有一副残腿的花镜，缺的那条镜腿被一根脏兮兮的绳子代替。想必是老头看书喝茶，打起了瞌睡，就连马天目走入，也未让他惊觉。

花房很静。马天目顺鲜花摆出的狭窄甬道走入里间，探头一看，不禁被偌大的空间惊得目瞪口呆。一人多高的花架，设置出一个姹紫嫣红的迷宫。就连支撑屋梁的柱子上，也错落地悬吊着精致的花盆。他不知江韵清此刻在不在这里？在的话，又会待在哪一个位置？他唯恐惊吓到她，放缓脚步，先是依照前几天所见，慢慢走到面北的窗前。见那里放两张凳子，却不见人影。顺花架的空隙寻看，但花架摆放得并不秩序井然，有一些是竖排摆放，有一些却做了横向隔断。在短暂的悄然无声的寻找中，马天目总会察觉到这穹顶高大的花房内，并非仅他一人。倏忽间会感到一个身影，与他的视线交错而过。他甚至能感觉到她急促的呼吸，以及轻微的脚步……直到将寻找的范围缩小，走到南面靠窗的位子时，他已将整个花房寻遍。不知是由于窗口打入的阳光强烈，还是鲜花的艳丽色彩与馥郁芬芳的渲染与烘托，马天目感到一阵目眩神迷。直到一个光线中敏捷的身影，忽地扑到他的面前，令他猝不及防，甚而发出一声喜出望外的惊叫。

是江韵清。

此刻让马天目感到惊喜的，不仅是江韵清的出现，还有她此时的态度。

她只是略有踌躇，便几乎是迫不及待甚而近乎疯癫地用手抓住他衣服的前襟，嘴里急切说道：

走，带我走，带我去你那里……

他惊愕地看着她。起初看她慌乱的神色，以为她正在被某种危险胁迫，遂朝周围看了一眼，却很快意识到，那威胁不会来自于旁人，而只能是自己。但听她说话的语气——她是压低了声音说话的，似乎唯恐旁人听到——应是极为清醒甚而有所警觉的。这才舒心地笑了，张开双臂，将江韵清趋近的身体环住，无限怜惜，又无比欣慰地说道：你醒了？终于认出我了！

江韵清顺应了他的拥抱，却并未迎合他的话，依旧有些焦急地对他说：带我去你那里，我有重要的事对你讲。

马天目愣住了，呆呆看着伏在怀里的江韵清，立马意识到，她或许原本就是一个正常的人。此刻她表述清晰，话里有明确所指，似乎对他暗示着什么——哪里是一个精神病人的表现？

江韵清明白他的心情，不做解释，只是更紧地将他抱着，仰着头，近乎耳语般说道：什么也不要问，等到了你的住处，就什么都明白了。

他拖了她，急速朝花店外走。

行至门口，脚步声将正在瞌睡的老头惊醒。他先是有些愣怔，看着走出门外的两个人，继而蹙起眉头，追出来，高声问：你是谁？想把她带到哪儿去？

听不到那高个男子的回答，他甚至头也不回，只是有些厌烦地冲他摆手。直到那个常来的疯女人在他的拉扯下，回头冲他歉意一笑，老头这才释然，嘀咕一句，重新坐回到茶几旁。

马天目脚步踉跄，甚而有些头昏脑涨。他近乎被一种莫名的东西摧垮。昆明秋日的阳光、街道两旁开花的树木、斑驳的老房子，以及街上走着的行人以及车辆，无不释放着摧垮他的那种物质。他丧失了往日里耳聪目明的感觉，只拼死拖着江韵清，感到江韵清抓着他的那只手，抓得越来越紧，唯恐走失一样。他被动地将那只温热的手握住，甚而有了一种想哭的冲动，全然不顾江韵清根本赶不上他的步调，渐渐走得气喘吁吁起来。如果通往住处的那段路程过长，真不知这溺水的两人，会不会因窒息而死。

一辆汽车从相拥奔走的两人身边经过，速度慢下来。汽车内，唐贤平朝车窗外看了一眼，脸上露出略感惊讶的表情，而后又浮出一丝欣慰的笑容，脚踩油门，驱车远去。

那间租来的屋子成了拯救马天目和江韵清的舟船。他奋不顾身拥抱了她，而江韵清的顺从与迎合，瞬间将这些年来彼此经历的疾苦和困顿、痛悔与思念，此消彼长地一一化解。当屋内彻底安静下来，马天目迫不及待地问道：韵清，到底怎么回事，快告诉我！

江韵清伏在他怀里，将自己这些日子以来的经历，一五一十讲了出来。

有一段时间，我确实什么都不记得了。江韵清说，但去年冬天昆明的那场雪，却神灵护佑般让我的病情有所好转。而在此前，听他们说，我就经常去那家花店，一待就是半天。或许花店里的那些花，冥冥中也在唤醒着我……等我病好了些，仍旧去那家花店。有一天，一个穿着朴素的女人来和我搭话，等我们渐渐熟悉起来，方才知道完全不是那么回事……她是我从重庆来昆明后，组织上专门派来保护我的。我在重庆发病，组织上知道得一清二楚，始终在暗中关注着我。

等我清醒，她才尝试着同我取得联系，并问我今后的打算。那个时候，我心里真的有一种说不出来的感激。

这么说，我去找你，你认不出我，都是你的伪装？马天目问。

江韵清脸上露出尴尬的表情，说：我只能装作不认识你啊！要不怎么办？你不知道我当时的心情有多难受……竺清虽是我身边唯一的亲人，但唐贤平，却无时不让我感到恐惧和仇恨——因为我知道，离我而去的那些亲人们，无一不是受他所害……起初我一再向组织申请，尽快离开昆明，重新投入到新的工作中去。但考虑到我的身体情况，组织上始终未做出相应安排。见我心情急迫，便劝我留在昆明，借发病原因，继续待在唐贤平身边。如能获取重要情报，对组织上也能起到一定的保护作用……

江韵清说到这儿，神情忽然变得委顿起来。

我装疯卖傻，潜伏在唐贤平身边，想来也实在对不起竺清和伯母，她们待我真的很好……可我一想到那些被捕或死去的同志，我这一点微不足道的内疚，又算得了什么！获取一份重要情报，便能挽救无数人的性命，也算事半功倍……就在昨天晚上，我无意间听到唐贤平在办公室里布置任务。他们马上要有一个刺杀行动，刺杀的第一个目标，便是住在靖园新村32号的杨杰先生……

谁是杨杰？马天目问。

这位杨先生，是原中央陆军大学校长，曾出任过驻苏联大使，以前很受蒋介石器重。后来因意向不和，又因杨先生刚直不阿，公开发表指责国民政府的言论，也还因其他的事，遭到特务追杀。杨先生为了活命，逃到昆明投奔卢汉，正在积极推动卢汉投诚起义，被蒋介石视为眼中钉……我见过杨先生，很随和很好的一个人。

我得到那个情报，一大早便赶去花店，但今天并不是我和联络人碰头的日子。正不知该怎么办，便看到了你。知道你认识保安团的人，而保安团属于杨杰掌控的部队。你赶紧想办法，把消息转告杨先生，明天上午之前，务必离家，躲出去避祸……

面对如此重要的情报，马天目顿时有所警醒，准备马上去找张秉昌。但一想到明天，说不定会发生重大变故，自己与江韵清也该及早脱身，便催促道：那好，我们一块动身，赶紧离开这里。

江韵清却略有踌躇：我这么走掉，不去和竺清与婆母道个别，于情于理都不合适呀！

马天目一把将她抱紧，嘴抵在她耳边说：情势如此紧迫，你就不要再拘泥小节。此时不走，说不定会留下无穷后患。你我既已团聚，我便再不会允许你离开。

6

最早从上海返回昆明，在毛人凤的督促下，唐贤平已将工作重点，转移到加紧监视卢汉上面。他派人在青云路卢汉公馆对面，租下一幢楼房，派人日夜轮流监守。出入卢公馆的任何人，都逃不过监视者的眼睛。监视窗口正对卢汉卧室，卢汉在室内的一举一动，都尽在他的掌握。只要上峰一声令下，经过训练的狙击手便可扣动扳机，将其一枪毙命。与此同时，唐贤平调动一切力量，搜罗情报。除云南各地潜伏下来的专职特务外，他还逐渐掌握了许多特务的外围组织，并买通一些当地的流氓、土匪和帮会，通过各种渠道，掌握了许多卢汉及其部属的相关情报。

据得到的情报，卢汉一反过去的谨慎做法，不仅对民主运动采取默许态度，也不再袭击云南边区的人民武装，而且暗中派人，给朱家壁的滇缅边区游击纵队送去了一批枪支弹药，以求互不侵犯。唐贤平将这一情报及时做了汇报后，引起台湾方面的极度恐慌，认为决不能再对卢汉做出任何让步，而应施加压力。毛人凤亲拟电文，命唐贤平立即除掉原中央陆军大学校长杨杰、云南省“民革”负责人陈光复、省民政厅厅长安恩溥，以及保安司令部参谋长谢崇文和保安旅旅长龙泽汇五人，想借此极端手段震慑卢汉，使其越轨之举有所收敛。

接到命令，唐贤平却显得极为谨慎。自从和姐夫安子文有过那一番长谈之后，他已清醒地认识到，即便将这些人全部铲除，也挽回不了局面，反而会激怒卢汉，使云南局势更加难以掌控。更令他感到忌惮的是，杀掉这些人，何人所为一目了然，势必会引来卢汉的报复。对方一旦反击，不但自身难保，还会祸及家人。他遂以“阻碍重重，正在尽力设法”为由，勉力拖延着时间。

或许对他的心态洞察秋毫，早在上海执行另外一项任务时，毛人凤便以“身无挂碍，为国尽忠”的训条，一再督促他将家眷迁往台湾。对于将母亲妻儿迁往台湾一事，唐贤平心里虽早有打算，却唯恐将亲人送到台湾，无异于羊入虎口。毛人凤会不会将他们当作人质，成为牵制他的把柄？若不送走，云南显然也非久留之地。正当他反复权衡之际，毛人凤再次打来电话，和他详谈了一番将家人迁往台湾的事。他不得不做出让步，却想出一个权宜之计——让家人去香港暂住，而不是台湾。那里毕竟有姐姐照顾，然后视局势发展，再做更为妥善的安排。

毛人凤马上答应了他，同时又迫不及待地发来一份密电，大意是：奉委座面谕，杨杰正在昆明大肆活动，替“民革”拉拢国民党军队高级将领，务先除掉此人，以免后患。限你部三日之内，干掉杨杰，否则按纪律严惩。

接到这份电报，唐贤平再无退路。他想，若光除掉杨杰一人，或许不会引起卢汉的震怒，毕竟杨杰不是他的亲信。再则，若按军统规矩，连续拒不执行命令者，将会受到纪律严惩。在这非常时期，毛人凤为挽回败局，震慑内部人心的动摇，制裁个把拒不执行命令者，也是理所当然的事，自己不能拿性命以身试法。刺杀杨杰，即便涉险，也在所不惜。

就在前一天晚上，他将几位专搞暗杀的行动人员叫到二楼办公室，详细布置了任务。他要他们从现在开始，进入行动状态，盯紧杨杰。并且，给每人配发了充足的填有毒药的子弹，只等明晚，杨杰外出回家，在对面草坪的黑暗处将他射杀。最近这段日子，杨杰每晚都会外出，去朋友家吃茶、打牌。回来时，必经过靖园新村52号和53号间的草坪拐角。如杨杰当天晚上不出门，便翻墙而入……

说到这儿，从办公室门外，忽然传来一记奇怪响动。灯光下，行动组的成员相互看了一眼。唐贤平迈步出门，警觉地朝走廊上张望。见走廊尽头，江韵清正站在自己房间门口，手握栏杆，抬头看着天上的月亮。像这样的举动，唐贤平见怪不怪。神经错乱的江韵清，保不准就会大半夜的，弄出更加出格的举动来。一只猫叫了一声，从走廊另一头跑开。唐贤平低头，见拖把倒在门边，弯腰将它捡起，重新放好，走回屋内。

他点一根烟，开始重新布置任务。

……据掌握，杨杰在昆明无一位亲眷，家里只一位副官、一个司机、一个厨师以及照顾他的女佣，只要动手，在家里杀掉他应是万无一失的。如遇他人抵抗，也一律铲除。

有人看看外面的夜色，插话说：既然要行动，何不今晚就动手？等我们开完会，杨杰应该也快回来了。我们埋伏在草坪，顺手将他干掉算了。

唐贤平掸掸烟灰，加重语气：如此大的行动，非同儿戏，必要制定一个准确时间。从现在开始，你们两两轮值，盯紧杨杰，然后按计划行事。一见异常，立即将杨杰击毙。

因赶飞机，又兼家里离机场的路有一段距离，一早起来，一家人便显得有些忙乱。直至上车时，江竺清仍站在车门旁，无限感慨地看着曾住过的小楼。她的目光缓缓扫过草坪、花园，看着篱笆外被绿树掩映的街道，长长叹了口气，怅然说道：这就走了，怎么不见二姐和二姐夫过来，哪怕见一面也好呀。

唐贤平替她拉开左侧车门，安抚她坐进车内，然后上车，将车驰出院子。汽车从草坪拐角处驰过，他漫不经心地朝车窗外看了一眼，见两个帽檐压得低低的花匠正心不在焉地修剪着草坪，不时看向对面杨杰家的院子。他心内笃定，脚踩油门，将车开得飞快。

从后视镜里，能看见母亲坐在车门右侧，始终闭眼假寐。儿子坐在江竺清与母亲中间，兴致勃勃地问飞机是怎么在天上飞的。江竺清无心与他讨论，只是随意敷衍。从妈妈那里得不到答案，儿子便前倾身子，来搅扰开车的唐贤平，却被江竺清制止，要他老实坐着，让爸爸专心开车。

离别的话显然无须再谈。昨晚一夜，一家人待在母亲房间，颠来倒去，说的都是嘱托与安慰的话。江竺清的情绪显得尤为激动，而母亲，则显得更为冷静。到最后，她倒反过来安慰江竺清，说：贤平不是答应了吗？等他忙完手头公务，便去香港与咱们团聚。哪怕就是辞职，他可是发过誓的……好啦，还是早点休息，明天要起大早赶路哪。

唐贤平没有想到的是，临登机一刻，母亲的情绪却忽然失控。

她或许有了一种生离死别的预感，忽然间老泪纵横，手抓栏杆，哀求着唐贤平：贤平，你把机票给我退了吧！我知道这一走，就再不会见到你啦！

唐贤平站在舷梯下，强作欢颜：妈，昨晚不是说好了吗？不管打不打仗，等我忙完手头公务，即便辞职，都会去香港看您的。

母亲摇头，朝舷梯下伸着手，风将她满头白发拨乱，泣不成声地说：都是假的，你在骗我们。

唐贤平快步跨上舷梯，抱起母亲，将母亲送上飞机，而后一言不发，从机舱里快步出来。

他背对飞机，在汽车旁站了一瞬，没有回头看一眼，驱车离开了机场。

驱车回市里的一路上，唐贤平耳边，始终回响着小时候母亲曾教唱过的一首童谣。那童谣的歌词被他忘掉，旋律却异常清晰。那是一种低沉而略显单调的女生吟唱，迂回间无不充满了伤感与悲悯。他不时抬腕看表，从车窗外划过的绿色山峦与遍野花草，使他的悲伤难以自持。

回到住处，一眼看到匆匆赶来的江韵清。

江韵清急切地问：伯母和竺清她们走了？

他点头，没有心情理会，只是淡漠地看了她一眼。

江韵清抖着嘴唇，似乎有什么话想说。飞机起飞了吗？江韵清又问一句。

唐贤平无意间抬头看了看碧蓝如洗的天空，不无惆怅地答道：天气真好！飞机早就起飞了。

江韵清跺跺脚，抬头，随他的目光朝天空看。见一群从高空飞过的鸟，她不禁一语双关地说道：来不及了……你看那些鸟，以为飞向了自由，其实是飞进了囚笼。

唐贤平品味着这句话，不明所以，摇摇头，问：马天目呢？

江韵清不答，神色又恢复到以往的状态。

昨天你们去哪儿了？两个人急急忙忙在街上走。竺清一大早就在等，以为你们能过来道个别。唐贤平不无责怪地说。

江韵清看他一眼，神色开始慌乱起来，嗫嚅说：我，我该走了……说完，想转身离开。

你不能走。唐贤平喊住她，高深莫测地笑着，喊来两名手下，命一人看住江韵清，将另一个人叫进自己的办公室，如此这般地交代了一番。少顷，两人将江韵清扶进一辆汽车，开车一路朝昆明城外驶去。

直至夜色沉降，唐贤平始终一人待在屋子里。除不停地抽烟外，他还饮了些酒。在酒精的作用下，那令他感到压抑又伤心的旋律，更加清晰地响彻耳边。他将身子放平在沙发里，感到从未有过的疲惫。在一种微醺的假想中，他仿佛看见黑衣杀手冲进杨杰家里，抬枪怒射。守在门口的副官、戴白帽子的厨师以及抹了红唇的女佣，全都扑倒在地。子弹像乱舞的蜂群，将桌子上的菜肴炸得稀烂，在一种缓慢的迸溅中，身材肥胖的杨杰，仰面躺倒在餐桌旁，他白色衬衣的胸前，绽开无数被鲜血浸染的洞口。

入夜，穿黑衣的杀手们从门外闪身进来，一言不发地站在他的身边。

那首童谣的旋律旋即消失。他欠起身子，疲惫地看他们一眼，等着听到从他们嘴里说出的好消息。

没有人开口说话。

直到沉默了许久，一个人才迟疑地说：杨杰，不见了。

他皱了皱眉，厌恶地看他们一眼，问：是不是出去会朋友，还没回来？

没有，另一个人低头，从帽檐下瞟他一眼，从早起我们就一直盯在门口，一整个白天，都未见杨杰出去。等到天黑，我们按计划闯进去，除副官、厨子、女佣外，就是找不到杨杰。

那怎么回事？唐贤平从沙发上跳起来，暴怒地问了一句。

没有人回答。

有没有人来过杨杰家里？他克制了一下自己的情绪，低声问。

只上午来过一辆汽车，就是你送老太太去机场那会儿，牌号是保安团的。他们往后备厢里装了一麻袋东西，很快便离开了，没有发现杨杰上车。

副官和厨子抓起来了吗？

抓起来了。

怎么还不审问？

正在审问。

很快，又有人从外面走入，低头伏在唐贤平耳边，轻声告诉他：据副官交代，杨杰这一天确实没有离家的迹象，但问题就出在那辆汽车上。杨杰是躺在麻袋里，被人装进后备厢逃走的。行事如此谨慎，显然我们计划败露，有人事先走漏了风声。

唐贤平无力地挥下手，让所有人退下。他仍旧躺进沙发里，脑子里不停回放着前天夜里，以及昨天白天之所见。

——那支倒地的拖把，以及站在栏杆前的江韵清，说明当晚对刺杀行动的安排，被她偷听。他驱车从外面回家时，无意中看到马天目与江韵清在街上疾走，说明江韵清已将行动计划告诉了马天目。而今天上午，将杨杰转移走的那辆汽车，是保安团的牌照。马天目与保安团副团长张秉昌关系匪浅，而对张秉昌其人，他也有一番了解。

看来，此次马天目的昆明之行，并非只是想把江韵清接走这么简单。

而最让唐贤平感到恼恨的，就是那个装疯卖傻的江韵清。她潜伏在自己身边，蒙受亲人的恩泽，反而做着毁掉他事业的勾当。

他连夜派人去远在城外的二十六军军部审问江韵清，并不无庆幸地想到，幸亏当初没有把江韵清放走。除江韵清这个重要的筹码之外，如今掌握在他手里的，应该还有一道筹码——马天目的软肋，依旧掌握在他的手里。

只是令他想不明白的是：今天上午，江韵清为何会匆匆返回，又对他说了那些稀奇古怪的话？

他变得怒不可遏，脑子里再不愿多想，认为江韵清的所作所为，无不受了马天目的指使。一种被戏弄的感觉让他变得心浮气躁。他爬起身，挥手将桌子上的一把茶壶摔碎，又抄起椅子，将屋子里的摆设砸了个稀烂。

最后他气喘吁吁地站定窗前，看着外面如墨的夜色，这才渐渐冷静下来。

所谓“九九整肃”，是指昆明城内，1949年9月9日深夜里发生的那一场大搜捕。史书中对这一事件虽多有记载，但记载和事实往往大有出入。搜捕的命令，是特务头子毛人凤听凭蒋介石的口谕下达的，这是毋庸置疑的事实。但整个行动所表现出来的疯狂、恐怖甚至血腥，却无不附带了个人的感情色彩。丧失理智的唐贤平，亲自指挥了这场搜捕。除有他个人的怨恨之外，实际上他已如一匹困兽，陷入被挟持的两难境地。

得知杨杰逃走，唐贤平派人四处打探，很快得知杨杰确已离开昆明，乘当晚飞机逃往了香港。他们甚至查明他从家中逃走的全部细节——杨杰钻进一条麻袋，躲开外面的监视，藏身汽车后备厢离开。他先是躲在某一处公馆，等晚上6点，由人护送去往机场，顺利登上7点准时飞往香港的班机——也就是说，事先布置好的刺杀行动，自开始启动，也正是杨杰顺利逃亡的开始。这样一种时间上的巧合，无不对唐贤平形成一种莫大的讽刺。但随着对飞机起飞时间以及航班班次的深入调查，唐贤平已无心纠结于杨杰逃走的事情，他陷入一种深深的恐惧之中。

据手下禀报，那天飞往香港的班次，只有晚7点一趟航班。

他顿时呆住，抖着嘴唇，无法把心里的疑问说出来，却在心里反复印证着这样一个事实——母亲、竺清和儿子，可是起大早，坐上飞往香港的飞机了呀！

他亲自去了一趟机场，查清那一天从昆明起飞的所有班次。事实证明，他一家三口乘坐的那架飞机并不是飞去香港，而是飞往了台湾。

坐错航班，显然不是因为粗心大意，而应该是有预谋的安排。他无法原谅自己，因为从开始订购机票开始，便由手下一位副官代理。他只催问过几次机票何时到手，从未对飞机班次做过细心核对。更兼当时母亲情绪失控，使他匆匆离开……等他去找那位副官时，副官早已不见。有人汇报说，从拿到机票，副官便出了昆明城，据说是去执行一项特殊任务。具体去了哪里，却没人知道。

若是副官故意这么做，显然他不会有如此大的胆子。况且他这么做的目的是什么？种种猜疑，无不指向了毛人凤的操控。

此时毛人凤正在成都。他给毛人凤打电话，言语间不敢有半点指责，而是小心翼翼地问：母亲和妻儿到了台湾，不知安排得可好？

毛人凤故作惊讶：伯母和弟媳不是去香港了吗？怎么会去台湾？

唐贤平气得几乎背过气去，握话筒的手不住颤抖，最后憋口气说：他们把航班机票给弄错了。

毛人凤“哦”一声，稍作沉吟，安慰他说：坐错飞机，你倒不用担心，机场有专门的接待人员，想来伯母她们不会受什么委屈。我马上发电报，派人去查问一下。飞机既已坐错，你也该放松心态，说明这都是命运的安排。早来晚来，不是总要来的嘛！

唐贤平将嘴巴贴紧话筒，近乎哀求般嘱托道：毛局长，我一家人的安危，可全都指望您了。

毛人凤打包票说：有我在，你就放心好了。你的家人，就是我的家人。大家一起等你，等你办妥昆明的事，顺利去台湾啊。

唐贤平随即表示：台湾方面的指令，我将万死不辞。

毛人凤一语双关地说道：那就好！这我就放心了。你就开始行动吧，给共产党一点颜色瞧瞧。

晚上10点，全城开始戒严。军警、宪兵全体出动，所有路口设卡，三步一岗，五步一哨。警车和三轮摩托像饥饿的猎犬，亮着大灯，在大街小巷呼啸穿梭。唐贤平亲率部下，按名单进行搜捕。除查封各进步报刊、印刷厂之外，省参议会的进步参议员、各大院校的进步师生，甚至报社印刷厂的工作人员，都在被抓捕之列。整个搜捕行动一直持续到天明，亢奋的人们后来便不再按名单行事，而是见人就抓。

一夜疯狂的搜捕，虽抓了三百多人，但名单中列为暗杀目标的五位，除杨杰逃往香港之外，其余四人均不见踪影。那个令唐贤平耿耿于怀的马天目，自然也难见其踪。他清楚地知道，此时马天目肯定躲在保安团的团部里——他对此毫无办法。

天很快亮了。神情憔悴的唐贤平回到办公室，接到刑警大队队长打来的电话。电话里说：抓到的人太多，看守所装不下，该怎么办？

那就把关犯人的房子全都腾出来！唐贤平有些气急败坏。

能腾的都腾出来了，犯人连坐的地方都没有……

那就让他们站着！

站也站不下。一间十八平方米的牢房，犯人就挤了四十多位。

那就把刑事犯、小偷、强盗，全部给我放掉。

对方好久没有回话。唐贤平不耐烦地问道：你怎么不说话？

那，那不就乱套了吗？对方迟疑答道。

乱什么套？你怎么就那么笨！你我现在的责任，是保住云南，对付共产党。那些刑事犯放出去，虽一时乱了社会，却不会永久乱了国家！

唐贤平说完，气呼呼地摔掉话筒，抱头伏在办公桌上。

话筒里仍旧传来呼叫声。他沉了沉，再次抓起话筒，放缓语气：等我请示毛人凤，看如何处置这些犯人吧。

唐贤平找出纸笔，伏在办公桌上，开始写一封信。

阳光从窗口打入，屋子里飞腾着无数细小尘埃。他的神情看似平静，实则控制不住握笔的手。笔尖几次划破信纸，也未更换一张。等潦草写好一张信纸，他看也不看，塞进信封，封好，又在信封上写了几行字。接着喊来一名手下，吩咐他：马上将信送到保安团团部去。

手下略有迟疑，似乎清楚保安团与自己所处的关系。

唐贤平胸有成竹，说：你去就是了。他们不会把你怎样的。你去找张秉昌，托他将这封信，转给一个叫马天目的人。就说此信紧要，关系到他妻儿性命！

7

搜捕行动使城内显得一片肃杀，却并不是阻碍马天目离开昆明的因由。他大可让张秉昌派一辆军车，将自己大摇大摆地送出城去。前一天江韵清的不告而别，才是彻底打乱他整个计划的原因。

实际上，他参与了营救杨杰的整个过程。他先是带江韵清赶到张秉昌团部。张秉昌不在，据说去了城外。他求告无门，对张秉昌的手下说：请你务必把张团长找回来，说有人命关天的大事。

手下打了一通电话，联系不上，后又派人分头去找。等到天黑，张秉昌自己回来了。马天目将江韵清刺探到的情报，对张秉昌讲了一遍。但如何营救杨杰，张秉昌一时也想不出一个稳妥办法，提议带马天目去找卢汉。马天目告诉张秉昌，现在就连卢汉公馆，也已受到监视。如果有可能的话，还是把卢汉约出来，找一个稳妥之处商谈吧。张秉昌很是吃惊，说：卢汉刚从重庆回来，据说受到蒋介石的安抚，那就更应该去见一见他了。

马天目问：卢汉对起义仍举棋不定吗?

张秉昌说：卢汉是顶着很大压力去重庆的，他也明白有可能会被蒋介石软禁。但不去，情况或许更糟——昆明附近，二十六军虎视眈眈，八十九军和第八军的部队也正向昆明靠拢，一场恶战，一触即发。6日那天，蒋经国乘飞机亲自来接。卢汉不得已，只能随他前往，情况这才有所缓和。不过这种缓和只是一种假象——现在保安团扼守昆明要地，一旦卢汉在重庆被扣，便会引发城内更大的混乱。所幸的是，西南军政公署长官张群，在蒋介石面前力保卢汉，加之李宗仁想在云南发展自己的势力，已派桂系张先炜兵团从百色进逼云南。蒋介石担心中央军与卢汉的保安团发生冲突后，李宗仁乘虚而入，这才将卢汉放了回来。但我担心，卢汉起义的决心会不会有所动摇？他是不是向蒋介石承诺过什么？

时间已近夜半，终于打通卢汉的电话。

张秉昌即刻带马天目去了卢汉的新公馆。见到卢汉之后，三人就如何营救杨杰，进行了一番商谈。最初张秉昌说不如今夜就开始行动，把杨杰从家里解救出来。但马天目说，考虑到杨杰的住处已被监视，硬要采取行动，势必会带来不必要的麻烦。不如先打电话通知杨杰，让他做好准备。等明天一早，再派一辆车过去，神不知鬼不觉地把他转移出来。想到杨杰以后的安全，既然保密局要对他痛下杀手，待在昆明城内总归是不安全的。电话里征询杨杰的意见，杨杰说想去香港。卢汉便派人当夜联系机场，得知第二天晚上有一趟飞往香港的班机，想到刺杀行动是在天黑后进行，想来杨先生，也应是安然无虞的。

等一切谈妥，张秉昌又说起卢公馆被监视的事。卢汉走到窗前，看着外面漆黑的夜色，不无愠怒地说道：我本想，事情总会找到一个妥善解决的办法，但他们还是想随时置我于死地呀！

从卢公馆回来，天已蒙蒙亮。等在家里的江韵清急不可耐，当听说一切办妥，这才放下心来。又听说卢汉将乘机飞往香港，不禁惊问道：会不会同竺清他们乘同一架飞机？到时候唐贤平去机场送人，别被他们发现。

马天目问：竺清他们是几点的飞机？

江韵清说：上午最早的一班。

马天目说：可我听说明天飞香港的就只有晚7点的一趟航班啊！

好了好了……他安慰着江韵清，张秉昌他们会把一切都安排好的，你就不要担心了。好好睡一会儿，等今天晚上，或明天一早，让张秉昌安排我们出城吧。话说完，抵不住困乏，他沉沉睡去。

马天目醒来，已是9月9日的下午。睁眼一看，发现江韵清不见了。她不告而别，没有人知道她的去向。他曾让张秉昌出去打探消息，却一无所获。随着夜晚发生在城内的搜捕，马天目预感到江韵清肯定会出事。直至收到唐贤平送过来的那封信，这才知道短短一夜间，竟发生了如此之多的变故。但让他没想到的是，江韵清竟自投罗网；更令他没有想到的是——多年前在武汉失踪的儿子，如今现身昆明，也掌控在唐贤平手里。

唐贤平在信中，用婉转的语气告诉了他这些惊人的消息，并恳请他来二十六军军部“谈谈”。信尾写道：是时候了，是该我们做个了断的时候了。

二十六军军部设在原滇越铁路军警总局驻地，离昆明城有一段距离。唐贤平之所以将江韵清软禁在此，其实有他自己的打算。他与二十六军军长余程万私交甚笃，他把这里当作了自己最后的容身之地。另一个更为重要的原因是，前些日子，当他派人把马天目失散多年的儿子从福建接过来后，先安排在了这儿，暂且托人照管。

江韵清被送过来时，虽知自己身陷囹圄，却并未意识到等待她的将会是什么。

她被关在一处院子里，可以在房间自由出入，却不可迈出院子半步，院门口有持枪的士兵把守。这让她倏忽想起在武汉的那段经历，心里不禁有了一种不祥的预感。

一整个下午都没人理会她。她不知自己身处何地，也不了解院子周围的半点情况。除偶尔听到从院门口传来的士兵咳嗽声外，傍晚时分还听到从远处传来的持续不断的操练声……一种无所适从的感觉下，虽然她的心境变得愈加空旷，但脑子却越来越乱。她试图想弄清楚自己待在这里的原因，但刚刚经历的一切，却像用淡笔描出的图画，转瞬被寂寥天光吞噬。

直至天彻底黑下来，她仍旧什么都想不起来。之前有人送来晚饭，摆放在旁边的桌子上，她动都没动。那个表情木讷的勤务兵划燃火柴，点起一根蜡烛。江韵清扭头，未及看清他的脸，便见他悄然退去。烛光像微弱潮水，一点一点逼退黑暗，蜷缩到一个角落，便再不肯退隐，在她身边筑起一道黑暗幕墙，又像一条窥伺的黑狗……光亮跳荡之处，慢慢浮出一张脸，是马天目的一张脸。他看着她，担心又嗔怪的样子。

她忽地想起刚刚经历的那些事，心里难过起来。她能够想象得到，此刻马天目会多么着急！想起两人之间说的那些话——如此漫长的分别，聚首却又如此短暂。他们似乎有很多话要说，却只说了无关紧要的一部分。她无声落泪，心里虽觉得对不起马天目，却没有一丝后悔——不后悔自己对他的不告而别。而这样无声哭着时，竟感到肚子有些饿。她端起桌上的饭碗，一边吞咽，一边流泪。等半截蜡烛燃尽，倒头沉沉睡去……做着连续不断的噩梦。直到后半夜被人弄醒，噩梦仍在持续。那个审问她的特务适时扮演了梦中的角色，连同他那些软硬兼施的逼问，都成了噩梦的附属部分。

她又在噩梦中挣扎了一个早晨，这才彻底醒来。

她发现一个十岁左右的男孩出现在屋子里。

是由那个勤务兵带进来的。勤务兵出去时，男孩在和他讨价还价。

她根本听不懂两人之间的对话，是一种她闻所未闻的方言。

勤务兵说：你想要弹壳吗？男孩说：想要！想要你就在屋里好好待着，哪儿也别去，实在不听话，有人揍你我也没办法。男孩沉默了一会儿，却似乎懂得讨价还价之道：那我不要弹壳，我要子弹。说着伸出手。勤务兵说：老子都没几发子弹，你口气倒不小！一颗，男孩竖起一根脏兮兮的手指，就要一颗。他的脸上露出讨好的笑容。

她身体酸软，在床上躺着，淡漠地看着这个男孩。

男孩瞟了她一眼之后也不理她，而是专心从裤兜里往外掏东西，是一枚枚黄澄澄的弹壳。他把弹壳一枚枚竖放在桌面，摆出规则的形状，而后将两手平放桌面，托住下巴，似乎在观察从窗外射进来的光线，在弹壳表面所起的变化。但他却时刻留意着对面的江韵清，瞟她几眼，遂有些不满地将手中仅有的一枚弹壳丢了出去。排列有序的弹壳被击倒，滚落桌面，发出清脆的声响。他弯腰将它们一一捡拾起来，再次摆放在桌面上，做着循环的游戏。

你是谁家的孩子？

或许是许久的沉默，令江韵清感到厌烦。她搞不明白，他们怎么会把一个男孩关在这里。用自己的处境做一番衡量，凭直觉断定：这男孩也是被他们囚禁在这里的。

男孩说了一句什么。

你是哪里人？怎么说话我一句也听不懂？

男孩又说了一句什么，仍旧心不在焉地摆弄着弹壳。

你多大了？

男孩又说了一句。说这句话的时候，男孩拔直腰背，直视着她。说完再不理会，声音明显有些火气。

江韵清这才恍然大悟，男孩所说，实际上每一句都在重复着同样的内容。更为重要的是，她终于听清他话中的两个音节，是“妈妈”二字。

那天上午，在唐贤平出现之前，作为母亲的江韵清，冥冥中已有了一些预感。她与男孩虽交流不多，但随着手势与目光的融汇，两人很快熟稔起来。勤务兵在前，唐贤平其后地从屋外走进来时，江韵清对唐贤平视而不见，而是拉住那位长着一张娃娃脸的勤务兵，指了指男孩，迫不及待地问：他刚才说的话是什么意思？

勤务兵不知她话中所指，愣愣看着她。直到江韵清依据男孩的发音，说出两三个音节之后，勤务兵低头问了男孩几句。男孩再次重复了那样一句话。说这句话的同时他看着江韵清，目光里有一些哀怨。勤务兵转头对江韵清说：他说——他们告诉我，你是我妈妈。

江韵清愣住了，忽地扑到男孩身前，一把揽住男孩的肩膀，两手扳住他的头，用手拨弄着他的头顶。对于这样一种动作，男孩似乎见怪不怪，而是乖顺地贴着她的肩，任她摆弄。

——男孩的头顶，有两个旋儿。

江韵清的呼吸瞬间变得急促起来，继而疯了般把男孩拽到床上。男孩被动坐着，江韵清半跪在地，扒着他脚上的鞋子。男孩显得有些抵触，难为情地看着身旁的勤务兵与唐贤平。等江韵清扒掉男孩左脚的鞋子，这才想起，他生下来便有的那颗黑痣，是生在右脚背上，便开始扒另外一只鞋子。

别看了，是你儿子。

站在一旁的唐贤平冷冷地说。

江韵清看完男孩的右脚，颓然坐在地上，而后半跪，将脸埋在男孩膝间，睡去一般。肩背处仿佛冷风拂过，瑟瑟抖动。

男孩起初显得很紧张，缩紧身体，最后放松下来，试探着，将一只手搭在江韵清肩上。

等江韵清情绪平复，唐贤平神色恓惶，开始讲述找到这个男孩的经过。唐贤平说：当初在南京，为了逼马天目就范，刘队长强行把孩子送了人。当时我恰好有事没在南京……他语气低沉，像在解释，又像在求得江韵清的谅解。见江韵清抬头，目光犀利地看他，他遂转换语气，问了一句：知道当初把孩子送给谁了吗？江韵清没有迎合他，甚而连探究的兴趣都没有，只是抚弄着孩子。他便自顾说下去：送给院子里那位老太太了。老太太的二儿子没有子嗣。现在想来，是刘队长和那老太太做的一笔交易也说不定。老太太的大儿子当时在特务处任职，和刘队长关系不错……孩子先是被送到杭州，后又随他养父母去了福建。因为他们都是福建人嘛。所幸的是，养父母对这孩子不错，一直把他当亲生的看待。前些日子，我无意中打听到孩子的下落，这才把他接到昆明……

这么说，能找到孩子，还要感谢你呀？！江韵清开口，语调冰冷。

唐贤平愣了一下，苦笑着，叹口气说：不管怎样，你们一家人总归要团聚啦！

听他话里有话，江韵清抬头，不解地看着他。

唐贤平转头看一眼外面的天色，嘀咕说：如果心里有你们娘儿俩，那个做父亲的，也该到啦。

至于马天目来与不来，唐贤平心里其实没有太大把握。从江韵清那里离开之后，他又去二十六军军部，同人闲聊了一会儿，并吩咐门口值岗的卫兵说：若有人来找，不可刁难，赶紧带他来见我。

时间未及晌午，马天目果然如期而至。

两人先找了一个房间“叙谈”。

马天目未及开口，便迫不及待地问：韵清和孩子在哪儿？

唐贤平表情古怪地看着他，轻蔑地说了一句：你真的以为，我让你来，就是促成你一家人团聚的？

马天目知道他心里所想，笑了笑，说：我来都来了，随你怎么样。

唐贤平说：我想和你谈谈。

马天目说：你在信中提过，我也早有准备。想谈什么？是叙亲情友情，还是清算你心里的积怨？这样说着，他气定神闲地坐下来。

当初在上海，我便怀疑过你，只是找不出你的破绽。我始终想不明白的是，你那时到底从事着怎样的一种工作？

马天目想了想说：上海已经解放，告诉你也无妨。当初我在上海，保护了一批文件，那批文件的重要性，应该是你最感兴趣的。可惜的是，你抓来抓去，即便杀了邱老板和小马，也没半点用处，追查不到那批文件的半点线索……这不是你无能，只能说是机缘巧合，我的动作比你快了点。

那么在西安呢？在西安我凭直觉料定，你不只是去做简单的采访，并且盯得你很紧，只是不知道哪里又有疏漏，被你骗了过去。那些绑架咱俩的人，是不是共产党？……还有在南京，我真不知道怎么又会败在你手里。当时，一切都按我的预想进行下去，只是怪我心慈手软，又被你逃掉了。

那些人，自然是共产党……马天目说到这里，摇摇头，笑着说，那出“苦肉计”，让你受了很多苦，也让我遭了不少罪。那次西安之行，我们俩之间本不该有任何交集，但你太过自信，好像我所有的心思，都能被你猜到……好在你安然无恙地逃出来了，我也按原定计划，如期完成了任务。至于说到南京，我已败在你的手里。就是从南京开始，你让我妻离子散，饱尝不被信任之苦。想到后来发生的那些事，我真的不想再提。

那就真的像你在重庆所说，从那之后你就脱离了组织，安安稳稳做起了你的生意？

是的。

唐贤平“哼”了一声，可据我所知，你并不是一个简单的商人。你提供给古老板的大批猪鬃，是从哪里搞到的？

不瞒你说，那些货的确是从八路那边搞到的，但做生意的目的就是为了一个“钱”字。只要能赚钱，我可不分什么红色白色，只认金子的颜色。

那好！随你怎么说。但这次你来昆明的目的，应该不只是做生意这么简单吧？

是你写信喊我来的，我来接韵清回家……

那给杨杰通风报信的是谁？江韵清装疯卖傻，始终潜伏在我身边，是不是受你指使？

这个说法真是愚蠢，不该从你嘴里说出来……想当初在重庆，你还曾替我隐瞒过韵清再嫁的消息，及至她生病，都是你一家人在照顾。说起这些，我真是感激不尽。至于你说到的什么杨杰，我根本就不认识……韵清在昆明，我远在天津，怎么能指使她？显然这是你一厢情愿的想法。

你们夫妻俩碰面，串通情报，当时我在街上都看到了。

那天我接到韵清，回我住处，我们两夫妻待在房间重叙旧情，应该不是什么错事吧？

你撒谎！你们夫妻俩是一对骗子，是不念及亲情，只顾及自己利益的一对浑蛋！可叹我母亲和竺清对她这些日子以来的照顾，是你们害了她们，毁了我的事业！

唐贤平脸色铁青，气急败坏地站起来，用手不停擂着桌子。

马天目沉默，低头不语，半晌，才开口说：好吧，随你怎么猜疑吧……但你知道吗？韵清中途回去，为了什么？

唐贤平一脸疑惑，看着马天目。

她是听说了航班的事，意识到你可能被骗，伯母和竺清有可能会遭到挟持，才赶回去向你通风报信的。

听马天目如此一说，唐贤平颓然瘫坐在椅子上，这才明白江韵清无故回来的原因，神情不禁变得沮丧起来，一脸痛苦地说道：一切都晚了，那时飞机早就起飞了……本来我能杀掉杨杰，还可以同毛人凤讨价还价，把母亲和竺清送回香港……可现在，杨杰逃走，其他的人也都躲藏起来，如果不追查到隐藏在昆明城内的共产党……我一家人的性命，可全都掌握在毛人凤的手里了。

两人静默片刻，大概都在想着自己的心事。

马天目忽然冷静问道：你准备把我和韵清怎么处置，还有我儿子？

唐贤平的面颊抽搐了一下，躲开马天目的目光，说：怎么处置，你心里应该清楚。

马天目叹了口气，闭了闭眼，说：你心里应该对毛人凤恨之入骨吧？但你并未意识到，你和毛人凤在做着同样的勾当。这么多年来，我们虽志向不同，走着不一样的路，但对亲人朋友，我们两个在感情上应该是一致的……你处心积虑地把韵清抓在手里，还把孩子弄过来，不也是想把他们当作筹码吗？难道你不想想，这样做，能使毛人凤把伯母、竺清和孩子送到香港吗？假设他们能获取自由，但他们若是知道，“自由”是用亲人的“禁锢”换来的，他们会怎么想？他们会心安理得吗？你的儿子和我的儿子，他们两个可是骨肉相连的兄弟，你不想让他们这么小的年龄，心里便埋下仇恨的种子吧？

马天目一连串的追问，让唐贤平无言以对。

还是撒手吧，贤平。国民党大势已去，依你个人的力量，是无法改写历史的。

唐贤平嘴角浮起一丝冷笑，痴呆呆地看定马天目：你以为你打败我了？你以为你是胜利者？

马天目迎着他的目光看过去，说：我不是胜利者，你也不是什么失败者。我们只是为了各自的信仰，做着我们信念中所坚守的事——如果我没有说错，你我个人的意愿，都不想让自己的亲人，为我们的事业做出无谓牺牲。我们各自追求的，也是最终目的，应该是让他们得到幸福和自由。我以老同学的身份请求你，求你放掉韵清和孩子，放他们走。我留在这儿，随你怎么处置。

唐贤平发出一连串癫狂的笑声，忽又戛然止住。他双手捂面，嘴里发出痛苦的低语：

牺牲，牺牲……

江韵清带孩子离开二十六军军部之前，同马天目见过一面。那时马天目已被扣押起来，手上脚上戴着镣铐，被关在一间单独囚室里。

一家人隔窗相望，完成了多年来难得的一次团聚。

起初江韵清仍在说着自己不想离开的理由，她说要去求唐贤平，放走马天目和孩子。那些令唐贤平感到恼恨的事，都是她一人所为，同马天目和孩子无关。一切的惩罚，都应由她一人承担。

马天目笑着阻止了她，说：韵清，你不要犯傻。唐贤平能放你们娘儿俩走，并不心甘情愿，你不走正合他意，增加他要挟我就范的筹码。你还是赶紧带孩子离开这里吧……

江韵清泪流满面，将身子抵紧窗口，接受着马天目戴着镣铐的手的抚摩。

马天目触摸着江韵清的脸，略有遗憾地说：只是我们好不容易见面，时间却这么短。有好多话，我还没来得及对你讲……也不知道，以后还能否有机会给你写信。

江韵清把儿子拽过来，想让马天目看一眼。马天目隔窗能够看到儿子，但儿子个子矮，却看不到马天目。江韵清抱了几次，都没有足够力气将儿子托举到窗口位置。

一旁的士兵不耐烦地催促。

马天目叫了一声：静白！又冲被赶走的江韵清喊道：韵清，让他以后忘掉我吧！我做过的那件事，不要对他讲啊……

江韵清不断回头，却已看不清马天目隐在窗后的那张脸。只见他张开的手指，想抬起，做出招手的姿势，又无力悬垂下去。阳光打在手铐上，发出冰冷的反光。

江韵清被送回了保安团团部。

按照张秉昌的想法，是将他们母子尽快送出昆明，离开这是非之地的，却遭到江韵清的断然拒绝。她执意留下。张秉昌明白她心里所想，却知道若想等来与马天目的团聚，几乎是异想天开的事。

但江韵清却在想——即便马天目会死，她也要等在昆明城里给他收尸。

而她的心里，实则无时不期盼着一种奇迹的出现。

因为那种奇迹，确曾在她的生命中出现过一次。

8

9月9日的全城搜捕，并未使相对紧张的云南局势有所改观，反而加速了卢汉起义的决心。仅就唐贤平个人而言，他所做的一切努力，也未得到毛人凤的认可，反而遭到了他的训斥。

他给毛人凤打电话，如实呈报了那抓到的三百多人，审来审去，并未审出共产党的一个大人物……说到这儿，他将抓获马天目的事向毛人凤做了汇报。毛人凤冷冷问他：马天目是谁？唐贤平将马天目做了一番简单介绍。不想毛人凤却气急败坏地说：我们现在要抓的是云南的中共高层，需要你盯紧卢汉，你给我抓一个共产党的商人有什么用！

唐贤平心有些凉，问：那我该怎么办？

毛人凤说：你现在着手要做的，是瓦解卢汉。即便制服不了他，他不能跟我们走，也不要让共产党信任他，要让云南的老百姓都恨他！

唐贤平小心翼翼地问及自己家人的情况时，毛人凤的语气变得更为冷漠，说：你放心吧，一切我都安排好了。只要你在云南干好你的工作，家人这边不用操心。

唐贤平只能孤注一掷。

他按照毛人凤的授意，亲自草拟一封“枪决令”，带上“九九整肃”中抓获的犯人名单，去找卢汉签字。

卢汉接过名单，看一眼“立即枪决”四字，神情立刻严肃起来，慢吞吞地说：杀这么多人，怕是不妥吧？

唐贤平赔笑说：主席，这可是委座的旨意啊！要确保云南，我们就不得不处决这批不法分子。据我了解，省参议会的杨青田等人，确有共党嫌疑，我亲自审理了很长时间，初步决定先杀掉这二百人，其他的，将分批押往重庆。

卢汉拿起烟斗，打着火，说：这些人罪证不足，如果草率从事，我怕难以服众。

那就减一半，总可以吧！唐贤平从办公桌上拿起名单，揭下一页。

卢汉将火柴揿灭，摆手说：如此重大的问题，我看还是慎重些好！

唐贤平咬了一下牙关，强装笑脸说：您若连一半都不批准，我真是无法向台湾复命。说着，又把一张名单从中间撕开，斜眼看着卢汉：要不，就批了这五十个！

唐贤平早有自己的打算，认为卢汉只要在“枪决令”上签下“同意”二字，杀多少人，便完全由自己掌握。因名单的页数、人数可以重新往上填写。正如毛人凤所言，哪怕他卢汉只同意杀掉十个，我们就可以杀他一百个。犯人在我们手里，杀多杀少由我们掌握；可血债，却要让卢汉一同分担。到那时，共产党再不会信任他，昆明的老百姓，会将他恨之入骨。

卢汉脸色阴沉，扔掉烟斗，瞟唐贤平一眼，不满地说：你这样做，显然是让我这云南省主席没法再当下去！这是蒋委员长的意思，还是他毛人凤的意思？

唐贤平面颊抽搐，赔着小心问了一句：那主席的意思？

卢汉站起来，说：前些日子蒋委员长召见我，还承诺说云南的事由我本人做主，怎么刚过几天，你就拿杀人名单来要挟我！

唐贤平退后一步，说：不敢！我也是奉上峰命令，不得不这样做。

卢汉缓和了口气，给他一个台阶下，说：这件事，还是要让军法处派人，与沈专员一起复查，审核后再定夺，何必如此着急！

唐贤平苦笑，想说什么，却什么话也说不出来。

随着重庆的解放，残留在重庆、成都的国民政府中央机关纷纷溃逃至云南，昆明城更给人一种朝不保夕之感。随着蒋介石的一道命令，准备在滇西宝山县建立据点，让云南省政府迁往那里，以便军队入驻昆明，凭借城内险要，与解放军做最后决战——此命令下达后，唐贤平变得更为忙碌。他不仅要督促卢汉尽快“西迁”，还要让他对“九九整肃”中抓捕的人员迅速做出处理。

可卢汉不但拒不“西迁”，反而每次唐贤平去找他，都拒不接见。这令唐贤平大为恼火，又深感无奈。

这天，唐贤平正在办公室与部下商讨由上级下达的“应变计划”。他们准备先把一部分人撤到凤仪，另一部分人潜伏在昆明郊区，等解放军进攻昆明前夕，做出表面撤退，暗地里却要组织一部分人，成立一个所谓的“欢迎解放军入城筹备会”的组织，引那些亲共分子，以及共产党负责人上钩。这样，便能将这些人一举抓获。

电话铃响了。

话筒中传来市典狱长惊慌失措的声音：不好了，被抓的人统统都放走了。

谁让放走的？

对方结结巴巴地说：有李代总统的手谕，卢主席下令放的。

唐贤平自感大势已去。撂下电话，他继续同手下商讨“应变计划”，他提议：立即备好炸药，在临撤退之前，将昆明市内所有的工厂、发电站以及重要的公共设施全部炸毁，不给共党留下一点有价值的东西。

那天上午，不知出于何种心理，唐贤平驱车去了二十六军军部，见了见被关押在那里的马天目。

马天目看上去并无太大改变，虽然身形消瘦，精神看上去还好。

唐贤平说：这是你最后的机会，如果你把潜伏在云南的共产党告诉我，你还可以获得自由，可以和江韵清团聚……这样说着，语气却有些随意。因为临来时，他便对此次劝说不抱任何希望。

马天目摇头：昆明的组织，我确实没有和他们打过任何交道。即便知道，也不会告诉你的，这你心里应该清楚。

唐贤平叹口气：他们就要打过来了，你们就要胜利啦……你付出那么多，如今却要失去一个享受胜利的机会。你不觉得遗憾吗？你不觉得自己有些可悲吗？

遗憾自然会有，马天目轻声应对，谁不想亲眼看到自己曾为之奋斗过的理想实现的一天。至于说到可悲，并不是我——我为之牺牲和奋斗的，能让我的亲人、孩子，享受得到，感知得到，这便足以使我欣慰——可悲的应该是你，知道自己选错了路，仍不知悔改，仍要死心塌地走下去……

那好，你不要再说下去了。我已对你做到仁至义尽。既然你如此“伟大”，那就做好准备，明天一早，我来成全你。

唐贤平站起来，气急败坏地说，边说边走到门口。临出门之际，他在门口站了片刻，听到身后传来马天目淡淡的说话声：好……那你也要保重，好自为之。等来生再见。唐贤平甩甩胳膊，扬长而去。

死神以倒计时的方式朝马天目赶来。那个夜晚降临之后，每个人命运里所应发生的一切，都在以既定方式不可逆转地开始运行。待在监牢里的马天目，静静等候黎明时分的到来；而有所预感的江韵清，近乎一夜未眠，祈祷着奇迹的降临。而同样走到绝境的唐贤平，却在当天中午，收到一封由张群下达的会议通知，邀他晚上10点，去卢汉公馆开会。

12点30分，唐贤平去机场，接由成都飞来的徐远举等人。他们准备第二天转机，飞往台湾。因很多高级军政官员此时聚集成都，而成都机场机少人多，根本满足不了需求，所以大部分人会由昆明中转，再从昆明逃往台湾。

刚下飞机，徐远举便有些迫不及待，要唐贤平帮他搞到明天飞往台湾的机票。

唐贤平听了不由得一愣，因为今天早上，他便得到情报，说卢汉下令，已全面控制了机场。机场内所有的班次，只许降落不许起飞。他一边开车，一边意识到将有大事发生，心里不免有些焦躁，却未对徐远举等人说明。

去餐厅吃饭时，徐远举见他满腹心事，一再追问，唐贤平这才将机场被控制的消息讲出来。

徐远举却一副满不在乎的样子，拍拍他的肩膀说：大哥，你不要太紧张嘛。情报或许只是讹传，难道你不知道，张群是和我们同机来昆明的？有张群在，他卢汉胆子再大，也不敢轻举妄动。

张群怎么会来昆明？

徐远举说：张群来昆明，与卢汉下令放走监狱里关押的那批犯人有关。这一举动彻底触怒了委座。他当即下了一道指令，马上撤销卢汉云南省主席和绥靖公署主任的职务。多亏张群劝阻，并打下包票，说凭他和卢汉的私人交情，劝说卢汉迅速“西迁”，肯定没有一点问题。

唐贤平半信半疑。

徐远举问他：大哥，你对今后有什么打算？

唐贤平告诉他，国防部已委任他为中将云南游击总司令。昆明一旦失守，这道命令便会马上颁布，云南所有军队和特务武装都将由他指挥。他建议徐远举留下来，哪怕给自己当副手，二人一同做事。

徐远举连连摆手，说：他们本来让我接替张群的职位，委任我为云南军政长官，我都没答应。大厦将倾，才来给我们加官晋爵，顶个屁用！大哥，我劝你还是赶紧走吧，跟我一起去台湾。

唐贤平摇头。

徐远举说：大哥，你聪明一世，糊涂一时啊，难道你不觉得他们是在要我们吗？

唐贤平喝掉一杯苦酒，说：我知道——可你又哪里知道，你伯母和你嫂子，现在都在毛人凤手里。我若违抗命令，擅自离开云南，到了台湾也定是死路一条。我若不走，哪怕是死在这里，家人才能保命……况且丢下这一堆烂摊子，跟了我这么多年的旧部和家属，他们怎么办？

徐远举倒吸一口凉气，忧心忡忡地看着唐贤平。

15点25分，回到办公室的唐贤平，给二十六军军部打了一个电话，询问明天处决马天目的事情准备得怎么样。得到的回答是，一切准备就绪，并问他明天能不能过来。他正在犹豫，便接到那份由张群发来的会议通知。他举着话筒，未及细看，一旁的徐远举接过去看了一眼，说：这张群做事真是雷厉风行，刚下飞机，便组织了这么一个大型的会议……唐贤平端着话筒，同对方说：明天我若赶不过去，不用等我，按原定计划实施即可。

他把那份通知拿过来仔细看了一遍，发现通知到的都是中央驻昆明的几个行署单位，而云南省地方所属单位，却没有一个在名单中。

他不无疑虑地问徐远举：这会是张群亲自组织的会议吗？

徐远举伸手指着信纸末端，说：应该是，你看，图章就是张群平日用的。

你看我去还是不去？

他显得如此虚弱，完全没有了往日的干练与自信。

去，你当然应该去！说不定张群使事情有了转机，你不去怎么会知道？即便没有什么好的进展，你去，摸摸情况也好啊！

16点10分，他派人将徐远举送到下榻酒店。本想亲自送的，以尽地主之谊，但那个会议通知，仍令他心神不宁。他打了一通电话。电话先是打给昆明市内所有行政单位负责人，得到的回答和通知完全一样。他又将电话打到卢公馆，说找张群，要询问一下会议内容。但对方回答他：张长官正忙，不能来接你电话。你有什么事，等晚上10点开会时再问好了。

放下电话，他不禁心惊肉跳地想到：此时张群会不会被扣押？会议通知所用的图章，会不会是被人冒用的？

他又立即给卢公馆对面的监视据点打电话，问那里有无异常。手下告诉他，这里的情况一切正常。卢公馆内好像要举行什么盛大宴会，已来了好些人，其间还有驻滇的外国领事。

他声音沙哑，叮嘱部下：继续监视，一有情况马上向我汇报。

17点50分，他驱车去了保防处，召集手下，开了一个紧急会议，把几天来所发生的情况做了简要分析，认为形势已变得异常严峻。他给部下颁布命令：如果晚上11点之后，我不能回来，也没有电话，那就由处长胥光复率全体人员，携带文件、电台及仓库中的武器弹药，转移到二十六军军部待命。

布置完任务，他又给毛人凤拍了一封电报。电报内容为：时局已发展到无力挽回之势，我当尽力而为，如不成功，只有来生再见。还望高抬贵手，多多体恤我的家人。

做完这些，唐贤平变得异常镇定。他闭上眼，将头仰靠在沙发背上。等睁眼时，目光少见的明亮。他先是抬腕看表，见指针已指向晚8点，扭头看看待在身边的两位部下。此时他们显得焦躁不安，脚下丢满烟蒂。他冲他们笑笑，站起身，默不作声地将身上的证件、钢笔等物，一一掏出来，放在办公桌上，腰里只剩下一把手枪。他转头对胥光复说：我若不能回来，如有机会，拜托将这些东西转交我的家人。

胥光复趋前一步，抓住他的手臂，伤心地说：你说的这是什么话，我还要等你电话呢。

他笑笑，向门外走去。

20点25分，唐贤平驱车在灯光昏暗的街道上缓慢行驶。边开车，便点火抽烟。车灯外的暗影像匍匐的士兵，前赴后继地朝车后倒退。将车开到卢公馆旧宅的大门口时，他并未开车进去，而是经过大门，顺街道继续缓慢朝前行驶。他不住探头张望，发现宴会似乎还未结束，公馆内灯火通明，垂着帷幔的落地窗上晃动着幢幢人影。花园内停放的汽车旁，有人正悠闲说话。他驱车绕道翠湖东路的新公馆处，仔细观察了一番，确定无任何异常后，这才将车驰入。

将车停好，他又顺势看了看表，指针已指向晚9点40分。刚一打开车门，发现过道的暗影处，站着两位持枪的卫兵。他心里一惊，迅速退回驾驶座，打着引擎，准备将车倒出。扭头的一瞬，见大门已迅速关闭。他在座位上呆坐着，借以平复自己的心跳。最后只能走下车来，向客厅走去。

刚进客厅，便见张群垂头坐在迎门处的沙发上。想过去和他说几句话，却被过道旁的一位卫兵拦住。卫兵用手一指说：请到前面会客室休息。士兵的声音与表情都显得极其生硬。

他看看卫兵，又看看张群。此时张群闻声抬头，冲唐贤平无奈地摇了摇头，暗示着什么，又沮丧地低下头去。他顿时明白，事态已变得无法收拾，一个箭步去抓过道旁的电话。身后的卫兵冲上来将他阻止，动作略显粗鲁，并告诉他：电话线已被掐断。口气虽是客气，却有一丝掩饰不住的嘲讽。

古铜色的沙发上坐着余程万、李弥等人。余程万向他热情打着招呼，显然并未意识到事态的严重。他想把自己的料想告诉大家，未及开口，便见空军副司令沈延世匆匆进来，递给他一封电报，说：这是下午5点，总裁通过空军转拍的急电。

余程万接过去一看，顿时脸色大变，将电报摔在地下，质问沈延世：这么紧急的情况，为何不及早通知？

沈延世自知理亏，低声说：当时我找不到你们，以为晚上开会可以碰到，所以就没急着再找嘛。

余程万指着沈延世的鼻子，大声斥责：你！你贻误了战机，该当何罪！

沈延世拉下脸，不服气地说：我又不是故意不报，你喊什么喊！

电报落在唐贤平脚下，他捡起来，轻声念道：速通知余程万、李弥二位军长返防，立即率部向昆明进发，务必迅速遵办。蒋中正。

所有人都瞪大眼睛。余程万、沈延世二人仍在争吵不休。大家在一旁劝解：好啦，事已至此，吵有什么用，还是等卢汉来了再说吧。

墙上挂钟“当”的一声敲响，大家不约而同抬头，见指针已指向晚10点。

卢主席怎么还不露面？不知谁问了一句。是啊！卢汉向来守时，今晚为何迟迟不肯露面？大家这样议论着，一副不得其解的模样。

唐贤平不由得脱口而出：我们被软禁了。

此刻大批卫兵裹挟着一股冷风，从外面涌入。客厅内有人迅速冲了出去，闪身到正对花园的窗户边，跨上窗台，想越窗逃走。几位士兵上前把他拽住，按倒，扭着双臂推进客厅。一位长官模样的人随即出现在客厅门口，嘴里高叫：奉命检查。十多位持枪的卫兵迅速排开，客厅里每一个人的身旁，都站了两位荷枪实弹的士兵。

所有人都忽略了唐贤平掏枪的动作。等身边的余程万发现时，他闭着眼睛，已将枪口抬高到眉间位置，黑黝黝的枪口直指自己的太阳穴。一位卫兵瞪大眼睛，发出一声短促的呼叫，却愣在那里。余程万抬臂撞了一下他举枪的右手。枪响过后，大厅内一片混乱，很多人匍匐在地。只他木桩般站着，嘴角挂着惨淡的微笑。手枪脱手，击中他的左膀。愣怔的卫兵此刻才反应过来，迅速将他扑倒，数支黑洞洞的枪口指着他。他毫无反抗的意思，脸上的笑变得有些凄惨。只任鲜血从肩膀处冒出，迅速洇湿整条袖管。身子摇晃几下，慢慢瘫软在地。

凌晨3点10分，唐贤平醒来，不知自己身处何地。他动动身子，觉得左臂疼得厉害。伸手一摸，发现缠了厚厚绷带。想挣扎着起来，身子却不听使唤，只能闭眼躺着。他听到旁边有人讲话，像是在讨价还价。

卢主席的意思，只要你们在起义通电上签字，马上会放各位走的。

放我们走？是怕我们攻城吧！我们第八军和他们二十六军的火炮，可不是吃素的，早就对准你们省政府大楼了。是李弥的声音。

李军长，话不能这么说。一旦攻城，遭难的是城内百姓，以及我们各自的弟兄。我们卢主席已抱定起义的决心，哪怕玉石俱焚——你不为百姓和弟兄们着想，也该为自己的性命考虑呀。

你在威胁我？李弥的声音听上去有些气急败坏。

没有这个意思。我只是奉命和您谈话。对方的声音不卑不亢。

有人在劝说李弥。

唐贤平睁眼，见余程万几人聚在对面的沙发上。每个人脸上虽有愠怒，却一副惊慌失措的样子。两位卢汉派来的人背对他而坐，看不到他们的脸。

有人伏在茶几上，开始潦草签字。轮到余程万时，听到那个背对他的人说：余军长，卢主席还特意吩咐过，说有一个叫马天目的人，现拘押你处。你回去可以，但请马上下令，把这人放出来。

余程万愣了一下，抬头问：这算附加条件吗？

对方不动声色地说：算是。

余程万苦笑，朝对面瞟了一眼，和唐贤平的目光相对，旋即离开。

唐贤平抬头看了看挂在墙上的钟表，忽然冲余程万悻悻然大叫：你虽有此意，恐怕时间该来不及了！

有人朝唐贤平走来，拿着早就拟好的起义电文，要他签字。唐贤平没有任何反应。

余程万遥看着他，说：签了吧。大家都签了，走一步算一步，静观事态的变化吧。

他看也不看他，仍旧缓缓摇头。

清晨6点，马天目静坐于黑暗中，听到监门外传来杂沓脚步声，钥匙开锁的声音。他站起来，借着微弱天光，从容地洗脸，整理衣服。两位士兵站在门外，看着这行将赴死之人。一位士兵悄声嘀咕：死都要死了，还穿这么整齐干吗？想进去将马天目强行带走，却被另一名士兵拦住，看他将衣服穿戴齐整，这才低声问了一句：可以走了吧？

马天目没有作答，抬脚朝门外走。经过士兵身边，他被门槛绊了一下，身子踉跄，险些跌倒。两位士兵顺势抓住他的胳膊。有人给他戴了头套。

淡薄曦光随即黯淡。但马天目眼前，却不再是如墨的黑暗，视觉里笼罩着一团毛茸茸的光斑。随着汽车引擎声响，他能听到车轮碾压路面的声音，听到枪刺偶尔磕碰的声音。开赴刑场的那一路上，没有一个人说话。车厢里愈加颠簸时，车速会减缓下来。此时他竟听到了一种鸟叫，陌生而稚嫩，仿佛来自另一个世界的问候。他露在面罩外的嘴角弯出一个弧线，那是他漾起的一个笑容。

等被人从车上押下来时，他能感到眼前那团光斑生了触角，像植物红色的根须。有人推搡着他的后背，依据脚下深浅判断，他们先是走过一片洼地，后又爬上一段缓坡。等他们示意他停下，他的意识里，顿然出现了一段空白。

眼罩是刹那间被摘除的，炫白的光亮让他迅速闭了一下眼睛。等迫不及待再睁开眼睛，他所见的，是出现在眼前的一片廓大草滩。

茅草如浪涌般在微风中拂动，呈倾斜状朝远方铺展，一直延伸到雾气缭绕的山脚。

他百感交集，觉得这难得一见的景致，是人世给予他最后的馈赠。他嘴唇嗫嚅，仿佛念叨着什么，全然听不到身后传来的口令声，听不到枪栓拉动的声响。也听不到，一位年轻士兵从路口跑来，嘴里发出急促的呼喊。

尾声

1950年8月的某一天，马天目去了一趟秦城监狱。他给唐贤平带去一些物品，那些物品，是他的妻子江韵清特意准备的。那个时候，马天目被抽调到某中央机关做一份要职。他托朋友关系，才得到了这次探视机会。而他的这位朋友，正是多年前失联的彭雅萝。他们偶然在北京街头相遇，通过聊天方知，如今彭雅萝的丈夫，竟是在南京被捕的史大川。此时他恰好在秦城监狱工作。

那一次的探访，马天目乘兴而去，扫兴而归。

他遭到了拒见。唐贤平只收下物品，却拒绝与他相见。对于唐贤平的冷漠，马天目只有苦笑，却并未责怪，甚而连尴尬的心情都没有。他向监狱管理人员详细询问了唐贤平平时的表现。管理人员告诉他，除始终不肯认清自己的错误外，他表现尚好。每日里话不多，据说已开始准备写他的回忆录了。他要用回忆的方式，对自己走过的道路进行一次深刻反思。

1959年12月4日，第一批国民党战犯得到“特赦”。这些人即将成为中华人民共和国的合法公民。名单中没有唐贤平的名字。

1960年11月19日，第二批战犯得到“特赦”，名单中依旧没有唐贤平的名字。

1975年3月19日，最高人民法院颁布了对全体战犯的“特赦令”。这个时候，有人已在秦城监狱抱病死去，那些身体依然健朗的被释放者们，并未深切感知到自己的那份幸运。直到各自退隐到生活的角落之后，从陆续听到的消息中，得知以前的那些被释放者们，大部分在刚刚结束的那场运动中遭到冲击，有人含冤抱病而死，有人用决绝的方式，断然结束了自己的生命。秦城监狱，无形中成了一处庇护所，使他们最后的这一批被释放者，侥幸躲过一场灾难。

唐贤平被释放之后，始终隐居在南方的一座小城生活。他在南方的阴雨中忍受着病痛、孤独以及晚景的凄凉，写着自己中断了多年的回忆录。很少有人知道他的消息。在那个小城，也很少有人知道他以前的身份。

1988年2月，江宜清和江竺清姐妹相携，从台湾飞赴大陆探亲。她们先找到隐居在南方小城的唐贤平，然后又找到安居天津的江茂群。通过江茂群，得知大姐江汰清早已离世，并知道江韵清所居住的城市，离天津并不太远，她同在保定工作的二儿子一起生活。

坐在轮椅上的江韵清根本认不出自己的姐妹。她只是定定地看着她们，而后长久地沉默下去。她的脸上，挂着老年痴呆病患者常见的呆滞与木然。

招待江宜清姐妹的，是一个叫作谭正蓝的头发花白的女人。她不善言谈，嘴里说着蹩脚的普通话，夹带浓重的重庆方言。她絮絮叨叨地说着江韵清这些年来的遭遇，说自从大儿子静白出了车祸，她的病就犯了。马天目猝死狱中，使她的病情更为严重……如今老了老了，更是什么都记不得喽。

她问江竺清：你是老三还是老四？

一旁的江宜清代江竺清回答：她是老四，家里最小的妹妹。

哦，老女人看着江宜清说，我以为你是最小的呢，我认得你大姐，我们见过几次面，天津的大哥，好多年都没见过了。

说完这些家常，老女人再无话，除给客人张罗倒茶，她还打过一次电话，催江韵清的二儿子回家。

直到上班的二儿子闻讯赶来，家里的气氛才显得热络了些。但令江宜清等人感到奇怪的是，二儿子对家里两位女人的称呼——他称江韵清为“二妈”，称谭正蓝为“大妈”。

坐在一旁的唐贤平始终无言。每当有人与他寒暄，他只是侧侧聋掉的耳朵，礼节性地微笑。大部分时间里，他都凝神看着对面墙上的一张照片。

从那张黑白照片里，他揣测不出这家主人被定格的表情，是淡漠，还是冷峻？直到他弯腰趋近，眯眼细看时，才发现马天目年轻的脸上，始终洋溢着微笑。

2016年8月16日—11月21日初稿

12月19日二稿

2017年1月8日三稿

图书在版编目 (CIP) 数据

党小组 / 刘荣书著. — 北京 : 北京十月文艺出版社，2017.10
ISBN 978-7-5302-1697-2

Ⅰ. ①党… Ⅱ. ①刘… Ⅲ. ①长篇小说—中国—当代
Ⅳ. ① I247.5

中国版本图书馆 CIP 数据核字 (2017) 第 161392 号

北京市优秀长篇小说创作出版扶持项目

党小组
DANG XIAO ZU
刘荣书 著

出　版　北京出版集团公司
　　　　北京十月文艺出版社
地　址　北京北三环中路 6 号
邮　编　100120
网　址　www.bph.com.cn
发　行　新经典发行有限公司
　　　　电话（010）68423599
经　销　新华书店
印　刷　北京天宇万达印刷有限公司
版　次　2017 年 10 月第 1 版
　　　　2018 年 3 月第 2 次印刷
开　本　880 毫米 ×1230 毫米 1/32
印　张　17
字　数　408 千字
书　号　ISBN 978-7-5302-1697-2
定　价　49.00 元
质量监督电话　010-58572393
如有印装质量问题，由本社负责调换。